唐诗正本

——大数据视域下的唐诗新考

长江出版传媒 | 崇文书局

前　言

本书名为《唐诗正本》。所谓“正本”，意有双关：一是正本清源，二是正宗版本。即通过对唐诗的考证和辨析，从而正本清源，以求正宗版本。

围绕“正本”这个宗旨，本书的30篇论文分别对23首人们耳熟能详（大都入选中小学语文教科书）的经典唐诗及有关史实进行了全面的考辨。这些论文既有较高的学术热度，也有很高的公众关注度。比如关于贺知章《回乡偶书》“鬓毛衰”中“衰”字的音读，几百年来争论不休，很多名家参与其中，但都莫衷一是。本书关于这一诗坛公案的5篇论文，通过大数据分析以及新发现的文献，进行了全方位、多角度的分析，并得出了完全不同于前人且令人信服的结论。

再如杜牧《山行》中的“斜”字怎么读，也是一个备受关注的学术热点。出版物改来改去，教科书说法不一，众说纷纭，莫衷一是。本书关于这个问题的论文，也从《全唐诗》所有入韵之“斜”的大数据入手，结合音韵学研究成果，进行了全面系统的分析。

此外，这个系列论文还有很多具有颠覆性的发现，并有全面的考证和深入的辨析，比如《登鹳鹊楼》的作者不是王之涣，王之涣《凉州词》的首句应为“黄沙直上白云间”而不是“黄河远上白云间”，张继《枫桥夜泊》的第二句“江枫渔火对愁眠”应为“江村渔父对愁眠”，崔颢《黄鹤楼》的第五句为“晴川历历汉阳渡”而不是“晴川历历汉阳树”，李白《望庐山瀑布》中的“遥看瀑布挂前川”应为“遥看瀑布挂长川”，李白《将进酒》中的“请君为我倾耳听”应为“请君为我倾”，王维《红豆》中的“愿君多采撷”应为“赠君多彩缬”，杜甫《望岳》中的“会当凌绝顶”应为“会当临绝顶”等等。这些异文都对诗意有重要影响，而前人鲜有论及。

归纳说来，这些论文有两大特点：一、首次运用大数据进行分析。作者的本次研究以北京大学图书馆古籍库、中国国家数字图书馆、中华经典古籍库、国学大师古籍库等十几大数据库的海量古籍文献为基础,运用先进的检索手段,获取了大量的文献资料，每篇论文所引用的文献量都远远超过前人，这是全面分析和准确判断的基础。二、首次进行了同一文献的多版本考察。前人的研究中,通常是一种文献一个版本，有时甚至不注明版本信息，即默认同一文献各种版本的内容是一样的，但事实上，很多文献在各个朝代甚至同一朝代的多个版本常有差异，比如《分类补注李太白诗》有元至元二十八年（1291）刻本、元至大三年（1310）余志安勤有书堂刻本、明郭氏济美堂刊本、明万历年间聚奎楼藏板等多个版本，这些版本都不尽相同。再如《万首唐人绝句》的明嘉靖刻本和明万历刻本（赵宧光校）从体例到文本都有很大区别，简直可以说是两种文献。如果只据其中的一个版本，就可能存在事实性错误，并导致判断的失准。

当然，我国的古籍文献浩如烟海，有关唐诗的古籍也数以万计，本书所涉仍只是其中的一小部分。由于作者的知识和阅历有限，加之主观上的偏好及局限，本书中的辨析及结论难免偏颇。这也是学术研究永远都存在的问题，相信方家自有明鉴。

例　言

本书30篇论文的体例，遵循现行的学术规范，但也有些细节性的处理需要说明。

一、本次研究所据古籍文献主要来自北京大学图书馆古籍文献库、中国国家数字图书馆、哈佛燕京图书馆中文特藏、中华经典古籍库、国学大师古籍库、台湾学术书籍数据库、瀚文民国书库、复旦大学东亚语言数据中心、中华诗词网、百度汉语等十多家数据库。因来源众多，为了避免重复，单篇论文均未一一列举。

二、本书大多数论文的参考文献及其注释分为两个部分，一是正文中的脚注，二是附表中的附注。附表中的每种文献及版本，都注明了出处和文献中与本文论题有关的注释。正文引用文献的出处，如果与附表中诗文的出处在同一页，就不再重复注明；出处不同的，在脚注中另外注明。比如《〈登鹳鹊楼〉的畅诸畅当之争》一文的附表列举了《登鹳鹊楼》在沈德潜《唐诗别裁》中的样态并注明了版本的出处，该本在诗后评注“不减王之涣诗”，这句话在正文中被引用，就不再加脚注。

三、参考文献类型及标志以现行的GB3469为标准，比如古籍文献为[O]、普通图书为[M]、期刊文章为[J]、报纸文章为[N]、数据库为[DB]、联机网络为[OL]。关于民国时期出版的图书是否属于古籍，没有公认的标准。以印刷工艺或文献内容论，民国图书有古籍亦有非古籍。为了表述的方便，本书把民国图书一律视为古籍，即均标为[O]。

四、清代的《四库全书》是我国古籍文献中规模最大的丛书，本书引用甚多。虽有“四库出，古书亡”之说，但其仍有较高的校勘价值。该文献有紫禁城文渊阁、圆明园文源阁、沈阳文溯阁、承德文津阁、扬州文汇阁、镇江文宗阁、杭州文澜阁等7种写本，本书所引均为文渊阁四库写本，简称“四库本”（另有注明的除外)。另:“万库本”是指民国期间王云五主编的“万有文库”大型丛书。

五、很多古籍文献有多种版本传世。若版本有异,就分别列举;若版本相同,则只取刊行较早的一种,并在版本出处中加注“某某本,同”。此所谓“同”,仅指诗文及诗题无异,所在的页码可能不同。

六、关于古籍版本刊行时间的表述,一般采用古籍原版中的说法,有的为干支纪年,如“明万历癸巳年”,有的为自然排序,如“明万历二十一年”。为了便于对照时间先后,都标注了公元纪年(“公元”和“年”字省略),如“明万历癸巳年(1593)”。有些古籍的刊刻时间不详,只好模糊标注,比如“明嘉靖年间刻本”或“明刻本”;为了便于辨别,有的加了注释,如“宋刻本(9行18字)”、“明刻本(王穉登序)”、元刊本(国图善本书号:12345)等。

七、本书所引古籍文献,大多没有现当代出版社的影印版,而被影印的新版图书都有新编排的页码,但不同出版社编排的页码会不一样。为了避免混乱,亦为格式统一,本书引用古籍文献的卷数及页码,一般以原版为准。由于古籍中的页码常常难以辨认,所以有些页码是推算出来的。有些抄本没有页码,只好注明“无页码”。

八、本书所引古诗文,有些用字不符合现行的语言文字规范,比如“宋版”常作“宋板”,“影宋本”有作“景宋本”,均遵从原版,不作改动。

九、本书所引古籍文献编撰者或历史人物所处的年代,正文中采取“名字(生卒年)”格式,注释中则为“〔朝代〕名字”格式。由于封建王朝往往长达数百年,而且不少编撰者先后身处两个朝代,所以“〔朝代〕名字”往往不够准确,甚至说法不同。比如方回的前半生属于宋朝,后半生属于元朝,有人标注为“〔宋〕方回”,有人标注为“〔元〕方回”,两种标注都不准确,而“方回(1227—1305)”则不会出现上述问题,同一朝代的历史人物谁先谁后也一目了然。有些人物的生平不详,只能采取“XX年前后在世”、“XX年登第”、“XX年任某职”或“唐人,生卒年不详”等模糊的方式标注,虽不准确,也能大致看出所处的年代。生卒年或相关信息一般只标注在每篇论文中历史人物首次出现之处。在世的人物均不标注生年。

目　录

大数据颠覆关于“鬓毛衰”的主流认知

少小离乡老大回，乡音未改鬓毛衰。
儿童相见不相识，笑问客从何处来。

唐代诗人贺知章（659—744）的这首《回乡偶书（二首其一）》（以下简称《回乡偶书》）[①]脍炙人口，妇孺皆知。刘须溪（1232—1297）称此诗“说透人情之的”。唐汝询（1624年前后在世）赞此诗“模写久客之感最为真切”。但诗中“衰”字的音义却一直存在争议。有人认为应该读作“shuāi”，有人认为应该读作“cuī”，众说纷纭，莫衷一是。因为此字的读音，甚至发生了教科书“打架”的事情：2013年，人民教育出版社出版的小学二年级上学期《语文》选用了这首七绝，为“衰”注音为“shuāi”；北京师范大学出版社出版的小学二年级上学期《语文》也选用了此诗，并注“衰”字音为“shuāi”。同一年，上海教育出版社出版的小学二年级上学期《语文》同样选用了《回乡偶书》，但“衰”的注音却是“cuī”。一时间，舆论哗然。家长纷纷质疑，专家出来解释，但争议依然存在，各种出版物中的“衰”还是没有统一。

2019年初，一篇题为《注意！这些字词的拼音被改了！》的文章在网上疯传，甚至上了微博热搜。该文称，根据教育部制定的《普通话异读词审音表》的规定，一些小时候被语文老师纠正的错误读音又变成了正确读法，比如“乡音无改鬓毛衰”的“衰”字，以前的课本注音为“cuī”，现在又要读“shuāi”了。

① 贺知章《回乡偶书》有两首诗，另一首为“离别家乡岁月多，近来人事半消磨。惟有门前镜湖水，春风不改旧时波。”在绝大多数诗选中，首句为“少小离乡老大回”的这一首排在前面，首句为“离别家乡岁月多”的这一首排在后面，所以一般称前者为“其一”，后者为“其二”。但也有反着排的，比如《会稽掇英总集》《吟窗杂录》《类说》《古今事文类聚》《唐音统签》等。

面对汹汹的舆论，教育部专门作出回应，称《普通话异读词审音表》还在征求意见，尚未正式发布。

那么，“鬓毛衰”中的“衰”到底应该怎么读呢？

一、“衰”字音义注解乱象纷呈

古汉语中“衰”是个多音多义字。在古代的韵书或字书中，“衰”的反切五花八门。现代音韵学对中古音的研究成果中，高本汉（1889—1978）、王力（1900—1986）等大多数古音系统对“衰”的拟音都为sua[①]。在现代汉语辞书中，“衰”的拟音达6种之多：（一）shuāi（所追切，脂韵，可并入支韵）：意为事物发展转向微弱，比如盛衰、兴衰、衰微、衰老、衰败等等[②]。（二）cuī（楚危切，灰韵或支韵）：依照一定的标准递减，比如衰变、衰序、衰分、衰少等等；另有“丧衣”之义[③]。（三）suō（苏禾切，歌韵）：意为用草做成的雨具，后来通常写作“蓑”[④]。（四）suī（双隹切，支韵）：小也，减也，杀也；弱也，耗也[⑤]。（五）chuāi（初危切，支韵）：差也，与差通[⑥]。（六）chā（反切不明，歌韵）：等差之差[⑦]。显然，后4种读音与“鬓毛衰”相去甚远，可以排除。《回乡偶书》中“衰”的读音，只能在前两个读音之间选择。

《回乡偶书》是七绝，首句入韵是正例，不入韵为变例，第二、四句必须押韵。“衰”如果读作shuāi，字义与诗意非常吻合，但与第一句的韵脚字“回（huái）”（中古音中“回”当如此读，详见本书第43页《近体诗中的“回”应读作huái》）和第四句的韵脚字“来（lái）”不押韵。因为依照《广韵》等主流韵书，“回（huái）”和“来（lái）”为灰（咍）韵，而“衰（shuāi）”为支（脂）韵。如果“衰”读作cuī，此音有灰韵之说，但字义又与诗意不太吻合。问题还在于：“衰（cuī）”

① 复旦大学东亚语言数据中心[DB/OL]：http://ccdc.fudan.edu.cn/bases/index.jsp，2020年2月28日查询。
② 王力主编：《王力古汉语字典》[M]，北京：中华书局2001年版，第1206页。
③ 王力主编：《王力古汉语字典》[M]，北京：中华书局2001年版，第1206页。
④ 王力主编：《王力古汉语字典》[M]，北京：中华书局2001年版，第1206页。
⑤ 〔清〕张玉书等编：《康熙字典》[M]，北京：中华书局1980年版，第1087页。
⑥ 编纂委员会：《中文大辞典》[M]，台北：中国文化学院出版部1968年版，第602页。
⑦ 王辉等：《古文字通假字典》[M]，北京：中华书局2008年版，第562页。

到底属灰韵还是支韵，本身就是问题。笔者查阅了四部标注了现代汉语拼音的辞书：《辞源》[①]、《王力古汉语字典》[②]、《故训汇纂》[③]、《字源》[④]，前三典都说读作 cuī 的“衰”为支韵，只有《字源》说是灰韵。追根溯源，《广韵》灰韵中原本就没有“衰”字（有“蓑”和“缞”），后来的《集韵》才把“衰”添加到灰韵中，但字的释义为“丧衣”，通“缞”，这显然不符合《回乡偶书》的诗意。

郎瑛（1487—1566）《七修类稿》云：“‘少小离家老大回，乡音不改鬓毛衰。儿童相见不相识，笑问君从何处来？’此贺知章诗也。注曰：‘衰’字出四支韵。殊不知此诗乃用古韵，‘来’字有读为‘厘’字者，若《楚辞·山鬼篇》：‘知路险难兮独后来（音厘）’，‘回’字与‘危’‘为’同协，皆四支韵之诗也。注者不知，反以为灰字韵者，差用‘衰’字。且吴才老《韵补》辩明，十灰古通于四支，可知矣。”[⑤] 在郎看来，《回乡偶书》就是一首支韵诗，不仅“衰”入四支，而且“回”和“来”也属支韵。但与郎瑛同时代的谢榛（1495—1575）并不同意上述解读。谢在《四溟诗话》中说：“凡字有两音，各见一韵……四支‘衰’，减也；十灰‘衰’，音‘崔’，杀也。《左传》：‘皆有等衰’……作诗宜择韵审音，勿以为末节而不详考。贺知章《回乡偶书》云：‘少小离乡老大回，乡音无改鬓毛衰’。此灰韵‘衰’字，以为支韵‘衰’字，误矣。”[⑥]。郎、谢之后，焦竑（1540—1620）《笔乘》则干脆认为“‘衰’字出支韵”，并称“皆趁笔之误”[⑦]。胡应麟（1551—1602）《诗薮》也直言“衰”字出韵[⑧]。这意味着至少 400 年前，“鬓毛衰”中“衰”字的音和韵就已经引起了争议，而且众多大家参与其中。

① 编委会：《辞源（修订本）》[M]，北京：商务印书馆 1979 年版，第 2 册第 2811 页。
② 王力主编：《王力古汉语字典》[M]，北京：中华书局 2001 年版，第 1206 页。
③ 宗福邦等编：《故训汇纂》[M]，北京：商务印书馆，2003 年版，第 2054 页。
④ 李学勤主编：《字源》[M]，天津：天津古籍出版社 2013 年版，第 738 页。
⑤〔明〕郎瑛撰：《七修类稿》[M]，上海：上海书店出版社，2001 年版，第 294 页。此处所引《回乡偶书》与《全唐诗》和时本均有异文，兹照录。
⑥〔明〕谢榛著：《四溟诗话》[O]，上海：商务印书馆民国二十五年（1936）版，卷 3 第 48 页。
⑦〔明〕焦竑撰：《笔乘》[M]，北京：中华书局 2008 年版，第 158 页。
⑧〔明〕胡应麟撰：《诗薮》[O]，上海：开明书店民国二十五年（1936）版，外编卷 3 第 25 页。

唐汝询《唐诗解》在“衰”字下注曰：“衰字失韵，疑当作摧。”，并在诗后的评析中写道：“鬓毛摧，貌非昔也；儿童不相识，人非昔也。模写久客之感，最为真切。”[①] 此疑此论，影响深远。

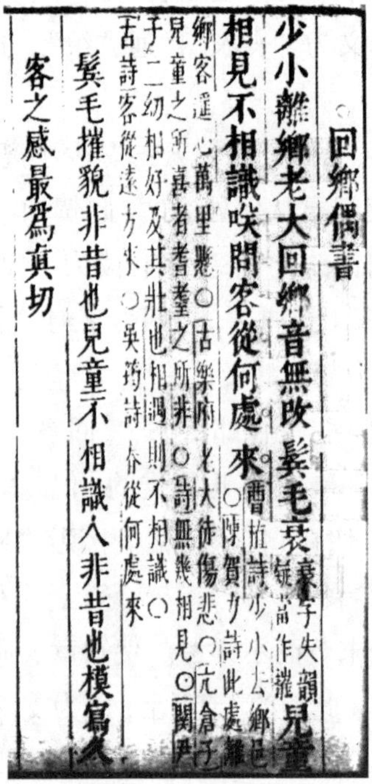
回鄉偶書
少小離鄉老大回鄉音無改鬢毛衰衰字失韻疑當作摧兒童
相見不相識咲問客從何處來
鬢毛摧貌非昔也兒童不相識人非昔也模寫久
客之感最爲真切

《唐诗解》明万历刻本

在这场争论中，沈德潜（1673—1769）是个关键性的人物。《唐诗别裁集》康熙五十六年刻本的《回乡偶书》中仍然是“鬓毛衰”，诗后注曰：“十灰中衰字音催，此混入四支衰字。贺公吴语，信然。”[②] 他显然也认为“衰”字出韵了，并归因于贺知章的方言吴语。但在《唐诗别裁集》清乾隆二十八年教忠堂修订本中，旧版中的“鬓毛衰”变成了“鬓毛摧”，小注也变成了“原本鬓

① 〔明〕唐汝询撰：《唐诗解》[O]，明万历年间刻本，卷 25 第 8 页。
② 〔清〕沈德潜、〔清〕陈培脉选注：《唐诗别裁集》[O]，清康熙五十六年（1717）刻本，卷 10 第 12 页。

毛衰。衰入四支，音司。十灰中衰音縗，恐是摧字之误，因改之”。[①] 唐汝询只是“疑当作摧”，沈德潜则径直把“衰”改成了“摧”。这一“修订”，使这场争论更加混乱！

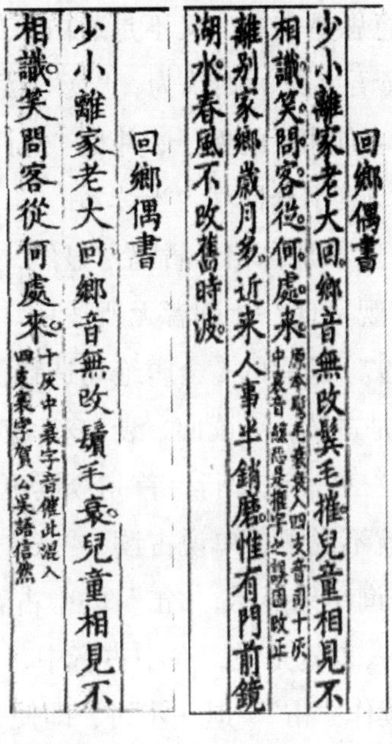

回鄉偶書

少小離家老大回鄉音無改鬢毛衰。兒童相見不

相識笑問客從何處來。十灰中衰字音催此混入四支衰字賀公吳語信然

回鄉偶書

少小離家老大回。鄉音無改鬢毛摧。兒童相見不

相識笑問客從。何處。來。原本鬢毛衰衰入四支音司十灰中衰音縗恐是摧字之誤因改正

離別家鄉歲月多。近来人事半銷磨。惟有門前鏡

湖水春風不改舊時波。

《唐诗别裁集》清康熙刻本（左）和清乾隆刻本（右）

沈裳锦（清人，生卒年不详）在《全唐近体诗钞》中注曰：“衰字失韵，一本作摧，宜从之。”该书序言称：“《别裁集》一书，脍炙人口久矣。”[②] 所谓“一本作摧”应源自沈德潜的《唐诗别裁集》。不过，诗的正文中仍然是“衰”。

朱大可（1898—1978）在《新注唐诗三百首》中注解：“这首诗是灰韵，‘衰’字应当读‘催’。但是这样的读法，只能作缞服的缞字解释，不能作为衰落解。清沈德潜《唐诗别裁》中改为‘摧’字，又坊本作‘催’，似皆可从。”[③] 大约是因为“摧”字很难解释，“催”又出现了。民国时期，“摧”和“催”一度成为主流（详见本书第 27 页《〈回乡偶书〉的“衰”“摧”“催”之辨》）。

① 〔清〕沈德潜选注：《唐诗别裁集》[O]，清乾隆二十八年（1763）教忠堂修订本，卷 19 第 30 页。

② 〔清〕沈裳锦选：《全唐近体诗钞》[O]，清道光二年（1822）姚文田刻本，卷 4 第 1 页。

③ 朱大可注：《新注唐诗三百首》[M]，上海：上海文化出版社 1957 年版，第 150 页。

毕志飏（？—1961）《唐诗韵释》中的《回乡偶书》为“鬓毛衰”，全诗注为“十灰韵”①。邱燮友《新译唐诗三百首》称“诗用上平声十灰韵，韵脚是：回、衰、来。”“衰，与缞通，斑白也。一作‘摧’。”②可是，平水韵十灰中明明没有“衰”字，而“缞”的意思是丧衣，又不是斑白，如何能通“衰”？

现代的《王力古汉语字典》则认为，“衰”读作 cuī 的时候是支韵，但这一义项下面却举了《回乡偶书》的例子，并称“此诗‘衰’与‘回’、‘来’押韵，用灰（咍）韵，集韵灰韵衰字仓回切，当读 cuī。”③刚说“衰（cuī）”为支韵，又举它为灰韵的例子，这不是自相矛盾吗？显然，编撰者也捋不清了，只好把两种完全相反的说法客观呈现，让读者无所适从。

李长路（1904—1997）编写的《全唐绝句选释》注释：“此诗诗韵：①读回，催（衰），雷（来），就是古读；②读回，衰，来，就是今读；③读徊（回），衰，来，就是叶读。朗诵时三种读法都行。首句今读也行。”④李先生来了个模棱“三”可。今读和叶读就不说了，单说古读，“来”能读作“雷”吗？复旦大学东亚语言数据中心的查询结果显示，“雷”的中古音为“luɑi”，“来”的中古音为“lɑi”（与今音相同）。也就是说，在中古音中，“雷”可以读作“来”（高度近似），但“来”不能读作“雷”。退一步讲，即使“来”可以读作“雷”，“雷”的韵母为“ei”，“回”和“催”的韵母为“ui”，也不押韵。

唐作藩在《“乡音无改鬓毛衰”的“衰”字读音》一文中认为，“衰”应读作崔（cuī）。关于“衰（cuī）”与“回”和“来”不押韵的问题，他解释说，这是语音演变的结果，“在贺知章所处的唐代无疑是同韵相押的”⑤。可是，“cuī”与“lái”的声母和韵母均不同，相差实在太大，到底是怎么押韵的？没有解释。唐作藩说，“灰韵合口字，今普通话没有读 -uɑi 韵母的，况且灰韵属蟹摄一等韵，

① 毕志飏撰：《唐诗韵释》[O]，上海：大华书局民国二十三年（1934）版，第 225 页。
② 邱燮友注释：《新译唐诗三百首》[M]，台北：三民书局 1988 年版，第 353 页。
③ 王力主编：《王力古汉语字典》[M]，北京：中华书局 2001 年版，第 1206 页。“回乡偶书”讹为“回乡偶句”。另：《王力古汉语字典》由王力先生领衔主编，共 12 集。据该典后记载，王力先生在亲自编写了子、丑、寅集和卯集的大部分后不久辞世，后面的 8 集由王力的 6 个学生分工编写并约定文责自负，其中“衰”字（衣部）所在的申集由唐作藩编写。
④ 李长路著：《全唐绝句选释》[M]，北京：北京出版社 1987 年版，第 121 页。
⑤ 唐作藩撰：《语文修养与中学语文教学》[M]，北京：北京大学出版社 1996 年版，第 173 页。

无知、照系声母，因而不可能有演变为卷舌声母的字。”可是，在他参与编写和增订的《古汉语常用字字典》中，“衰”字的正音就是shuāi[①]。这个读音不就是卷舌声母且韵母为-uai吗？实际上，“衰”应该属于开口字。《广韵》中的灰韵和咍韵，在平水韵中合并为“灰（咍）韵”。《广韵》中的灰韵都是合口字，咍韵都是开口字，而“衰（shuāi）”显然是开口字。唐先生说：“宋元以后，北京话和其他许多北方话原灰韵的开口（即《广韵》的咍韵）字，如‘该、开、孩、皑、哀、胎、台、来、哉、猜、才、鳃’等，韵母仍为-ai；而合口（即《广韵》的灰韵）字，如‘瑰、盔、灰、回、桅、摧、衰、堆、颓、雷、杯、裴、胚、梅’等，韵母则变为-ui或-ei。”但《广韵》灰韵中的“衰”通“缞”，专指丧衣，与“鬓毛衰”中的“衰”无关。不然，沈德潜何必改字呢？

戴军平在《“乡音无改鬓毛衰”中“衰”字辨》中也认为“鬓毛衰”的“衰”应读作崔（cuī）。他称，凡是表示“减少”“减退”“递减”之义的都应该读崔（cuī），表示“衰老”“衰落”“衰微”之义都应该读摔（shuāi）。而“鬓毛衰”的意思就是耳边的头发减少、稀疏，所以应该读作崔（cuī）。他甚至认为，“衰白”“衰鬓”等词语中的“衰”字都应该读作崔（cuī）[②]。这种说法不符合常识性认知，更是难以服人。

又有人从贺知章出生地方言的角度进行研究，比如金文明[③]和陈勤宁[④]。他们认为“衰”不读崔（cuī），应该读成摔（shuāi）。因为贺知章是唐代越州永兴（今浙江萧山）人[⑤]，其家乡在吴方言区，吴语中“回”“衰”“来”三字的韵母十分接近，读来相当谐和。实际上，沈德潜在《唐诗别裁集》康熙刻本中早就说过“贺公吴语，信然”，但流传下来并为今人熟知的却是《唐诗别裁集》的乾隆刻本。金文明和陈勤宁显然失考了，因为他们都没有引用“贺公吴语”。笔者以为，这种观点很难成立，因为盛唐近体诗对用韵的要求非常严格，贺知章用方言入韵的可能性不大。

① 王力主编：《古汉语常用字字典》[M]，北京：商务印书馆2005年版，第357页。
② 戴军平撰：《“乡音无改鬓毛衰”中“衰”字辨》[J]，北京：《博览群书》2012年第3期。
③ 金文明撰：《“鬓毛衰”的“衰”不读cuī》[J]，上海：《咬文嚼字》2001年第2期。
④ 陈勤宁撰：《试谈“乡音无改鬓毛衰”的“衰”》[J]，沧州：《渤海学刊》1996年第1期。
⑤ 关于贺知章的家乡在何地，史上有不同说法。《旧唐书》卷190说他是“会稽永兴人（今属浙江绍兴）”，《新唐书》卷196说他是“越州永兴人（今属浙江杭州）”。另因贺自称“四明狂客”，所以又有“四明人（今属浙江宁波）”之说。

也有人认为，“衰”读作 shuāi（摔）也押韵。比如王模提出，衰（shuāi）属于脂韵，和灰韵通押[①]。但通押仅限于邻韵之间，比如支韵和微韵可以通押，佳韵和灰韵可以通押，而支（脂）韵与灰（咍）韵相隔太远。即使是在韵部极宽的韵摄里，支（脂）韵和灰（咍）韵也分属止摄和蟹摄两大韵部。古韵中，支（脂）灰韵曾经相通，但在用韵甚严的盛唐时代不会出现。

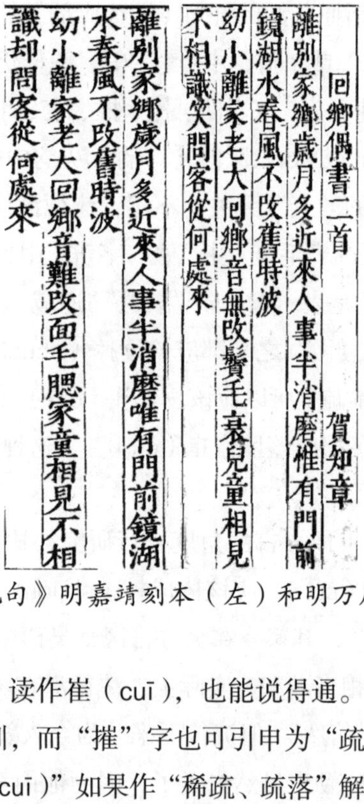
回鄉偶書二首　賀知章
離別家鄉歲月多近來人事半消磨惟有門前
鏡湖水春風不改舊時波
幼小離家老大回鄉音無改鬢毛衰兒童相見
不相識笑問客從何處來

離別家鄉歲月多近來人事半消磨唯有門前鏡湖
水春風不改舊時波
幼小離家老大回鄉音難改面毛腮家童相見不相
識却問客從何處來

《万首唐人绝句》明嘉靖刻本（左）和明万历刻本（右）

还有人认为，“衰”读作崔（cuī），也能说得通。比如董艳霞推论，“衰”与“缞”“摧”等字互训，而“摧”字也可引申为“疏落”[②]。问题还是在于：主流的观点认为，“衰（cuī）”如果作“稀疏、疏落”解，属于支韵，作“丧衣”解的时候才是灰韵。“衰”确实是“缞”的本字，但加上绞丝旁之后，就有了特定的涵义即“丧衣”，所以“缞”和“衰”之间不能画等号（详见本书第 37 页《辨析古汉语中的“衰”“蓑”“缞”》）。

引申，通韵，甚至舍弃韵书到方言中寻找答案，学者们为了这个字及这首

① 王模撰：《论〈回乡偶书〉的押韵及“鬓毛衰”的“衰”》[J]，贵阳：《贵州师范学院学报》，2010 年第 10 期。

② 董艳霞撰：《贺知章〈回乡偶书〉”衰“字读音详考》[J]，淮北：《淮北师范大学学报（哲学社会科学版）》2017 年第 1 期。

诗可谓绞尽脑汁，但一直未能得到令人满意的结果。怎么办？孙玉文在《解读唐诗“乡音无改鬓毛衰”的“衰”》一文中认为，必须寻找其他途径。他认为《回乡偶书》中的“鬓毛衰”本为“鬓毛鬛”，后人将“鬛”改成了“衰”。鬛，意为多须的样子，今读 sāi，与“腮”同音，与此诗另两句的“回”“来”押韵[①]。其文称，孔延之（1013—1074）《会稽掇英总集》中为“面毛腮”[②]，赵令畤（1064—1134）《侯鲭录》中为“面毛鬛”，徐𤊹（1563—1639）《徐氏笔精》中为“面皮鬛”。“鬛”与“来”同属咍韵，与灰韵的“回”合为灰咍韵。在孙玉文之前，周苇风曾经指出过《会稽掇英总集》和《侯鲭录》中的这两处异文[③]，但二人的说法都不全面。实际上，《会稽掇英总集》的四库本确为“面毛腮”[④]，但清道光刻本却是“面毛鬛”[⑤]；《侯鲭录》的清嘉庆刻本和万库本确为“面毛鬛”[⑥]，但明嘉靖刻本和四库本却为“面皮鬛”[⑦]；而《徐氏笔精》则是先为“面皮鬛”，后为“鬓毛衰”（下文详说）。笔者另外发现，洪迈（1123—1202）《万首唐人绝句》明万历刻本（赵宧光校）中为“鬓毛衰”[⑧]，但明嘉靖刻本中为“面毛腮”[⑨]。谢维新（南宋人，生卒年不详）《事类备要》中则为“鬓毛鬛”[⑩]。祝穆（?—1255）《事文类聚》元刊本和明内府刻本亦为“鬓毛鬛”[⑪]，但四库本为“鬓毛衰”[⑫]。

---

① 孙玉文撰：《解读唐诗“乡音无改鬓毛衰”的“衰”》[J]，西安：《陕西师范大学学报（哲学社会科学版）》，2018 年第 6 期。

② ［宋］孔延之辑：《会稽掇英总集》[O]，四库本，卷 2 第 16 页。

③ 周苇风撰：《贺知章的口音及其他》[J]，南京：《古典文学知识》2016 年第 1 期。

④ ［宋］孔延之辑：《会稽掇英总集》[O]，四库本，卷 2 第 16 页。

⑤ ［宋］孔延之辑：《会稽掇英总集》[O]，清道光元年（1821）山阴杜氏浣花宗塾刻本，卷 2 第 13 页。

⑥ ［宋］赵令畤辑：《侯鲭录》[O]，清嘉庆癸亥年（1803）刻本（知不足斋丛书），卷 2 第 8 页。万库本，同。

⑦ ［宋］赵令畤辑：《侯鲭录》[O]，明嘉靖二十三年（1544）刻本，卷 2 第 7 页。四库本，同。

⑧ ［宋］洪迈编、［明］赵宧光校：《万首唐人绝句》[O]，明万历三十五年（1607）刻本，卷 11 第 14 页

⑨ ［宋］洪迈辑：《万首唐人绝句》[O]，明嘉靖年间刻本，卷 22 第 11 页。

⑩ ［宋］谢维新撰：《事类备要》[O]，明嘉靖年间夏相刻本，续集卷 47 第 4 页。四库本，同。

⑪ ［宋］祝穆：《古今事文类聚》[O]，元泰定三年（1325）武溪书院刊本，别集卷 25 第 20 页。明内府刻本，卷 25 第 32 页。

⑫ ［宋］祝穆撰：《古今事文类聚》[O]，四库本，别集卷 25 第 35 页。

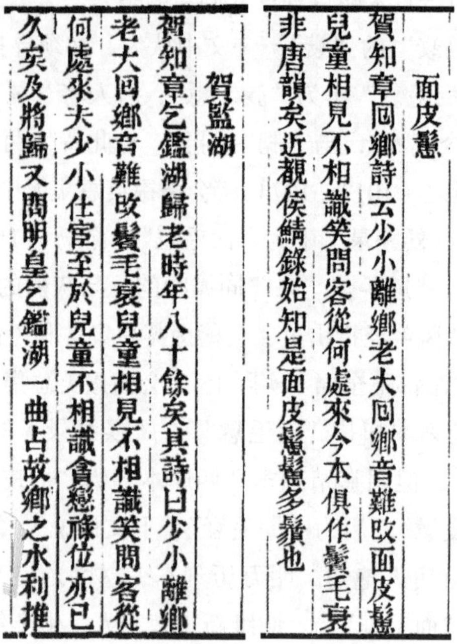

面皮䰄
賀知章囘鄉詩云少小離鄉老大囘鄉音難改面皮䰄
兒童相見不相識笑問客從何處來今本俱作鬢毛衰
非唐韻矣近覩侯鯖錄始知是面皮䰄䰄多鬚也

賀監湖
賀知章乞鑑湖歸老時年八十餘矣其詩曰少小離鄉
老大囘鄉音難改鬢毛衰兒童相見不相識笑問客從
何處來夫少小仕宦至於兒童不相識貪戀祿位亦已
久矣及將歸又問明皇乞鑑湖一曲占故鄉之水利推

《徐氏笔精》清光绪刻本

相比以前的各种解读，“衰”本为“腮”或“䰄”的观点较有说服力，但仍存在诸多疑点：（一）孙玉文本人就在文中说，陈应行（生卒年不详，南宋孝宗淳熙二年即公元1175年特科状元）《吟窗杂录》收录的《回乡偶书》中就是“衰”字①，孙也因此断言宋代就有人将“䰄”改成了“衰”，那么，究竟是谁改的？又怎么得到了普遍认同？没有实证。古代读书人都是从“对韵”发蒙，对音韵之学均烂熟于胸，如果“䰄”被改成“衰”而且改出了韵，应该很容易就会被发现，不太可能以讹传讹。再者，敢改贺知章的诗，至少也是精通音韵之人，又怎么会犯这么低级的错误呢？（二）同样是《侯鲭录》，说法竟有多种。单行本《侯鲭录》中是“面毛䰄”或“面皮䰄”，而《类说》收录的《侯鲭录》中却是“鬓毛衰”②。（三）孙玉文也承认“䰄”字非常生僻，《广韵》都没有收这个字，还说这可能就是“䰄”被写成“腮”的原因。然而，贺诗的

① 〔宋〕陈应行辑：《吟窗杂录》[O]，明嘉靖戊申年（1548）崇文书堂家藏宋本重刊，卷24第45页。

② 〔宋〕曾慥辑：《类说》[O]，明天启六年（1626）刻本，卷15第20页。四库本，同。

风格就是通俗晓畅。他的《咏柳》《回乡偶书（其二）》也都是妇孺能懂的大白话。《回乡偶书》夹杂一个异常生僻的字显得不伦不类，不合常理。（四）“鬓毛鬗”“面皮鬗”“面毛鬗”这些词组本身就有问题。“鬓毛”是指耳朵前面的头发，“鬗”描写的是耳朵下面和下巴上的胡子。“鬓毛”“面毛”都不是“须”，到底是想说“头发”还是“胡子”？“眉毛胡子一把抓”，似有语病。况且“鬗”只是描写“多须的样子”，并不等于衰老。元代诗人行端《拟寒山子诗》中“须白鬓毛衰”[①]，就是“须”和“鬓毛”分开，而且分别用“白”和“衰”加以修饰。（五）徐𤊹在诗后的注释中说“今本俱作‘鬓毛衰’，非唐韵矣。近睹《侯鲭录》，始知是‘面皮鬗’。”[②]笔者查实，笔记体的《侯鲭录》是专门用一个章节来说此字的，这一节的题目就叫《面皮鬗》。但就在《面皮鬗》后几页的另一章节《贺监湖》中，徐𤊹再次引用了《回乡偶书》，而此处采用的仍是“鬓毛衰”[③]。既然已经发现了错误，为什么还不改正呢？可能在徐的心目中，“鬓毛衰”还是正本。而且，在唐宋诗词中，“鬓毛衰”是一个常用的词组，而“面毛鬗”之类的词却见不到。全文检索结果显示：“鬓毛鬗”“鬓毛毸”“面毛鬗”“面毛毸”“面皮鬗”“面皮毸”在《全唐诗》和《全宋诗》中均未出现过。因此，“鬗”字一说，仍不足信。

二、唐诗中“衰”字到底读什么？

“衰”应为“鬗”的观点虽然难以服人，但孙玉文“必须寻找其他途径”的思路却可尝试。我们不妨换个角度，看看能否在其他地方找到答案。

“原本鬓毛衰。衰入四支，音司。十灰中衰音缞，恐是摧字之误，因改正。”但凡讨论《回乡偶书》的音韵问题，沈德潜的这段话都会被引用。但所有人的关注点都在“衰入四支”以及后面的推理改换上，而中间的“音司”二字却被忽略了。笔者读过很多篇关于这个话题的论文，从来未见有人讨论过这两个字。深入挖掘“音司”，笔者发现这二字的背后大有文章！

关于“衰”的读音，《广韵》给出了3种：楚危切，所危切，仓回切。《集韵》

① 〔清〕顾嗣立编：《元诗选》[O]，四库本，卷94第20页。
② 〔明〕徐𤊹撰：《徐氏笔精》[O]，明崇祯五年（1632）刻本，卷2第27页。
③ 〔明〕徐𤊹撰：《徐氏笔精》[O]，明崇祯五年（1632）刻本，卷2第31页。

也给出了3种：初危切，双隹切，苏禾切。《韵补》加了1个所类切，《五音集韵》中还有所乖切。转换成现代汉语拼音，拟音则有6个：shuāi，cuī，suō，suī，chuāi，chā。关于“司”的读音，《康熙字典》一并列出了几种：“《唐韵》《集韵》息兹切，《韵会》新兹切，《正韵》相咨切，并音思。”现代汉语拼音拟为sī。

对照一下，“衰”的6个读音中有“司”这个音吗？没有！虽然今音和古音不能对应，可能是因为语音的演变，但不至于如此天差地别。《广韵》《集韵》诞生至今不过1000多年，沈德潜距今只有200多年，虽然政权几经更迭，韵书多次重修，但汉语音韵的重心一直在洛阳、长安及北京等中原地区①，方音差异本来就不是太大。

反切是一种比较模糊的注音方法。那些切音现在应该怎么读，很难准确把握。转换成现代汉语拼音，只能是“拟音”，而且众说纷纭。高本汉系统、王力系统、李方桂系统、周法高系统、董同龢系统等等，关于古音拟测就形成了好几个体系，各系对古音的拟测多有不同。所以，一定程度上，古音就是一笔糊涂账。也正因为如此，研究具体的音韵问题只能采取切韵与今音相结合的方式，不然讨论就难以进行下去。按照现代汉语拼音来读，大多数唐宋近体诗依然押韵，说明中古音与今音大抵差不多，毕竟官定的韵书一脉相承并且一直在深刻地影响着语音的演变。而上述“衰”与“司”的读音实在是相去太远，无论如何也对不上号。

在近体诗中，韵脚字都是成组出现的，绝句两韵或三韵，律诗四韵或五韵，排律的韵脚字甚至多达几十上百个，这些韵脚字都是押韵的，根据韵部所押之韵，韵脚字之间再相互比照，对于验证或判断韵字的读音大有帮助。尤其是在韵律严格的近体诗中，这种“诗韵验音法”更为靠谱。

那么，沈德潜的“音司”之说到底对不对呢？广韵系主流韵书中，“衰”、“司”、“思”等字都在支（脂）韵中。在《集韵》的脂韵里，“衰”为双隹切，排在“尸”纽和“师”纽的后面②。因此，“衰”与“司”同音是完全可能的。好在现在的互联网有了强大的数据库和全文检索功能。遍查《全唐诗》，笔者

① 元代《中原音韵》即是以北京音为基础，故广义的“中原”包括北京。
② 〔宋〕丁度：《集韵》[M]，北京：北京市中国书店1983年版，第86页。

发现，入韵的“衰”字读作司（sī）确确实实是普遍现象。比如——

多病多愁心自知，行年未老发先衰。随梳落去何须惜，不落终须变作丝。——白居易《叹发落》[①]

江草知寒柳半衰，行吟怨别独迟迟。何人讲席投如意，唯有东林远法师。——司空曙《送皋法师》[②]

这是两首七绝，均为首句入韵。两首诗中的“衰”都应该读作司（sī），不然读起来都不谐和。类似的例子还有很多——

卢橘花开枫叶衰，出门何处望京师。沅湘日夜东流去，不为愁人住少时。——戴叔伦《湘南即事》[③]

节去蜂愁蝶不知，晓庭还绕折残枝。自缘今日人心别，未必秋香一夜衰。——郑谷《十日菊》[④]

天下方多事，逢君得话诗。直应吾道在，未觉国风衰。生计吟消日，人情醉过时。雅篇三百首，留作后来师。——杜荀鹤《维扬逢诗友张乔》[⑤]

众芳春竞发，寒菊露偏滋。受气何曾异，开花独自迟。晚成犹有分，欲采未过时。勿弃东篱下，看随秋草衰。——刘湾《即席赋露中菊》[⑥]

鄠郊陪野步，早岁偶因诗。自后吟新句，长愁减旧知。静灯微落烬，寒砚旋生澌。夜夜冥搜苦，那能鬓不衰。——郑谷《寄膳部李郎中昌符》[⑦]

黄河岸柳衰，城下度流澌。年长从公懒，天寒入府迟。家山望几遍，魏阙赴何时。怀古心谁识，应多谒舜祠。——马戴《冬日寄洛中杨少尹》[⑧]

不见江头三四日，桥边杨柳老金丝。岸南岸北往来渡，带雨带烟深浅枝。何处故乡牵梦想，两回他国见荣衰。汀洲草色亦如此，愁杀远人人不知。——崔橹《临川见新柳》[⑨]

---

① ［清］彭定求等纂：《全唐诗》[M]，北京：中华书局1960年版，第13册（共25册）第4846页。下文再引《全唐诗》，版本信息从略。

② 《全唐诗》，第9册第3335页。

③ 《全唐诗》，第9册第3110页。

④ 《全唐诗》，第20册第7730页。

⑤ 《全唐诗》，第20册第7940页。

⑥ 《全唐诗》，第6册第2012页。

⑦ 《全唐诗》，第20册第7713页。

⑧ 《全唐诗》，第17册第6437页。

⑨ 《全唐诗》，第25册第9997页。

上列这些近体诗中，与“衰”相押的韵脚字有“师”“时”“知”“枝”“事”“诗”“日”“滋”“迟”“澌”“识”“祠”等。这么多的同韵字至今仍然押韵，“衰”的读音孤雁出群的概率极小。

《全唐诗》共收录了48900多首诗。通过全文检索，笔者从中找到了172首“衰”字入韵的近体诗，其中约有120首诗中的“衰”字明显应该读作司（sī），另外约50首大多是排律，篇幅较长，韵字杂乱，诗中入韵的“衰”字可能是读作司（sī），也可能读作崔（cuī）或虽（suī）。当然，这只是笔者个人的判断，换作别人可能会有不同，但差别不会很大。可以肯定的是，这172首近体诗全部都是支（脂）韵，但是没有一个“衰”字可能读作摔（shuāi）。也就是说，唐代近体诗中入韵的“衰”字，基本如沈德潜所说“衰入四支，音司”，只是并非全部而已。

主流的观点认为“衰（shuāi）”字属支（脂）韵，但《全唐诗》的近体诗中竟然没有一个入支韵的“衰”字读作摔（shuāi）。入韵的“衰”字有七成以上读作司（sī），“衰”的多种反切及现代拟音中却没有这个读音。主流观点还认为，《回乡偶书》中的“衰”是灰韵，应读作崔（cuī），但《全唐诗》之律绝中入韵且读作崔（cuī）的“衰”字，除《回乡偶书》之外，没有一个出现在灰韵中！也就是说，以前关于“衰”的主流认知与唐代近体诗的实际应用完全不符！

难怪，众多学者在说“衰”若读摔（shuāi）应在支韵的时候，从来没有人举出一首用例；难怪，众多学者在说灰韵之“衰”应读崔（cuī）的时候，也从来没有人举出一首用例。原来，唐诗中根本就不存在这样的近体诗！既然如此，凭什么认定《回乡偶书》的“衰”应读作崔（cuī）呢？又凭什么认为贺诗之“衰”若读作摔（shuāi）就不合韵呢？

三、“衰”入灰韵不乏其例

大数据颠覆了关于唐代近体诗中“衰”字音韵的主流认知！这一发现让笔者大跌眼镜，不由得继续探究下去。

唐代近体诗如此，宋之近体诗如何？《全宋诗》收录诗歌27万首，体量是《全唐诗》的5倍多，可谓浩如烟海！同样是通过全文检索，笔者从《全宋诗》中共搜到了405首“衰”字入韵的近体诗，其中约300首诗中的“衰”字明显应该读作司（sī），约90首诗中的“衰”字可能读作司（sī）也可能读作崔（cuī）或虽（suī），另有14首诗中的“衰”应该读作摔（shuāi）。读作司（sī）的诗太多，仅举4例——

三百里湖新月时，放翁艇子出寻诗。城头蜃阁烟将合，波面虹桥柳未衰。渔唱苍茫连禹穴，寒潮萧瑟过娥祠。祖龙虚负求仙意，身到蓬莱却不知。——陆游《舟中作》①

欢乐欲与少年期，人生百年常苦迟。白头富贵何所用，气力但为忧勤衰。愿为五陵轻薄儿，生在贞观开元时。斗鸡走犬过一生，天地安危两不知。——王安石《凤凰山》②

水阁中宵动，寥寥起远思。秋风生折苇，星彩动寒池。白社孤前约，青云少旧知。苦吟空自叹，风雅道由衰。——寇准《水阁夜望书怀》③

壬戌同登日，秋崖尚见之。王家子敬字，谢氏惠连诗。乡校六龙渡，宗盟七桂枝。残碑麟笔绝，后死叹吾衰。——方回《方去言府判挽诗二首（其二）》④

与唐诗一样，宋诗中入韵读作崔（cuī）的“衰”字也都是在支（脂）韵中，没有一首出现在灰（咍）韵中——

检校精神白向衰，羲和促辔过如飞。白髭可是长无赖，换我红颜不放归。——姜特立《白髭》⑤

岭海英游少，诗书旺气衰。先生今不起，后死竟安归。文曲星何暝，灵光赋又非。儒宗真可憾，岂但哭吾私。——黎献《挽赵秋晓四首（之二）》⑥

全文检索《全宋诗》，最重要的发现是搜出了很多与《回乡偶书》一样“衰（shuāi）”字入了灰韵的近体诗，比如——

新秋病骨顿成衰，不度溪桥半月来。无事闭门非左计，饶渠屐齿上青

---

① 北京大学古文献研究所编：《全宋诗》[M]，北京：北京大学出版社1991年版，第40册（共72册）第25094页。下文再引《全宋诗》，版本信息从略。

② 《全宋诗》，第10册第6771页。

③ 《全宋诗》，第2册第1021页。

④ 《全宋诗》，第66册第41775页。

⑤ 《全宋诗》，第38册第24151页。

⑥ 《全宋诗》，第70册第43969页。

苔。——范成大《秋日》[①]

再岁春风把酒杯，今年更觉倍迟回。海棠消息知渠负，杨柳风流笑我衰。舟过重湖定安否，书来一纸勿悠哉。是身老矣腰仍折，宁待田园归未来。——赵蕃《留别邢大声昆仲》[②]

此外，“衰”入灰韵且读作摔（shuāi）的宋代近体诗还有12首，它们是：欧阳修《送章生东归》、李弥逊《春日书斋偶成五首（其四）》和《复用前韵》、张元干《题王岩起乐斋》、郑良嗣《琼花》、范成大《喜周妹自四明到》、杨万里《卧治斋盆池》和《夜雨》、叶适《赠听声欧阳承务》、刘过《自述》、徐玑《漳州别王仲言秘书》、舒岳祥《正仲思归作篆畦今夜月》[③]。

孙玉文在《试解“乡音无改鬓毛衰”的“衰”》一文中提到了宋代诗人李之仪的《和两翁轩》[④]，这也是一首“衰”入灰韵的七律。但，集宋诗之大成的《全宋诗》并未收录此诗——

何处又传金椀出，几人争看玉山颓。幽情不是风期旧，异境难从指顾开。猿鹤已回尘外驾，烟云休造眼中衰。未妨一老同巾履，香火终年谢劫灰。

白钟仁在《北宋李之仪诗词用韵研究》中说，《和两翁轩》中“衰”字跟蟹摄相押，取“衰亡，消失”之义[⑤]。可是，蟹摄只包括齐佳皆灰咍祭泰夬废等韵，而支脂之微属于止摄。孙玉文在《解读唐诗“乡音无改鬓毛衰”的“衰”》中提到，据多位学者研究，韵摄之间也存在个别通押的情况，但这只是特例，不足为训。

那么，怎么解释《和两翁轩》的用韵呢？有一种说法：诗中的“衰”，粤本作“哀”[⑥]。“哀”也在灰（咍）韵，与“颓”“开”和“灰”确实押韵了。

① 《全宋诗》，第41册第25750页。

② 《全宋诗》，第49册第30728页。

③ 这12首诗分别在《全宋诗》第6册第3602页、第30册第19319页、第30册第19319页、第31册第19894页、第38册第23716页、第41册第25970页、第42册第26194页、第42册第26205页、第50册第31248页、第51册第31845页、第53册第32859页、第65册第40936页。

④ 孙玉文撰：《解读唐诗“乡音无改鬓毛衰”的“衰”》[J]，西安：《陕西师范大学学报（哲学社会科学版）》，2018年第6期。

⑤ 刘晓南、张令吾主编：《宋辽金用韵研究》[M]，香港：香港文化教育出版社有限公司，2002年，第277—284页。

⑥ 中华诗词网[DB/OL]：http://www.haoshici.com/a83d7lw.html，2020年2月28日查询。

但与《回乡偶书》中“衰”被改成“摧”或“催”一样，把《和两翁轩》中的“衰”改为“哀”的依据明显不足。

主流观点一直认为，“衰”在灰韵中应读作崔（cuī），这也正是“鬓毛衰”被改为“鬓毛摧”的主要理由。可是，除了《回乡偶书》，唐宋近体诗中都没有第二例，反而在宋代近体诗中发现了14首（加上《和两翁轩》为15首）“衰”入灰韵读作摔（shuāi）的实例。这又是对主流认知的颠覆！

四、“蓑”和“缞”的读音也被颠覆

“衰”有两个异体字：一是“蓑”，一是“缞”。当“衰”作雨具解的时候，可以加上草字头，因为“蓑衣”通常是用草做成的。“蓑”读作梭（suō），歌韵。当“衰”作丧衣解的时候，可以加上绞丝旁或衣字旁，因为“缞”或“㯔”通常是用粗麻布做成的。几乎所有的字典都说，“缞”读作崔（cuī），灰韵或支韵。在对“衰”进行全面检索的过程中，笔者对“蓑”和“缞”也作了考察。

全文检索显示，《全唐诗》和《全宋诗》中都没有作雨具解的“衰”字入韵的近体诗。但“蓑”字入韵的近体诗，《全唐诗》中有11首，《全宋诗》中有173首。唐、宋近体诗各举一例——

春半平江雨，圆文破蜀罗。声眠篷底客，寒湿钓来蓑。暗澹遮山远，空濛著柳多。此时怀旧恨，相望意如何。——杜牧《江上雨寄崔碣》[①]

采药壶公处处过，笑看金狄手摩挲。老人大父识君久，造物小儿如子何。寒尽山中无历日，雨斜江上一渔蓑。神仙护短多官府，未厌人间醉踏歌。——苏轼《赠梁道人》[②]

令人瞠目的是：属于歌韵的“蓑”字，也有闯进灰韵和支韵的情况。这样的宋代近体诗共有2首——

猗猗井上桐，花叶何蓑蓑。下荫百尺泉，上耸陵云材。翠色洗朝露，清阴午当阶。幽蝉自嘒嘒，鸣鸟何喈喈。日出花照耀，飞香动浮埃。今朝一雨过，狼籍黏青苔。斯桐乃谁树，意若铭吾斋。——摘自欧阳修《桐花》[③]

---

① 《全唐诗》，第16册第5978页。
② 《全宋诗》，第14册第9353页。
③ 《全宋诗》，第6册第3756页。

西郊金气盛，庶物减华滋。萚萚丹枫雨，茫茫白草蓑。炎曦何怪淡，气嗑若委迟。对此凄凉景，能无宋玉悲。——释文珦《秋色》[①]

《桐花》是灰韵,《秋色》是支韵。歌韵独用的“蓑”怎么掺和进去了？乍一看，很吃惊。细审诗意，不难发现：这两首诗中的“蓑”并没有雨具之意，不应读作梭（suō），自然也不该入歌韵。显而易见,《桐花》中的“蓑”应该读作摔（shuāi）,《秋色》中的“蓑”应该读作司（sī），两处都是“衰败”的意思。实际上,《广韵》灰韵中也有“蓑”字。在《五音集韵》的“十二灰”韵中，“蓑”字两次出现，一次释为“草木叶垂状”[②]，一次释为“蓑，蓑叶下垂貌。本又音莎。”[③]。但在“十一皆”韵中，“蓑”则被释为“所乖切，蓑，蓑草，木叶茂貌。”[④]两韵释义，前后矛盾。“茂”字应为讹误。但这里给出了一个“所乖切”，今之拟音应当为“shuāi”。而且，“蓑”都可以写作“衰”。这两首诗分别支持了笔者在上文提出的两个观点：（一）“衰”在支韵可以读作司（sī）；（二）“衰（shuāi）”可以入灰韵。

那么,“缞”呢？孙玉文在《解读唐诗“乡音无改鬓毛衰”的“衰”》中说“‘衰’作‘用粗麻布制成的毛边丧服’讲在唐诗中未见入韵”，其实,《全唐诗》中有一首“缞”字入韵的近体诗——

清晓上高台，秋风今日来。又添新节恨，犹抱故年哀。泪岂挥能尽，泉终闭不开。更伤春月过，私服示无缞。——令狐楚《立秋日悲怀》[⑤]

显而易见，这首诗中的“缞”应该读作摔（shuāi），义为“丧衣”。如果读作崔（cuī），就很不谐和，美感全无。

隋末唐初有位诗僧叫王梵志（生卒年不详，隋末唐初人），诗作通俗，多有流传，但《全唐诗》没有收录他的诗。张锡厚（1937—2005）在《王梵志诗校辑》中整理汇编了他的336首诗作，其中有一首《家口总死尽》：“家口总死尽，吾死无亲衰。急手卖资产，与设逆修斋。托生得好处，身死雇人埋。钱财邻保出，任你自相差。”张锡厚在诗后的校释中说“衰，原作‘表’，不叶，

① 《全宋诗》，第63册第39596页。
② 〔金〕韩道照撰：《五音集韵》[O]，四库本，卷2第39页。
③ 〔金〕韩道照撰：《五音集韵》[O]，四库本，卷2第41页。
④ 〔金〕韩道照撰：《五音集韵》[O]，四库本，卷2第35页。
⑤ 《全唐诗》，第10册第3745页。

据文义改。《唐韵·灰韵》：‘缞，仓回切，丧衣。亦作衰。’”[①] 此诗中的“衰（缞）”，显然也应该读作摔（shuāi）。

“缞”出现在了灰韵诗中，这符合主流的认知，但它并不像一般认为的那样读作崔（cuī）。与众多入灰韵的“衰”一样，它也是读作摔（shuāi）。

《全宋诗》中有两首“缞”字入韵的近体诗。这两首排律都很长，均只截取一小部分——

吴壁评残笔，隋碑读渍苔。清阴依玉树，和气乐春台。薄宦俄成别，私门忽是灾。一朝捐采服，五载泣粗缞。季路还从仕，任安独见哀。近畿须健令，剧邑试长才。——摘自司马光《石昌言学士宰中牟日为诗见寄久未之答今冬罢》[②]

挟诈挥金斗，贪功袭墨缞。战场空爝火，京观悉蒿莱。险易曾何变，兴亡只可哀。隆平方恃德，襟带自崔嵬。——摘自司马光《太行》[③]

“衰（缞）”作“丧衣”解的时候读作崔（cuī），似乎早已成为定论，几乎无人提出过异议。但这与唐宋诗人的创作实践不符。

“蓑”可以入灰韵且读作摔（shuāi），而且“缞”也可以读作摔（shuāi），作为本字的“衰”在灰韵中读摔（shuāi）不是顺理成章吗？

五、元、明、清诗中的“衰”“蓑”“缞”

晚唐以降，近体诗的韵律规则逐渐放宽。一方面，元、明、清代近体诗对于判断韵字读音的作用逐渐减弱；另一方面，因为距离现代越来越近，元、明、清代的近体诗对于观察字音的演变却又更有价值。所以，笔者对元、明、清代近体诗中的“衰”“蓑”“缞”也进行了全文检索并作了分析。

《元诗选》中共有 24 首“衰”字入韵的近体诗。其中 16 首明显应该读作司（sī），6 首可能读作司（sī）也可能读作崔（cuī），这 22 首均属支韵。另外 2 首则属灰韵，它们是——

① 张锡厚校：《王梵志诗校辑》[M]，北京：中华书局 1983 年版，第 3 页。这首诗又题《诗并序（其三）》。

② 《全宋诗》，第 9 册第 6013 页。

③ 《全宋诗》，第 9 册第 6013 页。

名利是何物，人心不自灰。荣来终有辱，乐去可无哀。富冢草还出，贫门花亦开。耕桑枉辛苦，须白鬓毛衰。——行端《拟寒山子诗六首（其三）》[①]

作客何时了，愁深只酒杯。鬓毛随日短，胆气逐年衰。兵革江边阻，乡关梦里回。可怜今夜月，还照北山梅。——许恕《作客》[②]

第一首诗中的“衰”明显应该读作摔（shuāi）；第二首诗中的“衰”看似应该读作崔（cuī），其实也应该读作摔（shuāi），因为与“回”字一样，中古音中“杯”“灰”“梅”的韵母均为ai[③]。

《明诗综》中只有7首“衰”字入韵的近体诗。其中5首明显应该读作司（sī），1首可能读作司（sī）也可能读作崔（cuī），这6首诗均为支韵。另一首则是支韵与灰韵混用，此为本次全面检索所仅见。古韵中，支韵与灰韵相通，这首诗可以算是一次复古——

华月防高树，列曜何参差。流光射结绮，思妇惨中闱。良人涉遠道，感叹夜何其。清声发妙曲，宛转有余哀。妙曲固可听，余哀知为谁。春至桃李妍，岁暮华色衰。居然独处廊，顾影久徘徊。——孙蕡《拟古（其二）》[④]

《清诗别裁集》中有2首“衰”字入韵的近体诗。正如本书编著者沈德潜所言，这2首清诗中的“衰”读作司（sī）。

关于“蓑”和“缞”：《元诗选》中“蓑”字入韵的近体诗有29首，《明诗综》中“蓑”字入韵的近体诗只有1首，《清诗别裁集》中“蓑”字入韵的近体诗有8首，均为歌韵。《元诗选》《明诗综》《清诗别裁集》中都没有“缞”字入韵的近体诗。

可以看出，元、明、清代近体诗中“衰”“蓑”“缞”入韵的情况与唐宋时期基本一致，但“衰”字入灰韵且读作摔（shuāi）的比例明显增加。

---

① 〔清〕顾嗣立编：《元诗选》[O]，四库本，卷94第20页。

② 〔清〕顾嗣立编：《元诗选》[O]，四库本，卷108第33页。

③ 复旦大学东亚语言数据库中，“杯”的中古音大多拟为puai，“灰”的中古音大多拟为xuai，“梅”的中古音大多拟为muai。

④ 〔清〕朱彝尊编：《明诗综》[O]，四库本，卷11第12页。

六、“衰”与“哀”理应同韵

仔细审视支韵和灰韵，会有一种强烈的感受，那就是“衰（shuāi）”在支韵中像是无依无靠的“孤儿”，但在灰韵中却像是背井离乡的“游子”。比如“哀（āi）”和“衰（shuāi）”，这两个字简直就像孪生兄弟一样难分彼此。

《说文》：“哀，乌开切。从口，衣声。”“哀”与“衣”有什么关系呢？《洪武正韵》：“哀，于开切。悲哀，从衣从口，悲伤之见于衣服也。”① 原来，悲哀的程度可以从衣服上看出来。另据《故训汇纂》：“衰，谓服之三年。《大戴礼记·曾子大孝》：‘父母既殁，以哀祀之加之。’”② 父母殁后，穿三年孝服就是“衰”。

“衰”是象形字，本义是“蓑衣”。古文中，它的字形（）就是一个蓑衣，非常形象。因为“蓑衣”是用草一层一层自上而下叠编而成，这与中国传统按照亲疏而确定服丧层级的“五服”之制正好吻合，所以“衰”被赋予“丧衣”之义。后来，又引申为按照一定的等级依次递减。随着涵义不断丰富，字的写法也一再分化。因为蓑衣是由草做成，所以加上草字头后，“蓑”专指蓑衣或蓑草；因为丧衣是用麻布做成的，所以加上绞丝旁或衣字旁后，“缞”或“褛”专指丧衣；而“衰”则表示衰落、衰败、衰退、衰老等引申之义（详见本书第37页《辨析古汉语中的“衰”“蓑”“缞”》）。

对照一下，“衰”与“哀”是不是血肉相连？自从汉代正字出现以来，这两个字就只差一横。再看“衰”的古文，中间的“口”并没有一横，说它是“哀”反而更像。而且，“衰”和“哀”有着相同的韵母，读作“摔（shuāi）”的“衰”与“哀”不同韵，实在说不过去。前文所举行端的《拟寒山子诗六首（其三）》，就是一首“衰（shuāi）”与“哀”同韵的诗。

在各种文献或数据库中，“衰”与“哀”经常互为异文，让人难分正误。前文曾提到李之仪的《和两翁轩》，这是一首灰韵诗。因为诗中的“衰”不合韵规，所以有“粤本作‘哀’”之说③。“烟云休造眼中衰（哀）”，应该说两

① 〔明〕宋濂撰：《洪武正韵》[O]，四库本，卷2第18页。

② 宗福邦编：《故训汇纂》[M]，北京：商务印书馆2003年版，第351页。

③ 中华诗词网[DB/OL]：http://www.haoshici.com/a83d7lw.html，2020年2月28日查询。

个字都说得通。

再如前文提到的叶适《赠听声欧阳承务》："无心立臧否，有术验荣衰。举世声中动，浮生骨还来。弹轻知福地，欬小应灵台。笑我老何及，是身惟死灰。"《全宋诗》在"衰"字下面加有小注："原作哀，据四库本改。"[①] 这首诗中的"衰"与"荣"相对，显然是"衰败"之意，但却明显应该读作"摔（shuāi）"。这说明四库全书和《全宋诗》的编纂者都认为"衰（shuāi）"可以出现在灰韵中。

又如前文提到的王梵志《家口总死尽》中的"家口总死尽，吾死无亲衰。"诗中的"衰"，原本为"表"。有注释曰："张改作'衰'，郭校作'哀'。"[②]"吾死无亲衰"的意思是"我死后没有亲人穿丧衣（披麻戴孝）"，"吾死无亲哀"的意思是"我死后没有亲人哀悼"，都可以说是文从字顺。如果依照韵书，"哀"比"衰"更适合，因为广韵及平水韵的灰韵中没有"衰（shuāi）"，《集韵》灰韵中虽然有"衰"，但义仅为"丧衣"，读作崔（cuī）。张锡厚把"表"改作"衰"，说明他也认为该字在灰韵中可以读作摔（shuāi）。连作"丧衣"解的"衰"都可以在灰韵中读作摔（shuāi），作"衰败""衰老""衰减"等解的"衰"读作摔（shuāi）理所应当。

至于因"衰""哀"酷似而导致的讹误更多。顾况《听角思归》"梦后城头晓角哀"中的"哀"，在李攀龙（1514—1570）《唐诗选》中为"衰"[③]。司空曙《秋思呈尹植裴说》"坐结玉琴哀"中的"哀"在《司空曙集》中讹为"衰"[④]。再如宋无《姑苏台》"烟水翻令后世哀"[⑤]，陆文圭《李君美夫妇挽诗二首（其一）》"如君独要哀"[⑥]，汪炎昶《哭直方兄二首（其一）》"归来一倘哭声哀"[⑦]、《五月二十三日雷雹大作》"吟苦自生哀"[⑧] 等诗句中的"哀"，在百度汉语、《全宋诗》等数据库文字中均讹为"衰"。同时，也有"衰"讹为"哀"的，比如杨万里《和李天麟秋怀五绝句（其三）》"略容老子照衰颜"中的"衰"，百度汉语、《全宋诗》

① 《全宋诗》，第 50 册第 31248 页。
② 中华诗词网 [DB/OL]：http://www.haoshici.com/a83d7lw.html，2020 年 2 月 28 日查询。
③ 〔明〕李攀龙辑：《唐诗选》[O]，明刻本（王稚登序），卷 7 第 22 页。
④ 〔唐〕司空曙撰：《司空曙集》[O]，明铜活字本，卷上第 13 页。
⑤ 《全宋诗》，第 69 册第 44773 页。
⑥ 《全宋诗》，第 69 册第 44571 页。
⑦ 《全宋诗》，第 69 册第 44815 页。
⑧ 《全宋诗》，第 69 册第 44806 页。

等数据库文字均讹为“衰”。

在周德清（1277—1365）《中原音韵》的“齐微”韵中，“衰”字与“崔”“催”排在一起[①]，“皆来”韵中的“衰”夹在“哀”“埃”“开”“来”等字的中间[②]。与“衰”字同纽的这些字，在切韵系中均为灰韵。赵荫棠《中原音韵研究》，把“皆来”韵的“衰”注音为suai[③]。

七、唐韵灰韵中原本有“衰（shuāi）”

林林总总的文献，方方面面的信息，都在显示：灰韵中应该有“衰（shuāi）”。

从隋之《切韵》到唐之《唐韵》，再到宋之《广韵》《集韵》《平水韵》，又到元之《中原音韵》，明之《洪武正韵》，还有清之《佩文诗韵》，中国的韵书经历过很多次的增删和修订，而且每个时期都有多种版本并存，每次编修都会订正前书的讹误，每次订正之后又会被后人订正，而各种版本中的有意窜改和无意讹误，更是在所难免。同一部《集韵》，流传下来的有潭州、明州、金州三种宋刻本，而明州本又有毛晋汲古阁和钱曾述古堂两种抄本，各种版本之间总是有所差别，其中的鲁鱼亥豕、脱字臆改都不足为奇，因之甚至产生了一些专门校勘韵书的专著，比如《刊谬补缺切韵》《广韵校勘记》《广韵校勘记补释》等等，不胜枚举。

《唐韵》有两种版本：一种是“开元本”，约成书于唐开元二十年（732），分韵195部；另一种是“天宝本”，约成书于唐天宝十年(751)，分韵205部，释文更详细。《唐韵》虽然早已失传，但也不是无迹可循。纪容舒（1685—1764）的《孙氏唐韵考》就对唐韵作了深入的考证，并与宋代面世的《广韵》作了全面的比较。在这部著作中，某字《唐韵》作某，某字《广韵》不载，某字《广韵》失收，某字《广韵》误从某字，某字《广韵》作某某切，十二文的某字《广韵》载六脂，十五灰的某字《广韵》收入五支……诸如此类的说法触目皆是。从这些文字中可以看出，徐铉（916—991）、陈彭年（961—1017）

---

① 〔元〕周德清撰：《中原音韵》[O]，四库本，卷上第6页。

② 〔元〕周德清撰：《中原音韵》[O]，四库本，卷上第12页。

③ 赵荫棠著：《中原音韵研究》[O]，上海：商务印书馆民国二十五年（1936）版，卷下第188页。

等人在修纂字书或韵书的时候，删了很多的字，改了很多的音，还对很多字所在的韵部作了调整。比如六脂“规”字目下“案：‘规’字《广韵》收入五支，居随切。考：‘隓’字，许规切；‘闤’字，去隓切。辗转取音。此字宜在支韵。必《唐韵》两部兼载，徐铉注《说文》时只采其一音，陈彭年等重修《广韵》又删去居追一音并入支韵，故此字部分互异耳。凡《唐韵》《广韵》互异者，皆可以此推之。”①那么，“规”字的这个遭遇会不会也发生在“衰”字身上呢？

毛奇龄（1623—1716）在《古今通韵》中说：“衰有等杀之义，读所皆切，是正音。其又收支部，则以支灰相通故也。凡五方之音，无他区别，但远近一同者便是元音。今人读‘衰’皆同‘毸’，读‘佳’皆同‘嘉’，而宋韵偏以‘衰’入支，以‘佳’合皆，竟删去灰麻两部，此不通之极！而过遵宋韵者，反谓衰无毸音、佳无嘉音，是偶见画宫而反以为是人无家又乌可也。按：‘衰’‘挼’亦唐习用字，如贺知章《还乡偶书》‘乡音无改鬓毛衰，笑问客从何处来。’刘梦得《杨柳枝词》‘浅黄轻绿映楼台，便被春风长请挼。’皆是也。”②不知毛奇龄的依据是什么，但本文的大数据分析可以为之提供有力的支撑。

原来，“衰（shuāi）”本来就在灰韵中，被宋韵从灰韵中删除后强行归入了支韵，于是造成了“衰”的音、韵、义的严重混乱。

《广韵》等宋韵的编者为什么要把“衰(shuāi)”从灰韵中删掉呢？笔者猜测，可能是因为入韵的“衰(shuāi)”太少，甚至以为没有用例——《全唐诗》中仅《回乡偶书》这一首，唐前的诗中也没有发现。宋韵的编者可能忽略甚至没有看过《回乡偶书》这首诗。要知道，《广韵》是陈彭年在北宋早期奉敕编修的，而在此前的唐诗典籍，包括唐人选唐诗（十种），以及宋初的诗文总集《文苑英华》以及《乐府诗集》都没有收录此诗。流传至今的文献，《回乡偶书》最早出现在《会稽掇英总集》、《侯鲭录》等著作中，而这些著作的问世都晚于《广韵》。

与“衰（shuāi）”一样，“挼”也从灰韵中被删除，导致刘禹锡的《杨柳枝（其一）》失韵。该诗全文为：“迎得春光先到来，浅黄轻绿映楼台。只缘袅娜多情思，便被春风长请挼。”《集韵》：“挼，两手相切摩。”在此诗中，可理解为爱抚，亦即轻拂之意。其实，《广韵》《集韵》的灰韵中仍然有“挼”字，

① 〔清〕纪容舒撰：《孙氏唐韵考》[O]，四库本，卷1第17页。
② 〔清〕毛奇龄撰：《古今通韵》[O]，四库本，卷3第34—35页。

但在平水韵的灰韵中则不见踪影。可能就是因为“挼”字失韵，“便被春风长请挼”被改成了“更被春风长倩猜”①。

既然宋韵把“衰（shuāi）”从灰韵中删除了，为什么宋代及以后的诗人还以“衰(shuāi)”字入灰韵呢？这可能是因为《广韵》等新版的韵书面世后，《切韵》《唐韵》等韵书还在某些地方或某些人中使用，因为新韵书的普及需要一个过程；也有可能是有些诗人知道灰韵中原本就有“衰（shuāi）”字，而且认为这很合理，所以坚持使用。古代韵书的版本也是很杂乱的，不可能做到完全一律。实际上，在平水韵（出现于13世纪初）行世之前，诗韵就没有统一的规则。即便官方在科举中推行平水韵，也做不到“天下一统”。

八、结语

事实胜雄辩。实践出真知。此前关于“鬓毛衰”的研究之所以不得要领，缘于研究者们只是在韵书或字典中找答案，并未深入到诗人的具体创作中去，也没有深入考证韵书的源流变迁。

综上所述，“衰”在中古的音、韵、义应该是这样分布的——

（一）在歌韵中，“衰”读作梭（suō），可以写作“蓑”，是一种雨具。这是“衰”的本音和本义。此音此义，至今依然，没有争议。

（二）在支韵中，“衰”主要有三音三义。读作司（sī），意为事物发展转向微弱，比如盛衰、兴衰、衰微、衰老、衰败等；读作崔（cuī），意为依照一定的标准递减，比如衰变、衰序、衰分、衰少等；读作虽（suī），小也，减也，杀也；弱也，耗也。这三个读音，在今音中均已不存。现在的主流观点认为，“衰”在支韵中意为事物发展转向微弱的时候读作“摔（shuāi）”，完全不符合实际。沈德潜的“音司”之说，得到了大数据的充分支持。

（三）在灰韵中，“衰”读作摔（shuāi），意为衰败、衰落、衰老、衰减、衰退等，与支韵中读作司（sī）的意思相同，此为一义两音并两韵。此外，“衰”为“丧衣”（可以写作“缞”或“褑”）的时候，也应该读作摔（shuāi）。认

① 此句在《乐府诗集》宋刻本、四部丛刊明刻本、四库本（卷81）中均为“便被春风长请挼”，在《全唐诗》中两次出现，卷28为“便被春风长请挼（集作倩猜）”，卷365为“更被春风长倩猜”。

为灰韵中“衰”不能读作摔（shuāi）也不能作“衰老”等义解是错误的，认为“缞”或“榱”在灰韵中读作崔（cuī）也不符合事实。毛奇龄说，“所皆切（shuāi）”是“衰”的正音，这与现在的情况相合。

也就是说，贺知章的《回乡偶书》合乎唐韵。“鬓毛衰”之所以成为问题源于韵书修改不当导致的音韵讹乱。

《回乡偶书》的“衰”“摧”“催”之辨

《全唐诗》收录了19首贺知章的诗，这基本上是他传世的所有诗作。数量虽然不多，其中却有两三首广泛流传，那就是《回乡偶书（二首其一）》（以下简称《回乡偶书》）和《咏柳》。“少小离乡老大回，乡音未改鬓毛衰。儿童相见不相识，笑问客从何处来。”这首《回乡偶书》可谓家喻户晓，妇孺皆知。不过，这首诗也留下了很多的争议，历经数百年而未绝。比如主流观点认为这首诗是贺知章告老还乡后写的，但也有人认为是他中老年时代回乡探亲时所作[①]。甚至早在1000年前的宋代就有人认为，《回乡偶书》的作者不是贺知章，而是黄拱（详见本书第58页《〈回乡偶书〉异文通辨及作者之谜》）。由于传世的版本不同，还存在不少异文，而争议最多也最受关注的还是诗中“鬓毛衰”的“衰”字。沈德潜（1673—1769）把“衰”改为“摧”，后来又被人改成了“催”，这让问题变得更加复杂。最近几十年，“摧”和“催”已基本不见，争议主要集中在“衰”字的读音上；而在民国以前的几百年里，争论则集中在“衰”字是否出韵上，也因此导致“摧”、“催”等字的出现。对此，笔者在《大数据颠覆关于“鬓毛衰”的主流认知》（详见本书第1页）中已有辨析，但很简略。为使问题更加清晰，有必要对“衰”“摧”“催”等字深入考查。

一、传世版本中的“衰”“摧”“催”

既是古诗，须问古籍。在探讨之前，我们不妨先看看自古以来的各种版本。笔者遍查北京大学图书馆古籍文献库、中国国家数字图书馆、中华经典

① 朱仲玉撰：《谈谈贺知章和他的诗》[J]，绍兴：《绍兴师专学报（社会科学版）》1982年第2期。该文认为贺知章在53岁之前（即开元之前）可能回过一次家乡并写下了《回乡偶书》。

古籍库等几大数据库，共查到了收有《回乡偶书》的39种文献、51个古籍版本，发现本诗的异文非常之多，尤其是第二句的尾字，多达5种说法，即“衰”“摧”“催”“鬔”“腮”。其中，“衰”有33个版本，“摧”有6个版本，“催”有4个版本，“鬔”有6个版本，“腮”有2个版本。（详见本书第70页《〈回乡偶书〉异文一览表》）

“鬔”和“腮”，都出现在较早的几种文献中，而且前面的两个字也大都有异。孔延之（1013—1074）《会稽掇英总集》和洪迈（1123—1202）《万首唐人绝句》中均为“面毛腮”，赵令畤（1064—1134）《侯鲭录》中为“面毛鬔”，谢维新《古今合璧事类备要》中为“鬓毛鬔”。徐𤊹《徐氏笔精》则是一本之中两种说法：前文刚说过“鬓毛衰”应为“面皮鬔”，后文引用时又成了“鬓毛衰”。“面皮”和“面毛”，均粗俗不堪，前文已作辨析，这里不再赘述。

唐汝询（1624年前后在世）《唐诗解》在“衰”字下有注：“衰字失韵，疑当作摧。”诗后的注解则写道：“鬓毛摧，貌非昔也……”也就是说，唐汝询首先使用了“摧”，但正文仍然为“衰”。

沈德潜《唐诗别裁》则直接把诗正文中的“衰”改成了“摧”，并在“鬓毛摧”下注曰：“原本鬓毛衰。衰入四支，音司。十灰中衰音缞，恐是摧字之误。因改正。”

本次检索到的文献中，“催”字最早出现在《唐诗三百首》清道光十四年（1834）立言堂刻本中。《唐诗三百首》早期的注本还是“衰”，比如宏道堂重镌本，但在不断的注疏传刻中发生了变化，这显然是受时风的影响。民国时期的出版物中，“摧”和“催”后来居上，甚至比“衰”的版本还要多。

但1949年以后，“摧”和“催”又都明显减少，“衰”字重新成为主流。“摧”和“催”虽然难得一见了，但这两个字的读音却没有完全被抛弃——现行的正式出版物，包括语文教科书，大都把“衰”字注音为“cuī（崔）”。几十年来，“衰”“摧”“催”纠缠在一起，很多国人被搞得晕头转向，无所适从。

二、“衰”与“摧”“催”之辨析

放在《回乡偶书》中，“摧”是什么意思呢？唐汝询和沈德潜都没有解释。喻守真注为“凋落之意”。首先，这个解释过于牵强，因为“摧”原本就没有“凋落”的意思。而且，按照一般的理解，“鬓毛衰”是通过对“鬓毛”的描写呈现衰老之态，而“凋落”显然不是很贴切的表达。更重要的是，“摧”的气质与诗的基调不合。《后汉书·郭丹传》注:“衰之言摧。言实摧痛于中也。按《释名·释丧制》：衰，摧也。言伤摧也。”[①]《楚辞·忧苦》称“摧，挫也。”据《古汉语常用字字典》，“摧”有两个意思：一是“折断”。比如范仲淹在《岳阳楼记》中用“樯倾楫摧”表达“感极而悲”的压抑情绪，再如李贺在《雁门太守行》中用“黑云压城城欲摧”渲染那种死寂般的紧张气氛。二是“悲伤”。比如《古诗为焦仲卿妻作》有“未至二三里，摧藏马悲哀。”常用与“摧”相连的词还有“悲摧”“摧怆”“摧伤”[②]……可以说，“摧”就是一个灰暗哀伤的字眼儿，充满了挫败感和毁灭性。而贺知章是个什么样儿的人？少年诗文成名，青中老年得志，垂暮衣锦还乡，最终叶落归根。告老入道别京之际，获诏赐镜湖剡川一曲，皇上专门制诗赠行，太子以下执手惜别。官至三品[③]，才高八斗；诗酒作伴，云鹤为友；松龄鹤寿，名利双收。86岁寿终正寝，古时非常罕见。贺知章的一生是圆满的，他的性情也是狂放的。刘昫（887—947）《旧唐书》称：“知章晚年尤加纵诞，无复规检，自号‘四明狂客’，又称‘秘书外监’，遨游里巷，醉后属词，动成卷轴，文不加点，咸有可观。”[④]这样的人荣归故里之时，可能会有无限的感慨，但绝不会有悲情愁绪。况且，贺知章是以请为道士的名义还乡的，他还把家里的宅院改成了道观。作为悟道之人，理应更加豁达。纵观全诗，语气是诙谐的，基调是欢乐的。“儿童相见不相识，笑问客从何处来？”诵之会心，闻之欣然。在这样的诗中，怎么会出现像“摧”这么沉重的字眼儿？沈德潜的改动，确属“别裁”，然而“谬甚”！

显而易见，“摧”字没有得到广泛的认同。后人又把“摧”改成了“催”，词义也变成了“促”，取“岁月催人老”之意。这个字虽然祛除了悲伤之气，却不符合情理逻辑。将老未老或者半老之人，喜欢用“催”字感叹岁月之匆匆。而当时的贺知章已经86岁高龄，耄耋之年，老得不能再老，根本无需再“催”。实际上，告老还乡不久，亦即写完这首诗仅几个月之后，他就“羽化成仙”了。

① 编写组：《中华大字典》[M]，北京：中华书局1978年版，第385页。
② 王力等编：《古汉语常用字字典》[M]，北京：商务印书馆2005年版，第64页。
③ 贺知章的最高官职为太子宾客、银青光禄大夫兼正授秘书监，正三品。按照唐朝官制，一品、二品只是荣衔，没有实权，三品是实职官员的最高品级，中书令（宰相）亦为三品。
④〔五代〕刘昫等撰：《旧唐书》[O]，摛藻堂四库全书荟要本，卷190中第31页。

回过头来，再看“衰”字。衰（shuāi），衰老、衰落、衰败、衰弱、衰退。《淮南子·主术》有“年衰志悯”之说，“衰”者，“老也。”《吕氏春秋·去宥》：“人之老也，形益衰。”[①]陆游《书愤五首（其一）》：“塞上长城空自许，镜中衰鬓已先斑。”用在人身上，“衰”就是“老”。用在头发上，“衰”就是疏落变白，通常还会失去光泽，变得枯干杂乱。孟浩然《家园卧疾，毕太祝曜见寻》诗中有“斑白恨吾衰”，此句把“斑白”和“衰”直接联系在一起。元稹则在《酬翰林白学士代书一百韵》“宁牛终夜永，潘鬓去年衰”下自注：“予今年始三十二，去岁已生白发。”这也说明与“鬓”搭配的“衰”字就是指衰白。“衰”与“鬓毛”连在一起，意思非常容易理解。虽然“衰”也不是人们乐于接受的，但它只是客观的描述，比较中性。尽管贺知章非常乐观，也不能不承认自己已经衰老的事实。像他这样高寿的人终老，一般被称为“喜丧”或“白喜事”。所以，虽然“鬓毛衰”，贺知章应该也会很坦然。他告老还乡的目的就是归根，他非常明白自己已经衰得不能再衰。

三、“衰”与“鬓”是常见的搭配

在唐宋近体诗中，“鬓毛衰”是一个相当常见的词组。比如盛唐诗人严武（726—765）《酬别杜二》中有“但令心事在，未肯鬓毛衰。”盛唐诗人卢纶（739—799）《驿中望山戏赠渭南陆贽主簿》中有“山在门前登不得，鬓毛衰尽路尘中。”晚唐诗人韩偓（约842—约923）《家书后批二十八字》中有“四序风光总是愁，鬓毛衰飒涕横流。”再如北宋诗人欧阳修（1007—1072）《寄阁老刘舍人》中有“梦寐江西未得归，谁怜萧飒鬓毛衰。”南宋诗人陆游（1125—1210）《风月》中有“镜中日日鬓毛衰，八十还思七十时。”

上述五位诗人，或与贺知章同时代，或在贺之后，他们诗中的“鬓毛衰”很可能就是取自《回乡偶书》，这也说明他们读到的是“鬓毛衰”或者认同“鬓毛衰”。在《回乡偶书》中，“鬓毛衰”既与上句的“老大”相呼应，又与上半句的“乡音难改”形成对比，文从字顺，合情合理。

所以，“摧”及其衍生出来的“催”，不是“改正”了，而是“改误”了。

① 宗福邦等编：《故训汇纂》[M]，北京：商务印书馆2003年版，第2054页。

在沈德潜之后经历了很多年的混乱之后，“衰”字重新归位，成为主流。

唐代是中国诗歌的全盛时期，300多年的历史产生了大量的诗歌，仅《全唐诗》就收录了48900多首。宋代的印刷业发达，流传下来的诗歌选本很多，所以《全宋诗》收录的诗歌多达27万首，是《全唐诗》的5倍多。要想依靠传统的手段全面地了解唐宋诗在某一个字或某一方面的具体情况是不可想象的，而现代的信息技术及网络搜索服务为人们提供了极大的便利，数据库及大数据更是能为科研工作提供准确可靠的依据。通过全文检索，笔者发现，“鬓毛衰”在《全唐诗》中出现过4次（包括《回乡偶书》），在《全宋诗》中出现过9次。而“鬓毛摧”和“鬓毛催”在《全唐诗》没有出现过，在《全宋诗》中，“鬓毛摧”没有出现过，“鬓毛催”只出现过5次。

为了全面考察“鬓”与“衰”“摧”“催”的搭配关系，笔者也在《全唐诗》和《全宋诗》中对这几个字进行了多种组合的检索。

（一）《全唐诗》“鬓”与“衰”“摧”“催”搭配的情况

“衰鬓”出现过30次，“鬓衰”出现过6次，“鬓已衰”出现过2次，“鬓将衰”出现2次，“鬓欲衰”出现2次，“鬓发衰”出现1次，“鬓先衰”出现过1次。

“摧鬓”“鬓摧”“鬓已摧”“鬓将摧”“鬓欲摧”“鬓发摧”“鬓先摧”出现过0次。

“催鬓”出现过3次，但都是字符串的巧合，实质上与本文主旨无关。比如李贺《江楼曲》“晓钗催鬓语南风，抽帆归来一日功”中“催鬓”的意思是“催着自己梳妆打扮”；陈陶《上建溪》“已判猿催鬓先白，几重滩濑在秋天”中“催”修饰的对象是“猿”而不是“鬓”；寒山《叠字诗》“时催鬓飒飒，岁尽老惆惆”中“催”修饰的是“时”而不是“鬓”。“鬓催”出现过1次，为杜甫《早花》中的“直苦风尘暗，谁忧容鬓催。”从对仗来看，此句中的“催”也可能是“衰”字之讹。另外，“鬓已催”“鬓将催”“鬓欲催”“鬓发催”“鬓先催”出现过0次。

（二）《全宋诗》“鬓”与“衰”“摧”“催”搭配的情况

“衰鬓”出现过87次，“鬓衰”出现过7次，“鬓已衰”出现过5次，“鬓发衰”出现过2次，“鬓欲衰”出现过1次，“鬓将衰”“鬓先衰”出现过0次。

“摧鬓”出现过2次，也是字符串的巧合，与本文论题无实质关系。比如欧阳修《赠沈博士歌》“颜摧鬓改其一翁”中“摧”修饰的是“颜”而不是“鬓”；周必大《汤孺人挽词》“霜摧鬓未华”中“摧”修饰的是“霜”而不是“鬓”。“鬓摧”出现过3次。陈造《繁昌县感旧》中的“筋骸罢惫鬓摧颓，不叹漂零叹吾老。”此句中的“摧”与“颓”共同修饰“鬓”，且该诗非近体。范成大《立春大雪招亲友共春盘坐上作》中的“华年惜节物，况此霜鬓摧”，此句中直接修饰“鬓”的是“霜”而不是“摧”，且此篇也不是近体诗。苏轼《惜花》中有“岂知如今双鬓摧，城郭古寺没蒿莱。”该诗似为柏梁体，“摧”或为“衰”字之误。“鬓发摧”出现过1次。这首诗是赵蕃的《初见梅怀玉山友弟》：“江路野梅初折来，班班已有数花开。细看浑觉风神在，且老空惊鬓发摧。我所思兮千万里，知其趣尔五三杯。半年未有音书至，未过衡阳雁已回。”[①]此诗之“摧”似也不如“衰”字。可能因为宋韵灰韵中没有“衰(shuāi)”，诗人只好用“摧”。另外，“鬓已摧”“鬓欲摧”“鬓将摧”“鬓先摧”均出现过0次。

“催鬓”出现过3次。黄庚《伤春》中有“东皇别我太匆匆，急景相催鬓已翁。”此句中“催”的对象是“急景”而不是“鬓”。李龙高《梅角》中有“朝暮相催鬓易星，酸风无奈送悲声。”此句中“催”的对象是“朝暮”而不是“鬓”。韩维《之雍丘舟中奉寄少述处士明叔公组》中有“人事感心怀素友，年华催鬓作衰翁。”此句中的“催”与上半句的“感”字对仗，且后面还有“衰”字，另当别论。“鬓催”出现过2次。陆游《东村散步有怀张汉州》中有“忧国丹心折，怀人雪鬓催。”该句中直接修饰“鬓”的是“雪”而不是“催”。方回《醉吟五首（其一）》中有“老夫欲不饮，奈何霜鬓催。”该句中直接修饰“鬓”的是“霜”而不是“催”，且此诗非近体诗。“鬓发催”出现过4次。郑刚中《用韵寄仲模》中有“行藏事业皆前定，祇恐吾侪鬓发催。”苏泂《家国》中有“长安五月火云堆，客子光阴鬓发催。”杨万里《见张钦夫二首（其一）》中有“邹鲁期程远，风霜鬓发催。”杨万里《诗酒怀赵德庄》中的“一代风流尽，余年鬓发催。”从对仗的角度看，至少杨万里两首五律中的“催”应该是“衰”，因为上联中的“远”和“尽”与“衰”都是形容词，而“催”是动词。郑刚中和苏泂诗中的两联不对仗，但从诗意来看，“衰”也比“催”更恰当。这4首

① 北京大学古文献研究所编：《全宋诗》[M]，北京：北京大学出版社 1991 年版，第 49 册第 30708 页。

诗的“催”会不会也是从“衰”改过来的呢？非常值得怀疑。另外，“鬓已催”“鬓欲催”“鬓将催”“鬓先催”均出现过0次。

可以看出，“鬓”与“衰”是常见的搭配，而“鬓”与“摧”或“催”的组合非常罕见，为数不多的几次，或与本文旨要无关，抑或为“衰”字之讹。

四、宋诗中的5次“鬓毛催”也很可疑

上文提到，“鬓毛催”在《全宋诗》中出现过5次，这是怎么回事儿呢？虽然这对上文的判断不会产生大的影响，但也不妨推敲一下。先来看看这5首宋代的近体诗——

地僻天教养散材，流年沉著鬓毛催。青山自绕孤城去，画角常随晚照来。几净双钩摹古帖，瓮香小啜试新醅。乘槎不是英缠远，无奈先生兴尽回。——陆游《地僻》

慈姥矶头月，纤纤照酒杯。素秋风露重，久客鬓毛催。宿鸟惊还定，飞萤阖复开。平生四方志，老去转悠哉。——陆游《晚泊慈姥矶下（二首其二）》

笔陈云横未易陪，雁门端见压城摧。栎中麋出君抟饭，地上蛇成我夺杯。好在田园心事懒，罢休簪组鬓毛催。稽山为有知章否，欲泛扁舟定却回。——晁补之《别关景晖（二首其二）

白鸥相见忽相猜，居士星星似我哉。习懒更无诗一句，浇愁惟有酒三杯。看梅做雪行过去，玩月如霜弄影来。学得平生安乐法，等闲不受鬓毛催。——苏泂《白鸥》

山房秋藓滑，吾亦为诗来。家远雁初到，边寒菊未开。贫知心事古，老觉鬓毛催。能共清谈否，呼童急洗杯。——方岳《次韵酬戴式之》

不管五言还是七言，律诗的颔联（第三、四句）和颈联（第五、六句）都是对仗的。杜甫《登高》中的“无边落木萧萧下，不尽长江滚滚来”“万里悲秋常作客，百年多病独登台”就是经典的范例。所谓“对仗”，不仅要求平仄合辙，而且必须词性相同。比如上文两对中的“下”和“来”都是动词，“客”和“台”都是名词。那么，5首带有“鬓毛催”的宋诗如何呢？

陆游《地僻》和苏泂《白鸥》中的“催”分别在首句和尾句，无须对仗，难以判断。“素秋风露重，久客鬓毛催”“好在田园心事懒，罢休簪组鬓毛催”“贫

知心事古，老觉鬓毛催”这3副对子中，“重”“懒”“古”均为形容词，而“催”为动词，对仗不工。如果“催”换成“衰”，对仗就工整了。

另外，作为清代最著名的诗论家之一，沈德潜应该读过这5首带有“鬓毛催”的宋诗，至少读过其中的一部分。既然有这样的先例，他把“衰”改为“催”应该是顺理成章的，但他却把“衰”字改成了既无先例又难理解的“摧”。这一方面可能是受到唐汝询的影响，另一方面也可能是因为他没有看过“鬓毛催”之说。而这些“鬓毛催”反倒有可能是在沈德潜改“衰”为“摧”再被后人改为“催”后，后人又根据《回乡偶书》中的“鬓毛催”而把其他灰韵诗中的“鬓毛衰”也改成了“鬓毛催”。

在国家图书馆藏的宋本《剑南诗稿》中，陆游《晚泊慈姥矶下（二首其二）》刻印的也是“鬓毛催”[①]。不过，这个“宋本”并非原版，而是汲古阁毛晋（1599—1659）等明末藏书家根据残存的宋本《剑南诗稿》整理翻刻的，其中多有改动。《宋本新刊剑南诗稿》的前言还专门提到了《晚泊慈姥矶下》，称“正文之中，毛晋刻本与两个宋本也有诸多不同。”清代藏书家、校勘家黄丕烈（1763—1825）“已经对此产生怀疑。”他在宋本《放翁先生剑南诗稿》的跋中说：“余向从郡故家收得残宋刻《剑南诗稿》十册，卷第多剜改……”上述5首诗中的“鬓毛催”是否改自“鬓毛衰”，大可置疑。

五、需要澄清的一大误解

现当代出版物中，把“鬓毛衰”中的“衰”注音为“cuī”，或者直接把“衰”改成“摧”或“催”，都很常见。而这样处理，如何释韵呢？

“把‘少小离家老大回，乡音无改鬓毛衰’中的‘衰’读作cuī以与‘回’押韵（实际上后两句‘儿童相见不相识，笑问客从何处来’中的‘来’也是入韵的，‘衰’读作cuī是顾首不顾尾，得失参半）。”[②] 孟蓬生的这个说法前后矛盾，因为“衰”若读作cuī与“来（lái）”不可能押韵。虽然没有自圆其说，

① 〔宋〕陆游著：《宋本新刊剑南诗稿》[O]，北京：国家图书馆出版社2017年影印，第1册（共3册）第50页。

② 孟蓬生撰：《新版〈审音表〉公布后：我们如何读古诗文》[J]，北京：《光明日报》2016年10月30日。

但他显然认为“衰”读作 cuī 是与首句的“回（huí）”押韵。很多文献都这么认为，这是一种非常普遍的认知。

至于“摧”和“催”，就更不用说了。今音中，“摧”和“催”均读作 cuī，显然与“回（huí）”押韵，但与“来（lái）”不押韵。于是，人们就认为，沈德潜把“衰”改成“摧”就是为了前两句押韵。

这两种解释，完全是误会。因为按照韵律，绝句的首句可以入韵也可以不入韵，但第二句和第四句必须押韵。也就是说，可以不“顾首”，但必须“顾尾”。那么，沈德潜把“衰”改成“摧”，岂不是失韵了吗？

其实，在唐宋韵书中，“回”“摧”“催”“来”同属灰（咍）韵，该韵的韵尾肯定相同，大抵都是 ai。若用现代汉语拼音，近体诗中的“回”应读作 huái（详见本书第 43 页《近体诗中的“回”应读作 huái》），“摧”和“催”大约读作 chuāi，“来”还读作 lái。今音中的“回”和“摧”之所以分别读作 huí 和 cuī，是因为语音发生了演变。宋元以后，北京话和其他许多北方话原灰韵的开口（即《广韵》的咍韵）字，如“该、开、孩、皑、哀、胎、台、来、哉、猜、才、鳃”等，韵母仍为 ai；而合口（即《广韵》的灰韵）字，如“瑰、盔、灰、回、桅、摧、堆、颓、雷、杯、裴、胚、梅”等，韵母则变为 ui 或 ei。

也就是说，在唐韵中，“摧”“催”与“来”也是押韵的。单就韵律来说，把“鬓毛衰”中的“衰”换成“摧”或“催”都没有问题。沈德潜改“衰”为“摧”绝不是为了与首句的“回”押韵，而是为了全诗的押韵。今人据此把“鬓毛衰”的中的“衰”注音为“cuī”，以求与首句的“回（huí）”押韵，顾首不顾尾，违背了常识。

六、结语

综上所述，《回乡偶书》中的“鬓毛衰”不仅文从字顺、最为常见，而且音、义、韵都能合辙。把“衰”改成“摧”或“催”是错误的。

苏轼（1037—1101）在题跋《书诸集改字》中说：“近世人轻以意改书。鄙浅之人，好恶多同，故从而和之者众，遂使古书日就讹舛，深可忿疾……自余少时，见前辈皆不敢改书，故蜀本大字书皆善本。”[1] 对此，后人当鉴。

目前，有些正式出版物中的《回乡偶书》，仍然采用的是“鬓毛催”或“鬓毛摧”，抑或把“衰”字注音为“cuī”，以讹传讹，带来混乱。当据其源，统一改正。

① 〔明〕陈明卿订正：《苏文忠公全集》[O]，明末文盛堂藏板（项煜序），卷 67 第 9 页。

辨析古汉语中的“衰”“蓑”“缞”

因为贺知章《回乡偶书》中的“鬓毛衰”，关于“衰”的争议可谓经久不衰。争议中，“衰”的两个后起字“蓑”和“缞”自然不能置身事外。在辞书中，这三个字的音和义是比较清楚的，但在实际应用中，尤其是在近体诗中，却有些纠缠不清。“鬓毛衰”就是一个典型的例子。

在各种古汉语辞书中，“衰”的读音共有6种之多，但比较常见的只有3种。《王力古汉语字典》对“衰”是这样解释的：1.suō。集韵苏禾切，音梭，平，戈韵。（1）蓑衣，一种雨具。说文：“衰，草雨衣，秦谓之萆。”《广雅·释器》：“萆谓之衰。”王念孙疏证：“越语云：‘譬如衰笠，时雨既至，必求之。’经传或从艹作‘蓑’。”2.shuāi。所追切，平，脂韵。（2）衰退，衰弱，衰老。易杂卦：“损、益，盛衰之始也。”3.cuī。楚危切，平，支韵。（3）等级次第的差别或依次递减。《管子·小匡》：“相地而衰其政，则民不移矣。”尹知章注：“衰，差也，音楚危反。”《左传·桓公二年》：“故天子建国，诸侯立家，卿置侧室，大夫有贰宗，士有隶子弟，庶人工商各有分亲，皆有等衰。”引申为减少、稀疏。唐贺知章《回乡偶书》诗：“少小离家老大回，乡音无改鬓毛衰。”按此诗“衰”已转入灰韵，读仓回切，故与“回”相押。4. cuī。仓回切，平，灰韵。（4）古代丧服的一种。这个意义又写作“缞”。《广韵·灰韵》：“缞，丧衣，长六寸，博四寸。亦作衰。”①

先不说别的，仅看《王力古汉语字典》的这一番解释，就让人疑窦丛生：（一）第3个义项，“衰（cuī）”到底是支韵还是灰韵？前面说它是支韵，后面却说《回乡偶书》中的“衰”字“已转入灰韵”。可是，如果韵可以随便转换，那还分韵做什么？还会有“出韵”之说吗？（二）《回乡偶书》中的“衰（cuī）”

① 王力：《王力古汉语字典》[M]，北京：中华书局2001年版，第1206页。引文中的“回乡偶句”应为“回乡偶书”。

与“回”押韵吗？同为王力（1900—1986）、郭锡良等人编写的《音韵学初步》、《汉字古音字典》，都说“回”的中古音读作 huái（详见本书第 43 页《近体诗中的“回”应读作 huái》），这个读音怎么会与“衰（cuī）”相押呢？（三）《回乡偶书》中的“衰”到底应该跟哪个字相押？七绝的首句可以入韵也可以不入韵，但第二句和第四句必须押韵。也就是说，《回乡偶书》中“衰”必须相押的是“来”而不是“回”，可是，“衰（cuī）”和“来（lái）”相押吗？释义不说“衰”和“来”是否相押，却强调“衰”与“回”相押，岂不是搞错了对象？（四）“衰”和“等衰”分别是什么意思？前面的释义说，“衰”有“等级次第的差别或依次递减”之义，后面的例句又有“等衰”之说。既然“衰”字本身就含有“等级”之意，为什么还要在前面加上“等”字呢？这岂不是有“语义重复”之病？

前三个问题，前文已经探讨过。本文专门辨析一下第四个问题，包括“衰”“蓑”“缞”之间的关系。

让我们先来看看文字史上“衰”字字形的演变过程[①]——

《说文》古文　秦　《说文》小篆　汉　汉　汉

第一个字是古文，其形明显是渔人或农人所用“蓑衣”的形状，属象形字无疑；到了战国时期及秦统一文字为小篆，下面加上了衣字底即“衣”，显然是为了表意。《说文》：“衰，艹雨衣，秦谓之萆。从衣，象形。苏禾切。”也就是说，“衰”最初的意思就是“蓑衣”，读作 suō（梭）。《王力古汉语字典》把这个义项排在第一是符合汉字发展源流的，尽管这个字义已不常用。“千山鸟飞绝，万径人踪灭。孤舟蓑笠翁，独钓寒江雪。”柳宗元的《江雪》中即有“蓑”字。随着社会的发展，蓑衣日益罕见，“蓑”字也鲜有使用。

段玉裁（1735—1815）《说文解字注》曰：“衰，俗从艹，作蓑。而衰遂专为等衰，衰绖字。衰绖本作缞，衰其假借字也。以艹为雨衣，必层次编之，故引申为等衰。后世异其形、异其音，古义茫昧矣。”[②] 笔者是在农村长大的，

① 李学勤主编：《字源》[M]，天津：天津古籍出版社 2013 年版，第 738 页。
② 〔汉〕许慎撰、〔清〕段玉裁注：《说文解字注》[M]，上海：上海古籍出版社 1988 年版，第 397 页。

不但见过而且穿过蓑衣。它是用草（南方多用棕榈毛）编出来的，一层一层地编排累叠，就像是房瓦的排列一样。所以，其外形本身就含有从高到低、自上而下的“等差”之意，后来引申到由强到弱、从大到小及至“衰弱”“衰败”“衰减”等义。

古人穿着蓑衣

等级差别在“缞”上体现得更为明显。在中国传统的丧服制度中有“五服”之说。所谓“五服”，就是根据亲疏而制定出的五个服丧等级，亲者服重，疏者服轻，依次递减，服丧期限及丧服粗细均有不同。《礼记·丧服小记》所谓“上杀、下杀、旁杀”，即为此意。“五服”分别称作：斩衰、齐衰、大功、小功、缌麻。服丧期限分别为3年、1年、9个月、5个月、3个月（各地有所不同，也有其他说法）。“五服”就是“披麻戴孝”的五个等级，出了“五服”，就不用穿丧服了。这种丧服制度，在农村的很多地方仍有沿袭。为了表意，可能也是为了区别，“衰”的左边被加上了绞丝旁或衣字旁，从而有了“缞”和“𧞤”字。《集韵》：“缞，或作𧞤。”从“缞”的内涵来看，《王力古汉语字典》等众多辞书把“衰（缞）”注释为“等级次第的差别或依次递减”是有根据的。

不过，在《王力古汉语字典》中，“衰（cuī）”却被分成了两个义项，而且是分属两韵，即支韵（义为等级次第的差别或依次递减）和灰韵（义为丧服，写作“缞”或“縗”），这实在令人费解。“衰（缞）”本来就是一种“依次递减”的东西，可以说“等级次第的差别”就是“丧服”的主要特点，二者是不可分割的，为什么要把它们强行分开，甚至还不在一个韵部呢？如果“递减”等义也在灰韵,引申假借一下,“鬓毛衰”的问题不就不复存在了吗？在《字源》中,“衰（cuī）”就是在灰韵，认为该字“假借为‘衰落’‘衰微’”并和“丧服”同在一个义项[①]。然而,《中华大字典》[②]《中文大辞典》[③]《王力古汉语字典》等却都把“衰（cuī）”分设两个义项且并属两韵，这应该是依从《集韵》[④]的缘故。

实际上，“缞”字很少入韵。全文检索显示,《全唐诗》中只有一首“缞”字入韵的近体诗，而这首诗就是在灰韵——

清晓上高台，秋风今日来。又添新节恨，犹抱故年哀。泪岂挥能尽，泉终闭不开。更伤春月过，私服示无缞。——令狐楚《立秋日悲怀》[⑤]

在《全宋诗》中，“缞”入韵的近体诗也只有两首。这两首排律都很长，这里各只截取其中的一小部分——

吴壁评残笔，隋碑读渍苔。清阴依玉树，和气乐春台。薄宦俄成别，私门忽是灾。一朝捐采服，五载泣粗缞。季路还从仕，任安独见哀。近畿须健令，剧邑试长才。——摘自司马光《石昌言学士宰中牟日为诗见寄久未之答今冬罢》[⑥]

挟诈挥金斗，贪功衮墨缞。战场空爝火，京观悉蒿莱。险易曾何变，兴亡只可哀。隆平方恃德，襟带自崔嵬。——摘自司马光《太行》[⑦]

这两首诗也都是灰韵。与令狐楚的《立秋日悲怀》一样，这两首诗中的“缞”并不读作 cuī（崔），而是应该读作 shuāi（摔）。唐宋以后,《元诗选》《明诗综》《清诗别裁集》中都没有“缞”字入韵的近体诗。

---

① 李学勤主编：《字源》[M]，天津：天津古籍出版社 2013 年版，第 738 页。
② 编委会：《中华大字典》[M]，北京：中华书局 1978 年版，第 385 页。
③ 编委会：《中文大辞典》[M]，台北：“中国文化学院”出版部 1968 年版，第 602 页。
④〔宋〕丁度等编：《集韵》[M]，北京：北京市中国书店 1983 年版，上册第 54 页。
⑤〔清〕彭定求等：《全唐诗》[M]，北京：中华书局 1960 年版，第 10 册第 3745 页。
⑥ 北京大学古文献研究所编：《全宋诗》[M]，北京：北京大学出版社 1991 年版，第 9 册第 6013 页。
⑦ 北京大学古文献研究所编：《全宋诗》[M]，北京：北京大学出版社 1991 年版，第 9 册第 6013 页。

显而易见，上述3首诗中的“缞”都是“丧服”的意思。那么，义为“等差”“递减”等义的“缞”字，情况如何呢？

虽然“缞”本身就含有“等级”或“次第”的意思，但在实际应用中，当要表达“依照一定的等级递减”之意的时候，却还是都在“缞”字的前面加上“等”字。除了《王力古汉语字典》所引《左传》中的“皆有等缞”之外，这样的例子还有很多，比如刘知几（661—721）《史通·品藻》：“若孔门达者，颜称殆庶，至于他子，难为等衰。”司马光（1019—1086）《阶级札子》：“上至都指挥使，下至押官长行，等衰相承，粲然有叙。”

《玉篇》：“衰，等衰也。”这里的“衰”，应该为“缞”。之所以在“衰”前加个“等”，应该是强调“按照一定的等级标准”之意。不过，既然前面另加了“等”字，那么后面的“衰”字就应该理解为“递减”等义，不再包含“按照一定的等级标准”的意思。

《淮南子·泰族训》：“掘其所流而深之，茨其所决而高之，使得循势而行，乘衰而流。”俞樾（1827—1907）认为：“衰乃等衰之衰，水之从高而下，必有次第，故曰乘衰而流。”此处的“衰”即为“差别，次第”。《左传·昭公三十二年》：“使伯音对曰：‘天子有命，敢不奉承，以奔告于诸侯，迟速衰序，于是焉在。”《文选·马融〈长笛赋〉》：“洪杀衰序，希数必当。”《战国策·赵策四》：“日食饮得无衰乎？”这几处的“衰”也没有“按照一定的标准”之义。

唐宋近体诗中出现过几次“等衰”。比如白居易《代书诗一百韵寄微之》中有“双阙纷容卫，千僚俨等衰。”元稹《酬翰林白学士代书一百韵》中有“首被呼名姓，多惭冠等衰。”陆龟蒙《奉和袭美古杉三十韵》中有“世只论荣落，人谁问等衰。”王禹偁《谪居感事》中有“廷尉专刑煞，词臣益等衰。”张祁《庐州诗》中有“清贤列两庑，后先分等衰。”这几首诗均为支韵，但这些诗中的“衰”与支韵中的绝大多数“衰”一样应该读作 sī（司），而不是读作 cuī（崔）或 shuāi（摔）。其义也不是“丧服”，而是“递减”“衰减”“次第”等。沈德潜（1673—1769）在《唐诗别裁》中说：“衰入四支，音司。”此言不虚。

综上所述，“衰”是本字，“蓑”和“缞”是衍生出来的。虽然字的本义是“蓑”即雨具，但最初的写法是“衰”。“衰”可以囊括“蓑”和“缞”，但加上草字头和绞丝旁之后，“蓑”和“缞”则各自有了特定的涵义。在古汉语及古诗韵中，“蓑”即雨具，读作 suō（梭），属歌韵，这毫无争议。在《五音集韵》中，“蓑”还作“蓑草”，灰韵，所乖切。既然加了草字头，“蓑”作“蓑草”顺理成章，但“所乖切”当读作 shuāi（摔），这又与主流的认知相悖。“衰”和“缞”的音、韵、义更是混乱不堪，而且与唐诗的实际完全不符。

之所以紊乱，根源在于韵书的删改失当。唐韵灰韵中原本有“衰（shuāi）”，但被宋韵删掉并归入支韵。强删硬并，导致讹乱（参见本书第 1 页《大数据颠覆关于“鬓毛衰”的主流认知》）。如果“衰（shuāi）”在灰韵中，“衰”“蓑”“缞”的音、韵、义也就不难理清了。“衰”作衰落、衰败、衰老等义解，既可以在灰韵，也可以在支韵，在灰韵读作 shuāi（摔），在支韵读作 sī（司）；“衰”读作 cuī（崔）在支韵，意为递减、衰序、衰分等；“衰”读作 suī（虽）也在支韵，意为小也，减也，杀也。“蓑”既指蓑衣，读作 suō（梭），歌韵；也可以指“蓑草”，读作 shuāi（摔），灰韵。“缞（衰）”专指丧衣，也读作 shuāi（摔），灰韵。

《广韵》戈韵中有“蓑”，释为“草名，可为雨衣”；灰韵中也有“蓑”，其释曰“蓑蓑，蕊下垂貌，本又音莎”。前者合理，后者不妥。“蓑”为蓑衣，只应在戈（歌）韵。平水韵即是如此。也就是说，《广韵》灰韵删除了不该删的“衰”，而该删的“蓑”却没删除。

总之，不管用在什么地方，所指是什么意思，“蓑”和“缞（衰）”都可以写作“衰”。但凡在灰韵中，“衰”“蓑”“缞（衰）”都读作 shuāi（摔）。“衰”“蓑”“缞（衰）”同根同源，血肉相连，不可分割。宋韵把“衰（shuāi）”从灰韵中删除，使“蓑”和“缞（衰）”与其本字分属两韵，也让“衰（shuāi）”字“无家可归”“流离失所”，实在荒谬。

近体诗中的“回”应读作 huái

天宝三载（公元 744 年），86 岁的贺知章请为道士，告老还乡，获得恩准。回乡后，他写了两首诗，统称《回乡偶书》，其一是：“少小离乡老大回，乡音未改鬓毛衰。儿童相见不相识，笑问客从何处来。”其二为：“离别家乡岁月多，近来人事半消磨。惟有门前镜湖水，春风不改旧时波。”而流传最广的第一首诗中的“衰”字怎么读，却一直存在争议。有人认为应该读作“shuāi”，有人认为应该读作“cuī”，众说纷纭，未有定论。

有一个时期，“cuī”占了上风，教科书及各种出版物中“衰”的注音大都为“cuī”。赞成这种读法的专家认为，灰韵中的“衰”应读此音。但学生家长及社会公众并不买账，因为按照现在普通话的读法，“衰（cuī）”和“来（lái）”并不押韵。多数人认为，明明是“衰（shuāi）”，与“来（lái）”押韵，读作 cuī 莫名其妙。近些年来，“shuāi”又逐渐成了主流。但很多专家坚持认为，这个读法的“衰”属支（脂）韵。经笔者考证，唐韵灰（咍）韵中原本有“衰（shuāi）”，但被《广韵》删掉了（详见本书第 1 页《大数据颠覆关于“鬓毛衰”的主流认知》）。但还存在一个问题，那就是“衰”一读作“shuāi”，又与首句的“回（huí）”不押韵了。虽然七言绝句也可以第二句入韵，但终归美中不足。七绝以首句入韵为正例，不入韵为变例。纵观唐诗中的七绝，绝大多数都是首句就入韵。

这到底是怎么回事儿？问题不是出在“衰”上，而是“回（huí）”的读音不对。其实，“衰”与“回”也是押韵的，因为近体诗中“回”应该读作 huái。

一、“诗韵验音法”可资检验

古时没有像现代这样的汉语拼音，古人是用反切法为汉字注音的，就是借声韵母相同或相近的字来交叉拼音。这种注音方法比较模糊，不同的字典或韵书，切音经常有差异，而且反切还存在相互注音或辗转取音的现象，这在逻辑上有“循环论证”之病，可能出现同误的问题。比如，这里说“回音怀”，那里又说“怀音回”，到底读什么呢？光凭这两处切音，怎么读都可以。王力（1900—1986）在为郭锡良《汉字古音手册》撰写的序言中说，“最近几年来，各种字典、辞书正在编写，有人建议注上古音。这件事的困难是：古音系统还没有定论，古音拟测更没有定论，我们不便根据某一家的古音学说的古音系统和拟测放进一部字典里。”[①] 加之幅员辽阔、政权更迭、方言众多，古时又没有录音保存下来，所以今人很难对汉字的古音作出准确的判断。现代的音韵专家们即使绞尽脑汁、皓首穷经，对古音也只能是“拟测”。由于专家们的知识结构和研究方法不同，各自成长的方言背景也有差别，中国现当代对古音的研究形成了好几个体系，比如高本汉系统、王力系统、李方桂系统、周法高系统、李荣系统等等。各个系统之间，差别多有存在，谁也不敢断言自己就是对的，别人就是错的。

是不是就完全没有验证的办法呢？也不全是。其实，古诗音韵就是一个判断及验证古音的可靠方法。因为古诗的音韵是分部的，每个韵部里的字都是押韵的。尤其是唐代的近体诗，韵律非常严格。韵字之间，相互印证，可资判断或验证字音。比如“斜”字，现代的辞书普遍注音为“xié”，但也有辞典比如《辞源》称“旧读 xiá”[②]。由于人们经常吟诵的杜牧《山行》中有这个韵字，所以经常引发争议。“远上寒山石径斜，白云生处有人家。停车坐爱枫林晚，霜叶红于二月花。”该诗中的“斜”字到底应该怎么读？这就可以到唐代近体诗中寻找答案。据笔者全文检索后统计，《全唐诗》中约有 476 首“斜”字入韵的近体诗，其中有 272 首诗中“斜”与“家”“花”“霞”“麻”“茶”“芽”等字押韵（详见本书第 430 页《杜牧〈山行〉中的异文和异读》），如果“斜”读作 xié，这 272 首诗就都不押韵了。因此，近体诗中的“斜”读作 xiá 是可信的。笔者把这种通过诗韵验证或推断字音的方法称为“诗韵验音法”。虽然由于语音的流变，很多韵部里的字音也变得比较杂乱，按照现在普通话的读法，不少诗中的用韵及字音也很难判断，但像“斜”这样韵律语境比较简单、纯净的字仍然不

① 郭锡良著：《汉字古音手册》[M]，北京：北京大学出版社 1986 年版。
② 编委会：《辞源（修订本）》[M]，北京：商务印书馆 1979 年版，第 2 册第 1369 页。

少，比如“回”字，也是如此。

二、大数据验证“回”的读音

唐代近体诗中有很多“回”字入韵的诗篇。让我们先来看看这些唐诗——

天门中断楚江开，碧水东流至此回。两岸青山相对出，孤帆一片日边来。——李白《望天门山》

白藕新花照水开，红窗小舫信风回。谁教一片江南兴，逐我殷勤万里来。——白居易《白莲池泛舟》

阊阖千门万户开，三郎沉醉打球回。九龄已老韩休死，无复明朝谏疏来。——晁说之《打球图》

华堂今日绮筵开，谁唤分司御史来？忽发狂言惊满座，两行红粉一时回。——杜牧《兵部尚书席上作》

三月残花落更开，小檐日日燕飞来。子规夜半犹啼血，不信东风唤不回。——王令《春晚》

这5首七绝显然都是首句就入韵的，而且韵脚字全都是“开”“回”“来”，简直如出一辙。这三个字，均属灰（咍）韵，完全符合唐韵的格律。与《回乡偶书》一样，其中的“回”字如果读作“huí”，读起来都不押韵；但若读作“huái”，就都一韵到底了。

类似的例子还有很多。比如——

风急天高猿啸哀，渚清沙白鸟飞回。无边落木萧萧下，不尽长江滚滚来。万里悲秋常作客，百年多病独登台。艰难苦恨繁霜鬓，潦倒新停浊酒杯。——杜甫《登高》

新丰绿树起黄埃，数骑渔阳探使回。霓裳一曲千峰上，舞破中原始下来。——杜牧《过华清宫》

九庙无尘八马回，奉天城垒长春苔。咸阳原上英雄骨，半向君家养马来。——李商隐《浑河中》

山围故国周遭在，潮打空城寂寞回。淮水东边旧时月，夜深还过女墙来。——刘禹锡《石头城》

紫陌红尘拂面来，无人不道看花回；玄都观里桃千树，尽是刘郎去后

栽。——刘禹锡《玄都观桃花》

荆山已去华山来，日出潼关四扇开。刺史莫辞迎候远，相公亲破蔡州回。——韩愈《次潼关先寄张十二阁老使君》

潇湘何事等闲回，水碧沙明两岸苔。二十五弦弹夜月，不胜清怨却飞来。——钱起《归雁》

上列这 7 首诗，押的都是灰（咍）韵。“哀”“来”“台”“埃”“苔”，这些与“回”押韵的韵脚字韵母均为“ɑi”。不难看出，这些诗中的“回”字都应该读作“huái”。近体诗极其讲求韵律，尤其是唐诗。就吟诵的语感而言，“回”字如果读作“huí”，这些诗的韵味和美感就会大打折扣。

当然，要判断“回”在唐诗中的读音，仅仅列举十几首用例，说服力是远远不够的。因为在为数众多“回”字入韵的唐诗中，这十几首诗可能只是例外。那么，总体的情况如何呢？好在现在有了互联网及数据库，可以让我们比较容易地获得全面的数据。

全文检索并通过分析分类的结果显示：《全唐诗》中约有 820 首“回”字入韵的近体诗，其中 392 首诗的“回”与“开”“来”“莱”“才”“材”“财”“台”“苔”“垓”“陔”“该”“埃”“哀”“猜”“哉”“灾”“栽”“裁”“腮”“咍”“骀”“怀”“呆”“徊”“洄”等灰韵中的某一个或几个字押韵。直到现在，上述这 25 个字的韵母仍然为“ɑi”。显而易见，这 392 首诗中入韵的“回”字都应该读作“huái”。

另外 428 首“回”字入韵近体诗的韵脚，除了“开”“来”“苔”“台”“才”等常用的灰韵字之外，偶有“灰”“恢”“杯”“梅”“枚”“媒”“催”“摧”“漼”“推”“堆”“瑰”“嵬”“隈”“颓”“雷”“陪”“培”“醅”“魁”“坯”“胚”“罍”“嵬”“隧”等灰韵中的一两个字夹杂其中。按照现代汉语拼音，这些字的韵母为“ui”或“ei”，但这是音变的结果。根据王力《汉语史稿》，包括代表字“灰”在内，广韵灰韵的韵母为“uɒi”，广韵咍韵的韵母为“ɒi”。合并为平水韵灰（咍）韵，韵母则为“ɒi”。比如“灰”的中古音拟为“xuɒi”，“杯”拟为“puɒi”，“梅”拟为“muɒi”。

古音研究的几大拟音系统虽然多有不同，但对“回”的中古拟音大同小异。复旦大学东亚语言数据中心中古音数据库显示，高本汉、李方桂、王力、李荣等系统的拟音中，“回”的韵母均为“uɒi”①。下为查询结果的截图——

高本汉拟音	李方桂拟音	王力拟音	周法高拟音	李荣拟音	邵荣芬拟音	蒲立本拟音	郑张尚芳拟音
ɣuậi	ɣuậi	ɣuɒi	ɣuəi	ɣuʌ̣i	ɣuɒi	ɦuəi	ɦuʌi$^{?35}$

在《音韵学初步》一书中，为了讲解唐诗的音韵，王力为杜甫七律《登高》中的韵脚字注了音。“哀”“回”“来”“台”“杯”等5个字的韵母均为“ɒi”②。在《汉语音韵学导论》附录“唐诗拟音举例”中，罗常培（1899—1958）为27首唐诗标注了中古音，其中包括刘禹锡的七绝《石头城》，该诗2个韵脚字“回”“来”的韵母也都是“ɒi”③。

有一首“回”字入韵的唐诗比较特别，那就是王翰的《凉州词（其一）》：“葡萄美酒夜光杯，欲饮琵琶马上催。醉卧沙场君莫笑，古来征战几人回？”按照现代汉语拼音，第二句韵脚字“催”读作 cuī，第四句韵脚字“回”读作 huí，似乎顺理成章，现在几乎所有人也都是这么读的。其实，在中古音中，“催”读作“ts‘uɒi”，韵母与“杯”和“回”一样也是“uɒi”④，首句入韵，一韵到底。如果按照今音，“杯”的韵母为“ei”，与“催”和“回”反而不押韵。因此，《凉州词（其一）》中的“回”并不例外，也读作 huái。

成书于清雍正年间的《诗韵析》在“十灰”韵题下注曰：“今人皆以‘灰’‘回’等字读作‘怀’音以叶‘来’‘台’之韵”。⑤虽然作者对此表达了不同意见，但至少说明当时“灰”“回”等字均读作“怀”。这也证明了王力等人的研究成果是符合史实的。但这种读法并不是叶读，因为本来就是这个读音——中古时期的很多字书都有“回音怀”或“槐音回”之说。

① 复旦大学东亚语言数据中心[DB/OL]：http://ccdc.fudan.edu.cn/bases/index.jsp，2020年2月28日查询。

② 王力著：《音韵学初步》[M]，北京：商务印书馆1980年版，第30页。

③ 罗常培著：《汉语音韵学导论》[M]，北京：中华书局1956年版，第133页。《石头城》首句尾字“在”，韵母亦为“ɒi”，但该字为上声，属贿韵，所以未入本诗之灰韵。

④ 郭锡良著：《汉字古音手册》[M]，北京：北京大学出版社1986年版，第147页。

⑤〔清〕汪烜撰：《诗韵析》[O]，清光绪十年（1884）刻本，卷1第19页。

三、"回"与"徊"同源同音同义

除了"诗韵验音法"，还可以通过与其他字音的比对进行辨别和验证，比如"徊"与"回"就很有比照的价值。

《现代汉语词典》："回，huí。"[①]《辞源》："回，huí。户恢切，平，灰韵。"[②]《王力古汉语字典》也是"回，huí。户恢切。"[③]现行比较权威的辞书中，"回"都是只有这一个读音。现在人们都把近体诗中的"回"读作"huí"，正是这个原因。但从上文列举的十几首唐宋诗来看，这显然不符合当时的实际。我们还是先从两首唐诗说起——

可怜楼上月裴回，应照离人妆镜台。玉户帘中卷不去，捣衣砧上拂还来。——节自张若虚《春江花月夜》

奉帚平明金殿开，暂将团扇共裴回。玉颜不及寒鸦色，犹带昭阳日影来。——王昌龄《长信秋词》

这两首唐人律绝，人们都非常熟悉。细心人可能会注意到诗中的"裴回"二字——不是"徘徊"吗？甚至有人会产生疑问：这里的"回"字押韵吗？的确，很多唐诗选本上都是"徘徊"，比如《唐诗别裁》[④]；但有些版本却是"裴回"，比如《全唐诗》[⑤]。这是怎么回事儿呢？

《说文》："'徘徊'本作'裵回'。宽衣也，取其裵回之状。"《康熙字典》："裴同裵"[⑥]。所以，"裴回"就是"徘徊"，它在《全唐诗》中出现过244次。《正字通》中还有"徘回"和"俳回"[⑦]之说，与"徘徊"都是通用的。

---

① 编委会：《现代汉语词典（第7版）》[M]，北京：商务印书馆2016年版，第579页。
② 编委会：《辞源（修订本）》[M]，北京：商务印书馆1979年版，第1册第568页。
③ 王力等著：《王力古汉语字典》[M]，北京：中华书局2000年版，第144页。
④〔清〕沈德潜：《唐诗别裁》[M]，北京：中华书局1964年版，卷5第32页、卷15第116页。
⑤〔清〕彭定求等：《全唐诗》[M]，北京：中华书局1960年版，第1册第1184页、第4册第260页。本文所引唐诗均出自此本。
⑥〔清〕张玉书、陈廷敬等编：《康熙字典》[M]，北京：中华书局1980年版，第1094页。
⑦〔明〕张自烈，〔清〕廖文英编；董琨整理：《正字通》[M]，中国工人出版社1996年影印，第96页。

从文字的演变过程中，也能看出“回”和“徊”的关系。国学大师数据库显示：自甲骨文到钟鼎文，从楚简到秦篆，“回”和“徊”的字形演变过程完全一样[1]（如图）！在那些象形的古文字中，它们或似翻卷的云，或似流水的旋涡，或似人的足迹，形与义非常吻合。直是到了现代，这两个字才有分别。

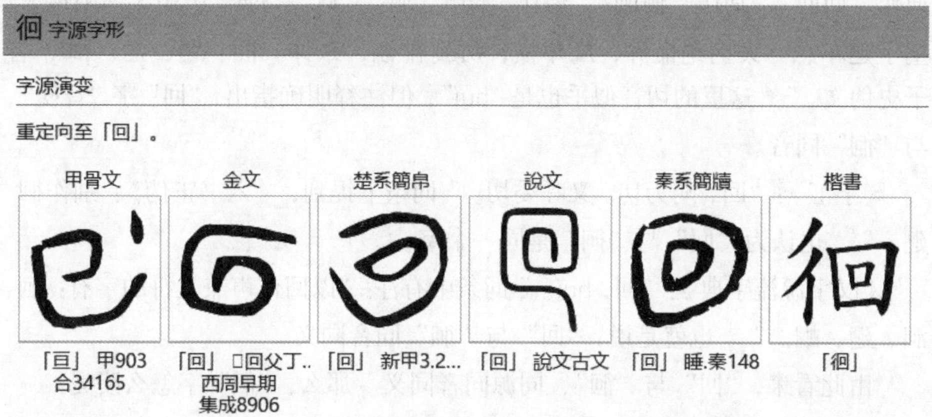

《说文》：“回，户恢切。”[2] 需要说明的是，许慎（约 58—147）时代尚无反切，所以最初的《说文》注音只说“读若某”。徐铉（916—991）根据孙愐（生卒年不详）《唐韵》（732 年编成）增补了反切。所以，《说文》中的切音实际上就是《唐韵》之音。

① 国学大师网 [DB/OL]：http://www.guoxuedashi.com/，2020 年 2 月 28 日查询 。
② 〔汉〕许慎著：《说文解字》[M]，北京：中华书局 1963 年版，第 129 页。

《广韵》："回，户恢切。"[①]"洄""徊""佪""槐"等字都在"回"纽，也就是说这些字均同音。

《正字通》："回，户为切。贿平声。张衡《思玄赋》：'马倚舟而徘回。'《史记·高后纪》：'徘回往來，又睠顾貌。'……又灰韵，音槐，义同。'洄洄'通作'回回'，别作'佪徊'，俗作'囬''迴''廻''𢌞'……《邹阳传》：墨子廻车息。夫躬绝命辞，鹰隼横，厉鸾徘徊，未详。囬、迴、廻、𢌞，皆子史伪文。"[②]这里的切音似乎也是"huí"，但注释明确指出，"回"字"音槐"，与"徊"同音。

《字汇》："回，胡为切。又呼委切。"词条下提到，"《六书正伪》：别作徊、廻。"[③]也认为"回"与"徊"是同一个字。

《汉字源流字典》："回，huí。"词条中有注："以回作声兼义符的字有：徊、洄、廻、蛔。"[④]也就是说，"回"与"徊"同音同义。

由此看来，"回"与"徊"，同源同音同义。那么，"徊"字怎么读呢?

《现代汉语词典》："徊，huái，huí。"[⑤]《中华字海》"徊：（一）huái，音怀。（二）huí，音回。"[⑥]《辞源》："徊，huí，huái。户恢切。通'回'、'迴'。"[⑦]《国语辞典》中"徊"也是两个读音：一是huái（ㄏㄨㄞˊ），二是huí（ㄏㄨㄟˊ）。[⑧]虽然辞典不完全一致，但"徊"字均有两个读音，即："huái"和"huí"，而前者是正音。"徊"字如此，"回"字当然也应该这样，因为它们本来就是一个字。

---

① 〔宋〕陈彭年：《宋本广韵》[M]，北京：北京市中国书店1982年版，第76页。

② 〔明〕张自烈、〔清〕廖文英编；董琨整理：《正字通》，中国工人出版社1996年影印，第178页。

③ 〔明〕梅膺祚：《字汇》[O]，古籍图书（版本信息缺失），第201页。

④ 谷衍奎编：《汉字源流字典》[M]，北京：语文出版社2008年版，第266—267页。

⑤ 编委会：《现代汉语词典（第7版）》[M]，北京：商务印书馆2016年版，第566页、第974页。

⑥ 冷玉龙、韦一心等：《中华字海》[M]，北京：中华书局、中国友谊出版公司1994年版，第477页。

⑦ 编委会：《辞源》[M]，北京：商务印书馆1979年版，第2册第1071页。

⑧ 台湾"教育部国语推行委员会"：《重修国语辞典修订本》2015年版，"中华民国教育部国家教育研究院"网站之电子辞典。

四、“回”与“槐”“怀”均同音

比照的字越多，相互交叉印证，推断或验音的准确性就会大大提高。上文弄清了“回”和“徊”的渊源，下面再来看看“回”与“槐”和“怀”的关系。

（一）“回”与“槐”同音

上文提到,《正字通》说“回，音槐。”王力也说“槐（音回）”[①]。那么，“槐”字怎么读呢?

《说文》:“槐，木也。从木，鬼声。户恢切。”[②]这个反切与它对“回”的反切相同。这也说明“槐”与“回”确实同音。依照现代汉语拼音，这个切音似乎应该拟作huí。但《汉字源流字典》在释其为“篆文从木，鬼声”的同时，却把音注为“huái”[③]。

《广韵》:“槐，木名，又音回。”十四皆的“怀”纽和十五灰的“回”纽均有“槐”字[④]。也就是说“槐”“怀”“回”同音。

《字汇》:“槐，乎乖切，音淮。槐之言怀也，取怀人之义。又，胡为切，音回义回。”[⑤]这里,“槐”与“淮”和“回”一样，都是既读“huái”，又读“huí”。

《汉语大词典》:“槐，1.huai ㄏㄨㄞˊ。《广韵》户乖切。2.hui ㄏㄨㄟˊ。《广韵》户恢切。”[⑥]也是两个读音。

《康熙字典》:“槐，huái ㄏㄨㄞˊ。《唐韵》户乖切。《集韵》《韵会》乎乖切。并音怀。huí，ㄏㄨㄟˊ。又《集韵》《韵会》胡限切。《正韵》胡瑰切。并音回。”“注：槐之言归也，情见归实也。”[⑦]此典中的“槐”也是两个读音，但字释中专门提到了“《唐韵》户乖切”，也就是说，在唐代的韵书中，槐读作huái。但奇怪的是，反切取自《唐韵》的《说文》却说“槐”是户恢切，存疑。另外，“槐

---

① 王力著：《诗词格律》[M]，北京：中华书局1977年版，第134页。
② 〔汉〕许慎：《说文解字》[M]，北京：中华书局1963年版，第117页。
③ 谷衍奎编：《汉字源流字典》[M]，北京：语文出版社2008年版，第1559页。
④ 〔宋〕陈彭年等著：《宋本广韵》[M]，北京：北京市中国书店1982年版，第75—76页。
⑤ 〔明〕梅膺祚：《字汇》[O]，古籍图书（版本信息缺失），第493页
⑥ 编委会：《汉语大词典》[M]，上海：汉语大词典出版社1994年版，第563页。
⑦ 〔清〕张玉书：《康熙字典》[M]，北京：中华书局1980年版，第492页。

之言归也”表明，“槐”与“回”的义也相近。

《正字通》：“槐，呼才切，音怀。注：槐之言怀也，取怀人之义。”①

《字源》：“槐，huái，户乖切。形声字。从木，鬼声。”②

《故训汇纂》：“槐，huái，《广韵》户乖切。”“槐，怀也。可以怀来远人也。”“槐之言怀也。”③

《中华大字典》：“槐，乎乖切，音怀。”④

《中华字海》：“槐，huái，音怀。”⑤

《王力古汉语词典》：“槐，huái，户乖切。”⑥

《辞源》：“槐，huái。户乖切。”⑦

上述7种辞书中，“槐”都只有一个读音，即“huái”。

综上所述，“槐”有两个读音，但“huái”是正音，甚至是唯一。而且，“槐”也有“回（归）”的意思。既然“回音槐”，那么“回”也应该读huái，尤其是在唐代。

（二）“回”与“怀”⑧同音

《正字通》和《中华大字典》都称“槐音怀”。《康熙字典》称“徊音怀”。“徊”与“回”音同义同，“槐”与“回”音同义近，那么“怀”与“回”又是什么关系呢？

《说文》：“怀，念思也。户乖切。”⑨

① 〔明〕张自烈，〔清〕廖文英编；董琨整理：《正字通》[M]，中国工人出版社1996年影印，第1082页。

② 李学勤主编：《字源》[M]，天津：天津古籍出版社2013年版，第499页。

③ 宗福邦等编：《故训汇纂》[M]，北京：商务印书馆，2003年版，第1130页。

④ 编委会：《中华大字典》[M]，北京：中华书局1978年版，第296页。

⑤ 冷玉龙、韦一心等：《中华字海》[M]，中华书局、中国友谊出版公司1994年版，第765页。

⑥ 王力等著：《王力古汉语字典》[M]，北京：中华书局2001年版，第513页。

⑦ 编委会：《辞源》[M]，北京：商务印书馆1979年版，第2册第1617页。

⑧ 本文中的“怀”为“懷”的简体字。古文中就有“怀”字，音义与“懷”完全不同。《集韵》脂韵：“怀（非简体字），攀悲切。恐惧也。”《集韵》：北京市中国书店1983年版，上册第103页。

⑨ 〔汉〕许慎撰：《说文解字》[M]，北京：中华书局1963年版，第218页。

《广韵》："怀，户乖切。"[①]"槐"也在此纽："槐，木名，又音回。"也就是说，"怀""槐""回"同音。

《集韵》："怀，乎乖切。"[②]

《康熙字典》："怀，huái ㄏㄨㄞˊ，《唐韵》户乖切。《集韵》《韵会》乎乖切。并音槐。又归也。《书·大禹谟》'黎民怀之'，注：归之也。又《释名》：'怀，回也。'本有去意，回来就已也。亦言归也，来归已也。又叶胡隈切。音回。又叶呼回切。音挥。又叶苦禾切。音窠。"[③]此典中，"怀"字有4种读音，其中"huái"显然是正音，而且此音也是《唐韵》中的读音。

《字源》："怀，huái，户乖切。"[④]

《汉语大词典》："怀，huái，ㄏㄨㄞˊ。"[⑤]

《中华大字典》："怀，乎乖切，音槐。""归也。《书·大禹谟》：'黎民怀之'。""回也。本有去意。回来就已也。"[⑥]

《王力古汉语字典》："怀，huái，户乖切。"[⑦]

《故训汇纂》："怀，huái。《广韵》户乖切。""怀，回也。本有去意，回来就已也，亦言归也，来归已也。""怀者，归也。""怀，亦归，变文耳。"[⑧]

《字汇》："怀，乎乖切，音槐。又来也，来归已也。又叶胡隈切，音回。怀，回也。本有去意，回就已也。"[⑨]

《正字通》："怀，乎才切，音槐。怀，回也。本有去意，回就已也。音回。"[⑩]

《辞源》："怀，huái。户乖切。"[⑪]

通览以上各家辞典，"怀"字也是主要有"huái"和"huí"两个读音，而

---

① 〔宋〕陈彭年等纂：《宋本广韵》[M]，北京：北京市中国书店1982年版，第74页。
② 〔宋〕丁度等纂：《集韵》[M]，北京：北京市中国书店1983年版，第218页。
③ 〔清〕张玉书等纂：《康熙字典》[M]，北京：中华书局1980年版，第354页。
④ 李学勤主编：《字源》[M]，天津：天津古籍出版社2013年版，第932页。
⑤ 编委会：《汉语大词典》[M]，上海：汉语大词典出版社1994年版，第10388页。
⑥ 编委会：《中华大字典》[M]，北京：中华书局1978年版，第166页。
⑦ 王力等编：《王力古汉语字典》[M]，北京：中华书局2000年版，第338页。
⑧ 宗福邦等编：《故训汇纂》[M]，北京：商务印书馆2003年版，第835页。
⑨ 〔明〕梅膺祚：《字汇》[M]，古籍图书（版本信息缺失），第383页。
⑩ 〔明〕张自烈，〔清〕廖文英编；董琨整理：《正字通》[M]，中国工人出版社1996年版影印，第793页。
⑪ 编委会：《辞源》[M]，北京：商务印书馆1979年版，第2册第1174页。

绝大多数情况下读作 huái，唐代读此音也是明确的。

“回”与“徊”同音同义同源，“回”与“槐”和“怀”也都是互训的。既然“徊”“槐”“怀”都以“huái”为正音，那么“回”当然应该一样。既然“槐”和“怀”的中古音都是“huái”，那么“回”在近体诗中也应该读作“huái”。

五、其他方面的佐证

以河洛为中心的中原地区是中华文明的发祥地。在几千年中华文明史的绝大部分时间里，源于河洛、起于夏朝的雅言（即“夏言”）都是官方的语言或官话的基础。“洛阳读书音”被称为“中国古代的普通话”[①]。《论语》载：“子所雅言，诗书执礼，皆雅言也。”孔子平时说山东话，但讲学课徒或重大场合说的都是雅言。陆法言（约 562—？）整编《切韵》就是对南北朝时期因为南北割据而有所分化的雅音进行整合。而《切韵》的语音系统在后来的《唐韵》《广韵》等官方韵书中得以延续。洛阳是唐朝的东都，也是全国的政治文化中心之一；北宋的都城虽在汴梁（今开封），但官话还是“洛阳音”。寇准（961—1023）与丁谓（966—1037）讨论天下语音何处最正时说，“惟西洛人得天下之中”。陆游（1125—1210）也在《老学庵笔记》中写道：“中原惟洛阳得天地之中，语音最正。”[②]虽然“洛阳音”并不等于洛阳方言，但同源相近。直到现在，洛阳人还把“回”念成“huái”。

不仅如此，由于政权更迭、居民迁徙等原因，河洛古音随着人口的大量南迁而在南方很多地方得以传承。吴音、闽语、客家话至今都保留着很多洛阳雅音的成分。有一篇题为《土得掉渣岳阳话，原是唐代长安腔》的文章说，岳阳方言中也保留着大量的古音。乡里田间，可以经常听到老人问儿子：什么时候“怀”来，“回”读成“怀”。[③]

---

① 柳霞撰：《中国古代的“普通话”——访音韵学家郑张尚芳》[N]，北京：《光明日报》2006 年 12 月 26 日。

② 〔宋〕陆游撰：《老学庵笔记》[O]，上海：商务印书馆民国二十五年（1936）版，卷 6 第 56 页。

③ 张小章撰：《土得掉渣岳阳话，原是唐代长安腔》[J]，长沙：《洞庭之声》2018 年 10 月 26 日。

金文明在《“鬓毛衰”的“衰”不读 cuī？》中称，在贺知章家乡越州永兴（今浙江萧山）的方言中，“回”“衰”“来”三字的韵母十分接近，读来相当和谐[①]。按照这个说法，现在萧山方言中的“回”可能仍然读作“huái”。浙江属于典型的吴语区，而吴音中就含有大量的“洛音”。

“回”最常用的涵义是“回来”。实践中，“回”和“回来”经常混用。如果把“回来”读得很快，省去中间的音节，只保留“回”字的声母和“来”字的韵母，拼出来的读音就与“怀”无异。实际上，这就相当于反切。“回”“怀”“槐”的反切，可以说成户乖切或呼乖切或户哀切，其实也可以说成“回来切”。比如有人问你：“什么时候 huái？”如果把这句口语变成文字，可以是“什么时候‘回来’？”也可以是“什么时候‘回’？”现在流行的网语中有“你造吗”之说，其中的“造”就是“知道”的快速连读。再如“嫑（biáo）”，也是“不（bú）”和“要（yào）”快速连读而衍生出来的字及音。仇兆鳌（1638—1717）《杜诗详注》关于杜甫《寄彭州高三十五使君适、虢州岑二十七长史参三十韵》“何太龙钟极”句中“龙钟”的注释也曾提及“二声合一”现象：“古语有二声合为一字者，如‘不可’为‘叵’，‘而已’为‘耳’，盖起于西域二合之音。龙钟切为癃，潦倒切为老，谓人之癃老，以龙钟、潦倒目之，音义取此。”[②]笔者推断：可能“回”字原本只有“huí”（户恢切）一个读音，就像《说文》等辞典所注的那样。但由于常与“回来”混用且快读，逐渐又有了“huái”（户乖切）这个读音。

毛新宇在《母亲邵华》中提到：有一次，母亲（邵华）在爷爷（毛泽东）家里吃饭，聊起了李白的《将进酒》。母亲想在爷爷面前表现一下，就说：“我也喜欢而且会背。”爷爷高兴地说：“你背吧。”母亲背完后，却被爷爷挑出了毛病：“孩子，‘君不见黄河之水天上来，奔流到海不复回’的‘回’字，又是白字先生了。‘回’不能念‘huán’，而是念‘huái’。古汉语很复杂啊，不同时代不同地方，许多字都有不同的意思和读音，这一点以后还要多加留心。”[③]

① 金文明撰：《“鬓毛衰”的“衰”不读 cuī？》[J]，上海：《咬文嚼字》2001 年第 2 期。

② 〔清〕仇兆鳌撰：《杜诗详注》[O]，清文渊阁四库写本，卷 8 第 20 页。

③ 毛新宇著：《母亲邵华》[M]，北京：中国工人出版社 2014 年版，第 127 页。现行的《新华字典》《现代汉语词典》等权威辞书中，“回”均没有“huán”这个读音，但百度百科中有这种拼法。

其实，不仅唐代近体诗如此，宋代的近体诗亦是如此；不仅近体诗如此，唐诗中的乐府歌辞古风以及宋词中的“回”也都读作 huái。

六、结语

陆游云：“四方之音有讹者，则一韵尽讹。”[①]“回”虽然只是一个字，却会影响一首诗乃至整个韵部。事实上，因为“回”的读音不对，导致很多古诗不押韵。还有很多字，也是如此。

分分合合、方言众多，中国几千年历史中的大部分时间又处于诸侯分治或割据的状态，所以汉字既多且乱。很多汉字不仅多有异体，而且读音也很杂乱。虽然秦朝统一了文字，此后历代官方也大都制定或修订了韵书或字书，但其中的注音也多不一致。实际上，每次编修字书，编修者都要对音义进行甄别和取舍——既要“舍”，就会造成流失。而且这种取舍，既受编修者主观及识见的影响，也难以避免疏漏的发生。比如大多数辞书既说“回音槐”或“回音怀”，却又给它们标出了不同的反切——“槐”和“怀”为两音即户恢切（或户灰切、户为切、胡为切、胡隗切）和户乖切（或呼乖切、乎乖切、呼才切），而“回”为一音即户恢切（或户灰切、户为切、胡为切、胡隗切），这很可能是出于疏漏。再拿“槐”字来说，《康熙字典》称《唐韵》注为“户乖切”，而反切取自《唐韵》的《说文》却注为“户恢切”。《唐韵》已经失传，今人都未见过。那么，是《康熙字典》引错了，还是《说文》错引了？综合多方信息判断，多半是徐铉在为《说文》补音时误注。果真如此，这或许就是问题的源头，因为《说文》被视为最权威的汉字辞书之一。

像这种古音流失的情况并不鲜见，其中最典型的就数“斜”字。在唐宋近体诗中，“斜”都应该读作“xiá”，就像“回”都应该读作“huái”一样。但在《现代汉语词典》等现行权威辞书中，“斜”字却都没有“xiá”这个读音。

唐诗是中华传统文化中的瑰宝，也是中国文学史上难以逾越的高峰。它之所以脍炙人口，在很大程度上是因为韵律。近体诗对韵律的要求非常严格，尤

① 〔宋〕陆游撰：《老学庵笔记》[O]，上海：商务印书馆民国二十五（1936）年版，卷 6 第 56 页。

以唐诗为甚。如果不押韵，唐诗的韵味和价值就会缩水。言之无文，行而不远；诗若失韵，也走不远。虽然由于时代的变迁及语音的演变，很多原本押韵的诗变得不太押韵，甚至完全不押韵。但后人还是应该尽量维护古诗的韵味。作为原则，“从今不从古”固然有道理，但传统文化也要充分尊重，历史的遗产不能随便丢掉。就拿“回”字来说，它涉及到很多唐宋近体诗是否押韵，其中包括很多流传很广的经典诗篇。所以，有必要恢复“回”字的中古音。就像对待“斜”那样，一方面在古汉语词典中加注“huái”这个读音，另一方面在教科书等各种出版物中注明，让人们知道这个字在唐诗中的正确读法，从而充分领略古诗的韵味儿。

《回乡偶书》异文通考及作者之谜

提起贺知章的《回乡偶书》，人们大都能够信口诵来，而其中一些字的音义却时有争议，甚至引起全社会的关注。比如诗中的“衰”就是一个多事之字——时而被换字，时而被改音，每每招来众议，让人无所适从。其实，除了“衰”字，《回乡偶书》的异文还有很多，古往今来各种各样唐诗选本中的《回乡偶书》可以说是五花八门，就连诗题乃至作者都有不同的说法。

一、《回乡偶书》的各种版本

为了厘清版本源流，笔者在各大数据库中对《回乡偶书》进行了全面的检索，共查到了39种文献的51个古籍版本，其中《唐诗三百首》有6种注释版本，《会稽掇英总集》《侯鲭录》《万首唐人绝句》《类说》是一种文献两种版本，《徐氏笔精》则是同一文献同一版本中的《回乡偶书》有两种形态。民国时期收录《回乡偶书》的文献和版本很多，省略了一些类似的版本。

从这些版本中可以看出，“少”有作“幼”，“家”有作“乡”，“回”有作“归”，“未”有作“无”“难”“不”，“鬓”有作“面”，“毛”有作“皮”，“衰”有作“摧”“催”“憓”“腮”，“儿”有作“家”，“笑”有作“借”“却”。此外，还有一些非常稀见的异文，比如“离”有作“辞”，“儿童”有作“儿孙”等。

乱字渐欲迷人眼，究竟哪个是正选？1200多年前贺知章到底怎么写的，已经无迹可寻。今天的我们只能通过分析上下诗意、结合音韵格律、参照风俗文化等手段进行比较取舍。

二、第一句中的异文

本诗首句共有3个字存在异文。51个版本中，第一个字，39个为“少”，12个为“幼”；第4个字，28个为“乡”，23个为“家”；第7个字，49个为“回”，2个为“归”。

“少”和“幼”同为仄声，但字义存在细微的差别。“幼年”在“少年”之前，也就是说，“幼”比“少”的年龄更小。按照一般的理解，“幼”和“少”放在《回乡偶书》里都不太贴切，因为贺知章进士及第离开家乡的时候已经37岁，应该算是“青年”。不过，贺知章写这首诗的时候已是86岁，相对于这个年龄，37岁确实很小，但称之为“幼”还是过于夸张。相比之下，“少”比“幼”较为合适。不过，最早的几个版本均是“幼”，比如孔延之（1013—1074）《会稽掇英总集》、赵令畤（1064—1134）《侯鲭录》、曾慥（？—1155）《类说》、陈应行（1126年前后在世）《吟窗杂录》，原作为“幼”的可能性较大。

“乡”和“家”均为平声，字义也差不多。两个字经常被合在一起使用，“家乡”者也。但“家”比较小，“乡”则大得多。与“离”搭配，也有明显的区别。去上学要“离家”，去赶集要“离家”，去访友要“离家”，也就是说，“离家”是常有的事儿，而且活动范围一般还在乡里。但“离乡”就不一样了，通常次数会比较少，离开的时间比较长，去的地方也会比较远。虽然“离乡”也意味着“离家”，但“离乡”比“离家”更令人伤感。贺知章一去就是几十年，而且远在千里之外，应该是离“乡”更为贴切。

“回”和“归”都是平声，意思也完全一样。回者，归也。齐己《新燕》中有“花外衔泥去，空中接食回。”陶渊明《归园田居（其三）》中有“晨兴理荒秽，带月荷锄归”。两诗中的“回”和“归”都是回家的意思。可是，《回乡偶书》是一首灰韵诗，“衰（shuāi）”和“来（lái）”均为灰韵，“回（huái）”（关于此字的读音详见上一篇论文）也是灰韵，一韵到底。而“归”是微韵，与“衰（shuāi）”和“来（lái）”押不上。当然，七绝首句入韵是正例，不入韵是变例。首句韵脚字不押韵也是可以的，也就是说第7个字为“归”并不算出韵，但终究还是“回”字更为合辙。或许有人要说，“衰”的读音有争议，有人认为应该读作“cuī”，而“归”读作“guī”，不是也押韵吗？问题在于，七绝的韵律规则是：第二句与第四句必须押韵，与第一句可押可不押。

除上述三字处，第一句还有一处异文。焦竑在《笔乘》中引用了《回乡偶书》的前两句："少小辞乡老大回，乡音无改鬓毛衰。"[①] 此中的"辞"字，为本次考证所仅见（未列入附表）。"离"和"辞"同为平声，其义也都是在空间上与某个地方或物体分开，但分开的对象有"主""客"之别。具体地说，"离"的通常是自己的地方，行为者身份是"主"，比如"离家出走""背井离乡""离别家乡岁月多"，离开的是"家"或"乡"。而"辞"的通常是别人的地方，行为者身份是"客"，比如"告辞""不辞而别""朝辞白帝彩云间"，"辞"的都是他家或异乡。在《回乡偶书》中，应该是"离"，而不是"辞"。唐诗中由于分不清"辞"和"离"而互为异文的情况有好几处。比如杜甫《寒雨朝行视园树》"林香出实垂将尽，叶蒂辞枝不重苏"中的"辞"，《全唐诗》注一本作"离"，笔者认为"离枝"更贴切。白居易《琵琶行》"我从去年辞帝京，谪居卧病浔阳城"中的"辞"，《全唐诗》注一本作"离"，笔者觉得"辞"更恰当。

三、第二句中的异文

本诗第二句的异文最多也最乱。51个版本中，本句第3字，32个"无"，17个"难"，2个"不"。本句后3个字，因为紧密联系，所以合并考查。51个版本中，32个"鬓毛衰"，6个"鬓毛摧"，4个"鬓毛催"，2个"面毛腮"，2个"面皮戁"，2个"面毛戁"，2个"鬓毛戁"，1个"面毛衰"。

"难""无""不"中，"难"字应该首先排除。为什么呢？因为它不太符合诗意要求。"乡音难改"的意思是乡音很难改变，但有难度不等于改不了。到底有没有改变呢？可能改变了，也可能没有改，抑或变化不大。但在《回乡偶书》中，需要一个确定的答案，那就是贺知章的乡音没有改变。因为这样，可与下半句的"鬓毛衰"或"面毛腮"等形成对比——乡音未变，容貌大变，变与不变之间，感慨自然万千。杜甫《遣兴五首（其四）》诗云："贺公雅吴语，在位常清狂。"说明贺知章在长安都操着吴语，口音确实很重。"不"字也不好，

① 〔明〕焦竑撰：《焦氏笔乘》[O]，明万历丙午年（1606）刻本，卷4第11页。

因为它表达的是主观态度，而不是客观事实。相比之下，“无”字比较好。“无改”就是没有改变，这个事实与后面的“鬓毛衰”同气连枝。

袁韬壶（生卒年不详）《（言文对照白话评点）唐诗三百首》的注释中说“别本……无改作未改”。李长路（1904—1997）《全唐绝句选释》收录的《回乡偶书》第二句即为“乡音未改鬓毛衰”①。“无改”和“未改”都是“没有改变”的意思，但在本诗中“未”比“无”更合适，因为“无”为平声，“未”为仄声。格律诗讲求平仄相对，且有相对标准的格式。比如七绝的仄起式格律一般为“仄仄平平仄仄平，平平仄仄仄平平。”要符合这样的格式，第二句第3字应该是仄声，而不能是平声。上句第三个字“离”为平声，下句第三个字应该是仄声。虽然有“一三五不论”之说，但其意为格律诗上下句第一、三、五个字的平仄不太严格，对不上也不要紧，但能对上，还是更好。

“鬓毛衰”“鬓毛摧”“鬓毛催”“面毛腮”“面毛鬑”“面皮鬑”“面毛衰”，乱成一团。

先说前两个字。“鬓毛”是指耳朵前面的头发，“面毛”主要是指眉毛胡子，两个词都能用来表现人生的阶段，但却有文野上的差别。换句话说，“鬓毛”比较雅，“面毛”比较俗，而“面皮”更是俗不可耐。《回乡偶书》虽然非常通俗，但“通俗”不等于“粗俗”。严羽《沧浪诗话》之“诗法”云“学诗先除五俗”，其四即为“俗字”②。“俗字”要除，“俗词”也要不得。何谓“俗词”？“面毛”“面皮”之类也。《全唐诗》中，“鬓毛”出现了59次，“面皮”只出现过1次，“面毛”则没有出现过。

再说后一个字。“衰”“摧”“催”“鬑”“腮”，一字五说，文学史上可能举不出第二例。宋代文献《吟窗杂录》和《类说》中此处皆为“衰”，说明此字古已有之。“摧”字为沈德潜（1673—1769）改换，这一点他本人在《唐诗别裁集》中说得清清楚楚。窜改前人字词，本来就嫌轻率，而“摧”的字义又与诗意不合。由于沈德潜影响力巨大，《唐诗别裁集》（初刻于1763年）之后，接连出现了几个“摧”的版本，比如王尧衢（清雍乾年间人）的《古唐诗合解》和宋宗元（清乾隆年间人）的《网师园唐诗笺》。但不久之后，蘅塘退士（1711—

① 李长路：《全唐绝句选释》[M]，北京：北京出版社1987年版，第121页。

② 〔宋〕严羽著，郭绍虞校释：《沧浪诗话校释》[M]，北京：人民文学出版社1961年版，第100页。

1778）选编的《唐诗三百首》中出现了“催”字。不知这是不是“催”字最早的出处，但肯定是从“摧”字衍生出来的。窜改者可能觉得，把“衰”改成“摧”还不如改成“催”，这其实也是对“摧”的“否定之否定”。由于各种注释本《唐诗三百首》多为“催”字，民国时期“催”的版本甚至比“摧”和“衰”还多。但“催”也很难契合诗意。有人把“催”释为“催促”，意为“(鬓发）催白”，可当时的贺翁已是耄耋之年，早已白发苍苍，他的鬓发哪里还需要“催白”呢？

“鬑”，意为“多须的样子”。但“多须”不等于“衰老”，中年男子也会胡须满面，三国“美髯公”即是如此。“鬑”是“多须的样子”，“面毛鬑”也是“多须的样子”，既然如此，“鬑”的前面何必还要加上“面毛”等词呢？全诗总共才 28 个字，有两个多余的字，这对炼字要求极高的绝句来说，实在不可思议。既说“鬓毛”，又要用“鬑”，既有语义重复之病，更有“眉毛胡子一把抓”之嫌。而且“鬑”字太生僻，与贺诗通俗的风格不搭。至于“腮”字，简直不知所云。有人说“腮”或为“鬑”的简写，未免牵强。说来说去，还是“衰”字最为妥帖。鬓发衰白，垂老之态，既合诗意，又好理解。

不过，“鬑”和“腮”都出现在早期的文献中，比如《会稽掇英总集》和《侯鲭录》，但本次考得的版本最早在明代，有可能是因为“衰”字“出韵”而被改成了“鬑”或“腮”。

徐𤊹（1563—1639）《徐氏笔精》卷 2 第 24 页有一则题为《面皮鬑》的笔记，全文为：“贺知章回乡诗云：少小离乡老大回，乡音难改面皮鬑。儿童相见不相识，笑问客从何处来。今本俱作鬓毛衰，非唐韵矣。近睹《侯鲭录》，始知是面皮鬑。鬑，多须也。”第 28 页又有一则题为《贺监湖》的笔记，其文曰：“贺知章乞鉴湖归老，时年八十余矣。其诗曰：‘少小离乡老大回，乡音难改鬓毛衰。儿童相见不相识，笑问客从何处来。’少小仕宦，至于儿童不相识……”前文刚说应为“面皮鬑”，紧接着引用的还是“鬓毛衰”。该文献的四库本、方功惠校刊本、江户初写本内容无异。

张萱（约 1553—1636）《疑耀》引用的《回乡偶书》第二句为“声音难改鬓毛衰”，此中的“声”字应为讹误（未列入附表）。“乡音”确实是“声音”，但“声音”未必是“乡音”。“乡”是本诗的一个关键字，味从中来，不可或缺。

四、第三句中的异文

第三句的异文主要是第一个字。51个版本中，“儿”44个，“家”6个。《侯鲭录》的明刻本和四库本为“家童”，清嘉庆刻本和万库本却为“儿童”。另外，前两个字还有“儿孙”之说。

“儿”和“家”，亦均为平声，但组合之后“儿童”和“家童”的意思却明显不同。古汉语中，“家童”多指未成年的仆人，也可以指自家的孩子；“儿童”却是通称，包括自家和人家的孩子。放在“相见不相识”的前面，哪个词更适合呢？应该是“家童”。连自家的孩子（可以包括童仆）都不认识自己了，可见离开家乡之久、物是人非之甚。“儿童”虽然也有这样的效果，但反差没有“家童”那么强烈。细思之，别人家的孩子不认识自己也在情理之中，而自家的孩子不认识自己才令人感喟。特别需要指出的是，下句还有“客从何处来”之问——对人家的孩子来说，贺知章确实是“客”，本就不足为怪；但自家的孩子也以“客”相称，让人情何以堪？唐汝询（1624年前后在世）称《回乡偶书》“模写久客之感最为真切”，主要就体现在这里。

有人提出疑问：贺知章在朝为官近50年，难道他的孩子还在老家吗？这可能就是“家”被多数版本舍弃的原因。殊不知，“家”有狭义和广义之分。家庭、家族、家门都可称为“家”。最小的单元是“家庭”，同院居住，同灶吃饭。中等的单元是“家族”，“五服”之内，都是一家。即使出了“五服”，如果同村同姓，也还算是一家。古时乡村有“族长”，就是“大家”的领袖。大而话之，同姓之人，均可称为一家，所谓“宗亲”是也。贺知章的嫡孙后辈肯定不在家乡，但还有叔伯、兄弟的子孙孩娃，他们不都是“家童”吗？笔者的老家乡村，至今仍保留着这样的传统，称呼堂兄堂弟之后都是“自家”的孩子。前句有“家”，后句有“客”，强烈的对比，极富感染力！《侯鲭录》在“儿”后注“诸本俱作家”，而现在的则是“诸本皆作儿”，如此巨变，可能都是缘于对“家”的理解过于狭隘。

有人提出，《回乡偶书》中的“儿童”并不是孩子，而是贺知章童年时期的玩伴，“儿童相见不相识”的意思是：几十年过去，当年一起玩耍的“儿童”

再次见面都已经认不出彼此了[①]。笔者以为，这种解释有些“深奥”，不符合本诗“率真”的风格。贺知章回归故里之时已经 86 岁，而唐人的平均寿命只有 57.55 岁。[②]“人生七十古来稀”，像贺这样高寿，可谓寥若晨星，他当年的玩伴依然在世的可能性很小。即使还有这样的童伴，也不会到村口迎接客人，老友相见只能是到家后的专门安排，见面前肯定都知道了对方的身份，怎么可能“笑问客从何处来”呢？其实，如果是“家童”二字，就不会产生这样的歧解了。

“儿孙”仅见于张岱（1597—1689）的《陶庵梦忆》，不知其来何自，可能出于误记。没有“童”字，少了“童”趣，此诗大为减色。

五、第四句中的异文

第四句的异文出现在第一个字。51 个版本中，39 个为“笑”，11 个为“却”，1 个为“借”。

“笑”“却”“借”，均为仄声，其义不同。崔颢《长干曲》有“停船暂借问，或恐是同乡”之句，杜牧《杏花村》有“借问酒家何处有”之问……从诸多用例中可以看出，“借问”通常是在异地他乡向人询问，客客气气中陪着小心。此意显然不符合《回乡偶书》的语境，因为那些孩子都是在自家的门口，“我的地盘我做主”，用不着小心翼翼。人们常说的“借光”，其中的“借”字也是如此。“却”带有明显的转折之义，起着承上启下的作用。我们本来是一家，你却说我是客人，因在情理之外，所以需要转折。不过，这种常理之悖，应是非常明显，即使不点明，也能看出来。而“笑”字则是在不言而喻的转折之中，表现出了那个场面的戏剧性，孩子们的顽皮也跃然纸上。试想一下：那是一种何等温馨且欢乐的画面！宋宗元称“情景宛然，纯乎天籁”，大抵就是因为这个“笑”字。笔者也认为，“笑”比“却”的内涵更加丰富，场景也更加生动。不过，最早的版本中基本上都是“却”，或许原作如此。

郎瑛《七修类稿》引用的《回乡偶书》第四句为“笑问君从何处来”，此中“君”字，亦为仅见（未列入附表）。本诗妙就妙在“乡”与“客”之间的巨大反差，

① 郭英凯撰：《回乡偶书之“儿童”辨正》[J]，吉林：《北华大学学报（社会科学版）》2000 年第 3 期。

② 吴志浩撰：《宋代士人平均死亡年龄考》[J]，杭州：《浙江学刊》2017 年第 4 期。

没有了“乡”或“客”字，就像是抽了筋。

六、诗题中的异文

贺知章的《回乡偶书》，不仅正文中多有异文，就连题目都有好几个版本。比如，在《吟窗杂录》中是《还乡诗》，在《类书》中为《回乡诗》，在《对床夜语》中为《还家》[①]，在《事类备要》和《事文类聚》中均为《还乡偶书》，而《王力古汉语字典》在举例时则称作《回乡偶句》[②]。

为什么连题目都不一样，甚至题目的字数都不一样呢？遍览《全唐诗》《全宋诗》等收录诗歌特别多的总集，笔者发现，与诗文的字斟句酌相比，大多数诗歌的题目都很随意，或者不像是标题，甚至没有标题。有的一题多诗，即几十首甚至上百首诗共用一个标题，比如钱起的《江行无题一百首》[③]、王建的《宫词一百首》[④]。有的冠以“次韵”，就是在别人的诗题前加两个字，比如《全宋诗》之赵蕃卷中以“次韵”起首的诗有189首之多[⑤]；有的是从诗中取文为题，比如王梵志的诗，题目都是诗的首句。有的则是以文代题或以序代题，就是交待写作的背景、意图或其他想法，字数往往比诗的正文还要多，比如李白有一首五律，题目是《张相公出镇荆州寻除太子詹事余时流夜郎行至江夏与张公去千里公因太府丞王昔使车寄罗衣二事及五月五日赠余诗余答以此诗》[⑥]，题目达55字，正文才40字。吴芾有一组5首七绝，题为《括苍胡经仲以经术授吾乡子弟僕顷过钱塘得吾兄永言多益及友人孟世功书未尝不以得交经仲为言且以其往还诗什相示已决知经仲非尘埃中人矣春初归自钱塘遂获识经仲于斋馆信数公之知人交道之不朽一年之间凡三相会从容谈笑者盖十许日而诗筒之循环来往

---

① 〔宋〕范晞文撰：《对床夜语》[O]，清乾隆壬辰年（1772）刻本（知不足斋丛书），卷4第2页。

② 王力主编：《王力古汉语字典》[M]，北京：中华书局2000年版，第1206页。

③ 〔清〕彭定求：《全唐诗》[M]，北京：中华书局1999年版，卷239第2671页。“钱起”有作“钱珝”。

④ 〔清〕彭定求：《全唐诗》[M]，北京：中华书局1999年版，卷302第3436页。

⑤ 北京大学古文献研究所编：《全宋诗》[M]，北京：北京大学出版社1991年版，第49册第30389—30946页。

⑥ 〔清〕彭定求：《全唐诗》[M]，北京：中华书局1999年版，第1823页。

曾未尝辍而僕之心犹以不得朝夕见经仲为恨也一日经仲来访席未定乃谓僕曰吾将归乡明年不复来此矣僕念经仲之贤交游中所未有顾世方扰攘会合无期临风语离殆不胜依黯因诵老杜人生足别离之句作五绝以送之》[1]，多达203字。之所以如此，可能是因为创作量较大，而相同的题材也较多，要想每首诗都拟出别具一格的题目确实不易；或因诗兴阑珊，不想再在拟题上费神。对于古代文人来说，吟诗作赋就是日常，有时一天就要写好几首诗，比如陆游的诗作达1万多首。马上作，床上作，厕上作……走到哪儿写到哪儿，随时随地都在写诗。《全宋诗》之陆游卷中，仅《醉中作》就出现了4次，而《舟中作》更是用了十多次。还有很多古诗，就以“无题”为题。像那种序文式的题目，可能原本就是无题，后人整理出版时不能没有题目，就只好以序文代之。有些诗的题目可能就是后人拟的，比如贺知章的《回乡偶书》。既是代拟，就难免不一样，时间长了，才渐渐约定俗成。

相信很多人都有这样的感受，就是很多经典诗词能够倒背如流，但却说不出诗词的题目。为什么会这样呢？也是因为不太重视标题。应该说，比之诗的正文，标题确实不太重要。《回乡偶书》既已统一并定型，也就不必再纠结了。

七、作者之谜

《回乡偶书》不仅内容有“异文”，而且作者也有“异人”。《侯鲭录》在诗后注曰：“一说云黄拱作”。《古今合璧事类备要》和《古今事文类聚》中，直接署名为“黄拱”，而且“其一”和“其二”都归到了他的名下，连“一作贺知章”都没有。胡震亨（1569—1645）《唐音统签》也在《回乡偶书（二首）》题下注“赵德麟云一说黄拱作”（“赵德麟”即赵令畤）。

《回乡偶书（二首）》最早见于孔延之（1013—1074）的《会稽掇英总集》，这是作者为贺知章的最有力证据。曾慥（？—1155）《类说》、陈应行（南宋孝宗淳熙二年即公元1175年特科状元）《吟窗杂录》、范晞文（南宋理宗景定

① 北京大学古文献研究所编：《全宋诗》[M]，北京：北京大学出版社1991年版，第35册第22000页。

年间人)《对床夜语》① 等宋代文献也都把此诗归于贺知章的名下。另外,《回乡偶书(其二)》中的“镜湖”(或“鉴湖”)也有证明力,因为“镜湖”就在贺家附近,此湖甚至被称为“贺家湖”。

不过,能证明黄拱为《回乡偶书(二首)》作者的证据也不少。首先,所处的年代稍晚于孔延之的赵令畤(1064—1134)在《侯鲭录》中对《回乡偶书(二首)》的作者提出了异议,称“一说云黄拱作”。此后,祝穆(?—1255)《事文类聚》和谢维新(南宋人,生卒年不详)《事类备要》径直把《回乡偶书(二首)》归于黄拱。

至于诗中的“镜湖”(或“鉴湖”)也存在异文。在《吟窗杂录》《全唐诗》等文献中,《回乡偶书(其二)》第三句为“唯有门前镜湖水”或“唯有门前鉴湖水”,但在《会稽掇英总集》四库本② 和清道光元年刻本③ 中,本诗第三句为“唯有门前照湖水”;在《类说》明天启六年刻本中,此句为“惟有门前碧湖水”④。“鉴”“照”或因讳“镜”⑤,“碧”字却难以解释。尤为可疑的是“近来人事半消磨”中的“近来”二字。通常情况下,在某种境况持续很长时间之后,才会说“近来”如何如何,而贺知章归乡大约半年后就去世了,根本就没有“远来”可言,怎么会用“近来”二字呢?《事文类聚》中,第二句为“归来人事半消磨”——“归来”二字倒说得通,但这里本诗署名为黄拱。

除了“近来”,“幼小”亦可置疑。在最早的几种文献中,《回乡偶书(其一)》的起首均为“幼小”,此为原作的可能性大。贺知章进士及第离开家乡时已经37岁,相对于86岁高龄,称37岁为“幼小”也说得过去,但终归有些勉强。

---

① 该书在卷3和卷4两次引用“儿童相见不相识,笑(却)问客从何处来”,均称为贺知章诗句。

② 〔宋〕孔延之辑:《会稽掇英总集》[O],四库本,卷2第15页。

③ 〔宋〕孔延之辑:《会稽掇英总集》[O],清道光元年(1821)山阴杜氏浣花宗塾刻本,卷2第12—13页。

④ 〔宋〕孙愷辑:《类说》[O],明天启六年(1626)刻本,卷15第21页。

⑤ “镜湖”改名“鉴湖”,是避宋朝开国皇帝赵匡胤父亲赵敬的讳,因为“镜”与“敬”同音。也有改“镜”为“照”的,比如唐孟启《本事诗》开篇所讲“破镜重圆”故事中的“镜”在明汲古阁津逮本、清抄本中写作“照”。但“照”字犯了武则天(名“曌”)的讳,因为“曌”与“照”同音同义,唐人应不会称“照湖”。明陈继儒《太平清话》云:“镜湖本庆湖也,避汉安帝父清河王讳,改为镜湖。”甚至因为此讳,庆氏改为贺氏。照此说,贺知章的姓氏都是避讳出来的。

或许就是因为太离谱，后人把“幼小”改成了“少小”。尽管如此，仍有违和感。

另有几个疑点，如果《回乡偶书》的作者为贺知章很难解释，若为黄拱却没有问题——

（一）编于宋初的《广韵》为什么要删除灰韵中的“衰”字？据前文论证：《唐韵》灰韵原本有“衰”字，宋人编修《广韵》将其删除，导致《回乡偶书》“出韵”。既然唐诗中有“衰”为灰韵的用例，而且是像《回乡偶书》这样的名人名篇，为什么要把“衰”字从灰韵中删除？如果《回乡偶书》的作者为宋人，这就不成其为问题了，因为除了《回乡偶书》，唐诗中没有“衰”为灰韵的用例。既然无人使用灰韵之“衰”，删除也罢。

（二）为什么《会稽掇英总集》之前的文献都没有收录《回乡偶书（二首）》？流传至今的贺知章诗歌只有大约22首。现存最早的唐诗选集《国秀集》收录了贺知章的《送人之军中》和《偶游故人园》，《才调集》选有贺知章的《杨柳枝》（或题《咏柳》），其他几种“唐人选唐诗”亦均不见《回乡偶书（二首）》。编于宋初的《文苑英华》是宋代最大、规模空前的诗文总集，其中十分之九为唐人的诗文。此集收录了贺知章的9首诗，也没有《回乡偶书（二首）》的影子。贺知章生前身后都是传奇，流传下来的诗歌也不多，诗文总集一般都是“贪大求全”，舍弃《回乡偶书（二首）》的可能性很小。另外，计有功（1126年前后在世）《唐诗纪事》关于贺知章的内容列举了6首贺诗，也没有《回乡偶书（二首）》。

（三）为什么胡应麟对贺知章的诗歌成就评价不高？同为越人的胡应麟（1551—1602）在《诗薮》中说：“唐诗人千数，而吾越不能百人。初唐虞永兴、骆临海，中唐钱起、秦系、严维、顾况，晚唐孟郊、项斯、罗隐、李频辈，今俱有集行世。一时巨擘概得十二三，似不在他方下。独盛唐贺知章、沈千运稍不竞。”[①] 贺知章虽然没有诗集传世，但其名作《回首偶书（二首）》《咏柳》等备受称道，其诗歌成就绝不在虞永兴等人之下，怎么会“不竞”呢？如果《回乡偶书（二首）》不属于贺知章，他的诗歌成就当然大打折扣。

黄拱，姑苏人，生平不详。王宾（明初人，生卒年不详）《虎丘志总集》

①〔明〕胡应麟撰：《诗薮》[O]，上海：开明书店民国二十五年（1936）版，外编卷3第20—21页。

载有释契适的《石像大士赞》(包括10首七言律诗),诗文前后附有黄拱撰写的序和跋。序后署有“元丰四年季秋望日姑苏黄拱”,跋文之后黄拱也写了一首赞观音菩萨的诗:“菩萨慈悲行顾深,偏游沙界拯枯沉。众生得度随形化,说法开迷震梵音。眉现毫光同率土,手持杨柳摄群心。我今稽首虔诚礼,愿赐慈光与照临”①。元丰也是宋神宗的年号(元丰四年为公元1081年),也就是说,黄拱和孔延之均为宋神宗年间的文人,而《回乡偶书(二首)》恰巧在这个时候面世。这仅仅是巧合吗?

诗歌作者张冠李戴,不乏其例。一般来说,都是无名作者被换成了著名诗人,比如杜诵的《哭长孙侍御》被编到杜甫集中,畅诸的《登鹳鹊楼》被归于畅当的名下(详见本书第262页《〈登鹳鹊楼〉的畅诸畅当之争》),鲜有名家被换成非名家的。黄拱诗名不显,诗作也不多,世人不太相信他能写出《回乡偶书》这样的好诗,看到诗中出现了“镜湖”,自然就联想到了贺知章,三人成虎,众口铄金,久而久之,弄假成真。其实,诗作不多不等于水平不高,张若虚流传下来的诗作只有两首,却因一首《春江花月夜》而“孤篇横绝,竟为大家”。

值得注意的是,范晞文是钱塘人(亦属越州),孔延之更是曾于宋神宗熙宁四年(1071)知越州,也正是在此任上编就了《会稽掇英总集》。四库提要称此集“所录诗文,大都由搜岩剔薮而得之,故多出名人集本之外,为世所罕见”。这既凸显了《会稽掇英总集》的文献价值,所录诗文“多出名人集本之外”也值得警惕。为了彰显会稽的人杰地灵,孔延之在搜集诗文的时候,肯定只嫌其少,不厌其多,有意无意地误收非会稽人的优秀作品恐难避免。

八、结束语

纵观《回乡偶书》的版本源流可以看出,元明是《回乡偶书》发生巨大变化的时期。在这个阶段,“幼小”大多变成了“少小”,“离家”大多变成了“离乡”,“未改”大多变成了“难改”“无改”,“却问”大多变成了“笑问”,“鬓毛衰”更是像个“变形金刚”。这些改动的优劣,每个人感觉不同,但尊重原作应该是基本的原则,所以关键在于改动有没有根据。如果无根无据,仅凭个

① 〔明〕王宾辑:《虎丘志总集》[O],明刻本(国图善本书号:10650),“文”第40—43页。

人的揣测进行“臆改”，肯定不可取。

至于《回乡偶书》的作者究竟为谁，由于时代久远、资料有限，恐怕难有定论。但我们也不能放弃探求真相的努力。或许有一天，载有《回乡偶书》且署名贺知章的唐代文献突然出土，就像敦煌石窟里的唐人写卷重见天日一样。果真如此，我们又要重新审视这首诗了。

附：《回乡偶书》异文一览表：

序	代	编撰者	文献名	异文						
01	宋	孔延之	会稽掇英总集	幼	家	回	难	面毛腮	家	却
02	宋	孔延之	会稽掇英总集	幼	家	回	难	面毛鬛	家	却
03	宋	赵令畤	侯鲭录	幼	家	回	难	面皮鬛	家	却
04	宋	赵令畤	侯鲭录	幼	家	回	难	面毛鬛	儿	却
05	宋	曾慥	类说	幼	乡	回	难	鬓毛衰	儿	却
06	宋	曾慥	类说	幼	乡	回	无	鬓毛衰	儿	却
07	宋	陈应行	吟窗杂录	幼	家	回	难	面毛衰	家	却
08	宋	祝穆	古今事文类聚	少	家	回	难	鬓毛鬛	儿	却
09	宋	祝穆	古今事文类聚	少	家	回	难	鬓毛衰	儿	借
10	宋	谢维新	古今合璧事类备要	少	家	回	难	鬓毛鬛	儿	却
11	宋	洪迈	万首唐人绝句	幼	家	回	难	面毛腮	家	却
12	宋	洪迈	万首唐人绝句	幼	家	回	无	鬓毛衰	儿	笑
13	元	杨士弘	唐诗正音	少	乡	回	无	鬓毛衰	儿	笑
14	元	张震	唐音辑注	少	乡	回	无	鬓毛衰	儿	笑
15	明	高棅	唐诗品汇	少	乡	回	无	鬓毛衰	儿	笑
16	明	胡震亨	唐音统签	少	乡	回	无	鬓毛衰	儿	笑
17	明	徐	徐氏笔精	少	乡	回	难	面皮鬛	儿	笑
18	明	徐	徐氏笔精	少	乡	回	难	鬓毛衰	儿	笑
19	明	臧懋循	唐诗所	少	乡	回	无	鬓毛衰	儿	笑
20	明	锺惺	唐诗归	少	家	回	无	鬓毛衰	儿	笑
21	明	黄德水	唐诗纪	少	乡	回	无	鬓毛衰	儿	笑
22	明	卓明卿	唐诗类苑	少	乡	回	不	鬓毛衰	儿	笑
23	明	曹学佺	石仓历代诗选	少	乡	回	无	鬓毛衰	儿	笑
24	明	唐汝询	唐诗解	少	乡	回	无	鬓毛衰	儿	笑
25	明	凌云	唐诗绝句类选	少	乡	回	无	鬓毛衰	儿	笑
26	明	郎瑛	七修类稿	少	家	回	不	鬓毛衰	儿	笑
27	明	胡宗宪	浙江通志	少	乡	回	难	鬓毛衰	儿	笑

续表

序	代	编撰者	文献名	异文						
28	明	邵天和	重选唐音大成	少	乡	回	无	鬓毛衰	儿	笑
29	明	张萱	疑耀	幼	乡	回	难	鬓毛衰	家	却
30	明	张燧	千百年眼	幼	家	回	无	鬓毛衰	儿	笑
31	清	彭定求	全唐诗	少	乡	回	难	鬓毛衰	儿	笑
32	清	徐倬	全唐诗录	少	乡	回	无	鬓毛衰	儿	笑
33	清	胡文学	甬上耆旧诗	少	乡	回	无	鬓毛衰	儿	笑
34	清	沈德潜	唐诗别裁集	少	家	回	无	鬓毛摧	儿	笑
35	清	王尧衢	古唐诗合解	少	乡	回	无	鬓毛摧	儿	笑
36	清	宋宗元	网师园唐诗笺	少	家	回	无	鬓毛摧	儿	笑
37	清	张岱	陶庵梦忆	幼	家	回	无	鬓毛衰	●	笑
38	清	篠崎小竹	唐诗遗	少	家	回	无	鬓毛衰	儿	笑
39	清	沈裳锦	全唐近体诗钞	少	乡	回	无	鬓毛衰	儿	笑
40	清	王闿运	唐诗选	少	乡	回	难	鬓毛衰	儿	笑
41	清	蘅塘退士	唐诗三百首	少	家	回	无	鬓毛衰	儿	笑
42	民	章燮	唐诗三百首注疏	少	乡	回	无	鬓毛催	儿	笑
43	民	吴兴	评注唐诗读本	少	家	回	无	鬓毛催	儿	笑
44	民	毕志飏	唐诗韵释	少	家	回	无	鬓毛衰	儿	笑
45	民	袁韬壶	（白话评点）唐诗三百首	少	家	回	无	鬓毛催	儿	笑
46	民	编译所	（新体评注）唐诗三百首	少	家	回	无	鬓毛衰	儿	笑
47	民	吴遁生	（新中学文库）唐诗选	少	家	回	无	鬓毛摧	儿	笑
48	民	钱公侠	唐诗三百首	少	家	归	无	鬓毛衰	儿	笑
49	民	喻守真	唐诗三百首详析	少	家	回	无	鬓毛摧	儿	笑
50	民	柳亚子	全唐诗精华	少	乡	归	难	鬓毛衰	儿	笑
51	民	许文雨	唐诗集解	少	乡	回	难	鬓毛衰	儿	笑

版本信息及注释：

[01]《会稽掇英总集》[O]，四库本，卷 2 第 16 页。

[02]《会稽掇英总集》[O]，清道光元年（1821）山阴杜氏浣花宗塾刻本，卷 2 第 13 页。

[03]《侯鲭录》[O]，明嘉靖二十三年（1544）刻本，卷 2 第 7 页。诗后注："一说云黄拱作。"四库本，无注。

[04]《侯鲭录》[O]，清嘉庆癸亥年（1803）刻本（知不足斋丛书），卷 2 第 8 页。小注："毛，芸窗、稗海本作皮，今从海虞本。""儿，诸本俱作家，今从写本。"诗后注："一说云黄拱作。"万库本，同。

[05]《类说》[O]，明天启六年（1626）刻本，卷 15 第 20 页。

[06]《类说》[O]，四库本，卷 15 第 22 页。

续表

[06]《吟窗杂录》[O]，明嘉靖戊申年（1549）崇文书堂家藏宋本重刊，卷24第45页。明抄本、中华书局1997年影印抄本，同。 [08]《古今事文类聚》[O]，元泰定三年（1325）武溪书院刊本，别集卷25第20页。署名为“黄拱”。明内府刻本，同。 [09]《古今事文类聚》[O]，四库本，别集卷25第35页。署名为“黄拱”。 [10]《古今合璧事类备要》[O]，明嘉靖三十一年至三十五年（1552-1556）夏相刻本，续集卷47第4页。署名为“黄拱”。四库本，同。 [11]《万首唐人绝句》[O]，明嘉靖刻本，卷22第11页。 [12]《万首唐人绝句》[O]，明万历三十五年（1607）刻本，卷11第14页。 [13]《唐诗正音》[O]，明刻本（日本昌平坂学问所藏），卷6上第1页。 [14]《唐音辑注》[O]，朝鲜刊本，卷6第1页。 [15]《唐诗品汇》[O]，明嘉靖己亥年（1539）刻本，卷46第15页。明汪宗尼刻本和四库本，同。 [16]《唐音统签》[O]，明刻本，卷85第4页。题下注：“赵德麟云一说黄拱作”。 [17]《徐氏笔精》[O]，明崇祯五年（1632）刻本，卷2第27页。清光绪七年（1881）巴陵方功惠校刊本、日本江户（1603—1868）初写本，同。四库本在卷3，内容无异。 [18]《徐氏笔精》[O]，明崇祯五年（1632）刻本，卷2第31页。清光绪七年（1881）巴陵方功惠校刊本、日本江户（1603—1868）初写本，同。四库本在卷3，内容无异。 [19]《唐诗所》[O]，通行版（明万历丙午年序），前集卷46第33页。“笑，一作借。” [20]《唐诗归》[O]，明万历四十五（1617）年刻本，卷5第17页。 [21]《唐诗纪》[O]，明万历十三年（1585）刻本，初唐卷57第4页。“笑，一作借。” [22]《唐诗类苑》[O]，明万历十四年（1586）崧斋活字印本，卷61第12页。 [23]《石仓历代诗选》[O]，明崇祯年间刻本，唐卷17第10页。四库本，同。 [24]《唐诗解》[O]，明万历年间刻本，卷25第8页。小注：“衰字失韵，疑当作摧。” [25]《唐诗绝句类选》[O]，明末凌氏三色套印本，卷2第9页。 [26]《七修类稿》[O]，清江西巡抚采进本，卷27第12页。 [27]《浙江通志》[O]，四库本，卷277第34页。 [28]《重选唐音大成》[O]，明嘉靖五年（1526）刊本，卷6第11页。 [29]《疑耀》[O]，明万历年间刻本，卷1第41页。第二句为“声音难改鬓毛衰”。四库本，同。 [30]《千百年眼》[O]，明万历甲寅年（1614）刻本，卷7第28页。 [31]《全唐诗》[O]，四库本，卷112第6页。“鬓，一作面。”“笑，一作借，一作却。” [32]《全唐诗录》[O]，四库本，卷10第7页。 [33]《甬上耆旧诗》[O]，四库本，卷1第9页。 [34]《唐诗别裁集》[O]，清乾隆二十八年（1763）教忠堂修订本，卷19第30页。 [35]《古唐诗合解》[O]，日本京都向荣堂明和元年（1764）版，卷5第3页。 [36]《网师园唐诗笺》[O]，清乾隆三十二年（1767）版，卷15第3页。 [37]《陶庵梦忆》[O]，清乾隆甲寅年（1794）刻本，卷1第6页。第三句为“儿孙相见不相识”。 [38]《唐诗遗》[O]，日本大阪梅花书屋文化二年（1805）版，卷7第4页。

续表

[39]《全唐近体诗钞》[O]，清道光二年（1822）姚文田刻本，卷4第1页。诗后注："衰字失韵，一本作摧，宜从之。"
[40]《唐诗选》[O]，成都：尊经书店清光绪丙子年（1876）刻本，卷6第5页。
[41]《唐诗三百首》[O]，清乾隆二十八年（1763）宏道堂重镌本，（不分卷）七绝第1页。
[42]《唐诗三百首注疏》[O]，清道光十四年（1834）立言堂刻本，卷6下第1页。清金陵四教堂刻本（河南省图书馆著录为清乾隆四十一年刻本），"催"为"衰"。
[43]《评注唐诗读本》[O]，上海：大东书局民国二十年（1931）版，卷6第1页。
[44]《唐诗韵释》[O]，上海：光华书局民国二十三年（1934）版，第225页。
[45]《（白话注释）唐诗三百首》[O]，上海：大达图书供应社，民国二十四年版（1935），卷6第209页。
[46]《（新体评注）唐诗三百首》[O]，上海：大东书局民国二十七年（1938）版，卷6第1页。
[47]《新中学文库）唐诗选》（ [O]，上海：商务印书馆民国三十六年（1947）版，第1册第30页。
[48]《唐诗三百首》[O]，上海：启明书局民国三十七年（1948）版，第117页。小注："衰读催，凋落。"
[49]《唐诗三百首详析》[O]，上海：中华书局民国三十七年（1948）版，第290页。
[50]《全唐诗精华》[O]，上海：正风出版社民国三十七年（1948）版，第30页。
[51]《唐诗集解》[O]，南京：正中书局民国三十八年（1949）版，第112页。"案：衰时刊亦作摧。"

崔颢《黄鹤楼》的“白云”“黄鹤”之争

昔人已乘白云去，兹地唯余黄鹤楼。
黄鹤一去不复返，白云千载空悠悠。
晴川历历汉阳树，春草青青鹦鹉洲。
日暮乡关何处在，烟花江上使人愁。

崔颢（704—754）的这首《黄鹤楼》，人们都耳熟能详。仔细一看，是不是有多处“错误”？没错！这可能才是《黄鹤楼》原本的样子。这个版本出自唐人抄写的敦煌伯三六一九号卷子（下称“敦煌写本”）。这些卷子在敦煌的石窟里沉睡了大约1000年，1900年被意外发现并流落海外，此后，它们才被编号整理拍照并陆续传回中国。

1000多年来，关于唐诗的选本或总集数不胜数，但历经无数人的传写、重编、再刻，很多唐诗都有不同的版本，有些唐诗的异文之多甚至可以说是“面目全非”。崔颢的这首《黄鹤楼》就是异文较多的一首。“兹地”“此地”、“唯余”“空余”“空留”“空遗”“空作”、“千载”“千里”、“空悠悠”“终悠悠”、“汉阳树”“汉阳渡”“汉阳戍”、“春草”“芳草”、“青青”“萋萋”“凄凄”、“乡关”“家山”“江山”、“何处是”“何处似”“何处在”、“烟花”“烟波”等等，其中最为重要也最受关注的则是首句的“白云”与“黄鹤”。关于此处异文，争议一直未断。在长达数百年的争论中，“黄鹤”说逐渐占据上风。而近几十年，包括教科书在内的各种出版物都选择了“黄鹤”，“白云”则几乎消失。然而，大谬！

一、历代古籍中的《黄鹤楼》

校勘古文，必问古籍。先看编纂的年代，再看刊印的先后，理论上当然是越早越接近原作。本次考证及研究，笔者从北京大学图书馆古籍文献库、中国国家数字图书馆、哈佛燕京中文特藏等几大数据库中检索到了 50 种著录或引用了《黄鹤楼》全诗的诗选、诗话、评校、纪事或小说，计 56 个版本（其中 5 种文献为一书两本或三本）。按成书时间划分，唐代 5 种、宋（金）代 15 种、元代 2 种、明代 14 种、清代 14 种；按刊行时间划分，唐本 1 种、宋本 6 种、明本 15 种、清本 26 种、民国 4 种、现代 4 种。（本文异文版本出处详见本书第 104 页《〈黄鹤楼〉异文一览表》）

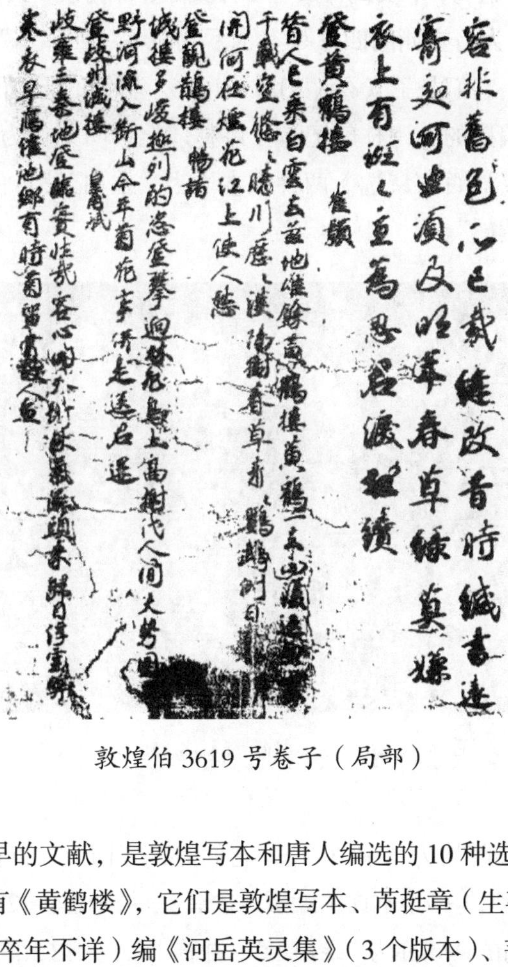

敦煌伯 3619 号卷子（局部）

关于唐诗最早的文献，是敦煌写本和唐人编选的 10 种选本。这 11 种唐诗文献中有 5 种收有《黄鹤楼》，它们是敦煌写本、芮挺章（生卒年不详）编《国秀集》、殷璠（生卒年不详）编《河岳英灵集》（3 个版本）、韦庄（约 836 年—约 910 年）编《又玄集》、韦縠（生卒年不详）编《才调集》（3 个版本）。这 5 种文献流传下来的 9 个版本中，《黄鹤楼》诗的第一句均为“昔人已乘白云去”，无一例外。

宋金时期的15种文献中有12种为“乘白云”，它们是：宋太宗御书碑刻、李畋（生卒年不详）撰《该闻录》、李昉（925—996）编《文苑英华》、乐史（930—1007）撰《太平寰宇记》、姚铉（968—1020）编《唐文粹》、胡仔（1110—1170）著《渔隐丛话》、计有功（1126年前后在世）撰《唐诗纪事》、王象之（1163—1230）编《舆地纪胜》、元好问（1190—1257）编《唐诗鼓吹》、周弼（1194—1255）编《三体唐诗》、谢维新（南宋末期人）编《古今合璧事类备要》、祝穆（？—1255）撰《方舆胜览》。“乘黄鹤”只有1种文献，即何汶（1196年进士）撰《竹庄诗话》，但版本为清文渊阁四库写本（下文简称“四库本”）。另有两种文献存在不同的版本，它们是王安石（1021—1086）辑编的《唐百家诗选》和蔡正孙（1239—？）编撰的《诗林广记》。《诗林广记》明刻本为“乘白云”，四库本为“乘黄鹤”。《唐百家诗选》两种宋本均为“乘白云”，但在清康熙刻本和四库本中为“乘黄鹤”。

宋太宗御书《黄鹤楼》诗碑刻（前半部分）

元代的2种文献均为“乘白云”，它们是：方回（1227—1305）编撰《瀛奎律髓》、杨士宏（生卒年不详）编撰《唐音》。吴师道（1283—1344）在《吴礼部诗话》中引用的诗句亦为“乘白云”，并称“云‘乘白云’，则非乘鹤矣。”①

① 〔元〕吴师道撰：《（历代诗话）吴礼部诗话》[O]，无锡：丁氏民国时期校刊，第5页。

虽然有了异文及争议，但“乘白云”没有被撼动。

明代的14种文献中有9种为“乘白云”，它们是：《(明铜活字本)唐五十家诗集》、高棅（1350—1423）编撰《唐诗品汇》、李贤（1409—1467）等撰《大明一统志》、郎瑛（1487—1566）著《七修类稿》、李攀龙（1514—1570）编《古今诗删》、蒋一葵（1594年举人）撰《尧山堂外记》、锺惺（1574—1624）和谭元春（1586—1637）编《唐诗归》、卓明卿（生卒年不详）辑《唐诗类苑》、曹学佺（1574—1647）编《大明一统名胜志》、谢天瑞（明万历年间人）撰《诗法》。有3种文献以“白云”为正选、“黄鹤”为异文，它们是：黄德水（生卒年不详）和吴琯（1546—？）编《唐诗纪》、臧懋循（1550—1620）编《唐诗所》和胡震亨（1569—1645）辑《唐音统签》。“乘黄鹤”的文献只有1种：即唐汝询（1624年前后在世）辑编的《唐诗解》。该书在“黄鹤”下注曰“黄鹤，诸本多为白云，非。” 虽然选择了“黄鹤”，却又承认“白云”是主流。显而易见，明代仍然是“白云”的天下。

到了清代，情况开始出现明显的变化。14种文献中，“乘白云”的只有4种，它们是：朝鲜南龙翼（1628—1692）编选的唐诗选本《箕雅》、宋宗元（清初人，生卒年不详）编注的《网师园唐诗笺》、王琦（1696—1774）注释的《李太白全集》、夏敬渠（1705—1787）小说《野叟曝言》（引用）。彭定求（1645—1719）等人编选的《全唐诗》和钱九韶（1731-1796）编辑的《中州诗钞》则是以“白云”为正选、“黄鹤”为异文。“乘黄鹤”的文献有8种：金圣叹（1608—1661）评选的《选批唐才子诗》[①]、王夫之（1619—1692）选评的《唐诗评选》、吴昌祺（清初人，生卒年不详）纂修的《删订唐诗解》、沈德潜（1673—1769）选注的《唐诗别裁》、汪烜（1692—1759）撰写的《诗韵析》、蘅塘退士（1711—1778）选辑的《唐诗三百首》、日本大典显常（1718—1801）编著的《唐诗解颐》、纪晓岚（1724—1805）编撰的《瀛奎律髓刊误》。《瀛奎律髓刊误》以“刊误”的名义把方回《瀛奎律髓》原著中的“白云”改成了“黄鹤”。

民国时期出版的《唐代文学概论》，前后两次引用《黄鹤楼》，第一次是“黄

① 〔清〕金圣叹选注：《贯华堂选批唐才子诗》[O]，南京：凤凰出版社2016年版，第190页。

鹤”，第二次是“白云”[①]，让人大跌眼镜！

纵观各代的《黄鹤楼》，唐代全部是“白云”，宋（金）元时期的版本仍然都是“白云”。虽然宋（金）元时期的文献中出现了“黄鹤”，但都是出现在明清时代的版本中。明代的版本，“白云”仍是压倒性的。即使是在清代，“黄鹤”选本的数量也与“白云”差不多，只是因为《唐诗三百首》流传甚广，导致“黄鹤”的受众更多。于是，“白云”越飘越远，“黄鹤”渐成主流。及至现当代，随着国家统一日久及语言文字规范工作的大力推行，“白云”几近消失。现代的教科书等非古籍出版物基本上都是“黄鹤”。如果没有专门的研究，现在的读者一般都不知道“白云”的存在。

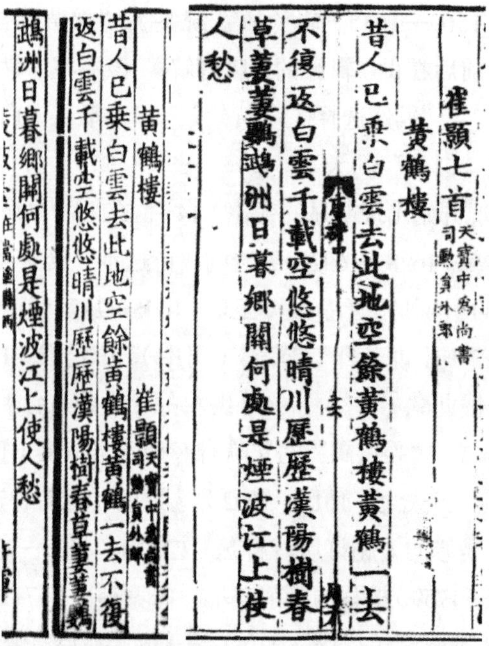
黃鶴樓　崔顥天寶中爲尚書司勳員外郎
昔人已乘白雲去此地空餘黃鶴樓黃鶴一去不復
返白雲千載空悠悠晴川歷歷漢陽樹春草萋萋鸚
鵡洲日暮鄉關何處是煙波江上使人愁

崔顥七首天寶中爲尚書司勳員外郎
黃鶴樓
昔人已乘白雲去此地空餘黃鶴樓黃鶴一去
不復返白雲千載空悠悠晴川歷歷漢陽樹春
草萋萋鸚鵡洲日暮鄉關何處是煙波江上使
人愁

《唐百家诗选》宋本9行本（左）和宋绍兴10行本（右）

特别需要澄清的是关于“乘黄鹤”的源头。罗漫撰文认为“王安石是将‘白云’

① 朱炳煦编著：《唐代文学概论》[M]，上海：光华书局民国二十二年（1933）版，上卷第47、161页。

臆改为‘黄鹤’的始作俑者”，甚至称王荆公“故意干出偷天换日的勾当”①。当今学术界，大都认为“白云”被改成“黄鹤”系王安石所为。这种观点完全是错误的。本次考证，笔者检索到了《唐百家诗选》的4种古籍版本，即宋本（国家图书馆藏9行本）、宋绍兴本（上海图书馆藏10行本）、清康熙四十三年（1704）刻本、四库本（清乾隆四十三年即1778年成书），其中前两种宋本均为“白云”，后两种清代的版本为“黄鹤”。显而易见，《唐百家诗选》原本为“白云”，被后人改成了“黄鹤”。也就是说，肯定不是王安石窜改的。之所以误判，应该是因为只考查了近代的版本。这两个宋本虽然都是不完整的残本，但它们是除《方舆胜览》宋本之外，迄今发现最早收录崔颢《黄鹤楼》的正式诗选，但笔者却未在前人关于此诗的考论中见过。

56个古籍版本中，至少有6个版本出自明万历年间，其中万历十四年（1586）崧斋活字本《唐诗类苑》、万历乙巳年（1605）刻本《尧山堂外纪》、万历复古斋刻本《诗法》等为“白云”，万历十三年（1585）刻本《唐诗纪》和万历三十五年（1606）刻本《唐诗所》为“白云，一作黄鹤。”而万历二十年（1582）郑云斋刊本《唐诗鼓吹笺注》则径直写成了“黄鹤”。胡震亨《唐音统签》亦为“白云，一作黄鹤。”该本的刊行时间不详，可能也是在万历年间或稍后。顾炎武（1613—1682）在《日知录》中说：“万历间人多好改窜古书，人心之邪，风气之变，自此而始。”②就目前掌握的文献版本情况来看，应该是明万历间人把“白云”改成了“黄鹤”。此后，金圣叹一通吆喝，“黄鹤”逐渐多了起来。

二、“乘黄鹤”派的观点

在《选批唐才子诗》中，金圣叹关于崔颢《黄鹤楼》诗的批注长达千字，其中第一段是关于“白云”与“黄鹤”的辨析——

此即千载喧传所云《黄鹤楼》诗也。有本乃作“昔人已乘白云去”，大谬。不知此诗正以浩浩大笔连写三“黄鹤”字为奇耳。且使昔人若乘白云，则此楼何故乃名黄鹤？此亦理之最浅显者。至于四之忽陪白云，正妙于有意无意、有

① 罗漫撰：《黄鹤楼诗案的千年偏误及其学术史的警省意义》[J]，武汉：中南民族大学学报（人文社会科学版）2017年第6期。下同。

② 〔清〕顾炎武撰：《日知录》[O]，四库本，卷18第40页。

谓无谓。若起手未写黄鹤，先已写一白云，则是黄鹤、白云，两两对峙，黄鹤固是楼名，白云出于何典耶？且白云既是昔人乘去，而至今尚见悠悠，世则岂有千载白云耶？不足是当一噱已。①

金圣叹的这段文字可能是关于“黄鹤”和“白云”之争最早的辨析，历代论家多有引用。

纪晓岚在《瀛奎律髓刊误》中批注：“改首句‘黄鹤’为‘白云’，则三句‘黄鹤’无根。”在《删正二冯评阅才调集》中，他还在首句下面用小字批注“白云应从别本作黄鹤”②。

高步瀛（1873—1940）在《唐宋诗举要》中说：“起句云‘黄鹤’，故下云‘空余’。若作‘白云’，则突如其来，不见文字安顿之妙矣。后世浅人见此诗起四句三‘黄鹤’一‘白云’，疑其不均，妄改第一‘黄鹤’为‘白云’，使‘白云’‘黄鹤’两两相俪，殊不知诗之格局绝不如此，观太白《鹦鹉洲》诗可知。”③

袁行霈主编的《中国文学作品选注》中，《黄鹤楼》第一句下面有注：“‘黄鹤’一作‘白云’。黄鹤楼以仙人乘鹤游得名，诗首切题面，作‘黄鹤’是。”④

三、“乘白云”派的反驳

施蛰存（1905—2003）在《唐诗百话》的《黄鹤楼与凤凰台》一文中，对“白云”和“黄鹤”作了全面深入的分析。他首先是对《黄鹤楼》诗的版本作了较为全面的考证，然后从句法诗意等方面作了辨析，重点就是批驳金圣叹的论点。施认为金的观点，或“故弄玄虚”，或“非常奇怪”，或“近于无赖”。施蛰存肯定地说：“此诗原作，必是‘白云’。”⑤笔者看到的文献中，这也是第一篇全面论述并主张“白云”的论文。

---

① 〔清〕金圣叹撰：《贯华堂选批唐才子诗》[M]，南京：凤凰出版社 2016 年版，第 190 页。
② 〔清〕纪晓岚评：《删正二冯评阅才调集》[O]，清刻本，卷下第 18 页。
③ 高步瀛编：《唐宋诗举要》[O]，保定：直隶书局民国时期出版，第 7 页。
④ 袁行霈主编：《中国文学作品选注》[M]，北京：中华书局 2007 年版，第 2 卷第 330 页。
⑤ 施蛰存著：《唐诗百话》[M]，西安：陕西师范大学出版社 2014 年版，第 1 册（共 3 册）第 191 页。

黄永武在《敦煌伯三六一九号卷子中的四十一首唐诗的价值》一文中也对金圣叹的说法进行了全面的批驳。他从敦煌写本出发，并参以唐人选唐诗的几个版本，确信"乘白云"是原本。他认为白云黄鹤，两两对峙，"四句回转，结构匀称"，而金氏"强词夺理"。黄永武在文中说，金圣叹的"这几声恫吓"，使沈德潜的《唐诗别裁》和蘅塘退士的《唐诗三百首》都选择了"黄鹤"。[①]此文有不少事实性的错误，但不影响总体判断。

罗漫以版本考证为据，从诗意逻辑、宗教文化等角度进行了论证。他认为，"宋代至今对该诗首句'昔人已乘白云去'典源的失考与陌生是发生系列偏误的总根源"。不过，他本人也存在"失考"的问题，并对"典源"产生了严重的误判（详见下文）。

胡可先也曾发表文章，主要是综述前人观点。此文认为："从唐至元不见有作'黄鹤去'者。到了元代流传仙人故事，附会到黄鹤楼，就把诗句改成'昔人已乘黄鹤去'。""异文产生的主要时期是明代，而推波助澜者是清人金圣叹"。[②]此文前后说法不一，甚至相互矛盾。由于存在很多"硬伤"，本文的说服力不强。

四、关于"白云"和"黄鹤"的再辨析

自清初金圣叹始，整个清代300多年里，都只有"黄鹤派"的声音，至少笔者没有发现关于"白云派"的文献。可见金氏"一声恫吓"的威力确实很大。但随着时间的流逝，声贝慢慢降低，光环渐渐淡化，终于有人敢于"说不"了。三四百年后的今天，再来审视金圣叹的那一段"连珠炮"似的"高论"，实在让人哭笑不得。真不知道当时写下这段文字的金圣叹是喝醉了酒还是吃错了药，他那几句貌似理直气壮的话实在是经不起推敲——用他自己的话说，就是"不足是当一噱已"。

"有本乃作'昔人已乘白云去'，大谬。"知道"有本"的来头吗？从轻蔑的口气中就可以看出，金圣叹不知道唐本、宋本乃至元本中均为"白云"，应该也没有做过考证。

---

① 黄永武著：《敦煌文献与文学丛考》[M]，杭州：浙江大学出版社2017年版，第329页。

② 胡可先撰：《唐诗经典名篇的多元解读——以崔颢〈黄鹤楼〉为例》[J]，太原：《名作欣赏》2014年第4期。

“正以浩浩大笔连写三‘黄鹤’字为奇耳”，何以为奇？没有解释。笔者知道，金圣叹特别喜欢“连写”“连用”。“‘深花枝，浅花枝，深浅花枝相并时。难似伊，玉如肌，柳如眉，爱著鹅黄金缕衣，啼妆更为谁？’欧阳公《长相思》词也。可谓鄙俚极矣，而圣叹以前半连用四花枝、两深浅字，叹为绝技”——按照这样的逻辑，如果有人把某个词连写五个六个甚至更多，岂不是更绝更奇？陈廷焯（1853—1892）说金圣叹此评“真乡里小儿之见”[①]，信矣。

“且使昔人若乘白云，则此楼何故乃名黄鹤？此亦理之最浅显者。”关于这一点，确实很浅显，因为众所周知的传说就能解释这个问题。关于黄鹤楼及其名称来源的传说很多，总的来说分为两类：一是因山而名。宋王象之编《舆地纪胜》载：“黄鹤楼在子城西南隅黄鹄矶山上，自南朝已著，因山得名。鹄、鹤，古通用字。”[②]也有说是“鹄”与“鹤”音近，“黄鹄山”逐渐讹为“黄鹤山”。《嘉庆重修一统志》：“黄鹤楼，在江夏县西。因矶为楼，名黄鹤楼。”[③]一是因为“驾鹤之宾”曾憩于此楼。关于这个传说的记载很多，也很杂乱。有“费祎登仙”之说，有“辛氏报恩”之说，每种说法也有多种版本，甚至费氏之名还有“祎”“袆”之异。《舆地纪胜》云：“黄鹤仙：或云费祎、王得臣。黄鹤楼诗以为荀瓌，字叔伟。未知孰是。”[④]《吴礼部诗话》中说：“张南轩辨费文袆事妄，谓黄鹤以山得名，或者山因人而名之欤。”[⑤]总而言之，黄鹤楼之名并不只是源自“驾鹤”，而是有多种传说。更重要的是，“白云”中也有“黄鹤”。让我们来看看关于“驾鹤”的众多传说中比较详细的一处记载——

费文袆，字子安。好道得仙。偶过江夏辛氏酒馆而饮焉，辛复饮之巨觞。明日复来，辛不待索而饮之。如是者数载，略无吝意，乃谓辛曰：“多负酒钱，今当少酬。”于是取橘皮向壁间画一鹤，曰：“客来饮，但令拍手歌之，鹤必下舞。”后客至饮，鹤果蹁跹而舞，回旋宛转，曲中音律，远近莫不集饮而观之。逾十年，辛氏家资巨万矣。一日，子安至馆，曰：“向饮君酒，所偿何如？”辛氏谢曰：“赖先生画黄鹤因获百倍，愿少留谢。”子安笑曰：“来讵为此？”取笛数弄。须臾，

① 〔清〕陈廷焯著：《白雨斋词话》[O]，清光绪二十年（1894）刻本，卷5第32页。
② 〔宋〕王象之编：《舆地纪胜》[O]，文选楼影宋钞本，卷66第8页。
③ 〔清〕官修：《嘉庆重修一统志》[O]，清刻本，卷336第6页。
④ 〔宋〕王象之编：《舆地纪胜》[O]，文选楼影宋钞本，卷67第3页。
⑤ 〔元〕吴师道撰：《（历代诗话）吴礼部诗话》[O]，无锡丁氏民国时期校刊，第5页。

白云自空而下，画鹤飞至子安前，遂跨鹤乘云而去。辛氏即于飞升处建楼，名黄鹤楼焉。[①]

请注意倒数第二句："白云自空而下……跨鹤乘云而去。"费氏是骑着"黄鹤"乘"白云"而去的，"人"在"鹤"上，"鹤"在"云"上，即"人"和"鹤"都在"云"上。按照故事的情节理解，仅仅有鹤还不行，须有白云才能升仙。袁枚《子不语》："草衣翁与人酬酢甚和，所言多验。或请姓名，曰：'我千年仙鹤也，偶乘白云过鄱阳湖……'"也就是说，传说中的"仙鹤"也需要"乘白云"才能遨游于天。就措词而论，《黄鹤楼》中"乘白云"比"乘黄鹤"更准确；从情景上说，"云鹤"同飞比单纯的"乘鹤"更加丰富，也更有"仙气"。

在古代的诗词意象中，"云"与"鹤"常常同时出现。"白云兮黄鹤，胡不来兮何时。""白云蔽黄鹤，绿树藏鹦鹉。""飞栋临黄鹤，高窗度白云。""万顷白云蒸绿野，一声黄鹤唳青霄。""贝阙珠宫亦渺茫，白云黄鹤空惆怅。""白云黄鹤堪为友，流水青山总是诗。"云鹤游天，相生相伴，类似诗句，不胜枚举。

另有一层，更为关键，那就是黄鹤楼"驾鹤之宾"之类都是属于道家的传说，所以还应从宗教的角度来考量。道教讲求修道成仙，而得道之后成为仙人的路径或方式是什么呢？主要就是"骑鹤"和"乘云"。在道教经典中有很多这方面的故事。《庄子·天地篇》有云："千岁厌世，去而上仙，乘彼白云，至于帝乡。"[②]《金真上光经》也说："太上大道君乘琼由碧辇，和太君乘白云之车。"宋之问《桂州黄潭舜祠》诗中的"帝乡三万里，乘彼白云归"[③]也是这个意思。虽然"骑鹤"也可以成仙，但主要是指"坐化而死"。陶宗仪《辍耕录·夫妇入道》："坐抱一膝而逝，方外者流谓之骑鹤化。"[④]具体到黄鹤楼的那些飞升成仙的传说，应该是"乘白云"，而不是"乘黄鹤"。

"至于四之忽陪白云，正妙于有意无意、有谓无谓。"什么叫"有意无意、有谓无谓"？金圣叹没有解释，实在是不知所云。施蛰存谓此语"故弄玄虚"，大抵不差。文艺评论中，经常有一些莫名其妙的论述，虚无缥缈，云山雾罩，

---

① 〔明〕王世贞编：《有象列仙全传》[O]，台北：学生书局1989年景印明万历廿八年（1600）汪云鹏刊本，卷9第619—620页。

② 〔清〕王先谦撰：《庄子集解》[M]，北京：中华书局1987年版，第103页。

③ 陶敏校注：《宋之问集校注》[M]，北京：中华书局2001年版，第565页。

④ 〔元〕陶宗仪撰：《辍耕录》[O]，上海：商务印书馆民国二十五年（1936）版，卷23第326页。

论者本人可能也不知道自己在说什么。

“若起手未写黄鹤,先已写一白云,则是黄鹤白云,两两对峙,黄鹤固是楼名,白云出于何典耶？”是的,“两两对峙”,双双呼应,这有什么不好呢？不仅没有不妥,反而正是妙处。“黄鹤”有三,“白云”只有一个,不仅失去了平衡,而且唯一的“白云”也显得形单影只。至于“白云出于何典”的质问,实在令人讶异——难道写诗作对,必须以典故对典故吗？况且,这里的“白云”并不缺典。上文提到的“乘彼白云,至于帝乡”“太君乘白云之车”,都是非常经典的出处。陈增杰为金圣叹辩护称:“无论是王子安或费文祎,都是驾鹤仙去,并无乘白云的记述,故金圣叹质疑云:‘白云出于何典耶’？”[1]对于这种说法,上文已经证伪。用顾炎武的话说,“此皆不考古而肆臆之说”。

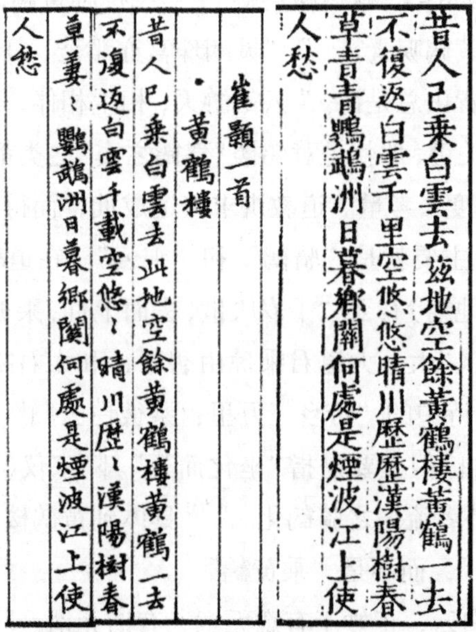
崔顥一首
・黄鶴樓
昔人已乘白雲去此地空餘黃鶴樓黃鶴一去
不復返白雲千載空悠〻晴川歷〻漢陽樹春
草萋〻鸚鵡洲日暮鄉關何處是煙波江上使
人愁

昔人已乘白雲去茲地空餘黃鶴樓黃鶴一去
不復返白雲千里空悠悠晴川歷歷漢陽樹春
草青青鸚鵡洲日暮鄉關何處是煙波江上使
人愁

《才调集》宋刻本（左）和《国秀集》明刻本（右）

“且白云既是昔人乘去,而至今尚见悠悠,世则岂有千载白云耶？”说到这里,金圣叹之逻辑混乱已经无以复加,甚至连基本的生活常识都抛诸脑后了。他的

① 陈增杰撰:《崔颢〈黄鹤楼〉诗的“黄鹤”、“白云”之辨》[J],上海:《咬文嚼字》1997年第1期。

意思好像是“白云”被人乘走了就不会再有白云，又好像是说黄鹤楼上空依然悠悠的白云就是千年之前崔颢看到的白云。措词铿锵，却似呓语。

“不足是当一噱已。”金圣叹把“昔人已乘白云去”说成“一噱”，字里行间，充满鄙夷。殊不知，他自己的这一番谬论，才真正不值一哂。陈廷焯在《白雨斋词话》中说：“金圣叹论诗词，全是魔道。”“圣叹评传奇虽多偏谬处，却能独具手眼。至于诗词，直是门外汉。取其所长，弃其所短，是在有识者。”①

纪晓岚很可能与金圣叹一样，也没在考据上下功夫，因为他以为是“黄鹤”被改成了“白云”，所以又改了过来，其实恰恰搞反了。他的“无根”之说也很无理，因为“白云”之中包含“黄鹤”。金人王朋寿（生卒年不详）编《分门类林杂说》也收录了道士黄鹤楼升仙的故事。在详细叙述了“白云自空而下……跨鹤乘云冉冉而去”之后，紧接着就引用了“昔人已乘白云去，此地空余黄鹤楼”的诗句，②因果关系非常直接。其实，如果首句是“黄鹤”，第四句“白云千载空悠悠”才真正“无根”。“白云”“黄鹤”，“黄鹤”“白云”，双举并置，一环闭合，各有始终，每得其所。无论文本还是修辞，这样的结构都更具美感。而所谓“三鹤一云”，奇则奇矣，也怪得紧！

为了论证“乘白云”的合理性，施蛰存认为按照作者的思维逻辑，《黄鹤楼》的第二句与第四句应该对调。罗漫进一步认为，崔颢是因为“遇上了押韵的困难，不得已打破正常的思路与结构。”他甚至称“这种非常态的叙述方式，严重妨碍了文气的流畅和表达的清晰，干扰了读者接受信息的次序，增加了接受信息的难度。”对此，笔者不敢苟同。因为“昔人已乘白云（包含鹤和人）去”，所以“此地空余黄鹤楼”；因为“黄鹤（包括升仙之人）一去不复返”，所以“白云千载空悠悠”，这在逻辑上完全没有问题，理解起来也没有障碍感。

与金圣叹之论一样，高步瀛的那段话也是莫名其妙。“若作白云”，怎么就“突如其来”呢？再重复一遍，“云”中是有“鹤”的。即使无“鹤”，“人”去楼“空”，不也顺理成章吗？“后世浅人……妄改”，搞清楚孰先孰后了吗？就已知文献判断，“黄鹤”最早出现在明版古籍中，此前约500年里，所有的版本都是“白云”。而且，《国秀集》成书的时候（744年），崔颢（704—754）

① 〔清〕陈廷焯著：《白雨斋词话全编》[M]，北京：中华书局2013年版，第1276页。

② 〔金〕王朋寿编：《重刊增广分门类林杂说》[O]，清道光元年（1821）刻本，卷12第2页。文中“崔影”应为“崔颢”之讹，“幸氏”他本多作“辛氏”。

还健在;《河岳英灵集》编辑的时候(此稿截稿于754年),崔颢也还活着。说“黄鹤”被改成“白云”,岂不是颠倒黑白吗?还说什么“诗之格局绝不如此”,真不知高步瀛所谓“诗之格局”是怎样的。遍观历代诗家对《黄鹤楼》的评价,都谓该篇为“拗体律诗”“不律不古”。至于“观太白《鹦鹉洲》诗可知”,无非是拿“眼前有景道不得,崔颢题诗在上头”以及“李白仿崔颢以较胜负”的传说说事儿,因为李白的《鹦鹉洲》中有“三鹦鹉”,《题金陵凤凰台》中又有“三凤凰”。既然模仿之作为“三叠”,那么被模仿对象应该也是“三叠”,这就是“黄鹤”派的逻辑。由于明清的很多诗论著作转载了这些传说,所以金圣叹和纪晓岚可能也受到了影响。其实,关于李白和崔颢的那些传说都是宋代以后才有的,没有可靠的文献来源,连专门搜罗唐诗逸事的《本事诗》都没有提及此事。针对“眼前有景道不得,崔颢题诗在上头”,杨慎(1488—1559)在《升庵诗话》中早就说过:“元是借此事设辞,非太白诗也,流传之久,信以为真。”[①] 连乾隆(1711—1799)都称这些传说是“鄙陋之谈,不值一噱也!”[②] 试想:像“李白搁笔”甚至“捶碎黄鹤楼,倒却鹦鹉洲”这样爆炸性的事件,在唐代文献中一个字都找不着,可能吗?既然唐人都没听说,宋人又怎么知道的呢?方胜撰文认为所谓“李白搁笔”源于小说家言,真相可能不是李白见到崔颢题诗而敛手,恰恰可能是这个传说导致了“白云”被改为“黄鹤”。[③] 罗漫也认为“这是典型的倒果为因的知识错案”。至于“模拟”,或许存在,但借鉴化用之事常有,非唯太白如此。再者,以“三叠”拟“三叠”,委实低级而笨拙,这样的事儿应该不会发生在奇才天纵且狂傲自负的太白身上(详见本书第108页《“眼前有景道不得”只是一个传说》)。

“黄鹤楼以仙人乘鹤游得名,诗首切题面,作‘黄鹤’是。”[④] 袁行霈的这个理由委实牵强:诗的第一句必须切题吗?诗首不切题就不行吗?崔颢另有一首《题潼关楼》:“客行逢雨霁,歇马上津楼。山势雄三辅,关门扼九州。川从陕路去,河绕华阴流。向晚登临处,风烟万里愁。”首句未切题面。朱斌

① 〔明〕杨慎著:《升庵诗话》[O],无锡:丁氏民国时期校刊,卷11第1页。

② 〔清〕乾隆编注:《唐宋诗醇》[O],四库本,卷7第22页。

③ 方胜撰:《崔颢影响了李白,还是李白改变了崔诗——〈黄鹤楼〉异文的产生、演变及其原因》[J],湘潭:《中国韵文学刊》2016年第4期。

④ 袁行霈主编:《中国文学作品选注》[M],北京:中华书局2007年版,第2卷第330页。

的《登鹳鹊楼》："白日依山尽，黄河入海流。欲穷千里目，更上一层楼。"更是直到最后一句的最后一字才切题面。（时本《登鹳鹊楼》的作者为王之涣，非。详见本书第 235 页《〈登鹳鹊楼〉的作者并非王之涣》）

笔者有一种强烈的感觉，那就是：金圣叹之后的论者，大都只是顺着金的逻辑找理由，牵强自然难免。

五、"白云"合乎格律而"黄鹤"不合

"白云""黄鹤"之争，断断续续已经持续了三四百年，历代数位诗论大家发表过意见。从"黄鹤"派的金圣叹、纪晓岚、高步瀛，到"白云"派的施蛰存、黄永武、罗漫等人，都是从句式、逻辑、诗意等角度进行比较，没有从格律方面进行分析。他们可能认为《黄鹤楼》是一首拗体律诗，所以不应该挑剔格律方面的问题。对此，笔者不以为然。窃以为，既然大家都认为这是一首七律，那就不能完全无视格律。考虑到初盛唐时期的格律诗还不太成熟，评论可以不拘于这一"格"，但也不能没有这一"格"。

"一三五不论，二四六分明。"这是七言近体诗的格律口诀。虽然这个口诀也有例外，但大体不差。一般来说，平起七律首句的格律为"□平□仄□平韵"，即第二、四、六字为平、仄、平，亦即第六字须为平声。"云"合律，"鹤"不合。

明代诗论家谢天瑞的《诗法》在论述七律之格时所举的《黄鹤楼》就是"昔人已乘白云去"。其论曰："此诗首二句先对，颔联却不对。然破题已先的对，如梅花偷春色而先开，谓之'偷春格'。"如果首句为"乘黄鹤"，也就对不上了。

六、谜一样的"黄鹤乃人名也"

《又玄集》中，《黄鹤楼》诗题下面有一条小注："黄鹤乃人名也"。四库本《才调集》中《黄鹤楼》诗题下的小注则为："黄鹤乃人名也。英灵集、国秀集小异。"，但宋刻本和述古堂影宋钞本《才调集》中《黄鹤楼》诗题下面却没有小注。其他所有版本，也都没有小注。施蛰存、罗漫、胡可先的论文均提到了《又玄集》，

但都没有提及《才调集》，可能是没有看到四库本。

“英灵集、国秀集小异”很容易理解，因为此本《才调集》与《河岳英灵集》《国秀集》中的《黄鹤楼》小有不同，比如《才调集》中的“此地”在《国秀集》中为“兹地”，《才调集》中的“何处是”在《河岳英灵集》中为“何处在”。但“黄鹤乃人名也”，却是非常令人费解。

黃鶴樓 黃鶴乃人名也 英靈集國秀集小異
昔人已乘白雲去此地空餘黃鶴樓黃鶴一去不復返
白雲千載空悠悠晴川歷歷漢陽樹春草萋萋鸚鵡洲
日莫鄉關何處是煙波江上使人愁

黃鶴樓 黃鶴乃人名也　同
昔人已乘白雲去此地空餘黃鶴樓黃鶴一去不復返
白雲千載空悠悠晴川歷歷漢陽樹春艸萋萋鸚鵡洲
日暮鄉關何處是烟波江上使人愁

《又玄集》（左）和《才调集》四库本（右）

吴师道在《吴礼部诗话》中说：“崔颢《黄鹤楼》诗，题下自注云：‘黄鹤乃人名也。’其诗云：‘昔人已乘白云去，此地空余黄鹤楼。’云乘白云，则非乘鹤矣。《图经》载费文祎登仙驾鹤于此，《齐谐志》载仙人子安乘黄鹤过此，皆因黄鹤而为之说者，当以颢之自注为正。张南轩辨费文祎事妄，谓黄鹤以山得名，或者山因人而名之欤？李邕《岳麓寺碑》，题江夏黄仙鹤刻，邕书好，自刻之，此固邕寓名，然亦可见相传之旧矣。”吴的这段话显然是在为自己选择的“白云”作解释，因为“黄鹤”若为人名，当然只能是“乘白云”，而不能“乘黄鹤”。但，各种传说中的“驾鹤之宾”，除了子安和费文祎，还有名为费祎和荀瓌（字叔伟），从来没有叫“黄鹤”的。所谓“江夏黄仙鹤”，明显牵强。吴师道称此小注为“颢之自注”，不知所据为何。果为自注，为何《国秀集》《河岳英灵集》等版本没有呢？

由云龙《定庵诗话续编》也曾谈及“白云黄鹤”之争：“惟首句‘昔人已乘黄鹤去’，因古本有灏自注‘黄鹤，人名也。’遂皆作‘昔人已乘白云去。’然《齐谐志》载黄鹤山昔仙人子安乘黄鹤过此。《广舆记》亦云黄鹤楼在武昌黄鹄矶上。意山与楼皆以人得名，云“乘黄鹤”固无不可。要不如作者凭今吊古、室迩人遐之意，尤深远耳。”[①] 由云龙采信了“自注”之说，但也没有解释“人名”之惑。

高步瀛在《唐宋诗举要》中说吴师道：“又恐人不以为然，并妄造为崔氏自注之语。然古书所载无以黄鹤楼为人名者，山名之说最为确正。”[②] 他不仅认为吴说“非是”，而且直称其为“妄造”。

施蛰存说：“这个注非常奇怪，好像已知道有人改作‘黄鹤’，因此注明黄鹤是人名，以证其误。这样看来，又仿佛唐代末年已经有改作‘黄鹤’的写本了。我们现在所见到的《又玄集》，是从日本传回来的。1959 年由古典文学出版社据日本刻本影印，未必是原本式样。这个注可能是后人所加，而不是此书编者韦庄的原注。”既然是“影印”，就不会是今人所改。编纂并成书于乾隆年代的四库本《才调集》已有此注了。

胡可先和罗漫的文中也都提到了“黄鹤乃人名也”。胡可先认为“黄鹤即黄鹤仙人，黄鹤楼也因黄鹤仙人而得名。诗中昔人也就是‘黄鹤’。”这个说法非常牵强，也无依据。罗漫则说：“将‘黄鹤’当作人名，‘黄鹤楼’就成了‘黄鹤这个人建的楼’或‘黄鹤家的楼’。”这一诠释，符合一般的理解，但与所有的传说不符。

南宋有一位名叫“黄鹤”的诗家。嘉定九年（1216），黄鹤与乃父黄希合作编撰了《黄氏补千家注纪年杜工部诗史》（又名《黄氏补注杜诗》或《补千家集注杜工部诗史》）。注有“黄鹤乃人名”的《又玄集》和《才调集》都是宋后的版本，会不会是有人误以为这个“黄鹤”是唐人，所以加了小注呢？不是完全没有可能。

“黄鹤乃人名也”到底是什么意思，尚待进一步考证。不过，即使“黄鹤”不是人名，也不影响“乘白云”的成立，因为各方面的文献足以支撑。

---

① 由云龙著：《定庵诗话续编》[O]，昆明：开智公司民国二十四年（1935）版，上卷。

② 高步瀛编撰：《唐宋诗举要》[O]，保定：直隶书局民国时期出版，卷 5 第 7 页。“无以黄鹤楼为人名”中的“楼”应为衍字。

七、结语

事实胜于雄辩，古本强过千言。上文方方面面说了那么多，其实都敌不过敦煌的一纸残片。为什么？因为它确确实实出自唐人的手笔，绝对不存在“鲁鱼豕亥”“壮月牡丹”之类的讹误。虽然这些残纸上的唐诗也未必无讹，但至少在理论上最接近原作。而唐人的6个版本，包括宋太宗的御书碑刻，也都具有很强的证明力。问题的关键在于，迄今没有发现一个与上述这些版本相抗的证据。几种最具证明力的版本相互印证，可以肯定地说，原作必是“白云”！

真伪高于优劣，事实判断先于价值判断。校勘考据，首要的是考证版本源流，然后才是文本分析。如果源头确实、事实清楚，根本不需要饶舌；只有源流杂乱、难以分辨时，文意诗旨语法修辞等方面的分析比较才有价值。而《黄鹤楼》的情况，显然属于前者。你可以说“乘白云”不如“乘黄鹤”，因为言论自由、学术自由是每个人的权利，但你不能否认原作是“乘白云”的事实，更不能窜改前人的作品。且不说改得不一定比原作精彩，即使改得再好，也是山寨作品。优也好，劣也罢，前人文责自负。在现代，这是著作权的应有之义；于校勘，这也是基本的专业原则。如果每个人都觉得自己高明，都根据自己的感觉随意窜改前人的诗文，今天你改成这，明天他改成那，岂不是要乱套吗？

施蛰存的《唐诗百话》中有两篇关于《黄鹤楼》的文章，一篇注明写于1978年，另一篇未注明写作时间，应该是多年之后。前一篇讨论“白云黄鹤”的文章引用的诗是“白云版”，后一篇比较《黄鹤楼》与《凤凰台》的文章引用的诗是“黄鹤版”。想必施先生百口莫辩，只好选择了“从众”。众口铄金，积非成是，从“黄鹤”到“白云”，就是一个典型事例。

但，就这样错下去吗？当然不能，也不应该。为了对前贤负责，为了对后学负责，也为了对传统文化经典负责，应该恢复《黄鹤楼》的原貌。要改回去并不难，关键就看学术界及出版界的负责人，敢不敢面对事实，愿不愿承认错误，能不能承担责任！

崔颢《黄鹤楼》异文考辨及当代论说指谬

崔颢（704—754）《黄鹤楼》诗，被宋人严沧浪（约1192—约1245）推为“七律第一”。在几年前出版的《唐诗排行榜》中，该诗甚至在所有唐诗中高居第一[①]。虽然争议难免，说它是最好的唐诗“之一”肯定没有问题。由于流传甚广，国人对这首诗都非常熟悉，甚至倒背如流，但很少有人知道这也是异文最多的唐诗之一。1000多年来，历代刊印的各种选本中，《黄鹤楼》诗出现了很多异文。汇总起来，存在异文的字至少有12个，甚至一个字的异文就多达5种。它们是：“乘白云”与“乘黄鹤”、“此地”与“兹地”、“空余”与“唯余”“空留”“空遗”“空作”、“千载”与“千里”、“空悠悠”与“终悠悠”、“汉阳渡”与“汉阳树”“汉阳戍”、“春草”与“芳草”、“青青”与“萋萋”“凄凄”、“日暮”与“极目”、“江山”与“乡关”“家山”、“何处是”与“何处似”“何处在”、“烟波”与“烟花”等等。另外，该诗题目和作者名字也有异文，诗题除《黄鹤楼》外，还有《题黄鹤楼》《登黄鹤楼》《题武昌黄鹤楼》等，而“崔颢”也有写作“崔灏”。

本次考证及研究，笔者共检索到了50种收录或引用了《黄鹤楼》全诗的诗选、诗话、笔记、评校、纪事或小说，共56个版本。为了对照阅读的方便，笔者把这些文献中《黄鹤楼》诗的所有异文汇于一表，附于文后。

一、“乘白云”与“乘黄鹤”

这是《黄鹤楼》中与诗意关系最大、也是争议最多的一处异文。几百年来，很多诗论大家都参与过“白云黄鹤”之争。对此，前文《崔颢〈黄鹤楼〉的“白云”“黄鹤”之争》已作详析，本文不再赘述。

① 王兆鹏等著：《唐诗排行榜》[M]，北京：中华书局2011年版，第1页。

二、“汉阳树”与“汉阳渡”“汉阳戍”

“树”“戍”“渡”，此处异文出现的几率极低。各种专著或论文中，鲜有关于此字的异文注释。自唐以来，几乎所有的版本都是“汉阳树”。这一版本的正确性，似乎无可置疑。但印象中，最初看到“汉阳树”的时候，笔者的心中就曾泛起一个小小的疑问：“汉阳树”是一种什么树？它和“武昌鱼”一样，是地方特产物种吗？因为笔者知道“鹦鹉洲”是江上的一个沙洲，与之对仗的也应该是一种约定俗成的词语。后来才知道，“汉阳树”并非一个树种，只是泛指汉阳的树木。但总觉得美中有些不足，或者说美感打了折扣。这种感觉，并非笔者独有。后来发现，前人对此早有微词。徐𤊹（1563—1639）就曾表示：“唐人律格甚严，‘汉阳树’对‘鹦鹉洲’……谓之歌体则自然，谓之律体则迁就矣。”①方慎庵（1893—1962）更不客气：“六之‘鹦鹉洲’乃见成语，‘汉阳树’则扭捏成对耳。”②虽然有人辩护说，当时格律尚未成熟，半律半古亦属正常，甚至有人说《黄鹤楼》妙就妙在“不为律缚”，但还是给人以不完美之感。

《全唐诗》中，“汉阳树”下有小注：“树，一作戍。”钱九韶（1731—1796）《中州诗钞》也是小注：“树，一作戍”。南宋高僧释普济（生卒年不详）编撰的《五灯会元》引用了《黄鹤楼》的两句：“晴川历历汉阳戍，芳草萋萋鹦鹉洲。”③笔者未能找到以“戍”为正选的全诗。据顾祖禹（1631—1692）《读史方舆纪要》载：“黄鹄山，一名黄鹤山……伪汉兵屯戍于此。”④但遍翻古籍，笔者在有关武昌的文献中没有找到“汉阳戍”，却在四川的史志中发现了这个名词。《读史方舆纪要》之“成都府”载：“梁置席郡，后改为县，西魏讹席为籍也。一名汉阳戍。唐永徽四年复置籍县，属陵州。”⑤刘昫（887—946）《旧唐书》

① 〔明〕徐𤊹撰：《徐氏笔精》[O]，清光绪七年（1881）版，卷3第16—17页。
② 〔清〕刘献廷撰：《广阳杂记》[O]，上海：商务印书馆民国二十六年（1937）版，卷2第85页。
③ 〔宋〕普济编撰：《（续藏经）五灯会元》[O]，上海：涵芬楼民国十四年（1925）影印，第4册第340页。
④ 〔清〕顾祖禹撰：《读史方舆纪要》[M]，北京：中华书局2005年版，第3523页。
⑤ 〔清〕顾祖禹撰：《读史方舆纪要》[M]，北京：中华书局2005年版，第3157页。

之“剑南道”载：“梁席郡，一名汉阳戍。永徽四年，分贵平置。”[①]《大清一统志》也引用了这一说法。[②]就格律而言，“汉阳戍”与“鹦鹉洲”对仗未尝不可，但如果“汉阳戍”不是一个约定俗成的地名，与“鹦鹉洲”的对仗就不工。就格局来说，“汉阳戍”也偏小。站在高高的黄鹤楼上，视野开阔，放眼望去，不应该只关注一个戍堡。因此，“汉阳戍”不可取。

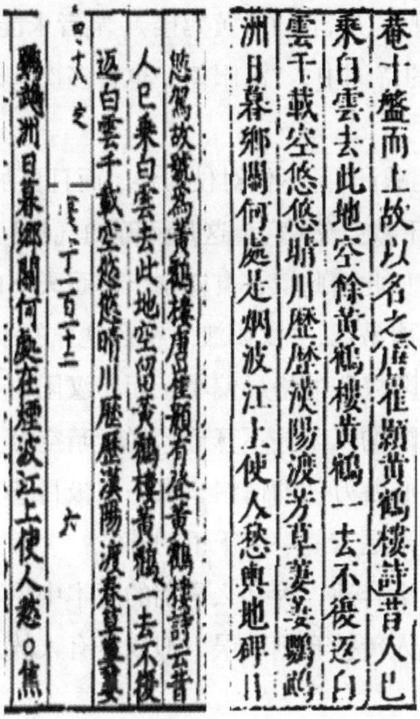
奄十盤而上故以名之唐崔顥黄鶴樓詩昔人已
乘白雲去此地空餘黄鶴樓黄鶴一去不復返白
雲千載空悠悠晴川歷歷漢陽渡芳草萋萋鸚鵡
洲日暮鄉關何處是烟波江上使人愁輿地碑目

憩駕故號爲黄鶴樓唐崔顥有登黄鶴樓詩云昔
人已乘白雲去此地空留黄鶴樓黄鶴一去不復
返白雲千載空悠悠晴川歷歷漢陽渡春草萋萋
四十六之　卷一百十二　六
鸚鵡洲日暮鄉關何處在煙波江上使人愁○焦

《宋本太平寰宇记》和《武昌府志胜》中的“汉阳渡”

56个版本，“汉阳渡”只出现在乐史（930—1007）《太平寰宇记》宋刻本和曹学佺（1574—1647）《大明一统名胜志·武昌府志胜》明刻本中。记得第一次看到“渡”的时候，眼前就曾一亮，因为马上就感觉这个字比“树”字贴切。笔者在武汉大学就读时，曾多次搭乘黄鹤楼下的轮渡。即使是在武汉长江大桥建成开通多年之后，那个渡口依然存在。迈柱（1670—1738）《湖广通志》载：“汉阳渡，在县西，旧用民渡，江阔水险，轻舠遇风多危。明万历间，布政陈

① 〔五代〕刘昫等撰《旧唐书》[O]，四库本，卷41第16页。
② 〔清〕穆彰阿等纂修：《大清一统志》[O]，四库本，卷151第10页。

瑞置巨艘八只，将江夏县岁编操船水手十二名，改募渡夫领之，今仍复民渡。”①唐诗中经常可以见到“汉阳渡”的身影，比如李白《赠汉阳辅录事》中有“鹦鹉洲横汉阳渡，水引寒烟没江树。”元稹《所思》中有“只应长在汉阳渡，化作鸳鸯一只飞。”温庭筠《送人东游》中有“高风汉阳渡，初日郢门山。”王贞白有首诗的题目就叫《晓泊汉阳渡》。而唐之后的诗词中，“汉阳渡”也时有所见。与之形成鲜明对照的是，除了《黄鹤楼》，笔者未能在其他唐诗中找到“汉阳树”。虽然宋代以后的诗词中，“汉阳树”也曾多次出现，但这些很可能源自《黄鹤楼》。

“汉阳渡”之于“鹦鹉洲”，不仅对仗工整，而且更加符合诗句的情境。“昔人已乘白云去”“白云千载空悠悠”，这是何等的气势！登高望远，晴川历历，这又是多么辽阔的视野！此情此境，自应拿出睥睨天下的气势，入眼入心的当为恢弘博大的事物。显而易见，“汉阳渡”符合这样的条件，“汉阳树”则显得微不足道。上文说“汉阳戍”的格局偏小，而“汉阳树”的格局更小。武昌山顶上的黄鹤楼与长江对岸的汉阳并不算近，尽管晴空万里，也看不清那里的树木。试想一下：那一种心游万仞的情绪，那一双极目苍穹的眼睛，最终的视线却落到了“树”上，是不是有些一泄千里的感觉？

既然“汉阳渡”这么合适，为什么早期的版本中见不到呢？对此，笔者也很困惑不解。或许是后人传抄刊刻讹误，抑或是有人故意改动的。

三、“乡关”与“家山”“江山”

此处异文，“乡关”绝对是主流。包括6个唐版在内的51个版本均为“乡关”。“家山”有4个版本，它们是：曾慥（南宋人，生卒年不详）《类说》、胡仔（1110—1170）《苕溪渔隐丛话》、何汶（1196年进士）《竹庄诗话》、南龙翼（1628—1692）《箕雅》，其中前3种都是转自李畋（北宋人，生卒年不详）的《该闻录》，实际上是一个出处。南龙翼是朝鲜人，《箕雅》是在朝鲜刊印的。而“江山”仅见于宋太宗御书《黄鹤楼》诗。这一处异文是笔者在浏览书法碑帖时偶然发现的，此前未在任何关于《黄鹤楼》的著作或论文中见到过。

---

① 〔清〕迈柱编撰：《湖广通志》[O]，四库本，卷13第35页。

王象之（1163—1230）《舆地纪胜》载："太宗御书崔颢黄鹤楼诗石刻在州治"[①]。《大明一统名胜志·武昌府志胜》亦载："黄鹤楼诗，宋太宗御书刻在州治。"但此碑在今之武昌已无迹可寻。明晋庄王世子朱奇源（1449—1501）有"爱书之癖"，多方搜罗历代名家法书并汇成《宝贤堂集古法帖》，其中包括宋太宗御书《黄鹤楼》。为传后世，择优刻石，今存于太原永祚寺碑廊。"日暮江山何处在"，碑文非常清晰。与敦煌的卷子一样，法书及碑刻都不可能为后人窜改。宋太宗赵光义（939—997）距崔颢只有200年左右的时间。宋代关于《黄鹤楼》诗的史料，除《唐百家诗选》的两个宋本、《唐文粹》和《方舆胜览》宋本外，此碑可能是最早、亦最可靠的。

宋太宗御书《黄鹤楼》碑刻（下半部分）中为"日暮江山"

"家山"与"乡关"基本同义，都是"家乡"的意思。在古诗词中，"家山"并不罕见。罗隐（833—910）《秋夜寄进士顾荣》和《东归途中作》中分别有"家山梦后帆千尺，尘土搔来发一簪。""老知风月终堪恨，贫觉家山不易归。"赵佶（1082—1135）《在北题壁》中有"家山回首三千里，目断天南无雁飞。"黄机（1612—1686）《六州歌头·百年忠愤》中有"望家山何在，衮衮已鞶缨。"笔者的感觉，"乡关"较为文雅，"家山"较为亲切，就文本论，难分优劣。

但，"江山"完全不同。这个词不仅改变了句意及诗意，甚至影响了全诗的格局。当从碑帖上看到此处异文的时候，笔者也是眼前一亮，那种感觉比看到"汉阳渡"有过之而无不及。为什么？因为此前读过的很多诗论，虽然大都对《黄鹤楼》大加赞赏，但也有不少人提到了质疑，这些非议主要就集中在最

① 〔宋〕王象之编：《舆地纪胜》[O]，清文选楼影宋钞本，卷67第4页。

后两句上，而“江山”二字恰恰回答了这些问题。

“李白拟《金陵凤凰台》与《黄鹤楼》较胜负”，是诗坛永恒的话题（详见本书第108页《“眼前有景道不得”只是一个传说》）。唐诗选本及历代诗论，在《黄鹤楼》或《金陵凤凰台》的后面都会转载或添加关于这个话题的评论。主流的观点当然是《金陵凤凰台》不及《黄鹤楼》，但也有不同的意见。比如瞿佑（1347—1433）就认为《黄鹤楼》的结尾不如《金陵凤凰台》，他在《归田诗话》中说“爱君忧国之意，远过乡关之念，善占地步矣。”[①] 于诗于文，题材和旨归都非常重要。“日暮乡关何处是，烟波江上使人愁”与“总为浮云能蔽日，长安不见使人愁”相比，格局确实小了很多。与起句“昔人已乘白云去”的磅礴气势相比，尾句的“乡关何处”“使人愁”也显得小家子气。笔者也一直觉得，《黄鹤楼》整体上“虎头蛇尾”。

施蛰存（1905—2003）认为，从思想内容、句法章法来看，《金陵凤凰台》都胜过《黄鹤楼》。他在另一篇文章中专门分析比较了两诗的结尾。兹录一段——

最后两句，二诗同以感慨作结，且同押“愁”字。崔颢是对“江上烟波”而愁念“乡关何处”，李白所愁者是为了“浮云蔽日”以至“长安不见”。崔颢所担心的是一身一己的归宿，李白所担心的是小人道长，贤者不得其位。可见崔颢登高望远之际，情绪远不如李白之积极也。再说这两句与上下文的关系，也是崔不如李。试问“晴川历历，芳草萋萋”与“乡关何处是”有何交代？唐仲言解释道：“汉阳之树，遍于晴川，鹦鹉之洲，尽为芳草；古人于此作赋者亦安在耶？怅望之极，因思乡关，而江上之烟波，空使我触目而生愁也。”奇怪得很，正在怀古，忽然想起家乡，这一思想过程，很不自然，岂非显然是解释得非常别扭？不是唐仲言解释得别扭，实在是作者做得别扭。也不是作者做得别扭，而是作者的思想在此处本来是很别扭也。[②]

“奇怪得很”、“很不自然”、“非常别扭”，施先生的这些说法，笔者深有同感。在那个皇帝带头崇尚道教的时代，来到黄鹤楼这样一个道教胜地，联想起那么神奇变幻的飞升成仙的传说，思考人生或心驰神游应是自然而然、顺理成章的。入世还是避世？庙堂还是江湖？思乡当然也是一种正常的情感，但通常是在寂

① 〔明〕瞿佑：《归田诗话》[M]，北京：中华书局1985年版，上卷第3页。
② 施蛰存著：《唐诗百话》[M]，上海：上海古籍出版社1987年版，第195页。

静、独处、失意等时候，而登临黄鹤楼之于思乡，既不是合适的时间，也不是合适的地点。

清代小说《野叟曝言》，就是以《黄鹤楼》诗开篇的。小说作者夏敬渠（1705—1787）借一位道学先生之口对《黄鹤楼》做了一大段另类的解读，其重点也是在最后两句上，而且也对“乡关何处”之愁提出了质疑：“且入仙人之境，览仙人之迹，当脱却俗念，屏去尘缘，如何反切念乡关，且乡关不见而至于愁也？愁字，俗极，笨极；愁在乡关，更俗，更笨！”他认为，“这诗妙处全在结末二句；从来解诗者，偏将此二句解错，所以意味索然！”世人对前几句的解读也都不对。应该如何理解呢？道学先生曰：“此诗之意，是言神仙之事，子虚乌有，全不可信也。”“痴人学仙，抛去乡关，往往老死不返；即如‘此地空余黄鹤楼’，而昔人竟永去无归”，所以，“我当急返乡关，一见父母妻子，无使我哀昔人，后人复哀我也！故合二句曰：日暮乡关何处是？烟波江上使人愁！”

听起来，情理逻辑似乎顺了一些，思乡好像不那么突然了。但问题在于，前几句是在讲仙道虚无吗？相信大多数人都不会同意。细思之，道学先生的“高论”还是有些拧巴。须知，“痴人学仙”并非只是“抛去乡关”，很多人连功名富贵都抛却了，甚至皇帝都不好好做了——唐玄宗就因痴迷于升仙之术而至朝政荒废。即使不想学仙，也不必“急返乡关”——像李白那样心系于长安，汲汲于功名，建功立业，升官发财，然后衣锦还乡，甚至“威加海内兮归故乡”，不是更好吗？所以，道学先生的阐释依然解不开“很不自然”这个结。

那么，到底是怎么回事儿呢？“江山”却让这个问题迎刃而解。“日暮江山何处是，烟波江上使人愁。”天色渐渐暗了下来，大好河山已看不清。从“晴川历历”“春草青青”，到暮霭沉沉、烟波千里，色调由明及暗，情绪自高而低，这样的过程自然而然，毫无违和别扭之感。而“江山”二字亦含“心怀天下”之意，格局上也没有头重脚轻之嫌。

当然，如果以“江山”取代“乡关”，最后两句的第三个字均为“江”，字既有重叠，位置也一样。就格律而论，这是个瑕疵。“江山”之所以鲜见，或许就与此有关。不过，《黄鹤楼》本来就是一首不忌叠字的诗，除“白云”“黄鹤”之外，“去”和“空”也出现了两次。如果说两“云”两“鹤”双双对举，那么“去”和“空”也是前后呼应的。既然如此，两“江”相对，又有何妨？

四、其他几处异文简析

“兹地”与“此地”。敦煌写本和《国秀集》《文苑英华》为“兹地”,《全唐诗》《中州诗钞》为小注“此，一作兹。”《唐文粹》宋本和明嘉靖刻本为“兹地”，但四库本为“此地”。其他版本均为“此地”。这里的“兹”和“此”，意思完全一样，但声调不同。“兹”为平声，“此”为仄声。平起七律第二句的首字应该为仄声，“此”字合律。

“空余”与“唯余”“空留”“空遗”“空作”。56个版本中，50个版本为“空余”。“唯”仅见于敦煌写本。《全唐诗》和《中州诗钞》为“余，一作留”。《太平寰宇记》宋刻本、四库本均为“留”，中华书局本为“余”。《河岳英灵集》宋刻本为“空遗”、明刻本和四库本为“空余”。《文苑英华》为“空遗”。《才调集》宋刻本和清文渊阁四库写本（下文简称“四库本”）为“空余”但述古堂景宋钞本为“空作”。“遗”和“留”的意思相同，但“遗留”下来的通常是自己的东西，但黄鹤楼并不为“昔人”所有，所以“空遗”和“空留”首先应该排除。“唯余”和“空余”都可以接受，因后文有一个“空”字，如果忌叠的话，应该舍弃“空余”，但本诗叠字多有，两“空”呼应或许更符合崔颢原意。令人费解的是“空作”。《又玄集》和四库本《才调集》的诗题下面均注有“黄鹤乃人名也”，似指黄鹤楼因人而名，而“昔人”可能即为“黄鹤”，果如此，“空作”倒是非常贴切——此楼因“黄鹤”这个人而名，而这个昔人却一去不返，“黄鹤楼”里无“黄鹤”，岂不就是“空”作吗？所以，“空作”与“黄鹤乃人名也”在逻辑上是相通的。但奇怪的是，注有“黄鹤乃人名也”的《又玄集》和四库本《才调集》均为“空余”，而为“空作”的述古堂景宋钞本《才调集》的诗题下面反而没有小注。综合各种因素，还是“空余”比较合适。

“千载”与“千里”。“千里”仅见于《国秀集》，其他55个版本均为“千载”（未列入附表）。一个是时间概念，一个空间概念。那些仙人的传说都是很久很久以前的事情，用“千载”是合适的。而用“千里”来描述“白云”却不太合适，也非常罕见。唯一的“千里”，应该是讹误。

“空悠悠”与“终悠悠”。56个版本中，只有汪烜（1692—1759）著《诗韵析》为“终悠悠”（未列入附表）。这里的“悠悠”，或有“悠闲自在”之意，如“闲云潭影日悠悠”（王勃《滕王阁序》句）；或为“久远辽阔”之意，如“念天地之悠悠，独沧然而涕下”（陈子昂《登幽州台歌》句）。“白云千载空悠悠”，可以理解为“白云很久以来就这样悠闲的空着”，也可以理解为“时间久远，天空广阔，白云就这样白白地空着，无人再乘。”“终悠悠”，解释为“始终悠闲着”，似乎也说得通。但“空”字有空灵感，符合白云的特性；而“终”字比较凝重，与诗的调性不合。而且，“终悠悠”这个版本实在太孤了，未知源于何处。

“春草”与“芳草”。敦煌写本和宋太宗御书等18种版本为“春草”，《类说》《三体唐诗》等32种版本为“芳草”，《唐诗所》《唐诗纪》等6种版本为“春，一作芳”。从数量上讲，“芳草”占优；但“春草”大都是早期的选本，包括唐代的全部6个版本。“春草”一定是“芳草”，“芳草”未必是“春草”。草是否“芳”，远处楼上之人既看不清也感觉不到，但阳春时节的草自然是“春草”。《鹦鹉洲》被认为模仿《黄鹤楼》，李诗“芳洲之树何青青”句中有一个“芳”字——“芳草萋萋”的“鹦鹉洲”不就是“芳洲”吗？按照“黄鹤”派的逻辑，既然《鹦鹉洲》用的是“芳”，那么《黄鹤楼》也应是“芳”。在笔者查阅到的文献中，“芳草”和“眼前有景道不得”的故事最早都是出现在李畋的《该闻录》中，因此，可能就是在北宋时期，“春草”被改成了“芳草”。

“青青”“萋萋”“凄凄”。敦煌写本和《国秀集》等5个版本为“青青”，《河岳英灵集》《又玄集》等38种版本为“萋萋”，《唐诗纪事》《类说》等11个版本为“凄凄”，《全唐诗》《中州诗钞》为“萋萋，一作青青”。“萋萋”和“凄凄”可以通用，均可解释为“草木繁盛的样子”，比如《诗·周南·葛覃》：“葛之覃兮，施于中谷，维叶萋萋。”但“萋萋”和“凄凄”又都含有悲伤、寒凉、不宁等义。《诗经·郑风》：“风雨凄凄，鸡鸣喈喈。”其中的“凄凄”就是天气不好的意思，这与前句的“晴川”显然不合。而“青青”的涵义比较单纯，“春草青青”，生机盎然。为了避免不必要的歧义，加之早期文献众本一词，“青青”应该是正选。

“日暮”与“极目”。与“终悠悠”一样，“极目”也仅见于《诗韵析》。施蛰存等人认为，《黄鹤楼》最后两句突然转为思乡“很不自然”，但有了“极目”二字就自然多了。登临高楼，极目远眺，很容易产生望到家乡的念头或乡关何处的疑问，但“烟波江上”、“故乡渺邈”，当然看不到，所以“使人愁”。另外，从“晴川”到“日暮”的时间也不短，崔颢会在楼上待那么长时间吗？有感而发，吟诗作赋，思绪的时间跨度也不宜太长。从这个角度说，“极目”也比“日暮”更合理。但这些理由，并不足以推翻其他所有的版本。此处异文不可能是“鲁鱼豕亥”之类的手误，很可能是故意的改动。无论改得好不好，都是不可取的。

“何处是”“何处似”“何处在”。《国秀集》《又玄集》等44个选本为“何处是”，敦煌写本、宋太宗御书等5个版本为“何处在”（敦煌写本的“处”字脱），《全唐诗》《唐诗所》等5个版本为“是，一作在”。《唐诗解颐》为“何处似”。另外赵炳麟（1876—1927）《赵柏岩诗集校注》中注释引用的《黄鹤楼》诗中亦为“何处似”[①]。3个版本的意思几无区别，“是”“似”“在”也同为仄声，很难说哪个更合适，不妨从众。

“烟花”与“烟波”。“烟花”只出现在敦煌写本上，其他所有的版本均为“烟波”（未列入附表）。手写的“烟花”应该是笔误。黄永武认为应该是“烟花”，理由是李白《黄鹤楼送孟浩然下惟扬》中有“烟花三月下扬州”之句[②]。黄认为，“‘烟花’显然是从崔颢诗中学来的”，仿佛李白就是“鹦鹉版”的崔颢，亦步亦趋，只会学舌，又仿佛“烟花”是崔颢首创的，前人都没有用过，殊不知隋代江总《秋日侍宴娄苑湖应诏》就有过“雾开楼阙近，日迥烟波长”的句子，可能还有更早的用例。另外，“烟波”的后面是“江上”。“烟波浩淼”“千里烟波”都是描写水上的景象。既在“江上”，当为“烟波”，怎么会是“烟花”呢？在黄的文章中，敦煌写本的每个字都是对的，一切都要以敦煌本为准——唯敦煌是从，也有些过了。

诗题的异文，似无关紧要，姑且略过。作者姓名中的“颢”与“灏”可以通用，也不多说。

五、此前有关专著或论文中的讹误

关于《黄鹤楼》的异文，此前已有不少专著或论文。这些专著或论文都有一定的价值，前文已多有引用，但其中事实性的讹误也很多。作为考据类学术

① 〔清〕赵炳麟著：《赵柏岩诗集校注》[M]，成都：巴蜀书社2014年版，第69页。
② 黄永武撰：《敦煌文献与文学丛考》[M]，杭州：浙江大学出版社2017年版，第330页。该诗之题多作《黄鹤楼送孟浩然之广陵》。

论文，在纠正别人的同时，自己却出现很多错误，这是不能容忍的。为了避免以讹传讹，笔者认为必须指出来。当然，这些讹误只是笔者发现并确认的，可能还有遗漏。

施蛰存的《黄鹤楼与凤凰台》,论证有力,分析全面,是一篇很有价值的文章。但文中说“元代的另一个选集《唐诗鼓吹》却开始改为‘黄鹤’了。”并认为“似乎在金元之间，有人把‘白云’改作‘黄鹤’。”这个说法不准确。笔者检索到了《唐诗鼓吹》的4种古籍版本，其中《唐诗鼓吹》四库本为“白云”,《唐诗鼓吹》清刻本（钱谦益序）和《唐诗鼓吹笺注》清乾隆年间刻本（王清臣序）均为“白云，一作黄鹤。”只有《新刊唐诗鼓吹注解大全》明万历二十年郑云斋刊本为“黄鹤”。《唐诗鼓吹》虽然是金元时期的文献，但上述4种版本却都是明清的，不能说“白云”被改成“黄鹤”发生在金元之间。施文中还说，“‘春草萋萋’，唐宋许多选本均同，只有《国秀集》作‘春草青青’。从《唐诗鼓吹》开始，所有的版本都改作‘芳草萋萋’了。可见这个字也是金元时代人所改。”实际上，关于这四个字，唐宋时期就已经很乱，除了“春草萋萋”之外，“春草凄凄”和“芳草萋萋”也都不少。作“春草青青”的版本除《国秀集》之外，还有敦煌写本、《文苑英华》和《唐文粹》。《唐诗鼓吹》之后，也绝非所有的版本改成了“芳草萋萋”,《唐五十家诗集》《全唐诗》等十几种选本都还是“春草萋萋”或“春草凄凄”，甚至清代都还有“春草青青”的版本，比如《中州诗钞》。

黄永武《敦煌伯三六一九号卷子中四十一首唐诗的价值》一文中说 “直接改成乘黄鹤的可能是清初顺治十七年（公元1660年）选批《唐才子诗》的金圣叹。”这显然也是错误的，因为明代就已经出现了“黄鹤”。关于“空悠悠”，黄文说“《河岳英灵集》‘空’作‘共’，余各本同敦煌本。”经核查,《河岳英灵集》宋刻本、明刻本、四库本和上海古籍社的重排本均为“空”，其余各本也没有见到“共”，而《诗韵析》中该字却为“终”。关于“春草”和“芳草”，黄文说“宋代以前均作‘春’”这句话表达不清晰，若包括宋代，则大错特错，因为宋代文献已经大都是“芳”了。关于“何处是”，黄称“各本‘在’并作‘是’，唯《唐诗纪》之三十一，在是下注‘一作在’，是今存尚有与敦煌本同者”。实际上，除敦煌写本外，把“在”作为正选而非异文的至少有5个版本，包括宋太宗御书等。《河岳英灵集》的四库本为“何处是”，但宋刻本、四部丛刊明刻本和上海古籍重排本均为“何处在”。黄先生可能只查了《河岳英灵集》的四库本，却忽略了其他的版本。

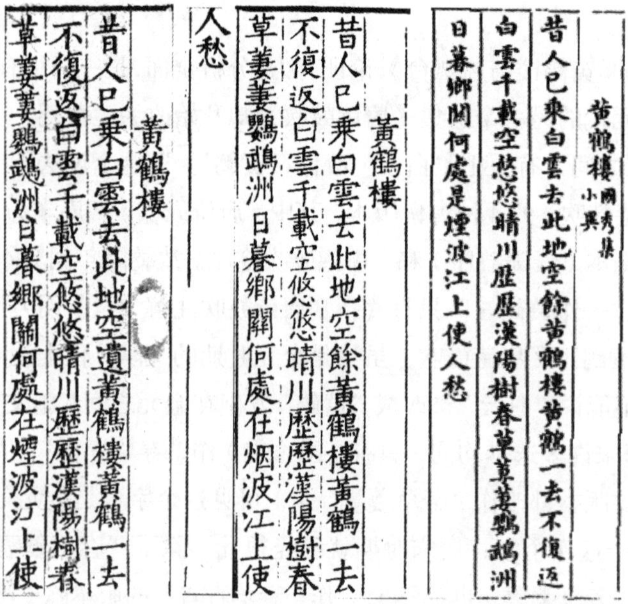
黄鶴樓
昔人已乘白雲去此地空遺黄鶴樓黄鶴一去
不復返白雲千載空悠悠晴川歷歷漢陽樹春
草萋萋鸚鵡洲日暮鄉關何處在煙波江上使

黄鶴樓
昔人已乘白雲去此地空餘黄鶴樓黄鶴一去
不復返白雲千載空悠悠晴川歷歷漢陽樹春
草萋萋鸚鵡洲日暮鄉關何處在烟波江上使
人愁

黄鶴樓 國秀集小異
昔人已乘白雲去此地空餘黄鶴樓黄鶴一去不復返
白雲千載空悠悠晴川歷歷漢陽樹春草萋萋鸚鵡洲
日暮鄉關何處是煙波江上使人愁

《河岳英灵集》宋刻本（左）、景宋明刊本（中）、四库本（右）

胡可先《唐诗经典名篇的多元解读——以崔颢〈黄鹤楼〉为例》中的错误更多。关于“春草青青”，胡文说“唐宋的几个传世选本及他书引用都作‘春草萋萋’”，大谬。前文已表，不再赘述。该文附后的《黄鹤楼诗异文对照表》称《河岳英灵集》中为“共悠悠”（与黄永武讹同），《才调集》中为“何处几”，《太平寰宇记》中为“此地空留”。实际上，前两处都是最流行的版本，即分别为“空悠悠”、“何处是”。《太平寰宇记》宋刻本和四库本为“此地空留”，但中华书局本为“此地空余”。胡文所附《异文对照表》列举了 23 种文献，均未注明版本信息，仿佛这些文献都只有一个版本或者所有的版本无异，实际上大都有多种版本，而且颇多不同之处。

罗漫的《〈黄鹤楼〉诗案的千年偏误及其学术史的警省意义》引用了《文苑英华》《类说》《苕溪渔隐丛话》等 17 种文献，并称这些文献中的《黄鹤楼》“都作‘昔人已乘白云去’，而且没有异文，可见《黄鹤楼》诗的原态在宋、金、元、明四朝基本没有变化。”其实，这 17 种文献中的异文很多，比如《文苑英华》

中的"兹地空遗黄鹤楼"、《类说》和《苕溪渔隐丛话》中的"日暮家山何处在"都与通行的版本不同。除了被当成"靶子"的《选批唐才子诗》和《唐百家诗选》，罗文没有列举"乘黄鹤"的其他文献。若是不知道《唐诗鼓吹》《竹庄诗话》《诗林广记》等"乘黄鹤"的版本，意味着考据做得不全面；若明知这几个版本而故意不列举，那就是学术上的不公正。如果双方都只列有利于自己的证据，那就成了各说各话，永远也不可能达成共识。罗在文中批评"黄鹤"派"预设目标"然后只找符合预设目标的证据进而排除不利于预设目标的证据，然而自己却也有这样的嫌疑。罗漫直称"王安石是将'白云'臆改为'黄鹤'的始作俑者"，"故意干出偷天换日的勾当"，这是严重的误判。前文已表，不再赘述。

基础不牢，地动山摇。对于考据辨析来说，查证核实是基础性工作。如果引据有讹，判断必然错误，作者认为应该摒弃的异文没有消失，还会因为自己的讹误而产生新的异文。黄永武和胡可先都称《河岳英灵集》中为"共悠悠"，可能就是后者转引前者的结果。本文引以为据的56个版本，笔者都"亲自"查到了原始的出处。未能查证的文献线索，全部舍弃。

五、结语

就《黄鹤楼》异文之争，潘德舆（1785—1839）在《养一斋诗话》中说："若舍其神气而求其字句，愈讲愈穿凿，愈摹愈卑俗矣。"[①]然而，离开了"字句"，怎么谈"神气"？所以，紧接着潘德舆还是在"白云"和"黄鹤"、"春草"与"芳草"之间作出了自己的判断。

唐诗是中华文化宝库中最珍贵的遗产之一，而《黄鹤楼》又是唐诗中最优秀的代表作之一。对于这样的历史文化遗产，国人理应保持敬畏、悉心呵护。现在通行的，不一定是对的。普罗大众不必深究文化遗产的渊源，但作为历史文化领域的从业者，应该用历史的眼光时刻审视。但凡发现一丝的尘埃，都应该小心翼翼地拂去。笔者对《黄鹤楼》异文的分析判断未必全对，但若能对读者有所启发，就是有价值的。笔者认为，像《黄鹤楼》这样的经典诗作，每一个字都闪烁着文化和智慧的光芒，每一个字也都要经得起时间的检验！

① 〔清〕潘德舆撰：《养一斋诗话》[M]，北京：中华书局2010年版，第512页。

附:《黄鹤楼》异文一览表

序	代	编撰者	文献名	异文							
01	唐	阙	敦煌写本	白云	兹	唯余	树	春	青青	乡关	在
02	唐	芮挺章	国秀集	白云	兹	空余	树	春	青青	乡关	是
03	唐	殷璠	河岳英灵集	白云	此	空遗	树	春	萋萋	乡关	在
04	唐	殷璠	河岳英灵集	白云	此	空余	树	春	萋萋	乡关	在
05	唐	殷璠	河岳英灵集	白云	此	空余	树	春	萋萋	乡关	是
06	唐	韦庄	又玄集	白云	此	空余	树	春	萋萋	乡关	是
07	唐	韦縠	才调集(刻本)	白云	此	空作	树	春	萋萋	乡关	是
08	唐	韦縠	才调集(写本)	白云	此	空余	树	春	萋萋	乡关	是
09	宋	赵光义	宋太宗御书	白云	此	空余	树	春	萋萋	江山	在
10	宋	李昉	文苑英华	白云	兹	空遗	树	春	青青	乡关	是
11	宋	姚铉	唐文粹	白云	兹	空余	树	春	青青	乡关	是
12	宋	王安石	唐百家诗选	白云	此	空余	树	春	萋萋	乡关	是
13	宋	王安石	唐百家诗选	黄鹤	此	空余	树	春	萋萋	乡关	是
14	宋	计有功	唐诗纪事	白云	此	空余	树	春	凄凄	乡关	是
15	宋	曾慥	类说	白云	此	空余	树	芳	凄凄	家山	在
16	宋	胡仔	苕溪渔隐丛话	白云	此	空余	树	芳	萋萋	家山	在
17	宋	王象之	舆地纪胜	白云	此	空余	树	芳	萋萋	乡关	是
18	宋	何汶	竹庄诗话	黄鹤	此	空余	树	芳	凄凄	家山	是
19	宋	乐史	太平寰宇记	白云	此	空留	渡	春	萋萋	乡关	在
20	宋	祝穆	方舆胜览	白云	此	空余	树	芳	凄凄	乡关	是
21	宋	蔡正孙	诗林广记	白云	此	空余	树	春	凄凄	乡关	是
22	宋	蔡正孙	诗林广记	黄鹤	此	空余	树	芳	萋萋	乡关	是
23	宋	周弼	三体唐诗	白云	此	空余	树	芳	萋萋	乡关	是
24	宋	谢维新	事类备要	白云	此	空余	树	芳	凄凄	乡关	是
25	金	元好问	唐诗鼓吹	白云	此	空余	树	芳	萋萋	乡关	是
26	元	郝天挺	唐诗鼓吹笺注	黄鹤	此	空余	树	芳	凄凄	乡关	是
27	元	方回	瀛奎律髓	白云	此	空余	树	芳	萋萋	乡关	是
28	元	杨士弘	唐音	白云	此	空余	树	芳	萋萋	乡关	是
29	明	铜活字本	唐五十家诗集	白云	此	空余	树	春	萋萋	乡关	是
30	明	高棅	唐诗品汇	白云	此	空余	树	芳	萋萋	乡关	是
31	明	李贤	大明一统志	白云	此	空余	树	芳	萋萋	乡关	是
32	明	郎瑛	七修类稿	白云	此	空余	树	芳	萋萋	乡关	是
33	明	李攀龙	古今诗删	白云	此	空余	树	芳	凄凄	乡关	是
34	明	蒋一葵	尧山堂外纪	白云	此	空余	树	春	凄凄	乡关	是
35	明	唐汝询	唐诗解	黄鹤	此	空余	树	芳	萋萋	乡关	是

续表

序	代	编撰者	文献名	异文							
36	明	臧懋循	唐诗所	白云	此	空余	树	春	萋萋	乡关	是
37	明	黄德水	唐诗纪	白云	此	空余	树	春	萋萋	乡关	是
38	明	锺惺	唐诗归	白云	此	空余	树	芳	萋萋	乡关	是
39	明	卓明卿	唐诗类苑	白云	此	空余	树	春	萋萋	乡关	是
40	明	胡震亨	唐音统签	白云	此	空余	树	春	萋萋	乡关	是
41	明	曹学佺	明一统名胜志	白云	此	空余	渡	芳	萋萋	乡关	是
42	明	谢天瑞	诗法	白云	此	空余	树	芳	凄凄	乡关	是
43	清	金圣叹	选批唐才子诗	黄鹤	此	空余	树	芳	凄凄	乡关	是
44	清	王夫之	唐诗评选	黄鹤	此	空余	树	芳	萋萋	乡关	是
45	清	吴昌祺	删订唐诗解	黄鹤	此	空余	树	芳	萋萋	乡关	是
46	朝	南龙翼	箕雅	白云	此	空余	树	芳	凄凄	家山	在
47	清	彭定求	全唐诗	白云	此	空余	树	春	萋萋	乡关	是
48	清	宋宗元	网师园唐诗笺	白云	此	空余	树	芳	萋萋	乡关	是
49	清	沈德潜	唐诗别裁	黄鹤	此	空余	树	芳	萋萋	乡关	是
50	清	汪烜	诗韵析	黄鹤	此	空余	树	芳	萋萋	乡关	是
51	清	王琦	李太白全集	白云	此	空余	树	芳	萋萋	乡关	是
52	清	夏敬渠	野叟曝言	白云	此	空余	树	春	青青	乡关	是
53	清	蘅塘退士	唐诗三百首	黄鹤	此	空余	树	芳	萋萋	乡关	是
54	日	大典显常	唐诗解颐	黄鹤	此	空余	树	芳	萋萋	乡关	似
55	清	纪晓岚	瀛奎律髓刊误	黄鹤	此	空余	树	芳	萋萋	乡关	是
56	清	钱九韶	中州诗钞	白云	此	空余	树	春	萋萋	乡关	是

版本信息及注释：

[01]《敦煌诗集残卷辑考》[M]，北京：中华书局2000年版，第302页。原卷中“何处在”的“处”字脱。

[02]《国秀集》[O]，四部丛刊明崇祯元年（1628）刻本，卷中第6页。

[03]《河岳英灵集》[O]，宋刻本，卷中第4页。

[04]《河岳英灵集》[O]，四部丛刊明刻本，集中第41页。

[05]《河岳英灵集》[O]，四库本，卷中第7页。

[06]《又玄集》[O]，日本享和三年（1803）江户昌平坂学问所官板本，卷上第10页。

[07]《才调集》[O]，德化李氏藏述古堂影宋钞本，卷8第5页。宋临安府陈宅经籍铺刻本，“空作”为“空余”。

[08]《才调集 搜玉小集 古文苑》[O]，上海：上海古籍出版社1993年版（写本影印），第136页。题下小注：“黄鹤乃人名也。英灵集、国秀集小异。”诗中“日莫”之“莫”通“暮”，未计入异文。

续表

[09]《宝贤堂集古法帖》[M]，太原：三晋出版社 2014 年版，第 60 页。
[10]《文苑英华》[O]，明刻本，卷 312 第 6 页。四库本，同。
[11]《唐文粹》[O]，宋绍兴九年（1139）临安府刻本，卷 16 上第 59 页。明嘉靖八年（1529）刻本，同。四库本，“兹”作“此”。
[12]《唐百家诗选》[O]，宋本（9 行本，国家图书馆藏），卷 12 第 6–7 页。宋绍兴本（10 行本，上海图书馆藏），卷 4 第 16 页。
[13]《唐百家诗选》[O]，清康熙四十三年（1704）刻本，卷 4 第 16 页。四库本（1778），卷 4 第 49 页。
[14]《唐诗纪事》[O]，四部丛刊明刻本，卷 21 第 7 页。四库本，同。明嘉靖二十四年（1545）张子立刻本，“凄凄”作“萋萋”。万库本，同。
[15]《类说》[O]，明天启六年（1626）岳钟秀刻本，卷 19 第 8 页。四库本，同。
[16]《苕溪渔隐丛话》[O]，宋刻本，前集卷 5 第 3 页。四库本、万库本，同。明嘉靖七年（1528）徐梁抄本，“在”作“是”。
[17]《舆地纪胜》[O]，宋抄本，卷 67 第 8–9 页。
[18]《竹庄诗话》[O]，四库本，卷 12 第 18 页。诗中“汉杨树”之“杨（楊）”应为“阳（陽）”之形误，未计入异文。
[19]《太平寰宇记》[O]，宋刻本，卷 112 第 6 页。四库本，“渡”作“树”，“在”作“是”。中华书局本，“空留”作“空余”，“渡”作“树”，“春草”作“芳草”，“在”作“是”。
[20]《方舆胜览》[O]，宋咸淳三年（1267）刻本，卷 28 第 4 页。四库本，同。
[21]《诗林广记》[O]，明刻本（8 行 16 字），卷 3 第 7 页。明弘治 10 年张鼒刊本，“春”作“芳”。
[22]《诗林广记》[O]，四库本，卷 3 第 5 页。
[23]《三体唐诗》[O]，四库本，卷 4 第 1 页。
[24]《古今合璧事类备要》[O]，明嘉靖三十一年至三十五年（1552–1556）夏相刻本，别集卷 16 第 8 页。
[25]《唐诗鼓吹》[O]，四库本，卷 4 第 16 页。清乾隆年间刻本（王清臣序）和清刻本（钱谦益序）为“白云，一作黄鹤。”
[26]《唐诗鼓吹笺注》[O]，明万历二十年（1592）郑云斋刊本，卷 3 第 39 页。
[27]《瀛奎律髓》[O]，清康熙五十一年（1712）黄叶村庄刻本，卷 1 第 8 页。
[28]《唐音》[O]，明初魏氏仁实堂刻本，卷 4 上第 3 页。沔阳卢氏慎始基斋据明嘉靖刊本景印本，同。
[29]《（明铜活字本）唐五十家诗集》[O]，上海：上海古籍出版社 2012 年影印，第 216 页。
[30]《唐诗品汇》[O]，明汪宗尼刻本，卷 83 第 1 页。四库本，同。明嘉靖己亥年（1539）刻本，“萋萋”作“凄凄”。
[31]《大明一统志》[O]，明天顺五年（1461）内府刻本，卷 59 第 12 页。四库本，同。
[32]《七修类稿》[O]，明刻本（江西巡抚采进本），卷 31 第 1 页。

续表

[33]《古今诗删》[O]，明隆庆及万历年间刻本（汪时元校），卷 16 第 6 页。四库本，“凄凄”作“萋萋”。
[34]《尧山堂外纪》[O]，明万历乙巳年（1605）刻本，卷 26 第 10 页。
[35]《唐诗解》[O]，明万历刻本，卷 40 第 1 页。
[36]《唐诗所》[O]，明万历三十四年（1606）版，卷 35 第 67 页。小注：“白云，一作黄鹤。”“春，一作芳”。“是，一作在。”
[37]《唐诗纪》[O]，明万历十三年（1585）刻本，盛唐卷 31 第 12 页。小注：“白云，作黄鹤”，“春”下小注“一作芳”，“是”下小注“一作在”。
[38]《唐诗归》[O]，明末刻清康熙修本（美国加利福尼亚大学伯克利分校藏），卷 12 盛唐 7 第 16 页。
[39]《唐诗类苑》[O]，明万历十四年（1586）崧斋活字印本，卷 81 第 9 页。
[40]《唐音统签》[O]，明刻本，卷 121 第 13 页。小注：“白云，一作黄鹤。”“春，一作芳。”“是，一作在。”
[41]《大明一统名胜志·武昌府志胜》[O]，明崇祯初刻本，卷 1 第 3 页。
[42]《诗法》[O]，明万历复古斋刻本，卷 8 第 19 页。
[43]《贯华堂选批唐才子诗》[O]，南京：凤凰出版社 2016 年版，甲集七言律卷，第 190 页。
[44]《唐诗评选》[O]，（日本）大阪：柳原书店民国二十六年（1937）版，第 330 页。
[45]《删订唐诗解》[O]，清康熙四十年（1701）刻本，卷 19 第 11 页。“黄鹤”下小注：“诸本作‘白云’，非。”
[46]《箕雅校注》[M]，北京：中华书局 2008 年版，卷 10 第 967 页。
[47]《全唐诗》[O]，四库本，卷 130 第 12 页。小注：“白云，一云作黄鹤”；“此，一作兹”；“余，一作留”；“树，一作戍”；“春，一作芳”；“萋萋，一作青青”；“是，一作在”。
[48]《网师园唐诗笺》[O]，清乾隆三十二年（1767）版，卷 4 第 13 页。
[49]《唐诗别裁》[O]，清乾隆二十八年（1763）教忠堂修订本，卷 13 第 5 页。
[50]《诗韵析》[O]，紫阳书院藏清光绪癸未年（1883）雕版，卷之末第 17 页。
[51]《李太白全集》[O]，北京：中华书局 1957 年版（据王注原刻本），第 3 册第 1012 页。
[52]《野叟曝言》[O]，清光绪辛巳年（1881）刻本，第 1 回第 1 页。小注：“白云，一作黄鹤。”“春草，一作芳草。”“青青，一作萋萋。”
[53]《唐诗三百首》[O]，清宏道堂重镌本（洛阳图书馆著录为清乾隆二十八年刻本），（不分卷）七律第 1 页。清金陵四教堂藏版（河南省图书馆著录为清乾隆四十一年刻本），同。
[54]《唐诗解颐》[O]，（日本）东京东叡王府宽政 12 年（1800）版，卷 5 第 6 页。
[55]《瀛奎律髓刊误》[O]，台北：新文丰出版公司影印清刻本，卷 1 第 18 页。
[56]《中州诗钞》[O]，民国图书（出版信息阙），卷 6 第 40 页。小注：“白云，一云作黄鹤”，“此，一作兹”，“余，一作留。”“树，一作戍”，“春，一作芳”，“萋萋，一作青青”，“是，一作在”。

“眼前有景道不得”只是一个传说

中华书局出版过一本《唐诗排行榜》，该书用统计学方法对唐诗进行了一次影响力排序。100 首上榜唐诗中，崔颢的《黄鹤楼》高居榜首。早在八九百年前，严羽（约 1192—约 1245）就曾在《沧浪诗话》中说“唐人七言律诗，当以崔颢《黄鹤楼》为第一。”此后历代诗论虽有不同意见，但赞同此论者较多。各种唐诗选本，大都少不了《黄鹤楼》。

“那么历代选家和评点家为什么如此青睐这首诗？是谁推升了它的人气？是诗仙李太白！”《唐诗排行榜》在赏析《黄鹤楼》的文章中这样写道，“传说李白过黄鹤楼，想赋诗一首，及见崔颢此诗，大为惊叹：‘眼前有景道不得，崔颢题诗在上头。’为了一较胜负，李白作《鹦鹉洲》《登金陵凤凰台》，从句法到用韵，都是模仿崔颢此诗，在唐代诗作中，唯有崔颢此诗得到过李太白如此叹服的殊荣。试想：连诗仙李白都佩服首肯的诗作，普通读者还能不认同？有了李白的赞誉，后来的历代选家想不入选都有些困难！”[①] 用高步瀛（1873—1940）的话说就是“太白尚心折，何况余子？！”[②] 可是，历史上真有“李白搁笔”这回事儿吗？“眼前有景道不得，崔颢题诗在上头”到底出自何人之口？此事需要好好梳理。

一、故事从何而来？

为了弄清真伪，笔者遍搜北京大学图书馆古籍文献库、国家数字图书馆、中华经典古籍库、翰文民国书库等几大数据库，查到了数十条与“李白搁笔”

① 王兆鹏等著：《唐诗排行榜》[M]，北京：中华书局 2011 年版，第 1 页。
② 高步瀛撰：《唐宋诗举要》[O]，天津：民国直隶书局出版，卷 5 第 8 页。

和“眼前有景道不得”有关的文献资料，这些记载可以分为两大类：一是诗选中附在崔颢《黄鹤楼》和李白《登凤凰台》《题鹦鹉洲》《醉后答丁十八以诗讥余槌[①]碎黄鹤楼》等诗的前后，或作为抬高《黄鹤楼》诗的素材，或用于介绍几首诗歌创作的背景。二是诗话或笔记中引用，或用来评价某一首诗，或用来比较《黄鹤楼》和《登凤凰台》《题鹦鹉洲》的高下，或借以评价李白的人品。有的文献，故意把崔颢的《黄鹤楼》和李白的《登凤凰台》排在一起，并以“李白搁笔”的故事串连。引用的文字大同小异，源头主要有三：一是《该闻录》，二是刘后村语，三是杨升庵语。

追根溯源，现存最早载有“眼前有景道不得”的文献可能是宋代曾慥（？—1155）的《类说》，该书收录李畋《该闻录》云：“唐崔颢《题武昌黄鹤楼》诗云：‘昔人已乘白云去，此地空余黄鹤楼，黄鹤一去不复返，白云千载空悠悠。晴川历历汉阳树，芳草凄凄鹦鹉洲。日暮家山何处在？烟波江上使人愁。’李太白负大名，尚曰‘眼前有景道不得，崔颢题诗在上头。’欲拟之较胜负，乃作《登凤凰台》诗。”[②]胡仔（1110—1170）《苕溪渔隐丛话》[③]、何汶（1196年进士）《竹庄诗话》[④]等都引用了《该闻录》的这段话。刘克庄（1186—1269）《后村诗话》则进一步作了点评：“古人服善，太白过黄鹤楼有‘眼前有景道不得，崔颢题诗在上头’之句，至金陵，遂为《凤凰台》诗以拟之。今观二诗，真敌手棋也。若他人必次颢韵，或于诗版之傍别著语矣。”[⑤]这段话又多次被后人引用，“李白服善”成为次生的一个源头。

《该闻录》本书早已失传，未知其载究竟为何。

李畋生平，众说纷纭。主流的观点认为他生于唐武德四年（621）。《该闻

---

① “□碎黄鹤楼”中的第一字，有的文献为“搥”，有的文献为“槌”，有的文献为“捶”。“搥”“槌”“捶”，三者为异体字。许慎《说文》无“搥”，但有“捶”和“槌”。“捶，以杖击也。从手，垂声，改为追声。”段玉裁《说文解字注》：“槌，关东谓之槌，关西谓之梼。”现代汉语中，“搥”和“槌”均已不用，统一规范为“捶”。本文在引用时，均从古籍原句。

② 〔宋〕曾慥辑：《类说》[O]，明天启六年（1626）刻本，卷19第8页。“大”讹为“太”。四库本“拟”作“与”。

③ 〔宋〕胡仔撰：《苕溪渔隐丛话》[O]，四库本，前集卷5第6页。

④ 〔宋〕何汶撰：《竹庄诗话》[O]，四库本，卷12第17页。

⑤ 〔宋〕刘克庄撰：《后村诗话》[O]，四库本，卷1第9页。

录》载有作者本人“用竹著火中，鬼乃惊遁”[①]的故事，坊间亦有他用火药爆竹为唐太宗驱祟的传说，他也因此被尊为“花炮祖师”（也有说是唐太宗封的），甚至被附会为“爆竹声中一岁除”的渊源。依照此说，李畋比李白（701—762）和崔颢（704—754）大了80岁左右，不可能记载李崔二人的事迹。但据宋人委心子（生卒年不详）《分门古今类事》转引《该闻录》的“李畋自述”称：“眉阳有孙六文者，妙于推步。尝谓畋曰‘一生吉凶须值三即变’，后如其言：年十三有诗名，二十三丁先考忧。三十三值李顺叛。四十三拔成都解。五十三直太学讲。六十三改大理丞，知泉州惠安县。七十三罢和议郡，赴阙致仕。八十三病革不死。今又五年矣，不知此去复何如也！”[②]“李顺叛”是在淳化四年（993），照此推算，李畋生于建隆二年（961），为北宋人。吊诡的是，《该闻录》多被转引，原著却失传了。《幼学琼林》中此书被称为《异闻录》，《类说》中则名为《骇闻录》。“该”和“骇”很像，一般认为这是“鲁鱼豕亥”之类的讹误，但也有人不这么认为，经常有人引用时直称该书为《骇闻录》。《类说》的明天启六年刻本和四库本，从目录到正文，4次出现均为“骇闻录”，这显然不是无心的讹误。笔者感觉，“李白搁笔”之类确实属于“奇闻异事”，甚至有些“骇人听闻”，所以书名本为《异闻录》或《骇闻录》也不无可能。

可以看出，“眼前有景道不得，崔颢题诗在上头”之说在12世纪流传很广，而严羽“唐人七言律诗，当以崔颢《黄鹤楼》为第一”的说法正是这样的背景下道出的。可以推知，严氏应该是相信了“李白搁笔”之说。

计有功（1126年前后在世）在《唐诗纪事》中说：“世传太白云‘眼前有景道不得，崔颢题诗在上头。’遂作《凤凰台》诗以较胜负，恐不然。”[③]计有功与曾慥同一时代，《唐诗纪事》和《类说》的刊行孰先孰后难以断定。计氏以“世传”开头，并以“恐不然”结尾，显然是不太相信。遗憾的是，计有功没有解释怀疑的原因。但这至少说明，“李白搁笔”只是传说，没有确凿的信源。

到了元代，情况就不一样了。辛文房（1324年居省部之职）《唐才子传》（此书成于1304年）“崔颢”条下记载：“游武昌，登黄鹤楼，感慨赋诗。及李白

① 〔明〕程登吉编：《幼学琼林读本》[O]，上海：广益书局民国刊本，卷1第21页。
② 〔宋〕委心子辑：《分门古今类事》[O]，四库本，卷18第20页。
③ 〔宋〕计有功撰：《唐诗纪事》[O]，四部丛刊明刻本，卷21第7页。

来，曰‘眼前有景道不得，崔颢题诗在上头’，无作而去，为哲匠敛手云。”[①]言之凿凿，已然入史。很多诗集也开始把“眼前有景道不得，崔颢题诗在上头”归于李白的名下。久而久之，越坐越实。

明代的很多文献摘录了“眼前有景道不得”，但本事逐渐简化或变异。

瞿佑（1347—1433）在《归田诗话》中说：“崔颢题黄鹤楼，太白过之不更作。时人有‘眼前有景道不得，崔颢题诗在上头’之讥。”“然太白别有‘搥碎黄鹤楼’之句，其于颢未尝不耿耿也。”[②]依照此说，“眼前有景道不得，崔颢题诗在上头”是别人说李白的，还含有讥讽之意。而“搥碎黄鹤楼”却出自太白之口。

有感于此，朱诚泳（1458—1498）长律《读李太白诗》中有一句：“有时踏翻鹦鹉洲，有时搥碎黄鹤楼。偏师突出敌崔颢，肯让区区先一头。”

杨慎（1488—1559）在《升庵诗话》中说：“李太白过武昌，见崔颢《黄鹤楼》诗，叹服之，遂不复作，去而赋《金陵凤凰台》也。其事本如此。其后禅僧用此事作一偈云：‘一拳搥碎黄鹤楼，一脚踢翻鹦鹉洲。眼前有景道不得，崔颢题诗在上头。’傍一游僧亦举前二句而缀之曰：‘有意气时消意气，不风流处也风流。’又一僧云：‘酒逢知已，艺压当行。’元是借此事设辞，非太白诗也，流传之久，信以为真。宋初，有人伪作太白《醉后答丁十八》诗云‘黄鹤高楼已搥碎’一首，乐史编太白遗诗，遂收入之。近日解学士缙作《吊太白》诗云：‘也曾搥碎黄鹤楼，也曾踢翻鹦鹉洲。’殆类优伶副净滑稽之语。噫，太白一何不幸耶！”[③]按照杨升庵的说法，“李白搁笔”是真的，但“眼前有景道不得”及“搥碎黄鹤楼”是后人的借题发挥之作。

郎瑛（1487—1566）的《七修类稿》[④]也已不提《该闻录》，只说“……旧有云，李太白读此不敢再题，故有‘眼前有景道不得，崔颢题诗在上头’之说。”蒋一葵（1594年举人）《尧山堂外纪》则是在叙述本事后引用了禅僧的偈句。[⑤]顾炎武（1613—1682）《日知录》中一则题为“文章推服古人”的笔记称：“韩

① 〔元〕辛文房撰：《唐才子传》[O]，清嘉庆壬戌年（1802）日本天瀑山人刻本，卷1第15页。

② 〔明〕瞿佑撰：《归田诗话》[O]，清乾隆乙未年（1775）刻本（知不足斋丛书），卷上第4页。

③ 〔明〕杨慎著：《升庵诗话》[O]，民国无锡丁氏校刊，卷11第1页。

④ 〔明〕郎瑛撰：《七修类稿》[O]，清江西巡抚采进本，卷31第1页。

⑤ 〔明〕蒋一葵撰：《尧山堂外纪》[O]，明万历乙巳年（1605）刻本，卷26第10页。

退之文起八代之衰，于骈偶声律之文宜不屑为。而其《滕王阁记》推许王勃所为序，且曰：‘窃喜载名其上，词列三王之次，有荣耀焉。’李太白《黄鹤楼诗》曰：‘眼前有景道不得，崔颢题诗在上头。’所谓自古在昔，先民有作者也。今之好讥诃古人，翻驳旧作者，其人之宅心可知矣。”[①]原本是说“不敢再题”“无作而去”，这里却成了诗，而且有了诗题。

被杨慎称为伪作的《醉后答丁十八》在《全唐诗》中题为《醉后答丁十八以诗讥余捶碎黄鹤楼》，全诗为：“黄鹤高楼已搥碎，黄鹤仙人无所依。黄鹤上天诉玉帝，却放黄鹤江南归。神明太守再雕饰，新图粉壁还芳菲。一州笑我为狂客，少年往往来相讥。君平帘下谁家子，云是辽东丁令威。作诗调我惊逸兴，白云绕笔窗前飞。待取明朝酒醒罢，与君烂漫寻春晖。”[②]不知“丁十八”何许人，也未见过那首讥李白的诗，能传到李白的耳朵里，名头影响应该不小，但唐代诗坛并无这号人物。即使是无名之辈，得李白作诗回应，也会名扬天下并留名诗史，但文献中没有任何关于丁十八的记载。刘克庄在《后村诗话》中也说：“丁十八不知为何人，敢与谪仙挑战，岂非任棠之流乎！”[③]“丁十八”疑似“十八子”，即“李”的拆分之称，颇有戏谑的味道，很有可能是逗逼拿李白开涮。

关于“搥碎黄鹤楼”，瞿佑所言属实，杨慎之说有误 。李白《江夏赠韦南陵冰》中有句云：“我且为君槌碎黄鹤楼，君亦为吾倒却鹦鹉洲。”[④]也就是说，“搥碎黄鹤楼”确实是李白自己说的。不过，他说这番话，并不是因为“眼前有景道不得，崔颢题诗在上头”，而是因为在黄鹤楼偶遇了同样被贬的长安故人南陵县令韦冰。“同是天涯沦落人”，相识之后又相逢，触发了太白的无限感慨，从而发出了激烈的悲愤之语。

对于“搁笔”之说，胡应麟（1551—1602）在《诗薮》中称：“崔颢《黄鹤》，歌行短章耳。太白生平不喜俳偶，崔诗适与契合。严氏因之，世遂附和。”[⑤]此后，胡震亨（1569—1645）《唐音统签》又在《黄鹤楼》诗后按：“李白凤凰台诗结语偶与此篇类，世人因传白登此楼造语不得之说。考僧家偈‘一拳搥碎黄鹤

① 〔明〕顾炎武撰：《日知录》[O]，四库本，卷 20 第 37 页。
② 〔清〕彭定求等编：《全唐诗》[M]，北京：中华书局 1960 年版，第 1818 页。
③ 〔宋〕刘克庄著：《后村诗话》[O]，四库本，卷 9 第 13 页。
④ 〔清〕彭定求等纂：《全唐诗》[M]，北京：中华书局 1960 年版，第 1754 页。
⑤ 〔明〕胡应麟撰：《诗薮》[M]，北京：中华书局 1958 年版，第 79 页。

楼，一脚踢翻鹦鹉洲。眼前有景道不得，崔颢题诗在上头。’此自彼宗借拈语耳，岂真白诗哉？宋严沧浪误信，因以此为唐七律第一。胡元瑞驳为歌行短章，未足压卷，良有旨。”①

二、到底是谁学谁？

关于黄鹤楼诗的“效仿”公案，其实还存在一种完全相反的说法，即：不是李白学崔颢，而是崔颢学李白。胡应麟所谓“崔诗适与契合”，显然就有这层意思。

《重编东坡先生外集》中有一段题为“书学太白诗”的笔记，其文曰：“李白诗飘逸绝尘，而伤于异。学之者又不至，玉川子是也，犹有可观者。有狂人李赤，乃敢自比谪仙，准律不应从重。又有崔颢者，曾未及‘豁达李老’，作《黄鹤楼诗》，颇类上士游山水，而世俗云：‘李白盖当与徐凝一场决杀也。’醉中聊为一笑。”②这段话中用了两个典故——

一是“豁达李老”。刘攽（1023—1089）《中山诗话》有一则笔记：“李绚公素有诗赠同姓人曰：“吾宗天下著。”王胜之辄取注之曰：“居甘泉者以讴著（京师名倡李氏居甘泉坊，善讴），卖药者以木牛著（京师李家卖药，以木牛自表，人呼为李木牛），围棋者以憨著（李乃国手，而神思昏浊，人呼为李憨子），裁幞头者以㓞著（李家幞头，天下称善，而必与人乖剌，岁久自以㓞李呼），作诗者以豁达著（豁达老人喜为诗，所至辄自题写，诗句鄙下，而自称豁达李老。尝书人新素墙壁，主人憾怒，诉官杖之拘执，使市石灰，更杇漫讫，告官乃得纵舍，闻者哂之）。此数人因胜之有云，遂自托不朽。”③李绚（1013—1052）说老李家很厉害，王胜之（1015—1086）则例举了几个姓李的名人，非倡即憨，其中有一个自称“豁达李老”的诗人，“诗句鄙下”却喜欢到处题诗，曾因在人家崭新的墙壁上题诗而被告到官府，被杖

① 〔明〕胡震亨辑：《唐音统签》[O]，明刻本，卷121第13页。

② 〔宋〕不知编者：《重编东坡先生外集》[O]，明万历三十六年（1608）刻本，卷41第9页。文中的“伤于异”，四库本、万库本均作“伤于易”；“准律”，万库本同，四库本作“比律”；“曾未及”，万库本同，四库本均阙“及”字；“聊为一笑”中的“聊”，四库本、万库本均讹为“联（聯）”。

③〔宋〕刘攽撰：《中山诗话》[O]，四库本，第4页。“㓞”，他本多作“拗”。小字为注释。

责后还被拉到街市给人家重新刷石灰，于是成了世人的笑料。

二是"徐凝恶诗"。徐凝（生卒年不详）是中晚唐的诗人，亦颇有诗名。其诗《庐山瀑布》云："虚空落泉千仞直，雷奔入江不暂息。今古长如白练飞，一条界破青山色。"后人常拿这首诗与李白的《望庐山瀑布》相比，甚至有人认为此诗模仿了李白。杨基（1326—1378）诗曰"李白雄豪妙绝诗，同与徐凝传不朽"，认为二人的庐山瀑布诗均为不朽的诗作。但《东坡题跋》有一则题为"自记庐山诗"的笔记，文中说："是日有以陈令举《庐山记》见寄者，且行且读，见其中云徐凝、李白之诗，不觉失笑。开元寺主求诗，为作一绝云：'帝遣银河一派垂，古来唯有谪仙诗。飞流溅沫知多少，不与徐凝洗恶诗。'"[①] 苏东坡认为把徐凝和李白的庐山诗相提并论很可笑，甚至直称徐凝的《庐山瀑布》是"恶诗"。

上文所引《书学太白诗》涉及5人：李白、崔颢、玉川子、李赤、徐凝。"玉川子"即卢仝（约795—835），也是知名的中晚唐诗人。李赤（生卒年不详）被称为"江湖浪人"，"尝曰'吾善为歌诗，诗类李白。'故自号曰李赤。"[②] 东坡认为，4人都"学太白诗"，玉川子虽学而"不至"，然"犹有可观"，而李赤、崔颢和徐凝则是被取笑了一番。东坡甚至认为崔颢连"诗句鄙下"且世人"闻者哂之"的"豁达李老"都不如，他的《黄鹤楼诗》"颇类上士游山水"，无法与李白相提并论。

《书学太白诗》出自南宋面世的《东坡先生外集》。与《樊川外集》一样，不知编者何人、只有明版传世的《重编东坡先生外集》也很可疑。像《书学太白诗》这样的故事，笔者不敢全信。但此文把崔颢《黄鹤楼》诗也归于"学太白诗"之列，却为"李白搁笔"提供了一个逆向的思路。崔颢（704—754）比李白（701—762）还小3岁，且太白成名很早，凭什么说李白学了崔颢，而不是崔颢学了李白呢？

① 〔宋〕苏轼撰：《东坡题跋》//《元丰题跋及其他一种》[O]，上海：商务印书馆民国二十五年（1936）版，卷3第70页。

② 〔清〕董诰等纂：《全唐文》[O]，清嘉庆十九年（1814）刻本，卷592第8页。

三、李白“搁笔”了吗？

无可辩驳的事实是，李白在黄鹤楼并没有“搁笔”。除了上文提到的《江夏赠韦南陵冰》，他还写过一首《题北谢碑》（诗中有“黄鹤楼中吹玉笛”之句），更有家喻户晓的《黄鹤楼送孟浩然之广陵》（首句为“故人西辞黄鹤楼”）。不管这些诗写在《黄鹤楼》之前或者之后，“李白搁笔”之说都很难成立。

纵观这一公案的来龙去脉，可以肯定的是：唐代文献中没有任何关于此事的记载。如果真有其事，唐人不会放过。要知道，李白自年轻时入宫开始就是朝野上下的风云人物，他的行迹言论都备受关注。一向恃才傲物的李白如果服输搁笔，当时就会被人大书特书，哪里轮得到宋人“补记”呢？

唐人孟棨（875 年进士及第）写过一本笔记小说集叫《本事诗》，专门记述唐代诗人及诗作的背景或逸事，崔护及“人面桃花”等经典故事就是出自此书。为了撰写《本事诗》，作者多方搜罗、四处访求，但这本书中也没有“眼前有景道不得”以及拟《凤凰台》以较胜负的故事。在唐代诗坛，崔护只能算是二三流的诗人，他流传下来的诗只有 6 首，其中最有名的就是《题都城南庄》，而这首诗之所以广为人知，主要就是因为《本事诗》记载了那段充满传奇色彩的爱情故事。之于《本事诗》，无论诗人的知名度和影响力，还是故事与题旨的契合度，“李白搁笔”都比“人面桃花”有过之而无不及。事实上，李白也是孟棨重点关注的人物。《本事诗》第三卷“高逸”第一篇就是讲述李白一生的经历，从初访贺知章被称为“谪仙人”，到被召入宫并醉酒赋诗，再到被遣出宫流落江外，再到依附永王被贬到夜郎，直到最后病故于宣城。[①] 其中还有讥嘲杜甫作“饭颗山头”诗的故事，但这个故事被认定失实，说明《本事诗》不乏捕风捉影。尽管如此，“李白搁笔”也没有被写进去，书中也没有崔颢及《黄鹤楼》的记述。这说明，当时连这个事儿的“风”和“影”都没有。

黄永武《敦煌伯三六一九号卷子中的四十一首唐诗的价值》对崔颢《黄鹤楼》的异文进行了全面的考证和辨析。他坚定地认为敦煌写本上的《黄鹤楼》应该是原作，即首句和尾句分别为“昔人已乘白云去”、“烟花江上使人愁”，

---

① 〔唐〕孟棨撰：《本事诗》[O]，上海：广益书局民国二十二年（1933）版，第 38 页。

而不是现在流行的“昔人已乘黄鹤去”、“烟波江上使人愁”。他在分析“烟花”和“烟波”时说，李白《黄鹤楼送孟浩然下惟扬》（即《黄鹤楼送孟浩然之广陵》）“诗中的‘烟花’显然是从崔颢诗中学来的，崔诗中‘春草青青’正是‘烟花三月’的景象，敦煌本的‘春’被改成‘芳’，‘花’被改成‘波’以后，李白学崔颢的痕迹就无人考得了！”[①]什么意思呢？因为流行的说法是李白的《凤凰台》和《鹦鹉洲》模仿崔颢的《黄鹤楼》，主要依据就是三首诗中的“凤凰”“鹦鹉”和“黄鹤”均为“三叠”。但若《黄鹤楼》首句为“昔人已乘白云去”，该诗中的“黄鹤”就变成了“两叠”，也就是说“模仿说”的这一依据不存在了。黄永武先生既认为《黄鹤楼》首句为“乘白云”，又坚信李白模仿崔颢之说，但“模仿说”被“白云说”否定了。怎么办呢？只能找新的理由。尽管黄永武也知道除敦煌本之外，其他所有的版本都是“烟波江上使人愁”，但他还是认为“烟花三月下扬州”中的“烟花”是从崔诗中学来的，所以《黄鹤楼》的尾句当然是“烟花江上使人愁”。这样一来，既维护了敦煌本的权威性，又保住了模仿说的正确性。殊不知隋代江总（519—594）《秋日侍宴娄苑湖应诏》诗句“雾开楼阙近，日迥烟波长”中就有了“烟波”一词，而这也未必最早。在黄先生的心中，“李白模仿崔颢”必须属实，不容怀疑。——当前提已经设定，一切证据的选择和解读都必须为这个预设的前提服务。纵观历代关于此事的论述，大多数人都是在这样的思维误区中打转儿，不能自拔。

四、结语

千年前的疑案，争论了几百年，完全水落石出，委实没有可能。但每个人都可以做出自己的判断。综合各方面的信息，笔者以为“李白搁笔”及“拟诗决胜”应为后人附会。因为这个传说极具话题性，所以非常容易流传。传得多了久了，也就弄假成真了。

奇才天纵，千年一人。李太白何等自负之人，竟然也有气短的时候？像我等这样的庸人，永远望不到白的项背，拿“眼前有景道不得”揶揄一番，聊以自慰，亦可理解。但在怡情之余、冷静之后，还应多些独立思考，切莫人云亦云。

① 黄永武著：《敦煌文献与文学丛考》[M]，杭州：浙江大学出版社 2017 年版，第 330 页。

李白《静夜思》当回归“正版”

床前看月光，疑是地上霜。
举头望山月，低头思故乡。

李白（701—762）这首《静夜思》，人们再熟悉不过了。古之论者无不拍案叫绝，今之国人均能信口吟来。中国的语文教科书自不待言，甚至日本的教科书中亦载此诗。有一篇论文，题目就叫《天下第一绝句〈静夜思〉》①。文无第一，诗也无第一。称“天下第一绝句”未免夸张和武断，但说《静夜思》是知名度最高、流传度最广的汉语诗歌，大抵不差。

然而，就是这样一首经典诗歌，却也存在很多异文，甚至一度成为“国际新闻”。话说2009年1月，日本的一位3年前来自中国河北的华裔初中生相木将希发现课本上的李白名诗《静夜思》与他在中国时学过的内容不一样。这首诗在中国是“床前明月光，疑是地上霜。举头望明月，低头思故乡。”而在日本为“牀前看月光，疑是地上霜。举头望山月，低头思故乡”。他很诧异，到处查询，并引起了媒体的关注。日本共同社就此发布通稿后，中国台湾、新加坡、中国大陆媒体纷纷转载。一时间，中国内外，沸沸扬扬。

到底哪个是正版？笔者从北京大学图书馆古籍库、中国国家数字图书馆、瀚文民国图书库、国学大师古籍库等几大数据库中检索到了收录这首诗的50种文献、58个版本（8种文献为多版本），其中包括宋代文献6种、元代文献1种、明代文献16种、清代文献20种、民国文献7种，宋代版本2个、元代版本1个、明代版本19个、清代版本25个、民国版本11个。很多文献的多个版本无异，所以只取一种。在58个版本中，“看月光”为29个，“明月光”

① 罗漫：《天下第一绝句〈静夜思〉——兼谈“床前明月光”何以后来居上》[J]，武汉：《中南民族大学学报（社科版）》2007年第6期。下文所引罗语皆出于此，另有注明除外。

为29个；“望山月”为32个，“望明月”为24个。其他异文，详见附表。

一、孰为原版，已有定论

在现存的唐代诗选或其他典籍中，都没有《静夜思》的影子。最早收录该诗的是宋代的文献，包括宋敏求（1019—1079）辑编的《李太白文集》、郭茂倩（1041—1099）编纂的《乐府诗集》、洪迈（1123—1202）编辑的《万首唐人绝句》、杨齐贤（1181—1269）辑注的《分类补注李太白诗》等。其中，《李太白文集》和《乐府诗集》都有宋本存世。中国国家图书馆所藏宋蜀刻本《李太白文集》缺了10卷（共30卷），唯一一部完整的宋蜀刻本《李太白文集》藏在日本的静嘉堂。现存中国国内的宋本《乐府诗集》也缺了13卷（共100卷），好在《静夜思》不在佚卷中。在这两部古籍文献中，《静夜思》均为“牀前看月光，疑是地上霜。举头望山月，低头思故乡。”而且这两部文献的四部丛刊明刻本、清文渊阁四库写本（下文简称“四库本”），直到民国及现当代的排印本，《静夜思》的内容一直都没有改变。

《分类补注李太白诗》有元建安余氏勤有堂刻明修本存世，较早的版本还有日本政府藏明万历刻本、四部丛刊明刻本以及四库本。几个版本中的《静夜思》一直都是“看月光”和“望山月”。

《万首唐人绝句》现存最早的版本为明刊。明嘉靖刻本《万首唐人绝句》和四库本中的《静夜思》为“看月光”和“望山月”。但明万历刻本（赵宧光校）为“看月光”和“望明月”，书目文献出版社1983年版依此本。

宋人叶廷珪（1155年进士）《海录碎事》引用了《静夜思》的前两句，这两句在该文献的四库本中为“床前明月光，疑是地上霜”，有人据此认为这是“看月光”变成“明月光”的源头。殊不知，该文献的明万历二十六年（1598）刘凤刻本和明海隅书屋抄本均为“床前看月光，疑是地上霜”，可能是四库馆臣根据流行的版本把“看”改成了“明”。

元人范德机（1272—1330）在《木天禁语》中讲解诗法时举了《静夜思》的例子，现存最早的版本也是明刻。明代胡氏文会堂刻格致丛书本《新刻木天禁语》中的《静夜思》为“忽见明月光，疑是地上霜。起头望明月，低头思故乡。”该书没有刊行时间信息，中国古籍善本书目称该本刻于明万历年间。民国时期据学海类编本排印《木天禁语》中的《静夜思》则为“床前明月光，疑是地上霜。举头望明月，低头思故乡。”即现在通行的版本。明人谢天瑞（生卒年不详）编纂的《诗法》收录了《木天禁语》，笔者查到了该书的明成化年间（1465—1487）刻本。在《诗法》中，《静夜思》先后出现了两次。在卷1收录的《木天禁语》中，《静夜思》也是“忽见明月光”加“起头望明月”版本，即与文会堂刻本《木天禁语》相同；而卷7引用的《静夜思》却是“床前看月光”加“举头望山月”版本，即与宋版的几部文献一样。清代何文焕（乾隆年间人）辑编的《历代诗话》也收录了《木天禁语》，该书四库本中的《静夜思》亦为“忽见”加“起头”版本。“起头”与“举头”区别不大，“忽见”和“床前”却不沾边儿。不知《木天禁语》中的“忽见”所据者何，笔者揣测可能与王昌龄《闺怨》中的“忽见陌头杨柳色”有关。一为思乡的经典之作，一为思夫的经典之作，《静夜思》和《闺怨》常常被人相提并论。中华书局1981年出版的《历代诗话》中，《静夜思》变成了现在通行的版本，即“床前明月光”加“举头望明月”，应该是编辑出版者修改的。袁茹在《李白〈静夜思〉版本嬗变及其诗学思想阐释》文中说，明万历复古斋刻本《诗法》卷7中的首句为“床前见月光”[①]，笔者查证并非如此，或因版本信息不一。许学夷（1563—1633）在《诗源辨体》中称《木天禁语》“浅陋为甚，伪撰无疑。”但还是被收入了四库全书。不过，该书的影响不大。在笔者检索到的文献中，此后只有明人《诗评密谛》天启丁卯年刻本为“忽见”加“举头”，“忽见”加“起头”的版本没再出现。

明代早中期编纂并刊行的文献中，《静夜思》大都还是宋版的样态，即“看月光”加“望山月”，比如朱谏（1455—1541）《李诗选注》的明隆庆壬申年刻本，胡缵宗（1480—1560）《唐雅》的明嘉靖二十八年刻本，锺惺（1574—1624）、谭元春（1586—1637）编《唐诗归》的明万历四十五年刻本，吴琯（1546—?）辑《唐诗纪》的万历十三年刻本，臧懋循编《唐诗所》的万历三十四年刻本。

但明代中晚期，情况逐步发生变化。高棅（1350—1423）《唐诗品汇》的明嘉靖己亥年（1539）刻本的正文为“看月光”和“望山月”，但在页脚印有一个小注“山作明”。同为嘉靖年间刻本的《万首唐人绝句》还是“望山月”，

① 袁茹撰：《李白〈静夜思〉版本嬗变及其诗学思想阐释》[J]，合肥：《安徽大学学报（社科版）》2010年第2期。下文所引袁语皆出此处。

但该书的万历刻本就直接变成了“望明月”。这是第一步，即“望山月”变成了“望明月”。也就在万历年间，李攀龙（1514—1570）的《唐诗选》更进一步，首句的“看月光”变成了“明月光”，这是第二步，即变成了两个“明月”。森濑寿三研究认为，“明代李攀龙《唐诗选》以前的版本并无‘明月’的‘明’字”[①]，学术界普遍认为《唐诗选》是窜改的源头，但这种观点可能有误，因为《唐诗品汇》在前。那个“山作明”的脚注，笔者未见前人提及。不过，此注或为后人所加，而非高棅本人窜改。

明人为什么要把“看”和“山”都改成“明”呢？这可能就与他们是“明”人有关。除《静夜思》外，李白《宣州谢朓楼饯别校书叔云》“欲上青天览日月”中的“日月”，王维《伊州歌》“清风朗月苦相思”中的“朗月”，都被明人改成了“明月”。相信被明人改出来的“明月”还有很多。

清代的《静夜思》延续了晚明的混乱，版本驳杂。同为四库本，《李太白集注》《全唐诗录》《御选唐诗》坚持“看月光”加“望山月”，《全唐诗》《唐人万首绝句选》《御选唐宋诗醇》选择“明月光”加“望山月”，《御定佩文斋咏物诗选》则是“明月光”加“望明月”。可以看出，两个“明月”版在四库里仍然是少数派，但《千家诗》和《唐诗三百首》选择两个“明月”，应该是大转折的开始，因为这两部文献的影响太大。

考证中，笔者还发现了几处前人没有提及的异文：一是汪烜（1692—1759）《诗韵析》中“举头见明月”的“见”字，一是民国图书《唐代文学概论》中“低首思故乡”的“首”字。“见”与“望”、“首”与“头”，基本同义，但在具体语境中也有细微区别。不知是无心之失，还是故意的改动。另外，《唐诗品汇》明嘉靖己亥年刻本和《古今诗删》明汪时元刻本中的第二句均为“疑为池上霜”，其中的“池”应该是“地”的形讹。

总而言之，《静夜思》的原本为“床前看月光，疑是地上霜。举头望山月，低头思故乡。”现在通行的版本“床前明月光，疑是地上霜。举头望明月，低头思故乡”是改动之作，而窜改可能始于明代中晚期。

另外，《静夜思》还存在一些争议，比如：诗中的“床”到底为何物？“望月”

① 〔日〕森濑寿三：《关于李白〈静夜思〉》[J]：广西：中国唐代文学学会《唐代文学研究》1992年辑刊。下文所引森濑寿三之语均出自此处。

是在室内还是室外？原版和改版究竟哪个更好？是不是应该恢复原版？等等。

二、“床”为何物及其室内室外之争

“牀”是正字，“床”为俗字。古籍文献中，“床”均写作“牀”。现在的日文中，仍然保留“牀”的写法。这个字的义项较多，可以是卧具即睡床，也可以是坐具比如椅子板凳马扎，还可以是井栏或辘轳架。“床”的多个义项，很多字典中都有，早已取得共识，所以不再训义。一直争论不休的是，《静夜思》中的“床”到底指的是哪一种？而如何理解“床”的涵义，又与室内室外直接相关——如果是指睡床，应该是在室内望月；如果是指坐具或者井栏、辘轳架，望月自然是在室外。目前，三种主张并存，而且都不算少。

“睡床”说。这是相对主流的说法，最为符合今人对“床”的理解。语文教科书及上海辞书版《唐诗鉴赏辞典》等影响较大的书籍采信此说。古籍文献中的《静夜思》大都未对“床”字作出解释。《分类补注李太白诗》在诗后的注释中引用了古诗“明月何皎皎，照我罗床帏。”表明他的理解为“睡床”。《千家诗》在《静夜思》中有小注：“床，人安睡的器具。”民国时期启智书局出版的《李白诗选》也释为“人安睡的器具。”针对“睡床”说，有不少质疑，比如：月光能照到室内的床前吗？在室内怎么“望明月”？睡在床上又怎么“举头”“低头”？

笔者认为，上述质疑都不足以证伪。不管睡床是否摆在窗前，也不管窗户多大或多小，月光照到床前都是可能的。月光照进屋里的诗句还有很多，比如“方晖竟户入”（南朝沈约《应王中丞思远咏月》句），“明月不谙离恨苦，斜光到晓穿朱户”（晏殊《蝶恋花》句），“转朱阁，低绮户，照无眠”（苏轼《水调歌头》句）。睡在床上确实谈不上“举头”或“低头”，甚至很难看到窗外的月亮，但可以起床，走到窗前。诗句字数少，场景跳跃中往往省略细节，读者赏诗也不能太机械。含糊其词，字寡意丰，本来就是诗的魅力所在。

“坐床”说。持这种观点的人相对较少。2008 年初，马未都在中央电视台《百家讲坛》谈家具收藏时，称《静夜思》中的“床”为“胡床”，也就是“马扎”。《中华读书报》2008 年 3 月 19 日第 9 版摘登了其中的《静夜思・新解》部分，一时众议纷纷。杜甫《少年行》诗云：“马上谁家白面郎？临阶下马坐人床。不通姓氏粗豪甚，指点银瓶索酒尝。”此中之“床”，肯定是指坐具，因为这个“白面郎”再“粗豪”，也不至于闯进内室坐人家的睡床。刘国成主张把《静夜思》中的“床”释为凳，因为“许慎的《说文解字》解释床为‘安身之坐者’，安置身子坐的东西，即我们所说的‘凳子’”[①]。这种说法显然站不住脚，因为许慎的《说文解字》对“床”的解释过于简略，段玉裁在《说文解字注》中对原注作了大段的补充解释，其中就有“牀亦可卧”之句。沈光春也认为“床”是一种坐具，但是系“汉以后从西域传入的，俗称‘胡床’。”“这种胡床在六朝时已广泛使用，到唐这样一个大融合的历史时期，必然使用更普遍。”[②]这种说法，非常牵强。“大整合”也不一定能让外来的胡床使用“更普遍”，更不意味着李白所说的是胡床。

张连举反对把“床”释为“凳”，因为“夜坐凳上呆想，实在太煞风景。”[③]笔者也觉得，夜深人静之时，要么进屋入卧，要么院里踱步，坐在胡床或凳子上思乡，确实有些傻。当然，这些个人感觉，也不足以立论。

“井床”说。在李白的多首诗歌中都用到了“床”字，且都应该理解为“井栏”即“井床”，比如“前有吴时井，下有五丈床”（《洗脚亭》句），“梧桐落金井，一叶飞银床”（《赠别舍人弟台卿之江南》句），“怀余对酒夜霜白，玉床金井冰峥嵘”（《答王十二寒夜独酌有怀》句），而“床”意为“睡床”的诗好像没有，这说明在李白的诗歌词典里，“床”一般都是指“井床”。但胥洪泉质疑说：“这三诗中的‘床’，都有相关联的‘井’字照应，而《静夜思》中的‘床’却没有。”[④]但他忽略了《长干里》中的“郎骑竹马来，绕床弄青梅”之句。虽然有人说此句中的“床”应该理解为“坐床”即椅子之类，但笔者觉得还是理解为“井床”更恰当。“井栏”是圆的，绕着这样的“床”转圈合情顺理，而绕着椅子转就很别扭，如果“坐床”上有人，就更不像话了。

孙永岷反对“井床”说，他认为井都是在房前，而不是在屋后，所以“绕床弄青梅”的“床”不是井栏，李白也不会深夜在井前转悠。他举了两首诗为例，一是《乐府诗集·舞曲歌辞三·淮南王篇》中有“后园凿井银作牀，金瓶

① 刘国成撰：《“床”字小议》[J]，广州：《语文月刊》1984 年第 11 期。
② 沈光春撰：《“床前明月光”中的“床”究竟为何物》[J]，上海：《语文学习》1994 年第 2 期。
③ 张连举撰：《“床前明月光”新解》[J]，西安：《人文杂志》1997 年第 1 期。
④ 胥洪泉撰：《李白〈静夜思〉研究综述》[J]，重庆：《重庆社会科学》2005 年第 7 期。下文所引胥语皆出自此文。

素绠汲寒浆”之句，二是李贺《后园凿井歌》中的“井上辘轳床上转，水声繁，弦声浅”[①]。井有没有在后园的？当然有。但那样的井只属于大户，比如“淮南王”府，普遍百姓之家哪有什么“后园”呢？如果是傍山而居，只能在门前打井。笔者在农村长大，见过很多的居家之井，一般都是在房前，我家的水井也是在正房的前面。

倪传龙等人质疑：“如把‘床’解作‘井栏’，那么‘床前明月光’的‘前’字便无法落实，‘疑是地上霜’这句诗势必成为画蛇添足。”意思是，“井栏”没有前后之分，四周都有月光；而且既在室外徜徉，对月光已经很熟悉，就不会“疑是地上霜”。针对这种说法，程瑞君先生认为：“床前”就是主人公的面前[②]。蔺瑞生先生也说：“这里是以床代人的写法，明写床、暗写人，是人坐在床前。”[③]笔者认为，此所谓“前”是就视线而言的。诗句字数很少，不可能都按照常规的语法结构去组织语言。“池中有小舟，舟中有胡床。床前有新酒，独酌还独尝。”白居易这首《咏肖》诗中的“床”有前后之分吗？当然也没有。至于“疑”字，如果理解为“怀疑”，确实说不通；但若理解为“好像”，就没问题了。“汉家城阙疑天上，秦地山川似镜中”（沈佺期《兴庆池侍宴应制》句）。“山重水复疑无路，柳暗花明又一村”（陆游《游山西村》句）。这些诗句中的“疑”都是“似”的意思。李白《望庐山瀑布》中的“疑是银河落九天”，也是如此。《汉字源流字典》中“疑”字词条第 7 个义项即释为“好像、似乎”，而且举的例子中就有“疑是地上霜”[④]。

笔者倾向于“井床”说，还有一个重要的因素，那就是觉得“井”字与《静夜思》的主题“暗合”，或者说“井”有助于丰富诗意并深化主题。“井”是什么？《汉字源流字典》：“井，人口聚居的地方或乡里。”[⑤]有“井”就有“家”，“乡井”即是“家乡”。所谓“背井离乡”，此中之“井”就是“家”的借代。所以，“背井离乡”的人一看到“井”，思乡之情往往油然而生。在静寂的月夜，李白触“井”

① 孙永岷撰：《李白〈静夜思〉别解》[J]，成都：《文史杂志》2013 年第 4 期。
② 程瑞君撰：《唐诗名篇词语新解五则》[J]，北京：《北京大学学报（哲学社会科学版）》1995 年第 2 期。
③ 蔺瑞生撰：《卧床说实属误读》[J]，石家庄：《河北师范大学学报（社科版）》2017 年第 1 期。
④ 谷衍奎编：《汉字源流字典》[M]，北京：语文出版社 2008 年版，第 1741 页。
⑤ 谷衍奎编：《汉字源流字典》[M]，北京：语文出版社 2008 年版，第 57 页。

而生情，非常的自然。“井”是家乡的意象，“月”是思念的意象，望月而思乡是明线，见井而思乡是暗线，两相结合，意蕴倍增，也更容易动人心弦。

三、原版新版，哪个更好？

“床前看月光”和“床前明月光”，哪个更好？王尧衢（清初人，生卒年不详）在《古唐诗合解》中说：“如用‘看’字，则一‘望’字有何力？”笔者思之良久，也未明白此话何意。窃以为，“看”与“望”是前后呼应的——因为“看”到了月光，所以抬头“望”月。“床前明月光”是静态的，“床前看月光”是静中有动。虽然夜是静的，但太白的心是动的。

胥洪泉在《李白〈静夜思〉研究综述》中说，“清人俞樾《湖楼笔谈》也认为‘床前明月光’要比‘床前看月光’好。”俞樾（1821—1907）到底怎么说的呢？事实是其引用了两个“明月”版《静夜思》并认为诗写的非常好，但没有提到原版，更没有对两种版本进行比较。这种对单一版本的赞誉，前人还有不少。比如在原版诗后，高棅《唐诗品汇》引注：“刘须溪云自是古意，不须言笑。”张含（1479—1565）《李杜诗选》注曰“妙绝古今。”唐汝询（1624年前后在世）《唐诗解》也称“摹写静夜之景，字字真率。”“有不言之妙。”《御选唐宋诗醇》中的《静夜思》是“看月光”加“望明月”版本，乾隆（1711—1799）盛赞此诗“皆天授，非人力也。要是确论至所云，唐五言绝多法齐梁体制。自别此，则气骨甚高，神韵甚穆，过齐梁远矣。”

那么，“望山月”和“望明月”，哪一个更好呢？

森濑寿三在《关于李白〈静夜思〉》一文中认为“望山月”更好。他说：“如果没有‘山’字，就衬托不出月亮那种高悬空中的景象。”王辉斌《四种〈静夜思〉文本比较说》文中也提到了“月悬高空”这一意境的妙处①。其实，“山月”恰恰不会高——如果月在中天，必然离山很远，就不能称为“山月”了。笔者在山区长大，对“山月”很熟悉。而且，山峰的高度与思乡的浓度也没有多大的关系。如果非说有关系，笔者反倒觉得倚山的低月更好，因为只有这样，才能给人以月在山“那边”的感觉，而我的家乡就在“那边”。如果月在中空，

① 王辉斌撰：《四种〈静夜思〉文本比较说》[J]，太原：《名作欣赏》1993年第5期。

斯人仰面观看，那更像是迷恋嫦娥的场景。

周振甫在《〈静夜思〉赏析》一文中说："望明月"比"望山月"要好，理由是，"望明月"写得非常自然，它承上句的"明月光"而来，也极自然，这是一种承接，在修辞学上称为复叠格。[①]此说以首句为"床前明月光"为前提，很不牢靠。且"明月"重复，诗之忌也。

在关于那起轰动国内外的"一诗两版"事件的新闻报道中，大都有这么一句话："一首五言绝句，出现两次'明月'，是件很奇怪的事。"虽是大白话，却道出了一个朴素的道理，那就是诗忌叠字，包括叠韵。《学诗浅说》曰，诗有"三贵"和"三忌"，其中第二忌为"忌重叠。一字两用。虽字面不同，亦所宜忌。"[②]王维《辋川闲居》："一从归白社，不复到青门。时倚檐前树，远看原上村。青菰临水拔，白鸟向山翻。寂寞於陵子，桔槔方灌园。"右丞此诗是公认的佳作，但因"白"和"青"重复也被人挑剔。王世懋（1536—1588）在《艺圃撷余》中称："此皆是失点检处，必不可借以自文也。"[③]

沈括（1031—1095）在《梦溪笔谈》中说，崔护《题城南诗》的原本为"去年今日此门中，人面桃花相映红。人面不知何处去，桃花依旧笑春风。"这也正是现在通行的版本。诗写成后，崔又觉得"意未全、语未工"，就把第三句改成了"人面只今何处去"，所以这首诗有两个版本，但最终流传下来的还是原版。为什么呢？沈括说："后人以其有两'今'字，只多行前篇。"[④]就是因为"叠字"，修改本被淘汰了。

为什么如此"忌叠"或"讳重"？因为艺术讲究变化、追求意蕴丰富。为文如此，作诗更是如此，因为诗的字数最少，必须把每个字的效用发挥到极致，这也是"百炼成字，千炼成句"的应有之义。五绝只有20字，七绝也仅28字，这么少的字数，如果还有重复，不仅影响行文的效率，而且给人以语言贫乏之感，吟诵的语感也会欠佳。

---

① 周振甫撰：《〈静夜思〉赏析》[J]，中国李白研究会汇编：《李白研究》1990年第2期。下文所引周语亦出此处。

② 编辑所：《（新体广注）唐诗三百首读本》[O]，上海：世界书局民国二十二年（1933）版，第4页。

③ 〔明〕王世懋撰：《艺圃撷余》[O]，上海：商务印书馆民国二十五年（1936）版，第2页。

④ 〔宋〕沈括撰：《梦溪笔谈》[M]，北京：中华书局2015年版，第142页。

艺术都是相通的。吟诗作文“忌叠”，绘画书法、雕塑舞蹈，包括其他各种艺术形式，又何尝不是呢？书法有一大忌，曰“状如算子”。书法家遇到同字相连，叠字往往用两点代替，就是为了避免重复。也正因为如此，王羲之《兰亭序》中的20个“之”均不相同被视为神迹。人物画中，不会有表情相同的人，甚至没有完全相同的树叶，也是一个道理。

前文提到，《唐代文学概论》所引《静夜思》的后两句为“举头望明月，低首思故乡”，其中的“首”字是笔者新发现的两个异文之一。笔者印象中，幼时背诵的《静夜思》，后两句好像为“举首望明月，低头思故乡”，现在网上也能检索到这样的版本，但本次考证没有找到正规的出版物。把两句其中的一个“头”变成“首”，显然都是为了避免重复。而且，第三句若为“举首望明月”，“首”与上句的“上”同为仄声，“失粘”的问题也解决了。

当然，“忌叠”主要是中晚唐之后，尤其是在宋代，初盛唐不太忌讳字的重叠，但至少不能算是长处。

至于另一个新发现的异文，即“举头见明月”中的“见”，笔者认为不如“望”字——“望”含有主动性和持久性，而“见”是偶然而短暂的。汪烜如此改动，可能与陶渊明诗句“悠然见南山”有关，因为此句曾被改为“悠然望南山”，苏东坡发现并痛批后，“望”又改为“见”。陶渊明《饮酒》的心境是悠闲的，李白《静夜思》的心情是沉郁的，前者宜“见”，后者宜“望”。

所以，仅有文本而论，“床前看月光”和“床前明月光”的优劣可能难分轩轾，但“举头望山月”优于“举头望明月”应该是不争的。此外，从《静夜思》的意蕴和意境上讲，“山月”也比“明月”更合适。

“峨眉山月半轮秋，影入平羌江水流。夜发清溪向三峡，思君不见下渝州。”这是李白的《峨眉山月歌》。此外，还有一首《峨嵋山月歌送蜀僧晏入中京》：“我在巴东三峡时，西看明月忆峨眉。月出峨眉照沧海，与人万里长相随……”在李白的诗中，“山月”与“峨眉”形影难分，也与“故乡”及“思乡”紧密相连。可以说，“山月”就是李诗中的一个“思乡”的意象，这个意象是与他“万里长相随”的。然而，周振甫却说，“‘望明月’可以使人想到谢庄《月赋》中的名句：‘美人迈兮音尘绝，隔千里兮共明月。’”真是奇怪得很：《静夜思》中的李白，思念的是故乡，又不是美人，怎么会想到这句诗呢？“白识见污下，十首九说妇人与酒。”[①] 正是这个原因，王安石给诗人排座次，杜甫、欧阳、韩愈为前三，李白只列天下第四。在《静夜思》中，李白好不容易放下酒色，却还被编排到“美人”身上，岂不冤哉？！

周振甫先生还说，如有“望山月”，“山月”就隔了。笔者却以为，此语可两解：一，意象上不隔。因为“山月”一再出现在太白的笔下，而且有着明确的涵义，能够准确地表情达意。笔者一读到《静夜思》中的“山月”，马上就联想到了《峨眉山月歌》。二，思绪上“隔”得恰到好处。千山相隔，故乡渺渺，月还是那一轮月，山却不是峨眉山，思乡之情自然更切。

东坡称赞王维“诗中有画，画中有诗。”诗之状物，特别讲求“画面感”。这个方面，“山月”明显优于“明月”。试想一下：青山吐月，月依山头，那是多么唯美的画面。相比之下，无山之月就单调了许多。关于《静夜思》创作地点的研究，有人认为写于安陆寿山（今湖北安陆县），也有认为写于金陵长干里（今南京附近），这都是多山的地方。果如此，“山月”也比“明月”更符合实际。蔺瑞生认为，诗人这里不用“明月”而用“山月”是精心选取的，因诗人故乡多山，山月是山区特有的月夜美景。

日本学者花房英树（1914—1998）统计，李白诗中写到“明月”有 47 次之多，而写“山月”只有 6 次[②]。薛天纬据此认为，“望明月”好于“望山月”。然而，恰因其多，或更当舍。“明月”随处可见，“山月”偶得一睹，因其新颖别致，意境往往更佳。比如“峨嵋山月”，换成“峨嵋明月”，就索然无味了。严羽（约 1192—约 1245）《沧浪诗话》云：“学诗先除五俗：一曰俗体，二曰俗意，三曰俗句，四曰俗字，五曰俗韵。”何为“俗字”？用的太多，就容易俗。为了避俗，诗人们尽量不用世人挂在嘴边儿的字司，比如“清风”“明月”之类。谢灵运《游赤石进帆海》：“扬帆采石华，挂席拾海月。”王维《蓝田山石门精舍》：“涧芳袭人衣，山月映石壁。”岑参《上嘉州青衣山》：“江云入袈裟，山月吐绳床。”岑参《送人归江宁》：“海月迎归楚，江云引到乡。”这些诗句中的“海月”“江云”，当然也包括“山月”，都给人以不俗之感。李白《望庐山瀑布》中的“海风吹不断，江月照还空”也是令人拍案叫绝。胡仔

① 〔宋〕蔡正孙撰：《诗林广记》[O]，四库本，卷 3 第 13 页。
② 〔日〕花房英树编：《李白歌诗索引》[M]，上海：上海古籍出版社 1991 年版。

（1110—1170）《苕溪渔隐丛话》中称“磊落清壮，语简而意尽，优于绝句多矣。”[①]认为比李白绝句“日照香炉生紫烟”更精彩。瞿佑（1347—1433）也称“亦奇妙句，惜世少称之者。”[②]另外，“江月照还空”也有作“山月照还空”，很多版本注有此处异文。当然，也不是说，“山月”“海月”一定好于“明月”。如果不在山下或海边，生加硬用，亦为不妥。

另外，从心境的角度说，“明月”也应该舍弃。客居他乡，夜静思寥，李白此时的心情肯定是灰暗的，眼中的月亮亦应亮而不丽。郁思于心中，行文于笔下，“明”字不会成为选项，而窜改版却一下子多出了两个“明”，实在悖于情理。明人钟爱“明”字不难理解，今人对“明月”何必恋恋不舍？

综合考虑各种因素，最佳的版本应该还是原版。

四、《静夜思》是“摹仿之作”吗？

刘朝文曾在1994年第3期《淮阴师专学报》上发表了一篇题为《李白的〈静夜思〉是摹仿之作》的论文。该文称：“如果再作‘纵向发掘’，便会发现，李白的《静夜思》，句句有来历。”“根本不是李白独创，而是摹仿了别人的作品，并用串珠手法拼将出来的。”《中国李白研究（1994年集）》收录了这篇文章。1996年，安徽文艺出版社正式出版了这部论文集。2005年，胥洪泉在《李白〈静夜思〉研究综述》中专门以一个章节大段引用了刘朝文的论文。薛天纬在2011年第12期《文史知识》发表的《〈静夜思〉的讨论该划句号了》一文中又重点引用并高度评价了这篇论文。薛文称“在《静夜思》研究方面，刘文是一个重要的新观点。”刘文影响之深远，可见一斑。那么，刘是怎么“纵向发掘”的？又是怎样“句句有来历”呢？笔者认真拜读了这篇论文。原来，所谓“来历”主要是这5首诗（句）——

乐府古辞《伤歌行》：“昭昭素明月，辉光烛我床。忧人不能寐，耿耿夜何长……”

无名氏《古诗十九首》：“明月何皎皎，照我罗床帏。忧愁不能寐，揽衣

① 〔宋〕胡仔撰：《苕溪渔隐丛话》[O]，四库本，后集卷4第3页。
② 〔明〕瞿佑撰：《归田诗话》[O]，四库本，卷中第1页。

起徘徊……”

曹丕《燕歌行》：“秋风萧瑟天气凉，草木摇落露为霜……念君客游思断肠，慊慊思归恋故乡……明月皎皎照我床，星汉西流夜未央……”

曹丕《杂诗》：“漫漫秋夜长，烈烈北风凉。展转不能寐，披衣起彷徨。……俯视清水波，仰看明月光。郁郁多悲思，绵绵思故乡。”

《子夜四时歌·秋歌》：“秋风入窗里，罗帐起飘扬。仰头看明月，寄情千里光。”

读了刘文，哭笑不得。何也？因为刘朝文“纵向发掘”出来的古诗，笔者在考证《静夜思》的过程中基本上都看过，而且都是出现在《静夜思》的注释中。比如《分类补注李太白诗》，对《静夜思》作了大段的注释，其中就包括“明月何皎皎，照我罗床帏。”“俯视清水波，仰看明月光。郁郁多悲思，绵绵思故乡。”[①] 康熙《御选唐诗》在《静夜思》后面也是旁征博引，罗列了很多相关的诗文，其中包括“明月皎皎照我床”和“仰头看明月，寄情千里光”。人民文学出版社 1981 年出版的《唐诗选》和台北三民书局 1988 年出版的《新译唐诗三百首》中，也都注有“仰头看明月，寄情千里光。”刘文引以为据的 5 条“来历”中，4 条都在这 3 处注释中。

当然，《分类补注李太白诗》等文献所举诗句都很短，没有刘文引用的那么长，但关键的句子俱在，而且给出了出处——有了这些短句，然后“顺藤摸瓜”，不过举手之劳。这怎么能算是刘先生的“挖掘”或“发现”呢？笔者觉得，刘朝文把分散在几部古籍中的相关注释集纳起来才更像是“串珠”。

杨齐贤、康熙（未必真御评，姑且这么说）等人引用那些古诗句，显然也是想告诉读者，李白的诗句与之相似，可能是李诗的渊源，从而有助于后学理解，抑或也有显示自己学识渊博之意，但他们并没有说这是“摹仿”。笔者当初看到这些注释的时候，也没有觉得不正常。而刘朝文却说“曹丕的《杂诗》里的一些句子简直就像是李白《静夜思》里句子的‘初稿’。”“‘仰头看明月’就是李白‘举头望明月’的模子。”吟诗作赋，借鉴化用，非常正常，也很普遍。运用的好，既可以提高文字的效用，又能够丰富诗句的蕴意。但在刘朝文的笔

① 《分类补注李太白诗》元建安余氏勤有堂刻明修本和明万历年间刻本的注释引用了这些诗句，四部丛刊明刊本和四库本的注释中没有引用。

下却十分的不堪，刘甚至说太白“聪明反被聪明误”！

“昭昭素明月”“明月何皎皎”“仰头看明月”，三句中均有“明月”；“床前明月光”“举头望明月”，二句中也都有“明月”二字，确实比较相像。但如果是“床前看月光”和“举头望山月”，与前几句的相似度就会大大降低。刘在文中称，他也查阅了宋刊本《李太白文集》和《乐府诗集》等文献，看到了《静夜思》的原本，但他只说“床前明月光”原为“床前看月光”，却没说“举头望明月”原为“举头望山月”。为什么要留一半呢？显而易见的是：如果两个“明月”都不存在了，他的“初稿”和“模子”之说就难以成立了。而他指出“床前明月光”原为“床前看月光”，正是为了说明“仰看明月光”是“床前看月光”的“根源”。也就是说，刘文只说了对自己的观点有利的事实，却隐讳了对自己观点不利的信息。

刘朝文的论文还有两处“硬伤”。第一段，刘文说《静夜思》“早在宋代就被选进《千家诗》一书而家喻户晓”。事实上，刘克庄《后村千家诗》中的五言诗极少，《静夜思》并未入选；谢枋得《千家诗》只选了七言诗，清代的王相才选了五言诗，后来与原有的七言诗合编在一起。当然，这个错误，犯者常有。薛天纬《〈静夜思〉的讨论该划句号了》文中引用了台湾学者薛顺雄的一段话：“依目前坊间流通较广的诗选本，像李攀龙的《唐诗选》，孙洙的《唐诗三百首》，以及明人增删宋刘后村编定的《千家诗》等书来看，这首诗恐怕该算是我国古典的诗作中‘讹字’最多的一首！”不知所谓“明人增删宋刘后村编定的《千家诗》”所指何本，其中应该也没有《静夜思》。倒数第三段，刘文说李白诗“有的还套用了古乐府诗的旧题，如《远别离》《蜀道难》《将进酒》《行路难》《长干行》，等等。”事实上，上述诗题都是曲名。在唐代，诗题与曲名同一的现象非常普遍。当时乐坊大盛，而且流行以“诗”入“歌”。很多诗歌一写出来就被拿去演唱，而这些诗歌一入乐府即以曲为名。即使原来有诗题，也会被换成曲名，比如王维的“渭城朝雨浥轻尘”，原本题为《送元二使安西》，入了乐府后又名《渭城曲》。所以，诗人们可能就不为诗作拟题，因为有曲名在等着冠名，尤其是像李白这样的乐府高手。既为曲名，当然共用。翻开《乐府诗集》就会发现：同一曲名下，一般都有很多诗人的很多首诗——怎么能说是“套用”呢？其实，《静夜思》也是曲名。虽然这首诗在绝大多数诗选中题为《静夜思》，但在《唐诗别裁》等几部文献中的诗题却是《夜思》。

所以，“静夜思”这个题目并不一定是李白拟的。也正因为如此，不少论者结合诗题分析诗意并不恰当。

刘文发表20多年来，期间多次被引用甚至是“隆重”的推介，其文中的严重问题却无人指出。在下实在不忍心李白蒙受这样的不白之冤，所以替他辩白一下。而太白遭此大辱，也与两个“明月”直接相关。

五、是否应该恢复原版?

2009年初发生的那起轰动国内外的“一诗两版”事件，本来是中国大陆纠正《静夜思》的一次良好契机，但是，竟然错过了。既已知错，为何不改?

当年，江苏《扬子晚报》记者曾就此采访了莫砺锋。在2009年2月13日刊登的报道中，莫先生称《静夜思》有两个“明月”的版本是“1300年来读者的集体选择”。他还说：“古诗流传的历史，也是读者参与创造的过程，大家觉得这样更美，更朗朗上口，是千百万读者共同选择了这个版本。今人读到的《静夜思》已经不仅仅是一首‘唐’诗，它其实凝结了1300多年来一代又一代人的审美创造，后人应该抱以尊重的态度。”这个所谓的“共同选择”说，经常被引用。每次看到这番言论，笔者心里都会发堵。就本人而言，喜受包括《静夜思》在内的唐诗几十年，直到开始研究唐诗才知道《静夜思》有不同的版本，从来都没有“选择”过，也不知道还有其他的选项，更谈不上“共同创造”。“中日版本不同”之所以成为沸沸扬扬的“大新闻”，也说明绝大多数人不知道还有别的版本。明明是像莫教授这样的个别专家“选择”了两个“明月”的版本，并把它编入包括教科书在内的各种普及性出版物，导致中国的读者只知道、也只能喜欢这个版本，莫大先生怎么说是“千百万读者共同选择”的呢?

薛天纬也在《漫说〈静夜思〉》一文中说，“一首文人诗来到民间，得到群众的喜爱，在流传的过程中，老百姓自然而然地会用自己的生活体验和语言习惯改造它，使它更适合自己的口味。”他还建议：“我们不妨向身边的大人、小孩做一项随机测试，问他们：‘你能背《静夜思》，是从书本上学的呢，还是小时候大人口头教给你的呢?’答案肯定是后者。”真的是这样吗?笔者知道的唐诗都是从书中学来的，本人带孩子背诵唐诗也都是照着课本或其他诗选，唯恐孩子和自己背的不准确，因为我们都相信书本才是最权威最标准的。而且，中小学生背诵唐诗等课文也必须完全依据教科书，背错一个字都会受到老师的批评。可以肯定地说，大多数人学习唐诗都是“照本宣科”，而不是来自“口口相传”。

罗漫则说：“也许李白并不同意这种改动，但事实证明大众喜爱这种改动，甚至沉迷于这种改动。部分专家捍卫李白原句的精神令人感佩，但对大众的选择绝对无能为力。在今天及以后，完全可以说，李白原句的‘看月光’与‘望山月’，已被大众友善地同时又是无情地‘删除’了。这种‘删除’并不是对李白的无礼，而是倾情热爱之所致。”的确，大众非常喜爱两个“明月”版，但怎么知道大众不喜欢正版的《静夜思》呢？日本教科书中的正版《静夜思》，就深受日本人民喜爱。笔者确信，如果教科书等各种出版物都恢复正版，一二十年后情况就会完全改变——人们仍然非常喜欢甚至更加喜爱《静夜思》。“窜改”了人家的名作，还说是因为“热爱”，真让人无语。正版就是正版，经典古籍俱在，谁也“删除”不了。

与李白《静夜思》的遭遇极为相似，崔颢的《黄鹤楼》也被后人窜改。原本的“昔人已乘白云去”被改成了“昔人已乘黄鹤去”。尽管如此，今人还是非常喜爱这首诗。在中华书局 2011 年出版的《唐诗排行榜》中，《黄鹤楼》高居榜首。对于《黄鹤楼》被窜改及至被推上神坛，罗漫先生痛心疾首。他在《〈黄鹤楼〉诗案的千年偏误及其学术史的警省意义》一文中，遍考历代文献，剖析窜改根源，通篇都称“昔人已乘黄鹤去”为“山寨版”，并批评“以错为对”者“颠倒是非”[①]。这种观点与其对待《静夜思》的态度截然相反。两篇论文对照阅读，实在令人瞠目结舌，笔者甚至怀疑两文的署名作者“罗漫”不是同一个人。

就像中国流行《唐诗三百首》一样，日本最流行的唐诗选本是被疑为窜改之源的《唐诗选》。几百年来，日本多次翻刻刊行这本署名李攀龙的著作。据森濑寿三考证，日本江户时代享保年间（1716—1735，即清朝康熙五十五年至雍正十三年），服部南郭（元乔）在翻刻《唐诗选》的时候，根据《诗删》《唐诗解》等书改变了书中的文本，所以日本今天使用的就是原版的《静夜思》，而且人们都完全相信李攀龙《唐诗选》中《静夜思》的文本是这样。本次考证，

① 罗漫撰：《〈黄鹤楼〉诗案的千年偏误及其学术史的警省意义》[J]，武汉：《中南民族大学学报（社科版）》2017 年第 6 期。

笔者检索到了日本江户文化三年（1806年，即清嘉庆十一年）刊行的《李杜诗法精选》，书中的《静夜思》仍是两个"明月"版本，说明日本纠正错版也经历了一个较长的过程。森濑寿三说，《静夜思》在日本"很脍炙人口"，日本的"国语"（日本语言和文学）课本中都有这首诗，而且一直采用的都是正宗的版本。日本人在翻译引进《唐诗三百首》的时候，也把两个"明月"版改成了正版。寿三先生在论文的最后说："日本人们不了解《唐诗选》《唐诗三百首》本文原来是怎样的。这是一种'误会'。同样，中国人们一直不明白《静夜思》本文的沿革，我想那样的情况都是应该改变的。"而日本的事实也证明，版本的修正并没有影响读者对《静夜思》的喜爱，甚至有过之而无不及。

顾炎武（1613—1682）对窜改古书深恶痛绝，他的《日知录》中有好几篇笔记是关于改书及校勘的。"万历间人多好改窜古书，人心之邪，风气之变，自此而始。"[①] 他以骆宾王《为徐敬业讨武氏檄》被窜改导致历史被歪曲为例，把改书上升到了关乎人心世风的高度。《静夜思》被窜改，虽然不一定自万历始，但肯定滥觞于万历年间。明人喜欢窜改古书，历来为学人所鄙夷。陆心源（1838—1894）也说："明人书帕本大抵如是，所谓刻书而古书亡者也。"[②] 如果无从查考、不知其讹也就罢了，明知有错、也不改正，这确实与时代的"风气"有关。

六、结语

上文讨论的诸多问题，归结起来有三大类——

《静夜思》的正版究竟为何。各家说法不完全一样，本文重新作了梳理。虽有两处新的发现，但不影响根本性结论，即正版为：床前看月光，疑是地上霜。举头望山月，低头思故乡。两个"明月"版本应为明人窜改，但源头为《唐诗选》之说存疑。

如何理解诗中字词及诗意。比如"床"到底是什么？是在室里还是室外？"山月"和"明月"孰优？等等。这些问题没有定论，也永远不会有定论。"一千个人心中有一千哈姆雷特"，各自理解，无关紧要。

① 〔清〕顾炎武撰：《日知录》[O]，四库本，卷18第40页。

② 〔清〕陆心源撰：《仪顾堂题跋》[O]，清光绪庚寅年（1890）刻本，卷1第19页。

该不该恢复正版。这原本不应该成为问题，却不幸地成了问题。《静夜思》的著作权属于李白，后人没有权利、也没有资格修改。你可以称赞，也可以批判，但不能窜改。既然确定错了，当然应该纠正——这才是“求真”，也才是对原诗及作者真正的喜爱和尊重。

附：《静夜思》异文一览表

序	代	编撰者	文献名	诗题	异文			
01	宋	宋敏求	李太白文集	静夜思	床前	看	举	山
02	宋	郭茂倩	乐府诗集	静夜思	床前	看	举	山
03	宋	洪迈	万首唐人绝句	静夜思	床前	看	举	山
04	宋	洪迈	万首唐人绝句	静夜思	床前	看	举	明
05	宋	杨齐贤	分类补注李太白诗	静夜思	床前	看	举	山
06	宋	叶廷珪	海录碎事	阙	床前	看	●	●
07	宋	叶廷珪	海录碎事	阙	床前	明	●	●
08	元	范德机	木天禁语	阙	忽见	明	起	明
09	元	范德机	木天禁语	阙	床前	明	举	明
10	明	谢天瑞	诗法	阙	忽见	明	起	明
11	明	谢天瑞	诗法	静夜思	床前	看	举	山
12	明	高棅	唐诗品汇	静夜思	床前	看	举	山
13	明	高棅	唐诗品汇	静夜思	床前	看	举	明
14	明	朱谏	李诗选注	静夜思	床前	看	举	山
15	明	李攀龙	古今诗删	静夜思	床前	看	举	山
16	明	李攀龙	古今诗删	静夜思	床前	看	举	明
17	明	李攀龙	唐诗选	静夜思	床前	明	举	明
18	明	蒋一葵	唐诗选注	静夜思	床前	明	举	明
19	明	胡缵宗	唐雅	静夜思	床前	看	举	山
20	明	黄德水	唐诗纪	静夜思	床前	看	举	山
21	明	臧懋循	唐诗所	静夜思	床前	看	举	山
22	明	陆时雍	唐诗镜	静夜思	床前	看	举	山
23	明	锺惺	唐诗归	静夜思	床前	看	举	山
24	明	唐汝询	唐诗解	静夜思	床前	看	举	明
25	明	张含	李杜诗选	静夜思	床前	看	举	山
26	明	吴勉学	唐乐府	静夜思	床前	看	举	山

续表

序	代	编撰者	文献名	诗题	异文			
27	明	王良臣	诗评密谛	阙	忽见	明	举	明
28	明	曹学佺	石仓十二代诗选	静夜思	床前	看	举	山
29	明	曹学佺	石仓历代诗选	静夜思	床前	明	举	山
30	明	不知编者	李翰林全集	静夜思	床前	看	举	山
31	清	王相	千家诗	静夜思	床前	明	举	明
32	清	徐倬	全唐诗录	静夜思	床前	看	举	山
33	清	王士禛	唐人万首绝句选	夜思	床前	明	举	山
34	清	彭定求	全唐诗	静夜思	床前	明	举	山
35	清	康熙	御选唐诗	静夜思	床前	看	举	山
36	清	乾隆	御选唐宋诗醇	静夜思	床前	明	举	山
37	清	张玉书	御定佩文斋咏物诗选	静夜思	床前	明	举	明
38	清	宋宗元	网师园唐诗笺	夜思	床前	明	举	山
39	清	黄叔灿	唐诗笺注	静夜思	床前	明	举	明
40	清	沈裳锦	全唐近体诗钞	静夜思	床前	明	举	山
41	清	王琦	李太白集注	静夜思	床前	看	举	山
42	清	钱德苍	解人颐	静夜思	床前	明	举	明
43	清	沈德潜	唐诗别裁	夜思	床前	明	举	山
44	清	王尧衢	古唐诗合解	静夜思	床前	明	举	明
45	清	李锳	诗法易简录	夜思	床前	明	举	明
46	清	俞樾	湖楼笔谈	阙	床前	明	举	明
47	清	蘅塘退士	唐诗三百首	夜思	床前	明	举	明
48	清	大典显常	唐诗解颐	静夜思	床前	明	举	山
49	清	游云	李杜诗法精选	静夜思	床前	明	举	明
50	清	曾国藩	十八家诗钞	静夜思	床前	看	举	山
51	清	汪烜	诗韵析	静夜思	床前	明	举	明
52	民	傅东华	李白诗	静夜思	床前	看	举	山
53	民	余研因	（白话注解）李白诗选	夜思	床前	明	举	明
54	民	沈归愚	李太白诗	夜思	床前	明	举	明
55	民	胡云翼	李白诗选	静夜思	床前	看	举	山
56	民	朱炳煦	唐代文学概论	夜思	床前	明	举	明
57	民	蒋善国	诗今选	静夜思	床前	明	举	明
58	民	高剑华	李太白诗选	静夜思	床前	看	举	山

续表

版本信息及注释：
[01]《李太白文集》[O]，宋刻本，卷 6 第 1 页。另：四库本，同。 [02]《乐府诗集》[O]，文学古籍刊行社 1955 年影印宋本，卷 90 第 10 页。元至正一年（1341）刊本、明汲古阁本，同。 [03]《万首唐人绝句》[O]，明嘉靖刻本，五言卷 1 第 3 页。另：四库本，同。 [04]《万首唐人绝句》[O]，明万历刻本（赵宧光校），五言卷 3 第 3 页。书目文献出版社 1983 年版，同。 [05]《分类补注李太白诗》[O]，据元建安余氏勤有堂刻明修本影印，卷 6 第 18 页。另：聚奎楼藏板明万历年间刻本、四部丛刊明刻本、四库本，同。 [06]《海录碎事》[O]，明万历二十六年（1598）刘凤刻本，卷 1 第 15 页。明海隅书屋抄本，同。 [07]《海录碎事》[O]，四库本，卷 1 第 15 页。 [08]《木天禁语》//（清）何文焕辑：《历代诗话》[O]，四库本，卷 67 第 19 页。明万历胡氏文会堂刻格致丛书本，同。 [09]《木天禁语》[O]，上海商务印书馆民国时期据学海类编本排印，第 6 页。 [10]《诗法》[O]，明成化年间刻本，卷 1 第 8 页。（收录《木天禁语》）。 [11]《诗法》[O]，明万历复古斋刻本，卷 7 第 14 页。（收录《木天禁语》）。 [12]《唐诗品汇》[O]，明嘉靖己亥年（1539）刻本，卷 39 第 1 页。“地”讹为“池”，脚注：“山作明”。明洪武三十一年（1398）汪宗尼刻本，无脚注。 [13]《唐诗品汇》[O]，四库本，卷 39 第 1 页。 [14]《李诗选注》[O]，明隆庆壬申年（1572）刻本，卷 4 第 17 页。 [15]《古今诗删》[O]，明隆庆及万历间汪时元刻本，卷 20 第 3 页。注：“地”讹为“池”。 [16]《古今诗删》[O]，四库本，卷 20 第 2 页。 [17]《唐诗选》[O]，明万历年间刻本。卷 6 第 3 页。 [18]《唐诗选注》[O]，明万历癸巳年（1593）年刻本，卷 6 第 4 页。 [19]《唐雅》[O]，明嘉靖二十八年（1549）刻本，卷 1 第 8 页。 [20]《唐诗纪》[O]，明万历十三年（1585）刻本，盛唐卷 67 第 2 页。 [21]《唐诗所》[O]，明万历三十四年（1606）版，卷 7 第 2 页。 [22]《唐诗镜》[O]，四库本，卷 20 第 9 页。 [23]《唐诗归》[O]，明万历四十五年（1617）年刻本，卷 16 第 11 页。第三句为“举头看山月”。 [24]《删订唐诗解》[O]，清康熙年间刻本，卷 11 第 9 页。 [25]《李杜诗选》[O]，内府藏明末刻朱墨套印本，李白诗卷 2 第 4 页。 [26]《唐乐府》[O]，清两江总督采进本，卷 16 第 8 页。 [27]《诗评密谛》[O]，明天启丁卯年（1627）刻本，卷 2 第 1 页。 [28]《石仓历代诗选》[O]，明崇祯年间刻本，卷 31 下第 11 页。 [29]《石仓历代诗选》[O]，四库本，卷 44 下第 28 页。 [30]《李翰林全集》[O]，明万历四十年（1612）刘世教刊本，卷 34 第 2 页。 [31]《千家诗》[O]，上海：广益书局民国二十二年（1933）年，卷 1 第 22 页。

续表

[32]《全唐诗录》[O]，四库本，卷 23 第 16 页。
[33]《唐人万首绝句选》[O]，四库本，卷 1 第 8 页。
[34]《全唐诗》[O]，四库本，卷 165 第 6 页。
[35]《御选唐诗》[O]，四库本，卷 27 第 18 页。
[36]《御选唐宋诗醇》[O]，四库本，卷 4 第 14 页。
[37]《御定佩文斋咏物诗选》[O]，四库本，卷 3 第 15 页。
[38]《网师园唐诗笺》[O]，清乾隆三十二年（1767）版卷 14 第 6 页。
[39]《李太白全集》[O]，上海书店 1988 年影印世界书局旧版，卷 6 第 168 页。
[40]《李太白全集》[O]，上海：中华书局 1957 年版（据王注原刻本），卷 6 第 10 页（总第 393 页）。
[41]《李太白辑注》[O]，四库本，卷 6 第 16 页。
[42]《解人颐》[O]，清乾隆二十六年（1761）刻本，卷 3 第 11 页。
[43]《唐诗别裁》[O]，清乾隆二十八年（1763）教忠堂修订本，卷 19 第 9 页。
[44]《古唐诗合解》[O]，日本京都向荣堂明和元年（1764）版，卷 4 第 6 页。
[45]《诗法易简录》[O]，清乾隆丁亥年（1767）刻本，卷 13 第 16 页。
[46]《湖楼笔谈》[O]，清弟一楼丛书刻本，卷 6 第 8 页。
[47]《唐诗三百首》[O]，清宏道堂重镌本（洛阳图书馆著录为清乾隆二十八年刻本），（不分卷）五绝第 1 页。清道光十四年（1834）立言堂刻本、清光绪十一年（1885）四藤吟社重刻本，同。
[48]《唐诗解颐》[O]，日本东京东叡王府宽政十二年（1800）版，卷 6 第 2 页。
[49]《李杜诗法精选》[O]，日本江户文化三年（1806）大阪星文堂刊，卷 1 第 6 页。
[50]《十八家诗钞》[O]，清同治甲戌年（1874）传忠书局刻本，卷 4 第 25 页。
[51]《诗韵析》[O]，清光绪十年（1884）刻本，卷之末，第 20 页。第三句为“举头见明月”。
[52]《李白诗》[O]，上海：商务印书馆民国十七年（1928）版，第 57 页。
[53]《（白话注解）李白诗选》[O]，上海：启智书局民国二十三年（1934）版，第 38 页。
[54]《李太白诗》[O]，上海：中华书局民国二十五年（1936）版，第 79 页。
[55]《李白诗选》[O]，上海：文力出版社民国三十七年（1948）出版，第 183 页。
[56]《唐代文学概论》[O]，上海：光华书局民国二十二年（1933）版，第 43 页。第四句为“低首思故乡”。
[57]《诗今选》[O]，上海：中华书局民国九年（1920）版，卷 2 第 28 页。小注：“明，一作看。”
[58]《李太白诗选》[O]，上海：群学社民国二十一年（1932）版，第 62 页。

李白《望庐山瀑布》“挂前川”应为“挂长川”

日照香炉生紫烟，遥看瀑布挂长川。
飞流直下三千尺，疑是银河落九天。

这是李白（701—762）的七绝《望庐山瀑布》。苏东坡盛赞：“帝遣银河一派垂，古来唯有谪仙词。”韩兆琦则说：“古往今来写瀑布的作品，再没有比这首更壮观、更家喻户晓的了。”[①]现行的人教版和苏教版的小学语文课本，也都选有此诗。不过，鲜为人知的是，并非所有人都认为这首诗非常精彩，也不是一直都受到诗坛及世人的追捧。而且，该诗不仅存在多个异文，甚至作者是不是李白都存在异议。

此诗的异文，“日照”有作“日暮”，“遥看”有作“遥望”，“长川”有作“前川”，“三千尺”有作“三千丈”，“九天”有作“半天”，前两句“日照香炉生紫烟，遥看瀑布挂长川”有作“庐山上与星斗连，日照香炉生紫烟”。同一部《文苑英华》，明刻本为“庐山上与斗星连……飞流直下三千丈……”，清写本为“庐山上与星斗连……飞流直下三千尺……”。《分类补注李太白诗》的元建安余氏勤有堂刻明修本、四部丛刊明刻本、四库本和明万历年间刻本也有两处不同。

本次考证，笔者共检索到了载有七绝《望庐山瀑布》全诗的 40 种文献的 43 个版本（有 3 种文献为两个版本）。以文献成书时间划分，宋代 18 种、明代 10 种、清代 10 种、民国 1 种、现代 1 种；以版本刊行时间划分，宋代 1 个、明代 12 个、清代 26 个、现代 4 个。

① 韩兆琦著：《唐诗选注集评》[M]，北京：商务印书馆 2003 年版，第 20 页。

一、《望庐山瀑布》是不是伪作？

所谓“伪作”，指的是该诗非为李白所作，而是别人假托李白之名而写的。在所有文献中，《望庐山瀑布》均在李白的名下，但署名“李白”并非一定是李白的作品。《醉后答丁十八以诗讥余搥碎黄鹤楼》和《赠怀素草书歌》就被疑为假托李白的伪作。不过，这种质疑早在数百年前就已出现，而《望庐山瀑布》被指伪作却是近几年的事情。

孙尚勇在《古典文学知识》2016年第6期发表了题为《七绝〈望庐山瀑布〉是李白作品吗》的论文。该文认为，七绝《望庐山瀑布》可能“不是李白的作品，而是晚唐五代或宋初人根据李白的五言古体改写的。”此所谓“五言古体”指的是李白另一首诗题同为《望庐山瀑布》的五言古体诗，因关系甚大，兹全录如下——

西登香炉峰，南见瀑布水。挂流三百丈，喷壑数十里。欻如飞电来，隐若白虹起。初惊河汉落，半洒云天里。仰观势转雄，壮哉造化功。海风吹不断，江月照还空。空中乱潈射，左右洗青壁。飞珠散轻霞，流沫沸穹石。而我乐名山，对之心益闲。无论漱琼液，还得洗尘颜。且谐宿所好，永愿辞人间。

孙尚勇认为《望庐山瀑布》为伪作的理由有四：一、七绝《望庐山瀑布》因袭五古以及李白他作的地方过多。二、李白同时代的文人、唐人李诗抄本、现存各种唐人的唐诗选本和唐人诗文皆未曾提及七绝《望庐山瀑布》。三、七绝内容本身存疑，即“日照香炉”不可能“生紫烟”。四，七绝与五古的风格不相类。

不可否认，两首《望庐山瀑布》的相似之处确实很多。“三千尺”与“三百丈”，“银河”与“河汉”，“九天”与“云天”，写的都是香炉峰，而且还都是瀑布。在有的版本中，五古《望庐山瀑布》中的“初惊河汉落”为“初惊银河落”，也就是说两首诗中都有“银河”。七绝最后三字若为“落半天”，又与五古的“半洒云天里”相似。出现这样情况，确实不合常理。但李白生性不羁，不喜为矩所缚，他写的格律诗也大都违拗，先后写两首类似的诗也不是没有可能。

另有两个因素：一，这两首诗孰先孰后并无定论。在很多诗选中，这两首诗共用一个诗题，五古在前，七绝在后，但这有可能是按照诗体的先后排列的，即“五古”早于“七绝”，并不意味着《望庐山瀑布》的五古一定早于七绝面世。如果仅凭相似度，既可以怀疑七绝因袭了五古，也可以怀疑五古因袭了七绝。张立华就认为，五古可能“抄袭”了七绝①。况且，两首《望庐山瀑布》排在一起的时候，也有七绝在前、五古在后的，比如《竹庄诗话》。二，两首诗的异文都不少，而有些异文直接关系到相似度。比如“挂流三百丈”中的“三百丈”有作“三千丈”、“三千匹”的，“飞流直下三千尺”中的“三千尺”也有作“三千丈”的。如果是“三千尺”对“三千匹”，相似度就会大大降低，但通行的版本偏偏是互文的“三千尺”和“三百丈”，这或许是一种巧合。而通行本中的“初惊河汉落，半洒云天里”，在唐人抄写的敦煌残卷中为“舟人莫敢窥，羽客遥相指”。如果敦煌写本是正版，那么“银河”与“河汉”、“半天”与“半洒云天”这两处相似就不复存在。

孙尚勇的第二条理由也很难成立，因为符合这一条件的唐诗很多。流存至今的“唐人选唐诗”只有 10 种，包括敦煌残卷在内，体量都很小，很多经典诗作都没有出现或未被提及。比如李白的《静夜思》，现在被认为是最为脍炙人口的唐诗之一，但最早也只是出现在宋代的文献《李太白文集》和《乐府诗集》中。这些今人眼中的经典诗作之所以没有入选唐代的典籍，除容量因素，可能也与时代的审美趣味有关。也就是说，唐人可能不太欣赏《静夜思》《望庐山瀑布》等诗作。实际上，自宋以来，对《望庐山瀑布》的评价，一直都存在两种声音——苏东坡（1037—1101）认为“帝遣银河一派垂，古来惟有谪仙词”，对李诗大加赞赏。而葛立方（？—1164）却说“以余观之，银河一派，犹涉比类，未若白前篇云：‘海风吹不断，江月照还空’，凿空道出，为可喜也。”立方先生明知东坡激赏《望庐山瀑布》，却还要发表不同的意见，可知他是多么的“不敢苟同”。在葛之后，刘须溪（1232—1297）也认为“银河犹未免俗”。而有这种感觉的人，也非止葛立方、刘须溪。从历代诗选等典籍的收录情况来看，不仅唐人不太认可《望庐山瀑布》，后世也有很多诗选家不太喜欢这首诗。检索结果显示，虽然《文苑英华》《万首唐人绝句》《唐音统签》《全唐诗》等很多诗选收录了《望庐山瀑布》，但没有收录该诗的选集也很多，比如《千家诗》《古今诗删》《唐诗选》《唐诗归》《唐诗镜》《唐诗别裁》《唐诗三百首》等等。出

① 张立华撰：《诗仙李白为何“抄袭”自己》[N]，上海：《解放日报》2016 年 5 月 10 日。

自《万首唐人绝句》的《唐人万首绝句选》，选了李白的七绝《望庐山五老峰》，也没有收入七绝《望庐山瀑布》。只是到了现代，《望庐山瀑布》才成为各种唐诗选集的常客。关于两首《望庐山瀑布》的优劣，意见也不一样。苏东坡显然认为七绝好于五古，但胡仔（1110—1170）却认为五古“磊落清壮，语简而意尽，优于绝句多矣。”[①] 唐人典籍中没有收录或提及七绝《望庐山瀑布》，可能就是这个原因。一个时代有一个时代的审美取向，每个人也都有自己的诗歌品味，唐人不喜欢七绝《望庐山瀑布》，很多诗选家不选《静夜思》等诗，都不难理解。但，唐人不选或未提七绝《望庐山瀑布》，不等于这首诗当时不存在——这是关键。

第三个理由：“日照香炉”会不会“生紫烟”？万花飞溅，水雾蒸腾，阳光之下，光线折射，产生“彩虹”效应，这是非常正常也很常见的物理现象。但孙尚勇认为“彩虹”是“五颜六色”的，不可能生出“紫烟”。的确，彩虹有七种颜色，赤橙黄绿青蓝紫，但这些颜色中最抢眼的却是紫色，而且人们最愿意看到的也是紫色，因为在中国的传统文化中，“紫”象征着祥瑞。梁简文帝诗曰“金风飘紫烟”，人们期待“紫气东来”，是也。王祎（1322—1373）在《开先寺观瀑布记》中称：“日初出，红光径照香炉诸峰上，诸峰紫霭犹未敛，光景恍惚，可玩不可言也。应因诵李太白观瀑诗……”[②] 人们眼中只有紫色、笔下只写紫色，委实正常得很。不管日光下的紫霭是“敛”或“生”，都说明“紫烟升腾”这种状态是存在的。再者，如何遣词与诗作真伪也没有直接的关系。

至于第四个理由，即七绝与五古风格不相类，就更不足以认定真伪了。孙尚勇认为，“五古略见稚拙，有欣喜的天仙之气，末句‘且谐宿所好，永愿辞人间’充分表达了作者出世游仙的愿望，是李白早年作品不断表露的思想。七绝则太过纯熟，意指不明，看不出表达了什么明确的感情。”的确，五古中的“且谐宿所好，永愿辞人间”及敦煌残卷中的“舟人莫敢窥，羽客遥相指”都带有明显的道家避世之意。此外，李白另一首以庐山瀑布为题材的七绝《望庐山五老峰》中的“吾将此地巢云松”也是如此。而七绝《望庐山瀑布》中，却没有这样的意旨。如果一味地讲求思维的一贯性，这似乎是个问题。但若换个角度，比如追求新颖性或差异性，“不一样”反而正好。试想：李白已经在两首描写庐山

---

① 〔宋〕胡仔撰：《苕溪渔隐丛话》[O]，四库本，后集卷 4 第 3 页。
② 〔明〕王祎撰：《王忠文公文集》[O]，明嘉靖甲申年（1524）刻本，卷 8 第 34 页。

瀑布的诗作中表达了避世游仙的思想，第三首还这么写，不腻吗？面对“飞流直下三千尺”的壮观场面，直抒自己所感受到的视觉震撼，也在情理之中。

总而言之，孙尚勇的四个理由都很牵强，断言七绝《望庐山瀑布》为伪作的依据严重不足。

二、“日照”还是“日暮”？

在绝大多数版本中，七绝《望庐山瀑布》的前两句均为“日照香炉生紫烟，遥看瀑布挂长川。”但在《文苑英华》中，前两句却为“庐山上与星斗连，日照香炉生紫烟。”另有《李太白文集》《李翰林全集》《分类补注李太白诗》等几个版本把这样的两句作为异文处理。孙桂平撰文认为，这两个版本均出自李白之手，“庐山上与星斗连，日照香炉生紫烟”为原作，“日照香炉生紫烟，遥看瀑布挂长川”为改稿[①]，但只是推测，并无实据。“庐山上与星斗连”是夜晚之景，“日照香炉生紫烟”为白天之象，时空穿越如此之快之大，不是正常的观感。若取“日照”，必舍“星斗”。

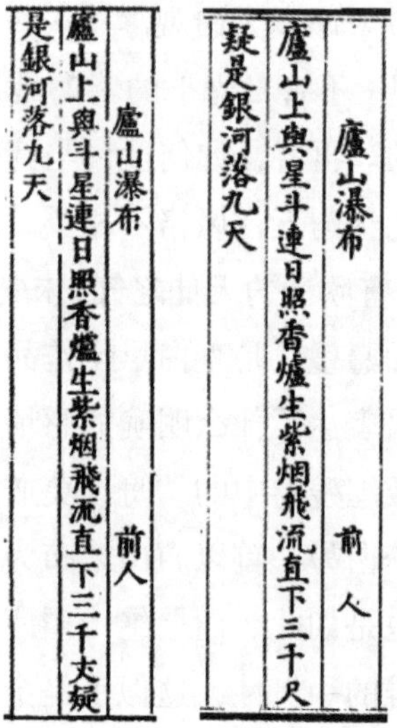
廬山瀑布　前人
廬山上與斗星連日照香爐生紫烟飛流直下三千丈疑
是銀河落九天

廬山瀑布　前人
廬山上與星斗連日照香爐生紫烟飛流直下三千尺
疑是銀河落九天

《文苑英华》明刻本（左）和清写本（右）

① 孙桂平撰：《李白〈望庐山瀑布〉（其二）异文问题思考》[J]，厦门：《集美大学学报（社科版）》2010年第2期。

关于“日照”，既有异解，也有异文。一般的理解，“日照”的意思就是“日光照射”。但苗埒发表文章说：“去年游庐山，才知日照原来也是峰名，这诗是写暮色苍茫中，遥遥相对的日照、香炉二峰峰顶仿佛如紫烟缭绕，这才更衬托出末二句的瀑布形象，注家注为日光照射，真是隔靴搔痒，‘不识庐山真面目’了。”① 此说令人耳目一新。但遍考古籍文献，都没有庐山存在“日照峰”的记载。虽然现在确有日照峰，但很可能是后人根据李白诗而命名的。以今之地理解古之诗文，谬矣。

胡仔（1110—1170）《苕溪渔隐丛话》：“太白《望庐山瀑布》绝句云‘日暮香炉生紫烟，遥看瀑布挂长川。飞流直下三千尺，疑是银河落九天。’东坡美之，有诗云‘帝遣银河一派垂，古来惟有谪仙词。’然余谓太白前篇古诗云：‘海风吹不断，江月照还空。’磊落清壮，语简而意尽，优于绝句多矣。”胡仔这段笔记中的“日暮”二字，虽为仅见，却不容忽视。

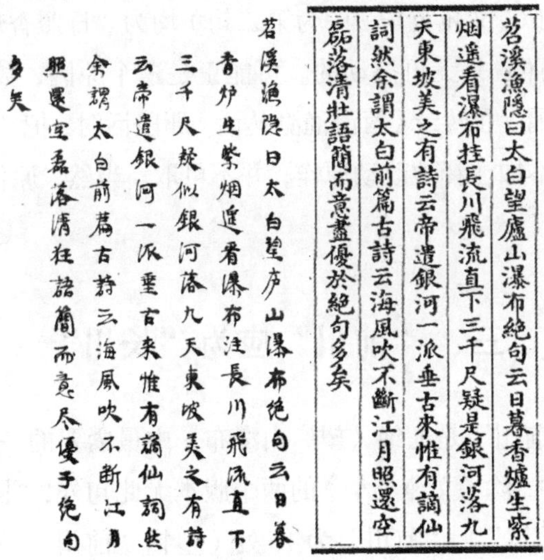
苕溪漁隱曰太白望庐山瀑布絶句云日暮香炉生紫烟遥看瀑布注長川飛流直下三千尺疑似銀河落九天東坡美之有詩云帝遣銀河一派垂古來惟有謫仙詞然余謂太白前篇古詩云海風吹不斷江月照還空磊落清壯語簡而意尽優于绝句多矣

茗溪漁隱曰太白望廬山瀑布絶句云日暮香爐生紫烟遥看瀑布挂長川飛流直下三千尺疑是銀河落九天東坡美之有詩云帝遣銀河一派垂古來惟有謫仙詞然余謂太白前篇古詩云海風吹不斷江月照還空磊落清壯語簡而意盡優於絶句多矣

《苕溪渔隐丛话》明抄本（左）和四库本（右）中的“日暮”

看到“日暮”二字，笔者首先想到了本诗在《文苑英华》中的第一句——“庐山上与星斗连”——这描写的不就是“日暮”时分的景象吗？

另请注意上文先后所引王祎和苗埒的文字。王祎在《开先寺观瀑布记》中

① 苗埒撰：《日照何能生紫烟》[J]，《唐代文学》1982 年第 1 期。

写道："日初出……"他所描写的是"红日东升"时的瀑布。而苗埒文中有这么一句："这诗是写暮色苍茫中……"他所描写的是"日落西山"时的瀑布。前者是如实记述，后者是作者想象。为什么要把李白描写的情景设定在"暮色苍茫"之中呢？苗埒没有解释。但游览经验告诉我们，日出或日落前后是观看瀑布的最佳时段，因为这个时段的光线最容易发生折射，也最容易产生如梦似幻的绚丽景象。所以，单就文本而论，"日暮"应该优于"日照"。

本次考证检索到了《渔隐丛话》的4个版本，其中只有明嘉靖七年（1528）抄本为"日照"，明抄本（9行17字）、清乾隆五年至六年海盐杨佑启耘经楼依宋板重刊本、四库本均为"日暮"。四库常常按照通行的版本窜改文字，但此次却选择了不常见的"日暮"，值得注意。

在周凯（1779—1837）《厦门志》中，也有"日暮香炉生紫烟"之句[①]，未知其来何自。在笔者检索到的40种文献中，除《渔隐丛话》外，七绝《望庐山瀑布》的首句（《文苑英华》中为第二句）均为"日照香炉生紫烟"。所以，就版本来说，"日照"是无可撼动的。可能正是这个原因，魏庆之（1240年前后在世）《诗人玉屑》在转录《苕溪渔隐丛话》那段话时，把"日暮"改成了"日照"[②]。窃以为，不加注释地改动原作，并不可取。当然，原作是否为"日暮"，亦需进一步考证。

三、"前川"应为"长川"

"长川"和"前川"是七绝《望庐山瀑布》中最紧要的一处异文。在43个载有本诗的版本中，除《文苑英华》的两个版本无此句外，"长川"为25处（包括"长川，一作前川"），"前川"为16处（包括"前川，一作长川"），不仅数量上"长川"明显占优，而且最早的几种文献及版本均为"长川"，比如宋本《方舆胜览》《庐山记》等。所以，就版本而论，"长川"应为原版。那么，从意境来看，"长川"和"前川"孰优孰劣呢？

---

① 〔清〕周凯等纂：《厦门志》[O]，清道光十九年（1839）刊本，卷9第68页。
② 〔宋〕魏庆之编：《诗人玉屑》[O]，朝鲜正统四年（1439）刊本，卷14第5页。

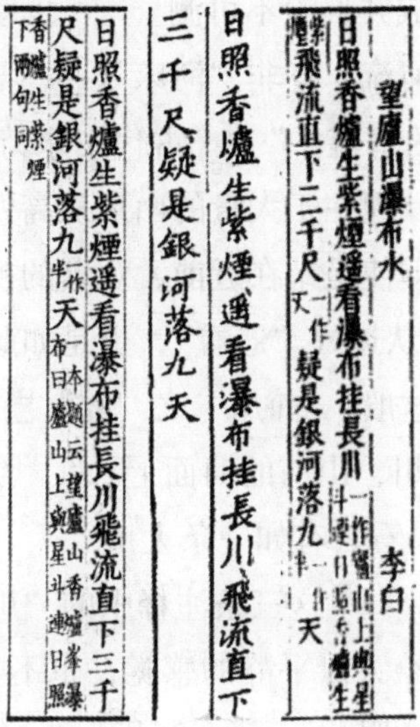

望廬山瀑布水　李白

日照香爐生紫煙遥看瀑布挂長川飛流直下三千尺（一作丈）疑是銀河落九（一作半）天

日照香爐生紫煙、遥看瀑布挂長川、飛流直下三千尺、疑是銀河落九天

日照香爐生紫煙遥看瀑布挂長川飛流直下三千尺疑是銀河落九（一作半）天（一本題云望廬山香爐峯瀑布日廬山上與星斗連日照香爐生紫煙下兩句同）

《李太白文集》《庐山记（卷 4）》《唐诗所》均为“挂长川”

我们先来看看现在通行的“前川”。古籍文献中，选评者都没有对“挂前川”作出具体的解释。而现代的版本中，却不乏详细的注解。但令人吃惊的是，各种版本对“挂前川”的解释五花八门。

“前川，是指瀑布下面形成的河流。瀑布水大势猛，汇成的河流也奔腾澎湃，真是‘挂流三百丈，喷壑数十里。’”① 这是《唐诗选析》的解释。前半句说“川”是“瀑布下面形成的河流”，后半句又称其为“挂流三百丈”，既然是“挂”着的，怎么又在“下面”呢？前后自相矛盾，实在非常明显。

“挂前川：瀑布下流成河，好像挂在前面河床的上空。”②《新选唐诗三百首》的这个解释与《唐诗选析》类似，除存在同样的问题外，“河床”一词也莫明其妙——毬卷雪迸的瀑布下面，必然是深潭激流，肯定见不到河床；面对惊心动魄的场面，观者也不应该想到河床。据《大明一统名胜志·南康府志胜》载：“庐山之南，瀑布以十数，皆待积雨方见。惟开先之瀑不穷，挂流三四百丈，望之

① 张燕瑾著：《唐诗选析》[M]，天津：天津人民出版社 1979 年版，第 106 页。

② 武汉大学中文系古典文学教研室：《新选唐诗三百首》[M]，北京：人民文学出版社 1980 年版，第 73 页。

如悬索，水所注处，石悉成井，深不可测。”[①]也就是说，此瀑的下面是激流冲凿而成的井潭，而不是河流，亦非“河床”。

“前川：指香炉峰前的水流。”[②]《古代山水诗一百首》也把“前川”解释为山下的水流。瀑布之壮观在于大量的山泉从高处倾泻而下，变成水流之后还有什么“壮观”可言？即使是站在近前，观瀑的视线也应该是自上而下集中于水流泻落的过程； 若是从远处“遥看”，更是如此。再者，瀑布下的水流当然是在山峰的前面，如此这般，“前川”之“前”岂不是个废字？

《唐诗一百首》：“前川，山前的河面上。”[③]《唐诗今译》：“川是河流。挂前川，指瀑布挂在眼前，看去有如一条大川。”[④]《绝句三百首》：“挂前川，从峰顶直挂到山前的水面。”[⑤]这三条注释中的“川”都是挂着的，这比前面的几条靠谱。但“水面”给人以平静的感觉，也不会是“毬卷雪迸”的样子。关于“前”字，一个解释为“眼前”，两个解释为“山前”，这三种解释中的“前”都是无效的表达，因为瀑布当然是在“眼前”和“山前”之间，这是不言而喻的。

《唐诗鉴赏辞典》：“挂前川，这是望的第一眼形象，瀑布是一条巨大的白练高挂于山川之间。”[⑥]《绝句三百首注译》：“挂前川，瀑布从峰顶一泻而下，好似巨幅白练悬挂在山前。”[⑦]这两种解释都把瀑布比喻成“白练”。所谓“练”，本义为柔软而洁白的丝织品。常见的“练”是长条状的，但不会太长，也不会太宽。毛泽东诗曰“谁持彩练当空舞”，句中之“练”即为此意。两种解释在“白练”的前面分别加上了“巨大”和“巨幅”，显然是想形容瀑布的宏伟壮观，但“巨”与“练”存在内在的冲突。换句话说，“练”本身就是不会“巨”的，如果“巨”就不是“练”了。虽然香炉峰瀑布也不是很宽，《大明一统名胜志·南康府志胜》也是用“悬索”来比喻的，但如此写实的词语肯定不在喜欢夸张的太白辞典里面。尤其不能忽略的是，诗的下句是“疑是银河落九天”——试想一下：“白练”与“银河”匹配吗？徐凝诗曰“千古犹疑白练飞”，东坡讥之“不

① 〔明〕曹学佺撰：《大明一统名胜志·南康府志胜》[O]，明崇祯初刻本影印，卷4第6页。
② 金启华、臧维熙编：《古代山水诗一百首》[M]，上海：上海古籍出版社1980年版，第48页。
③ 社编：《唐诗一百首》[M]，北京：中华书局1959年版，第11页。
④ 徐放译：《唐诗今译》[M]，北京：人民日报出版社1983年版，第62页。
⑤ 葛杰、仓阳卿选注：《绝句三百首》[M]，上海：上海古籍出版社1980年版，第22页。
⑥ 马茂元等：《唐诗鉴赏辞典》[M]，上海：上海辞书出版社1983年版，第330页。
⑦ 陈昊等注译：《绝句三百首注译》[M]，西安：三秦出版社2003年版，第39页。

为徐凝洗恶诗”。“恶”从何来？“白练”就是一个既俗套又失准的词语。

综观各种版本对“挂前川”的解释，实在不是一个“乱”字所能了得。那么，为什么会如此混乱、甚至自相矛盾呢？这固然与释者的视角及水平分不开，但恐怕也与词组本身的不合理有关。在笔者看来，句中的“前”不仅是无效之字，而且会扰乱读者的理解。对于“百炼成字，千炼成句”的律绝诗来说，这样的字是不应该出现的。但若是“挂长川”，上述问题就不复存在。

“遥看瀑布挂长川”，就是说远远望去，瀑布就像是挂着的长河一样。这样的意思很明显，应该不会产生歧义。与无效的“前”字不同，“长”字强化了“川”的长度，而且为后两句中的“三千尺”和“银河”作了铺垫。从“长川”到“三千尺”再到“银河”，文字就像瀑布一样顺流直下，一气如注。豪迈奔放、想象丰富、清新飘逸、意境奇崛——这才是“诗仙”的风格！这才像是太白的手笔！

43 种版本中，“挂前川”最早出现于《分类补注李太白诗》的两个版本。其中四部丛刊明刻本的异文小注，“庐山上与星斗连”中的“与(與)”误为“举(舉)”，明显的“鲁鱼”之讹。但，“长”与“前”并不形似，不知此本是不是异变之源。

另外，《渔隐丛话》明抄本为“注长川”。此中的“注”字，显然是“挂”的形讹。

四、“九天”还是“半天”？

本诗最后两个字，43 个版本中，38 个版本为“九天”(其中 5 个版本为“九，一作半”)，只有《唐诗品汇》《唐诗拾遗》《重选唐音大成》等 3 个版本为“半天”。《分类补注李太白诗》的元建安余氏勤有堂刻明修本、四部丛刊明刻本、四库本为“半天”，明万历年间刻本则为“九天”。同一版本的《庐山记》则是既有“九天”，也有“半天”。

“疑是银河落九天”的意思是好像银河从九天之外落了下来，“疑是银河落半天”的意思是好像银河从半天空落了下来，都能说得通。但太白喜欢夸张，涉及数量一般都是极言其大，比如“白发三千丈”“天台四万八千丈”等等，本诗也有“三千丈”或“三千尺”之说。依照这样的语言风格及其“想落天外”

的思维特征，显然应该是“九天”，而不是“半天”。传说中天有九层，“九天”或“九霄”，都是指天的最外边。屈原《九歌·少司命》：“孔盖兮翠旌，登九天兮抚慧星。”毛泽东《水调歌头·重上井冈山》也有“可上九天揽月，可下五洋捉鳖”之句。

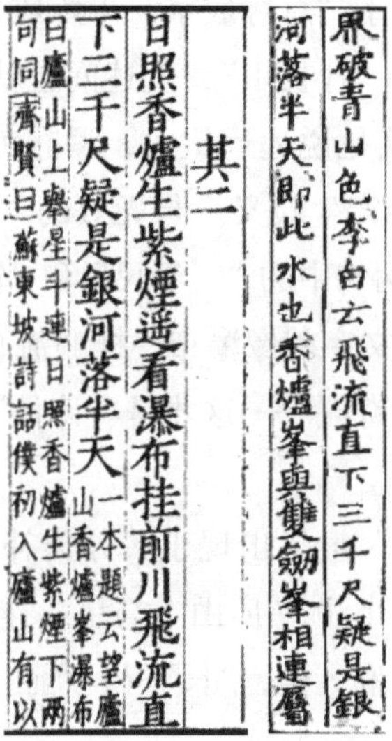
其二
日照香爐生紫煙遥看瀑布挂前川飛流直
下三千尺疑是銀河落半天一本題云望廬山香爐峯瀑布
日廬山上舉星斗連日照香爐生紫煙下兩
句同（齊賢曰）蘇東坡詩話僕初入廬山有以

界破青山色李白云飛流直下三千尺疑是銀
河落半天即此水也香爐峯與雙劍峯相連屬

《分类补注李太白诗》（左）和《庐山记（卷2）》（右）中为“半天”

在本次考证检索到的43个版本中，只有两个宋本，一是祝穆（？—1255）的《方舆胜览》，一是陈舜俞（1026—1076）的《庐山记》。《庐山记》卷二摘录了七绝《望庐山瀑布》的后两句，卷四则收录了全诗。卷二中的最后一句为“疑是银河落半天”，卷四中的最后一句为“疑是银河落九天”。一本两说，真够乱的。或许，这就是“半天”和“九天”之乱的源头。

五、另外几处异文或异议

本诗第三句的最后三个字，43个版本中，《文苑英华》明刻本、《渔隐丛话》明嘉靖七年（1528）抄本、《记纂渊海》、《唐诗绝句类选》为“三千丈”，《李翰林全集》《唐诗纪》《唐诗所》则为“尺，一作丈。”其他版本则均为“三千尺”。笔者以为，“三千尺”和“三千丈”均非写实，都有夸张的成分。虽然《大明一统名胜志·南康府志胜》中称此处瀑布"挂流三四百丈"，可能也是约摸的数字，抑或也是出自前人诗句。五古《望庐山瀑布》中的"三百丈"有作"三千匹"的，此中"匹"字倒是新颖别致。一来，"布"与"匹"很搭配；二来，"匹"有"宽"的感觉，用来形容瀑布，既形象，又势足。

中国社科院文学研究所古代组编选的《唐诗选注》，本诗第二句为"遥望瀑布挂前川"，句中的"望"字不知依据何本，其他各种版本均为"看"。笔者猜测，《唐诗选注》的编者换"看"为"望"可能与诗题《望庐山瀑布》中的"望"有关。虽然"望"与"看"同义，亦均可作平声，也不能随便改动。

说到诗题，也有多种。43个版本中，《望庐山瀑布水》有18个，早期版本多为此题；《望庐山瀑布》有14个，近期的版本多为此题。另外还有《望庐山香炉峰瀑布》《望庐山瀑布泉》《游庐山瀑布水》《观庐山瀑布》《庐山瀑布》《望庐山》，《方舆胜览》引用诗目录中的题目为《开先瀑布》，还有一些文献省略了诗题。这些题目，有繁简之分，无实质之别。

"疑是银河落九天"中的"疑"字之义，也有争议。有人解为"怀疑""疑心"，有人解为"好像""似乎"。《静夜思》"疑是地上霜"中的"疑"字，也存在这样的争议。笔者认为，这两首诗中的"疑"字均应理解为"好像"，但"疑是银河落九天"中的"疑"释为"疑心"也未尝不可。如何理解诗中的字句，原本就没有标准答案。况且这两种解释，对诗意的影响不大。

王承丹认为，"遥看瀑布挂前川"之"川"应为"山"。他产生这样的想法，就是源于各种文献对"挂前川"解释的混乱。他认为，之所以目前较为通行的释义语义难通、于理不符，就是因为"山"讹为了"川"[①]。该文列举了三个方面的依据：（一）李白集中因字形相近而产生的混用现象比比皆是；（二）古籍中有"山"、"川"致误的例子；（三）很多文献证明香炉峰瀑布是挂在山前的。但上述理由的证明力都很弱，不足以立论。"挂前川"确有弊病，但错不在"川"而在"前"。文献及版本大数据表明"挂前川"原本是"挂长川"。在七绝《望庐山瀑布》中，"长川"是一处彰显太白卓绝想象力以及"诗仙"之气的精彩之笔——它不仅摆脱了"白练""悬索"之类的窠臼及平庸，而且

① 王承丹撰：《"遥看瀑布挂前川"之"川"应为"山"》[J]，厦门：《厦门教育学院学报》2006年第12期。

为后两句的“三千尺”及“银河”作好了铺垫。如果“长川”换成“前山”，全诗就大为减色。

六、结语

七绝《望庐山瀑布》虽然存在很多的异文和异议，但大都无关紧要，其中最为重要的有两个问题，即：该诗是不是伪作，“前川”与“长川”之异。前者是著作权问题，后者是诗本体问题。本文认为，李白写两首题材相同且高度相似的诗作确实不合常理，但断定其中任何一首为伪作都缺乏有力的证据。作为一个学术问题可以存疑，但不能轻率地下结论。而无论是从版本学角度，还是从艺术性来看，“前川”都应该让位于“长川”。恢复原本的“长川”，不仅可以结束解释违拗且混乱的局面，而且能让这首经典诗作重新焕发出更加夺目的光彩。

附：李白七绝《望庐山瀑布》异文一览表

序	代	编撰者	文献名	诗题	异文				
01	宋	李昉	文苑英华	庐山瀑布	照	星斗		尺	九
02	宋	李昉	文苑英华	庐山瀑布	照	斗星		丈	九
03	宋	姚铉	唐文粹	望庐山瀑布泉	照	看	长	尺	九
04	宋	宋敏求	李太白文集	望庐山瀑布	照	看	长	尺	九
05	宋	陈舜俞	庐山记	望庐山瀑布水	照	看	长	尺	九
06	宋	洪迈	万首唐人绝句	望庐山瀑布水	照	看	长	尺	九
07	宋	潘自牧	记纂渊海	阙	照	看	长	丈	九
08	宋	胡仔	苕溪渔隐丛话	望庐山瀑布	暮	看	长	尺	九
09	宋	胡仔	苕溪渔隐丛话	望庐山瀑布	照	看	长	丈	九
10	宋	王十朋	东坡诗集注	阙	照	看	长	尺	九
11	宋	史容	山谷外集诗注	庐山瀑布	照	看	长	尺	九
12	宋	魏庆之	诗人玉屑	望庐山瀑布	照	看	长	尺	九
13	宋	杨齐贤	分类补注李太白诗	望庐山瀑布水	照	看	前	尺	半
14	宋	杨齐贤	分类补注李太白诗	望庐山瀑布	照	看	前	尺	九
15	宋	祝穆	方舆胜览	开先瀑布	照	看	长	尺	九
16	宋	祝穆	古今事文类聚	庐山瀑布	照	看	长	尺	九

续表

序	代	编撰者	文献名	诗题	异文				
17	宋	蔡正孙	诗林广记	望庐山瀑布	照	看	长	尺	九
18	宋	何汶	竹庄诗话	望庐山	照	看	前	尺	九
19	宋	不著编者	李翰林全集	望庐山瀑布水	照	看	前	尺	九
20	宋	不著编者	李翰林集	望庐山瀑布水	照	看	长	尺	九
21	宋	赵孟奎	分门纂类唐歌诗	望庐山瀑布	照	看	长	尺	九
22	明	高棅	唐诗品汇	望庐山瀑布水	照	看	前	尺	半
23	明	张之象	唐诗类苑	游庐山瀑布水	照	看	长	尺	九
24	明	朱楝	李诗选注	望庐山瀑布	照	看	前	尺	九
25	明	邵天和	重选唐音大成	望庐山瀑布泉	照	看	前	尺	半
26	明	黄德水	唐诗纪	望庐山瀑布水	照	看	长	尺	九
27	明	臧懋循	唐诗所	望庐山瀑布水	照	看	长	尺	九
28	明	胡震亨	唐音统签	望庐山瀑布水	照	看	长	尺	九
29	明	曹学佺	石仓历代诗选	望庐山瀑布水	照	看	长	尺	九
30	明	唐汝询	删订唐诗解	望庐山瀑布	照	看	前	尺	九
31	明	凌云	唐诗绝句类选	观庐山瀑布	照	看	长	丈	九
32	清	徐倬	全唐诗录	望庐山瀑布水	照	看	前	尺	九
33	清	彭定求	全唐诗	望庐山瀑布水	照	看	前	尺	九
34	清	木下东皋	唐诗拾遗	望庐山瀑布水	照	看	前	尺	半
35	清	康熙	御选唐诗	望庐山瀑布	照	看	前	尺	九
36	清	康熙	御定佩文斋咏物诗选	望庐山瀑布水	照	看	长	尺	九
37	清	乾隆	唐宋诗醇	望庐山瀑布水	照	看	前	尺	九
38	清	宋宗元	网师园唐诗笺	观庐山瀑布	照	看	前	尺	九
39	清	张英	御定渊鉴类函	望庐山瀑布水	照	看	长	尺	九
40	清	王琦	李太白全集	望庐山瀑布	照	看	前	尺	九
41	清	曾国藩	十八家诗钞	望庐山瀑布	照	看	长	尺	九
42	民	傅东华	李白诗	望庐山瀑布	照	看	长	尺	九
43	现	编选组	唐诗选注	望庐山瀑布	照	望	前	尺	九

版本信息及注释：

[01]《文苑英华》[O]，四库本，卷164，第5页。此本无“遥看瀑布挂长川”句，首句为“庐山上与星斗连”。

[02]《文苑英华》[O]，明刻本，卷164，第4页。此本亦无“遥看瀑布挂长川”句，首句为“庐山上与斗星连”。

续表

[03]《唐文粹》[O]，宋绍兴九年（1139）临安府刻本，卷16上第59页。明嘉靖八年（1529）刻本，同。文渊阁四库写本的诗题亦为“望庐山瀑布泉”，但摛藻堂四库写本的诗题为“望庐山瀑布水”。
[04]《李太白文集》[O]，宋刻本，卷19第5页。小注：“九，一作半。”“一本题云《望庐山香炉峰瀑布》，曰：庐山上与星斗连，日照香炉生紫烟。下两句同。”
[05]《庐山记》[O]，宋绍兴刊本，卷4第8页。另：该本卷2第10页载有两句：“飞流直下三千尺，疑是银河落半天。”
[06]《万首唐人绝句》[O]，明万历三十五年（1607）刻本（赵宧光校），卷13第16页。明嘉靖刻本和四库本，同。
[07]《记纂渊海》[O]，四库本，卷8第26页。
[08]《苕溪渔隐丛话》[O]，明抄本（9行17字），后集卷4第4页。清乾隆五年至六年海盐杨佑启耘经楼依宋板重刊本、四库本，同。明抄本（9行17字）为“注长川”。
[09]《苕溪渔隐丛话》[O]，明嘉靖七年（1528）抄本，后集卷4第4页。
[10]《东坡诗集注》[O]，四库本，卷26第6页。
[11]《山谷外集诗注》[O]，四库本，卷9第3页。
[12]《诗人玉屑》[O]，朝鲜正统四年（1439）刊本，卷14第5页。
[13]《分类补注李太白诗》[O]，元建安余氏勤有堂刻明修本，卷21第8页。小注：“一本题云《望庐山香炉峰瀑布》，曰：庐山上举星斗连，日照香炉生紫烟。下两句同。”四库本，同。四部丛刊明刻本，正文同，小注中的“与（與）”讹为“举（舉）”。
[14]《分类补注李太白诗》[O]，明万历年间刻本，卷21第10页。“一本题云《望庐山香炉峰瀑布》，曰：庐山上与星斗连，日照香炉生紫烟。下两句同。”
[15]《方舆胜览》[O]，宋咸淳三年（1267）刻本，卷17（页码看不清）。四库本，同。
[16]《古今事文类聚》[O]，明内府刻本，前集卷18第10页。四库本，同。
[17]《诗林广记》[O]，明弘治十年（1497）张鼐刊本，卷3第1页。明刻本（8行16字）、四库本，同。
[18]《竹庄诗话》[O]，四库本，前集卷18第10页。
[19]《李翰林全集》[O]，明万历四十年（1612）刘世教刊本，第35第11页。小注：“一作‘庐山上与星斗连，日照香炉生紫烟。飞流直下三千丈，疑是银河落半天。”
[20]《李翰林集》[O]，清宣统元年（1909）刊刻景宋咸淳本（当涂本），卷19第4页。
[21]《分门纂类唐歌诗》[O]，清抄本，“天地山川类”卷32第23页。
[22]《唐诗品汇》[O]，明嘉靖己亥年（1539）刻本，卷47第4页。明汪宗尼刻本和四库本，同。
[23]《唐诗类苑》[O]，明万历二十九年（1601）刻本，卷38第22页。
[24]《李诗选注》[O]，明嘉靖年间刻本，卷11第12页。
[25]《重选唐音大成》[O]，明嘉靖五年（1526）刊本，卷14第2页。
[26]《唐诗纪》[O]，明万历十三年（1585）刻本，盛唐卷68第10页。小注：“英华首二句作‘庐山上与星斗连，日照香炉生紫烟’。”“尺，一作丈。”“九，一作半。”
[27]《唐诗所》[O]，通行版（明万历丙午年序），第46卷第28页。“一作，庐山上与星斗连，日照香炉生紫烟。”“尺，一作丈。”“九，一作半。”

续表

[28]《唐音统签》[O]，清康熙丁卯年（1687）刻本，卷170第10页。“一作‘庐山上与星斗连，日照香炉生紫烟。’”
[29]《石仓历代诗选》[O]，明崇祯年间刻本，唐卷31下第38页。四库本，同。
[30]《删订唐诗解》[O]，清康熙年间刻本，卷13第12页。题注：“品汇有水字。”
[31]《唐诗绝句类选》[O]，明末凌氏三色套印本，卷2第1页。
[32]《全唐诗录》[O]，四库本，卷23第24页。
[33]《全唐诗》[O]，四库本，卷180第6页。前两句后小注“一作：庐山上与星斗连，日照香炉生紫烟。”
[34]《唐诗拾遗》[O]，日本宽延三年（1750）序，影印写本，无页码。
[35]《御选唐诗》[O]，四库本，卷28第28页。
[36]《御定佩文斋咏物诗选》[O]，四库本，卷109第7页。
[37]《唐宋诗醇》[O]，四库本，卷7第23页。
[38]《网师园唐诗笺》[O]，清乾隆三十二年（1767）刻本，卷15第8页。
[39]《御定渊鉴类函》[O]，四库本，卷28第13页。
[40]《李太白全集》[O]，北京：中华书局1957年据王注原刻本重印，第1014页。小注：“前，缪本作长。”“九，一作半。”“一本题云《望庐山香炉峰瀑布》，曰：庐山上与星斗连，日照香炉生紫烟。下两句同。”
[41]《十八家诗钞》[O]，传忠书局清同治甲戌年（1874）刻本，卷6第10页。小注：“一本题云《望庐山香炉峰瀑布》，曰：庐山上与星斗连，日照香炉生紫烟。下两句同。”
[42]《李白诗》[O]，上海：商务印书馆民国十八年（1929）版，第127页。
[43]《唐诗选注》[M]，北京：北京出版社1978年版，第144页。

李白《将进酒》的异读和异文辨析

君不见，黄河之水天上来，奔流到海不复回。
君不见，床头明镜悲白发，朝如青云暮成雪。
人生得意须尽欢，莫使金樽空对月。
天生吾徒必有材，千金散尽还复来。
烹羊宰牛宜为乐，会须一饮三百杯。
岑夫子，丹丘生，与君歌一曲，请君为我倾。
钟鼎玉帛不足贵，但愿长醉不复醒。
古来圣贤皆死尽，惟有饮者留其名。
陈王昔时宴平乐，斗酒十千恣欢谑。
主人何为言少钱，径须沽取对君酌。
五花马，千金裘，呼儿将出换美酒，与尔同销万古愁。

李白(701—762)的这首《将进酒》，国人大都随口能诵，而且每每吟诵此诗，都是心潮澎湃。严羽(约1192—约1245)评曰："一结豪情，使人不能句字赏摘。盖他人作诗用笔想，太白但用胸口一喷即是，此其所长。"徐增(1612—？)说："太白此歌，最为豪放，才气千古无双！"1900年在敦煌石窟被意外发现的唐人抄卷中，这首诗出现了3次之多。这充分说明，太白此诗甫一问世就被广为传抄，并一直流布至今，这样的诗作，实在不多见。

然而，这首诗却存在很多的异文和异读，而且争议很大。从诗题到正文，从文字到读音，都是异论纷纷、歧见多多。为了弄清本诗的本来面目，笔者遍查唐诗古籍，包括敦煌文献等各种关于《将进酒》的资料。但却发现，本诗异文之多之乱，远远超出了此前的想象。为了少生枝节，异体字之类的细小问题姑且忽略，不作辨析，比如"尊"与"樽""罇"、"岑"与"琴"、"才"与"材"、

“惟”与“唯”、“鐘”与“鍾”、“哥”与“歌”、“销”与“消”，“酤”与“诂”、“沽”等等。

一、早期的版本及异文情况

无论考证还是欣赏，敦煌的3种写本，即伯2567（鸣沙山石室本）、斯2049（甲卷，英藏）、伯2544（乙卷，法藏）都是喜爱或关注《将进酒》的人所应该知道的，而且最好是原汁原味，因为它们确为唐人的手笔，没有经过后人的窜改，因此在理论上最接近原作，具有最高的校勘及文献价值。其中伯2567的字迹最为清晰，与后世版本也最为接近。该本的诗题为《惜罇空》，正文为：

君不见，黄河之水天上来，奔流到海不复回。君不见，床头明镜悲白发，朝如青云暮成雪。人生得意须尽欢，莫使金罇空对月。天生吾徒有俊才，千金散尽还复来。烹羊宰牛且为乐，会须一饮三百杯。岑夫子，丹丘生，与君哥一曲，请君为我倾。钟鼓玉帛岂足贵，但愿长醉不用醒。古来贤圣皆死尽，唯有饮者留其名。陈王昔时宴平乐，斗酒十千恣欢谑。主人何为言少钱，径须沽取对君酌。五花马，千金裘，呼儿将出换美酒，与尔同销万古愁。[①]

斯2049和伯2544均无诗题，两本只有七字不同，即斯2049中的“金尊对月”“丹丘生”“沽尔”“鬥酒十千”“换美酒”在伯2544中为“金尊对”“丹丘住”“诂儿”“斗酒千千”“好美酒”[②]。两卷笔迹不同，应非一人所写，但诗文应为一源。这两个版本与伯2567差别较大，比如伯2567中的“黄河之水”“奔流到海”“朝如”“人生得意须尽欢”“天生吾徒有俊才”“且为乐”“会须”“岂足贵”“古来”“陈王昔时宴平乐”“恣欢谑”“同销万古愁”在斯2049和伯2544中均分别为“黄之水”“奔流到海岸”“朝下”“如生得意须尽官”“天生吾桐有俊才”“宜为落”“回须”“起足贵”“故来”“秦王筑城宴平落”“紫欢谑”“同欢万固愁”。其中，“古来”即“故来”，因为“古”通“故”。《说文》：“古，故也。”敦煌的这3个版本，有几个重要的相同之处，即同为“床头明镜”，

① 徐俊著：《敦煌诗集残卷辑考》[M]，北京：中华书局2000年版，第74—76页。
② 赵海菱撰：《李白〈将进酒〉新考》[J]，沈阳：《社会科学辑刊》，2012年第2期。

同为“青云暮成雪”，“为我倾”后面都没有“耳听”二字，而且都没有“（将）进酒，杯莫停”这一句。

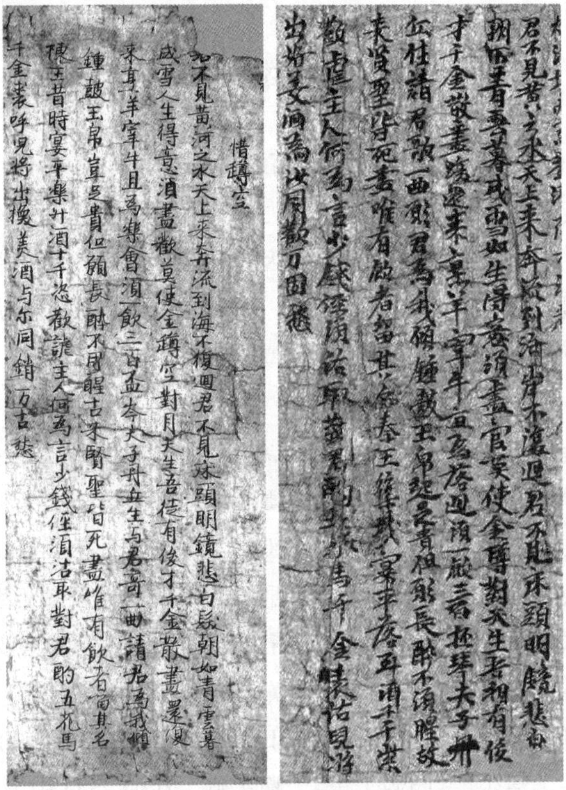

敦煌伯 2567（左）和伯 2544（右）（局部）

敦煌的 3 个写本均为手抄的卷子，并未编辑成书，抄写可能是为了学习或吟诵。而《河岳英灵集》则为殷璠（唐人，生卒年不详）历经数年精心辑编而成的书籍，这也是流传至今唯一编于唐代、最早收录《将进酒》的正规文献，版本价值自不待言。《河岳英灵集》中诗题为《将进酒》，诗正文为：

君不见，黄河之水天上来，奔流到海不复回。君不见，高堂明镜悲白发，朝如青丝暮成雪。人生得意须尽欢，莫使金樽空对月。天生我才必有用，千金散尽还复来。烹羊宰牛且为乐，会须一饮三百杯。岑夫子，丹丘生。与君歌一曲，请君为我倾（一作听）。钟鼎玉帛不足悦（不，一作贵），但愿长醉不用醒（用，一作愿）。古来圣贤皆寂寞，惟有饮者留其名。陈王昔日宴平乐，斗酒十千恣欢谑。

主人何为言少钱，且须酤酒对君酌。五花马，千金裘，呼儿将出换美酒，与尔同消万古愁。①

笔者检索到了《河岳英灵集》的3个古籍版本，即宋刻本、四部丛刊明翻宋刊本和清文渊阁四库写本（下文简称“四库本”）。上面所录出自明翻宋本，“不足悦（不，一作贵）”应为“不足悦（悦，一作贵）”之讹。宋刻本中没有小注，“请君为我倾（一作听）”为“请君为我听”，“不足悦（不，一作贵）”为“不足贵”，“陈王昔日”为“陈王昔时”，“且须酤酒”为“径须沽酒”②。可以推断，四部丛刊翻刻的底本应该是另一种宋本。四库本中的《将进酒》也没有小注，而且“丹丘生”的后面多出了一句“将进酒，君莫停”，“请君为我倾”的后面多出了“耳听”二字③。也就是说，宋刻本、明翻宋本与敦煌写本比较接近，四库本与现行版本基本一样。从这一部典籍的两种版本中，已可窥见本诗的变迁。

还有一种版本价值很高，那就是日本静嘉堂藏宋蜀本《李太白文集》。该本中诗题为《将进酒》，题下注曰“一作惜空樽酒”，诗正文为：

君不见黄河之水天上来，奔流到海不复回。君不见高堂明镜悲白发，朝如青丝暮成（一作如）雪。人生得意须尽欢，莫使金樽空对月。天生我材必有用（一作开。又云天生我身必有财。又作天生吾徒有俊材），千（一作黄）金散尽还复来。烹羊宰牛且为乐，会须一饮三百杯。岑夫子，丹丘生，进酒君莫停（一作将进酒杯莫停）。与君歌一曲，请君为我倾耳听。钟鼓馔玉不足贵（一作玉帛岂足贵），但愿长醉不用（一作复）醒。古来圣贤皆寂寞（一作死尽），唯有饮者留其名。陈王昔时（一作日）宴平乐，斗酒十千恣欢谑。主人何为言少钱，径须沽取对君酌（一作且须沽酒共君酌）。五花马，千金裘，呼儿将出换美酒，与尔同销万古愁。④

《李太白文集》也有四库本，但该本与宋蜀本完全相同，一字不差⑤。

笔者视野所及，除敦煌写本外，收录《将进酒》的文献只有4个宋本。除了《河岳英灵集》和《李太白文集》，另两个宋本为郭茂倩（1041—1099）《乐府诗集》

---

① 〔唐〕殷璠辑：《河岳英灵集》[O]，四部丛刊明翻宋刊本，卷上第10—11页。
② 〔唐〕殷璠辑：《河岳英灵集》[O]，宋刻本（中华再造善本），卷上第10页。
③ 〔唐〕殷璠辑：《河岳英灵集》[O]，四库本，卷上第11页。
④ 〔宋〕宋敏求辑：《李太白文集》[O]，宋刻本，卷3第4页。
⑤ 〔宋〕宋敏求辑：《李太白文集》[O]，四库本，卷2第5页。

和姚铉（968—1020）《唐文粹》。宋本《乐府诗集》中的《将进酒》[①]与《李太白文集》基本一样。《乐府诗集》元刊本[②]和明毛氏汲古阁本[③]与宋本也无大的变化。《唐文粹》除宋本外，还有元翻宋本、明嘉靖刻本、四库本、清光绪庚寅年刻本等很多版本。其中，宋本[④]、元翻宋本[⑤]、明嘉靖刻本[⑥]和四库本[⑦]《唐文粹》均为“请君为我听”，也都没有“将进酒君莫停”之句，但光绪刻本《唐文粹》却变成了“请君为我倾耳听”，并加入了“将进酒，君莫停”[⑧]。显而易见，光绪刻本的编者作了窜改，其根据可能是流行的版本。

《文苑英华》两次出现本诗，一次是在第195卷的“乐府四”中，诗题为《将进酒（一作惜空酒）》；一次是在第336卷的“酒”类诗中，诗题为《惜空罇酒》。《文苑英华》虽然成书于宋初，但流传下来的宋本残缺不全，残本中没有《将进酒》。现存最早含有《将进酒》的《文苑英华》只是明刻本。《文苑英华》中的《将进酒》是个杂糅的版本，此中的“青云”和“死尽”与敦煌写本同，却又与《李太白文集》和《乐府诗集》一样加入了“（将）进酒杯莫停”[⑨]。四库本[⑩]与明刻本无异。

祝穆（？—1255）《古今事文类聚》有元刊本传世，这也是一个较早的版本。此中的《将进酒》有两个罕见的异文。比如“钟离玉帛”中的“离”字，“万斛愁”中的“斛”字[⑪]。该书的明内府本[⑫]和四库本[⑬]均为“钟鼎玉帛”，但“斛”字

① 〔宋〕郭茂倩编著：《乐府诗集》[O]，北京：文学古籍刊行社1955年影印宋本，卷17第4页。
② 〔宋〕郭茂倩编著：《乐府诗集》[O]，元至正一年（1341）刊本，卷17第4页。
③ 〔宋〕郭茂倩编著：《乐府诗集》[O]，明毛氏汲古阁刻本，卷17第4页。
④ 〔宋〕姚铉辑：《唐文粹》，宋绍兴九年（1139）临安府刻本，卷13第7—8页。
⑤ 〔宋〕姚铉辑：《唐文粹》[O]，上海涵芬楼借乌程蒋氏密韵楼藏元翻宋小字本景印，卷13第6—7页。
⑥ 〔宋〕姚铉辑：《唐文粹》[O]，明嘉靖八年（1529）刻本，卷13第8页。
⑦ 〔宋〕姚铉辑：《唐文粹》[O]，四库本，卷13第16页。
⑧ 〔宋〕姚铉辑：《唐文粹》[O]，清光绪庚寅年（1890）杭州许氏榆园校刊，卷13第8—9页。
⑨ 〔宋〕李昉编：《文苑英华》[O]，明刻本，卷195第9页。
⑩ 〔宋〕李昉编：《文苑英华》[O]，四库本，卷195第13页。
⑪ 〔宋〕祝穆辑：《古今事文类聚》[O]，元泰定三年（1326）武溪书院刊本，续集卷15第19页。
⑫ 〔宋〕祝穆：《古今事文类聚》，明内府刻本，续集卷15第30页。
⑬ 〔宋〕祝穆：《古今事文类聚》，四库本，续集卷15第32页。

也都保持未变。"斛"为量词，一斛为五斗或十斗，"万斛"极言愁闷之多。相比之下，"万古愁"反倒有些别扭，因为人生不过百年，任何人都不可能有"万古"之愁。

其他的文献及版本，诸如《李翰林集》《唐诗品汇》《唐诗镜》《唐诗解》《石仓历代诗选》《李诗选注》《全唐诗》《全唐诗录》等，都只有明代以后的，这些文献中《将进酒》的形态与《李太白文集》《乐府诗集》大同小异，亦即现在流行的版本。

笔者本次考证，共检索到了载有《将进酒》全诗的古籍版本达 30 多种，在此不一一列举，下文会有提及。

二、几处比较重要的异文

《将进酒》篇幅较长，异文太多，但有些异文无关紧要，比如"君不见""又不见"、"钟鼓馔玉""钟鼎玉帛"、"不足贵""岂足贵"、"不用醒""不复醒""不长醒""不愿醒"、"圣贤""贤圣""贤达"之类，姑且略过。

（一）关于"床头"和"高堂"

"床头"仅见于 3 个敦煌写本，其他所有的版本均为"高堂"。也就是说，在 1900 年敦煌的那些卷子重见天日之前，"高堂明镜悲白发"就不存在异文。但当"床头"出现之后，两相对比，不得不说，"床头"应该是正版，因为"床头明镜"比"高堂明镜"更妥帖。三个人不约而同地写为"床头"，说明当时流传的版本就是这样。而且"明镜"本来就应该安在床头，至少是在卧室之内。早上起来，女人要梳妆打扮，"对镜贴花黄"，男人也要照照镜子，梳头理须，拾掇利索，方才出门。哪有镜子装在厅堂之上的？虽然公堂常挂"明镜高悬"之匾，但此所谓"明镜"只是比喻，而且那是衙门"公堂"，而不是自家"高堂"。

具体到本诗，前两句的意思就是感叹：岁月匆匆，人生短暂，犹如黄河之水，奔流咆哮而去，不过朝暮之间，黑发就成白雪，临镜而生悲叹，既然如此这般，何不及时行乐？这两句是为后面的"人生得意须尽欢，莫使金樽空对月"作铺垫。试想一下：对着镜子悲叹，是在"高堂"合适，还是应在内间？

的确，"床头"二字没有"高堂"那么响亮，甚至不太高雅。这可能就是后人把“床头”改为“高堂”的原因。李白《静夜思》首句中的“床前”有作“窗前”，可能也有这个方面的原因。只要视觉的美观，不管诗意之内涵，这样的例子不胜枚举。王之涣《凉州词》首句“黄沙直上白云间”被改为“黄河远上白云间”，很多人就因为“壮美”而支持“黄河远上”，殊不知所谓“壮美”与全诗的基调和旨归格格不入（详见本书第215页《王之涣〈凉州词〉通考通辨》）。

邱燮友在《新译唐诗三百首》中说，本诗中的“高堂”指的是“父母长一辈的人”，意思是“上一辈的人因为从镜子里看到白发而悲伤”①。这种诠释不仅非常牵强，而且有对父母长辈不敬之嫌。

四部丛刊明翻宋本《河岳英灵集》中《将进酒》标注了3处异文，宋蜀本《李太白文集》中《将进酒》标注的异文更是多达8处，但都未提“床头”。后世其他版本，也都没有标注，这意味着这些文献的编者都没有见过“床头”，也就是说《将进酒》中的“床头”早在唐代可能就已经失传了。

（二）关于“青云”和“青丝”

与“床头”一样，“青云”也是少数派。本次考证所见的30多个版本中，只有敦煌3个写本和《文苑英华》的正文中为“青云”。《古今事文类聚》元泰定三年武溪书院刻本和四库本为“青丝”，明内府刻本则为“青云”。《唐诗所》《唐乐府》中有小注：“丝，一作云。”也算是把“青云”传承了下来。

“青云”和“青丝”，哪个是正本？应该是前者。

“朝如……暮如（成）……”这句话使用了两种修辞方法：一是比喻，二是对比。所谓“比喻”，就是用一种事物描摹或诠释另一种事物。那么，《将进酒》中的“青丝”是另一种事物吗？非也。头发本来就是青丝状的，称头发为“青丝”属于客观描写，而不是比喻。下半句中的“雪”就是另一种事物，即“（头发）暮如雪”为比喻。此句是通过朝暮之头发的对比来形容人生的短促，“云”和“雪”对仗，而且可以比较，而“丝”与“雪”完全没有可比性。

唐人常用“云”来比喻发型，比如李商隐《无题》中的“晓镜但愁云鬓改”，所谓“云鬓”，如云之鬓也。唐诗中也有很多用“青云”比喻或借代青春年少的用例，比如孟郊《初于洛中选》中的“青云不我与，白首方选书”，徐铉《奉

① 邱燮友注释：《新译唐诗三百首》[M]，台北：三民书局1988年版，第157页。

和宫傅相公怀旧见寄四十韵》中的"青云旧侣嗟谁在，白首亲情倍见怜"，岑参《佐郡思旧游》中的"白发今无数，青云未有期"，白居易《李留守相公见过池上泛舟举酒话及翰林旧事……以献之》中的"白首故情在，青云往事空"，等等。

苏仲翔选注《李杜诗选》注曰："丝，唐卷作云，较胜。"[①]

（三）关于"天生我材必有用"

此句是本诗中最经典的名句之一，现在经常被人们引用，但这应该不是出自李白。

伯2544和斯2049均为"天生吾桐有俊才"，伯2567中为"天生吾徒有俊才"。《河岳英灵集》为"天生我才必有用"。宋蜀本《李太白文集》为"天生我材必有用（一作开。又云天生我身必有财。又作天生吾徒有俊材）"。在本次检索到的30多种版本中，后来所有的版本均为"天生我材必有用"。《文苑英华》小注："我材必有用，一作我身必有材。"《唐诗所》《唐乐府》小注："天生我材必有用，一作天生我身必有材，又作天生我徒有俊材。"其他的文献连异文都没有。

《将进酒》通常被归于乐府，也属于古体诗。共有6韵，换韵5次，其中"天生吾桐为俊才……会须一饮三百杯"为一韵。古诗换韵有一个规律，那就是换韵的第一句就入韵，即马上告诉歌者或听者，从这一句开始换韵了，而且与下句的韵字连贯，这既可以让韵的转换更加明确，也可以让这一段的韵律更强。王力在《诗词格律》中也说："换韵的第一句，一般总是押韵的。"[②]而且，李白的乐府也一向注重首句押韵。就本诗来说，另外4次换韵都是首句入韵，比如"黄河之水天上来"与下句的"回"押灰韵，"床头明镜悲白发"与后面的"雪"和"月"押月（屑）韵，"岑夫子，丹丘生"与后面的"倾（听）""醒""名"押庚（青）韵，"陈王昔时宴平乐"与后面的"谑""酌"押药韵，"五花马，千金裘"与后面的"酒""愁"押尤韵。偏偏"天生我材必有用"不是首句入韵。

实际上，"天生吾桐为俊才，千金散尽还复来。烹羊宰牛宜为乐，会须一

① 苏仲翔选注：《李杜诗选》[M]，上海：春明出版社1955年版，第153页。
② 王力著：《诗词格律》[M]，北京：中华书局1977年版，第62页。

饮三百杯”这一韵四句也相当于一首七言绝句，而七绝的正例就是首句入韵。“才”“材”“财”，包括一般被指为“用”之形讹的“开（開）”字，都是合韵的，唯独“用”不押韵。本诗两次押灰韵，从开头的“君不见，黄河之水天上来，奔流到海不复回”，到“千金散尽还复来”“会须一饮三百杯”，如果“天生”这一句也押灰韵，就有一气如注之感。不然，韵律美感就会受损。

（四）关于“将进酒，杯莫停”

“将进酒，杯（君）莫停”见于《古今事文类聚》[①]《全唐诗》[②]《唐诗三百首》[③]等多种版本，在《唐诗品汇》[④]《古今诗删》[⑤]《唐诗广选 》[⑥]《李杜诗法精选》[⑦]《古唐诗合解》[⑧]等版本中此句为“进酒君（杯）莫停”。《李翰林集》《李翰林全集》等版本中为“进酒君莫停”，《李翰林集》注“一本无此五字”[⑨]，《李翰林全集》注“一本无此句”[⑩]。“将进酒，杯莫停”与上句“岑夫子，丹丘生”搭配，四个三字句，节奏感很强。相比之下，“进酒杯莫停”的语感很不谐和。因此，若是二选一，应该取前者。

但更重要的问题是，敦煌的 3 个敦煌写本和《河岳英灵集》宋刻本、明翻宋本中均无此句，《李太白文集》中出现了“进酒君（杯）莫停”，《乐府诗集》《文苑英华》中则为“将进酒，杯（君）莫停。”笔者考证所及，这三种文献是“（将）进酒，君莫停”最早的出处。此后，选择“进酒君莫停”和“将进酒，杯莫停”的文献及版本都很多，《河岳英灵集》四库本中也加入了此句。同为

① 〔宋〕祝穆撰：《古今事文类聚》[O]，元泰定三年（1325）武溪书院刊本，续集卷 15 第 19 页。明内府本、四库本，同。
② 〔清〕彭定求等编：《全唐诗》[O]，四库本，卷 17 第 6—7 页。
③ 〔清〕子墨客卿注：《唐诗三百首注释》[O]，石渠山房清光绪十六年（1890）刻本，卷 3 第 38—39 页。
④ 〔明〕高棅编：《唐诗品汇》[O]，明汪宗尼刻本，卷 26 第 7 页。四库本，同。
⑤ 〔明〕李攀龙辑：《古今诗删》[O]，明隆庆及万历间刻本（汪时元校），卷 12 第 10 页。
⑥ 〔明〕凌宏宪辑：《唐诗广选》[O]，明凌濛初朱墨套印本，卷 2 第 11 页。
⑦ 〔清〕闽潭游子六选评：《李杜诗法精选》[O]，大阪星文堂日本文化乙丑年（1805）版，卷 1 第 3 页。
⑧ 〔清〕王尧衢注：《古唐诗合解》[O]，日本京都向荣堂明和元年（1764）版，卷 3 第 25 页。
⑨ 〔宋〕不著编者：《李翰林集》[O]，清宣统元年（1909）刊刻景宋咸淳本（当涂本），卷 3 第 5 页。（黄山书社 2004 年影印，第 75 页）
⑩ 〔明〕刘世教辑：《李翰林全集》[O]，明万历四十年（1612）刻本，卷 23 第 5 页。

宋代文献的《唐文粹》，宋本、元翻宋本和清初的四库本均无“将进酒，杯莫停”，但清末的光绪刻本却加入了此句，这是根据流行版本所作的窜改，确定无疑。

从版本源流来看，原作应该没有此句。就上下诗意及其逻辑来说，也不应该有此句。之所以加入此句，应该是源于诗题的变换，即诗题由《惜樽空》变为《将进酒》之后，可能有人觉得诗中也应该有此三字，所以就加了进去。而《河岳英灵集》可能是这个转换的中间环节或称过渡文本——此集首次把诗题变成《将进酒》，但诗中没有“将进酒，杯莫停”。后来的《李太白文集》和《乐府诗集》在选择《将进酒》这个诗题的基础上又多了此句，并一直延续了下去。

纵观全诗，此诗应该是在席上酒已喝完、杯子已经空着的情况下吟就的，其意是想让“主人”继续上酒。“主人何为言少钱”？意味着“主人”说过没钱买酒了。或许真的没钱了，抑或出于爱护，不想让李白喝醉，反正席上已经无酒。虽然李白声称“人生得意须尽欢”，还以“陈王昔时宴平乐，斗酒十千恣欢谑”作比，但“主人”不为所动，最后到了李白要用“五花马，千金裘”去“换美酒”的地步。如果是“杯莫停”的状态，怎么会“言少钱”？又怎么会拿出自己的“家底”去换酒？

或问：诗中不是说“莫使金樽空对月”“会须一饮三百杯”吗？这两句并不意味着席上有酒甚至很多。李白之所以说“莫使金樽空对月”，正是因为当时酒杯是空着的，而他认为不应该如此。如果席上有酒，反而不宜说“莫使金樽空对月”，因为酒杯每“空”一次，就意味着尽饮了一次。而在尽饮之后，饮者有时会把空杯高高举起，告诉别人又干了一次——若是在月光之下，这样的动作不就是“金樽空对月”吗？至于“会须一饮三百杯”，那是一种理想状态，即李白认为应该这样。“会须”的意思是“该当”，但“应然”不等于“实然”。

总而言之，若无“(将)进酒，杯莫停”之句，全诗的逻辑是一贯的，即从头至尾都是在表达“席上酒已无，应当再上酒”之意；若有“(将)进酒杯莫停”之句，上下诗意就会自相矛盾、出现混乱。

下文关于诗题的辨析中，还将论及这一点。

(五)关于“请君为我倾(耳听)”

早期的版本基本上都是“请君为我倾”，只是有一些细小的区别。伯 2544 和斯 2049 均为“愿君为我倾。”伯 2567 为“请君为我倾。”《河岳英灵集》

宋刻本为“请君为我听”，明翻宋刊本为“请君为我倾（一作听）”；四库本与现行版本则为“请君为我倾耳听。”《李太白文集》《乐府诗集》《文苑英华》亦均为“请君为我倾耳听”。《唐文粹》宋本、元翻宋本和四库本同为“请君为我听”，光绪榆园本为“请君为我倾耳听”。《李翰林集》为“请君为我倾耳听（一本无此二字）”，《李翰林全集》注“请君为我侧耳听，一作请君为我倾，倾又作听”。明代的文献及版本，除《唐乐府》《唐诗所》为“请君为我倾（一作侧）耳听”外，《李诗选注》[①]《唐诗镜》[②]《删订唐诗解》[③]等均为“请君为我侧耳听”。清代的文献及版本与明代相类，“倾”和“侧”都很多。

“倾耳听”应该是后人综合加工的结果。唐代原本为“倾”，宋代版本既有“倾”和“听”，也出现了“倾耳听”。可能是有人觉得“倾”字说不通，所以改成了“听”或“倾耳听”。

“倾”是什么意思呢？陈尚君在《李白诗歌文本多歧状态之分析》一文中认为，“请君为我倾”意为“我为你唱歌，你为我倾酒。”“我既忙于唱歌，则劳你倒酒是在情理间”[④]。也就是说，“倾”即为“倒”。对于这种解释，笔者不敢苟同。一来，李白是客人，岑夫子和丹丘生是主人，当然应该是两位主人为太白倒酒，这与李白是否唱歌无关。二来，如果说李白忙于唱歌顾不上倒酒，自然也顾不上喝酒。既然顾不上喝，又何必急于让人倒酒？

笔者确信，“倾”就是“饮”，既饮酒。

“倾”是会意兼形声字，本义为人歪头，引申为使物体歪斜或翻转从而把里面的东西倒出来，又引申为饮酒[⑤]。李白《襄阳歌》“百年三万六千日，一日须倾三百杯”中的“倾”即为饮酒。白居易《琵琶行》“春江花朝秋月夜，往往取酒还独倾”中的“倾”也是饮酒的意思。

“与君歌一曲，请君为我倾。”意思是：我为君唱一曲，或者我们一起唱首歌，但请君为我一倾而尽！而“请君为我倾耳听”的意思是请君为我侧着耳朵仔细听。品味一下，哪个更好？

---

① 〔明〕朱谏选注：《李诗选注》[O]，明嘉靖年间刻本，卷 2 第 14 页。
② 〔明〕陆明雍辑：《唐诗镜》[O]，四库本，卷 18 第 20 页。
③ 〔明〕唐汝询编撰：《删订唐诗解》[O]，清康熙四十年（1701）刻本，卷 7 第 7—8 页。
④ 陈尚君撰：《李白诗歌文本多歧状态之分析》//《唐诗求是》[M]，上海：上海古籍出版社 2018 年版，第 399 页。
⑤ 谷衍奎主编：《汉字源流字典》[M]，北京：语文出版社 2008 年版，第 1074 页。

毫无疑问，本诗的中心词是“酒”。古往今来，天上地下，旁征博引，纵横捭阖，所有的字句都是围绕“酒”展开的。李白就是想继续喝酒，就是想让“主人”添酒。“酒”是主角，“歌”是佐料。放歌是为助兴，目的还在喝酒。“与君歌一曲，请君为我倾”的前句后句乃至全篇都是在劝酒，让别人侧着耳朵专注地听歌，实在是偏离了主题。“举杯邀明月，对影成三人。”一个人喝闷酒，太没有意思了。今天，难得与两位最知心的朋友聚在一起，当然要开怀畅饮，不醉不归。“酒逢知己千杯少”，大家一起玉山倒。醉翁之意不在“歌”，而在“酒”也！

就句式而言，“耳听”二字也是多余的。纵观全诗，从头至尾，全是对句。比如两句“君不见”、“岑夫子”对“丹丘生”、“与君歌一曲”对“请君为我倾”、“呼儿将出换美酒”对“与尔同销万古愁”，字数都一样，唯有“耳听”破坏了这个节奏。

（六）关于“皆死尽”和“皆寂寞”

敦煌三个写本均为“死尽”。《文苑英华》为“死尽（一作寂寞）”。《李太白文集》《唐乐府》《唐诗所》为“寂寞（一作死尽）”。《河岳英灵集》等其他版本均为“寂寞”。不难看出，“死尽”也是逐渐被弃并最终在唐诗典籍中“死尽”的。“死尽”之所以被弃换，可能是因为它非常刺耳，或者认为对圣贤不敬，但根本的原因还在于没有准确地理解诗意。但笔者还是要说，原本的“死尽”比后来的“寂寞”更符合诗境。

《将进酒》是李白在被“赐金放还”之后不久的作品。从“云端”坠入“尘埃”，这是他一生中最郁闷的时期。他不甘心，又没办法，甚至不愿意承认这是一次重大的挫折，只有强作欢颜，故作潇洒。好不容易与岑夫子和丹丘生等几个挚友聚饮，可是兴未尽、酒已完，竟连借酒浇愁的“权利”都没有了。沦落至此，情何以堪？于是，满腔的悲愤终于爆发。严羽所谓“胸口一喷”，用在这首诗上确实非常贴切。人常说“一吐为快”，但此时此刻，用“口”来“吐”已经不够用了，因为李白心中的愁闷多达“万斛”，所以必须用“胸”来“喷”。既然是“喷”，当然是没有遮拦、诗不择言。“天子呼来不上船”，管他圣贤不圣贤。白驹过隙，人生苦短；圣贤均已“死尽”，吾等却还“活着”；该当如何？及时行乐！所以，“死尽”二字虽然粗鲁，却很符合本诗情境。

其实，无论“死尽”还是“寂寞”，下句的“唯有饮者留其名”都是不符合实际。秦皇汉武、孔子孟子，难道没有“留名”吗？但李白就是这样，喜欢极言夸张。施蛰存先生认为，此属“尊题格”①，即为了突出主题，极力贬踩其他。这也可以用来解释“死尽”对圣贤的不敬。

唐诗中，不乏“死尽”。王梵志有“家口总死尽”之句，贾至有“六军将士皆死尽”之句，等等。

（七）“宜为乐”优于“且为乐”

伯2567中的“且为乐”，在斯2049和伯2544中均为“宜为落”。此后的《河岳英灵集》《李太白文集》《乐府诗集》等各个版本均为“且为乐”。

古汉语中，“乐”可以读作 luò，并通“落”，如“乐拓”又作“落拓”，意为不拘小节、放荡不羁。杜牧《遣怀》首句“落拓江湖载酒行”中的“落拓”即为此意，但现在通行的版本将“落拓”讹为“落魄”（详见本书第443页《杜牧〈遣怀〉的两大讹误》）。

“宜”和“且”，哪个好？虽然“宜”仅现于敦煌的两张残卷，但笔者认为此字明显好于“且”。

“宜”的意思是“适宜”“适合”“应当”等。古代物资匮乏，普通人家只有逢年过节或遇上大喜事才会杀猪宰羊。“烹羊宰牛”之后适合做什么？当然应该是行乐。老友难得一聚，理应不醉不归。李白此诗的意旨就是希望大家纵情欢乐，就是告诉大家应该开怀畅饮。陶渊明《杂诗十二首（其一）》中有“得欢当作乐，斗酒聚比邻”之句，这与李白“人生得意须尽欢”及“宜为乐”意同，或为化用。而“且”是什么意思呢？有的释为“暂且”，有的释为“姑且”，似也可释为“苟且”，都带有对未来的不乐观。这显然不符合李白当时的情绪，也不符合全诗的基调。虽然李白的心里很苦，但他要强作欢颜，绝不会表露出愁闷之意，也不会说出苟且之词。

罗立刚在《唐诗鉴赏辞典》中说：“这里，‘且为乐’不是苟且为乐的意思，而是尽情享乐之意。它将前两句暗含‘应为乐’之意逗出。”② 按照这个诠释，

① 施蛰存著：《唐诗百话》[M]，上海：上海古籍出版社1988年版，第228页。
② 孙育华主编：《唐诗鉴赏辞典》[M]，北京：北京燕山出版社1996年版，第227页。

“且”也应为“宜”。

“宜”和“且”在唐诗中均不鲜见。“惜别且为欢，裴回桃李间。”李白《饯校书叔云》中这个“且”字带有明显的感伤。“何乃自苦八尺躯，裂衣换酒且为娱。”赵牧《对酒》中的“且”字，显然含有“今朝有酒今朝醉，明日愁来明日愁”的苟且之意。“唯应一事宜为伴，我发君毛俱似霜。”这是白居易《病中对病鹤》中的句子，意思是：我这个病夫和你这个病鹤都老了，唯一应该做的就是相互陪伴。“明开谏诤能无罪，只此宜为理国先。”这是周昙《春秋战国门叔向》中的两句，意思是：来日广开言路，不治谏诤为罪，若以治国理政为先，这是最适宜的选项。

《敦煌诗集残卷辑考》中，甲卷（伯2544）中的这个字被认定为“直”，乙卷（斯2049）中的这个字被认定为“亶”。“亶”是“直”的异体字，但“直”在句中说不通。在行草书中，“宀”的左点可以被省略，中横有时从上点中穿过，右端转折的时候如果力不到位，钩就不显，因此，日常书写中，“宀”常常与“亠”或“十”非常相像。作为资深书法爱好者，笔者一看到敦煌残卷上的这个字，就认为它是“宜”。

“鲁”丢了下面的“日”就成了“鱼”，“宜”丢了上面的“宀”就成了“且”，典型的形讹。

（八）“斗酒”还是“鬥酒”？

另值一提的是斯2049中的“鬥”字。虽然仅出现一次，却让笔者眼前一亮。

斯2049和伯2544高度相似，甚至连字迹模糊之处都相同，但却出现了“鬥”“斗”之异。在古汉语中，“斗”和“鬥”是两个字，前者是仄声（dòu）动词，后者是平声（dǒu）量词。现在的简化字，“鬥”亦写为“斗”，以两音表两义。对于“鬥”和“斗”，今人可能分不太清，古人肯定能分清楚。因此，应该不是无心之笔误。“斗酒”形容美酒之多，“鬥酒”意为比拼喝酒——“斗（鬥）牛”“斗（鬥）鸡”，是之谓也。猜枚行令，拳打胜家，不醉不归，方为尽兴，这才更像是“恣欢谑”的表现呀！

而且，“斗酒”的后面是“十千”二字。“十千”是形容酒多的，而作为量词的“斗”也是形容酒多的，语义重复。如果是“斗（dòu）”，既避免了语病，还比“斗”字生动。

“陈王昔时宴平乐，斗酒十千恣欢谑”典出陈思王曹植《名都篇》“归来宴平乐，美酒斗十千”之句。此中之“斗”与“宴”对仗，似乎也应该读作dòu。

（九）“到海”还是“倒海”？

最后还是说一说“到海”和“倒海”，因为“倒海”的版本并不少。《石仓历代诗选》①《唐乐府》②《唐雅》③《唐诗所》④《李杜诗选》⑤《全唐诗录》⑥均为“倒海”。《李太白全集》为“到（萧本作倒）”。《分类补注李太白诗》元建安余氏勤有堂刻明修本⑦、明万历年间聚奎楼刻本⑧和明郭氏济美堂刊本⑨均为“倒海”，四库本⑩改成了“到海”。

郁贤皓在《李白选集》中说，“到，一作‘倒’，非。”⑪此说有些轻率。

当作“颠倒”解时，“到”通“倒”。比如《庄子 · 外物》：“草木之到植者过半。”此句中的“到”亦可写作“倒”。“奔流到海不复回”中的“到”，一般理解为“到达”，但似也可作他解。

“奔流到海”很好理解，“奔流倒海”什么意思？想想成语“翻江倒海”就明白了。“翻江”和“倒海”是互文的，就是把江、海翻过来、倒过去，形容水势之大。想像一下“黄河之水天上来”的气势，再想想壶口瀑布那翻腾咆哮的场面，“奔流倒海”是不是既真实形象，又符合诗意？

朱斌《登鹳鹊楼》中的“黄河入海流”本为“黄河彻海流”（详见本书第235页《〈登鹳鹊楼〉的作者并非王之涣》）。“倒海”与“彻海”有异曲同工之妙。

---

① ［明］曹学佺辑：《石仓历代诗选》[O]，明崇祯年间刻本，唐卷31第75页。四库本，同。
② ［明］吴勉学辑：《唐乐府》[O]，清两江总督采进本，卷4第5—6页。
③ ［明］胡缵宗辑：《唐雅》[O]，明嘉靖二十八年（1549）刻本，卷2第6页。
④ ［明］臧懋循编：《唐诗所》[O]，明万历三十四年（1606）版，卷2第4页。
⑤ ［明］不著编者：《李杜诗选》[O]，清内府藏本（杨慎序明刻本），卷1第7—9页。
⑥ ［清］徐倬编：《全唐诗录》[O]，四库本，卷22第3页。
⑦ ［宋］杨齐贤集注：《分类补注李太白诗》[O]，元建安余氏勤有堂刻明修本，卷3第13页。
⑧ ［宋］杨齐贤集注：《分类补注李太白诗》[O]，聚奎楼藏板明万历年间刻本，卷3第18页。
⑨ ［宋］杨齐贤集注：《分类补注李太白诗》[O]，萧山朱氏藏明郭氏济美堂刊本，卷3第14页。
⑩ ［宋］杨齐贤集注：《分类补注李太白诗》[O]，四库本，卷3第12页。
⑪ 郁贤皓选：《李白选集》[M]，上海：上海古籍出版社1990年版，第123页。

三、本诗的异读和异解

《将进酒》不仅有很多异文和异句，而且还存在异读及异解，比如“将进酒”中“将”字的义和音都存在很大的争议，而误读“回”“杯”之音更是普遍现象。

（一）关于“将”的义和音

笔者中小学的时候，此字读作 jiāng，根本没有听说过 qiāng 这个音。但现在的中学语文教科书却专门把此字注为 qiāng。在各种吟诵或朗诵中，有人读作 jiāng，有人读作 qiāng。现实生活中，人们也经常为此发生争论。由于教科书具有很强的权威性和传播力，所以“qiāng 进酒”在社会上逐渐成了主流的读音，但在学术界却受到了广泛的质疑。

倪志云撰文称，他专门就此字的读音请教过蒋维崧，蒋先生毫不犹豫地说：“‘jiāng 进酒’啊！怎么读‘qiāng 进酒’呢？”①

叶嘉莹在一段视频中专门讲析了这个字的读音。她说，“按照传统，一直是读 jiāng 进酒。”至于《诗经》中的“将仲子兮”“将子无怨”，是女子以柔婉的口气对所爱的男子说话，这里的“将”是语气词，应该读作 qiāng。但《将进酒》滔滔滚滚，语气紧迫，与“将仲子兮”“将子无怒”相比，“对象不同，场合不同，口气不同。”她说她与出身吟诵世家的范曾和台湾的吟诵专家都作过交流，他们也都读作 jiāng。

台湾邱燮友《新译唐诗三百首》为全诗所有的字注了音，“将进酒”和“将出换美酒”中“将”的注音相同②。这也印证了叶嘉莹的说法。

从叶嘉莹这段视频说起，魏学宝发表文章称，“唐人没有‘qiāng’这个音”③，当然不能读作“qiāng 进酒”。

《唐韵》失传，无从查考。陈彭年（961—1017）《广韵》，下平声，阳第十：“将，

① 倪志云撰：《向蒋维崧先生求证“将进酒”的“将”字的读音》[J]，济南：《国学茶座》2015 年第 1 期。

② 邱燮友注释：《新译唐诗三百首》[M]，台北：三民书局民国七十七年（1988）版，第 157 页。

③ 魏学宝撰：《〈将进酒〉的“将”究竟怎么读》[N]，北京：《光明日报》2019 年 1 月 12 日，第 12 版。

送也，行也，大也，助也，辞也。又姓，《后赵录》有常山太守将容。即良切。又子谅切。”去声，四十一漾：“将，初亮切，将帅。”[1]这说明，宋初的“将”字，既没有“qiāng”这个音，也没有“请”这个义。

丁度（990—1053）《集韵》，下平声，阳第十：“将，资良切，有渐之词。一曰且也，大也，领也，送也。”“将，千羊切。请也。”去声，漾第四十一：“七亮切。《说文》：帅也。”《集韵》是对《广韵》的增修，这里多出了“千羊切”和“七亮切”之音和“请”之义，而且“千羊切”和“请”是对应的。但并没有说“将进酒”适用此训。另外，《集韵》新增的切音也很难读。比如“七亮切。《说文》：帅也。”[2]一般来说，“七亮切”和“千羊切”的拟音均为“qiāng”，但“将帅”现在却读作“jiàng 帅”。

周德清（1277—1365）《中原音韵》中，“将”又变成了两音，分别在“江阳”的平声和去声[3]。

古代印刷技术落后，著书用字能少则少，所以古籍中绝少音注。本次考证所见的 30 多种载有《将进酒》的唐诗古籍，只有王琦《李太白全集》对个别生僻或容易读错的字注了切音，比如《蜀道难》，首句“噫吁嚱，危乎高哉。蜀道之难，难于上青天。”后面有注：“噫音衣，嚱音希。”《结客少年场行》注释的最后，一口气为 6 个字注了音：“啾，即油切。酒，平声。騣音宗。轹音历。匕音彼。剧音极。”但《将进酒》中没有音注。这意味着，本诗包括“将”在内所有的字均应读作常音。那么，清代之“将”通常怎么读呢？倪志云认为，这意味着王琦认为应该读作“jiāng 进酒”，因为“将”通常读作 jiāng。但魏学宝的文中却说，“明清，尤其是清后期，‘qiāng’这个音是主流。”

倪志云把教科书对“将”注音的改变归因于《汉语大词典》。该典对“将”有这样的解释：“qiāng。《集韵》，千羊切，平阳，清。”愿；请。《诗·卫风·氓》：“将子无怒，秋以为期。”毛传：“将，愿也。”《穆天子传》卷三：“将子无死，尚能复来。”郭璞注：“将，请也。”唐柳宗元《湘源二妃庙碑》：“南风湑湑，湘水如舞。将子无讙，神听钟鼓。”这里引经据典，也只是说“将”有“qiāng”

① 〔宋〕陈彭年等纂：《广韵》[O]，上海涵芬楼借海盐张氏涉园藏宋刊巾箱本景印，卷 2 第 28 页，卷 4 第 54 页。

② 〔宋〕丁度撰：《集韵》[O]，四库本，卷 3 第 51—52 页；卷 8 第 28—29 页。

③ 〔元〕周德清撰：《中原音韵》[O]，四库本，卷上第 2、4 页。

这个音和"请"这个义，并没有说"将进酒"中的"将"读作 qiāng。

《汉语大词典》于1986年出版第一卷，1993年出齐。同样于1986年出版第一卷，1990年出齐的《汉语大字典》对"将"有这样的解释："(三)qiāng。《集韵》千羊切，平阳清。阳部。愿；请。《广雅·释言》：'将，请也。'《诗·卫风·氓》：'将子无怒，秋以为期。'毛传：'将，愿也。'郑玄笺：'将，请也。'《穆天子传》卷三：'将子无死，尚能复来。'唐李白《将进酒》：'将进酒，杯莫停'。"这里直接举例称"将进酒"的"将"读作 qiāng。但这也不是最早的。1980年江西人民出版社出版的《唐诗三百首详注》的注释明确写着"将(qiāng 腔)进酒，杯莫停……将，请。"

从逻辑上说，说"将进酒"中的"将"读作 qiāng 没有问题。大前提：自《集韵》起，众多辞书都说"将，千羊切。请也。"小前提：一般认为"将进酒"中的"将"是"请"的意思，除中学语文教科书和《唐诗三百首详注》外，1980年上海古籍出版社《唐诗三百首新注》中也称"将，请。"[①] 结论："将进酒"中的"将"读作 qiāng。这是典型的"三段论"。但问题是："将进酒"中的"将"是"请"的意思吗？

"将进酒"，汉乐府《饶歌》十八曲之一。"将进酒，乘大白。辨加哉，诗审搏。放故歌，心所作。通阴气，诗悉索。使禹良工观者苦。"这段古词可能是对曲牌"将进酒"最早的诠释，但委实费解。《乐府诗集》之"将进酒"题下解释："古词曰'将进酒，乘大白。'大略以饮酒放歌为言。宋何承天《将进酒》篇曰：'将进酒，庆三朝。备繁礼，荐嘉肴。'则言朝会进酒，且以濡首荒志为戒。若梁昭明太子云'洛阳轻薄子'，但叙游乐饮酒而已。"[②] 郭茂倩把"将进酒"分为两大类：一是"且以濡首荒志为戒"，一是"但叙游乐饮酒而已"。总的来说，主题与"饮酒放歌"有关即可，并不一定是"请"人喝酒，也不一定是饮欢作乐。"将进酒"题下所收的几首乐府也不都是劝酒，比如第一首梁昭明太子的"洛阳轻薄子，长安游侠儿。宜城溢渠碗，中山浮羽卮"明显带有批判性。而元稹的那首《将进酒》："将进酒，将进酒。酒中有毒鸩主父，言之主父伤主母……"也充满了讽刺的意味。

---

① 金性尧注：《唐诗三百首新注》[M]，上海：上海古籍出版社1980年版，第143页。
② 〔宋〕郭茂倩编：《乐府诗集》[O]，中华书局影宋本，卷16第6页。

《辞源》中的“将”也有“qiāng”这个音并对应“愿，请”之义，但词条“将进酒”中的“将”却被归于第一种读音即 jiāng，亦即不认为此“将”为“请”[①]。

那么，“将进酒”中的“将”到底是什么意思？有解释为“将要”，比如余研因《(白话注解)李白诗选》[②]，梦花馆主《(白话注释)唐诗三百首》；也有解释为“且”，语气助词，比如张叔宁《唐诗三百首新赏》[③]，倪志云的文章；还有人解释为“想要”。这些解释都有道理，辞书中也都有这样的义项。但笔者以为，对于正文中的“将进酒”，应当根据上下诗意，从“将”的诸多义项中作出选择，但对作为诗题的“将进酒”，还是应该遵循《乐府诗集》的题解，即“大略”地去理解，宜粗不宜细。有一点必须谨记：乐府中的很多诗题只是通用的曲名，并不是作者的原题，与诗意没有直接的关系。而且诗题的选择或拟定，往往也很随意。就拿《文苑英华》来说，卷 195 的诗题为《将进酒(一作惜空酒)》，卷 336 的诗题为《惜空罇酒》，竟然一本三题！之所以如此，显然是因为卷 195 为乐府诗，而卷 336 为酒类诗。各取所需，并不管诗文是否对题。

李白《将进酒》的诗意，上文已作分析。太白郁闷至极，又想借酒浇愁，但还没有喝够，席上的酒没了。诗的意思是要求“主人”继续上酒，而不是请别人喝酒——席上已经无酒，还怎么请人喝？至于“将进酒，杯莫停”，原本就没有此句。后人的“强行加塞”，源于对诗意的误解，造成了逻辑的混乱。而“将进酒，杯莫停”的加入，很可能与诗题的变换有关。

敦煌的三个写本，伯 2544 和斯 2049 均阙题，唯伯 2567 有诗题，为《惜罇空》。《李太白文集》题为“将进酒(一作惜空樽酒)”。《文苑英华》题为“将进酒(一作惜空酒)”和“惜空罇酒”。《李太白全集》题为“将进酒(一作惜空酒樽)”[④]。《河岳英灵集》《乐府诗集》等其他的版本均为《将进酒》。

《惜罇空》《惜空酒》《惜空樽酒》大同小异，而且均出于早期的版本。相隔元明之后，清初《李太白全集》又注“一作惜空酒樽”，犹如“文物出土”。

---

① 编委会：《辞源》[M]，北京：商务印书馆 1980 年版，第 874、876 页。

② 余研因选注：《(白话注解)李白诗选》[O]，上海：启智书局民国二十三年(1934)版，第 30 页。

③ 张叔宁等：《唐诗三百首新赏》[M]，重庆：重庆大学出版社 1996 年版，第 220 页。

④ 〔清〕王琦辑注：《李太白全集》[O]，北京：中华书局 1957 年据王注原刻本排校重印，卷 3 第 13 页，总第 231—232 页。

总之，原题应在上述四种之中。之所以又有《将进酒》之题，显然是因为入了乐府。既入乐府，就用曲名，这是惯例。王维的《送元二使安西》入乐府后题为《渭城曲》，王之涣的《出塞》入了乐府题为《凉州词》，均是如此。

入乐府后用曲名本是常事，但对李白这首诗来说却很不适宜，因为《惜罇空》是"画龙点睛"之题。酒杯"空"了，备感可"惜"，这就是本诗的主旨。如果诗题是《惜罇空》，诗意与题旨相合，就不会产生那么多的误会，也就不会被加塞并导致诗意混乱。

最后，回过头来，再说一说"将"的读音。上文中说，"将进酒"中的"将"并不一定是"请"的意思，现实中也有不少别的解释。笔者想说的是：即便"将"训为"请"也不一定读作 qiāng。"将（jiāng），请。将进酒，即现在之所谓'请干杯'。"[①]《唐诗精讲》就是取"请"之义，却不取"qiāng"之音。

据魏学宝考证，"将"在唐代没有"qiāng"这个音，连宋初的《广韵》都无"七羊切""千羊切"，那么，西周春秋时期《诗经》"将子无怒""将仲子兮"中的"将"怎么读呢？笔者相信，在当时这应该不是问题。之所以成为问题，是因为语音流变。由于年代过于久远，彻底弄清几无可能。今天的我们只能根据现存的文献和现在的理解，对"将"的音与义进行配置。从现存自宋代以后的各种韵书字书对"将"的训义来看，笔者以为，将"请、愿"之义与"qiāng"对应并不合理。何也？因为"将"在义为"想要、打算"或"将要、快要"的时候就读作 jiāng[②]。而"想要"不就是表达"愿望"吗？"请、愿"，"想要"，"快要"，都是未来的语态，表达的都是期待。而一般来说，同义或近义的字，读音相同。应当注意的是，《集韵》中的"将"虽然有了"千羊切""七羊切"之音，但并未指出适用何义。将此音与"请、愿"对应，可能始于宋濂（1310—1381）《洪武正韵》："将，千羊切。《诗》'佩玉将将'。又请也，《诗》将仲子、将子、将伯……"[③] 魏学宝文中称，从明至清，"qiāng"逐渐成为"将"的主流读音。

如果"请、愿"之义的"将"不读 qiāng，那么这个音适合用在什么义境中呢？应该是在作形声词的时候。击金振玉，与"锵"相通。《诗经·郑风》：

① 韩兆琦著：《唐诗精讲》[M]，北京：中国青年出版社 2017 年版，第 116 页。
② 编委会：《汉语大字典》[M]，武汉：湖北辞书出版社 1989 年版，第 2543 页。
③ 〔明〕宋濂等纂：《洪武正韵》[O]，四库本，卷 5 第 7 页。

“佩玉将将。”《诗经·稗疏》：“将将声之大也，喈喈声之和也，汤汤流之。”《小雅·鼓钟》：“钟鼓将将，淮水汤汤，忧心且伤，淑人君子，怀允不忘。”

顺便指出：魏学宝文中说，“现代汉语中，‘将’字只有‘jiāng’和‘jiàng’两个读音。”非。《现代汉语词典（第7版）》中的“将”有“qiāng”这个音①。

另：“康震品诗词”视频讲座中，康震把“将进酒”中的“将”和“呼儿将出换美酒”中的“将”均读作qiāng②，这肯定有误。“呼儿”句中的“将”义为“执、持”，“将出”是“拿出”的意思，此“将”肯定读作jiāng。

（二）关于“回”“怀”的读音

上文提到，《将进酒》共有六韵，其中月（屑）韵、庚（青）韵、药韵、尤韵均用了一次，唯有灰（咍）韵用了两次，即首句“君不见，黄河之水天上来，奔流到海不复回”和第四句“天生吾徒有俊才，千金散尽还复来。烹羊宰牛且为乐，会须一饮三百杯。”韵脚字为“来”“回”“才”“杯”。

《将进酒》激情澎湃，节奏铿锵，是最适合朗诵的古诗之一。电视上的各种综艺节目，经常有人朗诵《将进酒》。在笔者看到过的《将进酒》朗诵中，所有人都把“回”和“杯”读作huí和bēi。这与“来（lái）”和“才（cái）”显然不押韵。这是怎么回事儿呢？因为“回”和“杯”的上述读法不合中古音。

音韵学中，唐代属于中古，唐诗适用中古音。由于语音的流变，不少汉字的中古音与现在的读音不同。有些唐诗现在读起来不押韵，就是这个原因。

杜甫的七律《登高》押的也是灰韵。该诗的5个韵脚字正好也有“回”和“杯”字。王力先生的《音韵学初步》一书，在讲解唐诗的音韵时，为《登高》的所有韵脚字注了音，“哀”“回”“来”“台”“杯”等5个字的韵母均为“ɒi”③据郭锡良《汉字古音手册》，“ɒi”是所有灰韵字的韵母④。

毛新宇《母亲邵华》中提到：母亲在爷爷家里吃饭，席间聊起了李白的《将进酒》。正在北大中文系读书的母亲想在爷爷面前表现一下，就说：“我也喜

① 中国社科院语言所编：《现代汉语词典》[M]，北京：商务印书馆2016年版，第1047页。
② 康震：《康震品〈将进酒〉》，抖音号“康震品诗词”2020年10月5日。
③ 王力著：《音韵学初步》[M]，北京：商务印书馆1980年版，第30页。
④ 郭锡良著：《汉字古音手册》[M]，北京：北京大学出版社1986年版，第147页。

欢而且会背。”爷爷（毛泽东）高兴地说：“你背吧。”母亲背完后，却被爷爷挑出了毛病：“孩子，‘君不见黄河之水天上来，奔流到海不复回’的‘回’字，又是白字先生了。‘回’不能念‘huán’，而是念‘huái’。古汉语很复杂啊，不同时代不同地方，许多字都有不同的意思和读音，这一点以后还要多加留心。”[①]

依现代汉语拼音，中古“回”的拟音应为“huái”，“杯”的拟音应为“bái”。“将进酒，乘大白。”此中的“大白”就是“大杯”的意思[②]，而“白”和“杯”的读音也相似（详见本书第43页《近体诗中的“回”应读作huái》）。

虽然有些地区的方音中还保留着“回（huái）”“杯（bái）”这些读音，但在现行的字典中，已经没有了这些读音。由于古音纷繁复杂，难以取得共识，所以学界有人主张，今人还是应该读今音。但笔者以为，既然是读古诗，应该尽量用古音。不然，很多古诗都不押韵，韵味就会大打折扣。

（三）关于“乐”的读音

本诗中，“乐”出现了两次。一是在“烹羊宰牛宜为乐”中，一是在“陈王昔时宴平乐”中。前句中的“乐”显然应该读作lè，毫无疑问。但后句中的“乐”，却有不同的读法。

康震在朗诵《将进酒》时，把“宜为乐”和“宴平乐”中的“乐”均读作lè。濮存昕、焦晃等在电视朗诵中也是如此。而徐涛则是把“宜为乐”中的“乐”读作lè，把“宴平乐”中的“乐”读作yuè。孰对孰错？

陆德明（约550—630）《经典释文》中，“乐”有3种读音：一是“音洛”，今音拟作lè；二是“音岳（五角反）”，今音拟作yuè；三是“五教反（或五孝反）”，今音拟作yào。一般认为，“乐”字做形容词时读作lè，做名词时读作yuè，做动词时既可以读作lè，又可以读作yuè或yào。孟蓬生撰文认为：“《经典释文》全书名词‘乐’读‘岳（yuè）’，形容词读‘洛（lè）’，是从来没有

---

① 毛新宇著：《母亲邵华》[M]，北京：中国工人出版社2014年版，第127页。现行的《新华字典》《现代汉语词典》等权威辞书中，“回”均没有huán这个读音，但百度百科中有这种拼法。

② 《锦绣万花谷》之“大白”词条：“《文选》‘飞觞举白’，盖酒杯也。杨大年诗‘愁里酒杯浮大白，梦回香冢上孤青。’又坡：‘当须举白便浮君’。”见于《锦绣万花谷》明刻本（国图善本书号：02333）前集卷35第5页。宋刻本、明嘉靖十五年（1536）秦汴绣石书堂刻本中，“大白”讹为“太白”。

例外的，这与今天普通话名词‘乐（yuè）’和形容词‘乐（lè）’两者之间的音义配合关系完全一致。”①

“宴平乐”的意思是“在平乐观大宴宾客”，“平乐”是一个道观的名字。此中之“乐”应该归于名词。也就是说，应读作 yuè。

上文提到,《将进酒》共有六韵，其中“陈王昔时宴平乐，斗酒十千恣欢谑。主人何为言少钱，径须沽取对君酌”为一韵，也就是说“乐”与“谑”和“酌”押药韵。药韵为入声，而入声在现行普遍话中已然不存。按照普遍话的读法,“谑”读作 xuè，“酌”读作 zhuó。“宴平乐”的“乐”如果读作 lè，与“谑”和“酌”均不押韵；如果读作 yuè，与“酌”不押韵但与“谑”押韵。相比之下，“乐”还是读作 yuè 比较好。

四、结语

虽是“抓大放小”，还是接近两万言。之所以不惜篇幅，是因为这些异文和异读对诗意和韵律的影响很大。本文的分析未必正确，但至少可以抛砖引玉。首次借助网络大数据对《将进酒》进行全面的考证，发现了这么多的异文，笔者颇感讶异，相信很多人也会有同感。期待更多同仁关注此诗，共同探求它的原貌及原音。

① 孟蓬生撰：《新版〈审音表〉公布后，我们如何读古诗文》[J]，北京：《光明日报》2016 年 10 月 30 日。

常建《题破山寺后禅院》订讹

清晨入古寺，初日朗高林。
竹径遇幽处，禅房花木深。
山光悦鸟性，潭影空人心。
万籁此都寂，但余钟磬音。

这是常建（708—765）的五律《题破山寺后禅院》（下文简称《题破山寺》）。殷璠（唐人，生卒年不详）辑编的《河岳英灵集》把这首诗排在最前面，并盛赞“山光悦鸟性，潭影空人心”。欧阳修（1007—1072）则激赏“竹径遇幽处，禅房花木深”二句，并“欲效其语，竟不可得，以为恨。”洪驹甫（宋人，生卒年不详）更是认为“此诗全篇皆工，不独此两联而已。”千百年来，称赞不绝，甚至衍生出了“曲径通幽”这个成语。虽然偶有疑义，比如施蛰存（1905—2003）认为此诗有秀句无思想，但这种声音极少，几乎被人忽略。由于入选中小学语文教科书，令人对此诗无不信口能诵。

然而，这首诗的异文非常之多。“朗”又作“照”“明”，“竹”又作“曲”“一”，“遇”又作“通”，“房”又作“坊”，“花”又作“草”，“俱”又作“都”“皆”，“惟闻”又作“但余”“但闻”等。其中一些异文，对诗意影响很大，以讹传讹，谬种流传。

《题破山寺》异文虽多，却很少有人考证。知网搜索，只有一篇做了较为详细考证的论文，另有一些考辨的片段。而这些考证却有很多事实性的讹误，结论自然也难以成立。

为了辨误纠讹，笔者探幽钩沉，从北京大学图书馆古籍库、国家数字图书馆等十几大数据库中检索到了47种古籍文献的100多个版本，剔除内容无异的版本，也有51个，其中包括7个宋本。

一、“朗”与“照”“明”“耀”“曜”

51个版本中，“朗”有6个，“照”有41个，“明”有2个，“耀”1个，“曜”1个。虽然在数量上，“照”占据了绝对优势，但笔者确信“朗”才是正选。

（一）版本之源

常建个人诗集共有两个宋本流传至今，一是台北故宫博物院藏南宋书棚本《常建诗集》，一是国家图书馆藏宋刻本《四家诗集》中的《常建诗集》。经查，国图所藏《常建诗集》的《题破山寺》第二句为“初日朗高林”。另据刘慧敏《〈常建诗集〉版本源流考述》一文介绍，台北所藏宋书棚本《常建诗集》中的《题破山寺》与国图所藏《常建诗集》无异①。刘文多次提到《题破山寺》，所述甚详，应该可信。也就是说，这两个宋本均为“朗”（附表列为一项）。

殷璠（唐人，生卒年不详）《河岳英灵集》，也是最早收录本诗的选集之一。该书的宋刻本、明刻本、清刻本，此字均为“照”。

韦庄（约836—910）辑编的《又玄集》中，此字为“照”。但此集现存最早的版本为日本享和三年（1803）刊本，那个时候“照”字已经泛滥，随俗而改的可能性很大。

李昉（925—996）《文苑英华》始编于北宋，刊行于南宋，是一部大型诗文总集。这部文献的宋刻本中为“耀，一作朗”，四库本则为“曜，一作朗。”

王安石（1021—1086）辑《唐百家诗选》亦收有此诗。此书的传世古籍很多，笔者就检索到了7种，包括两个残宋本，即宋本（9行本）和宋绍兴本（10行本）。令人惊喜的是，两个残宋本中都有《题破山寺》，而且均为“初日朗高林”（两本诗文完全一样，表格也只列了一条）。清代的版本中，清康熙四十三年（1704）刻本、清康熙戊子年（1708）刻本亦均为“朗”，清乾隆四十三年（1778）刻本、四库本则为“照”。民国时期，商务印书馆民国二十四年（1935）版（即万库本）、东方书局民国二十四年（1935）版均为“朗”，大达图书供应社民国二十五年（1936）版则为“照”。“朗”的版本既多且早，《唐百家诗选》的原本应该是“朗”。

① 刘慧敏撰:《〈常建诗集〉版本源流考述》[D]，开封：河南大学硕士学位论文2005年5月。

古籍版本中，“初日明高林”最早出现在《唐文粹》中。该书的宋绍兴九年（1139）临安府刻本、明嘉靖三年（1524）徐焴刻本、明嘉靖八年（1529）晋府养德书院刻本、四库本均为“明”。陆振岳点校的《吴郡志》在校勘记中说“‘朗’，《文粹》为‘照’。”[①]不知何据，应为讹误。

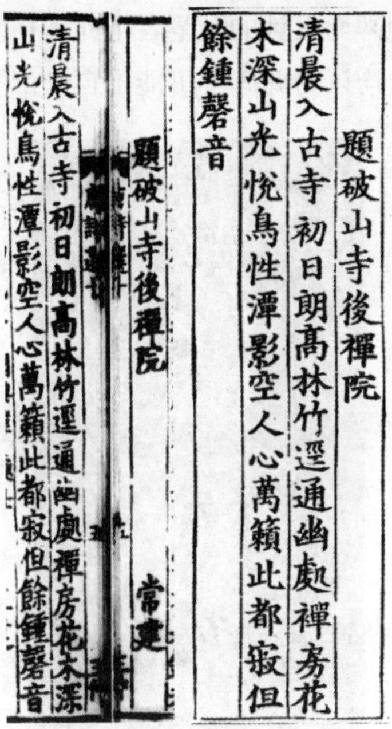
題破山寺後禪院 常建
清晨入古寺初日朗高林竹逕通幽處禪房花木深
山光悅鳥性潭影空人心萬籟此都寂但餘鍾磬音

題破山寺後禪院
清晨入古寺初日朗高林竹逕通幽處禪房花
木深山光悅鳥性潭影空人心萬籟此都寂但
餘鍾磬音

《唐百家诗选》宋本（9行）和宋绍兴本（10行）

常熟破山兴福寺的禅堂现存一碑，刻有《题破山寺》，诗后附识曰：“余守襄郡，日得元章书。因勒石破山，或亦补断寺之阙也。乾隆三十七年中秋日……言如泗附识。”[②]言如泗（1716—1806）说，他做襄阳太守时得到了米芾（1051—1107）的这幅字，为补破山之阙，所以刻成石碑。此碑所刻之诗，亦为“初日明高林”。俞陛云（1868—1950）在《诗境浅说》中说“米襄阳所书诗碣，尚在禅室。”[③]接着还对“明”和“照”作了分析比较，显然信以为真了。如果此字确为米芾所书，那就说明至少在北宋时期，“明”字就存在了。然而，此

① 〔宋〕范成大撰、陆振岳校：《吴郡志》[M]，南京：江苏古籍出版社1999年版，第535页。
② 金其桢撰：《中国碑文化》[M]，重庆：重庆出版社2002年版，第1007页。
③ 俞陛云著：《诗境浅说》[O]，上海：开明书店民国二十五年（1936）版，第3页。

碑甫一入眼，笔者的脑海中就闪出一个“假”字。为什么？因为此碑的书法水平太业余了。笔力孱弱，俗不可耐，虽然有一点儿米字的影子，但完全没有米襄阳“爽利雄健，欹纵变幻”的神采。再细看，章法布局也很可疑：诗题和落款都另起一行，而且写得跟诗文一样大小，包括“襄阳米芾书”之说，都不符合常规，倒像是专门为刻碑而设计的。笔者把此碑拓发给了著名书法家周俊杰先生和孟会祥先生，二人均认为此碑不可能出自米芾的手笔。

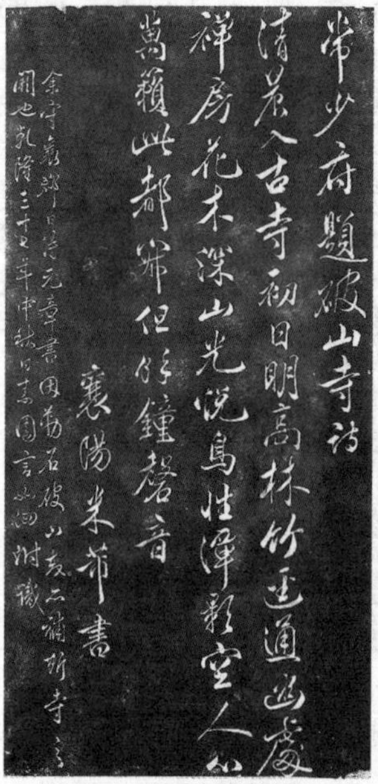

破山寺现存诗碑的拓片

《锦绣万花谷》宋刻本录有本诗的前四句：“清晨入古寺，初日照高林。竹迳通幽处，禅房去木深。”① 此本可能是“照”字最早的出处。

北京大学图书馆藏有一函魏庆之的《诗人玉屑》，著录为“宋刻本”。另有北京图书馆出版社“中华再造善本”之《诗人玉屑》和北京出版社影印古籍《诗人玉屑》，均注明“元刻本”。这3个版本中均为“初日照高林”。经过认真、仔细、反复比对，笔者发现这3个版本毫无二致，连污渍都一样。再查“中华再造善

① 〔宋〕不知撰者：《锦绣万花谷》[O]，宋刻本（国家图书馆藏），别集卷28第5页。

本”的著录信息，北京图书馆出版社影印《诗人玉屑》为“据北京大学图书馆藏元刻本影印”——原来，就是同一个版本。那么，到底是“宋刻本”还是“元刻本”？两家出版社的鉴定应该更加可信。《诗人玉屑》的明刻本、四库本也都是“初日照高林”。

综上所述：本次考得的7个宋本中，“照”有1个，即《河岳英灵集》；“耀”有1个，即《文苑英华》；“明”有1个，即《唐文粹》；“朗”有4个，即两本《常建诗集》加两本《唐百家诗选》，另有宋本《文苑英华》中的“耀，一作朗”。因此，从版本的源头来看，“朗”应该是正选。

（二）字义之辨

即使是在现代汉语中，“朗”“明”“耀”“照”这四个字的涵义也很相近，而且常常搭配组合，比如“明朗”，比如“照耀”，而且，“明朗”就是“照耀”的结果。正是因为义近，所以可以替代。但在本诗的律法意境中，却有雅俗高下之分。

“高林”二字，均为平声。如果前面是“明”，就成了“三平尾”，此为律诗大忌。虽然本诗多拗，还是要讲格律。“明”的版本很少，应该与此有关。俞陛云说：“此诗悦字空字，其平仄不用谐律，则作明字为佳。”但他应该不知道还有“朗”等异文。《说文》：“朗，明也。”《释言》：“朗，明朗也。”“朗”和“明”的涵义相近，却也不完全相同。“明”只是外表的描述，“朗”还饱含内心的感受。

“耀”为仄声，没有“三平尾”之病，但此字“动”感十足，这破坏了本诗的意境，即“静”或“幽”。“曜”和“耀”都是“燿”的后起字，《说文》中只有“燿”，释为“照也”。“曜”和“耀”通用，均不适合本诗。

“照”无所谓“动”或“静”，但这个字太俗，而且涵义简单，只能表示光线投向物体，再也没有其他的蕴义。相比之下，“朗”的涵义就丰富得多。此字不仅包含了“照”的意思，而且给人以快感。王羲之（303—361）《兰亭集序》曰：“天朗气清，惠风和畅。”陈后主（553—604）《与詹事江总书》曰：“每清风朗月，美景良辰……”明朗、疏朗、开朗、爽朗、俊朗，都很让人舒服。“朗”既符合本诗的基调，又与下文的“悦”字相呼应——“初日”带来的“山光”，既让“高林”明朗，也让鸟儿愉悦。“潭影空人心”也含有“豁然开朗”之意。

因此，就遣词炼字而言，“朗”也优于“照”“明”“耀”等字。

（三）避讳之证

从版本上说，此字应该是“朗”；就文本而言，“朗”也是最佳选择。笔者确信，此字原本为“朗”，被改成了“照”“明”“耀”等字。那么，后人为什么要改呢？因为避讳。

封建时代，盛行避讳。不仅当朝帝王的名字不能直接写出来或者说出来，就连前朝皇帝乃至远祖的名字都要讳。更有甚者，连同音字也要避讳，谓之“避嫌字”。宋朝赵氏的始祖名为玄朗[①]，“玄”和“朗”当然都要讳。南宋《绍定礼部韵略》明文规定，不仅“朗”字要避，而且“卢党切”的“悢烺狼阆浪等二十字”都要讳[②]。避讳通常有三种方法：一是缺笔，即缺省讳字的笔画，表示避讳，比如把“玄”字最后一点去掉。二是用“从某从某”代替，比如“从良从月”指的是“朗”，这是说文解字的常用之法。三是借代，也就是换字，比如《又玄集》又称《又元集》，就是把“玄”换成了“元”。朱斌《登鹳鹊楼》“黄河彻海流”中的“彻”被换成“入”，是为了避汉武帝刘彻的讳（详见本书第235页《〈登鹳鹊楼〉的作者并非王之涣》）。把“朗”换成“照”“明”“耀”等字，也是如此。这是最极端、最彻底的一种方法。这三种方法，在“朗”字上都有实例。

范成大（1126—1193）《吴郡志》：“陆胤，字敬宗，凯之弟，天姿聪朗……”[③]在宋本和明毛晋汲古阁刻本中，“朗”就被写成了“从良从月”，“胤”字也是这样处理的。在清嘉庆戊寅年（1818）刻本《吴郡志》中，写的就是“天姿聪朗”，但“胤”字换成了“允”[④]。岳珂（1183—1243）《愧郯录》：“后列赵氏族人，有名从良从月者，指以为圣祖，其妄若此。”[⑤]此文所指之人，显然名为赵朗。

① 陈垣《史讳举例》卷8载：赵氏“始祖，玄朗。”陆振岳校《吴郡志》（江苏古籍出版社1999年版）之点校说明称：“太祖匡胤、玄郎。”陈垣说，“朗”因缺笔，常讹为“郎”。“玄朗（郎）”究竟是始祖还是太祖，待考。

② 陈垣撰：《史讳举例》[O]，民国十七年（1928）刻本，卷8第101页。

③〔宋〕范成大撰：《吴郡志》[O]，宋绍定二年（1229）本（据宋本重刊），卷20第13页。

④〔宋〕范成大撰：《吴郡志》[O]，清嘉庆戊寅年（1818）刻本（守山阁丛书），卷20第8页。

⑤〔宋〕岳珂撰：《愧郯录》[M]，宋刻本，卷6第11页。

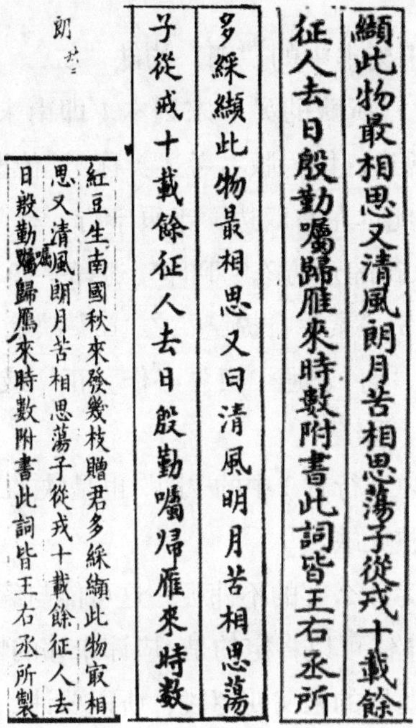
纈此物最相思又清風朗月苦相思蕩子從戎十載餘
征人去日殷勤囑歸雁來時數附書此詞皆王右丞所

多綵纈此物最相思又曰清風明月苦相思蕩
子從戎十載餘征人去日殷勤囑歸雁來時數

朗 缺二
紅豆生南國秋來發幾枝贈君多綵纈此物最相
思又清風朗月苦相思蕩子從戎十載餘征人去
日殷勤囑歸鴈來時數附書此詞皆王右丞所製

《云溪友议》明刻本（左）、清抄本（中）、四库本（右）

范摅（唐末人，生卒年不详）《云溪友议》之“云中命”中，陆龟蒙在湘中采访使筵上唱了王维的两首诗歌，一是《相思》，二是《伊州歌》。“清风朗月苦相思，荡子从戎十载余。征人去日殷勤嘱，归雁来时数附书。”四部丛刊四刻本中，本页《伊州歌》上面写有一个“朗”字，但右偏旁“月”的中间没有“二”，该字下面还有两个小字“缺二”[①]。这个眉批的意思是，文中的“朗”字应该这样避讳。四库本《云溪友议》中，写的也是“清风朗月苦相思”，但后来的版本大都把“朗”换成了“明”，比如清抄本[②]。现代出版物中，“清风朗月”也都变成了“清风明月”。此外，宋刻本《李太白文集》[③]和《唐文粹》[④]中，李白《襄阳歌》“清风朗月不用一钱买”中的“朗”也都是“缺二”的，但后来很多文献及版本中变成了“清风明月不用一钱买”。这些都是“朗”讹为“明”

① 〔唐〕范摅撰：《云溪友议》[O]，四部丛刊明刻本，卷中第 22 页。
② 〔唐〕范摅撰：《云溪友议》[O]，清抄本（12 卷本），卷 6 第 6 页。
③ 〔宋〕宋敏求辑：《李太白文集》[O]，宋蜀刻本，卷 6 第 6 页。
④ 〔宋〕姚铉辑：《唐文粹》[O]，宋绍兴九年（1139）刻本，卷 16 上第 57 页。

的实例。

《常建诗集》两个宋刻本中的“朗”均缺“二”。国图所藏《常建诗集》，笔者亲自目验。台北故宫所藏的另一宋刻本（即南宋书棚本）《常建诗集》，也是如此。刘慧敏《〈常建诗集〉版本考述》称：“传世之《常建诗集》，在清代即以书棚本为最古，此本左右双边，半页十行，行十八字，单鱼尾，白口，卷上末有‘临安府棚北大街睦亲坊陈宅刊印’。避讳字如下：‘初日朗高林’之‘朗’缺笔，避宋太祖元朗之讳，‘素手自提筐’之‘筐’缺笔，避宋太祖赵匡胤之讳。另外，凡遇‘殷’必作‘商’、遇‘贞’必作‘正’或缺笔，盖避宋太祖之父弘殷和宋仁宗赵祯之讳。”

《唐百家诗选》宋本（9行本）中的“朗”也是缺“二”的，但宋绍兴本（十行本）中的“朗”字完整无缺。

或问：既有避讳，为什么有的不讳呢？这可能与编书或刻板者的避讳意识有关。意识不强，就会忽略。可以肯定的是，应讳未讳的情况在古籍中非常常见。比如“眺”字，因为赵匡胤的祖父叫赵眺，所以要讳，南朝诗人谢眺也因此被改为谢朓，但在古籍版本中，“眺”字仍然很多。因为“朓”写成“眺”而未检出，四库的校官多次受罚。比如：“《文章辨体汇选》内‘谢朓’，‘朓’字二处俱讹‘眺’……总校官何思钧记过三次，分校官沈清藻记过六次。”[①]《纂修四库全书档案》中，这样的记录至少有6条。尽管如此，行世的四库全书中仍有很多完整的“眺”字，比如《唐诗品汇》：“谢眺之诗句，精者有‘露湿寒塘草，月映清淮流。’”[②]再如《明一统志》：“谢公宅，在青山，齐宣城太守谢眺筑室山南，人呼为谢公宅。”[③]时有所见，不胜枚举。

避讳的三种方法中，“从某从某”和缺笔都还能让人准确地知道本字，但换字却没有标准，最容易产生讹变。一个“朗”字，有人换作“明”，有人换作“照”，有人换作“耀”或“曜”，讹乱因此而生。

也正是因为避讳，常建当不会使用“照”字。武则天（624—705）名“曌”，与“照”同音同义。《古代汉语词典》：“曌，照。唐代武则天所造的字，自

① 中国第一历史档案馆：《纂修四库全书档案》[M]，上海：上海古籍出版社1997年版，第1336页。

② 〔明〕高棅选评：《唐诗品汇》[O]，四库本，卷9第1页。

③ 〔明〕李贤撰：《明一统志》[O]，四库本，卷15第12页。

名武曌。取明月当空之意。”[①]因此，自武周始，“照”也要讳。周密（1232—1298）《齐东野语》载：“武后讳曌（音照），以诏书为制，书鲍照为鲍昭，改懿德太子重照为重润，刘思照为思昭。”[②]武则天驾崩3年后出生的常建，对“照”字肯定讳莫如深。但到了宋代，“朗”必须讳了，“照”又不讳了。

总之，“朗”被换成“照”“耀”等字有充分的理由，“照”“耀”被换成为“朗”字却没有理由。看版本源流，论遣词炼字，参避讳演变，“朗”为正本，确定无疑。

二、“竹”与“曲”“一”

录有《题破山寺》全诗的51个版本中，“竹”有37个，“曲”为13个，“一”为1个。元代以前的所有版本均为“竹”。

“一”仅见于胡震亨（1569—1645）的《唐音统签》，且有小注“一，一作曲，一作竹。”。吴可（1109年进士）《藏海诗话》云：“苏州常熟县破头山有唐常建诗刻，乃是‘一径遇幽处’。”[③]此碑早已不存，也无处查考了。另，胡应麟（1551—1602）《诗薮》曰：“‘一径通幽处，禅房花木深。山光悦鸟性，潭影空人心。’五言律之入禅者。”[④]也不知所据何本。“一”字太孤，也太平了。此处异文，主要是“竹”与“曲”之争。

姚宽（1105—1162）《西溪丛语》云：“常建有《题破山寺后院》诗云：‘竹径通幽处，禅房花木深。’余观《又元集》《唐诗类选》《唐文粹》，皆作‘通’。熙宁元年，欧阳永叔守青，题廨宇后山斋云‘竹径遇幽处’。有以樗杜石本往河内以示邢和叔，始未见时，亦颇疑其误，及见碑，反复味之，亦以为佳。竟不知别有本邪？抑永叔自改之邪？古人用一字，亦不苟也。”[⑤]这段话主要是说“通”和“遇”之异，但对句中的“竹”字却未提出疑议。

四库本《常建集》在提要中说：“其诗自殷璠所称外，欧阳修题青州山斋

① 张双棣、殷国光主编：《古代汉语词典》[M]，北京：商务印书馆2014年版，第1903页。
② 〔宋〕周密撰：《齐东野语》[O]，四库本，卷4第4页。
③ 〔宋〕吴可撰：《藏海诗话》[O]，四库本，第2页。
④ 〔明〕胡应麟：《诗薮》[O]，明刻本，卷6近体下，第13页。
⑤ 〔宋〕姚宽撰：《西溪丛语》[O]，上海：商务印书馆民国二十八年（1939）版卷上第26页。文中《又元集》应为《又玄集》，讳“玄”字。

又极赏其‘曲径通幽处，禅房花木深’之句，称欲效其语，久不可得。”这段话的后面有小字案语：“修集本作‘竹径遇幽处’，盖一时误记。姚宽《西溪丛语》已辨之。今据建集改正，附识于此。”这段话中，欧阳修题写的“竹径遇幽处”变成了“曲径通幽处”，还说《西溪丛语》“已辨之”。实际上，姚宽并没有提及“曲”字。

针对四库本《常建集》提要中的那段话，余嘉锡（1884—1955）在《四库提要辨证》中说：“……姚宽之所辨，但谓‘遇幽处’本作‘通幽处’耳，未尝言‘竹迳’亦当作‘曲径’也。……《提要》乃据建集，改作‘曲径’，抑何过信汲古阁本之甚耶？丁国钧《荷香馆琐言》（《丙子丛编》排印本）卷上云：‘宋刻本《常建集》，竹径通幽处不作曲径。明刻《破山兴福寺志》四卷，系程孟阳辑，所列建诗，亦作竹径，与宋本合。’然则自宋及明，凡引此诗，无作‘曲径’者。且考《欧阳文忠公集》（四部丛刊影元刊本）卷七十三《题青州山斋》仍作‘竹迳通幽处’，与姚宽所引欧阳语不同。《提要》谓修集作‘遇’，岂其所据乃别本欤？吴可《藏海诗话》谓破山寺常建诗刻，乃是‘一径遇幽处’，与姚宽所见者又异，但亦不作‘曲径’，‘曲’字为毛刻之误，审矣。”①

按照余嘉锡的说法，四库提要改“竹”为“曲”是因为采信了汲古阁本，还认为改“竹”为“曲”始于毛氏。但笔者查核，毛氏汲古阁本《常建集》中为“竹”，非“曲”也。《常建集》的明活字本、四库本也都是“竹”。

傅增湘（1872—1949）也对四库提要改“竹”为“曲”提出了批评。他在《藏园群书校勘跋识录》中说：“姚氏所辨，只及遇字，于竹径固无异词，且此本正作竹径，何所据而改，可谓卤莽灭裂之甚。”②

令人费解的是，四库本《常建集》提要说“竹”应为“曲”，引用的诗句亦为“曲径通幽处”，但集中收录的《题破山寺》却为“竹迳通幽处”，并没有把“竹”改成“曲”。而诗集附录引用的欧阳修句中亦仍然是“竹径遇幽处”，也没有把“竹”改成“曲”。

① 余嘉锡撰：《四库提要辨证》[M]，云南人民出版社 2004 年版，第 1074 页。
② 傅增湘撰：《藏园群书校勘跋识录》[M]，北京：中华书局 2012 年版，第 395 页。

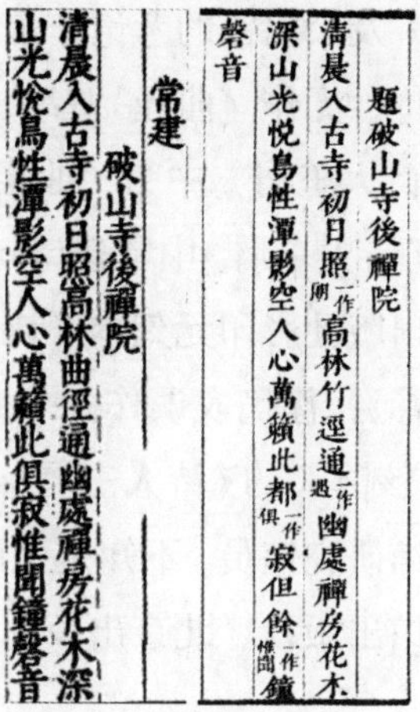
題破山寺後禪院
清晨入古寺初日照（一作明）高林竹逕通（一作遇）幽處禪房花木深山光悅鳥性潭影空人心萬籟此都（一作俱）寂但餘（一作惟聞）鐘磬音
常建　破山寺後禪院
清晨入古寺初日照高林曲徑通幽處禪房花木深山光悅鳥性潭影空人心萬籟此俱寂惟聞鐘磬音

明初汪宗尼本《唐诗品汇》和清初汲古阁本《常建集》

余嘉锡还说：“自宋及明，凡引此诗，无作‘曲径’者。”此说大错特错。事实上，作“曲径”的明刊本很多，比如《唐诗品汇》的明洪武三十一年（1398）汪宗尼刻本和明嘉靖己亥年（1539）刻本、《唐诗正声》的明嘉靖三年（1524）刻本、《渔隐丛话》的明抄本、《唐诗选》的明刻本、《唐诗广选》的凌濛初朱墨套印本，等等。毛晋（1599—1659）是明末清初人，国家数字图书馆的著录显示，包括《常建集》在内的《唐人六集》汲古阁本刻于清初（1644—1722），也就是说，上述几种明刊本均早于汲古阁本《常建集》，况且汲本并非为“曲”。毛氏被认定为改“竹”为“曲”的源头，实在太冤枉了。

常建
佳句
殷璠撰河嶽英靈集首列常建詩愛其山光悅鳥性潭影空人心之句以爲警策歐公又愛建竹徑通幽處禪房花木深欲效建作數語竟不能得以爲恨予謂建此詩全篇皆工不獨此兩聯而已其詩曰清晨入古寺初日照高林竹徑通幽處禪房花木深山光悅鳥性潭影空人心万籟此俱寂但聞鍾磬音（洪駒甫詩話）
常建詩竹徑通幽處禪房花木深歐陽文忠公最愛賞以爲不可及此語誠可人意然於公何足道豈非厭
耶東坡

宋（元）刻本《诗人玉屑》

徐忆农也对《题破山寺》及余嘉锡的考论作了再次考证及考订，他也认为余嘉锡“自宋及明，凡引此诗，无作‘曲径’者”之说有误。其文称，北京图书馆出版社影印的元刻本《诗人玉屑》中为“曲径”，“另据沈乃文先生相告，北京大学图书馆所藏宋刻本《诗人玉屑》中常建诗句作‘曲径’而非‘竹径’。”[①]前文已经说过，北京图书馆出版社影印元刻本《诗人玉屑》就是北京大学图书馆所藏“宋刻本”《诗人玉屑》，徐忆农误作两个版本。笔者专门到北京大学图书馆作了查证，著录为“宋刻本”的《诗人玉屑》中为“竹径”，而非“曲径”。沈乃文先生是北京大学图书馆研究馆员，不知是他说错了，还是徐忆农听错了。当然，同出一源的北京图书馆出版社、北京出版社影印元刻本《诗人玉屑》也都作“竹径”，而非“曲径”。

徐嘉锡之误，把“曲”的出现定得太晚；徐忆农之误，把“曲”的出现说得太早。考订如此不慎，实在令人吃惊。

梅、兰、竹、菊合称“四君子”。东坡曰：“可使食无肉，不可使居无竹。无肉令人瘦，无竹令人俗。人瘦尚可肥，俗士不可医。”[②]在中国的传统文化中，“竹”是一个清幽雅致的意象，这与《题破山寺》的意境非常吻合。据程嘉燧（1565—1643）《破山兴福寺志》载：“破山兴福寺……溪涧萦纡岩巘，环合多茂林修竹。”[③]现在的兴福寺里仍然有竹林。而且，“竹径”与“高林”“花木”相呼应，共同成为清幽禅境的组成部分。王维《登辨觉寺》曰“竹径从初地，莲峰出化城。”裴迪《夏日过青龙寺》曰“安禅一室内，左右竹亭幽”。虽然“曲径”也有别趣，但它与诗境的契合度显然不及“竹径”。

北京燕山版《唐诗鉴赏辞典》中的《题破山寺》采信的是“曲”，但白文在赏析的时候却一再提到“竹”：“沿着竹林中曲折的小径走进古寺的后院，这是一个幽静的所在……有竹，有树，有花，葱茏茂密……”“幽深之处的竹、树、花又与首联的‘高林’相联系……”[④]在赏析者看来，“竹”似乎是不可或缺的，甚至比树和花更重要。既然如此，不如选择“竹径”。

① 徐忆农撰：《唐常建〈题破山寺后禅院〉异文考》[J]，北京：《版本目录学研究》（年刊）2012年00期。
② 〔宋〕苏轼撰：《苏轼诗集》[M]，北京：中华书局1982年版，第448页。
③ 〔明〕程嘉燧撰：《破山兴福寺志》[O]，明刊本（两淮马裕家藏本），卷3第3页。
④ 孙育华主编：《唐诗鉴赏辞典》[M]，北京：北京燕山出版社1996年版，第570—572页。

李白《下终南山过斛斯山人宿置酒》中的“绿竹入幽径”之句。常建“竹径通幽处”可能与此句有关。

因此，无论是讲版本源流，还是从诗意遣词的角度，都应取“竹径”。现行的版本中，“曲径”居多，但也有不少“竹径”，比如上海辞书版《唐诗鉴赏词典》[①]、邱燮友《新译唐诗三百首》[②]、施蛰存《唐诗百话》[③]等。

三、“遇”与“通”之迷

51个载有《题破山寺》全诗的版本中，“遇”字一次也没有成为正选，唯《常建集》和《全唐诗》的四库本中有“通，一作遇”，另欧阳修《题青州山斋》写作“竹迳遇幽处，禅房花木深”，吴可《藏海诗话》和严羽《沧浪严先生吟卷》[④]中有“一径遇幽处”之句。

对欧阳修的题碑，《西溪丛语》专门作过辨析，前文已引。从记述来看，姚宽亲自到山斋看了诗碑，确认欧阳写的确实是“遇”。他既惊讶，又疑惑：是我不知道有这个版本，还是永叔自己改的呢？笔者以为，欧阳改字的可能性不大，因为他极为欣赏这句诗，这样的好诗当然是“一字不能易”的——如果可以改动，说明此句还不够好，也说明欧阳的水平更高，怎么会让欧阳自愧弗如呢？姚宽也说“古人用一字，亦不苟也。”而姚不知道这个版本的可能性完全存在。每个人都会有知识盲区，即便学富五车的名家，也不例外。比如司马光《温公诗话》和洪迈《容斋随笔》在论及《登鹳鹊楼》时称该诗作者为“王之奂”，潘德舆（1785—1839）认为“‘奂’字必系‘涣’字之讹”，还说“历考他本，皆无作王之奂。”——他不知道《文苑英华》《唐才子传》等著名文献中均有“王之奂”；他也不知道，“奂”是“涣”的本字，“涣”“焕”“换”等字都可以写作“奂”（详见本书第262页《〈登鹳鹊楼〉的畅诸畅当之争》）。

余嘉锡在《四库提要辨证》中说：“考《欧阳文忠公集》（四部丛刊影元刊本）卷七十三《题青州山斋》，仍作‘竹迳通幽处’，与姚宽所引欧阳语不同。”

---

① 萧涤非等撰：《唐诗鉴赏辞典》[M]，上海：上海辞书出版社1983年版，第750页。
② 邱燮友注：《新译唐诗三百首》[M]，台北：三民书局1988年版，第184页。
③ 施蛰存著：《唐诗百话》[M]，上海：上海古籍出版社1987年版，第162页。
④ 〔宋〕严羽撰：《沧浪严先生吟卷》[O]，明正德十二年（1517）刻本，卷1第11页。

笔者查验，四部丛刊影印元刊本《欧阳文忠公集》中，确为“竹迳通幽处”①。另查，《欧阳文忠公集》的宋刻本（中华再造善本）②、元刻本③（北京出版社2010年影印）、明天顺六年（1462）程宗刻本④、明正德七年（1512）刘乔刻本⑤、明隆庆五年（1571）邵廉刻本⑥等均为“竹迳通幽处”。南宋庆元二年（1196）周必大刻本《欧阳文忠公集》刊行之时，距欧阳去世也已124年，其间被人“改正”，也是可能的。可惜那个诗碑已经不存了。

释惠洪（1071—1128）《冷斋夜话》云：“唐诗有‘竹迳通幽处，禅房花木深’之句，欧阳文忠公爱之，每以语客曰：‘古人工为发端，心虽晓之，而才莫逮。欲仿此为一联，终莫之能。以文忠公之才而谓不能，诗盖未易识也。”⑦此文献的元刊本、明活字本、四库本亦均作“通”。

《常建集》四库提要把“遇”改成了“通”，并归因于欧阳修“一时误记”，这委实难以令人信服。“极赏”而“常诵”的诗句，仅两句十字而已，怎么可能“误记”呢？《欧阳文忠公集》的宋本、元本、明本均作“通”，四库提要完全可以说依据这些文献而改正，但他们却拿出“一时误记”这样一个牵强的理由。为什么？比较合理的解释是：虽然文集中印的是“通”，但欧阳写的确实是“遇”。乾隆时期，诗碑可能尚存，也可能有更早的版本为“遇”。专门在提要中提及“竹径遇幽处”，也说明编纂者非常重视此句及异文。要知道，提要是总纂官和总校官联名写给乾隆皇帝看的，相当于奏折，他们绝不敢信口开河。四库《常建集》的总纂官就是大名鼎鼎的纪晓岚（1724—1805）领衔。

与姑苏的寒山寺一样，常熟的破山寺也是因诗而名。在程嘉燧（1565—1643）的《破山兴福寺志》中，常建和他的诗句随处可见，但“遇”和“通”交叉出现——在引用欧阳修句的时候作“竹径遇幽处”，其他情况下则都作“竹

① 〔宋〕欧阳修撰：《欧阳文忠公集》[O]，上海涵芬楼影印元刊本（四部丛刊），卷73第17页。
② 〔宋〕欧阳修撰：《欧阳文忠公集》[O]，宋刻本（中华再造善本，北京图书馆出版社2002年影印），卷73第17页。
③ 〔宋〕欧阳修撰：《欧阳文忠公集》[O]，元刻本（北京出版社2010年影印），卷73第17页。
④ 〔宋〕欧阳修撰：《欧阳文忠公集》[O]，明天顺六年（1462）程宗刻本，卷73第17页。
⑤ 〔宋〕欧阳修撰：《欧阳文忠公集》[O]，明正德七年（1512）刘乔刻本，卷73第17页。
⑥ 〔宋〕欧阳修撰：《欧阳文忠公集》[O]，明隆庆五年（1571）邵廉刻本，卷73第17页。
⑦ 〔宋〕释惠洪撰：《冷斋夜话》[O]，元刊本，卷3第7页。明活字本、四库本，同。

径通幽处”。既然要写寺志，程嘉燧对“遇”和“通”肯定是做过考证的，那时候的宋本《欧阳文忠公集》当然很多，而他所看到的欧阳修文一定就是“竹径遇幽处”，不然，他不会在引用欧阳之句时坚持使用“遇”字。这说明，“通”在明代已经很流行，但欧阳修写的确实是“遇”。

“苏州常熟县破头山有唐常建诗刻，乃是‘一径遇幽处’。盖唐人作拗句，上句既拗，下句亦拗，所以对‘禅房花木深’。‘遇’与‘花’皆拗，故也。其诗近刻，时人常见之。”四库本《藏海诗话》在这条笔记的后面加有案语：“欧阳修《诗话》亦作‘遇幽处’。”欧阳写的是“竹径”，吴可写的却是“一径”，说明北宋的这位诗论家不是引自欧阳的《诗话》，而是还有别的出处。而且，吴可还专门从格律的角度分析了“遇”与“花”，这也说明“遇”字无讹。“遇”是仄声，“通”是平声。如果他知道“遇”又作“通”，应该作些比较分析，然而他对“通”只字未提。这也说明，吴可没有看到过“通幽处”。也意味着，北宋时期的《题破山寺》确实为“遇”，至少是主流。

本次考得的7个宋本中，宋书棚本《常建诗集》、宋绍兴本《唐百家诗选》、宋绍兴本《唐文粹》、宋本《文苑英华》均为南宋刊本，其他3本刊于北宋的可能性也不大。尽管如此，亦可确信，至少在南宋的时候，此字已经为“通”了。

姚宽虽然疑惑，却对“幽”字大加赞赏：“反覆味之，亦以为佳。”对于这个品评，笔者深有同感。“遇幽处”饱含着偶然和惊喜，这是“通幽处”所没有的。而且“遇”字蕴含着随意和闲适，这也契合本诗的意境。试想一下：早上起来，旭日初升，山光清朗，林木染金，信步竹径，无意之中，却发现了一处幽静的所在，这是多么令人心澄意净！但“通”字就没有这样的感觉。“幽”者，隐也，僻也，鲜为人知，亦少人至，这样的地方当然是可“遇”而不可求的；如果事先知道，或有专门的道路“通”向那里，就不能谓之“幽”了。韦应物笔下的“西涧”及“幽草”，就是在“野渡无人”的“涧边”。因此，“通幽”在逻辑上给人以“悖”的感觉。

赵构草书“遇”（左）和宋克草书“通”（右）

“遇”与“通”形近，二字的草书尤其相像（如上图）。孰正孰误，此迷待解。

四、“都”与“俱”，“但余”与“惟闻”

51个版本中，“都”有23个，“俱”有28个；“但余”有32个，“惟闻”有16个，“但闻”有3个。这两处异文的意思都差不多，难分优劣。“都”和“但余”在早期的版本中居多，“但余”的音节也比“惟闻”更响亮，应为正本。

在石渠山房清刻本《唐诗三百首》中，本诗第七句为“万籁此俱寂”，但陈婉俊补注《唐诗三百首》①、金性尧《唐诗三百首新注》②、湖北辞书版《唐诗鉴赏辞典》③等版本中为“万籁此皆寂”，此中“皆”字不知何来，古籍版本中没有见到。

值得一提的是：“万籁此□寂”中的“都”或“俱”均为平声。在现在的普通话中，“俱”是个双音字。作“全”“都”等义的时候读作jù，作姓氏的时候读作jū。按照字义，“万籁此俱寂”中的“俱”应该是去声，即为仄声，但在平水韵中只作平声。

施蛰存在《唐诗百话》中提到：“锺伯敬却强调这个‘余’字，解作‘多余’。他说：这里一切都是非常寂静，只有寺里的钟磬音是多余的。”④这种解释，

① 陈婉俊补注：《唐诗三百首》[M]，北京：中华书局1957年版，卷5第7页。
② 金性尧注：《唐诗三百首新注》[M]，上海：上海古籍出版社1980年版，第167页。
③ 傅德岷主编：《唐诗鉴赏辞典》[M]，武汉：湖北辞书出版社2005年版，第341页。
④ 施蛰存著：《唐诗百话》[M]，上海：上海古籍出版社1987年版，第166页。

大煞风景。王籍《入若耶溪》云："蝉噪林逾静，鸟鸣山更幽。"《题破山寺》中的"钟磬音"就相当于《入若耶溪》中的"蝉噪"和"鸟鸣"，怎么会"多余"呢？但锺惺（1574—1624）《唐诗归》中注曰："锺云，余字好。"并未说"多余"。施文未注出处，不知来自何本。

五、"空"的异读

"潭影空人心"中"空"字的读音，一直有争议。有人认为应该是平声，有人认为应该是仄声。

《删订唐诗解》在"空"字下面小注："蒋注作去声"，但还有眉批"散句接成一片，空字只作平音。"小注应该是唐汝询（1624年前后在世）在原著上所加，眉批应该是吴昌祺（？—1941）补注。"蒋"可能是指蒋一葵（1574年举人），但不知语出何处。沈德潜（1673—1769）《唐诗别裁》注曰："空字平声，此入古句法。"李锳（清人，生卒年不详）《诗法易简录》称"潭影空人心"为"三平古句"。毕志飏（？—1961）《唐诗韵释》也把"空"注为平声[①]。

施蛰存认为："'悦'与'空'都是动词。'山光悦鸟性'这一句的平仄是'平平仄仄仄'。虽然说一、三、五不拘，但连用三个仄声字，毕竟音节太硬。因此，下句就不能连用三个平声字。作者用'潭影空人心'，这个'空'字不能作平声读，才可以挽救上句'悦'字的拗口。"邱燮友《新译唐诗三百首》之释韵曰："首联对起，首句'清晨入古寺'及颈联出句'山光悦鸟性'，均作'平平仄仄仄'，下三仄，本可不救，然颈联对句'潭影空人心'，则为'平仄平平平'以救之，便与古诗的三平调相同，不合律了。"邱认为"空"为平声，又认为不合律。既然如此，不如仄声。

笔者以为，"空（kòng）"在这里是使动用法，即"使……空（kōng）"，应该是仄声。

① 毕志飏著：《唐诗韵释》[O]，上海：大华书局民国二十三年（1934）版，第118页。

六、其他

本诗之题，亦有多种。除现在通行的《题破山寺后禅院》之外，还有《破山寺后禅院》《题破山寺后院》《题破山寺》《题禅院》等。8个宋本，均为《题破山寺后禅院》，此题应为正本。

《事文类聚》明内府刻本中，本诗的第一句为“清晨入寺门”，此中的“入寺门”为仅见。本诗为侵韵，“门”字为元韵。依现在的普通话，“门”与“林”等字读音相近，似乎可以算是邻韵，有点儿“孤雁入群”的味道。《事文类聚》四库本为通行的“入古寺”。

蔡松年（1107—1159）《萧闲老人明秀集注》中，本诗第四句为“禅坊花木深”[①]，此中“坊”字为仅见。可能是觉得花木不会长在“房”里，而是应该长在“坊”中。但，“禅房花木深”的意思应该是禅房“周围”的花木长得很深。

《锦绣万花谷》宋刻本中，第四句为“禅房去木深”（前文已引），四库本则为“禅房草木深”。此“去”和“草”，均为仅见。

《湖广通志》亦载有本诗，题为《玉泉寺》。“玉泉寺，在州东五十里。”怎么跑到郴州去了？因为“郴州刺史倪德光舍宅为寺。”倪德光（南朝人，生卒年不详）是常熟人，但当过郴州刺史。也算有些渊源，所以郴州人就把这首诗“移植”到了当地的玉泉寺。

古籍版本中，“竹径遇幽处”中的“径”多写作“逕”，此为异体字。“但余钟磬音”中的“钟”，有时写作“鐘”，有时写作“鍾”，两种写法几乎一样多。现代汉语词典中，“鐘”专指计时工具或响器，比如钟表；“鍾”的意思是集中或作姓氏，比如钟爱、鍾惺。依照此训，“但余钟磬音”的“钟”应写作“鐘”。但实际上，写作“鍾”的非常多，宋本《文苑英华》《唐文粹》《唐百家诗选》（两本）等均为“鍾”。李白《将进酒》“钟鼓馔玉不足贵”和张继《夜泊松江》“夜半钟声到客船”中的“钟”字也是两种写法都很多。也就是说，古汉语中，“鐘”和“鍾”是混用的。

① 〔金〕蔡松年撰：《萧闲老人明秀集注》[O]，金刻本，卷3第6页。

七、结语

避讳是封建专制的极端表现。最高统治者对语言文字的垄断，给文字的使用及文化的传承造成了很大的混乱。无论是从维护优秀传统文化的角度，还是着眼于清除封建残余，都应该对此进行清理，努力恢复讳字的本来面目。虽然这很不容易，但应该逐步去做。国家语言文字委员会应该组织专家，对避讳字进行系统的考证，确认一个，改正一个。比如谢朓的“朓”字，本诗的“朗”字，完全应该予以改正。

成语“曲径通幽”就是源于“曲径通幽处”之句。此句若为“竹径通幽处”甚至“竹径遇幽处”，“曲径通幽”岂不是成了无源之水、无本之木？由于先入为主，可能有人不愿接受，但事实就是事实，古籍俱在，班班可考。笔者以为，成语既已约定俗成，不妨继续使用，但诗句应该还原。这既是对作者的尊重，也让经典恢复原有的光芒。

校雠考据，重在扎实。观点可以不同，事实不能搞错。本诗的讹误原本就多，考证却又错上加错，这岂不是越订越讹？愿与同道共勉。

附：常建《题破山寺后禅院》异文一览表

序	代	编撰者	文献名	诗题	异文			
01	唐	常建	常建诗集	题破山寺后禅院	朗	竹	都	但余
02	唐	常建	常建集	题破山寺后禅院	照	竹	都	但余
03	唐	殷璠	河岳英灵集	题破山寺后禅院	照	竹	都	但余
04	唐	韦庄	又玄集	题破山寺后院	照	竹	都	但余
05	宋	李昉	文苑英华	题破山寺后禅院	耀	竹	都	但余
06	宋	李昉	文苑英华	题破山寺后禅院	曜	竹	都	但余
07	宋	王安石	唐百家诗选	题破山寺后禅院	朗	竹	都	但余
08	宋	王安石	唐百家诗选	题破山寺后禅院	照	竹	俱	但余
09	宋	姚铉	唐文粹	题破山寺后禅院	明	竹	都	但余
10	宋	魏庆之	诗人玉屑	阙	照	竹	俱	但闻
11	宋	尤袤	全唐诗话	题破山后禅院	朗	竹	都	但余
12	宋	尤袤	全唐诗话	题破山后禅院	照	竹	都	但余

续表

序	代	编撰者	文献名	诗题	异文			
13	宋	计有功	唐诗纪事	题破山后禅寺院	照	竹	都	但余
14	宋	谢维新	事类备要	题禅院	朗	竹	都	但余
15	宋	谢维新	事类备要	题禅院	照	竹	都	但余
16	宋	祝穆	事文类聚	题破山寺后禅院	朗	竹	都	但余
17	宋	胡仔	渔隐丛话	阙	照	竹	俱	但闻
18	宋	郑虎臣	吴都文粹	题兴福寺	照	竹	都	但余
19	宋	周弼	三体唐诗	题破山寺后院	照	曲	俱	惟闻
20	宋	何汶	竹庄诗话	阙	照	竹	都	但余
21	宋	范成大	吴郡志	阙	朗	竹	都	但余
22	宋	范成大	吴郡志	阙	照	竹	都	但余
23	元	杨士弘	唐音	题破山寺	照	竹	俱	惟闻
24	元	方回	瀛奎律髓	题破山寺	照	竹	俱	惟闻
25	明	高棅	唐诗品汇	破山寺后禅院	照	曲	俱	惟闻
26	明	邵天和	重选唐音大成	题破山寺	照	竹	俱	惟闻
27	明	李攀龙	古今诗删	破山寺后禅院	照	曲	俱	惟闻
28	明	李攀龙	唐诗广选	破山寺后禅院	照	曲	俱	惟闻
29	明	李攀龙	唐诗选	破山寺后禅院	照	曲	俱	惟闻
30	明	胡震亨	唐音统签	题破山寺后院	照	一	俱	但闻
31	明	锺惺	唐诗归	题破山寺后院	照	竹	俱	但余
32	明	陆时雍	唐诗镜	题破山寺后院	照	竹	俱	但余
33	明	臧懋循	唐诗所	题破山寺后院	照	竹	俱	但余
34	明	张之象	唐诗类苑	题破山寺后禅院	照	竹	都	但余
35	明	吴勉学	盛唐汇诗	题破山寺后院	照	竹	俱	但余
36	明	唐汝询	删订唐诗解	破山寺后禅院	照	曲	俱	惟闻
37	明	活字本	唐五十家诗集	题破山寺后禅院	照	竹	都	但余
38	明	曹学佺	石仓十二代诗选	题破山寺后院	照	竹	俱	但余
39	明	程嘉燧	破山兴福寺志	题破山寺后禅院	明	竹	都	但余
40	明	王鏊	姑苏志	阙	照	曲	俱	惟闻
41	清	王相	千家诗	破山寺后禅院	照	曲	俱	惟闻
42	清	张玉书	全唐诗	题破山寺后禅院	照	竹	都	但余
43	清	徐倬	全唐诗录	题破山寺后禅院	照	竹	俱	但余
44	清	张玉书	御定佩文斋咏物诗选	题破山寺后院	照	曲	俱	惟闻
45	清	王士禛	唐贤三昧集	题破山寺后院	照	竹	俱	但余
46	清	沈德潜	唐诗别裁	破山寺后禅院	照	曲	俱	惟闻

续表

序	代	编撰者	文献名	诗题	异文			
47	清	蘅塘退士	唐诗三百首	破山寺后禅院	照	曲	俱	惟闻
48	清	宋宗元	网师园唐诗笺	题破山寺后禅院	照	曲	都	但余
49	清	大典显常	唐诗解颐	破山寺后禅院	照	曲	俱	惟闻
50	清	李锳	诗法易简录	题破山寺后禅院	照	曲	俱	但余
51	清	迈柱	湖广通志	玉泉寺	照	竹	俱	惟闻

版本信息及注释：

[01]《常建诗集》[O]，宋刻本（国家图书馆藏），卷上第 1 页。

[02]《常建集》//《唐人六集》[O]，清毛氏汲古阁刻本，卷 3 第 1 页。小注："照，一作朗。""通，一作遇。""都，一作俱。""但余，一作惟闻。"四库本，同。明活字本，无小注。

[03]《河岳英灵集》[O]，宋刻本（江苏巡抚采进本），卷上第 3 页。四部丛刊明刻本、明万历年间刻大字本、无锡孙氏藏明活字本、清刻本，同。

[04]《又玄集》[O]，日本享和三年（1803）刊，卷一，第 4 页。

[05]《文苑英华》[O]，宋刻本（中华书局 1966 年影印），卷 234 第 8 页。

[06]《文苑英华》[O]，明隆庆元年（1567）胡维新戚继光刻本，卷 234 第 9 页。四库本，同。

[07]《唐百家诗选》[O]，宋本（9 行本），卷 10 第 5 页。宋绍兴（1131—1162）本（十行本）、清康熙四十三年（1704）刻本（北京出版社 2010 年影印）、清康熙戊子（1708）年刻本、清乾隆四十三年（1778）刻本，同。

[08]《唐百家诗选》[O]，四库本，卷 4 第 20 页。

[09]《唐文粹》[O]，宋绍兴九年临安府刻本，卷 17 上第 2 页。明嘉靖三年（1524）徐焴刻本、明嘉靖八年（1529）晋府养德书院刻本、四库本，同。

[10]《诗人玉屑》[O]，宋（元）刻本，卷 15 第 17 页。明正统四年（1439）朝鲜刻本、明刻本、四库本，同。

[11]《全唐诗话》[O]，明正德二年（1507）刻本，卷上第 73 页。明正德十二年（1517）刻本（鲍继文教养堂）、明嘉靖二十二年（1543）刻本（王教王政）、明万历十三年（1585）张鹨翼伊蔚堂刊本、明万历三十六年（1608）刻本，同。

[12]《全唐诗话》[O]，明崇祯津逮秘书本，卷 2（无页码）。

[13]《唐诗纪事》[O]，明嘉靖二十四年（1545）张子立刻本，卷 31 第 5 页。明崇祯五年（1632）毛氏汲古阁刊本、四库本，同。

[14]《事类备要》[O]，明嘉靖三十一年至三十五年（1552-1556）夏相刻本，卷 49 第 16 页。

[15]《事类备要》[O]，四库本，前集卷 49 第 16 页。

[16]《古今事文类聚》[O]，明内府刻本，前集卷 35 第 46 页。首句为"清晨入寺门"。四库本，首句为"清晨入古寺"。

[17]《渔隐丛话》[O]，宋刻本，前集卷 20 第 4 页。明抄本、四库本，同。

[18]《吴都文粹》[O]，清抄本（9 行 21 字），卷 9（无页码）。四库本，同。

[19]《三体唐诗》[O]，四库本，卷 5 第 20 页。

[20]《竹庄诗话》[O]，四库本，卷 12 第 21 页。

续表

[21]《吴郡志》[O]，（守山阁丛书）清嘉庆戊寅年（1818）刻本，卷36第1页。万库本，同。
[22]《吴郡志》[O]，四库本，卷36第1页。
[23]《唐音》[O]，明初（1368—1424）魏氏仁实堂刻本，卷3上第11页。日本昌平坂学问所藏明大字刻本，同。四库本，题作《游破山寺》。
[24]《瀛奎律髓》[O]，清康熙四十九年（1710）陈士泰刻本，卷47第2页。清康熙五十一年（1712）吴宝芝黄叶村庄刻本、四库本，同。
[25]《唐诗品汇》[O]，明洪武三十一年（1398）汪宗尼刻本，卷63第11页。明嘉靖己亥年（1539）刻本、四库本，同。
[26]《重选唐音大成》[O]，明嘉靖五年（1526）刊本，卷4第10页。“竹，一作曲。”
[27]《古今诗删》[O]，明隆庆及万历间刻本（汪时元校），卷15第11页。四库本，同。
[28]《唐诗广选》[O]，明凌濛初朱墨套印本，卷3第30页。
[29]《唐诗选》[O]，明刻本（王稚登序），卷3第17页。
[30]《唐音统签》[O]，明刻本，卷122第12页。“一，一作曲，一作竹。”
[31]《唐诗归》[O]，明万历四十五年（1617）刻本，卷12第23页。
[32]《唐诗镜》[O]，四库本，卷14第6页。
[33]《唐诗所》[O]，明万历三十四年（1606）版，第34卷第14页。“照，一作朗。”
[34]《唐诗类苑》[O]，明万历二十九年（1601）年刻本，卷176第26页。
[35]《盛唐汇诗》[O]，明万历三十年（1602）刻本，卷88第6-7页。
[36]《删订唐诗解》[O]，清康熙年间刻本，卷18第13页。
[37]《唐五十家诗集》[O]，上海：上海古籍出版社1981年版（影印），第2145页。
[38]《石仓十二代诗选》[O]，明崇祯年间刻本，盛唐卷26第24页。四库本，同。
[39]《破山兴福寺志》[O]，明刊本（两淮马裕家藏本），卷1第5页。“明，一作照，又作曜，又作朗。”
[40]《姑苏志》[O]，四库本，卷30第12页。
[41]《（国语注解）千家诗》[O]，上海：广益书局民国二十二年（1933）年版，卷2第33页。
[42]《全唐诗》[O]，摛藻堂四库写本，卷144第12-13页。“竹，一作一，一作曲。”“通，一作遇。”
[43]《全唐诗录》[O]，四库本，卷16第29页。
[44]《御定佩文斋咏物诗选》[O]，四库本，卷232第28页。
[45]《唐贤三昧集》[O]，四库本，卷中第24页。
[46]《唐诗别裁》[O]，清康熙五十六年（1717）刻本，卷6第13页。清乾隆二十八年（1763）教忠堂修订本，同。
[47]《唐诗三百首》[O]，清光绪十六年（1890）石渠山房刻本，卷4第6页。
[48]《网师园唐诗笺》[O]，清乾隆三十二年（1767）版，卷7第16页。
[49]《唐诗解颐》，[O]（日本）东京东叡王府宽政十二年（1800）版，卷3第15页。
[50]《诗法易简录》[O]，清乾隆丁亥年（1767）刻本，补卷2第8页。
[51]《湖广通志》[O]，四库本，卷87第10-11页。

岑参《白雪歌送武判官》中的讹谬

北风卷地白草折，胡天八月即飞雪。
忽如一夜春风来，千树万树梨花开。
散入珠帘湿罗幕，狐裘不暖锦衾薄。
将军角弓不得控，都护铁衣冷难着。
瀚海阑干百丈冰，愁云黪澹万里凝。
中军置酒饮归客，胡儿琵琶与羌笛。
纷纷暮雪下辕门，风系红旗冻不翻。
轮台东门送君去，去时雪满天山路。
山回路转不见君，雪上空留马行处。

这是岑参（约718—约769）的《白雪歌送武判官》（下文简称《白雪歌》）。这首七言古诗，气势磅礴、色彩瑰丽、意境独特，具有很强的艺术感染力，堪称边塞诗的压卷之作。由于入选了中学语文教科书，《白雪歌》更是广为流传。笔者以“白雪歌送武判官归京”为关键词在知网中搜索，赏析及教法类的论文多达138篇，但没有一篇是关于考证的。这首诗就没有异文或误解吗？其实不然。笔者考索发现，“胡天”有作“朔天”“边城”、“忽如”有作“忽然”、“春风”有作“东风”、“角弓”有作“雕弓”、“冷难着”有作“难冷着”“冷犹着”、“百丈”有作“千丈”“百尺”、“黪澹”有作“惨淡”、“胡儿”有作“胡琴”“更奏”、“风系”有作“风掣”、“东门”有作“东开”。诗题中的“白雪歌”，也有“白云歌”之说。

比较而言，收录《白雪歌》的古籍文献并不多。流传至今的10种“唐人选唐诗”中，《河岳英灵集》收录岑诗7首，《又玄集》收录岑诗1首，《才调集》收录岑诗4首，但都不包括《白雪歌》，说明这首诗在唐代并未受到关注。杜确（唐人，生卒年不详）辑编的《岑嘉州诗》或《岑嘉州集》是已知最早的岑诗文献。《岑嘉州诗》有宋刻残本传世（8 卷存 4 卷），但明清的版本既多且乱，流传下来的有 8 卷本、7 卷本、4 卷本等多种体例，明万历年间刻本《唐十二名家诗》中的《岑参集》甚至只有 1 卷。

宋代文献中，笔者也只检索到《唐百家诗选》和《唐诗纪事》收录了《白雪歌》的全诗。其中，《唐百家诗选》有两个宋代的残本流传至今。这两个宋本虽然都不完整，但都载有《白雪歌》，而且内容完全相同。两个宋本的体例不同，《白雪歌》所在的卷数也不一样，也就是说，这两个版本的《唐百家诗选》非出一源。《唐诗纪事》传世最古的只有明刻本，文字也有差异。另外，《锦绣万花谷》中摘有《白雪歌》中的四句，亦有宋本传世。

本次考证，共检索到录有《白雪歌》全诗的 22 种文献，40 多种版本。剔除内容相同或高度近似的版本，计 30 种汇于一表。

一、“胡儿”与“胡琴”

30 个版本中，只有《唐百家诗选》的 3 个版本和《唐诗纪事》的四部丛刊明嘉靖二十四年洪楩清平山堂刻本为“胡儿”，包括《岑嘉州诗》在内的其余 26 个版本均为“胡琴”。

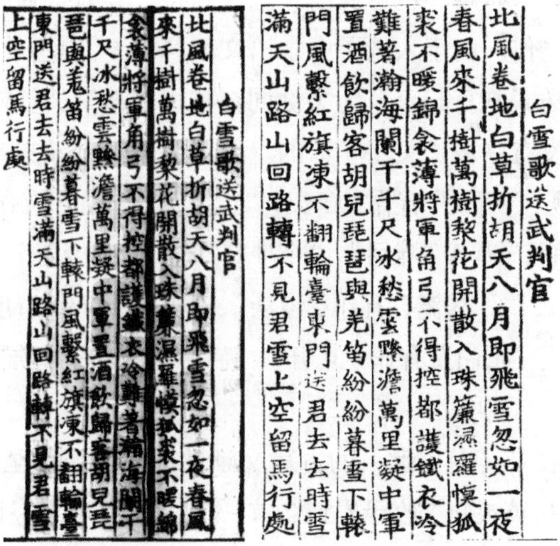
白雪歌送武判官
北風卷地白草折胡天八月即飛雪忽如一夜春風
來千樹萬樹梨花開散入珠簾濕羅幙狐裘不暖錦
衾薄將軍角弓不得控都護鐵衣冷難著瀚海闌干
千尺冰愁雲黲澹萬里凝中軍置酒飲歸客胡兒琵
琶與羌笛紛紛暮雪下轅門風掣紅旗凍不翻輪臺
東門送君去去時雪滿天山路山回路轉不見君雪
上空留馬行處

白雪歌送武判官
北風卷地白草折胡天八月即飛雪忽如一夜
春風來千樹萬樹梨花開散入珠簾濕羅幙狐
裘不暖錦衾薄將軍角弓不得控都護鐵衣冷
難著瀚海闌干千尺冰愁雲黲澹萬里凝中軍
置酒飲歸客胡兒琵琶與羌笛紛紛暮雪下轅
門風掣紅旗凍不翻輪臺東門送君去去時雪
滿天山路山回路轉不見君雪上空留馬行處

《唐百家诗选》宋本（左）和宋绍兴本（右）中的《白雪歌》

《唐百家诗选》的宋本（9行本）中,《白雪歌》在第16卷；宋绍兴本（10行本）中,《白雪歌》在第4卷。虽然两个版本体例不同，但《白雪歌》的诗文完全一样。清康熙四十三年刻本、康熙戊子年刻本甚至东方书局民国二十四年的版本也都依然是“胡儿”，其间只有四库本改成了“胡琴”。虽然“胡儿”的版本总数大大少于“胡琴”，但在3个宋本中,“胡儿”对“胡琴”却是二比一。

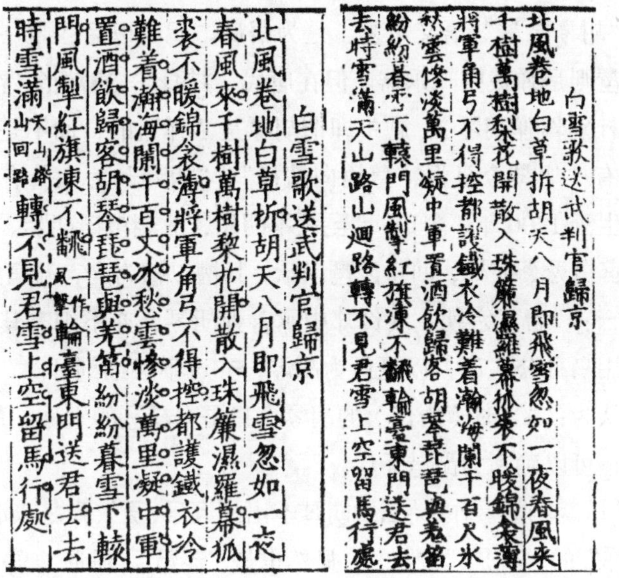
白雪歌送武判官歸京
北風卷地白草折胡天八月即飛雪忽如一夜春風來千樹萬樹梨花開散入珠簾濕羅幕狐裘不暖錦衾薄將軍角弓不得控都護鐵衣冷難着瀚海闌干百丈冰愁雲慘淡萬里凝中軍置酒飲歸客胡琴琵琶與羌笛紛紛暮雪下轅門風掣紅旗凍不飜（一作風掣）輪臺東門送君去去時雪滿（天山 山回路）轉不見君雪上空留馬行處

白雪歌送武判官歸京
北風卷地白草折胡天八月即飛雪忽如一夜春風來千樹萬樹梨花開散入珠簾濕羅幕狐裘不暖錦衾薄將軍角弓不得控都護鐵衣冷難着瀚海闌干百尺冰愁雲慘淡萬里凝中軍置酒飲歸客胡琴琵琶與羌笛紛紛暮雪下轅門風掣紅旗凍不飜輪臺東門送君去去時雪滿天山路山迴路轉不見君雪上空留馬行處

《岑嘉州诗》宋刻本（左）和四部丛刊明刻本（右）中的《白雪歌》

现在通行的版本均为“胡琴琵琶与羌笛”，释义也都是三种胡人乐器的并列。而“胡儿琵琶与羌笛”则是指两种乐器，即“琵琶”和“羌笛”,“胡儿”是“琵琶”的定语。“胡儿”就是“胡人”，含有蔑视之意，就像“蛮夷”一样。中原人向来顾盼自雄，以自我为中心。唐诗中的“胡儿”不乏其例,《岑嘉州诗》中,《白雪歌》下一首诗《热海行送崔侍御还京》的首句即为“侧闻阴山胡儿语”。再如：高适《塞上闻笛》首句为“胡儿吹笛戍楼间”①，李贺《龙夜吟》首句为“卷发胡儿眼睛绿”，等等。白居易《听李士良琵琶》中的“声似胡儿弹舌语”和李忱《吊白居易》中的“胡儿能唱琵琶篇”，都把“胡儿”和“琵琶”联系

① 《塞上闻笛》又作《和王七度玉门关上吹笛》，作者亦有高适、宋济、刘皂等多种说法。

在一起。张之象（1496—1577）《唐诗类苑》第53卷专门把“胡儿”列为一个小类，收有李益的七言歌行《登夏州城观送行人赋得六州胡儿歌》，其诗曰：“六州胡儿六蕃语，十岁骑羊逐沙鼠……胡儿起作和蕃歌，齐唱呜呜尽垂手……”这首诗用白描的手法概括了“胡儿”在语言、音乐等方面的异域特征。全文检索显示，《全唐诗》共有41首诗提到了“胡儿”。

那么，到底是“胡儿”还是“胡琴”呢？笔者以为，应为前者。

首先，“胡琴琵琶”语义重复，是为语病。元明以后，琴一般是指弓拉弦鸣乐器，琵琶则是弹拨弦鸣乐器。但在唐代，“胡琴”通常指“琵琶”。刘长卿诗《鄂渚听杜别驾弹胡琴》，题中即谓胡琴是“弹”的，而不是“拉”的。李贺《感春》有“胡琴今日恨，急语向檀槽”，“胡琴”怎么会有“檀槽”呢？吴正子（约生于1200年）释曰：“琵琶本胡乐，故琵琶曰胡琴。《谈宾录》云：开元中，中官白秀真使蜀，回得琵琶以献，其槽以檀为之，温润如玉。”[①]《唐宋文举要》云：“唐文宗朝，女伶郑中丞善弹胡琴，亦不细言其制度，此谓胡琴公主，正用乌孙公主事，以琵琶为胡琴，亦可不必细剖耳。”[②]据此，日本学人林谦三认为：“当时（唐代）的胡琴，只是个琵琶的别称。苟无其他反证，则唐的胡琴，可以确断为琵琶无误。”[③]

欧阳修《试院闻胡琴作》诗云:“胡琴本出胡人乐，奚奴弹之双泪落”。此中“胡琴”也是“弹”的，不是“拉”的，显然也是“琵琶”。陈旸《乐书》之“胡琴”条亦云：“唐文宗朝，女伶郑中丞善弹胡琴。”[④]《契丹国志》载：“每谒拜木叶山，即射柳枝，诨子唱番歌前导，弹胡琴和之，已事而罢。”[⑤]此中所谓“胡琴”都是“弹”的。由此可见，宋辽时期的“胡琴”还是“琵琶”的别称。

《删订唐诗解》在《白雪歌》诗后注曰:“《剑侠传》:王敬弘有侍妓善鼓胡琴。《释名》:推手前曰琵（枇），引手却曰琶（杷）。”原来，“琵”和“琶”就是“推”和“引”，亦即往两个方面“拉”胡琴的动作。

杨士弘（元人，生卒年不详）《唐诗正音》在《白雪歌》诗后注曰：“胡琴，

① 〔宋〕吴正子注、〔宋〕刘辰翁评：《笺注评点李长吉歌诗》[O]，四库本，卷3第15页。
② 〔清〕高步瀛选注：《唐宋文举要》[M]，北京：中华书局1963年版，第1514页。
③ 〔日〕林谦三撰：《东亚乐器考》[M]，北京：音乐出版社1962年版，第256页。
④ 〔宋〕陈旸撰：《乐书》[O]，四库本，卷128第1页。
⑤ 〔宋〕叶隆礼选、〔清〕席世臣校：《契丹国志》[O]，清乾隆五十八年（1793）刻本，卷23第5页。

乐部中不载，惟唐《乐志》云，文宗朝内臣郑中丞善胡琴，止载于琵琶部。”也就是说，“胡琴”是一种“琵琶”。既然如此，怎么能把“胡琴琵琶”合在一起呢？徐炯（1682年进士）早就产生了怀疑，他在《李义山文集笺注》中按曰：“舜作五弦之琴，而文王武王加二弦。琵琶本四弦也，北国益为五弦，与琴同。唐人所谓‘胡琴’者，盖即五弦琵琶也。然岑参《白雪歌》云‘中军置酒饮归客，胡琴琵琶与羌笛’，则‘胡琴’与‘琵琶’又似二器，岂以四弦者为琵琶、五弦者为胡琴耶？”[①] 徐炯知道“胡琴”即“琵琶”，所以二者排在一起让他大惑不解。他显然不知道，《白雪歌》在宋本中多为“胡儿琵琶与羌笛”——如果知道，他一定会恍然大悟，并确信“胡儿”是正本。

《唐诗纪事》的明嘉靖二十四年洪楩清平山堂刻本为“胡儿”，明嘉靖二十四年张子立刻本为“胡琴”，四库本却为“更奏”。这个“更奏”虽然来路不明，却避免了“胡琴琵琶”的语义重复。元明之后，几乎所有版本都已是“胡琴”，四库馆臣很可能没有看到“胡儿”，又觉得“胡琴琵琶”有语病，所以作了臆改。

那么，“胡儿”为什么会讹为“胡琴”呢？“胡琴”古称“胡尔”，“尔”又与“儿”同音，这可能是“胡儿”讹为“胡尔”又讹为“胡琴”的原因。

二、“风系”与“风掣”

“系”仅见于《唐百家诗选》的两个宋本和《唐诗纪事》的四部丛刊明嘉靖二十四年洪楩清平山堂刻本，其他的版本均为“掣”。《岑嘉州诗》的宋刻本虽以“风掣”为正选，却注有“一作风击（擊）”；该文献的明正德庚辰年刻本和明抄本也都有此小注，此中“擊”应为“繫”之形讹。这说明在宋代，“风系”应该是主流。《唐百家诗选》的清康熙四十三年刻本仍为“系”，但此后的清康熙四十七年刻本、四库本、东方书局民国二十四年（1935）版等版本把“系”改成“掣”，显然是受到时风的影响。

① 〔清〕徐炯注：《李义山文集笺注》[O]，四库本，卷5第4—5页。

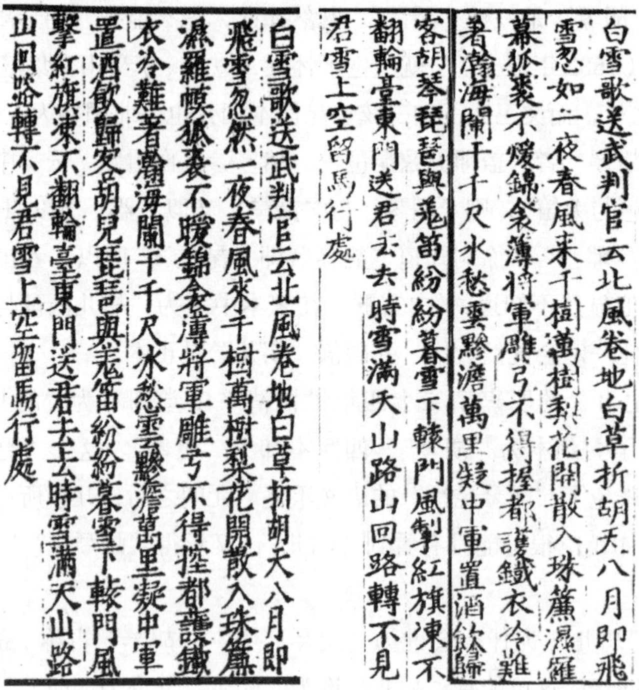
白雪歌送武判官云北風卷地白草折胡天八月即
飛雪忽然一夜春風來千樹萬樹梨花開散入珠簾
濕羅幙狐裘不暖錦衾薄將軍雕弓不得控都護鐵
衣冷難著瀚海闌干千尺冰愁雲黲淡萬里凝中軍
置酒飲歸客胡兒琵琶與羌笛紛紛暮雪下轅門風
掣紅旗凍不翻輪臺東門送君去去時雪滿天山路
山回路轉不見君雪上空留馬行處

白雪歌送武判官云北風卷地白草折胡天八月即飛
雪忽如一夜春風來千樹萬樹梨花開散入珠簾濕羅
幕狐裘不煖錦衾薄將軍雕弓不得握都護鐵衣冷難
著瀚海闌干千尺氷愁雲黲淡萬里凝中軍置酒飲歸
客胡琴琵琶與羌笛紛紛暮雪下轅門風掣紅旗凍不
翻輪臺東門送君去去時雪滿天山路山回路轉不見
君雪上空留馬行處

《唐诗纪事》明洪楩刻本（左）和明张子立刻本（右）中的《白雪歌》

“掣”，曳也。意为拉扯、牵引，是一个动态的字。“风掣红旗冻不翻”一般被解释为，风力强劲且持久，拉扯着红旗一直朝着一个方向，就像是被冻住了一样，不能翻动。那么，红旗“不翻”到底是因为风大还是天冷呢？这个问题多有争议，此不赘述。笔者以为，应为后者。本诗虽然以“北风卷地白草折”打头儿，但着力描写的还是“冷”。“狐裘不暖锦衾薄”、“都护铁衣冷难着”、“瀚海阑干百丈冰”，包括四次出现的“雪”字，都是在强调“冷”。无论如何，为“不翻”设计两个理由，都不适当。更重要的是，“掣”字本身所具有的动感与“不翻”的静态存在内地的冲突。

“系（繫）”，结也，读作 jì。含有固定的意思，是一个静态的字。“风系红旗冻不翻”的意思是，红旗被冻结了，不能翻动，就像是被风系住一样。“系结”和“冻结”，非常的匹配。

“繫”讹为“掣”，显然也是因为形近。

三、“黪澹”与“惨淡”

“黪澹”并不是“惨淡”的繁体字或异体字。《说文》中既有“黪”和“澹”，也有“惨”和“淡”。在当今通行的规范汉字中，“黪”和“澹”均仍在使用，比如杜甫《三川观水涨二十韵》中有“何时通舟车，阴气不黪黩”之句，李白《梦游天姥吟留别》中有“云青青兮欲雨，水澹澹兮生烟”之句。自古以来，“黪”与“惨”、“澹”和“淡”的涵义和用法都不太一样，虽然区别非常细微。

《康熙字典》中，“黪”与本诗有关的集解为：“《广韵》《集韵》《韵会》《正韵》：并七感切，音惨。《说文》：浅黑色也。《广韵》：暗色。《广雅》：败也。《玉篇》：今谓物将败时，颜色黪黪也。《文选·汉功臣表》：茫茫宇宙，上黪下黩。”“惨”与本诗有关的集解为：“《广韵》《集韵》《韵会》《正韵》：并七感切，音黪。痛也。《诗·小雅》：忧心惨惨。也毒也。《史记·酷吏传赞》：虽惨酷，斯称其位矣。”可以看出，“惨”是心里的感觉，“黪”是目中的观感，且为暗色或浅黑。如果用来形容“愁云”，当然是“黪”更贴切。“愁云黪澹万里凝”，虽然蕴含灰暗的心情，但描写的还是天空的状态。“一切景语皆情语”，此句即为以景写情。

《康熙字典》中，“澹”与本诗有关的释义有：“《集韵》《韵会》：澹淡，水貌。《司马相如·上林赋》：随风澹淡。又恬静也。老子《道德经》：澹兮其若海。又平澹也。韩愈诗：‘奸穷怪变得，往往造平澹。又动也。《前汉·郊祀歌》：相放悲，震澹心。”“淡”与本诗有关的释义有：“《说文》：薄味也。《急就篇注》：平薄谓之淡。《如淳曰》：食无菜茹为淡。又甘之反也。《礼·表记》：君子淡以成，小人甘以坏。”不难看出，“澹”一般是指事物的状态，“淡”一般是指食物的味道。虽然在古籍文献中，“澹”与“淡”经常混用，难以严格区分，但放在“愁云”和“万里凝”的中间，“澹”比“淡”更适宜。

30个版本中，这4个字有4种搭配，即：黪澹、惨淡、黪淡、惨澹。

《岑嘉州诗》《岑嘉州集》《岑参集》同出一源，均为“惨淡”，明清以后多从此本，这也是现在通行的版本。《唐百家诗选》和《唐诗纪事》均为“黪澹”，但后无从者。《唐音》《唐雅》《唐诗三百首》等为“惨澹”。《全唐诗》《唐诗选》为“黪淡”。《唐诗正声》为“渗澹”，此中的“渗”应为讹字。

北风卷地，暮雪纷纷，天昏地暗，曲终人散。形容这种状态，应该选择“黪澹”。

四、“瀚海”应如何解释

“瀚海阑干百丈冰，愁云惨淡万里凝。”此中的“瀚海”，是什么意思？

人教版八年级《语文》课本：“瀚海，沙漠。”[①]朱麟《(注释作法)唐诗三百首》[②]、喻守真《唐诗三百首详析》[③]、朱大可《新注唐诗三百首》[④]、金性尧《唐诗三百首新注》[⑤]、邱燮友注《新译唐诗三百首》等均把“瀚海”注释为“沙漠”或“大沙漠”。

释“瀚海”为“沙漠”，有根有据。周祈（明人，生卒年不详）《名义考》释“瀚海”曰：“《博物志》：四海之外，皆复有海。南海之外有涨海，北海之外有瀚海。是以瀚海与涨海等皆水也。不知瀚海在火州柳城东北地皆沙碛，若大风，则行者人马相失，夷人呼为瀚海。《宋史》云：瀚海沙深五尺，不育五谷，沙中生草名登相，可食。以沙飞若浪，人马相失，若沉视犹海，然非真浊晦之海也。”[⑥]《宋史》为元人脱脱（1314—1356）所作，这说明元代已经开始用“瀚海”指代沙漠。但在周祈所处的明代，多数人仍然认为“瀚海”指的是大海。

《山海经》：“大泽方百里，群鸟所生及所解，在雁门北。”对此，郝懿行（1755—1823）注云：“此地即翰海也，说见《大荒北经》。翰海，古本泛指沙漠之地。北方有翰海，西北亦有翰海。《史记·霍去病传》：‘禅于姑衍，登临翰海。’此北方之翰海也。唐岑参《白雪歌送武判官归京》诗云：‘翰海阑干百丈冰，愁云惨淡万里凝。’此西北之翰海也。”[⑦]的确，在很多古籍文献中，“瀚海”指的是沙漠，但这一般是在元明之后。郝懿行把《山海经》中的“大泽”解释为“沙漠”显然是错误的，因为“群鸟所生及所解”的地方肯

① 编写组：《语文（八年级下学期）》[O]，北京：人民教育出版社2016年版，第210页。
② 朱麟注：《唐诗三百首》[O]，世界书局民国二十五年（1936）版，第29页。
③ 喻守真注：《唐诗三百首详析》[O]，民国三十八年（1949）版，第68页。
④ 朱大可注：《新注唐诗三百首》[M]，上海：上海文化出版社1957年版，第32—33页。
⑤ 金性尧注：《唐诗三百首新注》[M]，上海：上海古籍出版社1980年版，第70页。
⑥ 〔明〕周祈撰：《名义考》[O]，四库本，卷4第15页。
⑦ 袁珂校注：《山海经校注》[M]，上海：上海古籍出版社1980年版，第290页。

定是有水的，况且“泽”原本就是指有水的地方。《大荒北经》云：“有大泽，方千里，群鸟所解。夸父欲追日景，逮之于禺谷，将饮河而不足也，将走大泽，未至，死于此。”[①] 夸父要去喝水的“大泽”，当然是大海或湖泊。孟浩然《登岳阳楼》“气蒸云梦泽，波撼岳阳楼”中的“云梦泽”就是指洞庭湖。

《说文》有“翰”字，无“瀚”字。也就是说，“瀚”是“翰”的后起字。加上水字旁，是为了表意。瀚者，浩瀚也。瀚海，原本就是指大海，或者面积很大的水域，比如内陆中的湖泊。《古今通韵》：“瀚，北海名。《霍去病传》作‘翰海’。又，浩瀚广大貌。”[②] 唐以前的人注释《史记》、《汉书》，皆把“瀚海”解作北方的大海之名。比如《北史·蠕蠕传》中多次出现“翰海”一词，通常被释为呼伦湖、贝尔湖或贝加尔湖。《晋书》“收功祁连，饮马瀚海”和《史记·霍去病传》“禅于姑衍，登临翰海”中的“瀚海”也是如此。但字词的涵义也会演变，“瀚海”在唐代已经可以引申为“广大的地区”。元代时，“瀚海”开始用来指称“沙漠”，因为沙漠也都是“广大”的，比如新疆古尔班通古特沙漠就曾被称为“瀚海”。到了明代以后，“瀚海”一般就专指戈壁沙漠了。

“瀚海”也是一个地区的名称。王溥（922—982）《唐会要》载：“（贞观）二十一年（647）正月九日……回纥部置瀚海都督府。”“永徽元年（650）九月八日……置单于、瀚海二都护府。……瀚海领金微、新黎七都督府，仙萼、贺兰等八都督，各以首领为都督刺史。”“龙朔三年（663）二月十五日，移燕然都护府于回纥部落，仍改名瀚海都护府。其旧瀚海都督府移置云中古城，改名云中都护府。仍以碛为界，碛北诸蕃州悉隶瀚海，碛南并隶云中。总章二年（669）八月二十八日，改瀚海都护府为安北都护府。”[③] 瀚海都护府的辖境大致为今蒙古国及俄罗斯叶尼塞河上游和贝加尔湖（唐代叫“小海”）周围地区。至德二年（757），安北都护府改名为镇北都护府，但仍有瀚海等府州名号。岑参于天宝十三载（754）至至德二年（757）在安西北庭任节度判官，《白雪歌》就创作于这一时期。

因此，“瀚海阑干百丈冰”中的“瀚海”应该是指贝加尔湖等“大海”，或借代包括贝加尔湖在内的瀚海都护府所在的广大地区。为什么？因为这里会

① 袁珂校注：《山海经校注》[M]，上海：上海古籍出版社 1980 年版，第 289 页。
② 〔清〕毛奇龄撰：《古今通韵》[O]，四库本，卷 10 第 14 页。
③ 〔宋〕王溥撰：《唐会要》[O]，四库本，卷 73 第 1—11 页。

有“百丈冰”。沙漠都是干旱少雨的地方，不可能有很厚的冰层。而贝加尔湖或瀚海地区均为极寒之地，结冰极厚自在情理之中。《删订唐诗解》在《白雪歌》诗后注曰：“《神异记》：北方层冰万里，厚百丈。”虽然饯别是在轮台的军中，但诗的描写并未局限于此地。席卷而来足以穿透铁衣的北风，让岑嘉州“心鹜八极，神游万仞。”也正因为神游万里之外，才会有“愁云惨淡万里凝”。冰达千尺，愁凝万里，极言边塞之寒，亦谓戍边之苦。

《全唐诗》中共有29首诗中出现了“瀚海”，其中存在用瀚海比喻沙漠的现象，比如陶翰《出萧关怀古》中的“大漠横万里，萧条绝人烟。孤城当瀚海，落日照祁连。”有些诗中的“瀚海”难以断言，但大多数明显是指浩瀚之海或瀚海地区。比如：唐太宗李世民五言长律《饮马长城窟行》中的“瀚海百重波，阴山千里雪。”句中的“瀚海”与“波”搭配，与“阴山”相对，而且李世民亲自设置了“瀚海都护府”，此诗中的“瀚海”肯定是指贝加尔湖。虞羽客《结客少年场行》“龙城含晓雾，瀚海隔遥天。歌吹金微返，振旅玉门旋”中的“瀚海”肯定是指瀚海都护府管辖的地区，因为诗中提到的“金微”就是瀚海都护府的领地。无名氏《怨回纥》“曾闻瀚海使难通，幽闺少妇罢裁缝”中的“瀚海”肯定是指瀚海地区，因为回纥部落就在瀚海都护府辖内。此外，韦庄《寄薛先辈》中的“龙翻瀚海波涛壮，鹤出金笼燕雀惊”，王维《送平淡然判官》中的“瀚海经年到，交河出塞流”，李白《塞上曲》中的“萧条清万里，瀚海寂无波”，钱起《送王使君赴太原行营》中的“不卖卢龙塞，能消瀚海波”，这些诗中的“瀚海”都不会是指沙漠。

在《白雪歌》诗后，《唐诗正音》注曰：“瀚海，《释名》云，北海之北，别有瀚海。”清光绪石渠山房刻本《唐诗三百首》引注：“《史记·匈奴传》：骠骑将军与左贤王接战，左贤王遁走，骠骑封于狼居胥山。禅姑衍，临瀚海而还。注：北海也，群鸟解羽于此。”梦花馆主（1877—？）《（白话注释）唐诗三百首》沿袭了上述解释[①]。这些说法都认为“瀚海”的意思是“浩瀚的大海”。

“‘瀚海阑干百丈冰’这一句却有问题，已有人指出过。‘瀚海’就是沙漠，没有水，不会结成百丈坚冰。大约作者用错了名词，指的是蒲类海之类的大湖

① 梦花馆主注：《（白话注释）唐诗三百首》[O]，上海：广益书局民国三十七年（1948）版，第48页。

泊了。”[1] 施蛰存（1905—2003）发现了问题，却找错了原因。

五、其他异文

另有几处异文，对诗意影响不大，稍作分析。

第一句中的“卷”，在《唐诗纪》《唐音统签》《唐诗三百首》等多个版本中写作“捲”。古汉语中，“卷”作动词时，可以加上“扌”以表义[2]。

第二句中的“胡天”，在《唐诗纪事》四库本和《御定佩文斋咏物诗选》中为“边城”，在《唐音》四库本中为“朔天”。“朔天”与“胡天”几无区别，但“边城”与“胡天”差别较大，因为“胡天”肯定是在西北，而“边城”也可以在其他方向。

第三句中的“忽如”，在《唐诗纪事》四部丛刊明嘉靖二十四年洪楩清平山堂刻本和四库本、《全唐诗》和《唐诗选》中为“忽然”，但在《唐诗纪事》明嘉靖二十四年张子立刻本中为“忽如”。“忽如一夜春风来”明显是比喻，“忽然”也暗含比喻之意。前者非常直接，后者比较含蓄。

第四句中的“梨花”，在《御定渊鉴类函》中为“梅花”。大雪纷飞的冬天，当为梅花绽放的季节，但“千树万树梨花开”中的“花”并非实指——因为梨花是白色的，所以用来喻雪。此“梅”应为讹字。

第五句中的“珠”，在《唐音》等个别文献中写作“朱”。古汉语中，二字可以通用。比如，《后汉书·袁安传》“赐以朱画特诏秘器”中的“朱”也写作“珠”[3]。此与“卷”和“捲”的关系类似。

第七句中的“角”，仅在《唐诗纪事》中为“雕”，《唐音统签》《唐诗纪》《全唐诗》为“角，一作雕。”“角”和“雕”都是修饰“弓”的。“角（雕）弓”的意思是“用兽角雕饰的弓”，“角”是指材质，“雕”是指工艺。

第八句中的“冷难着”，在《唐诗品汇》明洪武三十一年汪宗尼刻本、明嘉靖己亥年刻本、明张恂刻本和四库本中均为“难冷着”，但在国家图书馆藏的另一明刻本（10 行 20 字）中为“冷难着”。两种句式，区别不大。《唐诗

---

① 施蛰存著：《唐诗百话》[M]，上海：上海古籍出版社 1987 年版，第 124 页。
② 谷衍奎编：《汉字源流字典》[M]，北京：语文出版社 2008 年版，第 702 页。
③ 陆费逵等纂：《中华大字典》[M]，北京：中华书局 1978 年版，午集玉部第 83 页。

三百首》中又为“冷犹着”，而且笔者所见的几种注本均是如此。“冷犹着”的意思是“(铠甲)虽然冰冷但还穿在身上”，“冷难着”的意思是“冰冷的(铠甲)很难穿到身上”。虽然“难”，但还是要“着”，因为这是必须的。“冷难着”和“冷犹着”，表达的角度不同，前者的蕴含更丰富。顺便说明：“着”通“著”，两种写法在古籍文献中都很常见。

第九句中的“百丈”，还有“千丈”和“百尺”之说。异文可能是出现在明代，清代以后都成“百丈”了。都是极言天之冷和冰之厚，也都带有夸张的成分，没有实质的区别。

《锦绣万花谷》摘录的四句为“忽如一夜春风来，千树万树梨花开。散入珠帘卷罗幕，狐裘不暖锦衾薄。”[①] 此中的“卷罗幕”亦为仅见，宋刻本、明弘治五年华燧会通馆刻本和四库本保持不变。“卷”说不通，应属讹误。

梦花馆主《(白话注释)唐诗三百首》中，第三句和第十五句分别为“忽如一夜东风来”和“轮台东开送君去”。“东风”与“春风”义近，“门(門)”与“开(開)”形近，“东”和“开”应为讹字。

本诗中的“梨”“暖”“飞”“翻”等字在古籍中有不同的写法，均属异体字，从略。

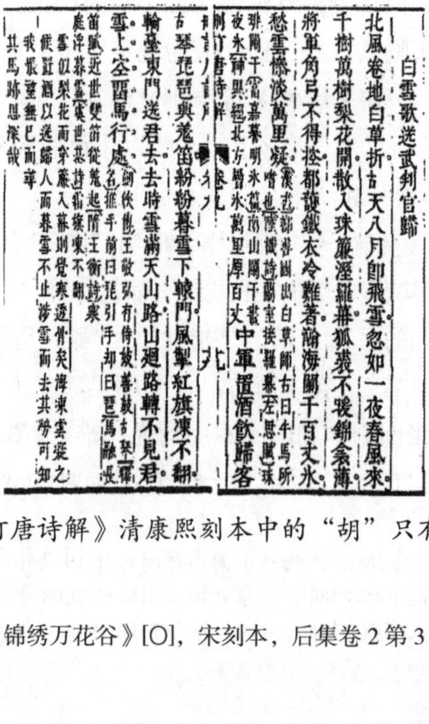
白雪歌送武判官歸
北風卷地白草折古天八月即飛雪。忽如一夜春風來。
千樹萬樹梨花開。散入珠簾溼羅幕。狐裘不暖錦衾薄。
將軍角弓不得控。都護鐵衣冷難著。瀚海闌干百丈冰。
愁雲慘淡萬里凝。
中軍置酒飲歸客
古琴琵琶與羌笛紛紛暮雪下轅門。風掣紅旗凍不翻。
輪臺東門送君去。去時雪滿天山路。山迴路轉不見君。
雪上空留馬行處。
雪似梨花而穿簾入幕則覺寒透骨矣海凍雲凝之候置酒以送歸人而暮雪不止涉雪而去其勞可知我悵望無已而章其馬跡思深哉

《删订唐诗解》清康熙刻本中的“胡”只有半边

① 〔宋〕不著撰者：《锦绣万花谷》[O]，宋刻本，后集卷 2 第 3 页。

清康熙四十年刻本《删订唐诗解》中,“胡天”和“胡琴”中的“胡”都只有左半边的“古”,右半边的“月”缺失。此非错误,而是避讳。因为清朝统治者为满族,清初人不敢轻言胡虏狄夷等字,就采用缺笔、缺部首或空格等方式表示避讳。由于避讳太多,导致很多文章难以卒读,雍正和乾隆先后诏谕不必如此,情况慢慢改观。

诗题。3个宋本中,《岑嘉州诗》为《白雪歌送武判官归京》,《唐百家诗选》为《白雪歌送武判官》。明代的《唐诗品汇》又出现了《白雪歌送武判官归》。三种诗题都很常见,现在通行的是《白雪歌送武判官归京》,大约也是遵从宋本《岑嘉州诗》。“中军置酒饮归客”,诗中出现了“归”字,却没有出现“京”字。笔者以为,《白雪歌送武判官》比较可取。

在《唐诗品汇》的明洪武三十一年汪宗尼刻本、明嘉靖己亥年刻本、明张恂刻本、四库本中,诗题均为《白云歌送武判官归》,唯国家图书馆藏的一个明刻本(10行20字)为《白雪歌送武判官归》。“难冷着”和“冷难着”的分布也是如此。《白雪歌》出自乐府曲名,“雪”在本诗中出现了4次,是重复次数最多的一个字。但几个版本一直坚持使用“云”和“难冷着”,显然不是无心之失。高棅(1350—1423)所据,可能是另一个版本系统。

六、校注之误

岑参诗集有两种校注本,先有上海古籍出版社的《岑参集校注》,后有中华书局的《岑嘉州诗笺注》。前者比较简略,后者非常详细。这两种注本中《白雪歌》的诗文只有“百丈”和“百尺”之别,其他内容完全一样。人教版八年级《语文》中的《白雪歌》,注明选自《岑参集校注》。

然而,《岑参集校注》和《岑嘉州诗笺注》也有很多失准甚至讹误之处,试简述之。

两种注本均称底本为四部丛刊明刻本,《岑参集校注》的表述是“《四部丛刊》影印七卷本”,《岑嘉州诗笺注》则表述为“明正德十五年济南刊七卷本《岑嘉州诗》(即四部丛刊缩编影印本)”。而笔者在数据库中查到的四部丛刊集部《岑嘉州诗》却是明正德十五年沈恩刻本,扉页印有“上海涵芬楼借江南图书馆藏明正德庚辰蜀中刊本景印”,体例为四卷。校注中,《岑参集校注》称底本中“百丈，一作千尺”[①]，《岑嘉州诗笺注》称“底本注：掣，一作擎。”[②]但四部丛刊明刻本中并无小注。笔者发现，《岑嘉州集》明正德十五年熊相高屿刻本中有这样的眉注，且此本就是七卷本。这可能才是两个注本的底本。之所以混淆，可能是因为沈恩刻本和熊相高屿刻本均刊行于明正德十五年。不过，“掣，一作擎”中的“擎”应属误认，因为“风擎红旗冻不翻”说不通。国家图书馆藏的熊相高屿刻本漫漶严重，笔迹不清，根据字的轮廓以及更早的版本判断，此注应为“掣，一作繫（系）。”

《岑参集校注》和《岑嘉州诗笺注》的参校本均包括《唐百家诗选》和《唐诗纪事》，但两个注本均未校出两种文献中的“胡儿”和“黪澹”。《唐百家诗选》从两种宋本，到几种明刊本，再到清代乃至民国的版本，基本上都是“胡儿”，专业校勘没有发现，实属不该。

七、总而结之

校雠考辨，有两个方面必须注意：一是版本的流变，一是词义的流变。

中国的文献史长达数千年。无心之失加上有意窜改，很多文献在传写重刊的过程中都会发生变化。不明白或不注意这一点，整理古籍或考证辨析就可能失准，甚至误判。比如由于参校的版本单一或太近，很多学者认为崔颢《黄鹤楼》“昔人已乘白云去”中的“白云”讹为“黄鹤”始于《唐百家诗选》，殊不知该文献最早的版本即宋本中原本就是“白云”，但被后世版本改成了“黄鹤”（详见本书第 74 页《崔颢〈黄鹤楼〉的“白云”“黄鹤”之争》）。《白雪歌》中的“胡儿”和“风系”一直被埋没可能也是这个原因。

版本在变，词义也在变。乌鸦本为吉祥鸟，却慢慢变成了不祥之物（详见本书第 383 页《张继夜泊的不是“枫桥”和“寒山寺”》）。考证中辨析字义、取舍异文，必须考虑作者所处的时代，更要知道字词在当时的涵义。“瀚海”被误解为“大沙漠”，应该就是因为没有注意词义流变的过程——只知道“瀚海”古时指“沙漠”，却不知道更古的时候指“大海”。而“胡琴”与“琵琶”的关系，

① 陈铁民修订：《岑参集校注》[M]，上海：上海古籍出版社 2019 年版，第 215 页。
② 廖立笺注：《岑嘉州诗笺注》[M]，北京：中华书局 2004 年版，第 317 页。

也与词义的流变直接相关。

唯物辩证法告诉我们：事物都是发展变化的——可不知乎？

附：岑参《白雪歌送武判官》异文一览表

序	代	编撰者	文献名	异文						
01	唐	杜确	岑嘉州诗	胡天	忽如	角	冷难	惨淡	胡琴	掣
02	唐	杜确	岑嘉州集	胡天	忽如	角	冷难	惨淡	胡琴	掣
03	唐	佚名	岑参集	胡天	忽如	角	冷难	惨淡	胡琴	掣
04	宋	王安石	唐百家诗选	胡天	忽如	角	冷难	黪澹	胡儿	系
05	宋	王安石	唐百家诗选	胡天	忽如	角	冷难	黪澹	胡儿	掣
06	宋	王安石	唐百家诗选	胡天	忽如	角	冷难	黪澹	胡琴	掣
07	宋	计有功	唐诗纪事	胡天	忽然	雕	冷难	黪澹	胡儿	系
08	宋	计有功	唐诗纪事	胡天	忽如	雕	冷难	黪澹	胡琴	掣
09	宋	计有功	唐诗纪事	边城	忽然	雕	冷难	黪澹	更奏	掣
10	元	杨士弘	唐音	胡天	忽如	角	冷难	惨澹	胡琴	掣
11	元	杨士弘	唐音	朔天	忽如	角	冷难	惨澹	胡琴	掣
12	元	杨士弘	唐诗正音	胡天	忽如	角	冷难	惨澹	胡琴	掣
13	明	高棅	唐诗品汇	胡天	忽如	角	难冷	惨淡	胡琴	掣
14	明	高棅	唐诗品汇	胡天	忽如	角	冷难	惨淡	胡琴	掣
15	明	高棅	唐诗正声	胡天	忽如	角	冷难	渗澹	胡琴	掣
16	明	胡缵宗	唐雅	胡天	忽如	角	冷难	惨澹	胡琴	掣
17	明	胡震亨	唐音统签	胡天	忽如	角	冷难	惨淡	胡琴	掣
18	明	黄德水	唐诗纪	胡天	忽如	角	冷难	惨淡	胡琴	掣
19	明	唐汝询	唐诗解	胡天	忽如	角	冷难	惨淡	胡琴	掣
20	明	许自昌	岑嘉州集	胡天	忽如	角	冷难	惨淡	胡琴	掣
21	明	曹学佺	石仓历代诗选	胡天	忽如	角	冷难	惨淡	胡琴	掣
22	清	张玉书	全唐诗	胡天	忽然	角	冷难	黪淡	胡琴	掣
23	清	张玉书	佩文斋咏物诗选	边城	忽如	角	冷难	惨澹	胡琴	掣
24	清	徐倬	全唐诗录	胡天	忽如	角	冷难	惨淡	胡琴	掣
25	清	王士禛	唐贤三昧集	胡天	忽如	角	冷难	惨淡	胡琴	掣
26	清	张英	御定渊鉴类函	胡天	忽如	角	冷难	惨淡	胡琴	掣
27	清	蘅塘退士	唐诗三百首	胡天	忽如	角	冷犹	惨澹	胡琴	掣
28	清	沈德潜	唐诗别裁	胡天	忽如	角	冷难	惨澹	胡琴	掣
29	清	王闿运	唐诗选	胡天	忽然	角	冷难	黪淡	胡琴	掣
30	清	许容	甘肃通志	胡天	忽如	角	冷难	惨淡	胡琴	掣

续表

版本信息及注释：

[01]《岑嘉州诗》[O]，宋刻本，卷1第9页。小注："风掣，一作风击（擊）。"

[02]《岑嘉州集》[O]，明正德十五年（1520）刻本（10行），卷2第2页。四部丛刊明正德庚辰蜀中刊本、明正德十五年（1520）刻本（11行本），明铜活字本、明刻本（10行18字），同。

[03]《岑参集》[O]，明万历刻唐十二名家诗本（天津图书馆藏），卷（无）第36页。

[04]《唐百家诗选》[O]，宋本（9行本），卷16第4–5页。宋绍兴（1131—1162）本（十行本），卷4第9–10页。清康熙四十三年（1704）刻本，同。

[05]《唐百家诗选》[O]，清康熙戊子年（1708）刻本，卷4第9–10页。东方书局民国二十四年（1935）版，同。

[06]《唐百家诗选》[O]，四库本，卷4第9–10页。

[07]《唐诗纪事》[O]，四部丛刊明嘉靖二十四年（1545）洪楩清平山堂刻本，卷23第20页。

[08]《唐诗纪事》[O]，明嘉靖二十四年（1545）张子立刻本，卷23第19–20页。

[09]《唐诗纪事》[O]，四库本，卷23第24页。

[10]《唐音》[O]，明初（1368—1424）魏氏仁实堂刻本，正音卷2上第9页。明初（1368—1424）刻本（10行18字），同。

[11]《唐音》[O]，四库本，卷3第22页。

[12]《唐诗正音》[O]，明刻本（日本昌平坂学问所藏），卷2上第25页。

[13]《唐诗品汇》[O]，明洪武三十一年（1398）汪宗尼刻本，卷29第13页。明嘉靖己亥年（1539）刻本、明张恂刻本、四库本，同。

[14]《唐诗品汇》[O]，明刻本（10行20字，国家图书馆藏），卷29第12–13页。

[15]《唐诗正声》[O]，明成化辛丑年（1481）刻本，卷4第12页。

[16]《唐雅》[O]，明嘉靖二十八年（1549）文斗山堂刻本，卷4第19–20页。

[17]《唐音统签》[O]，明刻本，卷126第12页。"角，一作雕。"

[18]《唐诗纪》[O]，明万历十三年（1585）刻本，盛唐卷36第2页。小注："角，一作雕。"

[19]《唐诗解》[O]，明万历刻本，卷17第10页。

[20]《前唐十二家诗·岑嘉州集》[O]，明万历年间闽城郑能琅嬛斋刻本，卷上第40页。

[21]《石仓历代诗选》[O]，明崇祯年间刻本，唐卷27第18—19页。四库本，同。

[22]《全唐诗》[O]，四库本，卷199第1–2页。小注："角，一作雕。"

[23]《御定佩文斋咏物诗选》[O]，四库本，卷14第9页。

[24]《全唐诗录》[O]，四库本，卷14第15页。

[25]《唐贤三昧集》[O]，四库本，卷下第11页。

[26]《御定渊鉴类函》[O]，四库本，卷9第22页。"梅花"应为"梨花"之讹。

[27]《唐诗三百首》[O]，清光绪十六年（1891）石渠山房刻本，卷2第15–16页。

[28]《唐诗别裁》[O]，清康熙五十六年（1717）刻本，卷3第12页。清乾隆二十八年（1763）教忠堂修订本，"澹"为"淡"。

[29]《唐诗选》[O]，成都：尊经书店清光绪丙子年（1876）刻本，卷2第34页。

[30]《甘肃通志》[O]，四库本，卷49第24页。

王之涣《凉州词》通考通辨

黄沙直上白云间，一片孤城万仞山。
羌笛何须怨杨柳，春光不度玉门关。

这是唐代诗人王之涣（688—742）的经典名作《凉州词》。该诗在唐代就广为吟唱或传诵，甚至被推为七绝的“压卷”之作。1000多年来，被无数的诗选或诗论收入或品评。在近几十年的小学语文教科书中，《凉州词》也从未缺席，这更是让这首诗的流传达到空前的程度。但也正是因为该诗流传日久，而且版本众多，所以出现了很多异文，比如“黄沙”有作“黄河”“黄砂”“芦河”，“直上”有作“远上”“原上”，“春光”有作“春风”，“不度”有作“不渡”“不过”。除了字词的不同，甚至前两句的顺序也不一样。此外，诗题有《出塞》《凉州》《凉州词》《梁州歌》之别，作者也有“王之涣”“王之奂”“王涣之”之异。一首短短的七绝，异文如此之多，是比较罕见的。

一、《凉州词》历代版本纵览

《凉州词》异文杂多，版本混乱。为了作出有据有理的判断，笔者对《凉州词》的版本源流进行了全面的检索，查到的经典古籍及近现代文献达37种，计57个版本（有几种文献为多个版本）。以成书时间划分：唐代2种，宋代6种，元代3种，明代17种，清代7种，民国2种；以刊行时间划分：宋本1种，元本1种，明本23种，清本24种，民本5种，现代3种。为了查阅的方便，汇总附表于文后。

《凉州词》的版本非常混乱。除异文较多之外，这突出地表现在两个方面：一是从头乱到尾。从唐宋开始，就是“沙”“河”俱下、“直”“远”并存。二是同书不同版。同一典籍在不同年代的版本多有不同，甚至年代相近的版本也有差异。试举几例——

唐代即成书的《国秀集》是已知最早收录《凉州词》的诗选。笔者查到了此集的3种版本，一为四部丛刊明刻本，二为清文渊阁四库写本（下文简称“四库本”），三为王士禛（1634—1711）删纂刻本（未列入附表）。四部刻本中《凉州词》的前两句为“一片孤城万仞山，黄河直上白云间。”四库本中《凉州词》的前两句为“黄河直上白云间，一片孤城万仞山。”王士禛刻本的前两句则为“黄河远上白云间，一片孤城万仞山。”①

宋初编纂的《文苑英华》两次著录《凉州词》，先是出现在“乐府”集中的第197卷，后又出现在“军旅”集中的第299卷。令人瞪目的是，不仅同一版本中两次出现的《凉州词》不一样，而且先后刊行的两种版本也有异。也就是说，《凉州词》在同一典籍的两个版本中有4种形态。影印宋明刻本：第197卷的前两句为“黄沙直上白云间，一片孤城万仞山”，第299卷的前两句为“一片孤城万仞山，黄沙直上白云间”；四库本：第197卷的前两句为“黄河远上白云间，一片孤城万仞山”，第299卷的前两句为“黄河直上白云间，一片孤城万仞山”。

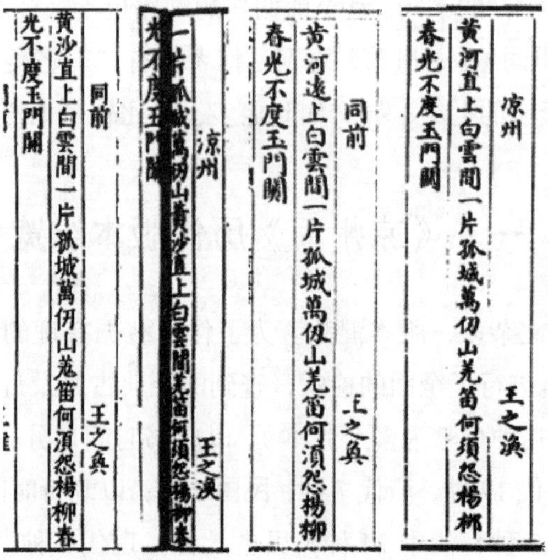
同前 王之奐
黄沙直上白雲間一片孤城萬仞山羌笛何須怨楊柳春
光不度玉門關

涼州 王之渙
一片孤城萬仞山黄沙直上白雲間羌笛何須怨楊柳春
光不度玉門關

同前 王之奐
黄河遠上白雲間一片孤城萬仭山羌笛何須怨楊柳
春光不度玉門關

涼州 王之渙
黄河直上白雲間一片孤城萬仞山羌笛何須怨楊柳
春光不度玉門關

《凉州词》在《文苑英华》两个版本中的4种形态

① 〔清〕王士禛删纂：《十种唐诗选·国秀集》[O]，清康熙三十一年（1692）刻本，第19页。

清代《全唐诗》也是先后出现过两次《凉州词》，分别在第18卷和第253卷，同样是存在异文。而且，四库本与中华书局本也不一样。中华书局本中还出现了“黄砂”，与《乐府诗集》同。“砂”为“沙”的派生字，二者均指细小的石粒，但也有细微的区别：“沙”是河水冲刷而形成的，比如沙滩、沙洲；“砂”是岩石风化而形成的，比如朱砂、矿砂。但多数情况下，二字可以混用。比如杜甫《赠李白》“秋来相顾尚飘蓬，未就丹砂愧葛洪”中的“砂”也有作“沙”。

清乾隆年间面世的《唐诗三百首》是近200多年来流传最广的唐诗选本。该书早期的版本为“黄砂直上”，比如清宏道堂刻本、清金陵四教堂刻本等；后来被人改为“黄河远上”，比如清道光十四年立言堂刻本、清光绪十六年石渠山房刻本等。清光绪十一年四籐吟社刻本原为“黄沙直上”，但据此本排印的中华书局本却改成了“黄河远上”[①]。

明内府藏本《唐诗选注》最让人抓狂。该书著录的《凉州词》，正文为“黄河远上”“春光不度”，注释中却又成了“黄沙远上”“春风不度”。之所以如此“首鼠两端”，应是因为正文沿袭《唐诗选》，注释引用《集异记》，各忠于原本，也是正常的。

在57个版本中，“黄河”37次，“黄沙（砂）”18次，“芦河”2次；“远上”41次，“直上”15次，“原上”1次；“春光”41次，“春风”16次；“不度”53次，“不渡”1次，“不过”3次；“王之涣”42次，“王之奂”10次，“王涣之”5次；《凉州词》29次，《出塞》17次，《凉州》2次，《梁州歌》1次，阙题8次。

校勘考证，首要的就是版本。与现在出版发行的很多书籍一样，古籍中的有些著作也有多个版本，而且往往存在异文。但时下考辨类的论文存在一个普遍的问题，那就是在引用文献的时候基本上都只有一种版本，有些论文甚至未注出处，仿佛那些文献的古籍版本只有一个或者多个版本没有区别。这既会误导读者，也会影响判断。比如谭优学在《也谈王之涣〈凉州词〉》中非常肯定地说“原句本来就是‘黄河远上’”，其两大论据之一就是《集异记》，因为“旗亭画壁”中优伶“唱的就是‘黄河远上’”[②]。该文没有注明所据文献，笔

① 〔清〕陈婉俊补注、锺文谷校点：《唐诗三百首》[M]，北京：中华书局1957年版，卷8第23页。

② 谭优学撰：《也谈王之涣〈凉州词〉》[J]，重庆：《西南师范大学学报（人文社科版）》1981年第3期。

者在古籍中查到了7种版本的《集异记》，其中明抄本《集异记》、明刻本《虞初志》《历代小史》《古今逸史》《类说》收录的《集异记》中均为“黄沙远上”，只有四库本《集异记》和《类说》为“黄河远上”。另外，万库本（民国商务印书馆版）[①] 和当代中华书局版[②]《集异记》中也都是“黄沙远上”（此二本与明刻本无异，故未列入附表）。在《凉州词》诗后引用“旗亭画壁”故事的古籍中，明内府藏本《唐诗选注》、明刻本《尧山堂外纪》、天瀑刻本《唐才子传》、四库本《说郛》都是“黄沙远上”，只有四库本《唐才子传》为“黄河远上”、四库本《全唐诗》和《唐诗镜》简为“黄河”。“黄河”版本的文献不仅数量少，而且均出自四库。

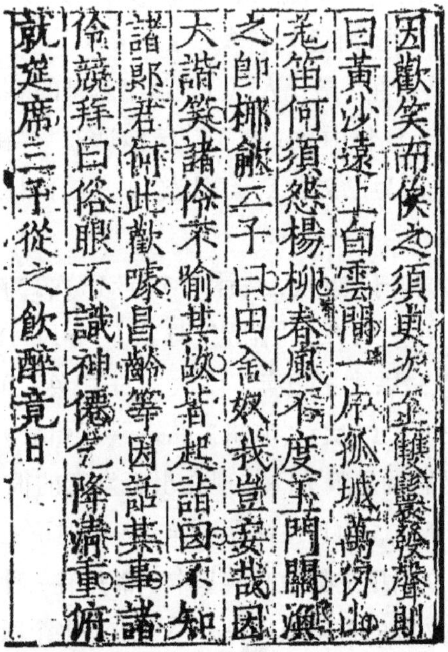
因歡笑而俟之須臾次至雙鬟發聲則
曰黃沙遠上白雲間一片孤城萬仞山
羌笛何須怨楊柳春風不度玉門關渙
之即揶揄二子曰田舍奴我豈妄哉因
大諧笑諸伶不喻其故皆起詣曰不知
諸郎君何此歡噱昌齡等因話其事諸
伶競拜曰俗眼不識神仙乞降清重俯
就筵席三子從之飲醉竟日

《虞初志》中的《集异记》为“黄沙远上”

仅仅查考一个版本或者版本太少，还存在一个问题，那就是争论中的信息不对称，比如你依据的A版本，他依据的是B版本，双方各据一本并各执一词，

① 〔唐〕薛用弱撰：《集异记》[O]，上海：商务印书馆民国二十八年（1939）版，卷2第9页。
② 〔唐〕薛用弱撰：《集异记》[M]，北京：中华书局1980年版，第12页。

讨论就会变成自说自话。所以，笔者对几种校勘价值较高的典籍进行了多版本的查考，其他古籍也尽量选取较早的版本。而版本的选择又以专门收录诗作的诗集为主，各种引用诗作的诗话、笔记或史志则只是旁及。

二、史上关于“黄河”和“黄沙”的争论

关于《凉州词》的异文之争，主要集中在“黄河”和“黄沙”。由于“远上”和“直上”与前面的两个字紧密相关，所以经常连在一起讨论。虽然“黄河直上”也有几处，但这种说法明显悖于常理，所以讨论通常是在“黄河远上”和“黄沙直上”之间进行。

较早挑起这个争议是清代的诗论家吴乔（1611—1695），他在《围炉诗话》中评论《凉州词》时说:“《唐诗纪事》王之涣《凉州词》是‘黄沙直上白云间’，坊本作‘黄河远上白云间’。黄河去凉州千里，何得为景，且‘河’岂可言‘直上白云’耶？”[①]100多年后，吴骞(1733—1813)为此专门写了一首论诗绝句:“画壁当年事久徂，歌来皓齿定非诬。如何直上黄沙句，真本翻归计敏夫？”诗后有小字注：“王之涣《凉州词》‘黄河远上白云间’，《唐诗纪事》作‘黄沙直上白云间’，吴修龄笃信之，以为的不可易。”[②]他的意思是:《凉州词》的“真本”又不归计敏夫，怎么能以《唐诗纪事》为准呢？殊不知，“黄沙直上”并非只是出现在《唐诗纪事》中，宋代的《乐府诗集》《文苑英华》都有“黄沙直上”的版本。

刘永济（1887—1966）在《唐诗绝句精华》关于《凉州词》的注释中说：“此诗各本皆作‘黄河远上’，惟计有功《唐诗纪事》作‘黄沙直上’。按玉门关在敦煌，离黄河流域甚远，作‘河’非也。”[③]此说显然是采信吴乔的观点，但“惟”之说也不准确。实际上，《唐诗纪事》也有“黄河直上”的版本，比如四库本。

沈祖棻(1909—1977)《唐人七绝诗笺释》从文学角度对“黄沙直上”和“黄

① 〔清〕吴乔撰：《围炉诗话》[O]，清嘉庆戊辰年（1808）刻本，卷3第7页。
② 〔清〕吴骞撰：《拜经楼诗集》[O]，清乾隆五十七年（1799）刻本，卷8第1页。
③ 刘永济选释：《唐人绝句精华》[M]，北京：人民文学出版社1981年版，第97页。

河远上”的韵味意境进行了比较，结论是“黄河远上”较富于美感①。刘逸生（1917—2001）在《唐诗小札》中也持相似的观点。刘文称《国秀集》中就是“黄河远上白云间”，但未注明版本②。笔者考得的四部丛刊明刊本和四库本，包括上海古籍出版社《唐人选唐诗（十种）》中的《国秀集》（未列入附表），均为“黄河直上白云间”。

施蛰存（1905—2003）在《边塞绝句四首》一文中也认为：“论句法气势，则应当以‘黄河远上’为较好。李白诗‘黄河之水天上来’就是同一意境，这都是当时诗人对黄河上游的印象。至于说凉州不在黄河边上，因而肯定了‘黄沙’，这也有问题。因为“凉州词”是谱唱《凉州曲》的歌词，其内容本来不限定要描写凉州城。王之涣此诗只是写一个边塞上的戍城，‘孤城’是泛用，并非专指凉州。再说，凉州也不在万仞山中，如果认为此诗是描写凉州的，那么连这第二句也得否定了。”③确如施先生所说，《凉州词》只是曲名，就像这首诗的别名《出塞》《折杨柳》一样，不过史上论家大都认为该诗描写的就是凉州景象。而且其他关于凉州的唐诗中也有城边有高山的描写，比如王维《凉州赛神》中就有“凉州城外少人行，百尺峰顶望虏尘”之句，另有唐无名氏所作《塞上曲》中也有“孤城夕对戍楼间，回合青冥万仞山”④。塞外多高山，而且离黄河很远，是一种普遍的认知。有意思的是，施蛰存在民国时期主编出版的《唐诗纪事》中，《凉州词》首句即为“黄沙直上白云间”。⑤

著名气象学家竺可桢（1890—1974）在《物候学》中称“玉门关”一带的春天终日“黄沙”直上云霄，因此他认为“黄河”是被后人改动的⑥。地质学家尹赞勋（1902—1984）也在《科学报》上发表文章，以自己的亲身经历与实地考察断定，应是“黄沙直上白云间”，而非“黄河远上白云间”。他说，《凉州词》所涉及的地理范围，东起武威，西至敦煌，全线约一千公里。那里时常飞沙走石、天昏地暗，这种“风纱帐”符合“黄沙直上”的景象。

---

① 沈祖棻选释：《唐人七绝诗笺释》[M]，上海：上海古籍出版社 1983 年版，第 18 页。
② 刘逸生著：《唐诗小札（增订本）》[M]，广州：广东人民出版社 1962 年版，第 17 页。
③ 施蛰存著：《唐诗百话》[M]，上海：上海古籍出版社 1987 年版，第 144 页。
④〔宋〕李昉等辑：《文苑英华》[O]，四库本，卷 197 第 1 页。
⑤〔宋〕计有功撰：《唐诗纪事》[O]，上海：贝叶山房民国廿五年（1936）据明原刊本排印，第 407 页。
⑥ 竺可桢、宛敏渭著：《物候学》[M]，北京：科学出版社 1973 年版，第 132 页。

作为文艺家的启功（1912—2005）也从地理气候的角度，认为“黄河”是错的。“汉朝时西北地区就有龙卷风和沙尘暴，唐朝也有。”他说，“如果是‘黄河远上白云间’，有河就有水，有水就有草木，人们就不用‘怨杨柳’了。”①

上世纪的60年代、80年代、90年代，先后发生过三次规模较大的争论，很多学者参与其中。连竺可桢等气象学家都被卷了进来，足见当时争论的社会影响之大。归纳起来，“黄河”派的核心观点是“黄河远上”宏阔壮美，比“黄沙直上”富于美感；“黄沙”派的核心观点是“黄沙直上”符合塞外实景，而“黄河远上”脱离实际。2017年第7期《荆楚学术》发表过一篇题为《二十世纪以来王之涣〈凉州词〉研究综述》的文章，对几次争论的情况进行了比较全面的介绍。此文也引用了吴骞的那首质疑吴乔的诗，但竟然变成了这样一段话：“画壁当年年事久，徂歌来皓定非诬如何，上黄沙句真本翻归，计敏夫……”不仅断句错误，而且多了个“年”字、漏了“齿”和“直”字。不知所云，错得离谱。

三、“黄河远上”与“黄沙直上”的关键

孙绍振在2006年第11期《福建论坛》发表的《解读王之涣〈凉州词〉》中认为，《凉州词》版本的讨论“表面上是一字之争，实质是关于诗的写实性还是想像虚拟性的分歧。”应该说，这一观点对两派之争的总结还是比较到位的，但也与两派一样没有抓住问题的关键。写诗作词，是“写实”好还是“虚拟”好？这其实是一个伪命题，因为两种艺术手法根本就没有好坏之分，关键在于使用是否得当。那么，“黄河”与“黄沙”之争的要害在哪里呢？

“黄河远上白云间”是不是非常壮美？确实壮美。“黄河远上”比“黄沙直上”富于美感，是显而易见的，根本无须论证。“黄河远上”之所以广为流行，应该主要就是因为它的“壮美”，因为美的东西更容易被人接受。但也正是因为“壮美”，“黄河”更应该被否定。为什么？因为“壮美”违背了《凉州词》的旨归。试想一下：既然边塞那样“壮美”，为什么还要“怨”呢？应该天天坐在戍楼上欣赏那“壮美”的景色才是啊！面对那么壮观的美景，又是怨杨柳，又是怨

① 张志和撰：《启功谈艺录——张志和学书笔记》[M]，北京：中国社会科学出版社2007年版，第1页。

春光，这样的“羌笛”不是很奇怪吗？

唐汝询（1624年前后在世）《唐诗解》在诗后释曰：“此状凉州之险恶也。”而“黄河远上”不仅不险恶，而且很壮美。相反，“黄沙直上”才是险恶之状。

《凉州词》是一首典型的边塞诗，主旨是为了表达戍边之苦、思归之切。那些年轻的戍卒，抛妇别雏，背井离乡，来到千里甚至万里之外的荒凉之地，高寒难耐，生活孤苦，故乡渺渺，音信皆无，而回归之日遥遥无期，甚至生还的希望都很渺茫……“醉卧沙场君莫笑，古来征战几人回？”（王翰《凉州词》句）“由来征战地，不见有人还。”（李白《关山月》句）设身处地地想一想，那是一种怎样的感受？且不说塞外的气候常态原本就是荒凉的，加之可能水土不服，即使偶尔出现壮美的自然景观，也不会在戍人心里产生美感。作为诗人，当然应该会之于心、形之于文。为了表达戍卒们凄苦、绝望的心情，诗人通常都要通过各种艺术手段营造出一种凄凉、肃杀的氛围。很显然，“黄河远上”与这样的要求南辕北辙，而“黄沙直上”恰恰是与旨归契合的。大漠戈壁，黄沙满地，狂风一刮，尘土飞扬，遮天蔽日，直上云霄，那种因“飓母”而成的“通天风柱”，不就是“黄沙直上白云间”吗？这样的景象不仅符合当地的地理气候，而且为“怨”的产生作好了铺垫。“黄沙”与“孤城”前后呼应，相辅相成。而“黄河远上白云间”的壮美和“一片孤城万仞山”的凄凉却相互抵牾。这就好比人家办丧事，乐队却演奏《欢乐颂》——岂不是找打？

诚然，“以乐景写哀”也是有的。王夫之（1619—1692）在《姜斋诗话》中说“‘昔我往矣，杨柳依依；今我来思，雨雪霏霏。’以乐景写哀，以哀景写乐，一倍增其哀乐。知此，则‘影静千官里，心苏七校前’与‘唯有终南山色在，晴明依旧满长安’，情之深浅宏隘见矣。况孟郊之乍笑而心迷、香啼而魂丧者乎？”[①] 在《诗广传》中，王夫之又说：“往伐，悲也；来归，愉也。往而咏杨柳之依依，来而叹雨雪之霏霏，善用其情者，不敛天物之荣凋以益已之悲愉而已矣！”[②] 对于王夫之的这种说法，诗论界的意见并不统一，多人撰文提出过质疑。其中是非，姑不深论。不争的是，所谓“以哀景写乐，以乐景

① 〔清〕王夫之撰：《姜斋诗话》（《船山遗书》之六十三）[O]，清同治四年（1861）湘乡曾氏刻本，卷1第2页。

② 〔清〕王夫之撰：《诗广传》（《船山遗书》之十一）[O]，清同治四年（1861）湘乡曾氏刻本，卷3第6页。

写哀”是通过“反衬 + 转折”的手法来实现的，读者能够通过转折前后的对比领会到诗家的意图。由于七绝篇幅短小，“起承转合”只能一次，不可能有两次转折。就《凉州词》来说，诗中有一次明显的转折，即“羌笛何须怨杨柳”，此句在全诗中至关重要、不可或缺，这意味着诗的前两句应该是铺排或递进的，从而共同为第三句的“怨”作铺垫，也就是说前两句应该是同写哀景，而不可能是由乐转哀。

其实，即使抛开各种考量，单就视觉冲击力而言，“黄沙直上”也不输于“黄河远上”。“黄河远上”是壮美，在黄河中下游的任何地方都能看到；“黄沙直上”是奇异，这是只属于塞外的异域景象。对于关内的唐人来说，“黄沙直上”可能更加引人入胜，也更令人震撼。

四、“黄沙”是边塞诗的高频词

边塞诗的基调就是哀怨的，边塞诗中的景色也总是萧索的。遍观边塞诗，字里行间都充满着凄凉。“陇山风落叶，陇雁泪寒天”（沈佺期《陇头水》句）。“寒云随阵落，寒日傍城没”（常建《塞上曲》句）。“渺渺戍烟孤，茫茫塞草枯”（刘长卿《平蕃曲》句）。“瀚海阑干百丈冰，愁云惨淡万里凝”（岑参《白雪歌送武判官归京》句）。“黄沙连海路无尘，边草长枯不见春”（杜牧《游边》句）。即使是“大漠孤烟直，长河落日圆”（王维《使至塞上》句），貌似唯美的景象，其实也透着寒意。

意气风发，无处不美；愁肠百结，万物皆灰。比如雪花、明月在人们的心目中一般都是美好的事物，但在戍人边客的眼中却都是灰色的，在边塞诗人的笔下也都充满着离愁别恨。李白诗曰：“五月天山雪，无花只有寒。”岑参也说：“塞花飘客泪，边柳挂乡愁。”雪格外寒，月也很冷：“凄凄还切切，戍客多离别。何处最伤心，关山见秋月”（长孙佐辅《关山月》句）。“若为教作辽西梦，月冷如丁风似刀”（徐凝《莫愁曲》句）。边塞的月色为什么如此瘆人？因为戍卒们是在“刀头望明月”（常建《塞上曲》句）。

边塞诗中有很多高频的意象性词汇，比如：白草，黄沙，大漠，归雁，羌笛，胡笳，孤城，蓟门，关山月，玉门关……人们一看到这些词儿，就会联想到边塞。“虏云连白草，汉月到黄沙”（刘长卿《送南特进赴归行营》句）。“玉门关城迥且孤，黄沙万里白草枯”（岑参《玉门关盖将军歌》句）。“白草山头日初没，黄沙戍下悲歌发”（郎士元《塞上曲》句）。“黄沙百战穿金甲，不破楼兰终不还”（王昌龄《从军行》句）。在边塞诗中，“黄沙”是出现频率最高的意象之一。就王之涣《凉州词》的意境而言，“黄沙”显然要比“黄河”更适合。虽然“黄河”在边塞诗中出现的频率也不算少，但它通常只具地标性，而不具有意象性。比如杜甫：“汉使黄河远，凉州白麦枯。”常建：“黄河直北千余里，冤气苍茫成黑云。”“凉州”等边塞到底有多远？通过“黄河”这个无人不知的地理坐标，想象起来就容易多了。

“黄河”派喜欢拿李白的“黄河之水天上来”作比，其实《将进酒》和《凉州词》的意境完全不同。《将进酒》是豪迈的，李白就是想营造出“人生得意须尽欢”的欢畅氛围，这与“黄河之水天上来”的意象当然契合；而《凉州词》是哀怨的，王之涣是想描述“春光不度玉门关”的凄凉景象，这与“黄河远上白云间”的壮美显然不匹配。

王维的“大漠孤烟直”也可以作为印证“黄沙直上白云间”的意象。赵殿成（1683—1743）《王右丞集笺注》在注释“大漠孤烟直”时说：“庾信诗‘野戍孤烟起。’《埤雅》：‘古之烽火用狼粪，取其烟直而聚，虽风吹之不斜。’或谓：边外多回风，其风迅急，袅烟沙而直上，亲见其景者始知直字之佳。”①

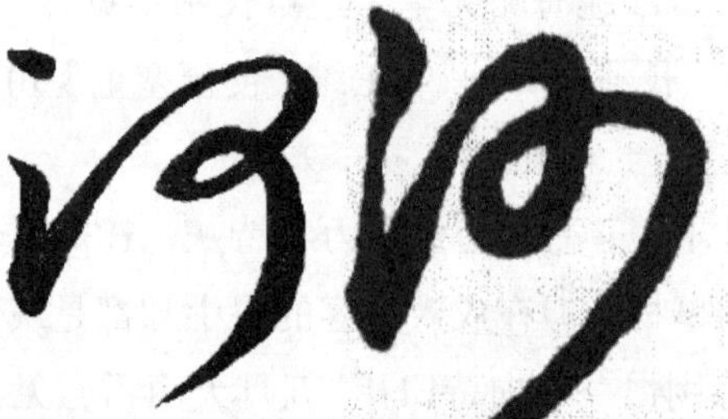

蔡襄写的“河”（左）和赵孟頫写的“沙”（右）

笔者确信，原作应是“黄沙直上”，而非“黄河远上”。那么，异变是怎么产生的呢？直接的原因应该是传抄中的误识。“沙”和“河”的草书非常相

① 〔清〕赵殿成注：《王右丞集笺注》[O]，四库本，卷9第5页。

像（如图），单看一个字，纵是书法家，也难以一眼认定，甚至也会认错。

古籍文献中另有“河”讹为“沙”的例子，比如《史记·货殖列传》“领南、沙北固往往出盐”句中的“沙”，在《十七史商榷》引用的此句中为“河”①。笔者查考了《史记》的5种古籍版本，包括2个宋刻本和3个明刻本，该句均作“领南，沙北”。明嘉靖四年王延喆刻本等版本中有小注；“沙北，正义曰谓池汉之北也”。但，此解甚为牵强。全文检索显示：“沙北”在《史记》中仅出现这1次，而“河北”则多次出现。比如“将卒数万人而军巨鹿之北，此所谓河北之军也。”（《项羽本纪》）“大王举梁、楚而西，务在入关，未及收河北也。”（《张耳陈余列传》）“以天之道，先王之灵，河北之地，随先王而举之济上”（《乐毅列传》）。不难看出，“河北”在《史记》中是一个常用的地理概念。因此，“沙北”应为“河北”之讹。

当“沙”或“河”的草书与“黄”字连在一起的时候，大多数人首先想到的肯定是“黄河”，因为人们对“黄河”比对“黄沙”要熟悉得多。而“黄河”之所以大行于世，应该也与这样的认知有关。但深层次的原因，恐怕还是没有真正理解并融入诗的意境中去。王昌龄有一首《塞上曲》：“蝉鸣空桑林，八月萧关道。出塞复入塞，处处黄芦草。从来幽并客，皆共尘沙老。莫作游侠儿，矜夸紫骝好。”何为“游侠”？王维在《陇头吟》中写道：“长安少年游侠客，夜上戍楼看太白。陇头明月迥临关，陇上行人夜吹笛。”风华正茂，踌躇满志，明月高悬，笛声悠扬，多么令人沉醉！但就在这位“游侠”仰望“太白金星”之时，“关西老将不胜愁，驻马听之双泪流。”对于享乐京城、偶到塞外的游侠来说，紫骝战马是壮的，大漠孤烟是美的，而对于“皆共尘沙老”的戍卒和“明月照流黄”的少妇来说，肯定完全是另外一种感受。王维《少年行》又曰：“新丰美酒斗十千，咸阳游侠多少年。”旅人不知边人苦，“矜夸”塞外风光妍——能从《凉州词》中读出“壮美”，可能就是出于“游人”的心态。

传世古籍，最早的就是宋本，最具校勘价值的当然也是宋本。本次研究检索到的57个版本中，中华书局1966年影印出版的《文苑英华》是用140卷宋刻本和860卷明刻本配补而成的，《凉州词》第一次出现的卷197属于明刻本，第二次出现的卷299则为宋刻本，而“黄沙直上”就出现在卷299中。“中华

① 〔清〕王鸣盛撰：《十七史商榷》[O]，清刻本，卷28第6页。句中“领”通“岭”。

再造善本"《乐府诗集》宋刻本中为"黄砂直上"。文学古籍刊行社1955年影印出版的《乐府诗集》是由宋刊残本和元至正刻本配补而成的，其中卷22为元版，这也是57个版本中唯一的元本，该卷中亦为"黄砂直上"。四库馆臣经常根据时本窜改前人作品，但《乐府诗集》的四库本亦为"黄砂直上"。《国秀集》虽然成书于唐代，但现存最早的版本是明刻本，而明人喜欢窜改古书是公认的。

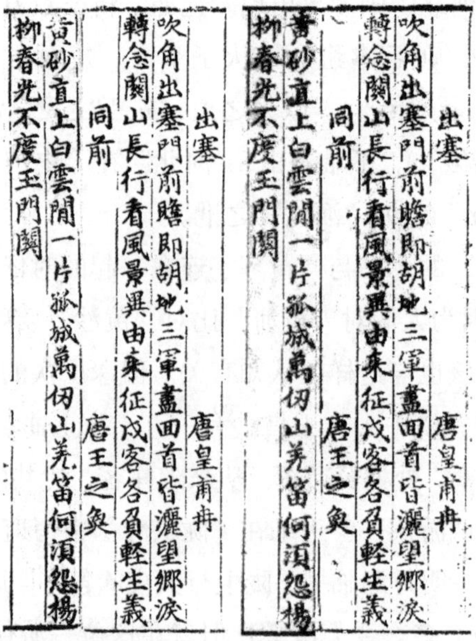
出塞 唐皇甫冉
吹角出塞門前瞻即胡地三軍盡回首皆灑望鄉淚
轉念關山長行看風景異由來征戍客各負輕生義
同前 唐王之奐
黄砂直上白雲間一片孤城萬仞山羌笛何須怨楊
柳春光不度玉門關

出塞 唐皇甫冉
吹角出塞門前瞻即胡地三軍盡回首皆灑望鄉淚
轉念關山長行看風景異由來征戍客各負輕生義
同前 唐王之奐
黄砂直上白雲間一片孤城萬仞山羌笛何須怨楊
柳春光不度玉門關

《乐府诗集》宋刻本（左）和元刊本（右）

另有两个罕见的异文值得一提。一是杨慎（1488—1559）《绝句衍义》中本诗首四字为"黄河原上"，此中之"原"应为"远"之音讹。一是明初魏氏仁实堂刻本《唐音》和张震（明人，生卒年不详）《唐诗正音辑注》中本诗首四字为"芦河远上"。张震在诗后注释："芦河集览沙州西曰：石环州之西，镇戎之东，有葫芦泉、葫芦碛。汉明时屯田于伊吾，芦即此地也。"现在，黄河支流无定河还有一条支流叫"芦河"，发源于陕西省靖边县白于山地。作为黄河支流的支流，倒是勉强可以称为"黄河"，但这里距凉州太远，既不在玉门关外，也不像是荒凉的塞外。

五、"春光""春风"和"不度""不过"

纵览历代版本，《集异记》应该是"春风"的源头。《类说》中的"春风"就是出自被收编的《集异记》。《全唐诗话》《唐才子传》《尧山堂外纪》《说郛》也都引用了"旗亭画壁"的故事，选择"春风"顺理成章。《集异记》是一部志怪传奇小说集，而非史书。此书虽然大量地使用了真名实姓，但其中的故事大多离奇无据，就像当时流行的志怪小说一样。绘声绘色的"旗亭画壁"，也很可能是虚构的（详见本书第255页《"旗亭画壁"只是"小说家言"》）。把《集异记》作为茶余饭后的谈资尚可，切不可信以为真。既然是"小说家言"，所引诗文的可信度也不高。

李攀龙（1514—1570）《古今诗删》的明刻本为"春光"，四库本为"春风"，显然是被四库馆臣窜改。至于明刻本《唐诗选注》注释中的"春风"，也是出现在引用"旗亭画壁"的文字中。

值得一提的是沈德潜（1673—1769）的《唐诗别裁》。该书在诗后基本完整地引用了"旗亭画壁"的故事，但从了"黄河"却弃了"春风"。为何如此"别裁"？可能是因为沈氏知道其他各本基本上均为"春光"，也可能是因为他认为"春光"优于"春风"。

清代以前的1000多年，"春光"占据绝对的优势，"春风"的版本很少，而且基本上都是出自诗话或笔记。清代前期的《全唐诗》，中期的《唐诗别裁》等都还是"春光"，但清代中末期又出现了"春风"，比如章燮（1783—1852）的《唐诗三百首注疏》、子墨客卿（清末人，生卒年不详）的《唐诗三百首注释》。

民国时期，"春风"的版本明显增多，其中《唐诗三百首》的各种释本大多为"春风"。虽然《唐诗三百首》的早期版本为"春光"，但后来讹变为"春风"。由于《唐诗三百首》的影响越来越大，"春风"逐渐成为主流。最近几十年，由于语文教科书都是"春风"版，昔日的"春光"消失殆尽。时至今日，人们看到的各种唐诗选本，基本上都是"春风"了。

"春光""春风"，涵义相通。"春风"可以带来"春光"，"春光"里也会有"春风"。就《凉州词》的语境来说，两个词都可以，很难说哪个更好。就版本源流来看，原本应该为"春光"。

“不度”和“不过”词义相近。“度”和“过”都是“度过”的意思。但诗之字词有雅俗之分。相对而言，“度”比“过”文雅一些。57 个版本中，“不度”为 52 个，“不过”为 3 个。“不度”应该是正选。至于“不渡”，只出现了 2 次。在现代汉语中，“度”是时间概念，“渡”是空间概念。依此而论，“不渡”比“不度”更贴切。但“度”用于空间的跨越在唐诗中非常常见，李白《关山月》中有“长风几万里，吹度玉门关”，张说也有“愿作枫林叶，随君度洛阳”的诗句。实际上，“度”和“渡”在古诗文中经常混用，比如“不教胡马度阴山”中的“度”也有不少版本写作“渡”。《别雅》：“度江河，渡江河也。《汉书·贾谊传》：‘是犹度江河，亡舟楫。’度与渡通。”[①] 所以，《凉州词》中的这个“渡”不应该视作异文。

关于前两句的顺序，《国秀集》明刻本为“一片孤城万仞山，黄河直上白云间。”《文苑英华》宋刻本为“一片孤城万仞山，黄沙直上白云间。”如果这样，本诗就失粘了，因为第三句第二字“笛”为仄声，而“沙”或“河”则为平声。如果第二句是“一片孤城万仞山”，因“片”亦为仄声，就无失粘之病。需要说明的是：按照现在普通话，“笛”读作 dí，似为阳平，但在中古韵书中，该字为入声。

另：俞陛云（1868—1950）《诗境浅说》中，本诗第二句为“一片孤云万仞山”[②]，此中“云”字，亦为仅见（未列入附表）。对此，俞还解释说，“其言一片孤云者，以孤云喻孤客，故羌笛吹怨也。”其说本身入情入理，但与首句之“云”不太谐合。一来，犯了“重叠”之忌；二来，无论“黄沙直上”，还是“黄河远上”，能入其“间”，说明白云很多，绝非“一片”。不知这片“孤云”，源自哪个版本。

六、关于作者和诗题的异文

关于作者，“王之涣”明显是主流，但“王之奂”和“王涣之”也不少。

“涣”和“奂”互为异体字。《字源》：“涣所从声符‘奂’，今作‘奂’。

① 〔清〕吴玉搢撰：《别雅》[O]，四库本，卷 4 第 17 页。
② 俞陛云撰：《诗境浅说》[O]，上海：开明书店民国二十五年（1936）版，第 61 页。

凡所从者皆作‘奂’。”[①]也就是说，“焕”“唤”“换”等字都可以写成“奂”[②]。《唐才子传》中的词条即为“王之奂”。[③]《成化山西志》则把《鹳鹊楼》的作者写作“王之焕”[④]。“王涣之”最早见于《集异记》，后人引用多有沿袭。有人认为，薛用弱把“王之涣”写成“王涣之”是“在暗示其虚构事迹本意”[⑤]，亦即故意改错。笔者也一直认为“旗亭画壁”是“小说家言”，但不同意“暗示”之说，因为故事另两位当事人王昌龄和高适的名字都准确无误。因此，传抄讹误的可能性更大。《纂修四库全书档案》载：“《唐诗镜》内‘开元中之涣与王昌龄、高适齐名’句，‘之涣’二字倒置。总校官王燕绪记过一次，分校官沈清藻记过二次。”[⑥]此外，另有两处处罚记录。《凉州词》诗后注释中“二字倒置”的这句话出自引述《集异记》“旗亭画壁”的故事中，原本就是“涣之”而非“之涣”，就连四库本《集异记》写的也是“涣之”，二位校官因此受罚，实在有些冤枉。

司马光（1019—1086）《温公诗话》云：“唐之中叶，文章特盛，其姓名湮没不传于世者甚众。如河中府鹳雀楼，有王之奂、畅诸二诗……二人者，皆当时贤士所不数，如后人擅诗名者，岂能及之哉！”[⑦]洪迈（1123—1202）在《容斋随笔》中引用了这段话，两位诗人仍为“王之奂、畅诸”[⑧]。潘德舆（1785—1839）在《养一斋诗话》中说：“‘奂’字必系‘涣’字之讹，‘诸’字必系‘当’字之讹……历考他本，皆无作王之奂、畅诸者，温公所见，不知何据。容斋未加订正，亦不可晓。”[⑨]潘自称“历考他本”，但显然不够全面，因为《四库全书》中的《文苑英华》和《唐音》均出现过“王之奂”，日本昌平坂学问所明刻本《唐诗正音》中《凉州词》的作者亦为“王之奂”；《全唐诗》第287卷也收有“畅诸”的一首诗，题为《早春》。

---

① 约斋编著：《字源》[M]，上海：上海书店1986年版，第976页。
② 冷玉龙等编：《中华字海》[M]，北京：中华书局1994年版，第189页。
③〔元〕辛文房撰：《唐才子传》[O]，日本天瀑山人刻本，卷3第1页。
④〔明〕不著撰人：《成化山西志》[O]，清两淮盐政采进本，卷16第70页。
⑤ 王胜明：《王之涣〈凉州词〉三题》[J]，北京：《文学遗产》2006年第3期。
⑥ 张书才主编：《纂修四库全书档案》[M]，上海：上海古籍出版社1997年版，第1490页。
⑦〔宋〕司马光：《温公诗话》[O]，上海：商务印书馆民国二十八年（1939）据宋本排印，第4页。
⑧〔宋〕洪迈著：《容斋随笔》[O]，上海涵芬楼影印宋刊本，卷15第3页。
⑨〔清〕潘德舆著：《养一斋诗话》[O]，清道光壬辰年（1832）刻本，卷9第5页。

有意思的是，稍晚于司马光的沈括（1031—1095）在《梦溪笔谈》中也曾谈及关于“河中府鹳雀楼”的唐诗，他提到了三位诗人“李益、王文奂、畅诸”。有人认为“畅诸”为“畅当”之讹，也有人说“畅诸”是“畅当”的弟弟。此是另题，姑且不议（详见本书第262页《〈登鹳鹊楼〉的畅诸畅当之争》）。此书中《登鹳鹊楼》的作者，元刻本写作“王文奂”①，明刻本仍为“王文奂”②，四库本改成“王之涣”③，民国商务本复为“王文奂”④。《全唐诗话》说王“与兄之咸、之贲皆有文。”⑤兄弟三人显然是“之”字辈，“王文奂”应为“王之奂”之讹。

尔后，阮阅（1085年进士）《诗话总龟》再次引用了司马光的那段话，注明转自《古今诗话》。这一次，《登鹳雀楼》的作者又变成了“王文奥”⑥。再往后，陈应行（1126年前后在世）《吟窗杂录》中，又出现了“王之奠”之说⑦。先是“之”讹为“文”，然后“奂”又讹为“奥”和“奠”，显然都是因为形近。

至于诗题，《出塞》和《凉州词》及《凉州》均多次出现，《梁州歌》只出现1次。有些诗话中，还有《折杨柳》之谓。其实，这些诗题都是取自乐府曲名。同一首诗，入了哪个曲调，就以哪个曲调为名，这在唐代非常普遍。王昌龄、岑参等都有诗作既题为《出塞》又题为《凉州》或《凉州词》。《梁州词》也有不少，但被认为是《凉州词》之讹。《唐诗归》中，诗题正文为《凉州词》，卷前目录为《梁州词》。早在宋代，洪迈就在《容斋随笔》中说：“今乐府所传大曲，皆出于唐，而以州名者五，伊、凉、熙、石、渭也。凉州今转为梁州，唐人已多误用，其实从西凉府来也。”⑧

---

① 〔宋〕沈括著：《梦溪笔谈》[O]，元大德九年（1305）东山书院刻本，卷15第11页。
② 〔宋〕沈括著：《梦溪笔谈》[O]，上海涵芬楼景印明刊本，卷15第5页。
③ 〔宋〕沈括著：《梦溪笔谈》[O]，四库本，卷15第6页。
④ 〔宋〕沈括著：《梦溪笔谈》[O]，上海：商务印书馆民国二十六年（1937）版，第101页。
⑤ 〔宋〕尤袤撰：《全唐诗话》[O]，上海：商务印书馆民国二十五年（1936）版，卷1第20页。
⑥ 〔宋〕阮阅编撰：《增修诗话总龟》[O]，上海涵芬楼景印明月窗道人校刊本，卷15第9页。
⑦ 〔宋〕陈应行撰：《吟窗杂录》[O]，明嘉靖戊申年崇文书堂家藏宋本重刊本，卷50第1页。
⑧ 〔宋〕洪迈撰：《容斋随笔》[O]，四库本，卷14第12页。

七、结束语

越是流传广泛的诗文，越是容易变形走样。王之涣的《凉州词》就是其中的一个典型。综合考虑意境、版本等各种因素,《凉州词》的几处异文应该取“黄沙”“直上”和“春光”“不度”，全诗的形态就像本文开头所引用的那样。

然而，现在通行的版本却是“黄河远上”和“春风不度”。之所以如此，主要源于两个方面：一是《唐诗三百首》等主要唐诗选本的讹变及影响。从民国时期开始，“黄河远上”和“春风不度”的版本就开始占主流，到了现当代更是基本告别了“黄沙”和“春光”。二是小学语文教科书的影响。与《唐诗三百首》一样，语文课本也是“黄河远上”和“春风不度”的版本。比之《唐诗三百首》等唐诗选本，语文教科书的覆盖力更大。两股强力叠加，几乎“一统天下”。经典诗篇如此被扭曲，不能不令人遗憾。

附：王之涣《凉州词》异文一览表

序	代	编撰者	文献名	诗题	作者	异文			
01	唐	芮挺章	国秀集	凉州词	王之涣	黄河	直上	春光	不度
02	唐	芮挺章	国秀集	凉州词	王之涣	黄河	直上	春光	不度
03	唐	薛用弱	集异记	阙	王涣之	黄沙	远上	春风	不度
04	唐	薛用弱	集异记	阙	王涣之	黄河	远上	春风	不度
05	宋	郭茂倩	乐府诗集	出塞	王之奂	黄砂	直上	春光	不度
06	宋	郭茂倩	乐府诗集	出塞	王之涣	黄砂	直上	春光	不度
07	宋	李昉	文苑英华	出塞	王之奂	黄沙	直上	春光	不度
08	宋	李昉	文苑英华	凉州	王之涣	黄沙	直上	春光	不度
09	宋	李昉	文苑英华	出塞	王之奂	黄河	远上	春光	不度
10	宋	李昉	文苑英华	凉州	王之涣	黄河	直上	春光	不度
11	宋	计有功	唐诗纪事	出塞	王之涣	黄沙	直上	春光	不过
12	宋	计有功	唐诗纪事	出塞	王之涣	黄河	直上	春光	不过
13	宋	尤袤	全唐诗话	出塞	王之涣	黄沙	直上	春风	不过
14	宋	孙幢	类说	阙	王涣之	黄沙	远上	春风	不度
15	宋	孙幢	类说	阙	王涣之	黄河	远上	春风	不度
16	宋	洪迈	万首唐人绝句	凉州词	王之涣	黄河	远上	春光	不度
17	宋	洪迈	万首唐人绝句	凉州词	王之涣	黄沙	远上	春光	不度

续表

序	代	编撰者	文献名	诗题	作者	异文			
18	元	辛文房	唐才子传	阙	王之奂	黄沙	远上	春风	不度
19	元	杨士弘	唐诗正音	凉州词	王之奂	黄河	远上	春光	不度
20	元	杨士弘	唐音	凉州词	王之奂	芦河	远上	春光	不度
21	元	杨士弘	唐音	凉州词	王之奂	黄河	远上	春光	不度
22	明	张震	唐诗正音辑注	凉州词	王之奂	芦河	远上	春光	不度
23	明	高棅	唐诗品汇	凉州词	王之涣	黄河	远上	春光	不度
24	明	李攀龙	古今诗删	凉州词	王之涣	黄河	远上	春光	不度
25	明	李攀龙	古今诗删	凉州词	王之涣	黄河	远上	春风	不度
26	明	李攀龙	唐诗选	凉州词	王之涣	黄河	远上	春光	不度
27	明	李攀龙	唐诗选注	凉州词	王之涣	黄河	远上	春光	不度
28	明	锺惺	唐诗归	凉州词	王之涣	黄河	远上	春光	不度
29	明	陆时雍	唐诗镜	凉州词	王之涣	黄河	远上	春光	不度
30	明	唐汝询	唐诗解	凉州词	王之涣	黄河	远上	春光	不度
31	明	吴勉学	唐乐府	凉州词	王之涣	黄河	远上	春光	不度
32	明	张之象	唐诗类苑	凉州词	王之涣	黄河	远上	春光	不度
33	明	陶宗仪	说郛	阙	王涣之	黄沙	远上	春风	不度
34	明	黄德水	唐诗纪	凉州词	王之涣	黄河	远上	春光	不度
35	明	曹学佺	石仓历代诗选	凉州词	王之涣	黄河	远上	春光	不度
36	明	曹学佺	大明一统名胜志	阙	王之涣	黄河	远上	春光	不度
37	明	蒋一葵	尧山堂外纪	阙	王之涣	黄沙	远上	春风	不度
38	明	杨慎	升庵诗话	梁州歌	王之奂	黄河	远上	春光	不渡
39	明	杨慎	绝句衍义	梁州歌	王之奂	黄河	原上	春光	不渡
40	清	徐倬	全唐诗录	凉州词	王之涣	黄河	远上	春光	不度
41	清	彭定求	全唐诗	出塞	王之涣	黄沙	直上	春光	不度
42	清	彭定求	全唐诗	凉州词	王之涣	黄河	远上	春光	不度
43	清	彭定求	全唐诗	出塞	王之涣	黄砂	直上	春光	不度
44	清	彭定求	全唐诗	凉州词	王之涣	黄河	远上	春光	不度
45	清	康熙	御选唐诗	凉州词	王之涣	黄河	远上	春光	不度
46	清	王士禛	唐人万首绝句选	凉州词	王之涣	黄河	远上	春光	不度
47	清	沈德潜	唐诗别裁	凉州词	王之涣	黄河	远上	春光	不度
48	清	王闿运	唐诗选	凉州词	王之涣	黄河	远上	春光	不度
49	清	蘅塘退士	唐诗三百首	出塞	王之涣	黄砂	直上	春光	不度
50	清	李盘根	唐诗三百首	出塞	王之涣	黄砂	直上	春光	不度
51	清	章燮	唐诗三百首注疏	出塞	王之涣	黄河	远上	春风	不度
52	清	陈婉俊	唐诗三百首补注	出塞	王之涣	黄沙	直上	春风	不度
53	清	子墨客卿	唐诗三百首注释	出塞	王之涣	黄河	远上	春风	不度

续表

序	代	编撰者	文献名	诗题	作者	异文			
54	民	梦花馆主	唐诗三百首读本	出塞	王之涣	黄河	远上	春风	不度
55	民	朱麟	唐诗三百首	出塞	王之涣	黄河	远上	春光	不度
56	民	毕志飏	唐诗韵释	出塞	王之涣	黄河	远上	春风	不度
57	民	胡云翼	唐诗选	凉州词	王之涣	黄河	远上	春风	不度

版本信息及注释：

[01]《国秀集》[O]，四部丛刊景印明刊本，卷下第 14 页。首句为“一片孤城万仞山”，次句为“黄河直上白云间”。明刻本（国图善本书号：13549），同。

[02]《国秀集》[O]，四库本，卷下第 15 页。

[03]《集异记》//《虞初志》[O]，如隐堂明刻本，卷 2 第 5 页。明抄本、万库本、中华书局本，同。

[04]《集异记》[O]，四库本，第 14 页。四库本《类说》收录《集异记》，同。

[05]《乐府诗集》[O]，宋刻本，卷 22 第 3 页。元至正一年（1341）刊本、明毛氏汲古阁刻本，同。

[06]《乐府诗集》[O]，四库本，卷 22 第 4 页。

[07]《文苑英华》[O]，明刻本，卷 197 第 9 页（中华书局影印本第 974 页）。

[08]《文苑英华》[O]，宋刻本，卷 299 第 7 页（中华书局影印本第 1526 页）。

[09]《文苑英华》[O]，四库本，卷 197 第 13 页。

[10]《文苑英华》[O]，四库本，卷 299 第 11 页。

[11]《唐诗纪事》[O]，四部丛刊明刻本，卷 26 第 8 页。明嘉靖二十四年（1545）张子立刻本、明崇祯五年（1632）毛氏汲古阁刊本，同。

[12]《唐诗纪事》[O]，四库本，卷 26 第 10 页。

[13]《全唐诗话》[O]，明正德二年（1507）刻本，卷上第 46 页。明嘉靖二十二年（1543）刻本、明万历三十六年（1608）刻本，同。上海：商务印书馆民国二十五年（1936）据津逮秘书本影印，卷 1 第 20 页。

[14]《类说》[O]，明天启六年（1626）刻本，卷 8 第 22 页。

[15]《类说》[O]，四库本，卷 8 第 23 页。

[16]《万首唐人绝句》[O]，明嘉靖刻本，卷 8 第 12 页。四库本，同。

[17]《万首唐人绝句》[O]，明万历三十五年（1607）刻本，卷 12 第 21 页。

[18]《唐才子传》[O]，日本天瀑山人刻本，卷 3 第 2 页。

[19]《唐诗正音》[O]，日本昌平坂学问所藏明刻本，卷 6 上第 3 页。

[20]《唐音》[O]，明初魏氏仁实堂刻本，卷 6 上第 3 页。

[21]《唐音》[O]，四库本，卷 7 第 5 页。

[22]《唐诗正音辑注》[O]，日本宽政戊午年（1798）刻本，卷 6 第 5 页。明刻本（国图善本书号：07853），同。

[23]《唐诗品汇》[O]，明嘉靖己亥年（1539）刻本，卷 48 第 14 页。明汪宗尼刻本和四库本，同。

[24]《古今诗删》[O]，明隆庆及万历间刻本（汪时元校），卷 22 第 2 页。

[25]《古今诗删》[O]，四库本，卷 22 第 2 页。

[26]《唐诗选》[O]，明刻朱墨套印本，卷 7 第 18 页。

续表

[27]《唐诗选注》[O]，清内府藏本，明万历癸巳年（1593）年刊，卷7第29页。（正文为“黄河”“春光”，注释为“黄沙”“春风”。）
[28]《唐诗归》[O]，明万历四十五年（1617）刻本，卷13第19页。诗中“孤”讹为“狐”。正文诗题为《凉州词》，卷前目录为《梁州词》。
[29]《唐诗镜》[O]，四库本，卷16第10页。
[30]《唐诗解》[O]，明万历年间刻本，卷27第21页。
[31]《唐乐府》[O]，清两江总督采进本，卷17第6页。小注：“河远，一作沙直。”
[32]《唐诗类苑》[O]，明万历二十年（1592）刻本，卷42第2页。
[33]《说郛》[O]，明末刻本（国图善本书号：06345），卷115（集异记）第13页。四库本，同。
[34]《唐诗纪》[O]，明万历十三年（1585）刻本，盛唐卷44第11页。小注：“河远，一作沙直”。
[35]《石仓历代诗选》[O]，明崇祯年间刻本，唐卷29第9页。四库本，同。
[36]《大明一统名胜志·陕西名胜志》[O]，明崇祯三年（1630）刻本，卷13第14页。
[37]《尧山堂外纪》[O]，明万历年间刻本，卷25第12页。
[38]《升庵诗话》[O]，无锡丁氏民国四年（1915）校刊，卷2第9页。诗后小注：“光，一作风”。
[39]《绝句衍义》[O]，明嘉靖丙辰年（1556）刻本，卷1第18页。
[40]《全唐诗录》[O]，四库本，卷18第28页。“王之涣”下注：“集异记作涣之”。
[41]《全唐诗》[O]，四库本，卷18第9页。小注：“沙直，集作河远。”
[42]《全唐诗》[O]，四库本，卷253第2页。小注：“一本次句为第一句，黄河远上作黄沙直上。”
[43]《全唐诗》[M]，北京：中华书局1960年版，卷18第186页。小注：“砂直，集作河远。”
[44]《全唐诗》[M]，北京：中华书局1960年版，卷253第2849页。小注：“一本次句为第一句。黄河远上作黄沙直上。”
[45]《御选唐诗》[O]，四库本，卷31第1页。
[46]《唐人万首绝句选》[O]，四库本，卷3第12页。
[47]《唐诗别裁》[O]，清乾隆二十八年（1763）教忠堂修订本，卷19第26页。
[48]《唐诗选》[O]，成都尊经书局清光绪丙子年（1876）刻本，七绝卷第13页。
[49]《唐诗三百首》[O]，清金陵四教堂藏版（河南省图书馆著录为清乾隆四十一年刻本），卷下第44页。
[50]《唐诗三百首》[O]，清宏道堂重镌本（洛阳市图书馆著录为清乾隆二十八年刻本），（不分卷）七绝第10页。
[51]《唐诗三百首注疏》[O]，清道光十四年（1834）立言堂刻本，卷6下第23页。
[52]《唐诗三百首补注》[O]，清光绪十一年（1885）四籐吟社重刻本，卷8第23页。
[53]《唐诗三百首注释》[O]，清光绪十六年（1890）石渠山房刻本，卷6下第21页。
[54]《唐诗三百首读本》[O]，上海：广益书局民国三十七年（1948）版，第236页。诗题小注：“出塞，一作凉州词。”
[55]《（注释作法）唐诗三百首》[O]，上海：国学整理社民国二十五年（1936）版，第143页。
[56]《唐诗韵释》[O]，上海：大华书局民国二十三年（1934）版，第259页。
[57]《唐诗选》[O]，上海：中华书局民国二十九年（1940）版，第38页。

《登鹳鹊楼》的作者并非王之涣

白日依山尽，黄河彻海流。
欲穷千里目，更上一重楼。

但凡中国人，不会背这首诗的极少。古代的学童音韵发蒙，现在的孩子学习古诗，大都是从此诗开始的。

这确实是一首非常经典的诗作。论格律，第一、二句和第三、四句对仗都很工整，这样的五绝非常罕见。《唐诗三百首》中的36首五绝，两两对仗的只此一首。讲音韵，“流”和“楼”同押尤韵。按照现在的普通话，“流（liú）”和“楼（lóu）”不太押韵，但在中古音中是押韵的。之所以出现这样的情况，是因为语音的流变。看诗境，白日、黄河，高山、大海，视野开阔，气势恢弘。前两句描写景象，后两句升华主题。既阐述了“要想望远、必须登高”的道理，又给人以积极进取、不断向上的力量。借楼起兴，顺势喻理，晓畅易懂，平中见奇。用潘德舆（1785—1839）的话说，就是“市井儿童，皆知诵之，而至今斩然如新。”①

但鲜为人知的是，这首短短20字的小诗，也存在几处异文，尤其是作者存在很多说法。比如“黄河彻海流”有作“黄河入海流”，“更上一重楼”有作“更上一层楼”，“鹳鹊楼”有作“鹳雀楼”，而作者更有王之涣、朱斌、朱佐日等七八种版本。

本诗在唐代的影响并不大，在流传至今的10种唐人编选的唐诗集中，只有《国秀集》收录了此诗。到了宋代，虽然先后有多位文学家为之抱屈，认为此诗实至而名未归，但收录《登鹳鹊楼》的诗选仍然不多，只是频频出现在笔

① 〔清〕潘德舆著：《养一斋诗话》[O]，清道光壬辰年（1832）刻本，卷9第4页。

记或诗论中。明代开始，收录此诗的诗选才多了起来，《登鹳鹊楼》逐渐成为必选的篇目。经过大量的检索，笔者共查到了收录或引用《登鹳鹊楼》的 41 种文献、48 个版本（详见附表）。

一、“黄河彻海流”和“黄河入海流”

48 个版本中，作“入”的 41 个，作“彻”的 3 个，“入，一作彻”即“入”为正选、“彻”为异文的 4 个。从数量上看，“入”占绝对的优势，但不一定是原作，也未必是最佳的选择。仔细品味“黄河彻海流”和“黄河入海流”，笔者认为“彻”比“入”更好。

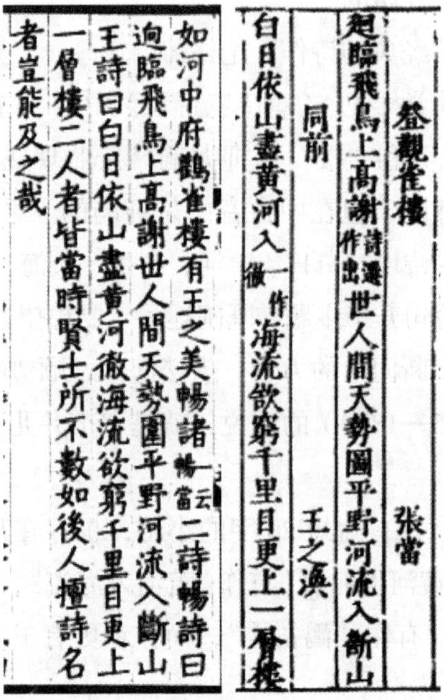

登觀雀樓　張當
迥臨飛鳥上高謝（詩選作出）世人間天勢圍平野河流入斷山
同前　王之渙
白日依山盡黃河入（一作徹）海流欲窮千里目更上一層樓

如河中府鸛雀樓有王之美暢諸（暢一云當）二詩暢詩曰
迥臨飛鳥上高謝世人間天勢圍平野河流入斷山
王詩曰白日依山盡黃河徹海流欲窮千里目更上
一層樓二人者皆當時賢士所不數如後人擅詩名
者豈能及之哉

《温公诗话》（左）为“彻”，《文苑英华》（右）为“入，一作彻”

“彻”是会意字。甲骨文从鬲（鼎类烹饪器），从“又”（手），意为会餐后撤去食具。金文改为从“攴”（表示手持）。古文又另加义符“彳”（表示走路）以突出拿出之意。篆文将“鬲”误为“育”，隶变后楷书写作“徹”，后来简化为“彻”。《说文》中的小篆有“徹”无“撤”，因为隶变之前就没有“撤”这个字。后来为了分化字义，把“徹”字的“彳”换成“扌”，于是有了“撤”[①]。也就是说，“撤”是“徹”的后起字，“拿走”“撤走”等义自然分给了“撤”字。但字形及字义的演变是一个漫长的过程。在唐代，“徹（彻）”可能仍然保留着“撤走”的涵义。另外，“彻”还有“完全”“彻底”等义，比如“彻夜”“彻头彻尾”。用在“黄河彻海流”上，意思就是黄河就像是要把海里的水完全流干一样，形容黄河水大势猛。如此磅礴的气势，与首句“白日依山尽”非常匹配。相比之下，“黄河入海流”中的“入”字就太平、太静也太小气了。

另外，“黄河入海流”还容易让人误解，好像作者看到黄河流进了大海一样，但在鹳鹊楼上是不可能看到的。施蛰存（1905—2003）就在《五言绝句四首》一文中说：“从‘黄河入海流’一句看来，我以为这首诗可能是登近海的楼台而作，因为这一句用在鹳鹊楼，实在太不适当了。”[②]若为“黄河彻海流”，这个问题就不存在了。施先生此文讨论了其他几处异文，但没有提到“彻”字，应该是没有看到。也就是说，他是在不知道“黄河彻海流”的情况下说“黄河入海流”“太不适当”的。如果他知道此处异文，想必也会认为“彻”比“入”更适合。

本次考证所及，“黄河入海流”最早出现在《国秀集》。该书于天宝三载（744）开始编辑，几年后面世，是现存最早的唐诗选集之一。“黄河彻海流”最早见于司马光（1019—1086）的《温公诗话》。就成书时间而言，《国秀集》比《温公诗话》早了大约300年。但今天能够见到的《国秀集》，最早也不过是明刻本，而《温公诗话》却是景宋本，这是本次检索唯一的宋本。另外，洪迈（1123—1202）《万首唐人绝句》明嘉靖刻本和四库本亦为“黄河彻海流”，明万历赵宧光校本为“黄河入海流”；陶宗仪（1329—1412）《说郛》明末刻本为“黄河彻海流”，四库本为“黄河入海流”。相比之下，“彻”的版本很少，“入”的版本占绝大多数。

笔者相信，原作应该是“黄河彻海流”，但“彻”被改成了“入”并导致谬种流传。之所以改动，可能是为了避汉武帝刘彻的名讳。宋代是避讳最严的

---

① 谷衍奎编：《汉字源流字典》[M]，北京：语文出版社2008年版，第460页。
② 施蛰存著：《唐诗百话》[M]，上海：上海古籍出版社1987年版，第152页。

时期，不仅当朝皇帝的名字要避讳，而且前朝甚至没有当过皇帝的祖宗都要避讳，比如因为宋太祖赵匡胤的爷爷名为赵朓，南朝著名诗人谢朓被改名为谢朓，就是李白《秋登宣城谢朓北楼》中的“谢公”。洪迈《容斋三笔》云：“本朝尚文之习大盛，故礼官讨论，每欲其多，庙讳遂有五十字者。举场试卷，小涉疑似，士人辄不敢用，一或犯之，往往暗行黜落。方州科举尤甚，此风殆不可革。”①前朝帝王中，汉武帝特别受到尊崇，唐朝时就有讳“彻”之说。《汉书·蒯通传》中的蒯通本名蒯彻，因避汉武帝之讳，史书家改“彻”为“通”。韩愈在为李贺考进士被指犯父讳辩护时就曾提及此事②。直到清代，“彻”仍是忌讳。“乾隆时，李鹰《济南集》有‘汉彻方秦政’之句，《北史文苑传叙》有‘颉颃汉彻’之句，馆臣亦遭痛斥，饬令改为汉武，并将此谕载之《四库提要》卷首，使天下知皇帝之尊，百世下犹可为厉也。”③虽然此讳并未使“彻”绝迹，历代诗文中仍然时见此字，但不避此讳的风险一直存在。既有先例，避之为妙。一旦有人把“彻”改为“入”或其他字，其他人就会纷纷跟从。百炼成字，千炼成句，诗中换字，最为不易。“入”之于“彻”确实大为减色，但也委实很难找到适合的字。

二、“更上一重楼”和“更上一层楼”

48个版本中，作“层”的39个，作“重”的7个，“重，一作层”即以“重”为正选、“层”为异文的2个。论数量，现在通行的“层”字也是占据绝对优势。但，早期的文献多有“重”字，比如明清两个版本的《国秀集》均为“更上一重楼”。计有功（1126年前后在世）《唐诗纪事》也为“更上一重楼”。这首诗在清代的《全唐诗》中先后出现两次，第203卷为“重”，第253卷为“层”。

“重”和“层”均为平声，意思也完全一样，但“重楼”比“层楼”更有古味儿。

① 〔宋〕洪迈撰：《容斋三笔》[O]，四部丛刊影会通馆弘治八年（1495）刻本，卷11第2页。
② 〔清〕徐乾学撰：《读礼通考》[O]，四库本，卷63第21页。
③ 陈垣撰：《史讳举例》[O]，民国十七年（1928）刻本（出版机构阙），卷8第109页。

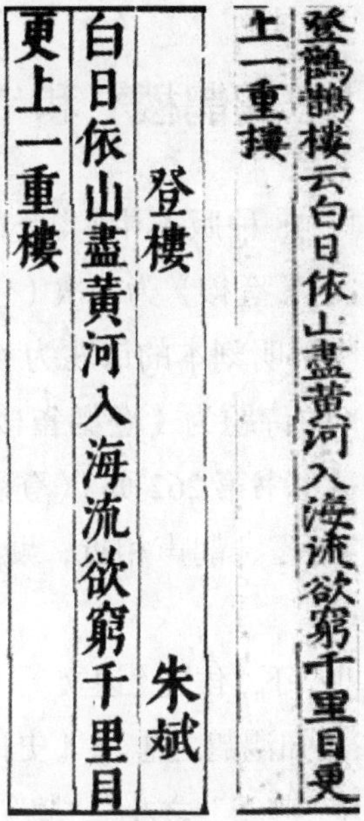
登鸛鵲樓云白日依山盡黄河入海流欲窮千里目更
上一重樓

登樓　朱斌
白日依山盡黄河入海流欲窮千里目
更上一重樓

《国秀集》（左）和《唐诗纪事》（右）中均为“重”

楼层论“重”，在《全唐诗》中多次出现。第1卷李世民《于北平作》中就有“海气百重楼，岩松千丈盖”之句。第112卷贺知章《望人家桃李花》中有“南陌青楼十二重，春风桃李为谁容”之句。另外，第735卷有“九重楼殿簇丹青，高柳含烟覆井亭”（和凝《宫词》句），第856卷有“才吞一粒便安然，十二重楼九曲连。”（吕岩《七言》句）其他关于唐代的文献中，“重楼”也经常出现，比如《新唐书》列传第146上有这样一句话：“宫中有七重楼，覆铜瓦，楹极皆大琲杂宝，四隅置铜槽，下有金龙，口激水仰注槽中。”《唐会要》卷100中也有“宫中有七重楼。覆以銅瓦。楹栱皆饰以珠宝”之说。当然，“层楼”也很常见。

另：陈应行（1126年前后在世）《吟窗杂录》明嘉靖崇文书堂刻本为“更上一层楼”[①]，但该文献的明抄本为“更上一层樱”[②]，此中之“樱”，显为笔误。

① 〔宋〕陈应行撰：《吟窗杂录》[O]，明嘉靖戊申年崇文书堂家藏宋本重刊本，卷50第1页。

② 〔宋〕陈应行撰：《吟窗杂录》[O]，明抄本，卷50第1页。

三、“登鹳雀楼”“登鹳鹊楼”和“登楼”“鹳雀楼”

本诗的题目也多有不同。48种版本中，《登鹳雀楼》为15次，《登鹳鹊楼》为9次，《鹳雀楼》为1次，《登楼》为5次（包括1次“一作登鹳鹊楼”），题阙为18次。另：《文苑英华》明刻本的诗题为《登观雀楼》，清文渊阁四库写本（下文简称“四库本”）的诗题为《登鹳雀楼》。明刻本中的“观（觀）”应为“鹳（鸛）”之形讹（参见本书第262页《〈登鹳鹊楼〉的畅诸畅当之争》）。

唐汝询《唐诗解》注曰：“雀、鹊声相近，疑传写之误也。”那么，孰正孰讹呢？

“雀”是个会意字，上“小”下“隹”。《说文》：“依人小鸟也。从小、隹。”[①]特指麻雀，泛指小鸟。“燕雀安知鸿鹄之志”，《史记·陈涉世家》中的这句话，拿“鸿鹄”作比就是为了显示“燕雀”之小。“鹊”是个形声字，形符为“鸟”，声符为“昔（唶）”。《本草》：“其鸣唶唶，故谓之鹊。灵能报喜，故谓之喜。”[②]所以，“鹊”专指喜鹊。作为楼名，当图喜庆，“鹳鹊楼”应该比“鹳雀楼”更合适。鹳鹊楼高达三层（也有文献说是五层），在古代属高层建筑。在时人的眼里，肯定非常雄伟，应该不会用“小小”的“雀”来命名。“鹳”是一种大型水鸟，这个字与耸立且临水的高楼就很匹配。大大的“鹳”和小小的“雀”组合在一起，不是很奇怪吗？“鹊”喻示着喜庆吉祥，“雀”是想表达什么呢？《大清一统志》载：“时有鹳鹊栖其上，遂名。”[③]清版《成化山西通志》称“当时有鹳雀栖其上，故名。”[④]两相比较，当选“鹊”字。

① 〔清〕张玉书等编：《康熙字典》[M]，北京：中华书局2010年版，第1353页。
② 〔清〕张玉书等编：《康熙字典》[M]，北京：中华书局2010年版，第1491页。
③ 〔清〕纪昀等纂修：《大清一统志》[O]，清乾隆年间写本，卷101第20页。
④ 〔明〕李侃等纂：《成化山西通志》[O]，清两淮盐政采进本，卷4第59页。

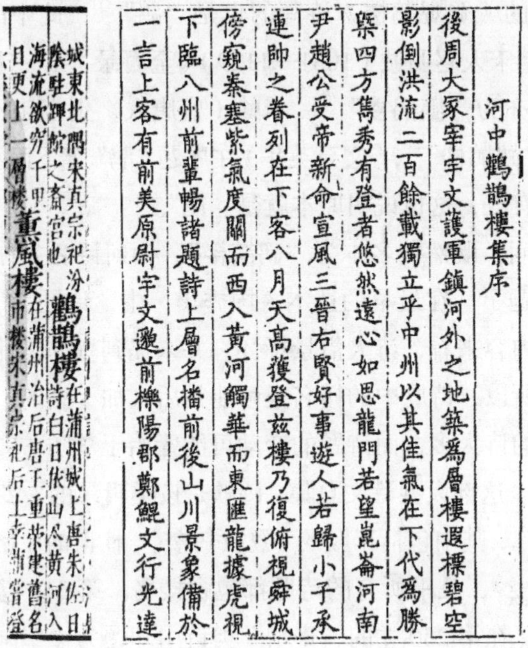

城東北隅宋真宗祀汾陰駐蹕館之斋宮也
鸛鵲樓在蒲州城上唐朱佐日詩白日依山盡黄河入海流欲窮千里目更上一層樓
薰風樓在蒲州治后唐王重荣建舊名市樓宋真宗祀后土幸蒲嘗登

河中鸛鵲樓集序
後周大冢宰宇文護軍鎮河外之地築爲層樓遐標碧空影倒洪流二百餘載獨立乎中州以其佳氣在下代爲勝槩四方隽秀有登者悠然遠心如思龍門若望崑崙河南尹趙公受帝新命宣風三晉右賢好事遊人若歸小子承連帥之眷列在下客八月天高獲登兹樓乃復俯視舜城傍窺秦塞紫氣度關而西入黄河觸華而東匯龍據虎視下臨八州前輩暢諸題詩上層名播前後山川景象備於一言上客有前美原尉宇文邈前櫟陽郡鄭鯤文行光達

《大明一统志》(左)和《全唐文》(右)中均为“鹳鹊楼”

当然，到底叫什么名字，是主人的权利。对此，地方志的记载应该是比较准确的。李贤（1409—1467）《大明一统志》“平阳府”载：“鹳鹊楼，在蒲州城上。”[①] 曹学佺（1574—1646）《大明一统名胜志·山西省志胜》载：“鹳鹊楼在州南城上，即城楼也，文人多有题咏。”[②] 纪昀（1724—1805）《大清一统志》“平阳府”载：“鹳鹊楼，在府城西南城上。”李维祯（1547—1626）《山西通志》卷59称：“鹳鹊楼在西南城上。”[③] 但在卷225引用的诗题却是《鹳雀楼》，不过，关于地名及楼名，地理性史料的准确性应该高于艺文性史料。清版《成化山西志》云“鹳雀楼在蒲州西城上，即戍楼也。”《光绪山西通志》载：“鹳雀楼在城西河洲渚。”[④] 另外，在现存最早的原版唐诗文献敦煌残卷（伯3619

① 〔明〕李贤等撰：《大明一统志》[O]，明嘉靖三十八年（1559）书林杨氏归仁斋刻本，卷20第13页。四库本，同。

② 〔明〕曹学佺撰：《大明一统名胜志·山西省志胜》[O]，明崇祯三年（1630）刻本，卷3第15页。

③ 〔明〕李维祯撰：《山西通志》[O]，四库本，卷59第27页。

④ 〔清〕曾国荃等修：《光绪山西通志》[O]，清光绪年间刻本，卷55第20页。

号卷子）上畅诸的《登观鹊楼》诗写的也是“鹊”[①]，此中的“观（觀）”应为“鹳”之形讹。宋人赵明诚（1081—1129）《金石录》第一千六百十五条《唐新鹳鹊楼记》中亦为“鹳鹊楼”[②]。李翰（盛唐人，生卒年不详）《河中鹳鹊楼集序》中也是“鹳鹊楼”[③]，《文苑英华》在序题“鹊”字下面小注“疑作雀”[④]，虽然怀疑，但没有改，这也说明原本就是“鹊”。

或许有人要问：既然楼名本为“鹳鹊楼”，为何诗名又称“鹳雀楼”呢？这就是诗题的问题了。在最早的选本《国秀集》中，诗题为《登楼》，这可能是原题。从诗的内容来看，诗人借景抒怀，并未提到登的是什么楼，登临哪个楼也不太重要。所以，诗题中的楼名很可能是后人加上去的。之所以要加，或因题为《登楼》的诗太多，而诗题的变动可能肇始于李昉（925—996）等人编纂的《文苑英华》。这部大型诗文总集，诗歌是按类辑录的，多达103首咏“楼”的诗歌集中在一起，其中包括崔颢的《登黄鹤楼》、杜甫的《登岳阳楼望洞庭》、孟浩然的《岳阳楼》，几乎所有的诗题都包含楼名。第312卷“楼”类诗中的孟浩然《岳阳楼》在第250卷的“寄赠”类诗中却题为《望洞庭湖上张丞相》。这首诗的题目在大多数古籍文献中为《临洞庭》，在仅存的唐人墨迹敦煌残卷中叫《洞庭湖作》[⑤]。孟浩然很可能是在岳阳楼上望洞庭并写下了这首诗，但诗中并没有提到岳阳楼。《文苑英华》为了把该诗编入“楼”类诗，就另起了《岳阳楼》这个诗题——《登楼》之于《登鹳雀楼》可能也是如此。

《删订唐诗解》中的诗题为《登鹳雀楼》，但题下注曰“《一统志》：‘鹳鹊楼在平阳府浦州城上。雀鹊声相近，疑为传写之误也。”恰恰相反，《网师园唐诗笺》中的诗题是《登鹳鹊楼》，而题下注为“《一统志》：‘鹳雀楼在平阳府蒲州城上’。”两个版本都是“鹊”和“雀”并存，如此之异确实可能是“传写之误”，但应该是“鹊”讹为“雀”，而不是相反——《大明一统志》和《大清一统志》均为“鹳鹊楼”。

① 黄永武著：《敦煌的唐诗》[M]，台北：洪范书店1987年版，第334页。
② 〔宋〕赵明诚撰：《金石录》[O]，四部丛刊明刊本，卷9第1页。
③ 〔清〕董浩等编：《全唐文》[O]，清嘉庆十九年（1814）刻本，卷430第10页。
④ 〔宋〕李昉编：《文苑英华》[O]，四库本，卷710第11页。
⑤ 黄永武著：《敦煌的唐诗》[M]，台北：洪范书店1987年版，第98页。

四、“王之涣”和“朱斌”“朱佐日”

相比诗题，作者是谁，重要多了。而这首诗的作者，实在是多如乱麻。48个版本中，“王之涣”25处，“王之美”3处，“王文奂”3处，“王文奥”1处，“黄之美”1处，“朱斌”7处，“朱佐日”6处，“宋佐”1处，阙名1处。“一作”之类既多且乱，不再列举，参见附表。在另一首诗《凉州词》的署名中，还有很多“王之奂”。

《字源》：“涣所从声符‘奂’，今作‘奂’。”[①]“奂”是“涣”的本字，通用。“文”和“之”形近，“王文奂”“王文奥”中的“文”应为“之”之讹。同样是因为形近，“奂”讹为“美”，又讹为“奥”，这个脉胳也是清晰的。“王”讹为“黄”，应该是因为音近。所以，“王之美”“王文奂”“王文奥”“黄之美”都应该是“王之涣”。

一般认为，“朱斌”和“朱佐日”为同一人。“斌”是名，“佐日”是字。名为单，字为双，是古人起名的常例。而且“斌”与“佐日”的关联度很高。古人常拿“日”代指帝王，比如《尚书·汤誓》“时日曷丧，予及汝皆亡”中的“日”即是指夏桀。“佐日”之义可能是“辅佐帝王”，而建功立业的前提是“文武双全”，亦即“斌”也。因此，“朱斌，字佐日”之说是可信的。至于唯一的“宋佐”，应该是形讹加脱字的结果——可能是把“朱”看成了“宋”，然后又脱了“日”字。

教科书上，《登鹳鹊楼》的作者一直是王之涣，也没注明另有他说。所以，在几十年的时间里，笔者从来没有怀疑过。但在经过全面考证之后，笔者认为“朱斌（佐日）”才是正解。

“朱斌”首见于《国秀集》，这是非常有力的证据。《国秀集》收有王之涣诗3首，包括那首著名的《凉州词》，而朱斌只有1首，即《登鹳鹊楼》。《国秀集》是“唐人选唐诗”，编者与作者都是同时代的人，分不清作者的可能性不大。《国秀集》序言称：“近秘书监陈公、国子司业苏公，尝从容谓芮侯曰……芮侯即探书禹穴，求珠赤水。取太冲之清词，无嫌近溷，得兴公之佳句，宁止掷金……

---

① 约斋编著：《字源》[M]，上海：上海书店1986年版，第976页。

今略编次见在者，凡九十人，诗二百二十首，为之小集，成一家之言。”陈公陈希烈（？—758）是当时的左相，苏公苏源明（？—764）是当时的国子司业，受命于这样的大人物，苏公还是顶头上司，作为国子生的芮挺章（唐开元天宝年间人）自然不敢怠慢、也不敢马虎。由于眼力所限，加之人情干扰，所选诗歌未必能够代表当时的水平，但至少不会把作者搞错。再者，朱斌的知名度及影响力肯定不如王之涣，史上有误把无名之辈的佳作收入知名诗人集中的，却没有误把知名诗人的作品归入无名之辈名下的。至于《国秀集》四部丛刊明刻本中《登鹳鹊楼》作者只署朱斌，而四库本却注有“或刻王之涣”，显然是受到其他诸本的影响，所以加上了小注。

值得注意的是宋人洪迈辑编的《万首唐人绝句》。这部文献的明嘉靖刻本中没有朱斌，王之涣名下有两首诗，即《登鹳鹊楼》和《送别》，《登鹳鹊楼》第二句为“黄河彻海流”。四库本与明嘉靖刻本完全一样。但赵宧光（1559—1625）等人校订的明万历刻本，王之涣名下只有《送别》，而《登鹳鹊楼》在朱斌的名下。《登鹳鹊楼》题下注曰“旧作王之涣，非。”朱斌的名字下面注有一个“补”字。诗文第二句则为“黄河入海流”。改换诗之作者，校勘中的大事，没有详加考证，不敢如此改动。

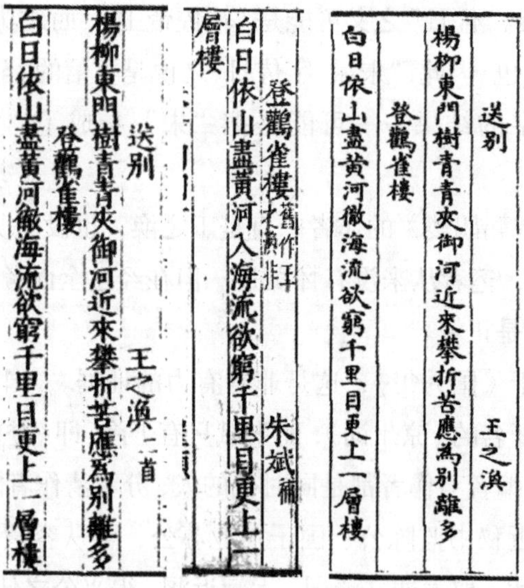
送別 王之渙 二首
楊柳東門樹青青夾御河近來攀折苦應爲別離多
登鸛雀樓
白日依山盡黄河徹海流欲窮千里目更上一層樓

登鸛雀樓 舊作王之渙非 朱斌 補
白日依山盡黄河入海流欲窮千里目更上一層樓

送別 王之渙
楊柳東門樹青青夾御河近來攀折苦應爲別離多
登鸛雀樓
白日依山盡黄河徹海流欲窮千里目更上一層樓

《万首唐人绝句》的明嘉靖刻本（左）、明万历刻本（中）、四库本（右）

关于《登鹳鹊楼》作者为朱佐日的文献更多。范成大（1126—1193）《吴郡志》载：“朱佐日，郡人。两登制科，三为御史。子承庆，年十六登秀才科，代济其美。天后尝吟诗曰‘白日依山尽，黄河入海流。欲穷千里目，更上一层楼’。问是谁作，李峤对曰‘御史朱佐日诗也’。赐采百疋，转侍御史。承庆尝为昭陵挽词，入高等，由是父子齐名。”[①] 文后注《翰林盛事》。王象之（1163—1230）《舆地纪胜》和郑虎臣（1219—1276 年）《吴都文萃》也载有这段文字（略有差异）。《翰林盛事》为唐人张著（生卒年不详）所撰，原书早佚。马端临（1254—1323）《文献通考》著录称：“《翰林盛事》一卷。陈氏曰：唐张著撰。记唐朝儒臣美事，凡三十八人。”[②]《郡斋读书志》《宋史》等也有著录。

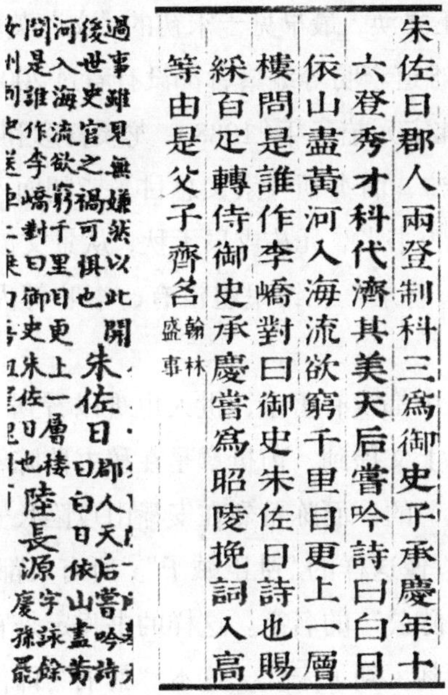

《舆地纪胜》（左）和《吴郡志》（右）中的“朱佐日”

《大明一统志》之苏州府“人物”中有“朱佐日”词条：“苏州人，仕为御史，工于诗。武后尝吟诗曰‘白日依日尽，黄河入海流。欲穷千里目，更上一层楼’。

---

① 张忠纲《唐诗三百首评注》所引《吴郡志》此段文字，“黄河入海流”中的“入”为“北”（齐鲁书社 1998 年版第 390 页）。但《吴郡志》明毛氏汲古阁刻本、清嘉庆戊寅年守山阁刻本、四库本均为“入”，不知“北”字所据何本。

② 〔元〕马端临编撰：《文献通考》[O]，四库本，卷 202 第 7 页。

问是谁作，李峤对曰：‘御史朱佐日诗也’。”[①]另外，张景春（明人，生卒年不详）撰《吴中人物志》中也有“朱佐日”词条，文字与《吴郡志》所载几乎完全一样，但未注明出处[②]。王士禛（1634—1711）《池北偶谈》在全文引用《吴中人物志》关于朱佐日的内容后质疑道：“此诗诸集皆作王之涣，之涣开元间诗人，《纪事》《诗话》亦不载佐日名字，张说不知何据。”[③]他显然不知道，早在《国秀集》中《登鹳鹊楼》就不在王之涣的名下，而《吴郡志》等很多著作都转载了那一段“翰林盛事”。在王士禛编选的《唐人万首绝句选》和《唐贤三昧集》中，《登鹳鹊楼》的作者都是王之涣。不难想象，诸多把《登鹳鹊楼》归于王之涣名下的诗选，可能都是像王士禛一样源于“不知”。

《登鹳鹊楼》署名王之涣，最早见于宋初的《文苑英华》。该书之所以误收，可能也是因为“不知”。难道李昉等编纂者都没有看过200多年前就已面世的《国秀集》吗？很有可能。北宋元祐三年（1088），龙溪曾彦和在《国秀集》的跋中说：“此集，《唐书·艺文志》、洎本朝《崇文总目》皆阙而不录，殆三馆所无。浚仪刘景文，顷岁得之鬻古书者，元祐戊辰孟秋，从景文借本录之，因识于后。”官方权威的书目都没有著录，三馆里也没有，李昉等人没有看过，也在情理之中。

为什么史志和书目中都没有著录，世人也难以看到《国秀集》呢？这可能与“安史之乱”有关。上文提到，芮挺章是在秘书监陈希烈和国子司业苏源明的建议下编辑《国秀集》的，而陈希烈在安禄山攻陷长安后投降。唐肃宗平定叛乱后，陈希烈被赐死。像这样的“乱臣贼子”，所有人都避之唯恐不及，而《国秀集》的序言中就有“陈公”的名字。这样的书肯定是官方查抄的对象，至少在唐代不会有人再行刊刻。到了宋代，这本“禁书”即使解禁，也难以大行于世，因为该书的总体编选质量并不高。

① 〔明〕李贤等撰：《大明一统志》[O]，明嘉靖三十八年（1559）书林杨氏归仁斋刻本，卷8第15页。
② 〔明〕张景春撰：《吴中人物志》[O]，明隆庆四年（1570）刻本，卷7第14页。
③ 〔清〕王士禛撰：《池北偶谈》[O]，四库本，卷17第19页。

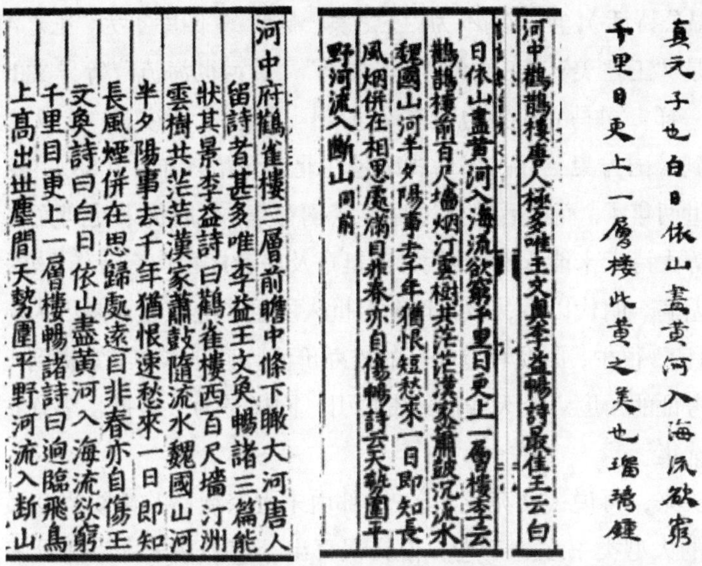
河中府鸛雀樓三層前瞻中條下瞰大河唐人
留詩者甚多唯李益王文奐暢諸三篇能
狀其景李益詩曰鸛雀樓西百尺墻汀洲
雲樹共茫茫漢家簫鼓隨流水魏國山河
半夕陽事去千年猶恨速愁來一日即知
長風煙併在思歸處遠目非春亦自傷王
文奐詩曰白日依山盡黃河入海流欲窮
千里目更上一層樓暢諸詩曰迥臨飛鳥
上高出世塵間天勢圍平野河流入斷山

河中鸛鵲樓唐人極多唯王文奧李益暢詩最佳王云白
日依山盡黃河入海流欲窮千里目更上一層樓李云
鸛鵲樓前百尺墻烟汀雲樹共茫茫漢家簫鼓沉流水
魏國山河半夕陽事去千年猶恨短愁來一日即知長
風烟併在相思處滿目非春亦自傷暢詩云天勢圍平
野河流入斷山同前

真元子也白日依山盡黃河入海流欲窮
千里目更上一層樓此黃之美也瑠璃鍾

《梦溪笔谈》（左）中为“王文奂”

《诗话总龟》（中）中为“王文奥”

《渔隐丛话》（右）中为“黄之美”

司马光（1019—1086）在《温公诗话》中说：“唐之中叶，文章特盛，其姓名湮没不传于世者甚众。如河中府鹳雀楼，有王之美、畅诸二诗。畅诗曰‘迥临飞鸟上，高谢世人间。天势围平野，河流入断山。’王诗曰‘白日依山尽，黄河彻海流。欲穷千里目，更上一层楼。’二人者，皆当时贤士所不数，如后人擅诗名者，岂能及之哉！”[①] 沈括（1031—1095）在《梦溪笔谈》中引用并补充了这段话，“王之美、畅诸”变成了“李益、王文奂、畅诸”[②]。后来，阮阅（1085 年进士）《诗话总龟》又引用了《温公诗话》的这段笔记，诗人的名字变成了“王文奥、李益、畅（阙）”。再后来，洪迈（1123—1202）《容斋随笔》引用时，诗人又变成了“王之奂、畅诸”[③]。陶宗仪（1329—1412）《说郛》

① 〔宋〕司马光撰：《温公诗话》[O]，上海：商务印书馆民国二十八年（1939）据宋本排印，第 4 页。

② 司马光比沈括只大 12 岁，属于同时代人。那段话最先出自《温公诗话》还是《梦溪笔谈》，尚难定论，姑且按作者年龄认为《温公诗话》在前，也可能有更早的出处。

③ 〔宋〕洪迈撰：《容斋随笔》[O]，上海：涵芬楼影印宋刊本，卷 15 第 3 页。

收录的《温公诗话》，明末刻本为“王之美、畅诸”，四库本为“王之涣、畅诸”。这些也都是“王之美”“王文奂”“王文奥”“黄河彻海流”等异文的出处。和李昉等人一样，司马光应该也没有看过《国秀集》。请注意：上文提到的曾彦和偶然看到《国秀集》并在书后题跋是在北宋元祐三年（1088），这时候司马光已经去世两年了。而此后的很长时间，《国秀集》可能仍未受到关注。实际上，由于李白等大诗人未能入选，而编者芮挺章及序者楼颖均有诗作入集，《国秀集》一直备受诟病。明代以后，该集逐渐为世人所重，应该主要是因为流传下来的“唐人选唐诗”很少，因此具有较高的校勘价值。明刻本中经常提到《国秀集》，也都是从考证的角度。今天我们经常援引，同样是为了考据，毕竟它是现存最早的唐诗选集。

回过头来，再说《文苑英华》。这部由宋太宗钦命并组织当朝最豪华阵容集体编纂的大型类书多达千卷，但错误百出。该书在宋太宗雍熙三年（986）编纂完成后，宋真宗景德四年（1007）做过一次删繁补缺。南渡之后，宋孝宗又让专业校书人员进行修订。周必大告老辞官之后，又组织数人再一次校订后才刊行。之后，南宋彭淑夏（生卒年不详）写出了十卷的《文苑英华辨证》，清人劳格（1819—1864）又在《辨证》的基础上撰写了《辨证拾遗》，但错误仍然很多。

前文提到的司马光《温公诗话》举例列举了“王之美、畅诸”二人各一首咏鹳鹊楼的诗，这两首诗同时入选《文苑英华》并排在一起，同用一个诗题。然而，那首诗的作者竟然是“张当”。该诗的作者有作“畅诸”，有作“畅当”，但作“张当”，此为仅见。毫无疑问，这也是张冠李戴。想来，“张当”或为“畅当”之误，但“张”与“畅”字形大异，不知这个“张当”其来何自。

《文苑英华》把《登鹳鹊楼》归于王之涣同样令人疑惑。在已知早于《文苑英华》的文献中，只有《国秀集》载有《登鹳鹊楼》，也只有《国秀集》收入了王之涣的诗作。但《文苑英华》却没有依据《国秀集》，其编纂者可能也没有看过此集。那么，《文苑英华》的依据是什么呢？虽然来源不明，但一入《文苑英华》，就等于得到了权威的认定，因为该书是皇上钦命而由当朝最著名的十几位文学家集体编纂的，被称为宋代的四大部书之一。虽然时间证明，这部多达千卷的巨著编纂质量不高，但还是被广泛引用。宋代的《唐诗纪事》《万首唐人绝句》，包括《温公诗话》《梦溪笔谈》等采而信之，于是一发而不可收。

后世众多诗选和诗论大都把《登鹳鹊楼》归于王之涣,《文苑英华》肯定是主要的源头。

大量史志类文献表明,《登鹳鹊楼》的作者是朱斌或朱佐日，比如《大明一统志》《大明一统名胜志》《吴郡志》《吴中人物志》等等。那么，说《登鹳鹊楼》的作者是王之涣，都有哪些类似的文献依据呢?

刘昫（887—946)《旧唐书》和欧阳修（1007—1072)《新唐书》都没有为王之涣立传,也没有收录王之涣的诗作。首次为王之涣立传的是辛文房(元人，生卒年不详)的《唐才子传》。"王之涣"词条引用了薛用弱(唐人，生卒年不详)《集异记》中“旗亭画壁”的故事及《凉州词》全诗，但没有提及《登鹳鹊楼》。《集异记》为志怪传奇小说集，本不足信，但《唐才子传》采信了。《文苑英华》《温州诗话》等严肃著作,《唐才子传》却没有引用。辛文房是认为《登鹳鹊楼》不值一提，还是不知道或不认为该诗属于王之涣呢?后一种可能性显然更大。

《大明一统志》和《大明一统名胜志》关于山西省及太原府的记载中都没有王之涣的名字。《大明一统志》“平阳府”“鹳鹊楼”条下引用了《登鹳鹊楼》,但也说是“朱佐日诗”。《大明一统名胜志》“鹳鹊楼”条下也引用了《登鹳鹊楼》,但署名竟然是“宋佐”。《山西通志》中倒是提到了“之奂”，但是出现在别人的词条中：“王纬，字文卿，并州太原人。父之咸，长安尉。与弟之贲、之奂皆有文……”[①]这段话出自《新唐书》第159卷。一笔带过,未说王之涣有何作品。

在明代的唐诗选集中，高棅（1350—1423)《唐诗品汇》、张之象（1496—1577)《唐诗类苑》、李攀龙(1514—1570)《唐诗选》、唐汝询(1624年前后在世)《唐诗解》把《登鹳鹊楼》归于王之涣的名下，胡震亨(1569—1645)《唐音统签》为“王之涣，一作朱斌，一作朱佐日”，臧懋循(1550—1620)《唐诗所》为“朱斌，一作王之涣”，曹学佺（1574—1646)《石仓历代诗选》为“朱斌”。

地方志“抢名人”是一种普遍现象，但凡某个名人与某个地方沾一点边儿，那个地方的史志就会把他写进去，以彰显本地“人杰地灵”。所以，很多历史名人都会在很多地方的史志中一再出现。比如李白，因其在多个地方居住过，且游历甚广,所以很多地方的史志都会大书特书。而《吴郡志》《吴中人物志》《江南通志》等都把“朱佐日”列为词条，也是一个典型的例子。与之形成鲜明对

① 〔明〕李维祯撰：《山西通志》[O]，四库本，卷104第18页。

照的是，王之涣家乡的地方志却只字不提。这不也能说明问题吗？

靳能撰写的《王之涣墓志铭》也是一个非常有力的证据。其铭之序曰："尝或歌从军，吟《出塞》，皦兮极关山明月之思，萧兮得易水寒风之声，传乎乐章，布在人口。至夫雅颂发挥之作，诗骚兴喻之致，文在斯矣，代未知焉，惜乎！"[①]铭序全文500多字，涉及文学成就的仅此几句。跋文对王之涣的诗歌大加赞赏，并举了《出塞》（即《凉州词》）的例子，但没有提及《登鹳鹊楼》。不难看出，靳能也想多列王之涣的代表作品，但因"未知"，只能"惜乎"。试想：如果《登鹳鹊楼》的作者是王之涣，墓志作者靳能会不知道吗？

另外，署名混乱程度也有助于判断作者的归属。上文提到，《登鹳鹊楼》作者署名之多之乱非常罕见，除"朱斌"和"朱佐日"之外，仅归于"王之涣""王之奂"一方的，竟然还出现了"王文奂"、"王之美"、"王之奥"、"王之奠"（见于《吟窗杂录》卷50）、"王之焕"（见于《成化山西志》）、"黄之涣"（见于《唐诗纪》）、"黄之美"（见于明抄本《渔隐丛话后集》卷2）等名字。相比之下，王之涣《凉州词》的署名就统一多了。《凉州词》作者虽然也有"王之涣""王之奂""王涣之"之异，但"涣"同"奂"，而"涣之"显为"之涣"之误。《登鹳鹊楼》为何会出现那么多奇奇怪怪的名字呢？因为编选者不知道或不认为它属于王之涣，不然，不至于出现那么多异名。

管世铭（1738—1798）《韫山堂文集》："或谓：王之涣'黄河远上'一篇之外何不多见？余应之曰：神来之作，即作者亦不能有再。"[②]为什么说王之涣的名作只有《凉州词》这一篇呢？因为《登鹳鹊楼》并不是王之涣的作品。

《登鹳鹊楼》非王之涣之作，而是属于朱斌或朱佐日。那么"二朱"到底是不是同一人呢？有人认为，《国秀集》明确地称朱斌为"处士"，《翰林盛事》却说朱佐日"两登制科，三为御史"，既然当过官，怎么会是"处士"呢？因此，应该是两个人。按照现在的概念，"处士"确实是指没有当过官的人，但"处士"的本义并非如此。《荀子》曰："古之所谓处士者，德盛者也"。也就是说，只要德行高就可称为"处士"，只是后来引申为不愿做官，再后来又引申为没有做过官。《史记·殷本纪》载："伊尹处士，汤使人聘迎之，五反然后肯往

① 傅璇琮著：《唐代诗人丛考》[M]，北京：中华书局1980年版，第56页。

②〔清〕管世铭撰：《韫山堂文集》[O]，清光绪二十年（1894）读雪山房刻本，卷8第9页。

从汤，言素王及九主之事。汤举任以国政。”虽然“五反”，最终还是“从汤”，而且做了大官，但伊尹依然被称为“处士”。《唐代墓志汇编》中有一篇《大周故处士前兖州曲阜县令盖府君墓志铭并序》，其序曰：“（盖畅）起家进士。贞观廿二年，授麟台正字……永徽三年，制除太子校书。显庆四年，奉敕待诏弘文馆随仗入内供奉……龙朔元年，授雍州栎阳县尉……乾封二年，授雍州富平丞……咸亨四年，授兖州曲阜县令……天性澹泊，秉操清贞，虽在公衙，不异林薮，久居吏职，非其所好。秩满归家不仕，以文史自娱。”①虽然“久居吏职”，仍被称为“处士”。这也说明唐人对“处士”的理解重在“秉操”，而不是看有没有当过官。

最后提一下：在仇兆鳌《杜诗详注》的注释文字中，竟然说《登鹳鹊楼》是“岑参诗”②，显然错了。

五、结语

综合历代的诗选、诗论、史志、墓志等各种文献，结合诗歌本身的艺术手法，可以推定——

（一）《登鹳雀楼》这个诗题有误。正确的诗题应该是《登鹳鹊楼》。

（二）《登鹳鹊楼》的作者非王之涣，而是朱斌，字佐日。

（三）《登鹳鹊楼》第二句应为“黄河彻海流”，第四句宜为“更上一重楼”。

也就是说，现在通行的版本从诗题、作者到正文都存在问题，其中最明显、最严重也最不能容忍的问题是作者之误。由于数十年来教科书及大多数出版物中《登鹳鹊楼》的作者都是王之涣，已经造成了全社会的错误认知。这既是对广大公众的误导，也是对知识产权和历史文化的不尊重。这种状况，应该改变。

① 周绍良编：《唐代墓志汇编》[M]，上海：上海古籍出版社 1992 年版，第 921 页。

② 〔清〕仇兆鳌注：《杜诗详注》[O]，四库本，卷 13 第 49 页。

附：《登鹳鹊楼》异文一览表

序	代	编撰者	文献名	诗题	作者	异文	
01	唐	芮挺章	国秀集	登楼	朱斌	入	重
02	宋	李昉	文苑英华	登观雀楼	王之涣	入	层
03	宋	李昉	文苑英华	登鹳雀楼	王之涣	入	层
04	宋	洪迈	万首唐人绝句	登鹳雀楼	王之涣	彻	层
05	宋	洪迈	万首唐人绝句	登鹳雀楼	朱斌	入	层
06	宋	计有功	唐诗纪事	登鹳鹊楼	王之涣	入	重
07	宋	潘自牧	记纂渊海	阙	朱佐日	入	层
08	宋	郑虎臣	吴都文萃	阙	朱佐日	入	层
09	宋	司马光	温公诗话	阙	王之美	彻	层
10	宋	沈括	梦溪笔谈	阙	王文奂	入	层
11	宋	沈括	梦溪笔谈	阙	王之涣	入	层
12	宋	彭乘	墨客挥犀	阙	王文奂	入	层
13	宋	曾慥	类说	阙	王文奂	入	层
14	宋	阮阅	增修诗话总龟	阙	王文奥	入	层
15	宋	阮阅	诗话总龟	阙	王之涣	入	层
16	宋	江少虞	事实类苑	阙	王之涣	入	层
17	宋	胡仔	渔隐丛话前集	阙	王之美	入	层
18	宋	胡仔	渔隐丛话后集	阙	黄之美	入	层
19	宋	谢维新	古今合璧事类备要	阙	阙	入	层
20	宋	范成大	吴郡志	阙	朱佐日	入	层
21	宋	王象之	舆地纪胜	阙	朱佐日	入	层
22	元	陶宗仪	说郛	阙	王之美	彻	层
23	元	陶宗仪	说郛	阙	王之涣	入	层
24	明	高棅	唐诗品汇	登鹳雀楼	王之涣	入	层
25	明	张之象	唐诗类苑	登鹳雀楼	王之涣	入	层
26	明	李攀龙	古今诗删	登鹳雀楼	王之涣	入	层
27	明	李攀龙	唐诗选	登鹳雀楼	王之涣	入	层
28	明	黄德水	唐诗纪	登楼	朱斌	入	重
29	明	臧懋循	唐诗所	登鹳鹊楼	朱斌	入	重
30	明	胡震亨	唐音统签	登鹳雀楼	王之涣	入	层
31	明	曹学佺	石仓历代诗选	登楼	朱斌	入	层
32	明	唐汝询	唐诗解	登鹳雀楼	王之涣	入	层
33	明	李贤	大明一统志	阙	朱佐日	入	层
34	明	曹学佺	大明一统名胜志	阙	宋佐	入	层
35	明	李维祯	山西通志	鹳雀楼	王之涣	入	层
36	清	余姚	（白话注释）千家诗	登鹳鹊楼	王之涣	入	层

续表

序	代	编撰者	文献名	诗题	作者	异文	
37	清	徐倬	全唐诗录	登鹳鹊楼	王之涣	入	重
38	清	彭定求	全唐诗	登楼	朱斌	入	重
39	清	彭定求	全唐诗	登鹳雀楼	王之涣	入	层
40	清	康熙	御选唐诗	登鹳鹊楼	王之涣	入	层
41	清	张英	御定渊鉴类函	登鹳雀楼	王之涣	入	层
42	清	宋宗元	网师园唐诗笺	登鹳鹊楼	王之涣	入	层
43	清	王士禛	唐人万首绝句选	登鹳雀楼	王之涣	入	层
44	清	王士禛	唐贤三昧集	登鹳鹊楼	王之涣	入	层
45	清	沈德潜	唐诗别裁	登鹳雀楼	王之涣	入	层
46	清	蘅塘退士	唐诗三百首	登鹳雀楼	王之涣	入	层
47	清	赵宏恩	江南通志	阙	朱佐日	入	层
48	日	大典显常	唐诗解颐	登鹳鹊楼	王之涣	入	层

版本信息及注释：

[01]《国秀集》[O]，四部丛刊明刻本，卷下第10页。

[02]《文苑英华》[O]，明刻本，卷312第7页。小注："入，一作彻。"

[03]《文苑英华》[O]，四库本，卷312第10页。小注："入，一作彻。"

[04]《万首唐人绝句》[O]，明嘉靖年间刻本，卷15第4页。四库本，同。

[05]《万首唐人绝句》[O]，明万历三十五年（1607）刻本（赵宦光校），五言二第25页。

[06]《唐诗纪事》[O]，明嘉靖二十四年（1545）洪楩清平山堂刻本，卷26第10页。明嘉靖二十四年（1545）张子立刻本、明汲古阁本、四库本，同。

[07]《记纂渊海》[O]，四库本，卷24第18页。

[08]《吴都文萃》[O]，四库本，卷6第24页。

[09]《温公诗话》[O]，武进陶氏涉园景宋本《左氏百川学海》第23册，庚集四第5页。另：四库本《续诗话》中为"王之美""入海流"，万库本《司马温公诗话》中为"王之奂""彻海流"。

[10]《梦溪笔谈》[O]，元大德九年（1305）东山书院刻本，卷15第10–11页。四部丛刊明刻本，同。

[11]《梦溪笔谈》[O]，四库本，卷15第6页。

[12]《墨客挥犀》[O]，清抄本，卷2（无页码）。四库本，"王文奂"为"王之涣"。

[13]《类说》[O]，明天启六年（1626）刻本，卷48第4页。第一句为"白石依山尽"。四库本，第一句为"白日依山尽"。

[14]《增修诗话总龟》[O]，上海涵芬楼景印明月窗道人校刊本，卷15第9页。（该本中的"千里目"讹为"千里日"）

[15]《诗话总龟》[O]，四库本，卷15第13页。

[16]《事实类苑》[O]，四库本，卷39第18页。

[17]《渔隐丛话前集》[O]，宋刻本，卷24第3页。明嘉靖七年（1528）抄本，"美"旁注"奂"。四库本，无旁注。

[18]《渔隐丛话后集》[O]，明抄本，卷2（无页码）。宋刻本，"黄之美"为"王之美"。四库本，"黄之美"为"王之涣"。

续表

[19]《古今合璧事类备要》[O]，明嘉靖年间夏相刻本，别集卷16第8页。四库本，同。

[20]《吴郡志》[O]，明毛氏汲古阁刻本，卷22第13页。清嘉庆戊寅年（1818）刻本（守山阁丛书）、四库本，同。

[21]《舆地纪胜》[O]，清影宋抄本，卷5第85页。

[22]《说郛》[O]，明末刻本（国图善本书号：06345），卷82“温公诗话”第6–7页。首句为“白日依山静”。

[23]《说郛》[O]，四库本，卷82第21页。首句为“白日依山静”。

[24]《唐诗品汇》[O]，明嘉靖己亥年（1539）刻本，卷40第6页。明汪宗尼刻本和四库本，同。

[25]《唐诗类苑》[O]，明万历二十九年（1601）年刻本，卷157第17页。

[26]（《古今诗删》[O]，明隆庆及万历间刻本（汪时元校），卷20第9页。四库本，同。

[27]《唐诗选》[O]，明刻朱墨套印本，，卷6第10页。

[28]《唐诗纪》[O]，明万历十三年（1585）刻本，盛唐卷103第17页。诗题下注：“一作黄之涣登鹳鹊楼诗”，作者下注：“国秀集云处士”。诗中小注：“入，一作彻。”“重，一作层”。

[29]《唐诗所》[O]，明万历三十四年（1606）刻本，第45卷，前集第19–20页。小注：“朱斌，，一作王之涣。”“入，一作彻。”“重，一作层。”

[30]《唐音统签》[O]，明刻本，卷138第4页。小注：“王之涣，，一作朱斌，一作朱佐日诗。”

[31]《石仓历代诗选》[O]，四库本，卷46第54页。

[32]《唐诗解》[O]，明万历刻本，卷22第24页。

[33]《大明一统志》[O]，明嘉靖三十八年（1559）书林杨氏归仁斋刻本，卷8第15页。

[34]《大明一统名胜志·山西名胜志》[O]，明崇祯三年（1630）刻本，卷3第15页。

[35]《山西通志》[O]，四库本，卷225第55页。

[36]《（白话注释）千家诗》[O]，上海：大达图书供应社民国二十五年（1936）版，第4页。

[37]《全唐诗录》[O]，四库本，卷18第28页。小注：“王之涣，集异记作涣之。”

[38]《全唐诗》[O]，四库本，卷203第8页。小注：“朱斌，一作王之涣诗。”

[39]《全唐诗》[O]，四库本，卷253第1页。“王之涣，一作朱斌诗。”

[40]《御选唐诗》[O]，四库本，卷26第33页。

[41]《御定渊鉴类函》[O]，四库本，卷352第24页。

[42]《网师园唐诗笺》[O]，清乾隆三十二年（1767）版，卷14第5页。诗题为“鹊”，小注为“雀”。另：首句为“白石依山尽”。

[43]《唐人万首绝句选》[O]，四库本，卷19第11页。

[44]《唐贤三昧集》[O]，四库本，卷中第38页。

[45]《唐诗别裁》[O]，清乾隆二十八年（1763）教忠堂修订本，卷19第8页。

[46]《唐诗三百首》[O]，清宏道堂重镌本（洛阳图书馆著录为清乾隆二十八年刻本），（不分卷）五绝第27页。清道光十四年（1834）立言堂刻本，同。

[47]《江南通志》[O]，四库本，卷164第18页。

[48]《唐诗解颐》[O]，东京东叡王府宽政十二年（1800）版，卷6第7页。

“旗亭画壁”只是“小说家言”

开元中，诗人王昌龄、高适、王涣之齐名。时风尘未偶，而游处略同。一日，天寒微雪，三诗人共诣旗亭，贳酒小饮，忽有黎园伶官十数人，登楼会谯。三诗人因避席偎映，拥炉火以观焉。俄有妙妓四辈，寻续而至，奢华艳曳，都冶颇极。旋则奏乐，皆当时之名部也。昌龄等私相约曰：“我辈各擅诗名，每不自定其甲乙。今者，可以密观诸伶所讴，若诗入歌词之多者，则为优矣。”俄而，一伶拊节而唱曰：“寒雨连江夜入吴，平明送客楚山孤。洛阳亲友如相问，一片冰心在玉壶。”昌龄则引手画壁曰：“一绝句！”寻又一伶讴之曰：“开箧泪沾臆，见君前日书。夜台何寂寞，犹是子云居。”适则引手画壁曰：“一绝句！”寻又一伶讴曰：“奉帚平明金殿开，强将团扇共徘徊。玉颜不及寒鸦色，犹带昭阳日影来。”昌龄则又引手画壁曰：“二绝句！”涣之自以得名已久，因谓诸人曰：“此辈皆潦倒乐官，所唱皆巴人下俚之词耳！阳春白雪之曲，岂俗物敢近哉？”因指诸妓之中最佳者曰：“待此子所唱，如非我诗，吾即终身不敢与子争衡矣！脱是吾诗，子等当须列拜床下，奉吾为师！”因欢笑而俟之。须臾，次至双鬟发声，则曰：“黄沙远上白云间，一片孤城万仞山。羌笛何须怨杨柳，春风不度玉门关。”涣之即揶揄二子，曰：“田舍奴！我岂妄哉？”因大谐笑。诸伶不喻其故，皆起诣曰：“不知诸郎君，何此欢噱？”昌龄等因话其事。诸伶竞拜曰：“俗眼不识神仙，乞降清重，俯就筵席！”三子从之，饮醉竟日。

这是“旗亭画壁”故事的原版，全文取自明刻本《虞初志》中的《集异记》①。一字未易，原汁原味。

“王涣之”？应该是“王之涣”吧？白纸黑字，板上钉钉，原著就是这么写的。

① 〔明〕陆采编：《虞初志》[O]，如隐堂明刻本，卷 2 第 5—6 页。

《类说》[①]《古今逸史》[②]《四库全书》[③]等古籍收录的《集异记》也都是“王涣之”。尽管如此，所有人都确信，这个“王涣之”就是“王之涣”，因为唐诗界没有名为“王涣之”的人[④]。有的版本在引用时径直把“王涣之”改成了“王之涣”，连个注释都没有，这是对原作的不尊重。

那，“强将团扇共徘徊”和“黄沙远上白云间”肯定错了吧？语文课本上写的都是“且将团扇共徘徊”和“黄河远上白云间”。这是学术公案，至今也无定论（详见本书第215页《王之涣〈凉州词〉通考通辨》）。至于此中的“讌”和“黎”，“讌”是“宴”的异体字，也有“黎园”通“梨园”之说。不过，《纂修四库全书档案》中有把“梨”写成“黎”而受罚的记载：“《东坡诗集注》内……‘又作《病梨赋》以自悲’句，‘梨’俱讹‘黎’。总校官朱钤记过三次，分校官许兆椿记过六次。”[⑤]算不算错，取决于尺度的把握。

美酒、美色、美声，“旗亭画壁”确是一个美谈。1000多年来，大多数诗选和诗说都会在王之涣《凉州词》的后面引用这个故事，辛文房《唐才子传》还把这个故事写进了“王之涣传”[⑥]，俨然“正史”了。时至今日，学者们在研究王之涣其人其诗的时候，往往也把“旗亭画壁”当成事实性的论据。笔者始终觉得，此事纯属虚构！

首先，《集异记》本身就是一部志怪传奇小说集。现存最早收录《集异记》的著作是《顾氏文房小说》，本文开头引用的古籍《虞初志》还有一个名字叫《三十家小说》。上海中央书店民国二十四年（1935）印行的《唐人创作小说选》和上海古典文学出版社1955年出版的《唐人小说》均收录了这个故事。《唐人小说》在文后按曰：“此事自见薛记，诗人引用，几成习见……此事虽盛传于唐时，恐不足信。”

---

① 〔宋〕孙愐编著：《类说》[O]，明天启六年（1626）刻本，卷8第22页。

② 〔唐〕薛用弱撰：《集异记》[O]（见于《古今逸史（55）》，景明刻本，第12页。

③ 〔唐〕薛用弱撰：《集异记》[O]，四库本，第14页。

④ 东晋王羲之第三子名为王涣之，也是著名书法家。另：唐代另有一位名为“王涣”的诗人，《全唐诗》载其诗14首，其中《惆怅诗十二首》曾被误收到王之涣名下（见于《万首唐人绝句》明嘉靖刻本和四库本卷8，题为《惆怅词十二首》，明万历赵宧光校本中无）。

⑤ 中国第一历史档案馆编：《纂修四库全书档案》[M]，上海：上海古籍出版社1997年版，第1509页。

⑥ 〔元〕辛文房撰：《唐才子传》[O]，四库本，卷2第7页。

第二，没有任何其他的记载相印证。不仅《旧唐书》《新唐书》等正史只字未提，就连《本事诗》之类的“野史”也没有提及。要知道，唐人孟棨（875年进士）的《本事诗》也是专门收辑关于唐诗的奇闻逸事，“人面桃花”等故事就是出自此书。更重要的是，三位男主角都没有留下任何文字。唐代诗风鼎盛，生活无处无诗。迎来送往，生老病死，有感要发，无事也叹，走到哪里，写到哪里。王昌龄、高适、王之涣三位大诗人聚在一起何其难得，用“旗亭画壁”这种极富创意的方式比拼诗艺又是何其奇特，如此盛事，岂能无诗？！《送胡大》《送张四》《送李十五》《赵十四兄见访》《独游》……这都是王昌龄写的诗，送个故人要写诗，来个朋友要写诗，一个人“独游”也要写诗，如今“三巨头”聚首，把酒赛诗，欢畅竟夜，怎么反而一字不留呢？天理不容！

另外，王之涣在当时的名气并不大。《集异记》称王之涣“自以得名已久”，可《旧唐书》《新唐书》均未为其立传。《新唐书》“艺文志”别集类736家，基本上都是诗人，著录的750部著作中包括王昌龄集5卷、高适集20卷，而王之涣连这个几百人的大名单都没有挤进去。王之涣流传到现在的诗作仅6首，如果当年就是“著名诗人”，肯定不至于此。在流传至今的10种唐人编选的唐诗集中，只有《国秀集》收入了他的3首诗，那首《登鹳鹊楼》还在朱斌的名下（详见本书第235页《〈登鹳鹊楼〉的作者并非王之涣》）。该集所收诗人，名下均注有“进士”、“处士”之类的职衔或称号，只有王之涣等4人仅载姓名。相比之下，高、王二人的“待遇”就高得多。高适有18首诗（其中4首重复）分别入选《河岳英灵集》《又玄集》《才调集》，王昌龄则有27首诗（其中3首重复）入选《国秀集》《河岳英灵集》《又玄集》《才调集》。王之涣与王昌龄、高适的成绩单完全不是一个量级，而在“旗亭画壁”的先抑后扬之中，王之涣是技压二人的。

诗人之间的唱和情况，也可作为王之涣当时名气不大的佐证。在那个以诗取士、诗歌鼎盛的时代，写诗就是日常，诗人之间相互写诗唱和是常有的事儿。比如：李白《闻王昌龄左迁龙标，遥有此寄》《同王昌龄送族弟襄归桂阳二首》，孟浩然《与王昌龄宴王道士房》《送王昌龄之岭南》，常建《宿王昌龄隐居》《鄂渚招王昌龄张偾》……这是其他诗人写给王昌龄的诗。杜甫《赠高适》《奉寄高常侍》，王维《送高适》，岑参《与高适薛据登慈恩寺浮图》……这是其他诗人写给高适的。那么，王之涣呢？遍翻唐诗，笔者只找到了一首写给王之涣的诗歌，那就是高适的《蓟门不遇王之涣郭密之因以留赠》。可以说，王之涣的朋友圈与王、高二人完全不在一个层次。白居易在《故滁州刺史赠刑部尚书荥阳郑公墓志铭并序》中称“公尤善五言诗，与王昌龄、王之涣、崔国辅辈联唱迭和，名动一时”[①]，此说应属溢美之辞。其实，早在明代，胡应麟（1551—1602）就发现了这个问题，他在《少室山房笔丛》中说：“《集异记》河东薛用弱撰中，载王之涣酒楼事，大非实录。且昌龄、适集中绝少与之涣倡酬诗。”[②]

王之涣在唐代声名不显，到了宋代依然没有受到关注。傅璇琮（1933—2016）在《唐才子传校笺》中说“《新唐书·艺文志》未著录王之涣集，宋代公私书目亦未记载其集。”[③]北宋司马光（1019—1086）在《温公诗话》说：“唐之中叶，文章特盛，其姓名湮没不传于世者甚众。如河中府鹳雀楼，有王之奂、畅诸二诗……王诗曰：白日依山尽，黄河彻海流，欲穷千里目，更上一层楼。二人者，皆当时贤士所不数，如后人擅诗名者，岂能及之哉！”[④]此后，沈括（1031—1095）《梦溪笔谈》引用了这段话并作了补充，“王之奂、畅诸”变成了“李益、王文奂、畅诸”，“王之奂”讹为“王文奂”[⑤]。接着，阮阅（1085年进士）《诗话总龟》又转载了《梦溪笔谈》的这段话，“王文奂”又变成了“王文奥”[⑥]。之后，陈应行（1126年前后在世）《吟窗杂录》又称其为“王之奠”[⑦]。先是“之”讹为“文”，然后“奂”又讹为“奥”或“奠”，在《左氏百川学海》辑录的《司马温公诗话》中，“王之奂”还变成了“王之美”[⑧]。讹误之所以如此之多，直接的原因肯定是字形相近，深层次的原因恐怕还是“王之奂”的知名度不高，刻工甚至编者都对他不熟悉。这种事情，就没有发生在王昌龄、高适等人的身上。

① 〔清〕董浩等编：《钦定全唐文》[O]，清嘉庆十九年（1814）刻本，卷679第2页。
② 〔明〕胡应麟撰：《少室山房笔丛》[O]，四库本，卷20第9页。
③ 〔元〕辛文房著、傅璇琮笺：《唐才子传校笺》[M]，北京：中华书局1995年版，卷3第450页。
④ 〔宋〕司马光撰：《司马温公诗话》[O]，上海：商务印书馆民国二十八年（1939）版，第4—5页。
⑤ 〔宋〕沈括撰：《梦溪笔谈》[O]，四部丛刊明刻本，卷15第5页。
⑥ 〔宋〕阮阅编撰：《增修诗话总龟》[O]，上海涵芬楼景印明月窗道人校刊本，卷15第9页。
⑦ 〔宋〕陈应行撰：《吟窗杂录》[O]，明嘉靖戊申年崇文书堂家藏宋本重刊本，卷50第1页。
⑧ 〔宋〕司马光撰：《温公诗话》[O]，武进陶氏涉园景宋本《左氏百川学海》，第23册庚集四第5页。

到了南宋，洪迈（1123—1202）《容斋随笔》在一则题为《唐诗人有名不显者》的笔记中又引用了上述这段话[①]，可见直到宋代，王之涣依然是“名不显”。

或问：王之涣不是被写进《唐才子传》了吗？那是后来的事儿。辛文房（生卒年不详）是元朝人，《唐才子传》成书于元成宗大德甲辰即公元1304年。这个时候，王之涣的知名度应该非当年可比了。那么，名气怎么又大起来了呢？应该就是因为司马光和洪迈的抬举。司马光何许人？文坛政界领袖也。一言九鼎，居高声远。他说谁的诗好，就会有很多人跟着说好；他说谁被低估了，别的人就会高看一眼。洪迈也是学界扛鼎的人物，再一助力，更有分量。明人高棅（1350—1423）《唐诗品汇》，在《登鹳鹊楼》诗的后面也引用了温公的评语[②]。加之《登鹳鹊楼》《凉州词》确实精彩，是为内因。好诗凭借力，送他上青天。王之涣的名气越来越大，《唐才子传》当然应该有他的位置，可是唐代的历史文献中没有关于他的记载，怎么办呢？只好拿《集异记》来充数了。在《集异记》中，优伶只唱了王之涣的《凉州词》，而《唐才子传》却加上了“复唱二绝，皆之奂词”，即唱了王之涣的三首绝句，愣是超过了高适和王昌龄！鱼目混珠，添油加醋，但一入传，俨然正史。后世的诗家论者纷纷当成真实事迹来引用，甚至继续发挥，称“旗亭画壁”为“名动一时”。

傅璇琮（1933—2016）认为，《集异记》引述王昌龄的一首诗足以否定“旗亭画壁”的真实性，即“寒雨连江夜入吴，平明送客楚山孤。洛阳亲友如相问，一片冰心在玉壶。”据傅考证，这首《芙蓉楼送辛渐》是王昌龄任江宁时所作。“王昌龄任江宁丞，是在开元二十九年夏天以后，而王之涣卒于第二年即天宝元年二月。一在江南，一在河北，这期间不可能有三人聚饮之事。”[③]话说得有些绝对，但至少是一个因素。

笔者私下忖度：在那志怪小说和诗歌都颇为盛行的时代，作为小说家的薛用弱就是想编一个关于诗人且具有传奇色彩的故事，于是就把王之涣、王昌龄和高适编排了一番。这三位诗人同一时代，均以边塞题材见长，也都常有诗歌入曲，他们同台确有较高的合理性和可信度。不过，薛用弱可能也没有想到，所谓“旗亭画壁”的故事，竟然如此“脍炙人口”。

---

① 〔宋〕洪迈撰：《容斋随笔》[O]，四库本，卷15第4页。

② 〔明〕高棅编：《唐诗品汇》[O]，四库本，卷40第7页。

③ 傅璇琮著：《唐代诗人丛考》[M]，北京：中华书局1980年版，第65页。

“旗亭画壁”在流传的过程中，还发生了变异。在《唐才子传》中，男主由3人变成了4人，除王之涣、王昌龄、高适外，多了一个畅当。在《全唐诗话》等的摘引中，男主是王之涣、王昌龄、崔国辅，高适被换掉了。《唐诗记事》载："白居易作滁洲刺史郑旷墓志云：与王昌龄、王之涣、崔国辅联唱迭和，名动一时。"[①]这又多了一个“郑旷”，大约也是想“蹭名人”吧。故事越编越丰富，情节越来越动人。这也说明很多人都有小说家的潜质，也都难以抑制讲故事的冲动。

宋人津津乐道于“旗亭画亭”，元明清人也把这个故事编入了杂剧。《唐人小说》有按语称："演为剧本者，明郑之文（1605年前后在世）有《旗亭记传奇》，见《曲海目》；清张龙文（？—1645）有《旗亭燕杂剧》，见《曲考》；卢见曾（1690—1768）有《旗亭记传奇》，见《曲海目》。皆原本此文，而附会之者也。"[②]常常成为主角，王之涣的名气已经很大了。《唐诗品汇》《古今诗删》《唐诗纪》《唐诗解》《唐诗归》《唐诗镜》等几乎所有的明代唐诗选本都有王之涣的诗作，往往大段大段地引用“旗亭画壁”的故事，甚至把《凉州词》称为七绝的“压卷”之作。清《四库全书》中收录的宋人彭乘（985—1049）《墨客挥犀》转引司马光那则文字中的“王之奂”“王文奂”“王之奥”“王之美”等各种版本都变成了标准版的“王之涣”[③]。四库经常改动前人的文字，而且不加注释。

胡应麟在《少室山房笔丛》中还说："唐妓女歌曲酒楼，恍惚与今俗类。薛用弱所记王昌龄、之涣、高适豪饮事，词人或间用之，考其故实，极可笑。"[④]但没人听得进去，世人还是宁信其有。

至于所谓“四大边塞诗人”，是最近几十年才有的说法。古籍文献中不仅没有“四大边塞诗人”之说，甚至连“边塞诗”这个概念都没有。而且，“四大边塞诗人”之所指也有不同的版本。有人说是指高适、岑参、王昌龄和王之涣，有人说第四人是李颀或王翰。游国恩（1899—1978）《中国文学史》的“盛唐边塞诗人”在以专门的章节分别介绍高适、岑参、王昌龄和李颀之后，在篇

① 〔宋〕计有功撰：《唐诗纪事》[O]，上海涵芬楼四部丛刊刻本，卷26第8页。
② 汪辟疆校录：《唐人小说》[M]，上海：古典文学出版社1955年版，第253页。引文中的生卒年为笔者所加，张龙文应为明人。
③ 〔宋〕彭乘撰：《墨客挥犀》[O]，四库本，卷2第7页。
④ 〔明〕胡应麟撰：《少室山房笔丛》[M]，北京：中华书局1958年版，第554页。

尾才提到“盛唐时代还有一些以边塞诗闻名的诗人”，其中包括王之涣[①]。

谎言重复一千遍能成为真理，小说重复一千遍则成了历史。“旗亭画壁”就这样变成了诗史上的“千古佳话”。

当然，这既怪不得薛用弱，也怪不得王之涣。薛只是在写小说，你偏要当成历史，他也没有办法。至于王之涣，早已经作古，他哪里知道后人如此编排和消费他呢？

① 游国恩:《中国文学史》[M]，北京：人民文学出版社1963年版，第2册（共4册）第66页。

《登鹳鹊楼》的畅诸畅当之争

提到唐诗《登鹳鹊楼》，人们想到的一般都是朱斌（详见本书第235页《〈登鹳鹊楼〉的作者并非王之涣》）的“白日依山尽，黄河彻海流。欲穷千里目，更上一重楼。”其实，题为《登鹳鹊楼》的唐诗有很多，仅《全唐诗》收录的就有6首。除朱斌这首外，畅诸（当）、吴融、崔漳各有1首《登鹳鹊楼》，还有李益的《同崔邠登鹳鹊楼》、殷尧藩的《和赵相公登鹳鹊楼》。这几首《登鹳鹊楼》，也都遣词精妙、意境高远，尤其是畅诗《登鹳鹊楼》，备受大家称道，诗曰——

迥临飞鸟上，高谢世尘间。天势围平野，河流入断山。

该诗在问世后300年左右的时间里，一直寂寂无闻。流传至今的10种唐人辑编的唐诗选集都没有这首诗，甚至没有作者的影子。已知最早收入这首诗的诗选是宋初李昉（925－996）等人编纂的《文苑英华》，但也淹没在浩繁的卷帙之中。幸运的是，宋代大文学家司马光（1019—1086）注意到了它。司马在《温公诗话》中说：“唐之中叶，文章特盛，其姓名湮没不传于世者甚众。如河中府鹳雀楼，有王之美、畅诸二诗。畅诗曰‘迥临飞鸟上，高谢世人间。天势围平野，河流入断山。’王诗曰‘白日依山尽，黄河彻海流。欲穷千里目，更上一层楼。’二人者，皆当时贤士所不数，如后人擅诗名者，岂能及之哉！”[①]在这段笔记中，畅诗还排在“白日依山尽”的前面。此后，沈括（1031—1095）《梦溪笔谈》、洪迈（1123—1202）《容斋随笔》等名家巨著先后转引了《温公诗话》这段话，畅氏《登鹳鹊楼》才逐渐引来了较多的关注和肯定。沈德潜（1673—

① 〔宋〕司马光撰：《温公诗话》[M]，上海：商务印书馆民国二十八年（1939）据宋本排印，第4页。引文中的“王之美”应为“王之奂（涣）”之讹。

1769)《唐诗别裁》在此诗后面称赞说“不减王之涣诗”[①]。

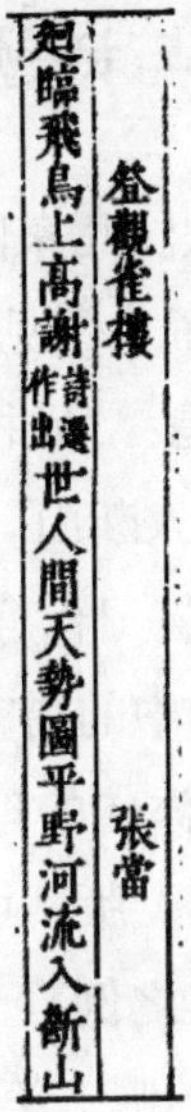
登觀雀樓 張當
廻臨飛鳥上高謝詩選作出世人間天勢圖平野河流入斷山

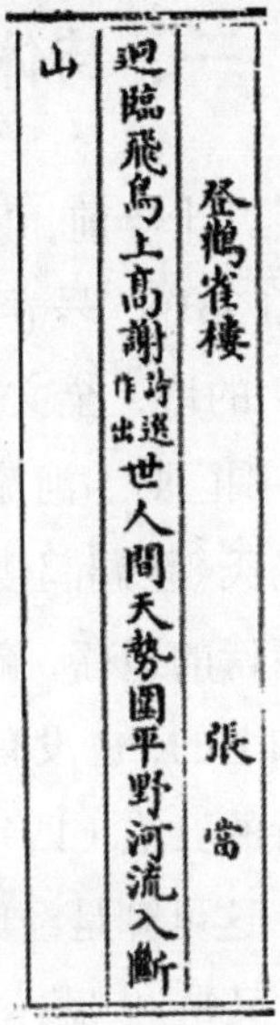
登鸛雀樓 張當
迥臨飛鳥上高謝詩選作出世人間天勢圍平野河流入斷山

《文苑英华》明刻本(左)和四库本(右)中的本诗

不过,这首诗的异文及争议也非常之多。首先是有五绝(四句)和五律(八句)之别,而字词之异主要集中在“迥临飞鸟上,高谢世尘间”中,比如:“迥”有作“逈”“廻”“迴”,“临”有作“林”,“谢”有作“榭”“出”,“世”有作“代”,“尘”有作“人”;第三句“天势围平野”中的“围”有作“图”,等等。诗题也有《登楼》《登鹳鹊楼》《题鹳鹊楼》《蒲州诗》或阙失等等之异,而题中的“鹳”和“鹊”又分别有“观”和“雀”之别。同一部《文苑英华》,明刻本和清文渊阁四库写本(下文简称“四库本”)就有三字不同——前者中的“观”“廻”“图”,在后者中为“鹳”“迥”“围”。《唐诗品汇》的明汪宗尼刻本、明嘉靖刻本和四库本也是三种样态。在历代文献中,该诗作者至少有4种说法:“畅诸”“畅当”“张当”“张珰”,这也是最大的争议所在。

本次考证,笔者共检索到了载有本诗的25种古籍文献、31个版本,详情见附表。出自表内文献的引文,不再注明出处。

① 〔清〕沈德潜选注:《唐诗别裁》[O],中华书局1975年影印乾隆二十八年(1763)教忠堂修订本,第255页。

一、诗体与诗题

诗体之争，源于敦煌。几十年前，欧洲几家博物馆收藏的敦煌残卷被编号整理并传回中国，其中“伯 3619”号卷子（图见本书第 75 页）上有一首署名“畅诸”、题为《登观鹊楼》的诗，全文是：“城楼多峻极，列酌恣登攀。迥林飞鸟上，高榭代人间。天势围□野，河流入断山。今年菊花事，并是送君还。”中间的四句与后世流传的畅氏《登鹳鹊楼》一样，前后则各多出两句。一般认为，敦煌残卷是唐人传抄学习唐诗的遗存，卷中的错字很多，抄者的水平不高，前后各两句不可能是抄写时加上的，也没有添句的理由。所以，这应该是畅氏《登鹳鹊楼》的元本。后来流行的五绝（四句）版，可能是从五律（八句）中截取的。“绝句”又称“截句”，这可算是经典之例。

那么，为什么要“截”，又是谁“截”的呢？笔者推测，这可能就肇始于《温公诗话》，因为这是目前已知最早“截句”的出处，而且此前没有收录此诗的诗选行世。论家话诗，通常只是截取诗中的一部分，尤其是评论字数较多的诗。在诗话中，这很常见。《登鹳鹊楼》的五律版比较长，而且前后四句平淡无奇，第二句甚至不知所云，所以司马就只摘引了中间最精彩的颔联和颈联。后来，沈括、洪迈等人又一再转引，于是，后人就以为这样的五绝就是全诗了。

或许有人要问:《文苑英华》不是早于《温公诗话》吗？其实不然。《文苑英华》的初编完成于雍熙三年（986），但由于错误太多，当时并未刊行。其间几次修改，可能到南宋才真正面世。

在众多的诗话、笔记或史志中，这首诗大都没有题目，《温公诗话》《梦溪笔谈》等均如此。话诗意在引句，自在情理之中。与“白日依山尽”版《登鹳鹊楼》一样，畅版此诗之题多为《登鹳鹊楼》，但也有叫《登楼》的，比如杨士弘（元人，生卒年不详）的《唐音》，还有称为《蒲州诗》的，比如潘自牧（宋人，生卒年不详）的《记纂渊海》和康熙（1654—1722）钦定的《御定渊鉴类函》。之所以名以“蒲州”，显然因为鹳鹊楼是蒲州的城楼。李贤（1409—

1467）《大明一统志》“平阳府”载：“鹳鹊楼，在蒲州城上。”[①] 至于诗题中的“鹊”与“雀”之异，应该取前者（详见本书第235页《〈登鹳鹊楼〉的作者并非王之涣》）。

值得一提的是，敦煌写本中的诗题《登观雀楼》。黄永武先生在《敦煌伯三六一九号卷子中41首唐诗的价值》一文中说“文苑英华卷三一二刻有张当诗《登观雀楼》四句，‘观’字误书，与敦煌本同。”[②] 黄先生没有注明文献出处。在明刊本《文苑英华》中，诗题确为《登观雀楼》；但在四库本《文苑英华》中，诗题却为《登鹳雀楼》。“观”的繁体字“觀”与“鹳”形似，一般认为这是“鲁鱼豕亥”之类的讹误。四库本改“观”为“鹳”，应该就是这么认为的。但笔者以为，“观雀楼”也说得通。鸟雀都在天上飞，高楼最适合观鸟。而且诗中的“迥林（临）飞鸟上”描写的就是在高楼上观鸟的景象。崔漳《登鹳鹊楼》中的“去远千帆小，来迟独鸟迷”和吴融《登鹳雀楼》中的“鸟在林梢脚底看”，也都是拿鸟和楼说事儿。所以，原题就是“登观雀楼”的可能性也不能排除。《全唐诗补编》虽然在注释中称“《全唐诗》题作《登鹳雀楼》，较佳”，但仍然保留了敦煌写本的原题《登观雀楼》[③]，这是比较客观和稳妥的。

二、诗文之争议

“□□飞鸟上”中的第二个字，只有敦煌写本和《御定渊鉴类函》卷336作“林”，其他版本均为“临”，应该是音近之讹。第一个字，31个版本中，“逈”有14个，“迥”有12个，“廻”有4个，“迴”有1个。其中，《文苑英华》明刻本写作“廻”，四库本写作“迥”；《渔隐丛话》前集写作“逈”，后集有作“迥”；《梦溪笔谈》的元刻本和明刻本写作“逈”，四库本写作“迥”；《唐诗品汇》明汪宗尼本和明嘉靖刻本为“廻”，四库本为“迥”；《御定渊鉴类函》

① ［明］李贤等撰：《大明一统志》[O]，明嘉靖三十八年（1559）书林杨氏归仁斋刻本，卷20第13页。

② 黄永武著：《敦煌的唐诗》[M]，台北：洪范书店1987年版，第225页。下文所引黄语皆出此处。

③ 陈尚君编：《全唐诗补编》[M]，北京：中华书局1992年版，第35页。。

卷336写作“迥”、卷347写作“廻”。《康熙字典》：“迥，寥远也”[①]。杜甫《秦州杂诗二十首》有“迥立向苍苍”之句。“迥临飞鸟上”的意思是鹳鹊楼很高，离地面很远，离飞鸟却很近。“逈”和“迴”都是“迥”的异体字，可以通用。而“廻”是“回”的异体字，放在此句中，显然说不通。“廻”和“迴”“迥”“逈”实在太相像了，其形似程度甚至超过“豕”和“亥”，稍有不慎，就会笔误。

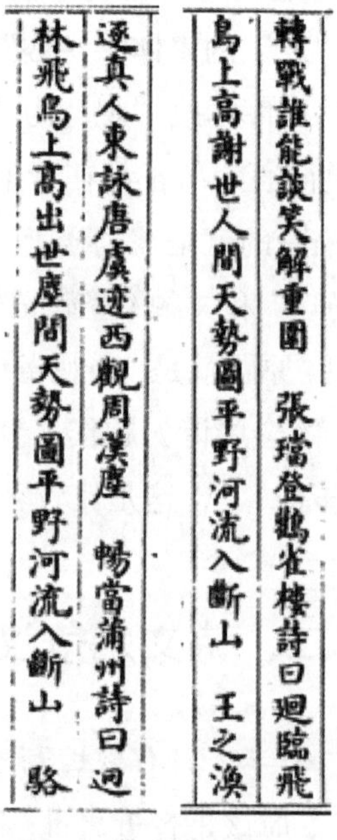
轉戰誰能談笑解重圍　張瓊登鸛雀樓詩曰廻臨飛
鳥上高謝世人間天勢圍平野河流入斷山　王之渙

逐真人東詠唐虞迹西覩周漢塵　暢當蒲州詩曰迴
林飛鳥上高出世塵間天勢圍平野河流入斷山　駱

《御定渊鉴类函》卷336（左）和卷347（右）中的本诗

“高□□□间”是最乱的一句，因为连续3个字存在异文，组合之后更是有“高榭代人间”、“高谢世人间”、“高出世尘间”、“高出尘世间”、“高出世人间”、“高出人世间”等6种说法。其中，“高出世尘间”的版本最多，亦为当今通行，“高榭代人间”仅见于敦煌残卷，“高出人世间”见于高棅（1350—1423）《唐诗品汇》和康熙《御定佩文斋咏物诗选》。“高出世尘间”和“高出世人间”都很容易理解，“世尘”较雅，“世人”稍俗。“高谢世人间”中的“谢”字应该与“谢绝”“谢

① 〔清〕张玉书等编：《康熙字典》[O]，清内府刻本，酉集下第38页。

世”之“谢”义近，“高谢”可理解为“远离”，也就是“高出”之意。《梦溪笔谈》在转引《温公诗话》那段笔记时，把“高谢世人间”改成了“高出世尘间”，不知是否有据。笔者目力所及，这也是“高出世尘间”最早的出处。是因为“高谢”不好理解吗？客观地说，确实有点儿“拗”。不过，最费思量的还是敦煌写本中的“高榭代人间”。唐人讳“世”字，因为李世民。“世”与“代”义近，所以用“代”替“世”，李白“苟无济代心，独善亦何益”句中的“代”即应为“世”，这是一般的理解。但即便是“高榭世人间”，黄永武先生仍然说“语气不顺”。黄瑞云在《畅诸〈登鹳雀楼〉诗》中认为：“楼上不会再有‘高榭’，‘榭’字亦系‘谢’字之误。”① 直接就把“榭”字否了，这可能是最具普遍性的认知。

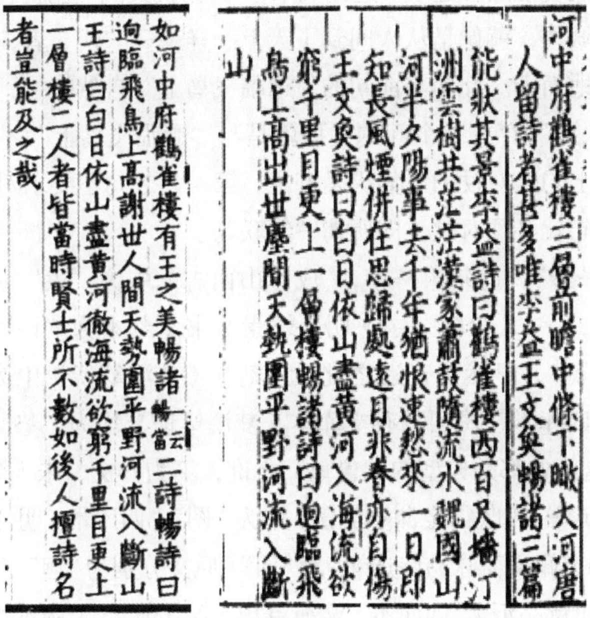

如河中府鸛雀樓有王之美暢諸（暢當云）二詩暢詩曰
迥臨飛鳥上高謝世人間天勢圍平野河流入斷山
王詩曰白日依山盡黃河徹海流欲窮千里目更上
一層樓二人者皆當時賢士所不數如後人擅詩名
者豈能及之哉

河中府鸛雀樓三層前瞻中條下瞰大河唐
人留詩者甚多唯李益王文奐暢諸三篇
能狀其景李益詩曰鸛雀樓西百尺墻汀
洲雲樹共茫茫漢家簫鼓隨流水魏國山
河半夕陽事去千年猶恨速愁來一日即
知長風煙併在思歸處遠目非春亦自傷
王文奐詩曰白日依山盡黃河入海流欲
窮千里目更上一層樓暢諸詩曰迥臨飛
鳥上高出世塵間天勢圍平野河流入斷
山

《温公诗话》（左）和《梦溪笔谈》（右）中的本诗

“榭，建筑在台上的房屋。”②《现代汉语词典》只有这一个解释，但在古代汉语中，“榭”有好几种涵义，而本义为“讲武之所”。《字源》释“榭”曰：

① 黄瑞云撰：《畅诸〈登鹳雀楼〉诗》[J]，兰州：《敦煌研究》1983 年 00 期。
② 编委会：《现代汉语词典》[M]，北京：商务印书馆 2012 年第 6 版，第 1444 页。

“建在高台上只有楹柱而无墙壁的房子，本为讲军习武之所，故以‘射’为名，后加‘木’旁而成‘榭’字。《国语·楚语上》：‘榭不过讲军实。’（《文选·左思〈吴都赋〉刘逵注引‘榭’作‘射’）《左传·成公十七年》：‘三郤将谋于榭。’杜预注：‘榭，讲武堂。’后泛指建在高台上的房子。”[①] 而鹳鹊楼原本就是戍楼，当然有讲军习武的功能。李翰《河中鹳鹊楼集序》曰：“后周大冢宰宇文护军，镇河外之地，筑为层楼。”[②] 曹学佺（1574—1646）《大明一统名胜志·山西省志胜》载：“鹳鹊楼，在州南城上，即城楼也。文人多所题咏……畅当诗：迥临飞鸟上，高出世尘间。天势围平野，河流入断山。”[③] 也就是说，鹳鹊楼原本就是城楼，即带有防卫性质的军事设施，而不是像黄鹤楼、岳阳楼那样的观赏性园林建筑。这样一来，“高榭代人间”也就容易理解了——登上这高高的城楼，就像是从人间到了天上一样——“代”者，替也，引申为由此及彼、自地而天。此句与前句的“迥临飞鸟上”自然衔接，顺理成章。不过，“高榭代人间”存在一个问题，那就是与“迥临飞鸟上”不对仗，而“高谢世尘间”与上句是对仗的。如果是五绝，第一、二句不要求对仗；如果是五律，第三、四句就必须对仗，即所谓“颔联”。

“天势□平野”，此句第一字，《成化山西志》中为“大”[④]，其他各本均为“天”；第二字，《吟窗杂录》明嘉靖崇文书堂刻本为“诗”[⑤]，该文献的明抄本为“势”[⑥]，显然是音近之讹。元刻本《梦溪笔谈》中为“执”，四部丛刊明刊本、四库本、民国万有文库本《梦溪笔谈》均为“势”，其他版本亦均为“势”。这两处都是典型的“鲁鱼”之讹，不为异文，未入附表。第三字，明刻本《文苑英华》和《御定渊鉴类函》中为“图”，四库本、明汪宗尼刻本《唐诗品汇》和《御定佩文斋咏物诗选》中为“回”（原文分别为“迴”、“廻”和“廽”），明嘉靖刻本《唐诗品汇》、四库本《文苑英华》等其他 25 个版本均为“围”。《御定渊鉴类函》先后两次引用本诗，两处均为“图”，一再讹误，令人费解。“回”

① 约斋编著：《字源》[M]，上海：上海书店 1986 年版，第 542 页。
② 〔宋〕李昉编：《文苑英华》[O]，四库本，卷 710 第 11 页。
③ 〔明〕曹学佺撰：《大明一统名胜志·山西省志胜》[O]，卷 3 第 15 页。
④ 〔明〕不著撰人：《成化山西志》[O]，清两淮盐政采进本，卷 16 第 71 页。
⑤ 〔宋〕陈应行撰：《吟窗杂录》[O]，明嘉靖戊申年崇文书堂家藏宋本重刊本，卷 50 第 1 页。
⑥ 〔宋〕陈应行撰：《吟窗杂录》[O]，明抄本，卷 50 第 1 页。

字说不通，应该是错字。第三句妙就妙在“围”字上，该字既生动形象，又别具匠心，并与下句的“入”字形成对比，一静一动，一立一破。第四字，敦煌写本中的这个字被墨渍覆盖，无法辨认，其他各本均为“平”。

三、作者之辨析

关于这首《登鹳鹊楼》的作者，有两个名字首先应该排除，那就是张当和张珰。张当仅见于四库本《文苑英华》，张珰只出现在四库本《御定渊鉴类函》。应为讹误，略过不谈。

纵观本次检索到的31个版本，分水岭在宋代。早期的版本多为畅诸，除敦煌写本外，还有《温公诗话》《梦溪笔谈》《吟窗杂录》等。后来畅当逐渐取代了畅诸，江少虞（1131前后在世）《事实类苑》、彭乘（1086年前后在世）《墨客挥犀》等之后，直到清代的《全唐诗》《唐诗别裁》，再到现代的各种版本基本上都是畅当了。详细情况，请阅附表。

那么，为什么会有这样的变化呢？具体原因未知，可能永远也查不清了。但细思之，无外乎这些方面：一，畅当是河东人，唐属河中府，也就是说鹳鹊楼就在他的家乡，这可能造成了误解，认为《登鹳鹊楼》必为畅当所作。其实，“熟悉的地方没有风景”。描写地方名胜的经典诗篇反而多为他乡人所作，比如崔颢的《黄鹤楼》、杜甫的《岳阳楼》。二，畅当的诗名比畅诸更大，很多人只知畅当而不知畅诸，所以看到畅诸就以为是畅当之误。三，一些诗家知之不多却又自以为是，不作详考就草率窜改；有人甚至认为，畅当比畅诸水平高，畅诸写不出《登鹳鹊楼》这样的好诗。

说有些诗家“知之不多又自以为是”不是信口开河，而是有根有据。比如潘德舆（1785—1839）《养一斋诗话》有一段笔记：“《容斋随笔》引《温公诗话》云：‘唐之中叶，文章特盛，其姓名湮没不传于世者甚众。如河中府鹳雀楼，有王之奂、畅诸二诗，二人皆当时所不数，而后人擅诗名者，岂能及之哉！’按：‘奂’字必系‘涣’字之讹，‘诸’字必系‘当’字之讹。王之涣与王昌龄、高适齐名，畅当与韦苏州屡有唱和，本属胜流，故其《鹳雀楼》诗，卓绝时辈如此。历考他本，皆无作王之奂、畅诸者，温公所见，不知何据。容斋未加订正，亦不可晓。"[①]殊不知，"奂"是"涣"的本字，辛文房（1324年居省郎之职）《唐才子传》中的个人传记即为"王之奂"[②]，四库本《文苑英华》和《唐音》中均出现过"王之奂"，而《温公诗话》《梦溪笔谈》《渔隐丛话》《说郛》中《登鹳鹳楼》的作者均为畅诸。潘德舆显然也不知道：虽然洪迈在《容斋随笔》中引用了《温公诗话》的畅诸之说[③]，但在他编的《万首唐人绝句》中却又变成了畅当，这实在令人疑惑。潘自称"历考他本"，不知是怎么考的。畅诸被改成畅当，肯定不是潘德舆所为，因为早在宋代就有人改了，但当初修改的人很可能就是像他这么想的。

31种古籍版本中，《登鹳鹊楼》的作者较早被归于畅当名下的版本是计有功的《唐诗纪事》和彭乘的《墨客挥犀》。计有功和彭乘的生卒年均不详，但肯定都是宋人。

在《唐诗纪事》中，畅诸附在畅当的后面。计有功在"畅当"词条中介绍说，"当，河东人，正元初为太常博士，后以果州刺史卒。与弟诸皆有诗名。"[④]此段前一句出自欧阳修（1007—1072）等人编纂的《新唐书》，但不知"与弟诸皆有诗名"出自何处。笔者查到的文献中，《唐诗纪事》中的"诸为当弟"之说最早，而且后世的很多文献都转引了这一说法，比如《唐音统签》《全唐诗》《全唐诗录》。然而，这个说法难以成立。

唐人林宝（生卒年不详）编撰的《元和姓纂》（812年成书）称："诗人畅诸，汝州人，许昌尉。"[⑤]汝州，唐属河南府，治所在今河南临汝。畅当，河东人，唐属河中府，治所在今山西永济。二人籍贯相距很远，兄弟之说难以成立。

那么，谁先谁后呢？畅诸和畅当的生卒年均无记载。据《唐才子传》："当，河东人，大历七年张式榜及第。"另据《登科记考》，畅诸是开元九年拔萃科进士。大历七年是公元772年，开元九年是公元721年，畅诸及第的时间比畅当早了51年。不过，这并不足以证明畅诸比畅当年纪大。如果畅诸及第时20岁，而畅当及第时80岁，那么还是当比诸大。虽然这种可能性不大，但也不能排除。

① 〔清〕潘德舆著：《养一斋诗话》[O]，清道光壬辰年（1832）刻本，卷9第5页。
② 〔元〕辛文房撰：《唐才子传》[O]，日本天瀑山人刻本，卷3第1页。
③ 〔宋〕洪迈撰：《容斋随笔》[O]，四部丛刊明弘治活字本，卷15第3页。
④ 〔宋〕计有功撰：《唐诗纪事》[O]，上海涵芬楼四部丛刊明刻本，卷27第7页。
⑤ 〔唐〕林宝撰：《元和姓纂》[O]，四库本，卷9第22页。

好在，还有李翰可资参照。

李翰《河中鹳鹊楼集序》曰："前辈畅诸，题诗上层，名播前后，山川景象，备于一言。"[①] 李翰称畅诸为"前辈"，肯定是畅诸的年纪比李翰大，而且年龄相差不会小。那么，畅当是李翰的"前辈"吗？如果不是，那么《登鹳鹊楼》就非他所作。

《全唐诗》卷 881 第一位诗人就是"李翰"，名下小注"唐末五代人"。如果此人就是为鹳鹊楼写序的李翰，那么所有唐代诗人都可算是他的"前辈"了。不知《全唐诗》此说所据者何。很多权威性史料都证明，此说不确。

《旧唐书》载："（李）华宗人翰，亦以进士知名。天宝中，寓居阳翟……禄山之乱，从友人张巡客宋州……上元中，为卫县尉，入朝为侍御史。"[②]《新唐书》称："翰，擢进士第，调卫尉。天宝末，房琯、韦涉俱荐为史官，宰相不肯拟……翰累迁左补阙、翰林学士。大历中，病免，客阳翟，卒。"[③]《全唐文》载："翰，字子羽，第进士。上元中，官卫县尉。入为侍御，累迁左补阙、翰林学士。大历中，卒。"[④] 这些记载中，李翰是盛唐人。盛唐诗人刘长卿（生卒年不详）《喜李翰自越至》诗曰："久别长相忆，孤舟何处来。"，既为刘长卿的故交，也说明李翰为盛唐人。在《唐音癸签》的诗人序列中，李翰也在"盛唐"部分[⑤]。

那么，畅当又是什么年代的人呢？

《唐才子传》载："当，河东人。大历七年张式榜及第。当少谙武事，生乱离间，盘马弯弓，抟沙布阵，人咸伏之。时山东有寇，以子弟被召参军。贞元初，为太常博士，仕终果州刺史。与李司马、司空郎中有胶漆之契。常往来嵩、华间，酷慕方外，闲参禅道，洞明性命之旨，勘破生死之关，词旨挺拔，有凌云之概，有诗二卷传世。同时有郑常亦以诗鸣，集一卷传。"[⑥] 唐代宗"大历"年号总共用了 14 年，"大历中"即为大历七年前后。也就是说，畅当及第的时候，为

① 〔清〕董浩等编：《钦定全唐文》[O]，清嘉庆十九年（1814）刻本，卷 430 第 10 页。
② 〔五代〕刘昫撰：《旧唐书》[O]，四库本，卷 190 下第 3 页。
③ 〔宋〕欧阳修等撰：《新唐书》[M]，北京：中华书局，卷 203，第 5777—5778 页。
④ 〔清〕董浩等纂：《钦定全唐文》[O]，清嘉庆十九年（1814）刻本，卷 430 第 1 页。
⑤ 〔明〕胡震亨撰：《唐音癸签》[O]，四库本，卷 30 第 4 页。
⑥ 〔元〕辛文房撰：《唐才子传》[O]，日本天瀑山人（林衡）辑，清光緒八年（1882）滬上黄润生木活字印本，卷 4 第 8 页。

官多年并被“病免”的李翰已卒。

《唐才子传》中的“王之奂”词条称其“与王昌龄、高适、畅当忘形，尔汝尝共诣旗亭，有梨园名部继至。昌龄等曰：‘我辈各擅诗名，未定甲乙，可观诸伶讴诗，以多者为优。一伶唱昌龄二绝句，一唱适一绝句。之奂曰：‘乐人所唱皆下俚之词。’须臾，一佳妓唱曰：‘黄沙远上白云间，一片孤城万仞山。羌笛何须怨杨柳，春风不度玉门关。’复唱二绝，皆之奂词。三子大笑。曰：‘田舍奴，吾岂妄哉？’诸伶竟不喻其故，拜曰：‘肉眼不识神仙！’三子从之，酣醉终日。其狂放如此，云有诗传于今。”[①] 畅当与王之涣、王昌龄、高适同时交游，当然均为盛唐诗人。按照这个说法，畅当确有可能是李翰的前辈。然而，此载并不属实。所谓“旗亭画壁”的故事，出自唐人薛用弱（生卒年不详）的《集异记》，源本中的主角是王之涣、王昌龄、高适三人，并没有畅当[②]。原版故事中，三人均有诗歌为伶人所唱，最后的结果当然是“三子从之”。但加上畅当之后，却没有伶人唱他的诗，这已是漏洞，最可笑的是，连后面的人数都没有改，竟然还是“三子大笑”“三子从之”——难道四人中有一个人不笑也不从吗？作假如此草草，实在令人喷饭。

《全唐诗》中与畅当唱和的诗人有韦应物（737—792）、戴叔伦（732—789）、卢纶（739—799）、司空曙（720—790）、李端（743—782）等，这些人全部都是中唐的诗人。基本上只选中唐诗人的《极玄集》收录了畅当的 3 首诗，也可以佐证畅当是中唐诗人。

韦应物有诗《寄畅当》，又题《闻以子弟被召从军》，写的就是《唐才子传》所说“时山东有寇，以子弟被召参军”之事。其诗曰：“寇贼起东山，英俊方未闲。闻君新应募，籍籍动京关。出身文翰场，高步不可攀。青袍未及解，白羽插腰间。昔为琼树枝，今有风霜颜。秋郊细柳道，走马一夕还。丈夫当为国，破敌如摧山。何必事州府，坐使鬓毛斑。”据傅璇琮考证，此诗作于建中四年（783）。[③] 这个时候的畅当多大年纪呢？既是“子弟”从军，年龄不会很大。从“昔为琼树枝”“白羽插腰间”这些描写来说，当时的畅当肯定还很年轻。而这个时候，

① 〔元〕辛文房撰：《唐才子传》[O]，清嘉庆十年（1805）陆氏三间草堂刻本，卷 3 第 1 页。
② 〔唐〕薛用弱撰：《集异记》[O]（见于《古今逸史（55）》，景明刻本，第 12 页。“之涣”在原本中为“涣之”。引文中“黄沙远上白云间”时本为“黄河远上白云间”。
③ 傅璇琮著：《唐代诗人丛考》[M]，北京：中华书局 1980 年版，第 304 页。

李翰已经逝去多年。

有意思的是，傅璇琮在《韦应物系年考证》一文中说“畅当《新唐书》卷200《儒学下》有传，云‘当进士擢第。贞元初，为太常博士。’未载其从军事。”为了证明韦诗所说畅当“以子弟被召从军”的真实性，傅文从《旧唐书》《新唐书》《唐会要》《通鉴》中引用了大量关于“寇贼起东山”以及德宗下诏令官员子弟从军的史实，洋洋近千言。论证中，傅文也引用了《唐才子传》关于畅当及第的记载，但没有引用“时山东有寇，以子弟被召参军”之句。既然《唐才子传》有明确的记载，为什么傅文不直接引用，却大费周章地引用其他文献间接佐证呢？

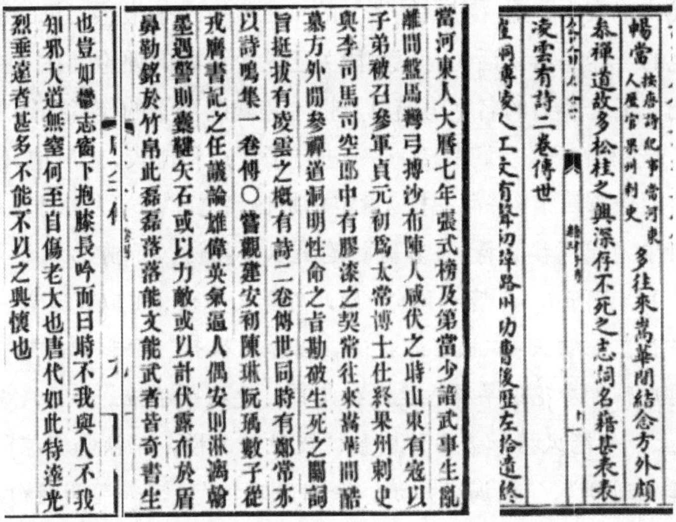
當河東人大曆七年張式榜及第當少諳武事生亂離間盤馬彎弓摶沙布陣人咸伏之時山東有寇以子弟被召參軍貞元初為太常博士仕終果州刺史與李司馬司空曙中有膠漆之契常往來嵩華間酷慕方外問參禪道洞明性命之旨勘破生死之關詞旨挺拔有凌雲之概有詩二卷傳世同時有鄭常亦以詩鳴集一卷傳○嘗觀建安初陳琳阮瑀數子從戎麾書記之任議論雄偉英氣逼人偶安則淋漓翰墨遇警則櫜鞬矢石或以力敵或以計伏露布於盾鼻勒銘於竹帛此磊磊落落能文能武者皆奇書生也豈如鬱志窗下抱膝長吟而日時不我與人不我知邪大道無壑何至自傷老大也唐代如此特達光烈垂遠者甚多不能不以之興慎也

暢當（按唐詩紀事當河東人歷官果州刺史）多往來嵩華間結念方外頗耽禪道故多松桂之興深存不死之志詞名藉甚表表凌雲有詩二卷傳世

《唐才子传》天瀑版（左）和四库本（右）中的“畅当”词条

笔者查到了三种古籍版本的《唐才子传》，一是日本天瀑版，一是清嘉庆十年版[①]，一是四库本。天瀑版和嘉庆版中的“畅当”词条比较长，也比较详细，有关于畅当少年习武及应召从军的记载；四库本中的“畅当”词条比较短，全文为“畅当（按《唐诗纪事》，当，河东人，历官果州刺史）：多往来嵩华间，

① 〔元〕辛文房撰：《唐才子传》[O]，清嘉庆十年（1805）陆氏三间草堂刻本，卷4第9页。此本中的“搏沙写陈，人曾伏之”在天瀑版中为“搏沙布阵，人咸伏之”，应以天瀑版为正。另：“搏沙”之“搏”，为“搏斗”之“搏”，今多讹为“抟（摶）”。

结念方外，颇参禅道，故多松桂之兴，深存不死之志。词名藉甚，表表凌云。有诗二卷传世。”[①]其中确实没有关于从军的记载。傅文没有注明文献的版本，傅先生看到的想必是四库本。同为《唐才子传》，差别如此之大，未知是何缘故。所以，校勘考证必须注意古籍中的版本差异，引用时也一定要注明版本信息。不然，读者可能莫名其妙，甚至认为作者考证不周。

李翰是盛唐人，畅当是中唐人。也就是说，畅当是李翰的“后辈”。这足以证明《登鹳鹊楼》不是畅当的作品。

另据傅璇琮考证：“畅诸与王之奂（688—742）同时，也是开元时著名诗人。”[②]如此说来，畅诸是盛唐早期诗人，确实是李翰的“前辈”，《登鹳鹊楼》肯定为畅诸所作。

在历代诗论家中，对《登鹳鹊楼》的“二畅”之争最感兴趣的可能就属潘德舆了。他的《养一斋诗话》有三大段关于这个话题的评论。在“指正”沈括和司马光把“王之奂”的名字写错以及把《登鹳鹊楼》的作者搞错之前，他先对王之涣、李益和畅氏《登鹳鹊楼》逐一进行了评点和比较，之后他又写了一段，从诗艺的角度分析认定《登鹳鹊楼》肯定不是畅诸之作。这段笔记全文如下——

畅当河中《鹳雀楼》诗，《容斋随笔》以为畅诸，予前已正之矣。或谓畅诸乃畅当之弟，皆河东人，皆有诗句，则此作属之于诸，亦似可通者。然考诸诗，今只存《早春》一首云：“献岁春犹浅，园林未尽开。雪和新雨落，风带旧寒来。听鸟闻归雁，看花识早梅。生涯知几日，更被一年催。”才气甚卑，不类“迥临飞鸟上”一绝风格。若当诗则如“夜殿若山横，深松如涧凉”，“阳崖全带日，宽嶂偶通耕”，“酒渴爱江清，余酣漱晚汀”。又如蒲州绝句：“苍苍中条山，厥形极奇魂。我欲涉其崖，濯足黄河水。”皆极超拔，与《鹳雀楼》诗相类，则此作不得属之于诸也，决矣。[③]

畅诸的诗“才气甚卑”，畅当的诗“皆极超拔”，所以畅诸写不出像《登鹳鹊楼》这样的好诗。按照这样的逻辑，《春江花月夜》也不可能是张若虚写的，因为他仅存两首诗作中的另一首《代答闺梦还》与“孤篇横绝”的《春江花月夜》相比也可以说是“才气甚卑”。张继的《夜泊松江》(时本题为《枫桥夜泊》，

① 〔元〕辛文房撰：《唐才子传》[O]，四库本，卷3第10页。
② 傅璇琮著：《唐代诗人丛考》[M]，北京：中华书局1980年版，第64页。
③ 〔清〕潘德舆著：《养一斋诗话》[O]，清道光壬辰年（1832）刻本，卷9第8页。

详见本书第383页《张继“夜泊”的不是“枫桥”及“寒山寺”》）与他的其他几十首流传至今的诗作相比也是鹤立鸡群。再者，畅诸的《早春》真的“才气甚卑”吗？各人感觉不同，恐怕难以论定。如果心中早已认定某人“才气甚卑”，那么他看此人的任何作品都是蹩脚的，这在心理学上不难解释。

正是出于这种心理及思维，常有不知名作者之作被误认为知名作者的作品。朱斌的《登鹳鹊楼》被归于王之涣名下与畅诸的《登鹳鹊楼》被改成畅当的诗作，如出一辙。实际上，这种现象，不乏其例。

中唐诗人杜诵（生卒年不详）有作《哭长孙侍御》：“道为诗书重，名因赋颂雄。礼闱曾擢桂，宪府既乘骢。流水生涯尽，浮云世事空。唯余旧台柏，萧瑟九原中。”该诗被同时期的高仲武（生卒年不详）收入了《中兴间气集》，高还注释说：“杜君诗调不失文流，如‘流水生涯尽，浮云世事空’，得生人始终之理，故编之。”[1]唐光化三年（900），韦庄（约836—约910）编《又玄集》又将该诗收入，作者仍是杜诵[2]。到了宋代的《文苑英华》，《哭长孙侍御》仍然在杜诵的名下，但诗后注称“此诗见《中兴间气集》，亦云杜诵作。今载《杜甫集》可疑。”[3]说明当时已有人把《哭长孙侍御》编进了《杜甫集》。南宋吴曾（生卒年不详）《能改斋漫录》也称“今《子美集》亦有此诗，恐是编者之误”，但接着又说“然诵名不显，不知孰是。”[4]此后，原本属于杜诵的《哭长孙侍御》还是被选入各种版本的《杜甫集》，比如《九家集注杜诗》《补注杜诗》《集千家注杜工部诗集》《杜诗详注》。众口铄金，积非成是。直到《全唐诗》，《哭长孙侍御》还是被补编到杜甫的名下，只是诗题有注：“一作杜诵诗”，总算是没把杜诵完全抹尽。

胡震亨（1569—1645）《唐音癸签》：“坡公论李杜二集，谓杜集较李集伪撰为少，此殆不然。宋宝元初本《杜诗》一千四百五篇，至皇祐中王介甫竟增入二百余篇，自为序曰：‘予令鄞客有授予古之诗所不传者二百余篇，予知非人所能为，实甫也。自《洗兵马》而下序而次之，云云。’今其诗皆杂入集中。”[5]王安石（1021—

①〔唐〕元结等编：《唐人选唐诗（十种）》[M]，北京：中华书局1958年版，第278页。

②〔唐〕韦庄辑：《又玄集》//《唐人选唐诗（十种）》[M]，北京：中华书局1958年版，第371页。

③〔宋〕李昉等编：《文苑英华》[O]，四库本，卷303第10页。

④〔宋〕吴曾撰：《能改斋漫录》[O]，清活字本，卷5第14—15页。

⑤〔明〕胡震亨编：《唐音统签》[O]，四库本，卷32第12页。

1086）一下子把200多篇无名氏佳作收入杜甫集中，理由就是其他人写不出这样的好诗，肯定是少陵所作——如此这般，简直是“乱点鸳鸯谱”！

四、结语

畅诸、畅当虽然都有精彩之作，但在登峰造极、高手如云的唐代诗坛，二人都只能算是二、三流的诗人。但不能因为他们在诗史上“无足轻重”，就轻漫他们的作品、漠视他们的权利。求真求实，是学术的基本原则。意见可以不同，事实不能无视。若是泉下有知，想必畅当也不愿意抢夺“前辈”畅诸的诗作。

附:《登鹳鹊楼》异文一览表

序	代	编撰者	文献名	诗题	作者	异文			
01	唐	阙	敦煌残卷	题观雀楼	畅诸	逈	林	高榭代人间	围
02	宋	李昉	文苑英华	登观雀楼	张当	廻	临	高谢世人间	图
03	宋	李昉	文苑英华	登鹳雀楼	张当	迥	临	高谢世人间	围
04	宋	司马光	温公诗话	阙	畅诸	逈	临	高谢世人间	围
05	宋	沈括	梦溪笔谈	阙	畅诸	逈	临	高出世尘间	围
06	宋	沈括	梦溪笔谈	阙	畅诸	迥	临	高出世尘间	围
07	宋	彭乘	墨客挥犀	阙	畅当	迥	临	高出世尘间	围
08	宋	胡仔	渔隐丛话前集	阙	畅诸	逈	临	高谢世人间	围
09	宋	胡仔	渔隐丛话后集	阙	畅诸	迥	临	高谢世人间	围
10	宋	江少虞	事实类苑	阙	畅当	迥	临	高出世尘间	围
11	宋	计有功	唐诗纪事	登鹳鹊楼	畅当	逈	临	高出世尘间	围
12	宋	孙愷	类说	阙	畅□	逈	临	高出世尘间	围
13	宋	孙愷	类说	阙	畅□	迥	临	高出世尘间	围
14	宋	洪迈	万首唐人绝句	登鹳雀楼	畅当	逈	临	高出世人间	围
15	宋	潘自牧	记纂渊海	蒲州诗	畅当	逈	临	高出世尘间	围
16	元	杨士弘	唐音	登楼	畅当	逈	临	高出世人间	围
17	明	高棅	唐诗品汇	登鹳雀楼	畅当	廻	临	高出人世间	廻
18	明	高棅	唐诗品汇	登鹳雀楼	畅当	廻	临	高出人世间	围
19	明	高棅	唐诗品汇	登鹳雀楼	畅当	迥	临	高出人世间	迴
20	明	胡震亨	唐音统签	登鹳雀楼	畅当	逈	临	高出世尘间	围
21	明	曹学佺	石仓历代诗选	登鹳雀楼	畅当	逈	临	高出世尘间	围
22	明	陶宗仪	说郛	阙	畅诸	逈	临	高谢世人间	围

续表

序	代	编撰者	文献名	诗题	作者	异文			
23	清	彭定求	全唐诗	登鹳雀楼	畅当	迵	临	高出世尘间	围
24	清	徐倬	全唐诗录	登鹳鹊楼	畅当	迴	临	高出世尘间	围
25	清	沈德潜	唐诗别裁	登鹳雀楼	畅当	迴	临	高出世尘间	围
26	清	张英	御定渊鉴类函	蒲州诗	畅当	廻	林	高出世尘间	图
27	清	张英	御定渊鉴类函	登鹳雀楼	张珰	廻	临	高谢世人间	图
28	清	康熙	佩文斋咏物诗选	登鹳雀楼	畅当	迴	临	高出人世间	廻
29	清	王士禛	唐人万首绝句选	登鹳雀楼	畅当	迴	临	高出世尘间	围
30	清	潘德舆	养一斋诗话	鹳雀楼	畅当	迴	临	高出世尘间	围
31	清	石麟	山西通志	登鹳雀楼	畅当	迵	临	高出世尘间	围

版本信息及注释：

[01]《敦煌的唐诗》[M]，台北：洪范书店 1987 年版，第 334 页。

[02]《文苑英华》[O]，明刻本，卷 312 第 7 页。// 北京：中华书局 1966 年影印，第 1604 页。

[03]《文苑英华》[O]，四库本，卷 312 第 10 页。小注：“谢，诗选作出。”

[04]《温公诗话》[O]，武进陶氏涉园景宋本《左氏百川学海》第 23 册，庚集四第 5 页。四库本，第 7 页，小注：“畅诸，一云畅当。”

[05]《梦溪笔谈》[O]，元大德九年（1305）东山书院刻本，卷 15 第 11 页。“势”讹为“执”。四部丛刊明刻本，“势”无讹。万库本，“诸，唐诗作当。”

[06]《梦溪笔谈》[O]，四库本，卷 15 第 6 页。

[07]《墨客挥犀》[O]，四库本，卷 2 第 7 页。

[08]《渔隐丛话前集》[O]，宋刻本，卷 24 第 3 页。有注：“畅诸，一云畅当。”明嘉靖七年（1528）抄本、四库本，同。

[09]《渔隐丛话后集》[O]，四库本，卷 2 第 8 页。宋刻本、明嘉靖七年（1528）抄本，“迴”作“迵”。

[10]《事实类苑》[O]，四库本，卷 39 第 18 页。

[11]《唐诗纪事》[O]，上海涵芬楼四部丛刊刻本，卷 27 第 7 页。四库本，同。

[12]《类说》[O]，明天启六年（1626）刻本，卷 48 第 2 页。“□”为阙字。

[13]《类说》[O]，四库本，卷 48 第 2 页。“□”为阙字。

[14]《万首唐人绝句》[O]，明嘉靖刻本，五言卷 16 第 3 页。四库本，同。书目文献出版社 1983 年版（以赵宧光校本为底本），本诗第 10 字“间”作“闲”。

[15]《记纂渊海》[O]，四库本，卷 24 第 18 页。

[16]《唐音》[O]，四库本，卷 6 第 18 页。

[17]《唐诗品汇》，明汪宗尼刻本，卷 42 第 6 页。

[18]《唐诗品汇》，明嘉靖己亥年（1539）刻本，卷 42 第 6 页。

[19]《唐诗品汇》[O]，四库本，卷 42 第 6 页。

[20]《唐音统签》[O]，明刻本，卷 291 第 3 页。小注：“世尘，一作尘世。”

[21]《石仓历代诗选》[O]，四库本，卷 63 第 14 页。

续表

[22]《说郛》[O]，明末刻本（国图善本书号：06345），卷 82“温公诗话”第 6–7 页。小注：“畅诸，一云畅当。”首句为“迥临气鸟上”。四库本首句为“迥临飞鸟上”。
[23]《全唐诗》[O]，四库本，卷 287 第 4 页。
[24]《全唐诗录》[O]，四库本，卷 44 第 14 页。有注：“诸，畅当之弟。”
[25]《唐诗别裁》[O]，清乾隆二十八年（1763）教忠堂修订本，卷 19 第 13 页。
[26]《御定渊鉴类函》[O]，四库本，卷 336 第 47 页。
[27]《御定渊鉴类函》[O]，四库本，卷 347 第 24 页。
[28]《御定佩文斋咏物诗选》[O]，四库本，卷 119 第 19 页。
[29]《唐人万首绝句选》[O]，四库本，卷 1 第 17 页。
[30]《养一斋诗话》[O]，清道光壬辰年（1832）刻本，卷 9 第 4 页。
[31]《山西通志》[O]，四库本，卷 225 第 54 页。

王维《相思》中的“采撷”源为“彩缬”

红豆生南国，秋来发几枝。
赠君多彩缬，此物最相思。

王维（699或701—761）此诗，脍炙人口。短短20个字，创造了一个意象，即“红豆”成为“相思”的象征。千百年来，只要一提起“红豆”，人们就会联想到“相思”；反之亦然。这在中国诗歌史乃至文学史上，不啻奇迹。不过，该诗异文之多，也是令人惊叹！

一、版本源流概览及综述

《相思》可能是一首赠别诗，即王维送给好友李龟年的；也可能是在乐坊为伶人随口吟就或在类似的场所口占而成。总之，他本人并未十分属意，也未受到当时诗坛的重视，所以在长达400年左右的时间里，《相思》都没有被收入正式的诗歌选集，而只是借李龟年之口、通过他人的笔记或诗话得以传世。也正是因为这种“非典型”或曰“非正式”的流传，造成了大量的异文。“豆”有作“荳”“杏”，“秋”有作“春”，“故”有作“几”“旧”，“赠”有作“愿”“劝”，“君”有作“公”，“多”有作“休”“频”“勤”，“彩缬”有作“采撷”“采摘”“采择”，“相思”有作“相里”。也就是说，20个字中有9个字存在异文，比例之高，或为仅有。

这么多的异文，怎样的组合才是正本？虽然《相思》长期游离于正式的诗选之外，但笔者还是从历代的古籍中搜罗到了载有或引用此诗的34种文献、36个版本。其中有些文献存在多种不同的版本，比如最早载有本诗的唐人笔记《云溪友议》，四部丛刊明刻本、清文渊阁四库写本（下文简称“四库本”）、民国万有文库重排稗海本是一样的，但现代的版本却发生了变化。已知最早收入本诗的诗集《万首唐人绝句》，现存两种明刊本，即嘉靖刻本和万历刻本，而这两种版本中的《相思》，从诗题到正文竟有 3 处不同（详见附表），这也是本诗异文多多的乱源之一。

纵览载有《相思》的 36 种版本，笔者意外发现了一处异文，那就是“彩缬”。这一异文对全诗的影响很大，可能说是本诗最为重要的一处异文，但在前人的研究文献中从未有人提及，至少笔者没有看到。36 种版本的文献信息均缀于附表，表内未含的文献另作注释。为了表达的条理性，本文还是按照异文出现的顺序依次考证分析。

二、“红豆”与“红荳”“红杏”

本诗异文，首先出于第二字，即“红豆”与“红杏”“红荳”之异。这不仅是一字之差，而且关系到下句的“秋”与“春”之争。

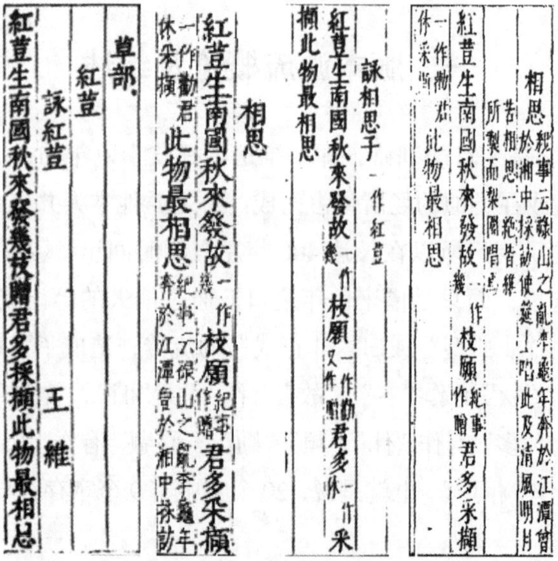
草部
紅荳
詠紅荳　王維
紅荳生南國秋來發幾枝贈君多採擷此物最相思

相思
紅荳生南國秋來發故（一作幾）枝（一作）願（紀事作贈）君多采擷（一作勸君休采擷）此物最相思（紀事云祿山之亂李龜年奔於江潭曾於湘中採訪）

詠相思子（一作紅荳）
紅荳生南國秋來發故（一作幾）枝願（一作勸又作贈）君多（一作休）采擷此物最相思

相思（紀事云祿山之亂李龜年奔於江潭曾於湘中採訪使筵上唱此及清風明月苦相思一絕皆維所製而梨園唱焉）
紅荳生南國秋來發故（一作幾）枝願（紀事作贈）君多采擷（一作勸君休采擷）此物最相思

从左至右：《唐诗类苑》《唐诗纪》《唐诗所》《唐音统签》均为“红荳”

“红杏”见于明嘉靖本《万首唐人绝句》，明万历本《万首唐人绝句》为“红豆”，《王右丞集》及笺注本有小注：“豆，一作杏。”“杏”显然是形近之讹。

一来，北国也有红杏，并非生于南国；二来，“红杏”与“相思”从来都没有关系。四库本《万首唐人绝句》与嘉靖本完全一样，也为“红杏”。

笔者目力所及，“红荳”最早出现在张之象（1496—1577）《唐诗类苑》，此后只有《唐诗纪》《唐诗所》和《唐音统签》跟从。《唐诗类苑》不仅给“豆”字加上草字头，把诗题改为《咏红荳》，而且把这首诗归于“草部”。显而易见，张之象认为该诗吟咏的对象生长于草本植物。那么，到底是“草本”还是“木本”呢？

植物分为三大类：木本、草本、藤本。藤本又分木质藤本和草质藤本。归根结底，还是非草即木。历史文献中的“红豆”很多。李匡乂（约生于806年）《资暇集》：“相思子，豆有圆而红，其首乌者，举世呼为相思子，即红豆之异名也。其木斜斫之，则有文，可为弹博局及琵琶槽。其树也，大株而白枝，叶似槐。其花与皂荚花无殊。其子若篑豆，处于甲中，通身皆红。李善云，其实赤如珊瑚是也。”[①] 胡古愚（元人，生卒年不详）《树艺篇》称：“赤豆，在三月下种，先用粪地极肥至尔时种之。浇用鸡鹅毛水及麻饼，或粪须先和水露五六夜方可浇，成树后久乃开花，叶皆可观。吴下有人种得三十七年始结子。周诗说，豆有圆而红，其首乌者，举世呼为相思子，即红豆之异名也。”这些文献所说的“红豆”，显然是木本植物。

唐胄（1471—1539）《琼台志》对“红豆”的解释为“《外纪》：一名相思子，藤生。售诸京，钿首饰。”说红豆为“藤生”，有依据吗？郝玉麟（？—1745）《广东通志》载：“红豆，如珊瑚珠，光莹鲜泽。山村儿女或以为钗饰。王维所谓‘红豆生南国’者也。唐时曾以进御，以藏龙脑，历久不减。有一种红豆，生于藤蔓，用以饲鹦鹉，乃杜甫诗所谓‘红豆啄余鹦鹉粒’者也。”[②] 另据屈大均（1630—1696）《广东新语》载：“红豆，本名相思子，其叶如槐，荚如豆子。夏熟，珊瑚色，大若芡肉微扁。其可以饲鹦鹉者，乃蔬属藤蔓子。细如菉豆，而朱裳黑喙，其结实甚繁，乃篱落间物，无足贵也。其本木者，树大数围，结子肥硕可玩。……王摩诘诗：‘红豆生南国’，‘此物最相思’。按：相思子，

① 〔唐〕李匡乂撰：《资暇集》[O]，上海：商务印书馆民国二十八年（1939）版，卷下第23页。

② 〔清〕郝玉麟撰：《广东通志》[O]，四库本，卷52第46页。杜甫诗句“红豆啄余鹦鹉粒”中的“红豆”又作“红饭”“红稻”“香稻”，“余”又作“残”，应以“红豆”和“残”为正。

朱墨相衔，豆大莹色，山村儿女，或以饰首，婉如珠翠，收之二三年不坏。相传有女子望其夫于树下，泪落染树结为子，遂以名树云。”[①]这些文献都提到了一种藤生的红豆。这种红豆比较小，用于喂鹦鹉，不管其藤为木质还是草质，都不会是可以做成饰物并寓意“相思”的红豆。

另有研究认为，木本红豆又分两种，大树生的叫“海红豆”，小树生的叫“相思子”，后者才是王维诗中的“红豆”。李时珍（1518—1593）《本草纲目》之“木部”中，既有“海红豆”也有“相思子”，而且两种植物紧挨在一起。“海红豆”之集解曰：“按：徐表《南州记》云：生南海人家园圃中。大树而生，叶圆有荚。近时蜀中种之亦成。时珍曰：树高二三丈，叶似梨叶而圆。按：宋祁《益部方物图》云：红豆叶如冬青而圆泽，春开花白色，结荚枝间。其子累累而缀珠，若大红豆而扁，皮红肉白，以似得名，蜀人用为果饤。”“相思子”释名为“红豆”，并按曰：“《古今诗话》云：相思子圆而红。故老言：昔有人殁于边，其妻思之，哭于树下而卒，因以名之。此与韩凭冢上相思树不同，彼乃连理梓木也。或云即海红豆之类，未审的否。”另有集解：“时珍曰：相思子生岭南。树高丈余，白色。其叶似槐，其花似皂荚，其荚似扁豆。其子大如小豆，半截红色，半截黑色，彼人以嵌首饰。段公路《北户录》言：有蔓生，用子收龙脑香相宜，令香不耗也。”[②]李时珍也没搞清楚“海红豆”与“相思子（红豆）”的区别，直言“未审的否”。关于这个问题的文献很多，说法很乱。但无论大树小树，“海红豆”抑或“相思子”，都是木本植物。

那么，《唐诗类苑》所谓“红荳”指的是什么呢？嵇含（263—306）《南方草木状》：“豆蔻花，其苗如芦，其叶似薑，其花作穗，嫩叶卷之而生。花微红，穗头深色，叶渐舒，花渐出。旧说此花食之，破气消痰，进酒增倍。泰康二年，交州贡一篚，上试之有验，以赐近臣。”[③]另据范成大（1126—1193）《桂海虞衡志》：“红豆蔻，花丛生，叶瘦如碧芦。春末发，初开花先抽一干，有大箨包之，箨解花见，一穗数十蕊，淡红鲜妍如桃杏花色。蕊重则下垂，如葡萄，又如火齐缨络及翦采鸾枝之状。此花无实，不与草豆蔻同种，每蕊心有两

① 〔清〕屈大均撰：《广东新语》[O]，清康熙庚辰年（1700）刻本，第54页。
② 〔明〕李时珍撰：《本草纲目》[O]，四库本，卷35下第54—55页。
③ 〔晋〕嵇含撰：《南方草木状》[O]，四库本，卷上第2页。

瓣相并，词人托兴曰比目连理云。”[①]“荳”是“豆”的后起字，上引两段中的“豆蔻”均可写为“荳蔻”。另据姚宽（1105—1162）《西溪丛语》载：“杜牧之诗云：‘娉娉袅袅十三余，荳蔻梢头二月花。’不解‘荳蔻’之义。阅《本草》。荳蔻花作穗，嫩叶卷之而生，初如芙蓉，穗头深红色，叶渐展，花渐出，而色微淡，亦有黄白色，似山蔷花，花生叶间。南人取其未大开者，谓之含胎花，言尚小，如娠身也。”[②]上述种种“荳蔻”显然属于草本，但这些“荳蔻”都是“花”而非“果”。《桂海虞衡志》说得很清楚：“此花无实。”虽然也称“红荳蔻”，但与“红荳”或“红豆”有着本质的区别。但张之象可能误会了，而黄德水、胡震亨等人也忽略了这个细节。既非“草本”，“豆”就不能加草字头。

诗中的“红豆”，还有“贵妃红泪”之说。王一槐（明万历年间人）《玉唾壶》之“词家说”载：“一句云‘几回和泪观红豆’，人以‘贵妃红泪’解之，不是。红豆，一名相思子。唐诗：‘红豆生南国，秋来发几枝，赠君多采撷，此物最相思。’”泪珠形似红豆，被贵妃的红粉所染，称“贵妃红泪”为“红豆”，确实比较形象。作为宫庭乐师，李龟年在宫中，富贵之极，荣耀之极。天天为贵妃歌之乐之，那是多么的怡然欢畅！虽然是奴才与主子的关系，也会产生依恋的感情。如今国起祸乱，贵妃香消玉殒，龟年流落民间，他在歌唱“红豆”之时想起“贵妃红泪”，也在情理之中。另外，王春瑜曾撰文称自己“曾在广东从相思树上采下红豆，仔细观察”，发现“刚采撷下来的成熟的红豆，形状酷肖处子的阴蒂，怪不得王维在诗中说‘愿君多采撷，此物最相思’”，[③]笔者找来红豆的照片，感觉相似度确实很高。上述二则，听似艳俗，言者也是严肃的。聊备一说，姑妄听之。

除了《相思》，唐诗中的“红豆”还有不少。比如“玲珑骰子安红豆，入骨相思知不知”（温庭筠《南歌子》句），“柳色披衫金缕凤，纤手轻拈红豆弄”（和凝《天仙子》句），“忆昔花间相见后，只凭纤手，暗抛红豆”（欧阳炯《贺明朝》句），等等。这些诗中，也都是“红豆”，没有写作“红荳”的。

不过，把“红豆”误为“红荳”也确实情有可原。因为不仅“荳”与“豆”

---

① 〔宋〕范成大撰：《桂海虞衡志》//《古今逸史（十九）》[O]，景明刻本，第 20 页。
② 〔宋〕姚宽撰：《西溪丛语》[O]，上海：商务印书馆民国二十八年（1939）版，卷上第 8 页。
③ 王春瑜撰：《红豆、劳什子及其他——煞风景的考证之二》[N]，北京：《中华读书报》1999 年 9 月 15 日。

同源形近，而且“荳蔻”与“红豆”也都有相思的寓意。在唐诗及历代诗歌中，借吟咏荳蔻而寄托情爱、表达相思的作品也不鲜见。除上文提过的“娉娉袅袅十三余，豆蔻梢头二月初”之外，还有“别观葡萄带实垂，江南荳蔻生连枝”（梁简文帝《和萧侍中子显春别》句）、“低声向道人知也，隔坐刚抛豆蔻花”（冯衮《戏酒妓》句）、“寄书题豆蔻，隐语笑芙蓉”（李贺《恼公》句），等等。所以，很容易把“豆蔻”和“红豆”混淆。“荳”是“豆”的后起字，亦有“豆”是“荳”的俗字之说，“豆蔻”可以写成“荳蔻”。《唐诗类苑》是分门别类的诗集，花、草、虫、鱼，亭、台、楼、阁，各属其门，各归其类。《相思》既然被归于“草”类，为了突出类别特征，把“豆”字加上“草”字头，似乎顺理成章。

三、“秋来”与“春来”，“故枝”与“几枝”

厘清了“红豆”与“红荳”，“秋来”与“春来”也就基本清晰了，因为这个问题与植物的种类有着直接的关系。

田艺蘅（1524—？）《留青日札》载：“今之相思木，生岭南，树高丈余，其子曰‘相思子’，即‘红豆’。汉《文选》注赤如珊瑚者。诗所谓：‘红豆生南国，秋来发几枝。赠君频采摘，此物最相思。’秋开花，二三月荚枯子老，零落可拾数斗。其树大而白枝叶似槐。斜斫之有文理，可为棋枰琵琶槽。南方甚多。”①文中说得很清楚，“秋开花”。

另据《广东新语》“木语”篇：“有曰相思木，似槐似铁力，性甚耐土，大者斜锯之，有细花云，近皮数寸无之，有黄紫之分。亦曰鸡翅木，犹香榭之呼鸡鶒木，以文似也。花秋开，白色，二三月荚枯子老如珊瑚珠，初黄，久则半红半黑，每树有子数斛。售秦晋间，妇女以为首饰。马食之肥泽，谚曰：‘马食相思，一夕丼肥。马食红豆，腾骧在厩。’其树多连理枝，故名相思。唐诗：‘红豆生南国。’又曰：‘此物最相思。’邝露诗：‘上林供御多红豆，费尽相思不见君。’唐时常以进御，以藏龙脑，香不消减。”②这段关于红豆的文字也是“花秋开”。

---

①〔明〕田艺蘅撰：《留青日札》[O]，明万历年间刊本，卷32第14页。

②〔清〕屈大均撰：《广东新语》[O]，清康熙庚辰年（1700）刻本，卷25第49页。

在笔者检索到的36个版本中，“秋来”多达30处，“春来”只有6处。唐、宋、元三代的版本，全部是“秋来”，直到明末才出现“春来”，但却一连出现了3个版本，即郑明选的《郑侯升集》、焦周的《焦氏说楛》、曾益的《温飞卿诗集笺注》。郑明选、焦周、曾益的生卒年均不详，但都是明朝末期人，之所以纷纷改“秋来”为“春来”，应该有相互影响的因素。但即使到了清代，“秋来”的版本仍然是绝大多数。不过，“春来”出现的次数虽然很少，却都是影响较大的版本，比如沈德潜（1673—1769）的《唐诗别裁》，王士禛（1634—1711）的《唐人万首绝句选》，蘅塘退士（1711—1777）的《唐诗三百首》。令人费解的是，同为王士禛的选本，《唐贤三昧集》为“秋来”，《唐人万首绝句选》为“春来”，而且《唐人万首绝句选》的源本《万首唐人绝句》亦为“秋来”。“春华秋实”是常识性认知，而“秋天开花”属于例外。未经考证而仅凭常识判断，可能也是“秋来”被改为“春来”的重要原因。

关于“春”和“秋”，陈铁民在《也说红豆与〈相思〉》一文中说：“秋，各本皆作此字，清人编《唐诗三百首》改作‘春’，无版本依据。”[①]此语大谬。“秋”被改成“春”并非始于《唐诗三百首》，《唐人万首绝句选》《唐诗别裁》都更早。

施蛰存（1905—2003）在《唐诗百话》中说，“‘春’和‘秋’的问题，我以为应作‘秋’字。红豆子结于秋天。‘发几枝’是说结出几枝红豆，不是说红豆树的枝叶。”[②]他认为“秋来”是对的，但理由是红豆“秋天结果”，而不是“秋天开花”，这也是基于一般的认知，并不符合事实。

“发几枝”和“发故枝”。在36个版本中，“发几枝”为26处，“发故枝”仅9处，还有1处为“发旧枝”。《树艺篇》中的“发旧枝”，应该是因“故”而误。让人抓狂的还是《万首唐人绝句》，它的嘉靖本为“发几枝”，万历本却为“发故枝”，这也是已知最早的出处。此后选择“发故枝”的版本有《王右丞集》《唐诗纪》《唐诗所》《唐音统签》《全唐诗录》《全唐诗》。虽然是少数派，但这6种文献却都是专门的诗选，影响较大。

---

① 陈铁民撰：《也谈红豆与〈相思〉》[J]，北京：《中国典籍与文化》2000年第2期。下文所引陈语亦出于此。

② 施蛰存著：《唐诗百话》[M]，上海：上海古籍出版社1987年版，第152页。下文所引施语亦出于此。

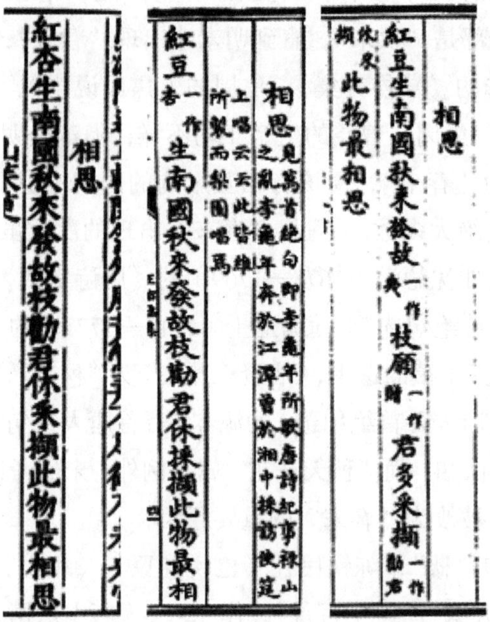
相思
紅杏生南國秋來發故枝勸君休采擷此物最相思

相思 見萬首絕句即李龜年所歌唐詩紀事祿山之亂李龜年奔於江潭曾於湘中採訪使筵上唱云云此皆維所製而梨園唱焉
紅豆 一作杏 生南國秋來發故枝勸君休採擷此物最相

相思
紅豆生南國秋來發故一作 枝願一作 君多采擷一作 此物最相思

《万首唐人绝句》（左）《王右丞集》（中）《全唐诗》（右）均为“发故枝”

施蛰存认为，“‘发几枝’是说结出几枝红豆，不是说红豆树的枝叶。因此，‘发故枝’肯定也是错的，因为如果指枝叶而言，则‘故枝’早该在春天就萌发了。”这句话的逻辑起点，仍然是“春华秋实”，即认为秋天结出了果实（红豆）。但“秋来”发的既不是果，也不是枝，而应是花。花开在枝上，枝还是往年的，这不就是“秋来发故枝”吗？另外，“故”还可以蕴含“故人”之意，这也与“相思”的主题契合。因此，单就句意而言，“秋来发故枝”优于“秋来发几枝”。但从已知文献来看，从唐至元的七八百年，一直都是“秋来发几枝”，有理由相信是明人把“几”改成了“故”。虽然改得不差，终归不可取也。

古文没有句读，自然也无标点。“秋来发几枝”的后面，现在应该用什么标点符号呢？如果理解为陈述句，应该是句号；如果理解为疑问句，则应加问号。这个问题曾让郭沫若大伤脑筋，翻来覆去纠结了几十年。“他在《诗歌漫谈》中说：王维本是今山西境内人，无论哪一种红豆的自然生态，我相信他都是没有见过的，他所见到的只是豆粒而已。”[①] 据此，他认为应该打问号。可是，结红豆的相思树在南国随处可见，开花的树枝不计其数，询问“发几枝”，未免有些傻。陈铁民《王维年谱》云：“开元二十九年辛巳（741），四十一岁。春，自岭南北归，尝过润州江宁县瓦官寺，谒璇禅师。”[②] 也就是说，王维曾经去过南国。即使对红豆不甚了解，也不至于问出如此滑稽的问题。植物界的“春华秋实”大抵相若——北国虽然没有红豆，但有桃李杏梨，完全可以类比。

四、“彩缬”被改成了“采撷”“采摘”“采择”

《相思》最早出现在《云溪友议》的一则笔记中。《云溪友议》是一本笔记小说集，作者范摅大约生于837年，卒于唐光启年间（880—881）或前后。他创作此书的目的是为友朋提供谈资，亦即供“友议”，因家居云溪，所以叫《云溪友议》。书中有一篇题为《云中命》的笔记，前半段是——

明皇幸岷山，百官皆窜辱，积尸满中原，士族随车驾也。伶官：张野狐觱篥，雷海清琵琶，李龟年唱歌，公孙大娘舞剑。初，上自击羯鼓，而不好弹琴，言其不俊也。又宁王吹箫，薛王弹琵琶，皆至精妙，共为乐焉。唯李龟年奔迫江潭，杜甫以诗赠之曰：“岐王宅里寻常见，崔九堂前几度闻。正值江南好风景，落花时节又逢君。”龟年曾于湘中采访使筵上唱：“红豆生南国，秋来发几枝。赠君多彩缬，此物最相思。”又：“清风朗月苦相思，荡子从戎十载馀。征人去日殷勤嘱，归雁来时数附书。”此词皆王右丞所制，至今梨园唱焉。歌阕，合座莫不望行幸而惨然。龟年唱罢，忽闷绝仆地；以左耳微暖，妻子未忍殡殓，经四日乃苏，曰：“我遇二妃，令教侍女兰苕唱祓禊毕，放还。”且言主人即复长安，而有中兴之主也。

这段笔记，既引用了包括《相思》等2首王维的诗歌，也引用了杜甫的《江南逢李龟年》，所以后来的很多诗集在注释这首杜诗或者讨论该诗是否为杜甫所作的时候，都会引用这个故事，这也正是《相思》得到流传的主要载体之一。在《云溪友议》的这段记述中，《相思》的第三句是“赠君多彩缬”（“彩缬”

① 陈汉文撰：《郭沫若考证红豆》[J]，曲阜：《现代语文（初中版）》2004年第11期。
② 陈铁民注：《王维集校注》[M]，北京：中华书局1997年版，第4册附录五。

的原文繁体为"綵纈")。这是"彩缬"唯一的一次亮相，以后的所有其他文献都变成了"采撷"或"采摘"和"采择"。

在本次考得的36种载有《相思》的版本中，"采撷"出现29次，"采摘"出现6次，"采择"出现1次。《琼台志》中的"采择"亦为仅见，臆改的可能性很大，实无可取。"采摘"出现在陈景沂（宋人，生卒年不详）《全芳备祖》、蔡梦弼（宋人，生卒年不详）《杜工部草堂诗笺》、高楚芳（元人，生卒年不详）《集千家注批点杜工部诗集》、田艺蘅《留青日札》、郑明选《郑侯升集》、仇兆鳌（1638—1717）《杜诗详注》等6部文献中。"采撷"占绝大多数，显然是主流。如今通行的《相思》版本中，也是"采撷"。

"采摘"与"采撷"的意思相近，但相比之下，"撷"的涵义比"摘"更丰富，也更贴切。"摘，取也。"这与"采"字几乎没有区别。"撷"的本义是用衣襟兜东西，该字的小篆原本就是"衤"字旁，即写作"襭"。《说文》："以衣衽扱物谓之襭。"《诗·周南·芣苢》："采采芣苢，薄言襭之。"[①]依此理解，《相思》中的"采撷"是说采摘红豆的时候用衣襟兜着。这个动作比较生动，具有很强的画面感，也与前面的"多"字匹配。所以，在"采摘""采择""采撷"中，当然应该选择"采撷"。但与"彩缬"比起来，"采撷"亦相形见绌。

《说文》无"綵"字。《故训汇纂》："綵，五綵备。""綵，缯色也。""綵，缯帛有色者也。"[②]"綵"通"彩"，本字为"采"，多指五颜六色的丝物。《新唐书·崔玄暐传》有"厚赐綵物"之说。汉字简化后，"綵"即为"彩"，也可以写作"采"。

《康熙字典》："缬，《说文》：结也。《玉篇》：彩缬也。《类篇》：系也，谓系缯染为文也。"[③]《汉字源流字典》："《集韵·屑韵》：'缬，系也。谓系缯染为纹也。'本义为古代的一种印染方法，似今之蜡染。"可以看出，"彩"和"缬"义有交叉，合在一起通常是指使用"系"、"结"等各种工艺染上花纹的丝织品。在《相思》这首诗里，"彩缬"可以理解为用彩色的丝线把红豆"系"起来，"结"在一起，从而成为饰物。"赠君多彩缬"的意思，则是把很多用彩色的丝线连结在一起的红豆赠送给君。

① 约斋编著：《字源》[M]，上海：上海书店1986年版，第737页。
② 宗福邦等编：《故训汇纂》[M]，北京：商务印书馆2003年版，第1751页。
③〔清〕张玉书等编：《康熙字典》[M]，北京：中华书局2010年版，第905页。

“彩缬”在古诗文中并不鲜见。许嵩（唐人，生卒年不详）《建康实录》：“东夷高丽国……重中国彩缬，丈夫衣之。”[①] 司马光（1019—1086）《资治通鉴》：“今吐蕃久居原、会之间，以牛运粮。粮尽，牛无所用，请发左藏恶缯染为彩缬，因党项以市之，每头不过二三匹，计十八万匹，可致六万余头。”[②] 李昉（925—996）《太平广记》：“遽以出院例钱匹段相遗，倍厚于常王。乃入谢，留宴，又遗彩缬锦绣之物。”[③] 杨慎（1488—1559）《沐继轩荔枝诗》有“真珠堆绿云，瑇瑁乘彩缬”[④] 之句。陆深（1477—1544）《景云颂》中有：“彩缬晃曜，缥缈联翩。”[⑤] 许有壬（1286—1364）《次韵可行记塘上草木二十四首（之十四）》诗云：“雨后丛甲生，俄成寻丈树。谁名雁过红，彩缬无不具。环池烂云锦，吾圃遽尔富。呼酒亟赏之，秋光欲寒露。”[⑥]

“采撷”只是简单摘取，“彩缬”还要连结修饰。经过加工的“红豆”不仅比原豆美观，更重要的是，加工的过程就是情感注入的过程。红豆是天然的，谁都可以采摘。虽然它被各种传说赋予了“相思”的涵义，但那只是一种意象，而且是普适的，与具体的人没有关系。而经过连结染制的“彩缬”是“相思”的一方亲手制作，这样的“红豆”是有温度的。而且，把红豆“系”起来“结”成串，本身就含有心“系”对方、喜“结”连理之意。因此，“彩缬”当然比“采撷”更加珍贵，更值得珍惜。孟郊《游子吟》曰：“慈母手中线，游子身上衣。临行密密缝，意恐迟迟归。”那密密的针线就是深深的关怀，它在物理上所起的作用非常有限，但在心理上传递的温暖无可比拟。此外，作为一种饰品，“彩缬”是贴身、贴心之物，赠者有意，戴者有情，尤能体现“相思”的主题。

“采撷”是动词，“彩缬”是名词。如果选择了“彩缬”，前面的“多”和“赠”就成了必选。因为像“彩缬”这样珍贵的礼物，当然是以“多”为佳，亦当是“赠”给对方。单就语法而言，“愿”与“多采撷”适配，“劝”与“休采撷”适配。“愿”和“劝”都是期待别人怎么做，而“赠”则是自己主动做，两种做法当然是后者给人的感觉更好。施蛰存在《唐诗百话》中说：“‘劝’与‘赠’的问题，

---

① 〔唐〕许嵩撰：《建康实录》[M]，四库本，卷 16 第 32 页。
② 〔宋〕司马光撰：《资治通鉴》[O]，四库本，卷 232 第 40 页。
③ 〔宋〕李昉等编：《太平广记》[O]，四库本，卷 86 第 3 页。
④ 〔明〕杨慎撰：《升庵集》[O]，四库本，卷 79 第 9 页。
⑤ 〔明〕陆深撰：《俨山集》[O]，四库本，卷 30 第 3 页。
⑥ 〔元〕许有壬撰：《至正集》[O]，四库本，卷 6 第 12 页。

显然‘赠’字是错的，因为使这个句子不通了。”施先生这么说的前提是第三句为“赠君多采撷”，如果是“赠君多彩缬”，显然不存在“句子不通”的问题。不过，笔者认为“赠君多采撷”可以理解为倒装句，也说得通，只是寓意没有“赠君多彩缬”那么丰富动人。

至于“君”与“公”，意思差不多。“公”只能是男方，“君”也可为女方，还是“君”较好。归结起来，第三句应为“赠君多彩缬”，亦即《云溪友议》的原版。现在通行的“愿君多采撷”以及“赠君多采撷”“赠君勤采撷”“赠公多采摘”“劝君休采撷”等等组合都应该舍弃。

流传下来的《云溪友议》有两种不同体例的版本：一是四部丛刊续编本，即铁琴铜剑楼藏明刊本，为 3 卷（上、中、下）；一是稗海本，为 12 卷。稗海本流传下来的有一部清抄本，其中为“彩缬”；民国万库本《云溪友议》是据稗海本排印的，亦为“彩缬”。四部丛刊明刻本和同为 3 卷的四库本也都是“彩缬”。可以肯定，原本就是“彩缬”。但古典文献出版社 1957 年据四部丛刊本排印的《云溪友议》却变成了“采撷”，此后各种文献中这段笔记也就都成“采撷”了。

紅豆生南國。秋來發幾枝。贈君多綵纈。此物最相思。又

採訪使筵上唱紅豆生南國秋來發幾枝贈君
多綵纈此物最相思又曰清風明月苦相思蕩

中採訪使筵上唱紅豆生南國秋來發幾枝贈君多綵
纈此物最相思又清風朗月苦相思蕩子從戎十載餘

紅豆生南國秋來發幾枝贈君多綵纈此物寂相
思又清風朗月苦相思蕩子從戎十載餘征人去

《云溪友议》明刻本、四库本、清抄本、万库本均为“彩缬”

那么，“彩缬”被改成“采撷”是有意窜改还是无心之失呢？如果是前者，应该注明。所以，疏忽致讹的可能性较大。笔者推测，编者可能没有注意到“彩缬（綵纈）”是绞丝旁，也可能以为“彩缬”与“採撷”（採擷）无异。而此后以“采撷”版本为底本的编者则是未加考证，以讹传讹。

陈铁民《也谈红豆与〈相思〉》一文也引用了《云溪友议》中那段关于《相思》的文字，引文中的那两个字为“采撷”，此文没有注明文献出处。韩震军《王维〈相思〉诗的版本演变与异文阐释》① 和方胜《从“秋”到“春”的思念——谈王维〈相思〉的版本嬗变及其文化意义》②，同样以原文照录的形式引用了那一段笔记，文献出处均为四部丛刊明刻本，这也是《云溪友议》现存最早的版本。这个版本字体隽秀、笔画清晰，绝对的善本。上面明明写的是“彩缬”，但两篇论文引用的文字中却都变成了“采撷”。这两篇论文探讨了其他所有的异文，但都漏掉了“彩缬”。既然专门研究异文，应该特别注意每个字，包括偏旁部首，乃至每个笔画。笔者猜测，作者可能并未查阅原始的古籍文献，抑或以为“彩缬（綵纈）”的简体字为“采撷”。

另外，笔者了也考查了四个版本的《资治通鉴》，看看其中的“请发左藏恶缯染为彩缬”之句有无变化。令人惊喜的是，居然还有宋版的《资治通鉴》存世！虽然不像明刊《云溪友议》那样字迹无损，宋本《资治通鉴》中的“彩缬”二字仍清晰可辨。四库本《资治通鉴》中，也还是“彩缬”。文学古籍出版社于1956年铅字繁体重排出版的《资治通鉴》，依然保留了“彩缬”。在贵州人民出版社1994年出版的简体字版《资治通鉴全译》中，此处为“采缬”，“采”通“彩”，也没错。

本次考证所及，“采撷”最早见于《全唐诗话》明正德二年（1507）刻本中，不知有没有更早的出处。

---

① 韩震军撰：《王维〈相思〉诗的版本演变与异文阐释》[J]，湘潭：《中国韵文学刊》2013年第4期。

② 方胜撰：《从“秋”到“春”的思念——谈王维《相思》的版本嬗变及其文化意义》[J]，南昌：《南昌航空大学学报（社会科学版）》2016年第6期。另：此文所引《唐诗纪》中的“红豆”应为“红荳”。

五、其他

“相思”有作“相里”，这是第四句中唯一的异文，仅见于张定鋆（1788—1875）的《三余杂志》[①]（未列入附表）。“思”之于“里”，显为“鲁鱼”之讹。

诗题之异。本诗在最早的载本《云溪友议》中就是无题的，后世转引的笔记、诗话、注释等仍然无题，这些体例也不需要题目。但正式的诗集则必须有题。本诗最早的题目出现在《万首唐人绝句》中，但这一种文献也有两个版本——明嘉靖刻本的诗题为《相思》，明万历刻本的诗题为《相思子》。如果《万首唐人绝句》确为最早收录本诗的诗集，那么题目就是编者洪迈所加，但不知他加的是哪一个。《相思》为后来的绝大多数诗选所沿用，包括《王右丞集》《全唐诗》《唐诗三百首》等，沿用《相思子》的只有《唐诗别裁》，《王摩诘诗集》的诗题为《江上赠李龟年》，《唐诗类苑》的诗题为《咏红荳》，《唐诗所》的诗题则《咏相思子》。《相思》是以主题为诗名，《咏红荳》《相思子》和《咏相思子》同是以吟咏的对象为名，《江上赠李龟年》则是交代写作背景。视角不同，难言高下。现在已经统一为《相思》。

六、结语

总之，虽然《相思》的异文很多，版本的源流很乱，但源头是明晰的，也是清澈的。无论从版本的角度，还是论诗意的表达，最初的版本即《云溪友议》中的形态都是最好的。所以，应该回归本源。

附：王维《相思》异文一览表

序	代	编撰者	文献名	诗题	异文			
01	唐	范摅	云溪友议	阙	豆	秋	几	赠君多彩缬
02	唐	范摅	云溪友议	阙	豆	秋	几	赠君多采撷
03	宋	阮阅	诗话总龟	阙	豆	秋	几	赠公多采撷
04	宋	尤袤	全唐诗话	阙	豆	秋	几	赠君多采撷

① 〔清〕张定鋆辑：《三余杂志》[O]，清吴门王兰坡刻本，卷8第3页。

续表

序	代	编撰者	文献名	诗题	异文			
05	宋	计有功	唐诗纪事	阙	豆	秋	几	赠君多采撷
06	宋	洪迈	万首唐人绝句	相思	杏	秋	故	劝君休采撷
07	宋	洪迈	万首唐人绝句	相思子	豆	秋	故	劝君休采撷
08	宋	姚宽	西溪丛语	阙	豆	秋	几	赠君多采撷
09	宋	陈景沂	全芳备祖	阙	豆	秋	几	赠君多采摘
10	宋	蔡梦弼	杜工部草堂诗笺	阙	豆	秋	几	赠公多采摘
11	元	高楚芳	集千家注批点杜工部诗集	阙	豆	秋	几	赠公多采摘
12	元	胡古愚	树艺篇	阙	豆	秋	旧	赠君多采撷
13	明	唐胄	琼台志	阙	豆	秋	几	赠君多采择
14	明	张之象	唐诗类苑	咏红荳	荳	秋	几	赠君多采撷
15	明	顾起经	王右丞集	相思	豆	秋	故	劝君休采撷
16	明	顾起经	王右丞集笺注	相思	豆	秋	几	劝君多采撷
17	明	田艺蘅	留青日札	阙	豆	秋	几	赠君频采摘
18	明	黄德水	唐诗纪	相思	荳	秋	故	愿君多采撷
19	明	臧懋循	唐诗所	咏相思子	荳	秋	故	愿君多采撷
20	明	郑明选	郑侯升集	阙	豆	春	几	赠君多采摘
21	明	胡震亨	唐音统签	相思	荳	秋	故	愿君多采撷
22	明	焦周	焦氏说楛	阙	豆	春	几	赠君多采撷
23	明	曾益	温飞卿诗集笺注	阙	豆	春	几	赠君多采撷
24	明	王一槐	玉唾壶	阙	豆	秋	几	赠君多采撷
25	明	凌濛初	王摩诘诗集	江上赠李龟年	豆	秋	几	赠君多采撷
26	清	吴景旭	历代诗话	阙	豆	秋	几	赠君多采撷
27	清	徐倬	全唐诗录	相思	豆	秋	故	愿君多采撷
28	清	彭定求	全唐诗	相思	豆	秋	故	愿君多采撷
29	清	王士禛	唐贤三昧集	相思	豆	秋	几	愿君多采撷
30	清	王士禛	唐人万首绝句选	相思	豆	春	几	劝君休采撷
31	清	仇兆鳌	杜诗详注	阙	豆	秋	几	赠公多采摘
32	清	张廷玉	御定佩文韵府	阙	豆	秋	故	愿君多采撷
33	清	沈德潜	唐诗别裁	相思子	豆	春	几	劝君休采撷
34	清	赵殿成	王右丞集笺注	相思	豆	秋	几	劝君多采撷
35	清	孙洙	唐诗三百首	相思	豆	春	几	愿君多采撷
36	清	张定鋆	三余杂志	阙	豆	秋	几	赠君勤采撷

续表

版本信息及注释：
[01]《云溪友议》[O]，四部丛刊明刊本，卷中第 22 页。另：四库本、清抄本、万库本，同。
[02]《云溪友议》[M]，上海：古典文学出版社 1957 年版，第 40 页。
[03]《诗话总龟》[O]，四部丛刊明嘉靖乙巳年（1545）月窗道人校刊本，卷 40 第 2 页。四库本，同。
[04]《全唐诗话》[O]，明正德二年（1507）刻本，卷上第 39 页。明正德十二年（1517）刻本、明万历十三年(1585)张鹗翼伊蔚堂刊本、明万历三十六年(1608)刻本、明崇祯津逮秘书本，同。
[05]《唐诗纪事》[O]，明嘉靖二十四年（1545）张子立刻本，卷 16 第 1 页。四部丛刊明刻本，同。
[06]《万首唐人绝句》[O]，北京：文学古籍刊行社影印明嘉靖刻本，五言卷 4 第 6 页。四库本，同。
[07]《万首唐人绝句》[O]，明万历三十五年（1607）刻本（赵宦光校），五言二第 15 页。
[08]《西溪丛语》[O]，明嘉靖二十七年（1547）俞宪鵗鸣馆刻本，卷上第 32 页。清光绪五年（1879）啸园藏板，同。
[09]《全芳备祖》[O]，四库本，后集卷 29 第 8 页。清抄本（9 行 18 字），前两句为“豆冠生南国，秋采发几枝。”
[10]《杜工部草堂诗笺》[O]，宋刻本，卷 46 第 14 页。日本东京木村嘉平刻本，同。
[11]《集千家注批点杜工部诗集》[O]，日本昌平坂学问所藏元刊本，卷 18 第 35 页。
[12]《树艺篇》[O]，明纯白斋钞本，谷部卷 6，无页码。
[13]《琼台志》[O]，天一阁藏明正德残本，卷 9 第 24 页。
[14]《唐诗类苑》[O]，明万历二十九年（1601）刻本，卷 191 第 1 页。
[15]《王右丞集》[O]，四库本，外编第 4 页。小注：“豆，一作杏。”
[16]《王右丞集笺注》[O]，上海中华书局据清乾隆刻本校刊，第 126 页。注：《万首唐人绝句》“豆”作“杏’，“几”作“故”，“多”作“休”。凌本“劝”作“赠”。“相思，凌本作江上赠李龟年。”
[17]《留青日札》[O]，明万历年间刊本，卷 32 第 14 页。
[18]《唐诗纪》[O]，明万历十三年（1585）刻本，盛唐卷 15 第 9 页。小注：“故，一作几。”“愿，纪事作赠。”“愿君多采撷，一作劝君休采撷。”
[19]《唐诗所》[O]，明万历三十四年（1606）版，卷 45 第 38 页。诗题“一作红荳”。小注：“故，一作几。”“愿，一作劝，又作赠。”“多，一作休。”
[20]《郑侯升集》[O]，明万历三十一年（1603）刻本，卷 35 第 23 页。
[21]《唐音统签》[O]，清康熙丁卯年（1687）刻本，卷 103 第 1 页。小注：“故，一作几。”“愿，纪事作赠。”“愿君多采撷，一作劝君休采撷”。
[22]《焦氏说楛》[O]，明万历刻本，卷 3 第 7 页。
[23]《温飞卿诗集笺注》[O]，四库本，卷 1 第 9 页。
[24]《玉唾壶》[O]，天一阁藏明钞本，卷下，无页码。
[25]《王摩诘诗集》[O]，明末吴兴凌濛初朱墨套印本，卷 6 第 8 页。
[26]《历代诗话》[O]，四库本，卷 39 第 8 页。卷 39 第 26 页再次引用，无异。
[27]《全唐诗录》[O]，四库本，卷 13 第 40 页。

续表

[28]《全唐诗》[O]，四库本，卷 128 第 14 页。“故，一作几。”“愿，一作赠。”“愿君多采撷，一作劝君休采撷。”
[29]《唐贤三昧集》[O]，四库本，卷上第 23 页。
[30]《唐人万首绝句选》[O]，四库本，卷 1 第 7 页。
[31]《杜诗详注》[O]，四库本，卷 23 第 44 页。
[32]《御定佩文韵府》[O]，四库本，卷 98 之 6 第 23 页。
[33]《唐诗别裁》[O]，清乾隆二十八年（1763）教忠堂修订本，卷 19 第 6 页。
[34]《王右丞集笺注》[O]，四库本，卷 15 第 7 页。题下注：顾元纬外编凌本俱录此首。凌本作《江上赠李龟年》，《万首唐人绝句》作“相思”。诗后注：《万首唐人绝句》“豆”作“杏”，“几”作“故”，“多”作“休”。凌本“劝”作“赠”。
[35]《唐诗三百首》[M]，上海：文学古籍刊行社 1955 年版，卷 7 第 2 页。
[36]《三余杂志》[O]，清吴门王兰坡刻本，卷 8 第 3 页。

王维《终南别业》“林叟”应为“邻叟”

中岁颇好道，晚家南山陲。
兴来每独往，胜事只自知。
行到水穷处，坐看云起时。
偶然值邻叟，谈笑无还期。

王维（699或701—761）的这首《入山寄城中故人》，时本通常题为《终南别业》。魏庆之（南宋人，生卒年不详）称：“此诗造意之妙，至与造物相表里，岂直诗中有画哉！观其诗，知其蝉蜕尘埃之中，浮游万物之表者也。”刘辰翁（1232—1297）赞：“无言之境，不可说之味，不知者以为淡易，其质如此，故自难及。”方虚谷（1227—1305）谓：“右丞此诗有一唱三叹之妙。”沈德潜（1673—1769）曰：“行所无事，一片化机。”纪晓岚（1724—1805）叹：“由绚烂之极归于平淡，然不可以躐等求也。”古往今来，人们对此诗不吝赞美。

然而，这首看似臻于完美的诗作，却也存在几处异文，比如“只”有作“空”“心”，“邻”有作“林”，“笑”有作“啸”，“滞还”有作“无还”“滞归”“无回”等。这些异文虽然无损“其质”，却会影响它的完美。

为了弄清这些是非，笔者遍查古籍文献，从北京大学图书馆古籍文献库、中国国家数字图书馆、哈佛燕京图书馆中文特藏、国学大师古籍库等几大数据库中检索到载有《入山寄城中故人》全诗的文献54种、版本56个（《国秀集》《河岳英灵集》为两个版本）。依文献成书时间，唐代3种、宋代10种、元代3种、明代17种、清代18种、民国3种；按版本刊行时间，宋代4种、元代1种、明代18种、清代29种、民国3种、现代1种。这些版本中的异文，汇于一表（附后）。有些文献有多个版本，如果无异，只列一种。所引文献不在表中的，另外注明。

一、“只”与“空”“心”

“胜事只自知”还是“胜事空自知”？56个版本中，53个为“空”，2个版本为“只”，1个版本为“心”。同一部《国秀集》，四部丛刊明刻本为“只”，清文渊阁四库写本（下文简称“四库本”）为“空”。另一“只”，出现在胡适（1891—1962）著作《白话文学史》中。此外，《全唐诗》中有小注：“空，一作只。”

结合前后诗意，“只”和“空”在本诗中的涵义都是明确且相似的。刚刚安居在终南山下的别业里，经常会有“行到水穷处，坐看云起时。偶然值邻叟，谈笑无还期”之类的“胜事”，却“只”有我自己知道。“空”，也可作如此解。

但细玩“空”与“只”，却也有细微的区别。“空”的本义是“孔”。《庄子·秋水》：“不似礨空之在大泽乎？”引申为空虚、穷尽、没有、贫穷、缺少、间隙、空子、不执着等意义，总体上是一个偏于灰暗的字，通常用于表达消极的情感或否定的态度，比如“空想”“空谈”“空欢喜”“空悲切”“空空如也”“穷劳牵挂”等等。而“只”的意思是“仅仅”，可能带有一些遗憾，但不含低落哀伤之意。具体到本诗中，王维的兴致是盎然的，心情是欢畅的，美中之不足，就是“胜事”只有自己知道，而城中的故人们不知道，但这点儿遗憾有办法弥补，那就是以诗代信，与之分享。即使故人们一直不知道，“胜事”也不是“空”的，至少它让王维本人感到了愉悦。虽然“兴来每独往”，但不能“胜事只自知”，要让故人们分享闲情逸致，王维就乘着余兴吟诗作赋，“只”字之中蕴含着兴奋和积极。反观“空”字，却有些不太谐和。

或曰：王维是佛道中人，有“诗佛”之称。佛家认为“五蕴皆空”，出家被称为“遁入空门”，此处用“空”，岂不正好？但这首诗体现的并非佛家的精神，而是道家的趣味。“中岁颇好道”，开宗明义，基调是“道”。而“行到水穷处，坐看云起时”体现的也正是“道法自然”的精神。王尧衢（清初人，生卒年不详）在《古唐诗合解》中说：“行止自在，全是学道人气象。”子墨客卿（清末人，生卒年不详）在《唐诗三百首注释》中称：“尽而不尽，全是学道人气象。”朱麟（清末人，生卒年不详）在《唐诗三百首》注释中也称此道为“神仙之道”①。有人把此诗之“道”解为佛家之道，比如邱燮友在《新译唐诗三百首》中说此道为“佛理”②，陈贻焮（1924—2000）在《王维诗选》中说“这里是指佛家的道理，作者好佛。”③刘逸生（1917—2001）《唐诗鉴赏辞典》把开头两句阐释为“叙述自己中年以后即厌尘俗，而信奉佛教。”④对于这些解释，笔者不敢苟同。诗句说得很清楚，王维是“中岁”才开始“好道”的，此“道”肯定不是佛家之道。因为受母亲的影响，王维年轻时就开始奉佛，其名和字即为佛教《维摩诘经》典名的拆分。史料表明，开元十七年（729），王维在长安从大荐福寺道光禅师学顿教；开元十九年（731），30岁的王维丧妻之后一直没有续弦。因此，前面的“颇”字，也说明此“道”非佛理。“颇”的意思是“有些”，是个中度的词语，显然不适合用在王维之于佛道上，因为王维对佛是“很”好的，好到了用佛经典名作为自己名字的地步。再者，如果“四大皆空”，冷暖自知即可，又何必在乎别人知不知道呢？

既然信仰佛教，怎么还能“学道”？其实，这不足为怪。贺知章（659—744）原本信佛，始字“维摩”；后来从道，改字“季真”。儒学自不必说，佛教和道教在唐代也都很兴盛，儒释道兼修者不乏其人。由于唐朝曾把道教奉为国教,所以由佛改道者大有人在。王维从岭南回到长安后,对朝政混乱非常失望，对经世治国心灰意冷，但又不甘完全“出世”，于是折中尝试“避世”，也在情理之中。张海鸥《唐名家诗导读》也认为，在辋川半官半隐期间，“王维的许多诗文都濡染释、道色彩。他的思想儒、释、道杂糅，表现为人生态度，就是无可无不可，但求适意。”⑤

胡适之学识渊博，他肯定知道，史上典籍基本上均为“胜事空自知”，但他却选择了“胜事只自知”，应该细细揣摩过吧。

“心”仅见于《天厨禁脔》。与“只”和“空”不同，“心”字与他人无关。“独往”之后的种种，别人可能无从知道，但我自己心里知道那是“胜事”，这倒是超脱了要不要让别人知道的问题。但在语法上，有语义重复之嫌，因为“自

① 朱麟注：《（注释作法）唐诗三百首》[O]，上海：国学整理社民国二十五年（1936）版，第74页。下同。
② 邱燮友注释：《新译唐诗三百首》[M]，台北：三民书局1988年版，第208页。下同。
③ 陈贻焮编：《王维诗选》[M]，北京：人民文学出版社1959年版，第20页。
④ 刘逸生等撰：《唐诗鉴赏辞典》[M]，上海：上海辞书出版社1983年版，第155页。下同。
⑤ 张海鸥著：《唐名家诗导读》[M]，广州：广东人民出版社1999年版，第53页。

知”当然出自“心”里。

二、“邻”与“林”

“邻”与“林”音同，讹误应是因此而生。那么，谁正谁讹呢？56个版本，49个为“林”，只有7个为“邻”。

现在通行的版本，基本上都是“林”。在详加考证之前，笔者每次读到“林叟”二字，都会感觉有些费解，甚至有一点儿别扭。笔者当然也知道，古代汉语尤其是古典诗词不能用现在的语法标准去衡量，但当看到“邻”的时候，确实有眼前一亮的感觉。

王維終南別業詩中歲頗好道晚家南山陲興來每獨往勝事空自知行到水窮處坐看雲起時偶然值鄰叟談笑無還期此詩極有意味眞所謂一篇如一句者讀者或未之見及也蓋詩中往還字乃一詩之關鍵其興來獨往也有無窮之勝事人不能知而自知之行到水窮坐看雲起勝事之在其中者不可勝寫矣使不逢鄰叟則亦興盡而還耳乃偶與叟遇遂談笑而忘還人讀

中歲頗好道晚家南山陲興來每獨往勝事空自知行到水窮處坐看雲起時偶然值鄰叟談笑無還期

山谷老人云余頃年登山臨水未嘗不讀王摩詰詩顧知此老胸次定有泉石膏肓之疾

趙章泉詩法云王摩詰有詩云行到水窮處坐看雲

《诗林广记》四库本（左）和《湖楼笔谈》（右）中的“邻叟”

“林叟”何解？王尧衢把“林叟”释为“林间老叟”，朱麟释为“山林中年老的人”，邱燮友释为“住在山林中的老头儿”，这些注释中“林”都是定语。

施蛰存（1905—2003）则认为“在树林中遇到一二老年人”①，在这个解释中“林”是状语。这两类解释之外，还有另类的说法：金性尧（1916—2007）把“林叟”释为“乡村的老人”②——“林”与“乡村”挂钩，有些莫名其妙。王维若是此意，为何不用“村叟”？

与“林叟”的令人费解及歧解众多相比，“邻叟”通俗易懂，不会产生任何的歧义。更重要的是，“林”只是一个方位词，而“邻”则是有温度的。俗话说，“远亲不如近邻”。“邻家的老头儿”犹如“邻家的女孩儿”，字词之中都给人以亲切、可人的感觉。

在古籍文献中搜索发现，除《入山寄城中故人》之外，“林叟”几乎见不到，而“邻叟”却出现在很多诗作中。杜甫《遭田父泥饮美严中丞》中有“朝来偶然出，自卯将及酉。久客惜人情，如何拒邻叟？”这几句诗中既有“邻叟”也有“偶然”，意境与“偶然值邻叟，谈笑无还期”非常相似。贾岛《处州李使君改任遂州因寄赠》中有“趁静野禽曾后到，休吟邻叟始安眠。”李山甫《迁居清溪和刘书记见示》中有“还似村家无宠禄，时将邻叟话幽栖。”这两首诗中的“邻叟”也都是以清幽闲适为背景。此外，白居易有诗题曰《代邻叟言怀》，贯休有诗题曰《怀邻叟》。以上5位都是唐代的诗人。南宋的陆游有一组绝句，名为《三山杜门作歌（五首）》，其中第三首的第一句为“中岁远游逾剑阁”，第四首的第六句为“绿蓑黄犊从邻叟”，既有“中岁”，又有“邻叟”，笔者相信，放翁在写这组诗的时候，脑海中一定浮现了摩诘的《入山寄城中故人》。另外，清代诗人陈同《春晚野步》有“归途值邻叟，絮絮话桑麻”之句，其中的“话桑麻”应该是取自孟浩然的“把酒话桑麻”，而“值邻叟”则取自王维的“偶然值邻叟”。篇幅所限，不再列举。上述多数诗句中的“邻叟”如果换成“林叟”也说得通，比如“趁静野禽曾后到，休吟林叟始安眠”，但诗人们都选择了“邻叟”。如此之多的诗例足以说明，“邻叟”是田园诗中的一个意象，王维没有理由独用“林叟”。

纵览56个版本，笔者发现：7个“邻叟”全部出自诗话类文献，比如俞樾（1821—1907）的《湖楼笔谈》、俞陛云（1868—1950）的《诗境浅说》，

① 施蛰存著：《唐诗百话》[M]，上海：上海古籍出版社1987年版，第95页。下同。
② 金性尧注：《唐诗三百首新注》[M]，上海：上海古籍出版社1980年版，第191页。

而专门的诗选全部都是“林叟”。不过，蔡正孙（1239—？）《诗林广记》的四库本为“邻叟”，但明代的几个刻本却都为“林叟”。

7个版本之外，还有一个“邻叟”值得一提。张照（1691—1745）《石渠宝笈》著录了董其昌（1555—1636）山水画一卷，其文曰：“素笺本墨画欵书云‘行到水穷处，坐看云起时。偶然值邻叟，谈笑滞归期’……”[①]应该是董其昌根据王维诗意作了一幅画，题款中包括《入山寄城中故人》的后四句。因为不是全诗，笔者没有将这一文献列入附表。董其昌是明代最著名的书画家之一，文学造诣也很高。“行到水穷处，坐看云起时”是“诗中有画”的经典诗句，同为画家的董其昌对王维诗意的理解应该是比较到位的。

王达津（1916—1997）《唐诗丛考》引用的此诗中也为“偶然值邻叟”[②]。

另：笔者从旧书网上购得一本油印的《中国文学史（甲）·唐诗选》，蜡版刻写，油墨印刷，手工装订。从内容看，该书应为大学讲义。因非正式出版物，既未署明著者，也无印行时间。被当作封面和封底的印刷品上均有“一九五四年”字样。该油印本第48页的《终南别业》中，亦为“邻叟”。

三、“无还”与“滞还”“滞归”“无回”

56个版本中，“无还”43个，“滞还”8个，“无回”5个。异文注释中有1处“滞归”，上文刚刚提到的董其昌写的也是“滞归”。施蛰存在《唐诗百话》中说“《国秀集》……作‘谈笑滞归期’”，不知所据何本。四部丛刊明刻本和四库本均为“谈笑滞还期”。四库本方虚谷《瀛奎律髓》为“谈笑无还期”，清康熙五十一年黄叶村庄刻本和李庆甲（1933—1985）校点《瀛奎律髓汇评》却为“谈笑滞还期”。

“还”“归”“回”，三字涵义相同，而且都是平声，很难分出优劣。俞樾在《湖楼笔谈》中说：“此诗极有意味，真所谓一篇如一句者，读者或未之见及也。盖诗中‘往’‘还’字，乃一诗之关键。其兴来独往也，有无穷之胜事，人不能知，而自知之。行到水穷，坐看云起，胜事之在其中者，不可胜写矣。

① 〔清〕张照等编：《石渠宝笈》[O]，四库本，卷6第71页。
② 王达津著：《唐诗丛考》[M]，上海：上海古籍出版社1986年版，第136页。

使不逢邻叟，则亦兴尽而还耳；乃偶与叟遇，遂谈笑而忘还。人读至此，以为寻常结句，不知‘还’字与‘往’字正相应也。苟不为拈出，负作者苦心矣。”俞认为“还”与“往”前后呼应是本诗的一大妙处，别人可能悟不到，所以他必须点出来。这是不是说“还”字不可替代呢？非也。“还”可以与“往”相应，“归”和“回”也可以与“往”呼应。

“无”与“滞”的情况则不同。“无”为平声，“滞”为仄声。依格律，“无”在这里是失粘的，而“滞”字则不存在此病。但问题在于：这首诗是格律诗吗？《王摩诘诗集》《唐音统签》《唐诗纪》等绝大多数诗选把本诗归于五律，但《唐诗品汇》《王右丞集》《删订唐诗解》等少数诗集则将其归于五古。平仄仄仄仄，仄平平平平。仄平仄仄仄，仄仄平仄平。本诗前四句的平仄与五律正体相去甚远。施蛰存认为，“这四句根本不是律诗”。李汝襄（清乾隆年间人）《广声调谱》称这首诗为“五言律诗·以古行律式”。李锳（清末人，生卒年不详）在《诗法易简录》中对《入山寄城中故人》的平仄进行了逐句逐字的解读，哪字拗了，怎么救的，一拗再拗，一救再救，实在太绕。纪晓岚说：“尾句‘滞’字一作‘无’，‘无’字声律为谐，而下语太重；‘滞’字文意活脱，而声律未谐。然唐人拗体亦有末联入律者，似尚未妨。”[①]《王摩诘诗集》虽然把《入山寄城中故人》归于五律，凌濛初（1580—1644）却在诗题下套红注曰：“顾云自是唐人古诗，不可谓律。”明明不合格律，为何非要归入律诗呢？“此等作律诗读则体格极高，若在古诗则非其至者。”高步瀛（1873—1940）《唐宋诗举要》中的这句话，或许道出了个中原因。如此说来，还是人们更愿意把《入山寄城中故人》读作或视为律诗，至于是否合律，似乎不重要。既如此，也就不必纠结诗体了。

那么，从遣词及诗意的角度来看，如何呢？沈德潜说，“无字或作滞字，亦可。”但笔者以为，“无”优于“滞”。“无还期”是指回家没有时间计划，“滞还期”则是推迟了回家的时间。虽然“推迟”了，甚至一推再推，终究还是有还期。而“无”则是完全没有期限，一切任其自然。显而易见，“无还期”才是悠闲自在、无拘无束的最高境界，也才与“行到水穷处，坐看云起时”的意蕴更加契合。许印芳说，“‘滞’一作‘无’，语更浑成。”[②]大抵也是这个意思。

① 李庆甲集评：《瀛奎律髓汇评》[M]，上海：上海古籍出版社 1986 年版，第 930 页。
② 李庆甲集评：《瀛奎律髓汇评》[M]，上海：上海古籍出版社 1986 年版，第 930 页。

四、其他异文

另有几处异文，所见极少，略作分析。

《国秀集》中，本诗第七句为“偶然见林叟”。《全唐诗》小注：“值，一作见。”应该也是源自《国秀集》。笔者以为，“值”优于“见”。“值”是“遇到”的意思，其中暗含偶然。“遇”中肯定有“见”，但“见”却未必是“遇”。

本诗第二句，四库本《国秀集》为“晚家南山陲”，四部丛刊明刻本《国秀集》则为“晚家南山垂”，其中的“垂”字亦为仅见，但实质上不应算是异文。“陲”是“垂”的后起字，或曰分化字。“垂”不一定能写为“陲”，但“陲”都可以写为“垂”。字义细分之后，作此解的“垂”一般都写作“陲”。

释惠洪（北宋人，生卒年不详）《天厨禁脔》是最为与众不同的一部文献。除“胜事心自知”中的“心”字外，最后一句“谈啸无还期”中的“啸”字也是56个版本中的唯一。与“心”一样，这个“啸”字也很别致。以前身在官场，处处正襟危坐，“非礼勿视，非礼勿听”；现在不一样了，无所谓宠辱，没有了顾忌，云卷云舒，我行我素。与“笑”相比，“啸”字更加生动，给人以放飞的感觉，饱含着解脱的快意。王维另有一首《竹里馆》：“独坐幽篁里，弹琴复长啸。深林人不知，明月来相照。”此中之“啸”，也是最动人的一个字。

笔者检索到了《天厨禁脔》的明活字印本和明抄本，两个版本均为“心”和“啸”，看来不是无心之误，但不知所据何来。

不过，两个版本的《天厨禁脔》有一个字不同，即活字本为“行到水穷处”，抄写本为“有到水穷处”。这个“有”字，亦为仅见。“行”与“坐”相对，“有”字说不通，应该是笔误。

另外，著名书法家张瑞图（1570—1644）书法作品中，本诗第二句为“晚家南宫睡”。著名书法家、诗人王文治（1730—1802）书法作品中，本诗第二句为“晚家南山阴”。两幅作品中的“宫睡”和“阴”均为仅见，很可能是出于记误或笔误。

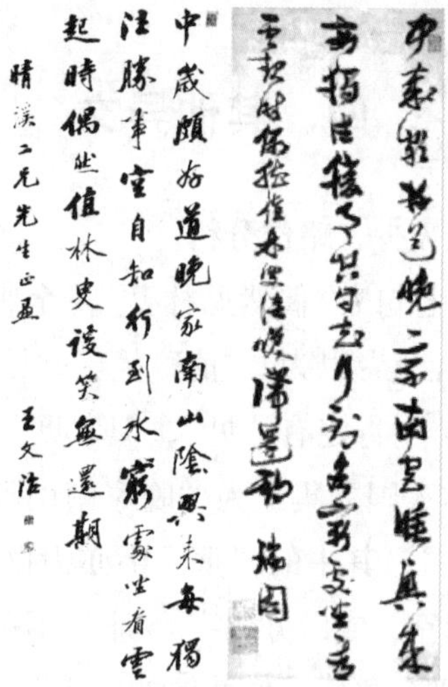

王文治（左）和张瑞图（右）的书法作品

五、诗题之异

王尧衢在《古唐诗合解》中说：“此诗不必粘题亦不必分解，清微之至。”本诗在此本中的题目是《终南别业》。笔者推断，王尧衢应该不知道此诗还有其他的题目。如果知道，他就不会这么说了，因为理解此诗与题目之异大有关系。

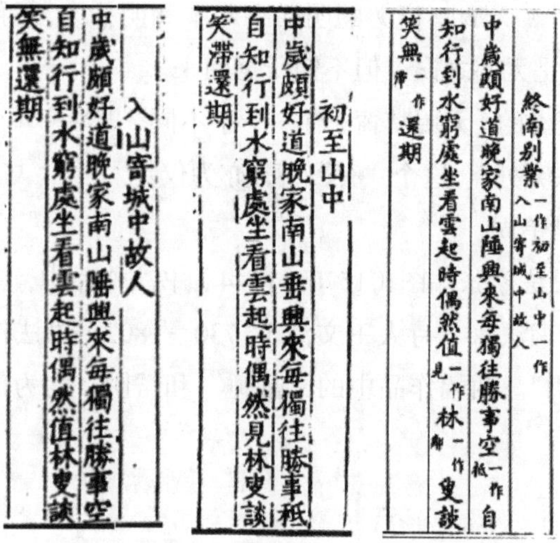

入山寄城中故人

中歲頗好道晚家南山陲興來每獨往勝事空自知行到水窮處坐看雲起時偶然值林叟談笑無還期

初至山中

中歲頗好道晚家南山垂興來每獨往勝事秖自知行到水窮處坐看雲起時偶然見林叟談笑滯還期

終南别業一作初至山中一作入山寄城中故人

中歲頗好道晚家南山陲興來每獨往勝事空一作秖自知行到水窮處坐看雲起時偶然值一作見林一作鄰叟談笑無一作滯還期

明刻本《河岳英灵集》（左）《国秀集》（中）《全唐诗》（右）中的诗题

本诗题目，多达四五种。56 个版本中，《终南别业》43 个，《入山寄城中故人》6 个，《初至山中》2 个，《南山遣兴》1 个。阙题 4 处。明刻本《文苑英华》在诗题《入山寄城中故人》下注曰："一作终山别业"，四库本《文苑英华》卷 318 中还有"终南山别业"之题。

《终山别业》说不通，因为终南山有"太乙""太一""橘山""周南""地肺""南山"等别称，但没有"终山"之说。《终南山别业》与《终南别业》实质上无异。《南山遣兴》好像是为了遣兴偶到南山，与事实不符。这三个题目，都可以忽略。

《终南别业》交代了诗作描写的对象。李肇《唐国史补》载："王维……得宋之问辋川别业，山水胜绝，今清源寺是也。"[①] 所谓"辋川别业"即"终南别业"（此说存在争议，本文姑且不论）。诗之正文只是描写，没有提及所在的地方，《终南别业》以题补充，当然有价值。《初至山中》交代了写作的时间及背景，告诉读者本诗是在刚刚住到终南山下的时候写的，这对理解诗意大有好处——因为是"初至山中"，所以对山居生活那么新奇，对悠闲自在那么兴奋。而《入山寄城中故人》则点明了创作的目的，那就是想把自己入山隐居、悠闲惬意的新生活、好心情告诉故人，让他们分享自己神仙般的生活。

不难看出，上述 3 个题目是递进的，《入山寄城中故人》的内涵最为丰富。与《终南别业》和《初至山上》尤其不同的是，《入山寄城中故人》与诗句还存在内在的关联。"行到水穷处，坐看云起时。偶然值邻叟，谈笑无还期。"如此"胜事"，只能"自知"。"独乐乐，与人乐乐，孰乐？"当然是"不若与人"。黄生（1622—？）《唐诗评三种》云："玩'好道'二字，便知全篇不是徒然写景，盖略为人通一消息耳。"[②] 另有一层，那就是王维在失意之时隐居山中，故人们难免为他担心，殊不知他正独自乐在其中。写下这样一首诗，寄给城中的故人，既可以分享快乐，又可以打消疑虑，岂不是两全其美？用《入山寄城中故人》作为诗题，又可谓锦上添花。

喻守真（1898—1949）在《唐诗三百首详析》中说："此诗以'好道'为骨干，以后敷述，都从好道出发，兴来独往，胜事自知，即有自得其乐、不求人知之情形……"刘逸生在《唐诗鉴赏辞典》的赏析中说："诗人同调无多，兴致来时，

① 〔唐〕李肇撰：《唐国史补》[O]，四库本，卷上第 3 页。
② 〔清〕黄生等撰：《唐诗评三种》[M]，合肥：黄山书社 1995 年版，卷 1 第 17 页。

惟有独游，赏景怡情，能自得其乐，随处若有所得，不求人知，自己心会其趣而已。”二人都认为“不求人知”，这肯定不符合诗意。隐居终南山期间，王维给裴迪写过一封《山中与裴秀才迪书》：“近腊月下，景气和畅，故山殊可过。足下方温经，猥不敢相烦。辄便往山中，憩感配寺，与山僧饭讫而去。北涉玄灞，清月映郭；夜登华子冈，辋水沦涟，与月上下。寒山远火，明灭林外；深巷寒犬，吠声如豹；村墟夜舂，复与疏钟相间。此时独坐，僮仆静默，多思曩昔携手赋诗，步仄径、临清流也……”① 信中描写的闲情逸趣与本诗的意境简直如出一辙，这充分说明王维非常愿意与故人分享。之所以产生“不求人知”的误会，与诗题有一定的关系，因为上述两个版本的诗题都是《终南别业》——如果题为《入山寄城中故人》，赏析者的理解应该就不会偏误。

从版本源流来看，早期的几个版本多为《初至山中》或《入山寄城中故人》。笔者以为，《终南别业》不如《初至山中》，更不如《入山寄城中故人》。

六、最后的话

作为一首经典之作，《入山寄城中故人》的文献及版本很多。感谢现代信息技术为我们提供的大数据，可以让我们作出全面的比较以及准确的判断。

笔者认为，与时本不同的众多异文中，“邻”字最应该被采纳，而诗题则应该恢复为《入山寄城中故人》。

附：王维《入山寄城中故人》异文一览表

序	代	编著者	文献名	诗题	异文			
01	唐	王缙	王摩诘文集	终南别业	空	林	笑	无还
02	唐	芮挺章	国秀集	初至山中	只	林	笑	滞还
03	唐	芮挺章	国秀集	初至山中	空	林	笑	滞还
04	唐	殷璠	河岳英灵集	入山寄城中故人	空	林	笑	滞还
05	唐	殷璠	河岳英灵集	入山寄城中故人	空	林	笑	无还
06	宋	魏庆之	诗人玉屑	阙	空	林	笑	无回
07	宋	姚铉	唐文粹	入山寄城中故人	空	林	笑	无回
08	宋	李昉	文苑英华	入山寄城中故人	空	林	笑	无还

① 〔明〕赵殿成注：《王右丞集笺注》[O]，四库本，卷 18 第 14 页。

续表

序	代	编著者	文献名	诗题	异文			
09	宋	周弼	三体唐诗	终南别业	空	林	笑	滞还
10	宋	蔡正孙	诗林广记	南山遣兴	空	邻	笑	无还
11	宋	蔡正孙	诗林广记	南山遣兴	空	林	笑	无回
12	宋	何汶	竹庄诗话	入山寄城中故人	空	林	笑	无回
13	宋	胡仔	渔隐丛话	阙	空	林	笑	无回
14	宋	刘辰翁	王右丞集	终南别业	空	林	笑	无还
15	宋	释惠洪	天厨禁脔	阙	心	林	啸	无还
16	元	杨士弘	唐诗正音	阙	空	林	笑	滞还
17	元	杨士弘	唐音	终南别业	空	林	笑	滞还
18	元	方回	瀛奎律髓	终南别业	空	林	笑	无还
19	明	高棅	唐诗品汇	终南别业	空	林	笑	无还
20	明	胡缵宗	唐雅	终南别业	空	林	笑	滞还
21	明	锺惺	唐诗归	终南别业	空	林	笑	无还
22	明	黄德水	唐诗纪	终南别业	空	林	笑	无还
23	明	陆时雍	唐诗镜	终南别业	空	林	笑	无还
24	明	臧懋循	唐诗所	终南别业	空	林	笑	无还
25	明	张之象	唐诗类苑	终南别业	空	林	笑	无还
26	明	胡震亨	唐音统签	终南别业	空	林	笑	无还
27	明	顾元纬	类笺王右丞诗集	终南别业	空	林	笑	无还
28	明	顾可久	王右丞诗集	终南别业	空	林	笑	无还
29	明	唐汝询	删订唐诗解	终南别业	空	林	笑	无还
30	明	邵天和	重选唐音大成	终南别业	空	林	笑	滞还
31	明	铜活字本	唐五十家诗集	终南别业	空	林	笑	无还
32	明	曹学佺	石仓历代诗选	终南别业	空	林	笑	无还
33	明	单宇	菊坡丛话	南山遣兴	空	林	笑	无回
34	明	凌濛初	王摩诘诗集	终南别业	空	林	笑	无还
35	明	王夫之	唐诗评选	终南别业	空	林	笑	无还
36	清	徐倬	全唐诗录	终南别业	空	林	笑	无还
37	清	彭定求	全唐诗	终南别业	空	林	笑	无还
38	清	康熙	御选唐诗	终南别业	空	林	笑	无还
39	清	张玉书	御定佩文斋咏物诗选	终南别业	空	林	笑	无还
40	清	张英	御定渊鉴类函	终南别业	空	林	笑	无还
41	清	宋宗元	网师园唐诗笺	终南别业	空	林	笑	无还
42	清	王士禛	唐贤三昧集	终南别业	空	林	笑	无还
43	清	沈德潜	唐诗别裁	终南别业	空	林	笑	无还
44	清	王寿昌	小清华园诗谈	终南别业	空	邻	笑	无还
45	清	李锳	诗法易简录	终南别业	空	邻	笑	无还
46	清	俞樾	湖楼笔谈	终南别业	空	邻	笑	无还
47	清	王尧衢	古唐诗合解	终南别业	空	林	笑	无还
48	清	姚鼐	今体诗钞	终南别业	空	林	笑	无还
49	清	子墨客卿	唐诗三百首注释	终南别业	空	林	笑	无还
50	清	王闿运	唐诗选	终南别业	空	林	笑	无还
51	清	曾国藩	十八家诗钞	终南别业	空	林	笑	无还
52	清	刘于义	陕西通志	终南别业	空	林	笑	无还

续表

序	代	编著者	文献名	诗题	异文			
53	清	李汝襄	广声调谱	终南别业	空	邻	笑	无还
54	民	高步瀛	唐宋诗举要	终南别业	空	邻	笑	无还
55	民	胡适	白话文学史	终南别业	只	林	笑	无还
56	民	俞陛云	诗境浅说	终南别业	只	邻	笑	无还

版本信息及注释：

[01]《王摩诘文集》[O]，宋刻十一行蜀本，卷 5 第 8 页。

[02]《国秀集》[O]，四部丛刊明刊本，卷中第 9 页。第七句为“偶然见林叟”。明刻本（9 行 15 字），同。

[03]《国秀集》[O]，四库本，卷中第 9 页。标题下注“集作终南别业”。第七句为“偶然见林叟”。

[04]《河岳英灵集》[O]，宋刻本，卷上第 12 页。

[05]《河岳英灵集》[O]，四部丛刊明刻本，卷上第 12 页。另：四库本，诗题下有注“一作终南别业”。

[06]《诗人玉屑》[O]，宋刻本，卷 12 第 1 页。元刻本，同。（北京大学图书馆藏宋刻本与北京出版社影印的元刻本一模一样，应为同一版本。）

[07]《唐文粹》[O]，宋绍兴九年（1139）临安府刻本，卷 16 下第 3 页。明嘉靖八年（1529）刻本、四库本，同。

[08]《文苑英华》[O]，明刻本，卷 250 第 5 页。题“一作终山别业”。四库本 318 卷题“终南山别业”，注称诗见 250 卷，但阙。

[09]《三体唐诗》[O]，四库本，卷 6 第 19 页。

[10]《诗林广记》[O]，四库本，卷 5 第 18 页。

[11]《诗林广记》[O]，明弘治十年（1497）张鼐刻本，卷 5 第 16 页。明刻本（8 行 16 字），同。

[12]《竹庄诗话》[O]，四库本，卷 13 第 10 页。

[13]《渔隐丛话》[O]，宋刻本，前集卷 15 第 1 页。明嘉靖七年（1528）刻本、四库本，同。

[14]《王右丞集》[O]，上海涵芬楼景印元刊本，卷 3 第 11 页。

[15]《石门洪觉范天厨禁脔》[O]，明活字本，卷中第 7 页。另：明抄本，“行”作“有”。

[16]《唐诗正音》[O]，日本昌平坂学问所藏明刻本，卷 3 上第 3 页。

[17]《唐音》[O]，明初（1368—1424）魏氏仁实堂刻本，卷 3 上第 4 页。四库本，同。

[18]《瀛奎律髓》[O]，四库本，卷 23 第 1 页。清康熙五十一年（1712）黄叶村庄刻本，“无”作“滞”。

[19]《唐诗品汇》[O]，明嘉靖己亥年（1539）刻本，卷 9 第 18 页。明汪宗尼刻本、四库本，同。

[20]《唐雅》[O]，明嘉靖二十八年（1549）刻本，卷 7 第 12 页。

[21]《唐诗归》[O]，明万历四十五年（1617）刻本，卷 9 第 7 页。

[22]《唐诗纪》[O]，明万历十三年（1585）刻本，盛唐卷 13 第 1 页。“无，一作滞。”“一题作初至山中，又作入山寄城中故人。

[23]《唐诗镜》[O]，四库本，卷 10 第 14 页。

[24]《唐诗所》[O]，明万历三十四年（1606）版，卷 30 第 17 页。“无，一作滞。”题“一作入山寄城中故人”。

续表

[25]《唐诗类苑》[O]，明万历二十九年（1601）年刻本，卷 165 第 9 页。
[26]《唐音统签》[O]，明刻本，卷 99 第 4 页。题“一作入山寄城中故人”。
[27]《类笺王右丞诗集》[O]，明嘉靖顾氏奇字斋刻本，卷 4 第 15-16 页。诗题“英灵集文粹英华并题云入山寄城中故人”。“林，一作邻。”“无还，一作滞回。”注：四库本，同。
[28]《王右丞诗集》[O]，明万历庚寅年（1590）刻本，卷 3 第 21 页。
[29]《删订唐诗解》[O]，清康熙四十年（1701）刻本，卷 4 第 6 页。
[30]《重选唐音大成》[O]，明嘉靖五年（1526）刊本，卷 4 第 4 页。
[31]《唐五十家诗集》[O]，明铜活字本，王维集卷 4 第 5 页。
[32]《石仓历代诗选》[O]，明崇祯年间刻本，唐卷 22 第 44-45 页。四库本，同。
[33]《菊坡丛话》[O]，明成化九年（1473）刻本，卷 2 第 13 页。
[34]《王摩诘诗集》[O]，明末吴兴凌濛初朱墨套印本，卷 3 第 6 页。“无，一作滞。”“还，回。”
[35]《唐诗评选》[O]，日本大阪柳原书店昭和十二年（1937）版，上卷第 80 页。
[36]《全唐诗录》[O]，四库本，卷 13 第 25 页。
[37]《全唐诗》[O]，四库本，卷 126 第 14 页。题“一作初至山中，一作入山寄城中故人。”“空，一作只。”“值，一作见。”“林，一作邻。”“无，一作滞。”
[38]《御选唐诗》[O]，四库本，卷 5 第 25 页。
[39]《御定佩文斋咏物诗选》[O]，四库本，卷 123 第 2 页。
[40]《御定渊鉴类函》[O]，四库本，卷 28 第 5 页。
[41]《网师园唐诗笺》[O]，尚絅堂藏版（哈佛燕京中文特藏），卷 1 第 13 页。
[42]《唐贤三昧集》[O]，四库本，卷上第 14 页。
[43]《唐诗别裁》[O]，清乾隆二十八年（1763）教忠堂本，卷 9 第 23 页。
[44]《小清华园诗谈》[O]，清道光七年（1827）小清园刻本，卷上第 23 页。
[45]《诗法易简录·录余》[O]，清道光壬午年（1822）刻本，卷 1 第 13 页。“无还，一作滞归。”
[46]《湖楼笔谈》[O]，清弟一楼丛书刻本，卷 6 第 8 页。
[47]《古唐诗合解》[O]，清光绪壬辰年（1892）江西两仪堂刻本，卷 8 第 5 页。
[48]《今体诗钞》[O]，上海中华书局据原刻本校刊，卷 2 第 1 页。
[49]《唐诗三百首注释》[O]，石渠山房清光绪十六年（1890）刻本，卷 4 第 22 页。
[50]《唐诗选》[O]，成都：尊经书店清光绪丙子年（1876）刻本，卷 3 第 41 页。
[51]《十八家诗钞》[O]，传忠书局清同治甲戌年（1874）刻本，卷 17 第 4 页。
[52]《陕西通志》[O]，四库本，卷 96 第 6 页。
[53]《广声调谱》卷上 // 张进等编：《王维资料汇编》[M]，中华书局 2014 年 3 月版，第 1371 页。
[54]《唐宋诗举要》[O]，直隶书局民国版本，卷 4 第 15 页。
[55]《白话文学史》[O]，新月书店民国十八年（1929）版，第 299 页。
[56]《诗境浅说》[O]，上海：开明书店民国二十五年（1936），第 9 页。

王维《终南山》中的“拗句”

太乙近天都，连山到海隅。
白云回望合，青霭入看无。
分野中峰变，阴晴众壑殊。
欲投何处宿，隔水问樵夫。

终南山高耸入云接近了天上的都城，连绵的群山更是与大海连在一起。缭绕的白云变幻无穷，远看漫无边际，走近踪迹全无，回过头来再看，却又合在一起。巍峨的山峰把天地分割开来，高耸群山之间的天气都不一样……多么神奇的画面，多么生动的描绘！

沈德潜（1673—1769）在《唐诗别裁》中称：“四十字中，无所不包，手笔不在杜陵下。”意思是这首诗可与杜甫的五言《望岳》相媲美。毫无疑问，《终南山》是王维五律的代表作之一。在描写山岳的诗歌中，这首诗也是一座“高峰”。但要与《望岳》相比，恐怕还是略逊一筹。笔者这样说，有两条理由：一，蹈袭。《终南山》可能化用了《望岳》之句。二，尾弱。《终南山》的最后两句明显弱于《望岳》。

说《终南山》“蹈袭”，指的是该诗的颈联即“分野中峰变，阴晴众壑殊”可能借鉴了《望岳》的“阴阳割昏晓”。感受一下：两句是不是有异曲同工之妙？说白了，就是一种意境的两种表述。陆时雍（明人，生卒年不详）在《唐诗镜》中说：“‘阴晴众壑殊’，一语苍然入雅”①——确实精妙雅致，但终归有化用之嫌；而且同样的意境，杜甫了 5 个字，王维却用了 10 个字。

或问：杜甫（712—770）比王维（701—761）小十多岁，凭什么说是王维

① 〔明〕陆时雍辑：《唐诗镜》[O]，四库本，卷 10 第 15 页。

蹈袭了杜甫，而不是相反？这是因为《终南山》出自中年王维，而《望岳》出自青年杜甫。据考：《终南山》是王维隐居终南山期间创作的，即开元二十九年（741）至天宝三年（744）间[①]；《望岳》是杜甫在齐、赵一带漫游时写的，在开元二十四年（736）至二十八年（740）间。

《终南山》的“尾弱”，在两个维度都很明显。一，纵向。与《望岳》的气势如一相比,《终南山》显得虎头蛇尾。从“岱宗夫如何，齐鲁青未了”开始，到“会当临绝顶，一览众山小”（时本“临”作“凌”，详见本书第332页《杜甫〈望岳〉“凌绝顶”应为“临绝顶”》），始终保持着磅礴的气势，尤其最后两句，令人荡气回肠。《终南山》的前六句与《望岳》非常相似，也是纵横千里、气吞山河。但最后两句，“欲投何处宿，隔水问樵夫”比之“会当临绝顶，一览众山小”，委实气短势弱，不可同日而语。二，横向。即使是在本诗之内，最后两句也明显偏弱。“太乙近天都，连山接海隅”，出手就气势如虹。接下来的两联，“白云回望合，青霭入看无。分野中峰变，阴晴众壑殊。”更是用如椽大笔将终南山的巍峨连绵、气象万千描写得宏伟壮阔、生动传神。但最后两句“欲投何处宿，隔水问樵夫”却突然一泄千里、坠落云端，让人猝不及防！

沈德潜在盛赞《终南山》之后，接着说道：“或谓末二句与通体不配。今玩其语意，见山远而人寡也，非寻常写景可比。”此语首先透露出一个信息，那就是当时或更早就有人认为“末二句与通体不配”，而且质疑的声音不小，不然沈德潜也不会深入思考并作出回应。但他的解释能够服人吗？至少笔者没有被说服。既然有樵夫，说明有人家，还会有家人，也说明这里并非荒无人烟。深山老林，人烟稀少，也是正常的。更重要的是，前六句是在峰顶云端上漫步远眺的景象，怎么突然就跑到山脚下了呢？从临天仙境到山涧小溪，从豪气干云到坠入凡尘，镜头切换及意境转变实在是太陡了。

在《姜斋诗话》中，王夫之（1619 — 1692）专门对《终南山》最后两句作了诠释。他说：“‘欲投人处宿，隔水问樵夫’，则山之辽廓荒远可知，与上六句初无异致，且得宾主分明，非独头意识悬相描摹也。”[②]能够隔水对话，不过百丈左右而已，再远就啥也听不清了，这样的场面并不大，怎么就“山之

① 关于《终南山》的创作时间存争议。也有人认为，本诗作于开元十四年（726）。果如此，当别论。

② 〔清〕王夫之撰：《姜斋诗话》[M]，清刻本（船山遗书），卷2第5页。

过廓荒远可知”呢？依照此说，杜甫《望岳》是否属于“宾主”不“分明”呢？这段笔记没有引用前六句，却专门强调“与上六句初无异致”，应该也是回应“通体不配”之类的质疑，但此解释也很牵强，甚至有为赞其美强措辞之嫌。

从遣词造句的角度说，“欲投何处宿”也无法与前六句相比。笔者初读此句，感觉非常拗口。读了好几遍，才勉强明白。以后每次吟诵，还是觉得别扭。尤其是其中的“人处”二字，总给人以“凑字”的感觉。“欲投”的当然是“人处”，难道还会是“鸡处”“鸟处”吗？简言之，“欲投人处宿”亦即“欲投宿”。换言之，“人处”二字纯属多余。“行客欲投宿，主人犹未归。”张籍《夜到渔家》诗中即为“欲投宿”。诗歌是文学皇冠上的明珠，其对“炼字”的要求极高。“吟成一个字，捻断十根须。”要用最少的文字表达丰富的意象及其哲理，必须把每一个字的效用发挥到极致——短短40字的五律，怎么能容忍两个“废字”呢？

一般认为，最后两句的意思是，山光云影非常迷人，作者不想马上离去，所以意欲留宿山中，以便明日继续欣赏。若想表达这个意思，“留连欲投宿”也比“欲投人处宿”要好。才高如摩诘，难道想不出更妙的词句吗？

《唐贤三昧集笺注》评价《终南山》：“四十字中无一字可易，昔人所谓四十位贤人。”① 然而，不仅笔者认为“人处”二字可以去掉或变换，而且古人也“易”了该诗中的好几个字。更有甚者，这首五言八句的律诗被截去了四句，变成了五言四句的绝句。在《乐府诗集》中，“近代曲辞”之《陆州歌（三首）》的“第一”为：“分野中峰变，阴晴众壑殊。欲投人处宿，隔浦问樵夫。”② 这首没有署名的诗歌，只有王维《终南山》的后四句。如此“腰斩”，并非孤例。《后村千家诗》有一首署名孟浩然、题为《田家》的诗：“故人具鸡黍，邀我至田家。绿树村边合，青山郭外斜。”③ 这是孟浩然五律《过故人庄》的前四句。不知为何出现这种情况。就《陆州歌（三首其一）》而言，没有了《终南山》的前四句，显得非常突兀，甚至不知所云。没有了“白云回望合，青霭入看无”的生动描写，这首五言四句诗也显得平淡无奇。因未署名，也不完整，故未列入附表。

笔者从37种古籍版本中找到了完整的《终南山》。“太乙”有作“太一”，“连山”

① 张海鸥著：《唐名家诗导读》[M]，广州：广东人民出版社1999年版，第59页。
② 〔北宋〕郭茂倩编著：《乐府诗集》[O]，北京：文学古籍刊行社1955年影印宋本，卷79第12页。
③ 〔宋〕刘克庄编：《后村千家诗》[O]，扬州诗局重刊楝亭藏本，卷14第4页。

有作“连天”，“到”有作“接”，“阴晴”有作“晴阴”，“水”有作“浦”。这些异文的意思都相同或相近，对诗意几乎没有影响。音调格律方面，“连山”和“连天”、“阴晴”和“晴阴”均为平平，“水”和“浦”同为仄声；“到”和“接”虽然一仄一平，但每句第三字本来就是可平可仄。总之，这几处异文无关紧要，姑且略过。最重要也最乱的异文是第七句——不是一两字不同，而是整句的混乱！此句有作“欲投人处宿”，有作“欲投人宿处”，有作“故人投处宿”，有作“故人投宿处”，有作“欲投何处宿”，竟有5种说法。

上述5种句式，均为“仄平平仄仄”，格律上没有区别。

5种版本中，“欲投人处宿”最多，但也是最差的一种。虽然意思与“欲投人宿处”一样，但“人宿处”比“人处宿”通顺易懂。“欲投人宿处”只见于两个版本，即赵师秀（1170—1219）的《众妙集》和李攀龙（1514—1570）的《唐诗广选》。“人宿处”就是供人住宿的地方，也就是旅舍。“人处宿”一般解释为“到有人的地方住”，这不是废话吗？没人的地方，怎么能住呢？

“故人投处宿”出自计有功（1126年前后在世）《唐诗纪事》。“或说维咏终南山诗讥时也。诗曰：‘太一近天都，连山接海隅’，言势焰盘据朝野也；‘白云回望合，青霭入看无’，言徒有其表也；‘分野中峰变，晴阴众壑殊’，言恩泽偏也；‘故人投处宿，隔水问樵夫’，畏祸深也。”这段话的意思是，《终南山》不是纯粹的山水诗，而是在影射时政。因为担心遭到政治迫害，所以连投宿都要去故人住过的地方。这首诗是王维隐居终南山期间创作的，之所以隐居可能是因为他看不惯也受不了官场的黑暗。在这样的背景下，“故人投处宿”是符合情理的。

年代稍晚于计有功的尤袤（1127—1194）在《全唐诗话》中引用了上述那段话（《全唐诗话》只是《唐诗纪事》的删减本，四库提要认为其为托名伪著）。其他的文字完全一样，唯独把“故人投处宿”改成了“故人投宿处”，不知道是无心之讹还是有意改动。两种说法的意思相近。《唐诗纪事》和《全唐诗话》都是较早的文献，比它们更早的只有《又玄集》和《文苑英华》，而这两本都是“欲投人处宿”。不过，这些文献流传至今的版本，最早也不过明代的刻板，很难说谁早谁晚、谁对谁错。

“欲投何处宿”出现在阮阅（1085年进士）的《诗话总龟》、吴乔（1611—1695）的《围炉诗话》和王相（生卒年不详，明末清初人）补编五言的《千家诗》

中，杨慎（1488—1559）《升庵集》中也有“向晓欲投何处宿”之句[①]。与《唐诗纪事》和《全唐诗话》一样，《诗话总龟》也有那段认为《终南山》讥讽时政的评论，其他文字基本无异，变化最大的也在诗之第七句，即变成了“欲投何处宿”。《诗话总龟》并非阮阅原创，而是诗话汇编，摘编的诗话或笔记后面，大都会注明出处，但这一段文字后面没有。明刻本和清写本，均为“欲投何处宿”，亦均未注出处。阮阅与计有功可能是同时代的人，未知《诗话总龟》和《唐诗纪事》的面世孰先孰后，也不知“故人投处宿”“故人投宿处”“欲投何处宿”哪一个是原版。

說者謂王右丞終南詩皆譏時宰詩云太乙近天都連山
接海隅言勢位盤據朝野也白雲迴望合青靄入看無
言徒有表而無內也分野中峰變晴陰衆壑殊言恩澤
偏也欲投何處宿隔水問樵夫言畏禍深也

古今詩話云王右丞終南詩譏刺時宰其曰大乙近天
都連山接海隅言勢位蟠據朝野也白雲迴望合青靄
入看無言有表無裏也分野中峯變陰晴衆壑殊言恩
澤偏及也欲投何處宿隔水問樵夫言托足無地也余
謂看唐詩常須作此想方有入處而山谷又曰喜穿鑿
者棄其大旨而于所遇林泉人物以為皆有所托如世
間商度隱語則詩委地矣山谷此論又不可不知也

《增修诗话总龟》明刊本（左）和《围炉诗话》清嘉庆刻本（右）

吴乔《围炉诗话》在引用那段认为《终南山》讥讽时政的评论并再作评论的文字中，亦为“欲投何处宿”。清嘉庆戊辰年刻本和民国万有文库本《围炉诗话》，无异。

含五言的《千家诗》，笔者则检索到了5种民国时期的版本：广益书局1933年出版的《(国语注解）千家诗》，新文化书社1934年出版的《(标点注

① 〔明〕杨慎撰：《升庵集》[O]，四库本，卷37第5页。

解言文对照）千家诗》，大连图书供应社1936年出版的《（白话注释）千家诗》，开明书店1946年出版的《（言文对照）千家诗》，惠民书局1949年出版的《（白话对照）千家诗》。这5个版本中的《终南山》，第七句均为“欲投何处宿”。

“欲投何处宿”虽然与“故人投处宿”和“故人投宿处”大异，却与“欲投人处宿”小异——差别只有一字。但也正是这一字之异，让笔者眼前一亮。窃以为，“欲投何处宿”比“欲投人处宿”好得多。首先，语病没了。更重要的是，“欲投何处宿”与“隔水问樵夫”形成了呼应——因为不知道哪里可以投宿，所以要问樵夫——文字上顺了，逻辑上也顺了。

当然，上述异文，都是细节。即使选择“欲投何处宿”，“通体不配”的问题依然存在。这也是没有办法的。认为诗人别具匠心的，不妨继续欣赏其妙；认为结束气势不足的，可以视之为白玉微瑕。“横看成岭侧成峰”，或因视角之不同。谁都不能否认，《终南山》是最好的五言山水诗之一。

附：王维《终南山》异文一览表

序	代	编撰者	文献名	异文					
01	唐	韦庄	又玄集	一	天	到	阴晴	欲投人处宿	水
02	唐	王缙	王摩诘文集	一	山	到	阴晴	欲投人处宿	水
03	宋	李昉	文苑英华	一	天	到	阴晴	欲投人处宿	浦
04	宋	计有功	唐诗纪事	一	山	接	晴阴	故人投处宿	水
05	宋	尤袤	全唐诗话	一	山	接	晴阴	故人投宿处	水
06	宋	赵师秀	众妙集	乙	山	到	阴晴	欲投人宿处	水
07	宋	阮阅	诗话总龟	乙	山	接	晴阴	欲投何处宿	水
08	元	杨士弘	唐音	乙	山	到	阴晴	欲投人处宿	水
09	元	杨士弘	唐诗正音	乙	山	到	阴晴	欲投人处宿	水
10	元	须溪	王右丞集	一	山	到	阴晴	欲投人处宿	水
11	明	高棅	唐诗品汇	乙	山	到	阴晴	欲投人处宿	水
12	明	高棅	唐诗正声	乙	山	到	阴晴	欲投人处宿	水
13	明	不著撰者	唐五十家诗集	一	山	到	阴晴	欲投人处宿	水
14	明	臧懋循	唐诗所	乙	山	到	阴晴	欲投人处宿	水
15	明	锺惺	唐诗归	乙	山	到	阴晴	欲投人处宿	水
16	明	黄德水	唐诗纪	乙	山	到	阴晴	欲投人处宿	水
17	明	李攀龙	唐诗广选	乙	山	到	阴晴	欲投人宿处	水
18	明	陆明雍	唐诗镜	乙	山	到	阴晴	欲投人处宿	水

续表

序	代	编撰者	文献名	异文					
19	明	张之象	唐诗类苑	一	山	到	阴晴	欲投人处宿	水
20	明	顾可久	王右丞诗集	一	山	到	阴晴	欲投人处宿	水
21	明	顾元纬	类笺王右丞诗集	一	山	到	阴晴	欲投人处宿	水
22	明	胡震亨	唐音统签	乙	山	到	阴晴	欲投人处宿	水
23	明	唐汝询	唐诗解	乙	山	到	阴晴	欲投人处宿	水
24	明	曹学佺	石仓历代诗选	乙	山	到	阴晴	欲投人处宿	水
25	明	凌濛初	王摩诘诗集	乙	山	到	阴晴	欲投人处宿	水
26	明	王夫之	唐诗评选	乙	山	到	阴晴	欲投人处宿	水
27	清	王相	千家诗	乙	山	到	阴晴	欲投何处宿	水
28	清	徐倬	全唐诗录	乙	山	到	阴晴	欲投人处宿	水
29	清	彭定求	全唐诗	乙	山	接	阴晴	欲投人处宿	水
30	清	宋宗元	网师园唐诗笺	乙	山	到	阴晴	欲投人处宿	水
31	清	高士奇	唐诗掞藻	一	山	到	阴晴	欲投人处宿	水
32	清	王士禛	唐贤三昧集	乙	山	到	阴晴	欲投人处宿	水
33	清	沈德潜	唐诗别裁	乙	山	到	阴晴	欲投人处宿	水
34	清	赵殿成	王右丞集笺注	乙	山	接	阴晴	欲投人处宿	水
35	清	蘅塘退士	唐诗三百首	乙	山	到	阴晴	欲投人处宿	水
36	清	大典显常	唐诗解颐	乙	山	到	阴晴	欲投人处宿	水
37	清	吴乔	围炉诗话	乙	山	接	阴晴	欲投何处宿	水

版本信息及注释：

[01]《又玄集》[O]，日本享和三年（1803）官板本（昌平坂学问所藏），卷上第 4 页。

[02]《王摩诘文集》[O]，宋刻十一行蜀本，卷 6 第 6 页。

[03]《文苑英华》[O]，明刻本，卷 159 第 8 页。题为“终山行”。小注：“天，集作山。”“浦，集作水。”四库本，同。

[04]《唐诗纪事》[O]，四部丛刊明刻本，卷 16 第 2 页。

[05]《全唐诗话》[O]，明正德二年（1507）刻本，卷上第 40-41 页。明嘉靖二十二年（1543）刻本、明崇祯津逮秘书本，同。

[06]《众妙集》[O]，四库本，第 2 页。题为《终南山行》。

[07]《增修诗话总龟》[O]，明月窗道人校刊本，卷 6 第 3 页。四库本《诗话总龟》，同。

[08]《唐音》[O]，明初（1368—1424）魏氏仁实堂刻本，卷 3 上第 4 页。四库本，同。

[09]《唐诗正音》[O]，明大字刻本（日本昌平坂学问所藏），卷 3 上第 3 页。

[10]《王右丞集》[O]，元刊须溪先生校本，卷 4 第 9 页

[11]《唐诗品汇》[O]，明嘉靖己亥年（1539）刻本，卷 61 第 3 页。明汪宗尼刻本、四库本，同。

[12]《唐诗正声》[O]，明嘉靖三年（1524）刻本，卷 6 第 8 页。

[13]《唐五十家诗集》[O]，明铜活字本，王维集卷 4 第 6 页。

续表

[14]《唐诗所》[O]，明万历三十四年（1606）版，卷 29 第 20 页。题为《望终南山》。小注："水，一作浦。"
[15]《唐诗归》[O]，明万历四十五年（1617）刻本影印，卷 9 第 8 页。
[16]《唐诗纪》[O]，明万历十三年（1585）刻本，盛唐卷 13 第 2 页。"水，一作浦。"
[17]《唐诗广选》[O]，明凌濛初朱墨套印本，卷 3 第 15 页。
[18]《唐诗镜》[O]，四库本，卷 10 第 15 页。
[19]《唐诗类苑》[O]，明万历二十九年（1601）年刻本，卷 29 第 10 页。
[20]《王右丞诗集》[O]，明万历庚寅年（1590）刻本（日本昌平坂学问所藏），卷 4 第 11 页。
[21]《类笺王右丞诗集》[O]，明嘉靖顾氏奇字斋刻本，卷 4 第 29 页。小注："山，一作天。""水，一作浦。"
[22]《唐音统签》[O]，清康熙丁卯年（1687）刻本，卷 99 第 4 页。
[23]《唐诗解》[O]，明万历年间刻本，卷 36 第 4 页。
[24]《石仓历代诗选》[O]，明崇祯年间刻本，唐卷 22 第 46 页。四库本，同。
[25]《王摩诘诗集》[O]，明末吴兴凌濛初朱墨套印本，卷 3 第 16 页。小注："山，一作天。""水，一作浦。"
[26]《唐诗评选》[O]，（日本）大阪：柳原书店昭和十二年（1937）版，第 75 页。
[27]《（言文对照）千家诗》[O]，上海：开明书店民国三十五年（1946）版，卷下第 19 页。// 余姚等释：《（白话注释）千家诗》，上海：大达图书供应社民国二十五年（1936）版，卷 2 第 12 页。
[28]《全唐诗录》[O]，四库本，卷 13 第 26 页
[29]《全唐诗》[O]，四库本，卷 126 第 15 页。小注："题下一有行字。一作终山行。""山，一作天。""接，一作到。""水，一作浦。"
[30]《网师园唐诗笺》[O]，清乾隆三十二年（1767）版，卷 7 第 12 页。
[31]《唐诗掞藻》[O]，清内府藏本（康熙三十二年刻本），卷 2 第 3 页。
[32]《唐贤三昧集》[O]，四库本，卷上第 15 页。
[33]《唐诗别裁》[O]，北京：中华书局 1975 年影印乾隆二十八年 (1763) 教忠堂重订本，第 138 页（卷 9 第 19 页）。
[34]《王右丞集笺注》[O]，上海中华书局据清乾隆刻本校刊，第 76 页。小注："乙，一作一。""山，文苑英华作天，误。到，一作接。""水，文苑英华作浦。""乐府诗集，采此诗后四句作一首，题曰陆州歌第一。"
[35]《唐诗三百首》[O]，上海：世界书局民国二十五年（1936）版，第 71 页。
[36]《唐诗解颐》[O]，（日本）东京：东叡王府宽政十二年（1800）版，卷 3 第 7 页。
[37]《围炉诗话》[O]，清嘉庆戊辰年（1808）刻本，卷 3 第 8 页。万库本，同。

详考王维的两大“丑闻”

说起唐诗，今人首先提到的肯定是“李杜”。一为“诗仙”，一为“诗圣”，双峰并峙，高耸入云。但这种尊崇都是二人身后的事情。在盛唐当世，声誉最隆者，非王维莫属。年少成名，状元及第，官至右丞，诗画琴绝。《新唐书》称王维：“名胜于开元天宝间，豪英贵人虚左以迎，宁薛诸王待若师友。”①《王昌龄集》还有“王维‘诗天子’，杜甫‘诗宰相’”之说。②然而，谢世之后的王维，却时常被人诟病，而非议均与两件“糗事”有关：一为“偷诗门”，一为“媚主门”。

一、偷诗门

所谓“偷诗门”，源自李肇（晚唐人，生卒年不详）的《国史补》。该书有一段题为“王维取嘉句”的文字，兹录如下——

王维好释氏，故字摩诘。立性高致，得宋之问辋川别业，山水胜绝，今清源寺是也。维有诗名，然好取人文章嘉句。“行到水穷处，坐看云起时”，《英华集》中诗也。“漠漠水田飞白鹭，阴阴夏木啭黄鹂”，李嘉祐诗也。③

“行到水穷处，坐看云起时。”此句见于《入山寄城中故人》（时本题为《终南别业》），这是王维的五律代表作之一。冯班（1602—1671）称此联“奇句惊人”，查慎行（1650—1727）则赞此句“有无穷景味”，沈德潜（1673—1769）所谓“一片化机”大抵亦就此句而言。

“漠漠水田飞白鹭，阴阴夏木啭黄鹂。”此句见于《积雨辋川庄作》，这是王维的七律代表作之一。赵殿成（1683—1756）在《王右丞集笺注》中说：“诸

① 〔宋〕欧阳修等撰：《新唐书》[O]，四库本，卷 202 第 21 页。下同。
② 〔宋〕叶廷珪辑：《海录碎事》[O]，四库本，卷 19 第 5 页。
③ 〔唐〕李肇撰：《国史补》[O]，四库本，卷上第 3 页。

家采选唐七言律者，必取一诗压卷。或推崔司勋之‘黄鹤楼’，或推沈詹事之‘独不见’，或推杜工部之‘玉树雕伤’‘昆明池水’‘老去悲秋’‘风急天高’等篇。吴江周篆之则谓，冠冕庄丽无如嘉州“早朝”，淡雅幽寂莫过右丞“积雨”。淡斋翁以二诗得廊庙山林之神髓，取以压卷，真足空古准今……”[①] 王维的《积雨辋川庄作》被推为“压卷七律”的候选之一，而这首诗中最出彩的句子就是“漠漠水田飞白鹭，阴阴夏木啭黄鹂”。

然而，李肇却说王维诗中的这两联是偷来的！如此骇人之闻，自然为人乐道。《太平广记》《事文类聚》《渔隐丛话》《诗话总龟》《类说》《记纂渊海》[②]《唐语林》[③]……似乎宋代所有的诗话、笔记、类书都转载了这段话，此后历代的诗话也时而提及此事。

转来转去，不断变异。比如题目，《国史补》的原题为“王维取嘉句”，在《类说》中变成了“王维窃人诗句”[④]，在《事文类聚》中变成了“能诗亦剽窃”[⑤]……这些题目显然比原题更“抢眼”、也更“刺眼”。正文也在变：《国史补》原文中的“取”字，在《事文类聚》《类说》等书中变成了“窃”；在《山堂肆考》中，两联诗句都被说成是李嘉祐的诗。[⑥] 令人瞪目的是，《国史补》原文中的“英华集”，《太平广记》中变成了“含英集”[⑦]，《古今诗话》中变成了“华英集”，甚至同一文献也有不同版本，比如清文渊阁四库写本（下文简称“四库本”）《诗话总龟》中为“英华集”，四部丛刊明刻本《增修诗话总龟》卷6中为“华英集”，而卷29又为“英华集”。

有人为王维圆场。叶梦得（1077—1148）《石林诗话》云：“诗下双字极难，须使七言五言之间，除去五字三字外，精神兴致全见于两言，方为工妙。唐人记‘水田飞白鹭，夏木啭黄鹂’为李嘉祐诗，王摩诘窃取之，非也。此两句好处，正好添‘漠漠’‘阴阴’四字，此乃摩诘为嘉祐点化，以自见其妙，如李

① 〔明〕赵殿成注：《王右丞集笺注》[O]，四库本，卷10第21页。引文中的“玉树”应为“玉露”之讹。
② 〔宋〕潘自牧撰：《记纂渊海》[O]，四库本，卷62第23页。
③ 〔宋〕王谠辑：《唐语林》[O]，四库本，卷2第45页。
④ 〔宋〕曾慥辑：《类说》[O]，明天启六年（1626）刻本，卷26第2页。
⑤ 〔宋〕祝穆撰：《古今事文类聚》[O]，四库本，别集卷6第7页。
⑥ 〔明〕彭大翼辑：《山堂肆考》[O]，四库本，卷127第31页。
⑦ 〔宋〕李昉等纂：《太平广记》[O]，四库本，卷198第3页。

光弼将郭子仪军，一号令之，精彩数倍。不然，嘉祐本句但是咏景耳，人皆可到……”[①] 李谆（宋人，生卒年不详）《李希声诗话》云：“唐人诗流传讹谬，有一诗为两人者，如‘漠漠水田飞白鹭，阴阴夏木啭黄鹂’，既曰王维，以曰李嘉祐。以全篇考之，摩诘诗也。”[②] 按照这些说法，李嘉祐的原诗是五言，而王维在前面添加四字如点石成金，所以总体上算是摩诘的诗，也就是说不能定性为剽窃。但添字之说与《国史补》不同，未知依据何来。即便如此，十四字中有十字取自别人，还是难逃“剽窃”之嫌。

有人替王维开脱。《古今诗话》曰：“王右丞好取人诗，如‘行到水穷处，坐看云起时’，此《华英集》中句也。‘漠漠水田飞白鹭，阴阴夏木啭黄鹂’，此李嘉祐句。僧惠崇有诗云：‘河分岗势断，春入烧痕青。’士大夫奇之，然皆唐人旧句。崇有师弟，学诗于崇，赠崇诗曰：‘河分岗势司空曙，春入烧痕刘长卿。不是师偷古人句，古人诗句似师兄。’大都诵古人诗多，积久或不记，则往往用为己有。如少陵诗云：‘峡束沧江起，岩排石树圆。’见苏子美颂诗，全用‘峡束沧江’‘岩排石树’作五言诗两句，子美岂窃人诗者？”[③]——好一个“不是师偷古人句，古人诗句似师兄。”简直叫人无地自容。

既有“窃贼”，必有“失主”。那么，被指“剽窃”的两联诗句到底出自何处呢？关于“行到水穷处，坐看云起时”，李肇称为“《英华集》中诗也”，却没具体说出自哪位诗人的哪首诗。唐代及以前的文献中，并没有名叫《英华集》的诗集。梁太子萧统等人编过一部《诗苑英华》（又名《古今诗苑英华》），初唐的慧净等人又编过一部《续诗苑英华》（又名《续古今诗苑英华》或《续古今诗苑英华集》），但这两部诗歌总集早已失传。其他所有诗集的他人诗作中，也都找不到这一联诗。关于“漠漠水田飞白鹭，阴阴夏木啭黄鹂”，李肇倒是给出了被盗的诗人，即李嘉祐。但遍查李嘉祐的诗集，找不到这两句诗。“水田飞白鹭，夏木啭黄鹂”，也是不见踪影。

《全唐诗》在李嘉祐集中收录了“水田飞白鹭，夏木啭黄鹂”，但在诗句

① 〔宋〕叶梦得撰：《石林诗话》[O]，四库本，第 11 页。

② 〔宋〕李谆编撰：《李希声诗话》//（宋）胡仔辑：《渔隐丛话》[O]，宋刻本，前集卷 15 第 2 页。

③ 〔宋〕不著撰者：《古今诗话》//（宋）阮阅辑：《增修诗话总龟》[O]，四部丛刊明刻本，卷 6 第 1 页。

后注曰："李肇称嘉祐有此句，王右丞取以为七言，今集中无之。"[①] 编纂者如此说，应该经过考证。南宋大型类书《锦绣万花谷》摘有"漠漠水田飞白鹭，阴阴夏木啭黄鹂"，句下署名"李嘉祐"[②]，依据的应该也是《国史补》。

曾季狸（南宋人，生卒年不详）《艇斋诗话》曰："前人诗言立鹭者凡三：欧公'稻田水浸立白鹭'，东坡'颍水清浅可立鹭'，吕东莱'稻水立白鹭'，皆本于李嘉祐'漠漠水田飞白鹭'。"[③] 照此说来，李嘉祐简直就是描述"立鹭"的宗师了。然而，董金鉴（晚清人，生卒年不详）在《艇斋诗话续校》中说："书录解题《李嘉祐集》十卷……李肇称其'水田飞白鹭，夏木啭黄鹂'之句，王维取之，以为七言，今此集无之。案：'漠漠水田飞白鹭'，今见《王右丞集》《积雨辋川庄》诗，此以为李嘉祐作，盖因李肇之言，而误记也。"[④] 董金鉴显然不认同剽窃之说。

《诗话总龟》有一段没有注明出处的笔记，在引用《国史补》那段话之后评论说"余以为有摩诘之才则□□然是剽窃之雄耳。"这句话比较费解，也存在异文。那两个"□"，四部丛刊明刻本为"不可"[⑤]，四库本为"可不"[⑥]。"不可然"的意思是"不能这样"，"可不然"的意思是"不必这样"。细玩上文，应为"可不"。

史料表明，李嘉祐应为王维的"晚辈"。王维卒于761年，生年有692和701两种说法[⑦]。李嘉祐的生卒年均无记载。闻一多《唐诗大系》将他的生卒年标注为719年至781年[⑧]。果如此，李嘉祐比王维小20岁左右。但《极玄集》在李嘉祐名下称其"天宝七载进士"[⑨]，《唐才子传》也说李嘉祐是"天宝七年杨誉榜进士"[⑩]，《登科记考》也采信此说。天宝七载是公元748年，而王维早在开元九年（721）就已进士及第，《积雨辋川庄》则写于天宝元年（742）

① 〔清〕彭定求等纂：《全唐诗》[O]，四库本，卷207第12页。
② 〔宋〕不著撰者：《锦绣万花谷》[O]，宋刻本，前集卷3第13页。四库本，同。
③ 〔宋〕曾季狸：《艇斋诗话》[O]，清光绪戊子年（1888）刻本，第9页。
④ 〔清〕董金鉴辑：《艇斋诗话续校》[O]，清光绪戊子年（1888）刻本，第3页。
⑤ 〔宋〕阮阅：《增修诗话总龟》[O]，四部丛刊明刻本，卷29第6页。
⑥ 〔宋〕阮阅辑：《诗话总龟》[O]，四库本，卷29第8页。
⑦ 编纂中心：《王维诗鉴赏辞典》[M]，上海：上海辞书出版社2016年版，前言。
⑧ 朱自清辑：《闻一多全集》[O]，上海：开明书局民国三十七年（1948）版，第273页。
⑨ 〔唐〕姚合辑：《极玄集》[O]，四库本，卷下第2页。
⑩ 〔元〕辛文房撰：《唐才子传》[O]，日本天瀑山人刻本，卷3第4页。

前后。也就是说，王维创作《积雨辋川庄》的时候，李嘉祐才23岁左右，6年后才登第。这个时候李嘉祐即便有诗作，也难以为人所知，更难进入王维的视野。

胡应麟（1551—1602）在《诗薮》中说："世谓摩诘好用他人诗，如'漠漠水田飞白鹭'乃李嘉祐语，此极可笑。摩诘盛唐，嘉祐中唐，安得前人预偷来者？此正嘉祐用摩诘诗。宋人习见摩诘，偶读嘉祐集，得此便为奇货，讹谬相承，亡复辩订。千秋之下，赖予雪冤，摩诘有灵，定当吐气。"①胡应麟的"摩诘盛唐，嘉祐中唐"可谓切中要害，不过反过来说"嘉祐用摩诘诗"也不准确，因为李嘉祐根本就没有包含这一联两句的诗作。王摩诘没有窃李嘉祐，李嘉祐也没有窃王摩诘。

吴景旭（1611—1697）也在《历代诗话》中称："嘉祐，字从一，上元中刺台州，大历间刺袁州，则知与摩诘相悬矣……据此，岂出好事者造言耶？故王勉夫谓：'以前人诗语而以已意损益之，在当时自有此体。'葛常之谓：'嘉诗，摩诘衍之为七言，而兴益远。'叶石林谓：'好处在添漠漠、阴阴四字'，此乃摩诘为嘉祐点化，以自见其妙。不然，嘉祐本句但是咏景耳。三子之言，余犹鄙其失考，乃李肇以为好取人章句，王直方以为是剽窃之雄，不几为摩诘诟厉哉。"②吴之"失考"二字，可谓一语中的！

翁方纲（1733—1818）《石洲诗话》曰："昔人称李嘉祐诗'水田飞白鹭，夏木啭黄鹂'，右丞加'漠漠''阴阴'字，精彩数倍。此说阮亭先生以为梦呓。盖李嘉祐中唐时人，右丞何由预知，而加以'漠漠''阴阴'耶？此大可笑者也。"③

其实，就诗之风格论，"行到水穷处，坐看云起时"也应该属于王维，而非他人。东坡曰："味摩诘之诗，诗中有画；观摩诘之画，画中有诗。"《宣和画谱》也说："'行到水穷处，坐看云起时'及'白云回望合，青霭入看无'之类，以其句法，皆所画也。"此外，"大漠孤烟直，长河落日圆"，"渡头作落日，墟里上孤烟"，"江流天地外，山色有无中"，这些诗句都是"诗中有画"的典型范例。李嘉祐虽然也喜欢营造意境，比如"心闲鸥鸟时相近，事简鱼竿私自亲"（《晚登江楼有怀》句），"纷纷花落门空闭，寂寂莺啼日更迟"（《起

① 〔明〕胡应麟撰：《诗薮》[M]，北京：中华书局1958年版，第100页。
② 〔清〕吴景旭撰：《历代诗话》[O]，四库本，卷47第4—5页。
③ 〔清〕翁方纲撰：《石洲诗话》[O]，清乾隆三十三年（1768）刻本，卷1第5页。

南巴留别褚七少府》句)，这些诗句也清新脱俗，但没有摩诘诗句中的那种“空灵”和“淡远”。可以说，“行到水穷处，坐看云起时”出现在王维的诗中如清流入溪、了无痕迹，但放在李嘉祐等其他人的诗中却似凤入鸡群、终为异类。

从情理方面说，剽窃论也荒诞得令人难以置信。《唐才子传》称王维“九岁知属辞”，十九岁就中了状元，中年退隐南山，才艺已臻化境，信手拈来，即成嘉句，何必去偷别人的句子？《古今诗话》诘称“子美岂窍人诗者”，认为苏子美（1008—1048）不会剽窃，而王维更没有这个必要。剽窃对于文人意味着什么，王维应该比谁都清楚。假使《英华集》或李嘉祐诗中真有那两联诗，王维能够看到，别人也能看到，对处于聚光灯下的王维来说，剽窃被发现的可能性更大，他的剽窃行为也不可能到100多年后才被李肇发现。

退一万步讲，王维果真伸了“第三只手”，也不可能毁灭所有的证据。要知道，萧统和李嘉祐的名气都不小，《英华集》和李嘉祐诗作都曾大行于世。李肇著《国史补》之时，王维已经去世100多年，也不可能有人替王维“销赃”，而且谁也做不到。如果有人能做到，何不直接灭了《国史补》？乾隆皇帝一边组织编纂《四库全书》，一边下令查抄销毁各种书籍，但很多“禁书”还是流传了下来。“行到水穷处，坐看云起时”，“漠漠水田飞白鹭，阴阴夏木啭黄鹂”，都是令人过目难忘的句子，被众多诗集“遗珠”的可能性很小。在流传至今的十种唐人选编的唐诗集中，《御览诗》《中兴间气集》《极玄集》《又玄集》《才调集》都选有李嘉祐的作品，其中韦庄（836—910）《又玄集》和韦縠（唐末五代人，生卒年不详）《才调集》的成书时间还晚于《国史补》（李肇813年在世）。即便被忽略，在李肇“揭发”之后，也会有人去查证，那两联诗句也会受到特别的关照，绝不至于消失得无影无踪。

综上所述，所谓“偷诗门”，应是“泼污门”。

二、媚主门

所谓“媚主门”，出于薛用弱的《集异记》，抑或郑还古的《郁轮袍传》。《集异记·王维》和《郁轮袍传》全篇都是关于王维的故事，两处的文字几乎一字不差。《集异记》流传的版本很多，里面都收有《王维》，所以一般都认为这是王维“媚主门”的源头。但在虫天子（清人，生卒年不详）辑编的《香艳丛书》

中，《郁轮袍传》的作者却是郑还古[①]。薛用弱和郑还古的生卒年均不详，但有史料记载，薛用弱于穆宗长庆中（823）任光州刺史，郑还古在元和年间（806—820）登进士第。也就是说，二人同处一个时代，今已难辨孰先孰后。有意思的是，郑还古还著有《博异记》，此书与薛用弱的《集异记》简直就像是孪生兄弟，这可能也是后人不分彼此、混淆著述的原因之一。

两部文献关于王维的那段记述比较长。为了便于判断，亦求原汁原味，兹照录如下——

王维右丞，年未弱冠，文章得名。性闲音律，妙能琵琶，游历诸贵之间，尤为岐王之所眷重。时进士张九皋，声称籍甚。客有出入于公主之门者，为其致公主邑司牒京兆试官，令以九皋为解头。维方将应举具其事言于岐王，仍求庇借。岐王曰："贵主之强，不可力争。吾为子画焉。子之旧诗清越者，可录十篇；琵琶之新声怨切者，可度一曲。后五日当诣此。"维即依命，如期而至。岐王谓曰："子以文士，请谒贵主，何门可见哉？子能如吾之教乎？"维曰："谨奉命。"岐王则出锦绣衣服，鲜华奇异，遣维衣之；仍令赍琵琶，同至公主之第。岐王入曰："承贵主出内，故携酒乐奉宴。"即令张筵。诸伶旅进。维妙年洁白，风姿都美，立于前行。公主顾之，谓岐王曰："斯何人哉？"答曰："知音者也。"即令独奏新曲，声调哀切，满座动容。公主自询曰："此曲何名？"维起曰："号《郁轮袍》。"公主大奇之。岐王曰："此生非止音律，至于词学，无出其右。"公主尤异之，则曰："子有所为文乎？"维即出献怀中诗卷。公主览读，惊骇曰："皆我素所诵习者。常谓古人佳作，乃子之为乎？"因令更衣，升之客右。维风流蕴藉，语言谐戏，大为诸贵之所钦瞩。岐王因曰："若使京兆今年得此生为解头，诚为国华矣。"公主乃曰："何不遣其应举？"岐王曰："此生不得首荐，义不就试，然已承贵主论托张九皋矣。"公主笑曰："何预儿事，本为他人所托。"顾谓维曰："子诚取解，当为子力。"维起谦谢。公主则召试官至第，遣宫婢传教。维遂作解头，而一举登第。[②]

这段文字详细地描述了王维如何利用精通音律之便接近爱乐好诗的公主并被内定为解头的故事。绘声绘色，活灵活现。世人津津乐道，著作竞相转载。

---

① 〔清〕虫天子辑：《香艳丛书》[M]，北京：人民文学出版社 1992 年版，第 2443 页。
② 〔唐〕薛用弱撰：《集异记》//《古今逸史（55）》[O]，景明刻本，第 9 页。

除《唐诗纪事》《全唐诗话》《太平广记》《唐才子传》《事类备要》《海录碎事》《绀珠集》《类说》等诗文类著作外，专门收罗奇闻艳事的《艳异编》《香艳丛书》等也都转载了此篇，“郁轮袍”被镶上了“花边儿”。转来传去，不断变味儿。比如《尧山堂外纪》称“岐王使为伶人，引至公主第，独奏新曲，号《郁轮袍》，因献怀中诗……”王维都被“使为伶人”了！

宋代的文人们把《郁轮袍》作为经典的琵琶曲进行吟咏，比如苏轼《宋叔达家听琵琶》曰：“数弦已品龙香拨，半面犹遮凤尾槽。新曲翻从玉连锁，旧声终爱郁轮袍。”陆游《琵琶》曰：“西蜀琵琶逻逤槽，梨园旧谱郁轮袍。”但有人却对此进行了严厉的批判，比如戴埴（1238年进士）《鼠璞》在一则题为《唐进士无耻》的笔记中，将“王维以郁轮袍求庇举夺第”与“裴思谦从仇士良求状头”相提并论：“此二事无廉耻甚矣，虽得一名，何足为重？纪载以为盛事，何耶？！”①

戏剧家则对“郁轮袍”大加演绎，仅明代就有好几出，比如秋阁居士的《夺解记》，王衡的《郁轮袍》、张楚叔的《郁轮袍》、王元寿的《郁轮袍》等等，凌濛初的《拍案惊奇》也拿“郁轮袍”说事儿。清代的戏剧家继续添油加醋，演绎此事。蒋士铨《临川梦》的主人公汤显祖说：“公相自宝其权，匹夫独守其志。我汤显祖即使终身穷困而死，断断不羡那《郁轮袍》之富贵也！”②

小说家们自然也不会放过这样的题材。夏敬渠（1705—1787）《野叟曝言》有诗云：“摩诘郁轮袍，韩偓香奁诗。宛转娇娆口，狼藉同优俳。柳州附叔文，八关争妍媸。眉山媚释氏，二程分渑淄。文人类无检，谁作中流砥？”③在“文人类无检”中，“摩诘郁轮袍”竟然被排在第一！

说什么“年未弱冠”就“状元及第”，原来是精心策划、幕后操作的结果！为了摘取状元桂冠，王维不仅攀附权贵，甚至以色艺媚公主。当年参加应试的士子们若是知道这个“黑幕”，岂不是要沸反盈天？可是，此事属实吗？

除了薛用弱的《集异记》和郑还古的《郁轮袍传》，唐代的其他文献都没有关于此事的记载。而唐之后，关于唐的正史也都没有提及“郁轮轮”。“维开元九年进士擢第。”《旧唐书》中与应举有关的内容只此一句。“开元初，擢进士，

---

①〔宋〕戴埴撰：《鼠璞》[O]，四库本，卷下第8页。
②〔清〕蒋士铨撰：《临川梦》[O]，清光绪二十年（1894）刻本，卷上第5页。
③〔清〕夏敬渠著：《野叟曝言》[O]，清光绪辛巳年（1881）刻本，（第37回）卷6第7页。

调太乐丞。”这是《新唐书》中与应举有关的文字。《唐才子传·王维》载：“岐王重之。维将应举，岐王谓曰：‘子诗清越者，可录数篇，琵琶新声，能度一曲，同诣九公主第。’维如其言。是日，诸伶拥维独奏，主问何名，曰：‘《郁轮袍》。’因出诗卷。主曰：‘皆我习讽，谓是古作，乃子之佳制乎？’延于上座曰：‘京兆得此生为解头，荣哉！’力荐之。开元十九年状元及第。”这段文字显然是出自薛用弱的《集异记》或郑还古的《郁轮袍传》。不过，《唐才子传》多有道听途说，并不算是严肃的正史。

赵翼（1727—1814）《陔余丛考》有一则题为《<新唐书>多回护》的笔记，其文曰：“《新书》于名臣完节者虽有小疵，而于本传多削之，盖亦为贤者讳之意。如褚遂良恶刘洎，遂诬之至死，是遂良生平第一罪过，乃本传中绝不及……此皆欲以完节予其人，不忍累以白璧之玷，固用心之忠厚，亦作史之通例也。其于文士尤多所回护。如《王维传》不载其入侍太平公主，弹《郁轮袍》求及第之事……”①赵翼的意思好像是，《旧唐书》记载了王维“郁轮袍”之事，而《新唐书》把这些内容删除了，所以称之“回护”。但如上文所引，事实并非如此。可以看出，赵翼对《郁轮袍》之事深信不疑。

但也有人不相信。仰慕摩诘的胡应麟对此也提出了质疑。《集异记》中还有一篇题为《王涣之》的小说，讲的是“旗亭画壁”的故事（参见本书第215页《王之涣〈凉州词〉通考通辨》）。胡应麟对此进行了考证，认为“画壁”之事子虚乌有（参见本书第255页《“旗亭画壁”只是“小说家言”》）。在证伪之后，他紧接着写道：“举此一端，即他悉诬妄可见。往尝读薛记《郁轮袍》，窃谓右丞不至是。天幸得此逗漏，为千载词场雪冤，不觉浮三大白自快，恨不呼右丞庆之。”②他的意思是，既然“旗亭画壁”是假的，那么所谓“郁轮袍”亦为诬妄。胡应麟显然是王维的拥趸，他一直认为王维“不至是”。在自以为“千载词场雪冤”后，胡应麟非常高兴，痛饮了三大杯酒，恨不得把王维也请来，共同庆祝。但客观地说，这样的类推，说服力不强。

杭世骏（1695—1773）在为赵殿成《王右丞诗注》所写的序言中说：“小说《郁轮袍》一事，以时世考之，右丞开元九年登第，尔时姚崇秉国，明皇方急于图

① 〔清〕赵翼撰：《陔余丛考》[O]，清乾隆五十五年（1790）刻本，卷11第9页。
② 〔明〕胡应麟著：《少室山房笔丛》[M]，北京：中华书局1958年版，第554页。

治，亲策试应制举人于含元殿，务收贤俊，用宁军国。太平安乐之覆辙殷鉴不远，肯以状头付之婴儿子之予夺乎？迨其后别墅流连，焚香禅诵，萧疏高远，不干荣进，而谓早岁躁于进取，肯自厕于优伶之伍乎？右丞一代雅人，而受诬者几千载，惟予与松谷有独知之契。”[①]杭世骏呼应赵殿成（号松谷）的这一考论，说服力强于胡应麟之说，但分析多于事实，证据依然不足。

《郁轮袍》故事中，公主原本把状元许给了张九龄（673—740）的弟弟张九皋，但被王维取而代之。很多文献显示，19岁的王维在开元九年（开元十九年之说应为讹误）状元及第，那么张九皋是如何登科的呢？《全唐文》中有篇《长史张公神道碑》，实为张九皋的墓志铭。文中说：“弱冠孝廉登科……天宝十四载四月二十日疾亟，薨于西京常乐里之私第，春秋六十有六。”[②]另据《六艺之一录》载：“唐张九皋碑，《集古录》云：萧昕撰，史仲方书，长庆三年立。”[③]长庆三年（823），距离张九皋去世的天宝十四年（755）只有67年。《长史张公神道碑》中张九皋的忌日甚至精确到了“日”，应该是非常可信的。根据碑文推算，张九皋生于690年，大约于708年就以孝廉登科了。既然如此，他怎么可能又在开元九年（721）应举呢？

另据《王维年谱》载，开元二十二年（734）五月，张九皋的哥哥张九龄始任中书令（即“宰相”），王维为张九龄献上了一首题为《上张令公》的诗，以求汲引。当年（也有说是第二年），张九龄就拔擢王维为右拾遗[④]。试想：如果王维挖过张九皋的“墙角”，他还好意思去找其兄要官吗？纵使他的脸皮厚得像城墙，张九龄会待见并拔擢他吗？纵观王维一生的行状，他绝不至于如此厚颜。如果王维真的毫无廉耻，张九龄也不至于那么欣赏他。

此外，还可以从多种维度对《郁轮袍》的真伪进行分析判断。

第一，原始记载是什么性质？《集异记》是一部志怪传奇小说集。《顾氏文房小说》是现存最早收录《集异记》的著作，还有很多小说选集收录了这一文献。《香艳小说》自不待言，郑还古的《博异记》也是“所记皆神怪之事”。

---

① 〔清〕杭世骏撰：《道古堂文集》[O]，清刻本，卷8第16页。
② 〔清〕董诰等纂：《全唐文》[O]，四库本，卷355第6页。
③ 〔清〕倪涛撰：《六艺之一录》[O]，四库本，卷105第26页。
④ 〔明〕赵殿成注：《王右丞集笺注》[M]，上海中华书局1961年据清乾隆刻本校刊，卷末第232页。

既为小说，当属虚构。汪辟疆（1887—1967）校录的《唐人小说》在《集异记·王维》文后按曰：“薛氏此文，或即摭拾传闻，不定根于事实。虽旧书本传亦有‘昆仲宦遊两都，凡诸王附马豪右贵势之门，无不拂席迎之，宁王薛王待如师友’之语，亦不得指为干进之证。此又诵习本文者，所宜辨也。”①

第二，王维是个什么样的人？首先，他是个才子。17岁就写出了《九月九日忆山东兄弟》，可谓奇才天纵。才高如斯，完全可以靠实力光明正大地摘取状元，没有必要“走后门”。其次，他是个孝子。《旧唐书》称：“事母崔氏以孝闻。”《新唐书》载：“母丧，毁几不生。”母亲去世，悲痛欲绝，差点儿伤心死了。再者，他是个素子。“笃志奉佛，蔬食素衣。丧妻不再娶，孤居三十年。”清心寡欲，澹泊名利，应该不会为了功名而蝇营狗苟。同时，他也是个有节操的人。“贼陷两京，驾出幸，维扈从不及，为所擒，服药称喑病。”为安禄山所擒，他装病佯狂，只差没有以身殉主。或以为此是瑕疵，那是以圣人的标准来衡量。王维不是圣人，但是一个有操守的人。

“母丧，毁几不生。”体现的是“百善孝为先”。30岁丧妻就不再娶，体现的是“万恶淫为首”。百般拒绝安禄山，甚至写诗讽刺他，体现是一个“忠”字。而忠、孝等都是中国传统价值观中的核心部分，而王维在这些方面都表现出了很高的标准。而在传统价值体系中，优伶属于“下九流”。读《四书五经》等圣贤书长大的人应该知道，以技娱人、以色媚人都是令人不齿的，这比“不得首荐”丢人得多，才华横溢、年轻气盛的王维怎么可能摧眉折腰、自甘堕落呢？

葛立方（？—1164）在《韵语阳秋》中说：“王维因鼓《郁轮袍》登第，而集中无琵琶诗。画思入神，山水平远，云势石色，绘者以为天机所到，而集中无画诗，岂非艺成而下不欲言耶？抑以乐而娱贵主，以画而奉崔圆，而不欲言耶？”葛氏显然相信《郁轮袍》之说，但他却发现王维的诗集中没有关于琵琶的诗，同时也没有关于画的诗。这让葛立方非常纳闷，并分析出了两种可能，即隐讳自己的不光彩之事。在笔者看来，这很容易理解。诚如东坡所言：“味摩诘之诗，诗中有画；观摩诘之画，画中有诗。”王维的很多诗，比如“行到水穷处，坐看云起时”，就是无形之画。既然画已溶入诗中，也就不用专门写画。至于“集中无琵琶诗”，或许原因很简单，那就是“因鼓《郁轮袍》登第”纯

① 汪辟疆校录：《唐人小说》[M]，上海：古典文学出版社1955年版，第251页。

属虚构！葛立方已经先入为主地相信了“王维因鼓《郁轮袍》登第”，自然理解不了，只能牵强附会。“（朱叔重）尝曰：‘王右丞水田白鹭、夏木黄鹂之诗即画也。’李思训数年，吴道元一日。其工夫学力所到者，画即诗也，庸有二乎？”[①] 赵琦美（1563—1624）《铁网珊瑚》中的这段话，也可以用来回答葛立方。“庸有二乎”的意思应该是“岂能区分”——诗画融为一体，无法一分为二。此为点睛之笔，但赵殿成在《王右丞集笺注》中引用的这段话居然没有这四个字，即以“画即诗也”结束，实为遗珠[②]。或许，他没有读懂“庸有二乎”。

三、何生诬？

“公主纵然隔面亲，王摩诘难做无赃贼。”明剧《郁轮袍》中的这句台词倒是言之有理。捉奸成双，擒贼有赃。然而，所谓“色媚”，除了一段“小说家言”，没有任何可据之证。而所谓“剽窃”更是荒唐——说人偷了东西，却找不到失主，或者失主家里没有这样东西！

山水田园诗派，王维可称宗师。除了陶氏渊明，无人能出其右。“行到水穷处，坐看云起时。”“漠漠水田飞白鹭，阴阴夏木啭黄鹂。”这样的诗句，非常符合王维的诗风。李肇却无凭无据地称为“取人嘉句”，他为什么要这样做呢？

马端临（1254—1323）《文献通考》关于《王右丞集》的考证称：“李肇记维‘漠漠水田飞白鹭，阴阴夏木啭黄鹂’，以为窃李嘉祐者，今嘉祐集无之，岂肇厚诬乎？”[③] 吴景旭也在《历代诗话》中说，“胡苕溪云，古之诗人如摩诘窃嘉祐‘水田飞白鹭，夏木啭黄鹂’，僧惠崇为其徒所嘲云‘河分冈势司空曙，春入烧痕刘长卿’‘不是师兄多犯古，古人诗句犯师兄’，皆可轩渠一笑。盖摩诘与惠崇并称，而又厚诬之，不其慁与？”马端临和吴景旭都怀疑这是“厚诬”。

那么，为什么要诬陷王维呢？可能与其曾委身于安禄山有关。王维虽然未与安禄山“合作”，但也没有拼死“反抗”，既然做了“伪官”，就可视为“从逆”。对此，明末清初反清人士归庄、顾炎武等人都曾对王维有过措词严厉的批评。

① 〔明〕赵琦美撰：《铁网珊瑚》[O]，四库本，卷 7 第 40 页。
② 〔明〕赵殿成注：《王右丞集笺注》[M]，上海中华书局 1961 年据清乾隆刻本校刊，第 215 页。
③ 〔元〕马端临撰：《文献通考》[O]，四库本，卷 231 第 12 页。

杭世骏在《王右丞诗注序》中辩曰："右丞闺门友悌，见推多士，扈从不及，受禄山伪署，世遂以为白圭之玷迹。其服药取痢，称瘖求免，旧史已力为湔雪。而凝碧一诗，秋槐野烟，伤心掩泣，是即惓惓不忘君父之左证，固不可与张均、张垍、达奚珣诸人比论矣。"设身处地，平心而论，此说较为公允。

继之杭世骏，章学诚（1738—1801）《校雠通义·王右丞集书后》曰："摩诘萧远清谧，淡然尘外，诗文绚烂，归入平淡，似不食人间烟火味者。《郁轮袍》取解之辱，杭大宗已辨其诬。陷身于贼，服药取痢佯喑，赋《凝碧池》诗，前人谓其心未忘君，不能引决为遗憾耳。历观前世清静自好之士，能轻富贵、寡嗜欲，而往往顾惜身命，临难不能引决，依违濡忍卒，遗后世讥议。"① 所谓"引决"，就是"殉节"。有些人觉得，王维应该以死明志，杀身成仁——其实，那些批评他的人，真若陷于贼手，多半也做不到——古往今来，圣人凡几？

除了故意泼污，还有一种可能。李嘉祐有一首题为《白鹭》的诗："江南渌水多，顾影逗轻波。落日秦云里，山高奈若何？"另一首《送朱中舍游江东》中也有"青枫独映摇前浦，白鹭闲飞过远村"之句。这两首诗可能给李肇留下了较为深刻的印象，看到王维诗后想起了李嘉祐的"白鹭"，因此产生误会，未作查证，就信手作了笔记。至于"行到水穷处，坐看云起时。"或许是看的诗太多，记忆发生了错乱。这就是说，也可能是一种无心之失。

至于《郁轮袍》，原本就是小说。小说者，杜撰之文也。捕风捉影，演绎虚构，语不惊人死不休，小说家们原本如此。为了夺人眼球，引人入胜，以历史为背景，以真人为引子，真真假假，虚虚实实，所谓历史小说，路数大抵如此。怎么写由我，如何读由你。薛用弱或郑怀古可能就是这么想的，对小说家来说，这也是正常的。不幸的是，很多人把小说当历史，众口铄金，越传越真。可怜王摩诘，无端被泼污，实在令人唏嘘。

四、结束语

现代法治社会，民事诉讼有一条基本原则叫"谁主张，谁举证。"意思是如果有人起诉别人侵害了他的民事权利，那么原告必须拿出证据证明自己的指

① 〔清〕章学诚撰：《校雠通义》[M]，上海：上海古籍出版社 1956 年版，第 65 页。

控，而不能让被告证明自己无辜。古之中国虽然没有这样的明文规定，但法理是相通的——古代官员断案，也都讲求证据。鲁迅笔下的孔乙己面对“偷书”的指控曾睁大眼睛说，“你怎么这样凭空污人清白……”在有人当场对质“我前天亲眼见你偷了何家的书，吊着打”之后，孔乙己才涨红了脸，说出了“窃书不能算偷”的名言。

“偷诗”比“偷书”严重多了。但1000多年过去了，也无人找到王维剽窃或媚主的证据——是不是应该为王维恢复名誉呢？

最后，笔者想说的是：在1000多年后，我们还要考辨此事，并不只是为了王维的毁誉，甚至主要的价值不在于此。如果我们在考证之前已经有了预设的立场，那就已经错了。在笔者看来，如何看待王维的两大“丑闻”，包括关于其他历史人物的是非，体现出的是我们每个人的价值观及判断力。

杜甫《望岳》“凌绝顶”应为“临绝顶”

岱宗夫如何，齐鲁青未了。
造化钟神秀，阴阳割昏晓。
荡胸生曾云，决眦入飞鸟。
会当临绝顶，一览众山小。

杜甫（712—770）有 3 首诗题为《望岳》，吟咏的对象分别为东岳泰山、西岳华山和南岳衡山。上引这一首五言古诗是写泰山的，也是流传最广的。主流观点认为，此诗写于开元二十四年（736），或开元二十八年（740），抑或这几年间。当时杜甫正在兖州省亲，或游历于齐赵之间。虽然可能刚刚经历了一次落第，但年轻的少陵对未来仍然充满了美好的憧憬，朝气蓬勃，昂扬向上，踌躇满志，豪气干云。

对于此诗，今人视为绝唱，取为杜诗压卷。但在古时，却是有赞有弹，意见颇为相左。争议主要集中在起句和结句上。关于“岱宗夫如何，齐鲁青未了”，高棅（1350—1423）认为，“起句之超然者也。”锺惺（1574—1624）也认为，“（夫如何）三字得‘望’字之神。”但汪师韩（1707—？）却认为，“起轻佻失体。”关于“会当临绝顶，一览众山小”，锺惺认为，“定用望岳语景作结，便弱便浅。此诗妙在起，后六句不称。”王嗣奭（1566—1648）却针锋相对地说：“伯敬乃谓‘此诗妙在起，后六句不称。’犹然俗人之见也，又谓‘定用望岳语作结，便弱便浅。’请问将用何语作结耶？”①

以“杜甫望岳”为关键词在中国知网搜索，关于本诗的论文达 100 多篇，但均为赏析和教法之类，竟没有一篇与考证有关，仿佛此诗一字未曾有易。其实，

① 〔明〕王嗣奭撰：《杜臆》[M]，北京：中华书局 1963 年版，第 2—3 页。“伯敬”是锺惺的字。

这首诗也有不少异文，比如“岱宗”有作“岱岳”、“夫如何”有作“天如何”“大如何”“夫何如”、“曾云”有作“层云”，“飞鸟”有作“归鸟”，“临绝顶”有作“凌绝顶”，等等。其中，比较重要的当属“临”与“凌”、“飞”与“归”。

本次考证，共检索到录有完整《望岳》的33种文献、54种版本。其中，宋代的文献12种，元代的文献1种，明代的文献9种，清代的文献11种；宋代的版本4个（包括一个景宋本），元代的版本5个，明代的版本19个，清代的版本26个。

一、“岱宗”之疑

本诗起首的“岱宗”二字，今人径直释为“泰山”，但在古籍中相关的注释却有些杂乱。

望嶽
岱宗夫如何夫如字語辭也按諸本皆作夫獨師古本作天謂岱宗天猶云楚天之類也岱宗岱山也今屬
兗州升中告岱于此是山爲五嶽之長也齊魯青未了泰山東跨齊魯二國之境眺望其山之青巳窮齊魯
而其山猶未窮故云青未了也造化鍾神秀造化謂天地也鍾聚也言天地鍾聚也秀之氣于此山也晉孫
綽天台賦序天台者山岳之神秀也陰陽割昏曉陰陽謂日月也割者分也言泰山之高大日月出沒相隱
避迭爲昏曉也盪胷生曾雲盪他浪切滌也曾通作層積也言山之高雲勢積疊而起須臾遍太虛而爲雨以其
有功于民故祀之雲生于山人登山故雲氣盪其胷公羊傳觸石而出膚寸而合不崇朝而徧天下者泰山之雲也張衡南都賦消水盪
其胷公亦借用之決眥入歸鳥眥前智切目睚也言山之高觀望之遠目眥決裂入于飛鳥之歸處司馬相如
子虛賦弓不虛發中必決裂公亦借用之也會當臨絕頂一覽衆山小登臨山之絕頂
俯視衆山其培塿歟衆山知尊乎泰岳衆流知宗乎滄海當安史之亂僭稱尊號天子蒙塵其朝宗之義爲如何甫望岳之作未章之意
固知安史之徒乃培塿之細者又何足以上抗巖巖之大者哉孟子盡心上篇孔子登泰山而小天下揚子學行篇升東嶽而知衆山之
邐迤

《杜工部草堂诗笺》宋刻本

《杜工部草堂诗笺》：“岱宗，岱山也，今属兖州。升中告岱于此。是山为五岳之长也。”《集千家注分类杜工部诗》：“岱宗，泰山，为四岳所宗。《风俗通》云：泰山，山之尊者。一曰岱宗，岱，始也，宗长也。郑曰：升中告代于此，是山为五岳之长，故曰岱宗。”《内简尺牍》：“岱宗者，代也，东方万物之始交代之处。”《唐诗解》：“岱者，代也。其方处万物之始，故称岱焉。其位居五岳之伯，故称宗焉。” 《杜诗详注》：“王者升中告代必于此出，又是山为五岳之长，故曰岱宗。”

所谓“宗”，意为“尊”、“长”、“伯”，比较容易理解；而所谓“岱”，既曰“始”，又曰“代”，或合而称之，理解颇为不易。这些注释可能出自《尔雅注疏》。在这部文献中，邢昺（932—1010）就五岳疏曰：“《周礼·大宗伯》云：以血祭祭社稷，五祀五岳，故此释之也。《白虎通》云：岳者何谓？岳之为言捔，捔功德也。东方为岱者，言万物更相代于东方也。南方为霍，霍之为言护也，言大阳用事护养万物也。西方为华，华之为言获也，言万物成熟可得获也。北方为恒，恒者，常也，万物伏藏于北方有常也。中央为嵩高，言其高大也。”①

《说文》：“岱，太山也。从山，代声。”②从宋元刊本开始，流传至今各种版本的《说文》，文本都是这样。此所谓“太山”，就是“泰山”吗？《分门集注杜工部诗》四部丛刊景宋本在引用《孟子》名句“孔子登东山而小鲁，登太山而小天下”时径直把“泰山”换成了“太山”③。《正字通》释“岱”曰：“东岳，古但称太山。太代音同，故借代加山。”④但段玉裁（1735—1815）认为，“太山”为“大山”之讹。他在《说文解字注》中说：“岱，大山也。‘大’作‘太’者，俗改也。域中最大之山，故曰‘大山’。作‘太’作‘泰’，皆俗释。”⑤依照段氏之说，某一区域内最大的山均可称为“岱”，而非泰山的独称。但“岱宗”，即“大山之宗”，可以理解为泰山。

“大”与“太”，一点之差。古籍版本中，两个字经常混淆。比如《锦绣万花谷》之“大白”词条：“《文选》‘飞觞举白’，盖酒杯也。杨大年诗‘愁里酒杯浮大白，梦回香冢上孤青。’又坡：‘当须举白便浮君’。”此中的两个“大白”在《锦绣万花谷》宋刻本中均讹为“太白”，在明嘉靖十五年（1536）秦汴绣石书堂刻本中，题为“大白”，文为“太白”。唐文宗李昂（809—840）的第一个年号，

① 〔晋〕郭璞注、〔唐〕陆德明音义、〔宋〕邢昺疏：《尔雅注疏》[O]，四库本，卷7第7页。引文中的“大阳”疑为“太阳”之讹。
② 〔汉〕许慎撰、〔宋〕徐铉校定：《说文解字》[O]，宋元刻本（国图善本书号：09588），第9下第1页。
③ 〔宋〕王洙、〔宋〕赵次公注：《分门集注杜工部诗》[O]，四部丛刊景宋本，卷4第1页。
④ 〔清〕张玉书等纂：《康熙字典》[O]，清内府刻本，寅集中山部第7页。
⑤ 〔清〕段玉裁注：《说文解字注》[O]，清同治六年（1867）刻本，第九篇下第1页。

有作“大和”，有作“太和”，到底为何，未有定论。

唐代诗文中，“岱”字很常见。比如“岱谷谢巧妙，匡山徒有名”（李华《云母泉诗》句），“法服应华夏，金言流海岱”（灵一《安公》句），“紫泥搜海岱，鸿笔富岩廊”（陈陶《圣帝击壤歌四十声》句），“恒山北临岱，秀崿东跨幽”（李夐《恒岳晨望有怀》句），“春草绵绵岱日低，山边立马看摩笄”（胡曾《摩笄山》句），等等。这些诗句中的“岱”，显然均为“大山”之意。贯休《上孙使君》中有“馨香拥兰雪，峻秀高嵩岱”之句，卢藏用《陈子昂别传》称陈的文章“逸足骎骎，方将抟摇而凌太清，猎遗风而薄嵩岱。”这些诗文中的“嵩岱”显然是指中岳嵩山。也就是说，“岱”也可用在其他大山上，并非特指泰山。

周密（1232—1298或1308）《齐东野语》载：“康帝讳岳，以邓岳为邓岱，山岳为山岱。”[①]康帝指的是晋康帝司马岳（322—344）。《晋书》载：“邓嶽，字伯山，陈郡人也。本名岳，以犯康帝讳，改为嶽，后竟改名为岱焉。”[②]《晋书》由房玄龄（579—648）等人领衔编纂，但书中关于司马懿、司马炎、王羲之等人的纪传由唐太宗李世民（598—649）御撰。皇帝亲自执笔，自然更受关注，唐人肯定都知道这一避讳。不仅杜甫可能避用“岳”或“嶽”，前世文献中的“岳”或“嶽”也可能被换成“岱”。那么，杜诗中的“岱”会否也是代指“岳（嶽）”呢？“岳宗”，五岳之宗，亦即泰山。这比“大山之宗”更加准确。不过，诗题《望岳》中的“岳”又难以解释。抑或，《望岳》不是诗之原题。

另：在《滏水文集》中，“岱宗”作“岱岳”[③]。此为仅见，应非正本。

二、“夫”字之异

首句“岱宗□如何”第三字，在绝大多数文献及版本中为“夫”。但也有作“天”和“大”的。不管孰正孰讹，肯定源于形近。

《杜工部草堂诗笺》：“夫如，字语辞也。按：诸本皆作‘夫’，独师古本

---

① 〔宋〕周密撰：《齐东野语》[O]，四库本，卷4第2页。

② 〔唐〕李世民等：《晋书》[O]，四库本，卷81第29页。《集韵》：“嶽古作岳”。“岳”字古已有之，并非“嶽”的的简化字。古文中，“嶽”多指山，“岳”多用于人名、地名或官名。

③ 〔金〕赵秉文撰：《闲闲老人滏水文集》[O]，四部丛刊汲古阁精写本，卷20第11页。

作‘天’，谓‘岱宗天’犹云‘楚天’之类也。”

在彭大翼（1552—1643）《山堂肆考》明万历二十三年（1595）刻本中，此字为“大”①。清文渊阁四库写本（下文简称“四库本”），此字又为“夫”②。明万历二十三年，寿高92岁的彭大翼才44岁，所以，这个明刻本可能是《山堂肆考》的初刻。也就是说，原本可能就是“大”，但被四库馆臣改成了“夫”。

“岱岳夫如何，齐鲁青未了。‘夫如何’三字，几不成语，然非三字无以成下句，有数百里之气象。”赵秉文（1159—1232）在《滏水文集》中先抑后扬，但“几不成语”还是点出了问题。

田雯（1635—1704）《古欢堂集》：“余问聪山：老杜《望岳》诗‘夫如何’‘青未了’六字毕竟作何解？曰：‘子美一生，唯中年诸诗静练有神，晚则颓放。此乃少时有意造奇，非其至者。’”③不仅田雯大惑不解，申涵光（1620—1677）也不以为然。二人不可能不知道前人关于“夫”的解释。

相比之下，“岱宗大如何”不仅容易理解，而且与下句衔接得更加紧密，因为“齐鲁青未了”就是形容泰山之“大”的。设问自答，顺流而下。

《记纂渊海》卷17引用了本诗中的4句，其中首句为“岱宗复如何”④。作为五岳之宗，泰山又怎么样？以反诘句起首，倒是更有气势。

三、“曾”与“层”

54个古籍版本中，“曾”为29个，“层”为25个。

3个宋刻本中，《内简尺牍》宋刻本为“层”，《杜工部集》和《杜工部草堂诗笺》为“曾”，《分门集注杜工部诗》四部丛刊景宋本亦为“曾”。5个元刊本中，《集千家注批点杜工部诗》为“层”，《杜工部草堂诗笺》、《事类备要》、《集千家注分类杜工部诗》（2个版本）为“曾”。就版本源流来看，原本写作“曾”的可能性大。

《集千家注分类杜工部诗》注曰：“陆机《文赋》有‘曾云之峻’。注：曾，

① 〔明〕彭大翼撰：《山堂肆考》[O]，明万历二十三年（1595）书林周显刻本，卷19第4页。
② 〔明〕彭大翼撰：《山堂肆考》[O]，四库本，卷19第5页。
③ 〔清〕田雯撰：《古欢堂集》[O]，四库本，卷19第1页。“聪山”是申涵光的号。
④ 〔宋〕潘自牧撰：《记纂渊海》[O]，四库本，卷17第11页。

积也。彦辅曰：庾肩吾山诗‘曾云霾峻岭’。师曰：‘曾云’，杜诗通作‘层’，即云势重叠而起。泰山出云，须臾遍太虚而为雨，以其有功于民，故祀之。”绝大多数文献均认为，“曾”通“层”。

但《分门集注杜工部诗》却认为：“曾，昨陵切。经也，经过之云。”[①]《故训汇纂》：“曾，经也。《文选·左思〈吴都赋〉》‘曾览八纮之洪绪’。”[②]

把“曾云”释为“经过之云”也说得通，但“层叠之云”更合诗意，因为层层叠叠形容云多气大——唯其如此，才有“荡胸”之效。

四、“临”与“凌”

33 种文献的 54 种古籍版本中，30 种文献的 45 个版本为“凌”，3 种文献的 9 个版本为“临”。

《分门集注杜工部诗》四部丛刊景宋本[③]，《九家集注杜诗》四库本[④]，《文章正宗》四库本[⑤]，《集千家注分类杜工部诗》元广勤书堂刊本[⑥]、元圭山书院潘屏山刻本[⑦]、明金台书院汪谅刻本[⑧]，《集千家注批点杜工部诗》元刊本[⑨]，《补注杜诗》四库本[⑩]，《集千家注杜工部诗集》明刻本[⑪]，《杜工部诗

① 〔宋〕王洙、〔宋〕赵次公注：《分门集注杜工部诗》[O]，四部丛刊本（上海涵芬楼借南海潘氏藏宋刊本影印），卷 4 第 1 页。
② 宗福邦等主编：《故训汇纂》[M]，北京：商务印书馆 2003 年版，第 1050 页。
③ 〔宋〕赵次公注：《分门集注杜工部诗》[O]，四部丛刊本景宋本，卷 4 第 1 页。
④ 〔宋〕郭知达辑：《九家集注杜诗》[O]，四库本，卷 1 第 11—13 页。
⑤ 〔宋〕真德秀撰：《文章正宗》[O]，四库本，卷 24 第 22 页。
⑥ 〔宋〕徐居仁辑，〔宋〕黄鹤补注：《集千家注分类杜工部诗》[O]，元広勤書堂刊本，卷 13 第 1 页。
⑦ 〔宋〕徐居仁辑，〔宋〕黄鹤补注：《集千家注分类杜工部诗》[O]，元至正七年（1347）圭山书院潘屏山刻本，卷 13 第 1 页。
⑧ 〔宋〕徐居仁辑，〔宋〕黄鹤补注：《集千家注分类杜工部诗》[O]，明正德十四年（1519）金台书院汪谅刻本，卷 13 第 1 页。
⑨ 〔宋〕刘须溪批点，〔宋〕黄鹤补注：《集千家注批点杜工部诗》[O]，元刊本，卷 1 第 1—2 页。
⑩ 〔宋〕黄希原本、〔宋〕黄鹤补注：《补注杜诗》[O]，四库本，卷 1 第 16—17 页。
⑪ 〔元〕高楚芳辑，〔明〕许自昌校：《集千家注杜工部诗集》[O]，明刻本，卷 1 第 2 页。

通》明张守中刻本[①],《唐音统签》明写本[②],《唐诗品汇》明汪宗尼刻本[③]、明牛斗刻本[④],《唐诗归》明万历刻本[⑤],《唐诗解》明万历刻本[⑥],《石仓十二代诗选》明崇祯刻本[⑦]、四库本[⑧],《全唐诗》四库本[⑨],《全唐诗录》四库本[⑩],《御选唐宋诗醇》四库本[⑪],《唐诗三百首注疏》清道光立言堂刻本[⑫]等均为“凌”。

为“临”的文献只有《杜工部集》《杜工部集草堂诗笺》《内简尺牍》。其中,《杜工部草堂诗笺》宋刻本[⑬]、元大德陈氏刊本[⑭]、日本东京木村嘉平刻古逸本[⑮],《内简尺牍》宋蔡氏家塾刻本[⑯]、明嘉靖顾名儒刻本[⑰]、明抄本[⑱]、四库本[⑲],自宋至清,一直为“临”。

---

① 〔明〕张綖撰:《杜工部诗通》[O],明隆庆六年(1572)张守中刻本,卷1第3页。
② 〔明〕胡震亨编:《唐音统签》[O],明写本,卷172第8页。
③ 〔明〕高棅辑评:《唐诗品汇》[O],明洪武三十一年(1398)汪宗尼刻本,卷8第1页。
④ 〔明〕高棅辑评:《唐诗品汇》[O],明嘉靖十八年(1539)牛斗刻本,卷8第31页。
⑤ 〔明〕钟惺、〔明〕谭元春编撰:《唐诗归》,明万历四十五年(1617)刻本,卷18第1页。
⑥ 〔明〕唐汝询撰:《唐诗解》[O],明万历年间刻本,卷6第7页。
⑦ 〔明〕曹学佺编:《石仓十二代诗选》[O],明崇祯年间刻本,唐卷32第7页。
⑧ 〔明〕曹学佺编:《石仓历代诗选》[O],四库本,卷45第6页。
⑨ 〔清〕彭定求等:《全唐诗》[O],摛藻堂四库全书荟要写本,卷216第5页。
⑩ 〔清〕徐倬等辑:《全唐诗录》[O],四库本,卷24第8页。
⑪ 〔清〕乾隆:《御选唐宋诗醇》[O],四库本,卷9第7页。
⑫ 〔清〕章燮注:《唐诗三百首注疏》[O],清道光十四年(1834)立言堂刻本,卷1第5页。
⑬ 〔宋〕鲁訔编次,〔宋〕蔡梦弼笺注:《杜工部草堂诗笺》[O],宋刻本,卷1第3页。
⑭ 〔宋〕鲁訔编次,〔宋〕蔡梦弼笺注:《杜工部草堂诗笺》[O],元大德陈氏刊本,卷1第3页。
⑮ 〔宋〕鲁訔编次,〔宋〕蔡梦弼笺注:《杜工部草堂诗笺》[O],清光绪年间日本东京木村嘉平刻古逸本,卷1第3页。
⑯ 〔宋〕孙觌撰:《内简尺牍》[O],宋蔡氏家塾刻本(上海图书馆藏),卷4第3页。
⑰ 〔宋〕孙觌撰:《内简尺牍》[O],明嘉靖三十六年(1557)顾名儒刻本,卷2第17页。
⑱ 〔宋〕孙觌撰、〔宋〕李祖尧注:《孙尚书内简尺牍编注》[O],明抄本(国图善本书号04969),卷2第17页。
⑲ 〔宋〕孙觌撰:《内简尺牍》[O],四库本,卷2第18页。

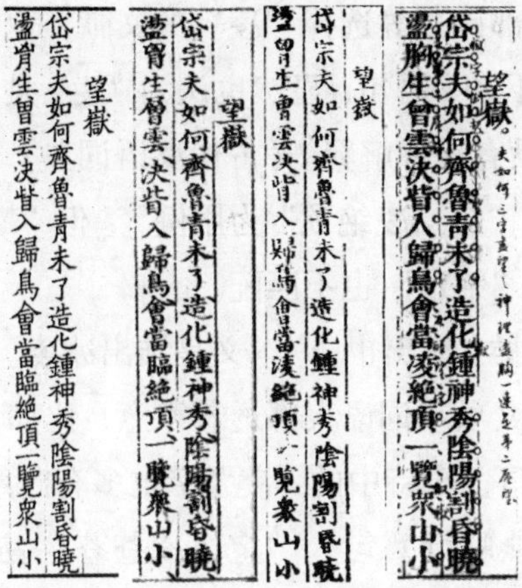
望嶽
岱宗夫如何齊魯青未了造化鍾神秀陰陽割昏曉
盪胸生曾雲決眥入歸鳥會當臨絕頂一覽衆山小

望嶽
岱宗夫如何齊魯青未了造化鍾神秀陰陽割昏曉
盪胸生曾雲決眥入歸鳥會當臨絕頂一覽衆山小

望嶽
岱宗夫如何齊魯青未了造化鍾神秀陰陽割昏曉
盪胸生曾雲決眥入歸鳥會當淩絕頂一覽衆山小

望嶽
岱宗夫如何齊魯青未了造化鍾神秀陰陽割昏曉
盪胸生曾雲決眥入歸鳥會當凌絕頂一覽衆山小

从左至右：《杜工部集》宋刻本、明正德本、明刻本、清康熙本

《杜工部集》的宋刻本[①]、明正德古歙鲍松刊本[②]为“临”，明刻本[③]、清康熙静思堂刻本[④]、康熙六年刻本[⑤]、道光望云轩刊本[⑥]为“凌”。可以推断，《杜工部集》原本为“临”，明代开始讹变为“凌”。

“临”的版本虽少，但均出自宋代的文献，也都有宋代的版本。“凌”的版本虽多，但只有1个景宋本。《杜工部集》《杜工部草堂诗笺》等宋代文献是明清各种注本的母本。也就是说，“临”是源，“凌”是流。

临，登临也。《杜工部草堂诗笺》等文献注曰：“登临山之绝顶，俯视众山其培塿欤？众山知尊乎泰岳，众流知宗乎沧海。”“孟子曰：孔子登东山而小鲁，登泰山而小天下。”《杜诗详注》：“末（句）即登泰山而小天下之意。”其他很多注本也都有这样的解释。而“孔子登临处”，至今可见于泰山之上。

乐府旧题《汉铙歌》十八曲第十六曲叫“临高台”，此中之“临”显为“登临”之意。“临高台”和“临绝顶”，句式完全一样。隋末唐初诗人孔德绍《送舍利宿定普岩》“映流看夜月，临峰听晓钟”中的“临”也是如此。

凌，如何解释？古籍中的各种注本均未对《望岳》中的此字作出专门的释义，

---

① 〔宋〕王洙辑：《杜工部集》[O]，宋刻本，卷1第6页。
② 〔宋〕王洙辑：《杜工部集》[O]，明正德八年古歙鲍松刊本，卷1第1页。
③ 〔宋〕王洙辑：《杜工部集》[O]，明刻本（国图善本书号：18155），卷2第5页。
④ 〔宋〕王洙辑：《杜工部集》[O]，清康熙六年（1667）季氏静思堂刻本，卷1第4页。
⑤ 〔清〕钱谦益笺注：《杜工部集》[O]，清康熙六年（1667）刻本，卷1第4页。
⑥ 〔宋〕王洙辑，〔清〕朱彝尊评：《杜工部集》[O]，清道光间望云轩刊本，卷1第1页。

但《集千家注分类杜工部诗》等选择“凌”的文献，也都引用了“登临山之绝顶”或“登泰山而小天下”等语句，显然也认为“凌”是“登临”的意思。可是，“凌”的众多义项中并没有这种解释。《古代汉语词典》中“凌”的第3个义项为“攀登，升高”，并以“会当凌绝顶”为用例[①]，但“攀登”或“升高”与“登临”区别明显，其义与“绝顶”也不匹配。

《说文》释“凌”：“滕，冰出也。”本义是结出冰凌。“凌”是一个很冷的字，由此衍生或引申出来的义项或词语大都透着寒意，比如“凌辱”、“凌驾”、“盛气凌人”、“恃强凌弱”等。唐诗中的“凌”字也多有此意，比如“雪中凌天山，冰上渡交河”（陶翰《燕歌行》句）、“宝塔凌苍苍，登攀览四荒”（李白《秋日登扬州西灵塔》句）、“天台岭上凌霜树，司马厅前委地丛”（白居易《厅前桂》句），等等。这样的字用在泰山上殊为不妥，因为泰山是五岳之尊，是历代帝王封禅之处，天子到了这里都毕恭毕敬，其他人更要保持敬畏。本诗首句中的“宗”字，就饱含崇敬景仰之意。杜甫既视泰山为“宗”，就不应该用“凌”字。

除杜甫《望岳》外，《全唐诗》中还有两首诗中出现了“凌绝顶”：一是李白《自巴东舟行经瞿唐峡，登巫山最高峰，晚还题壁》中的“飞步凌绝顶，极目无纤烟。”一是戴叔伦《题天柱山图》中的“谁能凌绝顶，看取日升东。”或许就是因为这两首诗，后人把“会当临绝顶”中的“临”改成了“凌”。殊不知，巫山和天柱山完全不可与泰山同日而语。在中国的历史文化中，山也是有尊卑层级的。《诗诂》：“山高而尊者岳。唐虞四岳，至周始有五岳。”《说文》：“岳，王者之所以巡狩所至。”受到王者尊崇的大山方能称为“岳”，而五岳又以泰山为尊。也就是说，泰山被赋予了神圣的色彩，是中国文化中的“圣山”——你可以登“临”泰山的绝顶，却不能“凌”驾于泰山之上。

《古代汉语词典》中“临”的第1个义项为“站在高处看低处”[②]。“君临天下”、“居高临下”、“如临深渊”……这些词语中的“临”，都有这个意思。王勃（约650—约676）《滕王阁序》“飞阁流丹，下临无地”中的“临”亦为此意。依此解释，“会当临绝顶”即为“一定要登上泰山顶峰（并俯瞰）”，这与下句“一览众山小”可谓上引下连，水到渠成。

① 编写组：《古代汉语词典》[M]，北京：商务印书馆2002年版，第992页。
② 编写组：《古代汉语词典》[M]，北京：商务印书馆2002年版，第986页。

因此，无论版本源流，还是遣词炼字，“临”均优于“凌”。

五、“飞”与“归”

与“临”一样，“飞”也是少数派。它仅出现于《内简尺牍》《事类备要》《事文类聚》《记纂渊海》《山堂肆考》《御定渊鉴类函》等6种文献的11个版本中。其中，《内简尺牍》的宋蔡氏家塾刻本、明嘉靖顾名儒刻本、明抄本、四库本均为“飞“。《事类备要》明嘉靖夏相刻本[①]，《事文类聚》元刻本[②]、明书林明实堂刻本[③]，《记纂渊海》四库本[④]，《山堂肆考》明万历周显刻本[⑤]、四库本[⑥]亦均为“飞”。《御定渊鉴类函》先后3次引用《望岳》，其中卷27为“飞”[⑦]，卷307[⑧]和卷336[⑨]为“归”。

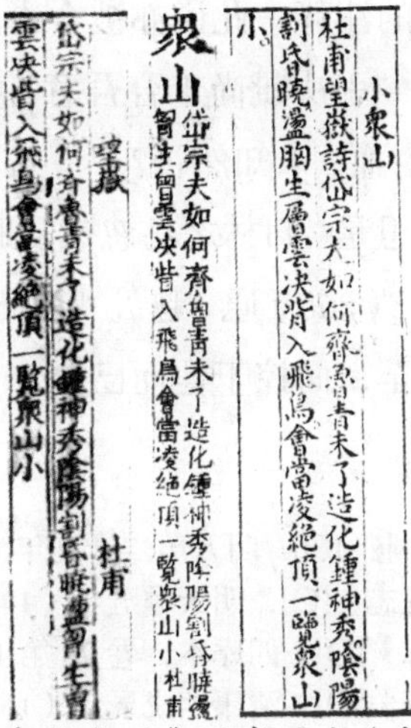
望嶽 杜甫
岱宗夫如何齊魯青未了造化鍾神秀陰陽割昏曉盪胸生曾
雲決眥入飛鳥會當凌絕頂一覽衆山小

衆山
岱宗夫如何齊魯青未了造化鍾神秀陰陽割昏曉盪胸生曾雲決眥入飛鳥會當凌絕頂一覽衆山小杜甫

小衆山
杜甫望嶽詩岱宗夫如何齊魯青未了造化鍾神秀陰陽割昏曉盪胸生層雲決眥入飛鳥會當凌絕頂一覽衆山

《事文类聚》元刻本（左）、《事类备要》明嘉靖本（中）、《山堂肆考》明刻本（右）

---

① 〔宋〕谢维新著：《古今合璧事类备要》[O]，明嘉靖年间夏相刻本，前集卷5第14页。
② 〔宋〕祝穆辑：《事文类聚》[O]，元刻本（国图善本书号07564），前集卷13第9页。
③ 〔宋〕祝穆辑、〔元〕富大用辑：《事文类聚》[O]，明书林明实堂刻本，前集卷13第8页。
④ 〔宋〕潘自牧撰：《记纂渊海》[O]，四库本，卷6第20页。
⑤ 〔明〕彭大翼撰：《山堂肆考》[O]，明万历二十三年（1595）书林周显刻本，卷19第4页。
⑥ 〔明〕彭大翼撰：《山堂肆考》[O]，四库本，卷19第5页。
⑦ 〔清〕张英等纂：《御定渊鉴类函》[O]，摛藻堂四库荟要写本，卷27第34页。
⑧ 〔清〕张英等纂：《御定渊鉴类函》[O]，摛藻堂四库荟要写本，卷307第28页。
⑨ 〔清〕张英等纂：《御定渊鉴类函》[O]，摛藻堂四库荟要写本，卷336第41页。

《唐诗类苑》明万历刻本[①],《大明一统志》明天顺内府刻本[②]、四库本[③],《杜诗会粹》清康熙戊辰刊本[④],《杜诗详注》清康熙刻本[⑤]、四库本[⑥],《唐诗别裁》清康熙刻本[⑦]、教忠堂修订本[⑧],《唐诗三百首补注》清光绪四籐吟社重刻本[⑨],《杜诗镜铨》清同治望三益斋刻本[⑩]等28种文献的43个版本均为“归”。

在“决眦入□鸟”句中,“归”和“飞”都说得通。“飞”让诗境充满了动感。“归”则透露出望岳的时间是在傍晚，即倦鸟归林之时。但这一时间信息价值不大，因为“望”是在晚上或者早上并不重要。

“决，开也。眦，目眶也。”极力睁大眼睛，如同目眶开裂。“言山之高，观望之远，目眦决裂，入于飞鸟之归处。司马相如《子虚赋》：‘弓不虚发，中必决眦’,公亦借用之也。”《杜工部草堂诗笺》《分门集注杜工部诗》《唐诗解》等多部文献都有相同或类似的注释，此说亦被今人广泛沿用。但吴昌祺在《删订唐诗解》中曾提出了异议：“引决眦尚未合吾意。决者，鸟之忽然过目也。《庄子》：‘麋鹿见之决骤。’决音血，未知然否？”[⑪]按照他的说法,“决”读作“血(xuè)”。“决眦入归鸟”的意思是“归林之鸟忽然从眼前飞过”。《古代汉语词典》中的“决”也有相同的义项：“(xuè)通‘赽’。疾，迅速。《庄子·逍遥游》：‘我决起而飞，抢榆枋，时则不至，而控于地而已矣。’”[⑫]若依此解,“决眦入飞

① 〔明〕张之象纂辑：《唐诗类苑》[O]，明万历二十九年(1601)年刻本，卷28第12页。
② 〔明〕李贤等撰：《大明一统志》[O]，明天顺五年(1461)内府刻本，卷22第7页。
③ 〔明〕李贤等撰：《明一统志》[O]，四库本，卷22第10页。
④ 〔清〕张远笺注：《杜诗会粹》[O]，清康熙戊辰年(1688)刊本，卷1第2页。
⑤ 〔清〕仇兆鳌注：《杜诗详注》[O]，清康熙三十二年(1693)刻本，卷1第3页。
⑥ 〔清〕仇兆鳌注：《杜诗详注》[O]，四库本，卷1第3页。
⑦ 〔清〕沈德潜、〔清〕陈培脉辑：《唐诗别裁》[O]，清康熙五十六年(1717)刻本，卷2第2页。
⑧ 〔清〕沈德潜选注：《唐诗别裁》[O]，清乾隆二十八年(1763)教忠堂修订本，卷2第13页。
⑨ 〔清〕陈伯英注：《唐诗三百首补注》[O]，清光绪十一年(1885)四籐吟社重刻本，卷1第4页。
⑩ 〔清〕杨伦笺注：《杜诗镜铨》[O]，清同治十一年(1872)望三益斋刻本，卷1第1页。
⑪ 〔明〕唐汝询选评、〔清〕吴昌祺评定：《删订唐诗解》[O]，清康熙四十年(1701)刻本，卷3第14页。
⑫ 编写组：《古代汉语词典》[M]，北京：商务印书馆2002年版，第846页。

鸟”则优于“决眦入归鸟”，因为“飞”才能体现“迅疾”，也才能“忽然过目”。《删订唐诗解》沿袭《唐诗解》，采用的仍然是“归”，吴昌祺可能并不知道“飞”这个异文——如果知道，他肯定会选择“飞”字。

笔者以为，不管山上，还是山下，都能看到鸟之归处或飞鸟之群。但要鸟儿忽然从眼前飞过，却只能是在高山之上，因为鸟儿是在高空中飞翔，非山下地面所能体验得到。诗人是在仰望中想象：如果登临泰山绝顶，就可以与飞鸟处于同一高度且能亲密接触。——那是多么的惊险刺激，令人神往！

六、其他异文

在《唐诗归》中，“会当凌绝顶”中的“会”为“何”。“会”，必须、一定之意。“会当”与李白《将进酒》“会须一饮三百杯”中的“会须”意同。“何当”的意思是“什么时候能够”，与李商隐《夜雨寄北》“何当共剪西窗烛”中的“何当”意同。

在《山东通志》中，“岱宗夫如何”中的“如何”作“何如”，“会当临绝顶”中的“顶”为“巅”①。这两处异文的涵义均无区别。在《诗人玉屑》的引文中也有“岱宗夫何如”之句②。

“决眦入飞鸟”中的“眦（眥）”在《内简尺牍》明抄本中为“皆”，在宋刻本、明刻本、四库本中均为“眦”。古籍版本中，“眦”大都写作“眥”，“皆”应为形近导致的笔误。

上述几处异文，在54个版本中均为仅见。兹列于此，权作参考。

七、结语

《全唐诗》喜注异文，王维《相思》仅20字就标注了3处（详见本书第279页《王维〈相思〉中的“采撷”源为“彩缬”》），但杜甫的《望岳》却连

① 〔清〕岳濬等纂修：《山东通志》[O]，四库本，卷35之一上第43页。

② 〔宋〕魏庆之辑：《诗人玉屑》[O]，明正统四年（1439）朝鲜刊本，卷14第16页。明嘉靖六年（1527）洪都潜仙刻本、四库本，同。

一字之异都没有。为什么？应该是《全唐诗》的编纂者没有发现。一方面，可能是四库馆臣考校不够；另一方面，也可能与文献不多有关——即使是皇家书库，也无法与现代的数据库相比。

我们有幸能通过互联网及数据库浏览到海量的古籍文献，尤其是宋元甚至更早的版本。也才知道，看似字字珠玑、一字不能易的《望岳》等经典唐诗也有不同的版本。对此，我们必须摒弃先入之见，重新审视那些不同于时本的文字。

笔者以为，“会当临绝顶”比“会当凌绝顶”更恰当，“决眦入飞鸟”或也优于“决眦入归鸟”。

杜甫《登岳阳楼》或被“劣胜优汰”

昔闻洞庭水，今上岳阳楼。
吴楚东南坼，乾坤日夜浮。
亲朋无一字，老病有归舟。
戎马关山隔，凭高涕泗流。

这是杜甫（712—770）的《登岳阳楼》。此诗作于大历三年（768），是杜甫的晚年力作。“过岳阳楼，观杜子美诗，不过四十字耳，气象宏放，涵蓄深远，殆与洞庭争雄，所谓富哉言乎者。太白、退之辈率为大篇，极其笔力，终不逮也。杜诗虽小而大，余诗虽大而小。”为了称赞此诗，唐庚（1070—1120）不惜把李白和韩愈作为“垫脚石”。刘克庄（1187—1269）也说：“岳阳城赋咏多矣，须推此篇独步，非孟浩然辈所及。”历代诗家也都不吝赞美。在王兆鹏《唐诗排行榜》中，《登岳阳楼》高居第 5 位，为五律之最。

字锻句炼，格律谨严，杜诗的异文明显少于李白等其他诗人。在知网中搜索，关于此诗的论文多达 150 多篇，但都是关于赏析、教法等方面的，竟没有一篇涉及考证，仿佛此诗没有异文。实际上，《登岳阳楼》的异文很多，比如“坼”有作“拆”“岓”，“归”有作“孤”，“戎”有作“我”，“隔”有作“北”，“高”有作“轩”，甚至“岳阳楼”有作“洞庭楼”。由于存在异文的版本很早也很少，这些异文可能一直未被发现或被忽略。

一、版本源流

本次考证，笔者共检索到了载有杜甫《登岳阳楼》全诗的 42 种文献、44 种版本（详见附表）。

纵观这些版本中的异文分布情况，有一个明显的特征，那就是异文只出现在宋代的文献中，元代以后的文献几乎就不存在异文了。该诗的文本，早早就定型为“昔闻洞庭水，今上岳阳楼。吴楚东南坼，乾坤日夜浮。亲朋无一字，老病有孤舟。戎马关山北，凭轩涕泗流。”亦即现在通行的版本。而这个版本显然是源于《杜工部集》。

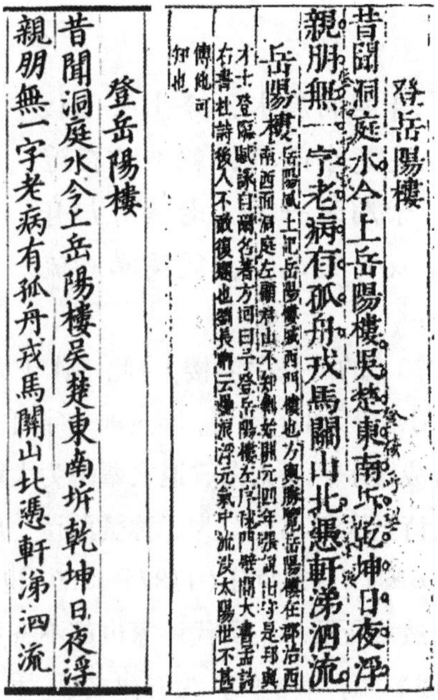
登岳陽樓
昔聞洞庭水今上岳陽樓吳楚東南坼乾坤日夜浮
親朋無一字老病有孤舟戎馬關山北憑軒涕泗流

登岳陽樓
昔聞洞庭水今上岳陽樓吳楚東南坼乾坤日夜浮
親朋無一字老病有孤舟戎馬關山北憑軒涕泗流
岳陽樓 岳陽風土記岳陽樓城西門樓也方輿勝覽岳陽樓在郡治西南西面洞庭左顧君山不知創始開元四年張說出守是邦與才士登臨賦詠自爾名著方回曰予登岳陽樓左序毬門壁間大書孟詩右書杜詩後人不敢復題也劉長卿云疊浪浮元氣中流没太陽世不甚傳此可知也

《杜工部集》宋刻本（左）和清康熙六年刻本（右）

北宋宝元二年（1039），王洙（997—1057）编成《杜工部集》20卷。这是现存最早的杜甫诗集，而且有宋刻本存世。这个本子是所有杜集的祖本，此后的注释、批点、集注、分类等各种集子，均源于此本。此次考得的44个版本中有39个版本与《杜工部集》几无区别，也证明了这一点。在近千年的流传过程中，这一源头是绝对的主流。

祝穆（？—1255）《方舆胜览》也有宋刻本存世。此本《登岳阳楼》最后两句为“戎马关山隔，凭高涕泗流”，其中的“隔”和“高”与《杜工部集》中的“北”和“轩”大不相同。《方舆胜览》的四库本、清抄本，甚至中华书局2003年版，都依然是“隔”和“高”。这一支流虽然细小，却也源远流长。

稚子已能餉行當掛其冠生死君一訪○杜甫登樓詩昔聞
洞庭水今上岳陽樓吳楚東南坼乾坤日夜浮親朋無一字
老病有孤舟戎馬關山隔凭高涕泗流○李白詩樓觀滄海

其冠生死君一訪○杜甫登樓詩昔聞洞庭水今上岳
陽樓吳楚東南坼乾坤日夜浮親朋無一字老病有孤
舟戎馬關山隔凭高涕泗流○李白詩樓觀滄海盡川

稚子已能餉行當掛其冠生死君一訪○杜甫登樓詩昔聞
洞庭水今上岳陽樓吳楚東南坼乾坤日夜浮親朋無一字
老病有孤舟戎馬關山隔凭高涕泗流○李白詩樓觀滄海

《方舆胜览》宋刻本（左）、四库本（中）和清抄本（右）

同为祝穆辑编的《古今事文类聚》，除同为“隔”和“高”之外，第六句为“老病有归舟”。该文献有元刻本存世，此后的明书林明实堂刻本、明内府藏本、清四库写本一直延续了“归”“隔”“高”。这一支流与《方舆胜览》应为同源。

谢维新（南宋人，生卒年不详）《古今合璧事类备要》成于宝祐五年（1257）。该文献的明夏相刻本为“归”“隔”“高”，与《古今事文类聚》一样。但四库本却变成了通行的版本，即“孤”“北”“轩”。四库馆臣喜欢根据流行的版本窜改古书是非常普遍的现象，《古今合璧事类备要》中《登岳阳楼》的变化，应该也是因为窜改。也就是说，《古今合璧事类备要》原本应该也是“归”“隔”“高”。

此外，只有蔡正孙（1239—？）《诗林广林》与《方舆胜览》一样，即同为“孤”“隔”“高”。

总的来说，宋代文献主要有两大源头，一是《杜工部集》，一是《方舆胜览》

及《古今事文类聚》。前者已占优，后者也不弱。但到了元代，“隔”和“高”，包括“归”字，就完全消失了。这是“优胜劣汰”吗？笔者以为，恰恰相反。

二、异文辨析

（一）“归”与“孤”。

“老病有归舟”和“老病有孤舟”，哪一个更符合诗意？

毫无疑问，杜甫乘坐及栖身的这条船原本就是“归舟”。乾元二年（759），杜甫弃官入川，之后辗转于成都、梓州等地。大历三年（768），杜甫思乡心切，乘舟离开夔州（奉节），先到江陵，又转公安，年底漂泊到了湖南岳阳，泊舟岳阳楼下。杜甫一家乘坐的这条船应该是他变卖家产而购置的，此行的目的就是回乡。虽然最终未能如愿，但他的意图是很明确的。“即从巴峡穿巫峡，便下襄阳向洛阳。”早在几年前“闻官军收河南河北”的时候，杜甫就已经规划好了回归的路线。离乡长达9年，患有多种疾病，自知时日无多，更想叶落归根。

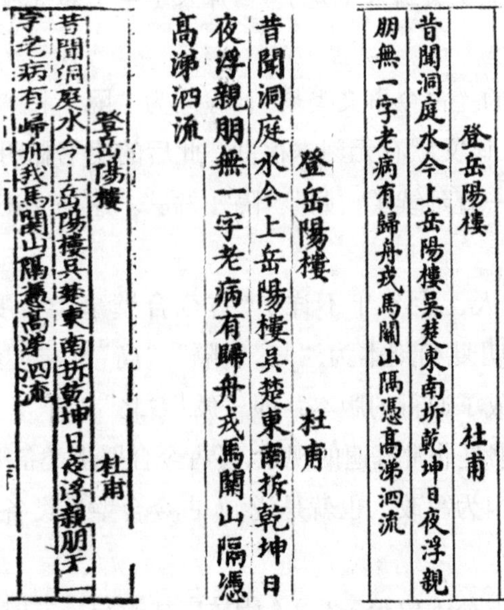
登岳陽樓　杜甫
昔聞洞庭水今上岳陽樓吳楚東南坼乾坤日夜浮親朋无一
字老病有歸舟戎馬關山隔憑高涕泗流

登岳陽樓　杜甫
昔聞洞庭水今上岳陽樓吳楚東南拆乾坤日
夜浮親朋無一字老病有歸舟戎馬關山隔憑
高涕泗流

登岳陽樓　杜甫
昔聞洞庭水今上岳陽樓吳楚東南坼乾坤日夜浮親
朋無一字老病有歸舟戎馬關山隔憑高涕泗流

从左至右：《事文类聚》的元刻本、明内府藏本、四库本

而“孤舟”之说，并不符合事实。长江及洞庭湖是“黄金水道”，千帆竞发才是常态，杜家之舟“孤”的可能性不大。这是物质层面。在精神层面，杜甫虽然久别家乡，与亲朋失去了联系，但妻子杨氏和二子宗文、宗武还在身边。有最亲的人陪伴，谈不上孤独或孤单。

因此，此时的杜甫，最强烈的感受、最迫切的心情应该是“归”，而不是“孤”。可以说，“归”是本诗的诗眼。

（二）“隔”与“北”

“戎马关山隔”和“戎马关山北”，哪一个更好？笔者选择“隔”。

“北”是方位词，无关痛痒。“隔”是动词，关乎情感——因为“隔”，“关山”才变得可恨、可恼，也才更显得无助、无奈。

“隔”和“北”，均为入声（仄声）。但“隔”与下句的“流”是对仗的，因为“流”也是动词。而“北”与“流”则对不上。要知道，本诗的前六句，全是对仗的。

施蛰存（1905—2003）在《杜甫：五言律诗二首》中，就《旅夜书怀》和《登岳阳楼》的对仗作了比较全面的讲解。该文称这两首诗的前三联，“词语、词性的对法都是正对”。施蛰存认为，杜甫晚年所作五言律诗“律法严密”，“用艺术观点来看，这两首诗可以说是写得极自然、极工稳，是律诗的典型作品。”① 但细究起来，“极工稳”之说委实勉强，因为“尾联都是散句”。如果四联全部对仗，那才能配得上“极”字。杜甫的七言律诗《登高》，就是一首四联皆对的作品。律诗只要求颔联和颈联对仗，首尾两联可以不对，但四联皆对无疑是律诗的最高境界。实际上，杜甫律诗中八句全对的很多。虽然没有做到每首律诗四联皆对，但他显然力求于此。施蛰存在前文中还提到，首句说“昔闻洞庭水”而不说“昔闻洞庭湖”，是因为此句尾字不能用平声，所以用“水”代“湖”，可见杜甫对格律之重视。如果第七句为“戎马关山隔”，《登岳阳楼》不也四联皆对了吗？

刘基（1311—1375）《闺词》有“戎马关山隔，空闺鬓发华”之句，此句中的“戎马关山隔”可能就取自《登岳阳楼》。

---

① 施蛰存著：《唐诗百话》[M]，上海：上海古籍出版社 1987 年版，第 286 页。

（三）“高”与“轩”

“凭高涕泗流”和“凭轩涕泗流”，“高”和“轩”均为平声，但涵义却有所区别。

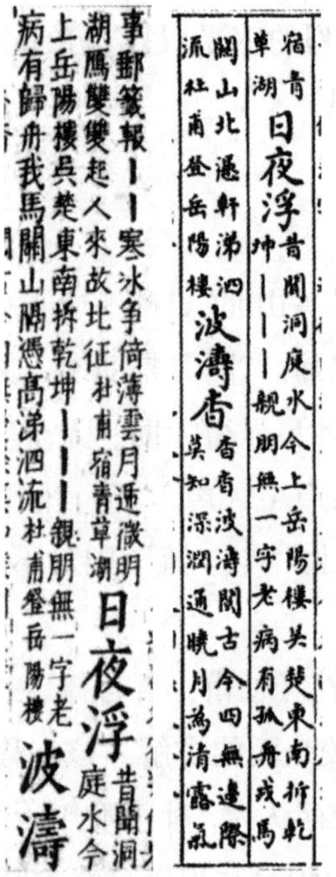
事鄧簽報丨丨寒冰争倚薄雲月逓微明
湖鴈雙雙起人來故北征杜甫宿青草湖日夜浮昔聞洞庭水今
上岳陽樓呉楚東南拆乾坤丨丨丨親朋無一字老
病有歸舟我馬關山隔憑高涕泗流杜甫登岳陽樓波濤

宿青草湖日夜浮昔聞洞庭水今上岳陽樓呉楚東南拆乾
坤丨丨丨親朋無一字老病有孤舟戎馬
關山北憑軒涕泗流杜甫登岳陽樓波濤杳杳杳波濤閲古今四無邊際莫知深淵通曉月為清露氣

《事类备要》明夏相刻本（左）和四库本（右）

“轩”是指岳阳楼上的窗户，也有人解释为栏杆。“高”是指岳阳楼上的高处。虽然没有明说，但“凭高”肯定也是站在岳阳楼上比较高的窗户或栏杆旁边，因为在高楼上极目远眺通常都是这样。“凭高”和“凭轩”的主要区别，就在于前者强调了“高”。看似细微的区别，却给人不一样的感觉，因为“凭高”与上句的“关山隔”相呼应——重重“关山”相隔，看不到“戎马”即战况，所以要上到最“高”处，但还是看不到，所以“涕泗流”。这“涕泗”中，既饱含着对家乡的思念，也有对国家前途的忧思——“家国情怀”，尽在其中。

黄生（1622—？）说：“‘凭轩’二字，绾合登楼。”其实，“轩”不一定在楼上，“高”与登楼的契合度更高。

漂泊太久，多病缠身。既已踏上归程，归心愈发急迫。然而，杜甫一家却被困在了湖南，几欲北上，均未成功。两年后，杜甫就死在那条归舟上，并被临时安葬在湖南耒阳；43年后，乃孙杜嗣业才扶灵归葬于河南洛阳偃师首阳山下，完成了杜甫的遗愿。在这样的背景下，应该是"凭高"，亦应是"归舟"。

（四）其他异文

44个版本中，"坼"有34个，"拆"有9个，"岓"有1个。"坼"和"拆"，均为入声十一陌韵。《说文》："坼，裂也。""拆"也有分拆、裂开之义。《杜工部诗集》清康熙年间叶永茹刻本注曰"坼，同拆。""岓"字仅出现在《唐诗正声》中，应该是形近之讹。

"戎"和"我"，"我"的版本只有3个，应该也是形讹。《古今事文类聚》元刻本和明书林明实堂刻本为"我"，但明内府刻本为"戎"。《古今合璧事类备要》明夏相刻本为"我"，四库本为"戎"。另外，《诗林广记》明张鼎刻本亦为"我"。

"昔闻洞庭水，今上洞庭楼。"仅出现在《唐诗别裁》中，不知其来何据。岳阳楼曾被称为巴陵城楼、洞庭楼、南楼等。《大清一统志》之"岳阳楼"按曰："唐张说诗止有'南楼'，并无称'岳阳楼'者。其《与赵冬曦登南楼》诗有云'危楼泻洞湖，积水照城隅。'是楼在城隅而临湖岸，所登即岳阳楼也。又唐崔鲁诗称'洞庭楼'，李群玉又称'洞庭驿楼'，意其时楼未定名，岳阳楼于郡署为南，而洞庭则以湖称耶？旧志分'岳阳'与'南楼'为二，非也。"[①]因此，称"洞庭楼"没有问题，但"洞庭"重复却犯了格律之忌。崔颢《黄鹤楼》"昔人已乘白云去，此地空余黄鹤楼。黄鹤一去不复返，白云千载空悠悠。"崔护《题都城南庄》"去年今日此门中，人面桃花相映红。人面不知何处去，桃花依旧笑春风。"这两首诗中的"白云""黄鹤"、"人面""桃花"均有重复，但这是特例，严谨的杜诗应该不会出现这种情况。

诗题。43个版本，38个为"登岳阳楼"，此应为正题。《唐诗正声》和《唐雅》为"发岳阳楼"，"发（發）"与"登"应该也是形近之讹。《方舆胜览》为"登楼"，《老学庵笔记》为"岳阳楼诗"，非正式诗选，诗题往往比较随意。《文苑英华》为"登岳阳楼望洞庭"，可能是因为题为"登岳阳楼"的诗比较多，为了区别加上了"望洞庭"，这种做法在《文苑英华》中相当常见。

---

① 〔清〕和珅等纂：《大清一统志》[O]，四库本，卷279第26页。

三、结语

字锻句炼，格律谨严，杜诗的异文明显少于李白等其他诗人。然而，《登岳阳楼》的异文却如此之多，而且对诗意的影响也比较大。

在没有全面深入的考证之前，笔者一直以为《登岳阳楼》不存在异文，现在通行的样态也非常好。但当看到“归”“隔”“高”等异文时，还是眼前一亮，因为这些字确实更能体现杜甫当时的心境，也更能感动人心。

自元以降，《登岳阳楼》就已定型，此后几乎没有变化。之所以如此，应该与“一源独传”有关。即后人只认《杜工部集》，却忽略了《方舆胜览》《古今合璧事类备要》等其他的源头。《杜工部集》是专门的诗选，当然应该更受重视，但也应该意识到《杜工部集》也是选择的结果。王洙“取秘府旧藏及他人所有之杜集”整理编辑，取舍之中难免受到识见、偏好等因素的影响，雕板校勘中也难免讹误。以前可能不知道还有其他的版本存在——既有新的发现，不妨重新考量。

附：杜甫《登岳阳楼》异文一览表

序	代	编撰者	文献名	诗题	异文				
01	宋	王洙	杜工部集	登岳阳楼	坼	孤	戎	北	轩
02	宋	鲁訔	杜工部草堂诗笺	登岳阳楼	拆	孤	戎	北	轩
03	宋	李昉	文苑英华	登岳阳楼望洞庭	拆	孤	戎	北	轩
04	宋	祝穆	方舆胜览	登楼	坼	孤	戎	隔	高
05	宋	祝穆	古今事文类聚	登岳阳楼	拆	归	我	隔	高
06	宋	祝穆	古今事文类聚	登岳阳楼	拆	归	戎	隔	高
07	宋	徐居仁	集千家注分类杜工部诗	登岳阳楼	坼	孤	戎	北	轩
08	宋	郭知达	九家集注杜诗	登岳阳楼	坼	孤	戎	北	轩
09	宋	谢维新	古今合璧事类备要	登岳阳楼	拆	归	我	隔	高
10	宋	谢维新	古今合璧事类备要	登岳阳楼	拆	孤	戎	北	轩
11	宋	何汶	竹庄诗话	登岳阳楼	坼	孤	戎	北	轩
12	宋	蔡正孙	诗林广记	登岳阳楼	坼	孤	我	隔	高
13	宋	蔡梦弼	纂注分类杜诗	登岳阳楼	坼	孤	戎	北	轩
14	宋	陆游	老学庵笔记	岳阳楼诗	拆	孤	戎	北	轩

续表

序	代	编撰者	文献名	诗题	异文				
15	元	高楚芳	集千家注杜工部诗	登岳阳楼	坼	孤	戎	北	轩
16	元	赵汸	杜律五言注解	登岳阳楼	坼	孤	戎	北	轩
17	元	赵汸	杜工部五言律诗	登岳阳楼	坼	孤	戎	北	轩
18	元	方回	瀛奎律髓	登岳阳楼	坼	孤	戎	北	轩
19	明	高棅	唐诗品汇	登岳阳楼	坼	孤	戎	北	轩
20	明	高棅	唐诗正声	发岳阳楼	岍	孤	戎	北	轩
21	明	臧懋循	唐诗所	登岳阳楼	坼	孤	戎	北	轩
22	明	胡缵宗	唐雅	发岳阳楼	坼	孤	戎	北	轩
23	明	张之象	唐诗类苑	登岳阳楼	拆	孤	戎	北	轩
24	明	李攀龙	古今诗删	登岳阳楼	坼	孤	戎	北	轩
25	明	李攀龙	唐诗广选	登岳阳楼	坼	孤	戎	北	轩
26	明	李攀龙	唐诗选	登岳阳楼	坼	孤	戎	北	轩
27	明	胡震亨	唐音统签	登岳阳楼	坼	孤	戎	北	轩
28	明	张含	李杜诗选	登岳阳楼	坼	孤	戎	北	轩
29	明	锺惺	唐诗归	登岳阳楼	坼	孤	戎	北	轩
30	明	黄德水	唐诗纪	登岳阳楼	坼	孤	戎	北	轩
31	明	陆时雍	唐诗镜	登岳阳楼	坼	孤	戎	北	轩
32	明	唐汝询	唐诗解	登岳阳楼	拆	孤	戎	北	轩
33	明	佚名	杜诗分类	登岳阳楼	坼	孤	戎	北	轩
34	清	王相	千家诗	登岳阳楼	坼	孤	戎	北	轩
35	清	彭定求	全唐诗	登岳阳楼	坼	孤	戎	北	轩
36	清	徐倬	全唐诗录	登岳阳楼	坼	孤	戎	北	轩
37	清	张英	御定渊鉴类函	登岳阳楼	坼	孤	戎	北	轩
38	清	乾隆	御选唐宋诗醇	登岳阳楼	坼	孤	戎	北	轩
39	清	佚名	杜工部诗集	登岳阳楼	坼	孤	戎	北	轩
40	清	仇兆鳌	杜诗详注	登岳阳楼	坼	孤	戎	北	轩
41	清	沈德潜	唐诗别裁	登岳阳楼	坼	孤	戎	北	轩
42	清	子墨客卿	唐诗三百首	登岳阳楼	坼	孤	戎	北	轩
43	清	王尧衢	古唐诗合解	登岳阳楼	坼	孤	戎	北	轩
44	清	迈柱	湖广通志	登岳阳楼	坼	孤	戎	北	轩

版本信息及注释：

[01]《杜工部集》[O]，宋刻本，卷 18 第 4 页。清康熙六年刻本（季振宜序），同。

[02]《杜工部草堂诗笺》[O]，宋刻本，卷 45 第 10 页。元大德陈氏刊本、清光绪年间日本东京木村嘉平刻古逸本，同。

续表

[03]《文苑英华》[O]，明隆庆元年（1567）刻本，卷 312 第 4 页。四库本，“折，作圻。”
[04]《方舆胜览》[O]，宋咸淳三年（1267）刻本，卷 29 第 6 页。四库本、清抄本、中华书局 2003 年版，同。
[05]《古今事文类聚》[O]，元刻本，前集卷 17 第 6 页。明书林明实堂刻本，同。
[06]《古今事文类聚》[O]，明内府刻本，卷 17 第 9 页。四库本，“折，作圻。”
[07]《集千家注分类杜工部诗》[O]，元广勤书堂刊本，卷 14 第 8 页。
[08]《九家集注杜诗》[O]，四库本，卷 35 第 2–4 页。
[09]《古今合璧事类备要》[O]，明嘉靖年间夏相刻本，前集卷 8 第 4 页。
[10]《古今合璧事类备要》[O]，四库本，前集卷 8 第 4 页。
[11]《竹庄诗话》[O]，四库本，卷 6 第 19 页。
[12]《诗林广记》[O]，明弘治十年（1497）张鼎刻本，卷 2 第 10–11 页。
[13]《纂注分类杜诗》[O]，明铜活字本，卷 14 第 12–13 页。
[14]《老学庵笔记》[O]，四库本，卷 7 第 13 页。
[15]《集千家注杜工部诗》[O]，明刊本，卷 19 第 10 页。
[16]《杜律五言注解》[O]，明万历十六年（1588）吴怀保七松居刻本，卷下第 4 页。
[17]《杜工部五言律诗》[O]，明刻本，卷下第 36 页。
[18]《瀛奎律髓》[O]，清康熙五十一年（1712）黄叶村庄刻本，，卷 1 第 2 页。四库本，同。
[19]《唐诗品汇》[O]，明洪武三十一年（1398）汪宗尼刻本，卷 62 第 15 页。明嘉靖己亥年（1539）刻本，“折，作圻。”
[20]《唐诗正声》[O]，明嘉靖三年（1524）刻本，卷 6 第 9 页。
[21]《唐诗所》[O]，明万历三十四年（1606）版，卷 30 第 2 页。
[22]《唐雅》[O]，明嘉靖二十八年（1549）刻本，卷 7 第 15 页。
[23]《唐诗类苑》[O]，明万历二十九年（1601）年刻本，卷 157 第 14 页。
[24]《古今诗删》[O]，明隆庆及万历间刻本（汪时元校），卷 15 第 8 页。四库本，同。
[25]《唐诗广选》[O]，明凌濛初朱墨套印本，卷 3 第 27 页。
[26]《唐诗选》[O]，明刻本（王穉登序），卷 3 第 15 页。
[27]《唐音统签》[O]，清康熙丁卯年 (1687) 刻本，卷 200 第 7 页。
[28]《李杜诗选》[O]，内府藏明末刻朱墨套印本，杜诗选卷 6 第 15 页。
[29]《唐诗归》[O]，明万历四十五年 (1617) 刻本影印，卷 13 第 16 页。
[30]《唐诗纪》[O]，明万历十三年（1585）刻本，卷 83 第 16–17 页。
[31]《唐诗镜》[O]，四库本，卷 25 第 19 页。
[32]《唐诗解》[O]，明万历年间刻本，卷 34 第 29 页。
[33]《杜诗分类》[O]，明万历四十一年（1613）傅振商刻本，卷 5 第 18 页。
[34]《（国语注解）千家诗》[O]，上海：广益书局民国二十二年（1933）版，第 29–30 页。
[35]《全唐诗》[O]，摛藻堂四库写本，卷 233 第 1 页。
[36]《全唐诗录》[O]，四库本，卷 30 第 30 页。
[37]《御定渊鉴类函》[O]，四库本，卷 347 第 23 页。

续表

[38]《御选唐宋诗醇》[O]，摛藻堂四库写本，卷 18 第 22 页。
[39]《杜工部诗集》[O]，清康熙年间叶永茹刻本，卷 19 第 25 页。小注："坼，同折。"
[40]《杜诗详注》[O]，清康熙三十二年（1693）刻本，卷 22 第 20 页。四库本，同。
[41]《唐诗别裁》[O]，清康熙五十六年（1717）刻本，卷 6 第 9 页。第二句为"今上洞庭楼"。清乾隆二十八年（1763）教忠堂修订本，同。
[42]《唐诗三百首注释》[O]，清光绪十六年（1890）石渠山房刻本，卷 4 第 16 页。
[43]《古唐诗合解》[O]，清光绪壬辰年（1892）江西两仪堂刻本，卷 7 第 20 页。
[44]《湖广通志》[O]，四库本，卷 87 第 7 页。

杜甫《闻官军收河南河北》"白首"与"白日"辨

剑外忽传收蓟北，初闻涕泪满衣裳。
却看妻子愁何在，漫卷诗书喜欲狂。
白首放歌须纵酒，青春作伴好还乡。
即从巴峡穿巫峡，便下襄阳向洛阳。

这是杜甫（712—770）的七律《闻官军收河南河北》，又题《收两河》。在教育部统编的语文教科书中，这首诗从未缺席。查慎行（1650—1727）赞曰："由浅入深，句法相生。自首至尾，一气贯注。"[①] 浦起龙（1679—1762）评道："于神理，妙在逼真；于文势，妙在反振。……生平第一首快诗也。"严羽（约1192—约1245）称："唐人七言律诗，当以崔颢《黄鹤楼》为第一"，但李因笃（1631—1692）却称《闻官军收河南河北》"转宕有神，纵横自得，深情老致，此为七律绝顶之篇。律诗中要带古意，乃臻神境。然崔颢《黄鹤楼》以散为古，公此篇以整为古，较崔作更难。"[②]

不过，不欣赏《闻官军收河南河北》的人也有不少。胡应麟（1551—1602）就说："老杜好句中叠用字，惟'落花游丝'妙绝。此外如……'便下襄阳向洛阳'之类，颇令人厌。"[③] 杨士弘（元人，生卒年不详）《唐音》、高棅（1350—1423）《唐诗品汇》、唐汝询（1624年前后在世）《唐诗解》等很多诗选都没有选收此诗。

在1000多年的流传过程中，《闻官军收河南河北》也出现了不少异文，比如"忽传"有作"急传"或"忽闻"、"蓟北"有作"冀北"、"漫卷"有作"谩

① 〔清〕查慎行撰：《初白庵诗评》[O]，清乾隆四十二年（1777）张氏涉园观乐堂刻本，卷上第29页。
② 〔清〕朱彝尊注：《杜诗评本》[O]，清道光十一年（1831）刻本，卷16第13页。
③ 〔明〕胡应麟撰：《诗薮》[M]，北京：中华书局1958年版，第100页。

卷”或“漫展”、“白首”有作“白日”、“向洛阳”有作“到洛阳”等。这些异文大都无关紧要或者可以通用，但“白首”与“白日”却大异其趣。

一、版本源流

笔者在36种文献的49种古籍版本中检索到了《闻官军收河南河北》，其中24个版本为“白首”，18个版本为“白日”，4个版本为“首，一作日。”3个版本为“日，一作首。”

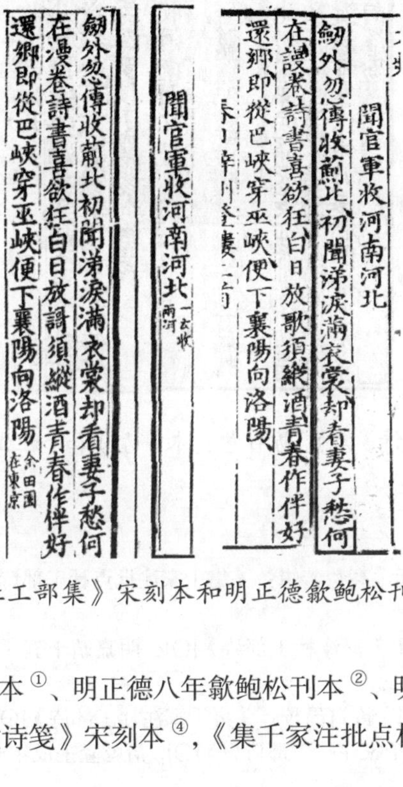
聞官軍收河南河北
劍外忽傳收薊北初聞涕淚滿衣裳却看妻子愁何在謾卷詩書喜欲狂白日放歌須縱酒青春作伴好還鄉即從巴峽穿巫峽便下襄陽向洛陽

聞官軍收河南河北
劍外忽傳收薊北初聞涕淚滿衣裳却看妻子愁何在漫卷詩書喜欲狂白日放歌須縱酒青春作伴好還鄉即從巴峽穿巫峽便下襄陽向洛陽 余田園在東京

《杜工部集》宋刻本和明正德歙鲍松刊本

《杜工部集》宋刻本①、明正德八年歙鲍松刊本②、明玉几山人刻本③等为“白日”。《杜工部草堂诗笺》宋刻本④，《集千家注批点杜工部诗集》元刻本⑤

① 〔宋〕王洙辑：《杜工部集》[O]，宋刻本，卷12第12—13页。

② 〔宋〕王洙辑：《杜工部集》[O]，明正德八年（1513）歙鲍松刊本，卷23第7—8页。

③ 〔宋〕王洙辑：《杜工部集》[O]，沔阳卢氏慎始基斋据明玉几山人刻本景印，卷9第23—24页。

④ 〔宋〕鲁訔编次，〔宋〕蔡梦弼笺注：《杜工部草堂诗笺》，宋刻本，卷23第15页。

⑤ 〔宋〕刘辰翁评、〔元〕高楚芳辑：《集千家注批点杜工部诗集》[O]，元刻本，卷9第10页。

和明初刻本[①]，《集千家注杜工部诗》的明易山人刻本[②]、明许自昌校本[③]，《集千家注杜工部诗集》清乾隆壬戌年刻本[④]，《须溪批点选注杜工部诗》的明初刻本[⑤]、云根书屋明刻本[⑥]，《竹庄诗话》四库本[⑦]，《杜诗荟萃》清康熙戊辰年刻本[⑧]，《杜诗言志》清刻本[⑨]，《唐诗三百首》石渠山房刻本[⑩]，也都是"白日"。

聞官軍收河南河北
劒外忽傳收薊北初聞涕淚滿衣裳却看妻子愁何
在漫卷詩書喜欲狂
白首放歌須縱酒青春作伴好還鄉即從巴峽穿
巫峽便下襄陽向洛陽

聞官軍收河南河北
劒外忽傳收薊北初聞涕淚滿衣裳却看妻子愁何
在漫卷詩書喜欲狂白首放歌須縱酒青春作伴好
還鄉即從巴峽穿巫峽便下襄陽向洛陽

《集千家注分类杜工部诗》元广勤书堂刊本（左）和《杜工部律诗》明刻本（右）

① 〔宋〕刘辰翁评、〔元〕高楚芳辑：《集千家注批点杜工部诗集》[O]，明初刻本，卷 9 第 10 页。

② 〔元〕高楚芳辑：《集千家注杜工部诗》[O]，明嘉靖十五年（1536）明易山人刻本，卷 9 第 24 页。

③ 〔元〕高楚芳辑、〔明〕许自昌校：《集千家注杜工部诗》[O]，明刊本，卷 9 第 18 页。

④ 〔元〕高楚芳辑：《集千家注杜工部诗集》[O]，清乾隆壬戌年（1742）刻本（天津图书馆藏），卷 9 第 16 页。

⑤ 〔宋〕刘辰翁注：《须溪批点选注杜工部诗》[O]，明初刻本，卷 12 第 4 页。

⑥ 〔宋〕刘辰翁注：《须溪批点选注杜工部诗》[O]，云根书屋明刻本，卷 12 第 4 页。

⑦ 〔宋〕何汶撰：《竹庄诗话》[O]，四库本，卷 6 第 3—4 页。

⑧ 〔清〕张远笺注：《杜诗会粹》[O]，清康熙戊辰年（1688）刻本，卷 11 第 14 页。

⑨ 佚名撰：《杜诗言志》[O]，清刻本，卷 9 第 9—10 页。

⑩ 〔清〕蘅塘退士辑：《唐诗三百首》[O]，清光绪十六年（1890）石渠山房刻本，卷 5 第 11 页。

《集千家注分类杜工部诗》的元广勤书堂刊本[①]、元积庆堂刻本[②]、明抄本[③]、明金台书院汪谅刻本[④],《纂注分类杜诗》明铜活字本[⑤],《杜工部七言律诗注》明刻本[⑥],《杜工部七言律诗分类集注》明刻本[⑦],《杜律注》苏民怀桐花馆明刻本[⑧],《杜工部律诗》明刻本[⑨],《杜律七言注解》吴怀保七松居明刻本[⑩],《杜工部七言律诗》明刻本[⑪],《虞邵庵分类杜诗注》明石璞刻本[⑫],《杜诗分类》傅振商明刻本[⑬],《杜子美七言律》明万历闵齐伋刻本[⑭],《唐诗纪》明万历十三年刻本[⑮],《唐诗所》明万历三十四年刻本[⑯],《唐诗类苑》明万历二十九年刻本[⑰],《杜律通解》清康熙刻本[⑱],《补注杜诗》四库本[⑲],《御选唐宋诗醇》四库本[⑳],《河南通志》四库本[㉑],《杜诗评本》清道光刻本[㉒],均为"白首"。

---

① 〔宋〕徐居仁辑、〔宋〕黄鹤补注:《集千家注分类杜工部诗》[O],元广勤书堂刊本,卷3第11页。
② 〔宋〕徐居仁辑、〔宋〕黄鹤补注:《集千家注分类杜工部诗》[O],元积庆堂刻本,卷3第11页。
③ 〔宋〕徐居仁辑、〔宋〕黄鹤补注:《集千家注分类杜工部诗》[O],明抄本,卷3第11页。
④ 〔宋〕徐居仁辑、〔宋〕黄鹤补注:《集千家注分类杜工部诗》[O],明正德十四年(1519)至嘉靖元年(1522)金台书院汪谅刻本,卷3第11页。
⑤ 〔宋〕蔡梦弼、〔宋〕黄鹤等注:《纂注分类杜诗》[O],明万历年间铜活字本,卷3第22页。
⑥ 〔元〕虞集撰:《杜工部七言律诗注》[O],明刻本,卷1第2页。
⑦ 〔明〕薛虞卿注:《杜工部七言律诗分类集注》[O],明崇祯十四年(1641)刻本,卷1第3页。
⑧ 〔元〕虞集撰:《杜律注》[O],明万历苏民怀桐花馆刻本,卷上第2页。
⑨ 〔元〕虞邵庵注:《杜工部律诗》[O],明刻本,卷上第2页。
⑩ 〔元〕虞文靖注:《杜律七言注解》[O],明万历十六年(1588)吴怀保七松居刻本,卷1第2页。
⑪ 〔元〕虞伯生注、〔明〕吴登籍校:《杜工部七言律诗》[O],明刻本,卷上第2页。
⑫ 〔元〕虞集注:《虞邵庵分类杜诗注》[O],明正统年间石璞刻本,卷1第2页。
⑬ 佚名辑:《杜诗分类》[O],明万历四十一年(1613)傅振商刻本,卷5第67页。
⑭ 〔明〕郭正域序:《杜子美七言律》[O],明万历闵齐伋刻本,第17页。
⑮ 〔明〕黄德水、吴琯辑:《唐诗纪》[O],明万历十三年(1585)刻本,盛唐卷90第5页。
⑯ 〔明〕臧懋循编:《唐诗所》[O],明万历三十四年(1606)版,卷35第64页。
⑰ 〔明〕张之象纂辑:《唐诗类苑》[O],明万历二十九年(1601)年刻本,卷126第3页。
⑱ 〔清〕李文炜笺释:《杜律通解》[O],清康熙年间刻本,卷3第37—38页。
⑲ 〔宋〕黄希、黄鹤撰:《补注杜诗》[O],四库本,卷24第8页。
⑳ 〔清〕乾隆辑:《御选唐宋诗醇》[O],四库本,卷15第30页。
㉑ 〔清〕孙灏:《河南通志》[O],四库本,卷74第31页。
㉒ 〔清〕朱彝尊注:《杜诗评本》[O],清道光十一年(1831)刻本,卷16第13页。

《唐音统签》明写本[①]，《杜诗详注》清康熙刻本[②]、四库本[③]，《读杜心解》清雍正浦氏宁我斋刻本[④]，为"首，一作日。"《全唐诗》摛藻堂四库本[⑤]、《杜工部集》清康熙刻本[⑥]，《杜诗镜铨》清同治望三益斋刻本[⑦]，为"日，一作首。"

《苕溪渔隐丛话》宋刻本[⑧]和明抄本[⑨]为"日"，四库本[⑩]为"首"。此外，前二本为"漫展"，后一本为"漫卷"。

《唐诗别裁》也有版本之异。清康熙五十六年刻本为"白首"[⑪]，而清乾隆二十八年教忠堂修订本则为"白日"[⑫]。两个版本不仅存在异文，而且体例不同（前者为10卷本，后者为20卷本），注释也大不一样。后来的清道光十八年刻本、民国万库本、现代中华书局本，均从教忠堂修订本。"白首"变为"白日"，应该是"修订"的结果。

上海辞书出版社《唐诗鉴赏辞典》所载诗文为"白首"，注有"一作白日"。书中配有一幅詹景风（1532—1602）所书杜甫《闻官军收河南河北》，这幅书法作品的文字为"塞外忽传收蓟北，初闻涕泪满衣裳。忽看妻子愁何在，漫转诗书喜欲狂。白日放歌须痛饮，青春作伴早还乡。即从巴峡穿巫峡，便下襄阳下洛阳。"[⑬]此中的"塞外"、"忽看"、"漫转"、"痛饮"、"早还乡"、"下襄阳"均为仅见。书法家信笔由缰，真让人大跌眼镜。

49个古籍版本中，最古的宋刻本《杜工部集》和《杜工部草堂诗笺》为"白日"，但为"白首"的文献和版本数量都更多。仅就版本而论，很难作出判断。

---

① 〔明〕胡震亨辑：《唐音统签》[O]，明写本，卷202第6页
② 〔清〕仇兆鳌注：《杜诗详注》[O]，清康熙三十二年（1693）刻本，卷11第49页。
③ 〔清〕仇兆鳌注：《杜诗详注》[O]，四库本，卷11第62页。
④ 〔清〕浦起龙撰：《读杜心解》[O]，清雍正二年（1724）浦氏宁我斋刻本，卷4之1第23页。
⑤ 〔清〕彭定求等：《全唐诗》[O]，摛藻堂四库本，卷227第14—15页。
⑥ 〔宋〕王洙辑：《杜工部集》[O]，清康熙六年（1667）刻本，卷12第14—15页。
⑦ 〔清〕杨伦笺注：《杜诗镜铨》[O]，清同治十一年（1872）望三益斋刻本，卷9第30页。
⑧ 〔宋〕胡仔撰：《苕溪渔隐丛话》[O]，宋刻本，前集卷7（无页码）。
⑨ 〔宋〕胡仔撰：《苕溪渔隐丛话》[O]，明嘉靖七年（1528）徐梁抄本，前集卷7（无页码）。
⑩ 〔宋〕胡仔撰：《苕溪渔隐丛话》[O]，四库本，前集卷7第9页。
⑪ 〔清〕沈德潜辑：《唐诗别裁》[O]，清康熙五十六年（1717）刻本，卷7第10页。
⑫ 〔清〕沈德潜辑：《唐诗别裁》[O]，清乾隆二十八年（1763）教忠堂修订本，卷13第20页。
⑬ 萧涤非等著：《唐诗鉴赏辞典》[M]，上海：上海辞书出版社1983年版，第542—545页。

二、诗意辨析

古籍文献惜字如金，很少解释具体字词。不明撰者的《杜诗言志》曰：“夫白日非放歌纵酒之时，而因此狂喜则为之放、为之纵。”[①]古代的照明手段落后，喝酒放歌应该多在白天，怎么反说“白日非放歌纵酒之时”呢？

现代文献中的《闻官军收河南河北》几乎全是“白日”，笺释却多有不同，试举几例——

《（白话注释）唐诗三百首》释“白日”为“白天”，而将“白日放歌须纵酒”翻译为“白天放声高歌，更须放纵饮酒。”[②]令人费解的是，为什么白天放歌就一定要纵酒呢？且歌且饮与白天黑夜并没有关系。在忽然听说官军收复家乡后，激动得不能成眠，连夜“漫卷诗书”，甚至“放歌纵酒”，反而更能表达急于归乡的迫切心情。

《唐诗一百首》释“白日”为“光明的日子”，把“白日放歌须纵酒”翻译为“在这样光明的日子里，要痛快地唱歌喝酒。”[③]陶今雁《唐诗三百首详注》则释“白日”为“晴天丽日”，把“白日放歌须纵酒”翻译为“晴天丽日我放声高歌纵情地饮酒”[④]。商务印书馆《唐诗鉴赏辞典》则谓：“‘白日’‘青春’既写季候，也暗示政治上的冬去春来、雨过天晴……”[⑤]解读五花八门，无不牵强附会。

为什么会有这么多奇奇怪怪的解释？因为本诗中的“白日”二字确实有些莫名其妙。强作解人，难免穿凿。

相比之下，“白首”不仅很容易理解，而且更具感染力。头发都已经白了，过了放声高歌的年龄，却又抑制不住心中的狂喜，怎么办呢？必须放纵地饮酒，然后借着酒劲儿，“老夫聊发少年狂”。不仅合乎逻辑，而且把喜极而狂表现得更加淋漓。

---

① 〔清〕佚名：《杜诗言志》[O]，清刻本，卷9第9—10页。
② 梦花馆主注：《（白话注释）唐诗三百首读本》[O]，上海：广益书局民国三十七年（1948）版，第167页。
③ 编辑所：《唐诗一百首》[M]，北京：中华书局1959年版，第44页。
④ 刘首顺译：《唐诗三百首全译》[M]，西安：陕西人民出版社1986年版，第360页。
⑤ 周啸天主编：《唐诗鉴赏辞典》[M]，北京：商务印书馆2020年版，第786页。文中“既”讹为“即”。

“白首放歌须纵酒”的下句是“青春作伴好还乡”。从与“青春”对仗的角度说，“白首”也好于“白日”。

本诗大约创作于宝应元年（762）或广德元年（763），此时的杜甫已经年过半百，在唐代已经算是老年人了。连年颠沛流离、饥寒交迫，更是催人衰老。樊晃（约700—约773）《杜工部小集序》称：“黄门侍郎严武总戎全蜀，君为幕宾，白首为郎，待之客礼。”[①] 也就是说，杜甫客居成都时已经“白首”。这在杜诗中也多有反映。“白头搔更短，浑欲不胜簪。”《春望》作于至德二年（757）。“少壮能几时？鬓发各已苍。”《赠卫八处士》写于乾元二年（759）。其《逃难》诗曰：“五十白头翁，南北逃世难。”也就是说，杜甫的头发早就白了。饱经沧桑的杜甫，经常为“白首”而兴叹，比如他在《梦李白》中说“出门搔白首，若负平生志。”在《独坐》中说：“悲愁回白首，倚杖背孤城。”《送大理封主簿五郎亲事不合却赴通州主簿前阆……亲事遂停》则曰：“青春动才调，白首缺辉光。”此句也是“青春”对“白首”。这里的“青春”显然是指青年时期，而“青春作伴好还乡”中的“青春”未尝不可这样理解——由于欣喜若狂，竟然纵酒放歌，心态也变得年轻了。

百度百科关于《闻官军收河南河北》的整体赏析文字转自上海辞书出版社1983年版《唐诗鉴赏辞典》，所载诗文第五、第六句为“白日放歌须纵酒，青春作伴好还乡。”霍松林的赏析文章称：“‘白日’，指晴朗的日子，点出人已到了老年。老年人难得‘放歌’，也不宜‘纵酒’；如今既要‘放歌’，还须‘纵酒’，正是‘喜欲狂’的具体表现。”[②] 这段话直让人“丈二和尚摸不着头脑”——既然“白日”是指晴朗的日子，怎能“点出人已到了老年”呢？前言不搭后语，“驴唇不对马嘴”。如果针对的是“白首放歌须纵酒”，这段分析倒是非常贴切。这是怎么回事儿呢？翻开该书的1983年第一版和2013年新一版，书中的诗文均为“白首放歌须纵酒，青春作伴好还乡。”赏析文字则为：“‘白首’，点出人已到了老年……”文中根本没有“指晴朗的日子”这一句。书中还有一条注释：“‘白首’，一作‘白日’。如果作‘白日’，就与下句中的‘青春’显得重复，故作‘白首’较好。”[③]

① 〔清〕陆心源辑：《唐文拾遗》[O]，清光绪十四年（1888）刻本，卷23第21页。

② 百度百科：杜甫《闻官军收河南河北》[DB/OL]：https://baike.baidu.com/item/.2020年9月28日查询。

③ 俞平伯等著：《唐诗鉴赏辞典（新一版）》[M]，上海：上海辞书出版社2013年版，第592—593页。

古人作诗，忌讳重叠。即同一首诗中，不能出现同样的字词，甚至涵义相近或者属性相类都要避免。对此，胡应麟亦曾详论："盛唐脍炙佳作，如李颀'朝闻游子唱离歌，昨夜微霜初度河。'景联复云'关城曙色催寒近，御苑砧声向晚多。''朝''曙'，'晚''暮'，四字重用，惟其诗工，故读之不觉。然一经点勘，即为白璧之瑕，初学首所当戒。又如右丞《早朝》诗，'绛帻''尚衣''冕旒''衮龙''珮声'，五用衣服字；《春望》诗，'千门''上苑''双阙''万家''阁道'，五用宫室字；《出塞》诗，'暮云空碛时驱马''玉靶宝弓珠勒马'两用'马'字；《柳州》诗，'衡山''洞庭''三湘''夏口''湓城''长沙'，六用地名。虽其诗神骨泠然，绝出烟火，要不免于冗杂。高、岑即无此等，而气韵远输。兼斯二美，独见杜陵。然百七十首中，利钝杂陈，正变互出，后来沾溉者无穷，注误者亦不少。"[①]"白日"和"青春"都是在说天候，确实有些犯忌。胡应麟在列举众多反例之后，专门盛赞了杜甫，认为杜陵"兼斯二美"，不存在这方面的问题。前文提到，极为推崇杜甫的胡应麟对"便下襄阳向洛阳"中的"叠用"都很不喜，一定不会对"白日……青春……"这样的重复视而不见。考证显示，明代版本中的《闻官军收河南河北》绝大多数为"白首"。笔者相信，胡应麟读到的肯定不是"白日"。

因此，从炼字锻句及其诗意的角度分析，"白首"明显优于"白日"。

三、最后的话

《唐诗别裁》中的"白首"被修订成了"白日"。上海辞书出版社的《唐诗鉴赏辞典》，不仅"白首"被改为"白日"，而且赏析文字都被窜改了。窜改者是那样的自以为是，以至于连个说明都不加。如此编者，代不乏人——这也正是异文产生并以讹传讹的主要原因之一。

包括人教版《语文》教科书[②]在内，现行的版本几乎都是"白日"了。但综合考量版本源流和诗旨文意等各种因素，笔者以为："白首"应为正本。

---

① 〔明〕胡应麟撰：《诗薮》[M]，北京：中华书局1958年版，第89页。文中"绛帻尚衣冕，旒衮龙珮声"，断句有误。

② 编写组：《语文（五年级下册）》[M]，北京：人民教育出版社2019年版，第55页。

韦应物《滁州西涧》的版本纷乱及辨析

独怜幽草涧边行，尚有黄鹂绕树鸣。
春潮带雨晚来急，野渡无人舟自横。

这是唐代诗人韦应物（733—约 793）的《滁州西涧》。在流传到今天的十种唐人选编的唐诗选集中，《御览诗》《又玄集》《才调集》均选有此诗。像这样同时入选 3 种以上“唐人选唐诗”的作品并不多。除个人诗选《韦苏州集》外，宋代的《千家诗》、元代的《唐音》、明代的《唐诗品汇》、清代的《全唐诗》《唐诗三百首》等影响较大的唐诗选集中都有这首诗。尤其是现行各个版本的中小学语文教科书中也大都选有《滁州西涧》，更使此诗广为流布。然而，很少有人知道，该诗存在很多异文，而现在流行的版本未必是最佳的。

为了弄清《滁州西涧》的源流，笔者大范围检索各种汉语古籍数据库，共查到了 55 种文献的 58 个版本，发现的异文及异议远远超出了此前的想象。“独”又作“为”、“幽”又作“芳”、“行”又作“生”、“尚”又作“上”、“绕”又作“深”、“树”又作“处”、“带”又作“滞”、“野”又作“夜”，其中有些异文在唐代的文献中就已存在，而宋代的文献中就已有争论。另外，如何理解此诗的意境及旨归，也一直存在不同的诠释。

虽然本次考证检索到的文献多达 55 种，但有些文献的版本非常混乱。比如同为《才调集》，宋刻本、明内府藏本、四部丛刊明刊本、清文渊阁四库写本（下文简称“四库本”）、中华书局本都不完全一样；一部《韦苏州集》，宋刻本、须溪先生校本、明铜活字本、四库本也存在细节上的差异。这让笔者很难从版本学的角度进行判断。为了便于查阅和对比，笔者把这 58 版本中的异文列于一表，文献信息也缀于表后，表上没有的引用文献另外注明。

一、“行”和“生”、“尚”和“上”

这两处异文比较重要，因为直接影响前两句的诗意。关于这两个字的争议既早又多，而且通常合在一起讨论。

58个版本中，“生”有47处，“行”为11处；“上”有50处，“尚”也为7处，另有1处词句不同。

“独怜幽草涧边生”的意思是唯独怜爱涧边生长的那些幽草。“独怜幽草涧边行”的意思是因为怜爱幽草而行至涧边，王尧衢（生卒年不详，清康雍年间人）《古唐诗合解》在首句下注云“言西涧之幽，芳草可爱，我独怜之，而散步至此。”“上有黄鹂”的意思是“上边有黄鹂”，谓鸟在人和草的上方飞翔。“尚有黄鹂”的意思是虽然天色已晚，但“还有黄鹂”在树上鸣叫。王尧衢在二句后小注“春虽暮矣，尚有黄莺深树里啼转，物情尽堪留念。”那么，哪一种比较好呢？

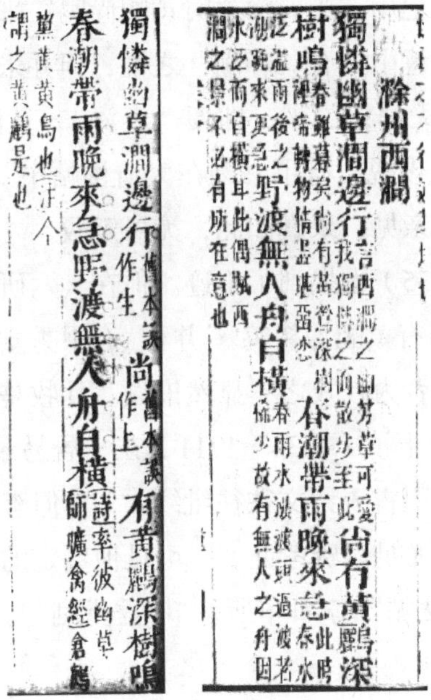
獨憐幽草澗邊行舊本誤作生尚舊本誤作上有黃鸝深樹鳴
春潮帶雨晚來急野渡無人舟自橫

滁州西澗
獨憐幽草澗邊行言西澗之幽芳草可愛我獨憐之而散步至此尚有黃鸝深樹鳴
春潮帶雨晚來急野渡無人舟自橫

《唐诗解》（左）《古唐诗合解》（右）中为“行”和“尚”

杨慎（1488—1559）在《升庵集》中说：“韦苏州诗‘独怜幽草涧边生’，

古本‘生’作‘行’，‘行’字胜‘生’字十倍。”[①] 吴乔（1611—1695）在《围炉诗话》中也说：“杨升庵谓韦苏州《西涧》诗是‘独怜幽草涧边行’，‘行’与‘怜’相应，似胜。”[②] “独怜幽草涧边生”只是表达了对涧边幽草的怜爱，而“独怜幽草涧边行”则不仅怜爱而且有了行动。因此，“行”比“生”的意蕴更丰富，人（作者）与自然的关系也更紧密。关于“尚”和“上”，愚以为也是“尚”优。从语法上说，“上”是无效之字，因为黄鹂当然是在人和草的上方，而“尚”蕴含着诗人的惊喜之意，而且与下文的“晚”字相呼应。

诗意的分析及对比见仁见智，而版本上的证据更有说服力。

杨慎《绝句辨体》在《滁州西涧》诗后注曰：“生本作行，上作尚，见古法帖。”[③] 此所谓“古法帖”指的是什么？

何良俊（1506—1573）《四友斋丛说》：“韦苏州《滁州西涧》诗，有手书刻在太清楼帖中。本作‘独怜幽草涧边行，尚有黄鹂深树鸣。春潮带雨晚来急，野渡无人舟自横’，盖怜幽草而行于涧边，当春深之时黄鹂尚鸣，始于情性有关。今集本与选诗中，‘行’作‘生’，‘尚’作‘上’，则于我了无与矣，其为传刻之讹无疑。”这则笔记用“当春深之时黄鹂尚鸣”来诠释“尚”字，笔者对此不完全认同：一来，诗中虽有“春潮”之说，但并未交代当时是早春、仲春或暮春，“春深”之说无据；二来，即便“春深”，黄鹂鸣叫也很正常，无须大惊小怪。不过，何良俊说“有手书刻在太清楼帖中”，这是一个非常直接的证据。玩其文意，似为亲见。果真如此，无可辩驳。

李日华（1565—1635）也提到了手迹。他在《六研斋二笔》中说正版肯定是“独怜幽草涧边行，尚有黄鹂深树鸣。”并称“有甲秀堂刻牧之行草真迹可据”。李说《滁州西涧》的作者为杜牧之，显然讹误。杜牧是书法家，也可能是他书写了韦应物的诗作。王士禛（1634—1711）在《居易录》中说，“李君实日华鉴别法书名画最精，然引古人诗文往往纰缪。”[④] 但李对“每一真迹必备录其题咏跋语，年月姓名，尤足以资考证。”可见他鉴定的“真迹”还是可信的。

不管杨慎所谓“古法帖”、李日华所称“甲秀堂刻”与何良俊所说“太清楼帖”

① 〔明〕杨慎撰：《升庵集》[O]，四库本，卷 57 第 26 页。
② 〔清〕吴乔撰：《围炉诗话》[O]，清嘉庆戊辰年（1808）刻本，卷 3 第 7 页。
③ 〔明〕杨慎撰：《绝句辨体》[O]，明曼山馆刻本，附录第 3 页。
④ 〔清〕王士禛撰：《居易录》[O]，四库本，卷 2 第 19 页。

出于同碑还是三处碑刻，都有印证或加强之效。

唐汝询《唐诗解》也采信了"独怜幽草涧边行，尚有黄鹂深树鸣。"其在"行"字下小注"旧本误作生"，在"尚"字下小注"旧本误作上"，并在注释中引用了何良俊的那段话。

吴景旭（清人，生卒年不详）编撰《历代诗话》选择的也是"独怜幽草涧边行，尚有黄鹂深树鸣。"该本在诗后注释："此太清楼帖所刻手书也，系蔡元长校鉴，自属真本。何元朗言怜草而行于涧边，当春深之时，而黄鹂尚鸣，始于性情有关。今本'行'作'生'，'尚'作'上'，则于我了无干涉矣。杨升庵亦云，'生'本作'行'，'上'作'尚'，见古法帖。"蔡元长即蔡京（1047—1126），宋代最著名的书法家之一。据传，"宋四家"即"苏黄米蔡"中的"蔡"原本就是他，后人因恶其奸，遂将蔡京换成蔡襄。如果他校鉴过"太清楼帖所刻手书"，那就更加可信了。

但还是有人不以为然。杨守敬（1839—1915）在《日本访书志》中说："昔人云'独怜幽草涧边生'，宋板作'涧边行'，以'生'为误。此诗在第八卷，'幽'下注云：一作'芳'；'生'下注云：一作'行'。则知作'生'、作'行'皆宋板所有矣。今世行者，康熙中项絪以北宋本翻雕，称即王钦臣本。又毛晋所刻王、孟、韦、柳四家本，行箧中无此二书，未知何如。然须溪据六本以校定此本，则所得多矣。"[①]《韦苏州集》有多个版本传世，除明活字本无小注外（应该是技术原因），宋刻本、须溪校本、四库本、万库本都有小注即"幽，一作芳"，"生，一作行。"这说明，早在宋代就已有了这些异文，而且以"生"为正。不过，杨慎、吴乔等人提出异议，尤其是何良俊、李日华和杨慎所说的碑刻法帖，都是明代以后的事情，宋代的编书和刻书者可能并不知道或未见过。如果知道或见过这些文献资料，他们很可能会作出不同的选择。

邵裴子（1884—1968）从《唐诗别裁》中知道碑帖之后，就采信了"行"和"尚"。他在《唐绝句选》中注曰："此诗通行本'行'作'生'，'尚'作'上'。赵寒夫本作'行'。何良俊云太清楼帖韦墨迹作'行'作'尚'，见沈归愚别裁集此诗注，今据校定。"[②]

---

① 〔清〕杨守敬辑：《日本访书志》[O]，清光绪辛巳年（1881）刻本，卷14第5页。

② 邵裴子辑：《唐绝句选》[O]，上海：商务印书馆民国二十五年（1936）版，卷2第11页。

二、“绕树”与“深树”

55种古籍文献，仅《才调集》《渔隐丛话》《笔记》《网师园唐诗笺》为“绕树”。在笔者检索到的5种版本《才调集》中，宋刻本、明内府藏本、四部丛刊本、中华书局本均为“绕树”，只有四库本为“深树”，应该是有意的窜改。不过，《渔隐丛话》的明抄本和四库本均为“绕树”。

“深树”是什么意思？古籍版本都没有解释这两个字，现代的版本有两种解读。一种是“树木深处”。金性尧《唐诗三百首新注》[①]、刘首顺《唐诗三百首全译》[②]等就是这样解释的。人民教育出版社七年级语文的解释为“树阴深处”，与“树木深处”相近。这种解释比较直接，可算是本义。另一种是“枝叶繁茂的树”。中华书局《唐诗一百首》[③]、邱燮友《新译唐诗三百首》、陶今雁《唐诗三百首详注》等持这种解释。枝叶繁茂了，树也就深了，这种解释可算是引申。而“绕树”的意思非常明显，不用解释，也不会有歧义。

明内府藏本《才调集》中的《滁州西涧》，在“绕树鸣”下面有小注：“默云‘绕’字上下映发，若作‘深’，则幽草深树嫌犯□□。”因漫漶剥蚀，最后二字无法辨认，但不影响大意。该书在凡例中说，“集中旧有原注悉依宋本”。如果这个小注确为宋人所注，说明此处异文在宋代就已引起争论。清人殷元勋（生卒年不详）《才调集补注》也转引了这则小注。所谓“嫌犯”，大抵是说“幽草”和“深树”这两个词近似，有“犯叠”之嫌。格律诗中，这是忌讳。“一从归白社，不复到青门。”王维《辋川闲居》第一句中的“白”和第二句中的“青”就被认为犯了此忌，王世懋（1536—1588）在《艺圃撷余》中称：“此皆是失点检处，必不可借以自文也。”[④]类似的例子还有很多。

---

① 金性尧注：《唐诗三百首新注》[M]，上海：上海古籍出版社1980年版，第334页。
② 刘首顺译：《唐诗三百首全译》[M]，西安：陕西人民出版社1986年版，第499页。
③ 编辑所：《唐诗一百首》[M]，北京：中华书局1957年版，第53页。
④〔明〕王世懋撰：《艺圃撷余》[O]，上海：商务印书馆民国二十五年（1936）版，第2页。

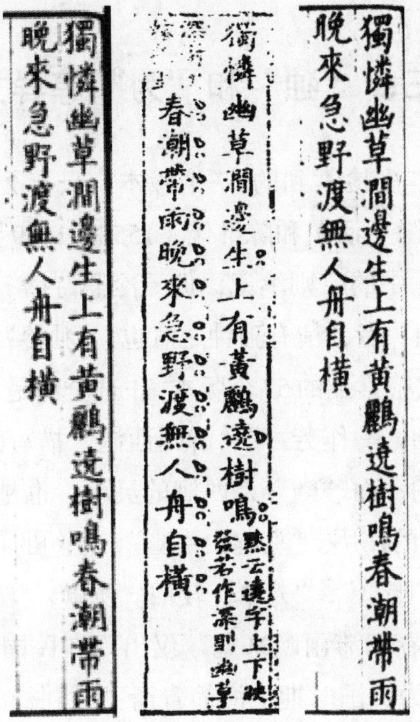
獨憐幽草澗邊生上有黄鸝遶樹鳴春潮帶雨
晚來急野渡無人舟自横

獨憐幽草澗邊生上有黄鸝遶樹鳴黙云遶字上下映發若作深則幽草
春潮帶雨晚來急野渡無人舟自横

獨憐幽草澗邊生上有黄鸝遶樹鳴春潮帶雨
晚來急野渡無人舟自横

《才调集》宋刻本（左），内府藏本（中）和四部丛刊本（右）中为“绕”

除了“嫌犯”，愚以为“绕”比“深”更生动。鸟在树之深处，不在视野之内，感觉离作者比较远。而黄鹂绕树而鸣，应为作者所见，说明离得很近。鸟不避人，感觉更幽。

在明抄本《渔隐丛话》中，“绕”字旁边注有一个“满”字，似乎认为此字应该为“满”。

与“绕”和“深”高度相关，“树”有作“处”的。宋刻本《锦绣万花谷》续集载韦诗第二句是“上有黄鹂深处鸣”。王象之（1163—1230）《舆地纪胜》所载韦诗的第二句则为“山上黄鹂深处鸣”。《全唐诗》《诗法易简录》中也注有“树，一作处”。此句中的“山上”，也是仅见的异文。“深处”与“山上”比较匹配，但与“尚有”和“上有”的契合度不高，因为如果前面没有“山”字，“深处”的指向就不明了。有“涧”就有“山”，呼应很自然。就文本而言，“山上黄鹂深处鸣”并不弱于“上有黄鹂深树鸣”，但不知王象之所据何本。

三、“独”和“为”等异文

“独”和“为”。本次检索到的57个版本，只有2个版本为“为”，即胡仔（1110—1170）《渔隐丛话》和陈继儒（1558—1639）《笔记》，这两部文献都是转载《冷斋夜话》中的一则笔记，但《冷斋诗话》的元刊本、明活字本、四库本均为“独”。“独”者，情有独钟之意也，“独怜”应优于“为怜”。

“幽”和“芳”。本次检索到的57个版本，正选全部是“幽”，只有《韦苏州集》和《全唐诗》注有“幽，一作芳。”《滁州西涧》描写的是春天的景色，春草自然是芳草，不言而喻；而“幽”是西涧的灵魂，也是作者着力营造的意境，所以“幽”字具有点睛的作用。“鸟鸣山更幽”，下句的黄鹂之“鸣”也与“幽”字呼应。另外，比之“幽草”，“芳草”较俗。所以，“幽”应该是正选。

“带”和“滞”。“春潮滞雨晚来急”仅出现在民国时期出版的《千家诗》中（未列入附表）。同为民国时期上海简青斋书局刊行的《绘图千家诗》则为“春潮带雨晚来急”。现代出版的《千家诗》注本，比如张哲永《千家诗评注》、赵兴勤《千家诗新注》，也都是“春潮带雨”。方回（1227—1305）《题吴山长文英野舟五首（其一）》诗曰：“春潮滞雨横舟晚，成就苏州一段奇。向使有人争此渡，韦郎眼底定无诗。”这首诗显然是把韦诗作为吟咏对象。滁州曾隶属于苏州府，所以方回说韦郎“成就苏州一段奇”。这说明，方回读到的《滁州西涧》是“春潮滞雨”。“春潮带雨”的意思是春潮裹挟着雨水，“春潮滞雨”的意思是春潮就像是雨水被滞住了一样。春潮来自春雨，水太多而涧小，雨水积而成潮，就像是水被滞留。愚以为，“滞”比“带”好。

“野”和“夜”。“夜渡无人舟自横”仅见于宋代文献《锦绣万花谷》的四库本，该文献的明弘治五年（1492）铜活字本、明嘉靖十五年（1536）锡山秦汴绣石书堂刻本，以及其他文献的各个版本均为“野渡无人舟自横”（未列入附表）。刚说过“晚来急”，却又说“夜渡”，前言不搭后语。“晚”不等于“夜”，晚间独行于山涧尚可，夜里未免有些瘮人。再者，没有“野”字，也少了野趣。“野”之于“夜”，应为音近之讹。

另有一处大异。曹学佺（1574—1646）编撰《大明一统名胜志·滁州府志胜》中本诗第三句为“孤村风雨晚来急”，此中的“孤村风雨”亦为仅见，不知源于何本。同为曹学佺编选的《石仓历代诗选》则是“春潮带雨”。“孤村风雨”也别有韵致，但似乎没有“春潮带雨”那么激动人心。

顺便指出:《滁州西涧》是首拗绝,有违格律。第二句的第二四六字为仄平仄，第三句的第二四六字却是平仄平，失粘。仇兆鳌（1638—1717）在《杜诗详注》的注释中称《滁州西涧》“平仄不谐而近于七古。”

四、诗题及景点之异

诗题不一，并不鲜见。但与其他诗篇不同，本诗诗题之异还涉及其他方面的争议，比如这首诗到底写的是什么地方？写的是实景还是想象？

57个版本中,《滁州西涧》为36个，这个题目占绝对多数，现在通行的也是这个诗题。《西涧》为6个，数量虽然不多，但早期的文献多为此题。值得注意的是,《舆地纪胜》《方舆胜览》《锦绣万花谷》等3种文献的诗题均与“过永定寺”有关。《舆地纪胜》卷38在“永定寺”条下载有韦诗，称为《过六合永定寺》；卷42在介绍滁州的西涧时又说“西涧，韦应物有诗”，但没有录诗。祝穆(?—1255)《方舆胜览》卷45在“永定寺”条下载有韦诗,称为《过永定寺》;卷47在“西涧”条下再录韦诗，无题。“芳草涧，在六合县永定寺之北。”虽然六合县曾隶属滁州，但离滁州城很远，而“西涧”是在滁州城西。也就是说，《舆地纪胜》和《方舆胜览》均一诗两属。

《大明一统名胜志》也是“一女两嫁”。其中《滁州府志胜》的“西涧”以《滁州西涧》为题引用了全诗,《应天府志胜》中“芳草涧”也引用了韦诗的第一句，并注明“涧以此名，在永定寺北。”① 只是没有提到诗题。明代，六合县隶属于应天府，而非滁州府。

---

①〔明〕曹学佺撰：《大明一统名胜志·应天府志胜》[O]，明崇祯三年（1630）刻本，卷2第17页。

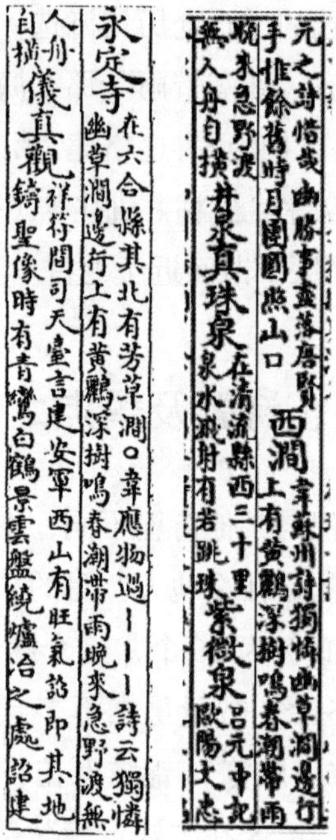
永定寺在六合縣其北有芳草澗○韋應物過ーーー詩云獨憐幽草澗邊行上有黃鸝深樹鳴春潮帶雨晚來急野渡無人舟自橫儀真觀祥符間司天臺言建安軍西山有旺氣詔即其地鑄聖像時有青鸞白鶴景雲盤繞爐冶之處詔建

元之詩惜哉幽勝事盡落唐賢手惟餘舊時月團圞燕山口西澗韋蘇州詩獨憐幽草澗邊行上有黃鸝深樹鳴春潮帶雨晚來急野渡無人舟自橫井泉真珠泉在清流縣西三十里泉水濺射有若跳珠紫微泉呂元中記歐陽文忠

《方舆胜览》卷45（左）中的“永定寺”和卷47（右）中的“西涧”

而在王象之和祝穆之前，欧阳修（1007—1072）就曾对“西涧”提出过质疑，他说：“州城之西，乃是丰山，无所谓西涧者。独城之北有一涧，水极浅，遇夏潦涨溢，但为州人之患，其水亦不胜舟，又江潮不至此。岂诗家务作佳句，而实无此耶？”[①] 永叔此论，客观上为韦诗写于六合县永定寺的芳草涧之说作了铺垫。王象之和祝穆为“芳草涧”接力加码，加之“幽草”又作“芳草”，韦诗写于永定寺之芳草涧也是有理有据。

但后世诗论家多对永叔“西涧非实景”之说不以为然。胡应麟（1551—1602）在《诗薮》中说：“宋人谓滁州西涧，春潮绝不能至，不知诗人遇兴遣词，大则须弥，小则芥子，宁此拘拘？痴人前政自难说梦也。”[②] 王士禛也在《带经堂诗话》中称：“昔人或谓西涧潮所不至，指为今六合县之芳草涧，谓此涧亦以韦公诗而名，滁人争之。余谓诗人但论兴象，岂必以潮之至与不至为据？

① 〔宋〕欧阳修撰：《欧阳文忠公文集》[O]，四部丛刊明刻本，卷73第4页。
② 〔明〕胡应麟撰：《诗薮》[O]，明刻本，外编卷4第13页。

真痴人前不得说梦耳。”[①]二人的意思是，诗人遇兴遣词，并非一定写实，想象虚构也是可以的。此说固然在理，但这样的道理，文豪欧阳修能“不知”吗？诗词文学，状物写景，既可写实，亦可兴象，并不意味着后人不能究其虚实。须知：探明诗人描写是实写还是虚象，有助于更加准确地理解诗意。

那么，滁州城西到底有没有“西涧”以及能否“胜舟”呢？现存最早的滁州地方志《滁阳志》载：“欧阳公诵此诗，谓非滁州作，滁州西涧春潮不到，特六合芳草涧耳，不知芳草涧不名西涧。今滁州西涧，每春雨连作，则溪流暴涨，何谓春潮不到乎？二说非是。又应物有《西涧即事示卢陟》诗，见艺文王明清《挥麈录》记宋太祖入滁事，云以兵浮西涧入自北门，则知西涧旧亦潴水以为备御云，水即沙河之上流。”

“芳草涧不名西涧”之说，在逻辑上有“循环论证”之病。因为韦诗正文中并未说是“西涧”，而诗题则有多说。如果题为《过永定寺》，该诗就与西涧无关了。不过，“每春雨连作，则溪流暴涨”可解“不胜舟”之惑。《西涧即事示卢陟》曰：“寝扉临碧涧，晨起澹忘情。空林细雨至，圆文遍水生。永日无馀事，山中伐木声。知子尘喧久，暂可散烦缨。”韦应物此诗也是题中有“西涧”，而诗之正文称“碧涧”。另外，诗中之“寝”是自家之卧室，还是旅居之客房，亦可存疑。作为滁州刺史，韦宅不应在州城五里之外的山涧旁边；如果是旅舍，所谓“碧涧”倒像是永定寺侧的芳草涧了。

王明清（约1127—约1202）《挥麈录》确实有宋太祖“兵浮西涧”的记载。其文曰：“滁州清流关，昔在五季，太祖皇帝以五千之兵败江南李氏十五万众……提孤军，乘月夜，指纵衔枚，取道于清流关侧芦子孔，浮西涧，入自北门，直捣郡治。”[②]王明清自称“亲尝至其地，恭睹太祖入滁之伟绩。”绘声绘色，言之凿凿，细节或有夸张，但至少西涧是可以“浮”的。

王士禛《带经堂诗话》载：“西涧在滁州城西，宋艺祖自清流关浮西涧以取滁州，亦非细流。”《大明一统名胜志·应天府志胜》之“六合县”载：“杂志云回军渡宋艺祖以周师战李璟凯旋于此。芳草涧……”这两处记载中的“宋

① 〔清〕王士禛撰：《带经堂诗话》[O]，清乾隆二十五年（1760）刻本，卷13第15页。
② 〔宋〕王明清撰：《挥麈录》[M]，北京：中华书局1961年版，第51页。

艺祖”，亦即“宋太祖”赵匡胤——“艺祖”是对开国皇帝的一种美称[①]。

《滁阳志》还载有朱云（明人，生卒年不详）诗《西涧观潮》：“南谯称望郡，西涧号名津。水去遥通海，潮生每及辰。来时沙碛满，落处石痕新。古渡今非昔，应无揭厉人。”说明西涧的春潮曾经很壮观，只是“古渡今非昔”而已。《滁阳志》还把“西涧春潮”列为“滁州十景”之一，且有绘图。综合各种信息，西涧应能“胜舟”，但“春潮”是季节性的，也未必整个春季一直如此。欧阳永叔没有看到，可能去的不是时候。

《滁阳志》中的“西涧春潮”图

不过，西涧可以“胜舟”，并不能证明韦诗写的不是芳草涧。《舆地纪胜》和《方舆胜览》均以《过永定寺》为题，而且记述比较具体，明显倾向于芳草涧。《大明一统名胜志·应天府志胜》也有韦诗写于永定寺北芳草涧的记载，而且那里也发生过军兵“浮涧”之事。另外，韦应物还曾寓居于永定寺。所以，原本写的是芳草涧，后被附会于西涧，也不是没有可能。

《锦绣万花谷》在韦诗后注曰：“六合县北有茅草涧。”该文献的明弘治五年（1492）铜活字本、明嘉靖十五年（1536）锡山秦汴绣石书堂刻本、四库

① “宋太祖”之所以又被称为“宋艺祖”，有多种解读。有人认为这个称呼源于《尚书》，因为《尚书》把有文德才艺的古帝王称为“艺祖”；也有人认为是因为宋太祖武艺高强，堪为“武艺之祖”；还有人认为赵匡胤开创了“重文轻武”的传统，故称其为“艺祖”。

本，均是如此。一见“茅草”，芬芳全消。“茅”与“芳”，太相像，一不留神，就会写错。这样的形近之讹，古籍里俯拾即是，本诗中就有数处。除了“茅”与“芳”、“绕（遶）”与“远（遠）”、“带”与“滞”，关于西涧的俗名，更似“乱花渐欲迷人眼”。

五、西涧的俗名肯定讹误

人有“大名”和“小名”，山川树木往往也有“雅号”和“俗名”。“西涧”就是正式的名称，它在当地也是有俗名的。很多选有《滁州西涧》的诗集在注释中说西涧“俗名上马河”，比如陶今雁《唐诗三百首详注》①、邱燮友《新译唐诗三百首》②、李华《新选千家诗》③等。笔者检索到的十余种现代出版的唐诗选集，但凡提及俗名的，都说是“上马河”，唯孙望《韦应物诗集系年校笺》引《古今图书集成·方舆汇编·职方典》和《光绪滁州志》称西涧俗称“乌土河”或“乌兔河”④。

提及西涧俗名的古籍不多，正式的诗选大都没有注释。由近及远追溯，大致为：子墨客卿（清末人，生卒年不详）《唐诗三百首注释》中为“上马河”；康熙（1654—1722）《御选唐诗》和宋宗元（1738 年中举，生卒年不详）《网师园唐诗笺》中为“乌上河”；和珅（1750—1799）《大清一统志》⑤、赵宏恩（？—1758）《江南通志》⑥和李贤（1408—1466）《大明一统志》中为“乌土河”。顾祖禹（1631—1692）《读史方舆纪要》光绪刻本中为“乌土河”，民国万有文库本为“乌上河”，显然是因为形近讹“土”为“上”。唐汝询（1624 年前后在世）《唐诗解》中为“乌土河”，吴昌祺《删订唐诗解》刻本的字迹斑驳，既像“马上河”，又似“马土河”，可以确定的是“乌”变成了“马”⑦。

那么，地方志是怎么记载的呢？

---

① 陶今雁注：《唐诗三百首详注》[M]，南昌：江西人民出版社 1980 年版，第 351 页。
② 邱燮友注释：《新译唐诗三百首》[M]，台北：三民书局 1988 年版，第 362 页。
③ 李华等选注：《新选千家诗》[M]，北京：人民文学出版社 1984 年版，第 189 页。
④ 孙望校笺：《韦应物诗集系年校笺》[M]，北京：中华书局 2002 年版，第 304 页。
⑤ 〔清〕和珅等纂：《大清一统志》[O]，四库本，卷 90 第 7 页。
⑥ 〔清〕赵宏恩等纂：《江南通志》[O]，四库本，卷 18 第 18 页。
⑦ 〔明〕唐汝询撰、〔清〕吴昌祺订：《删订唐诗解》[O]，清康熙年间刻本，卷 14 第 17 页。

明万历刻本《滁阳志》:“西涧,俗号乌土河,在州西北五里。唐韦应物所咏即此地也。”“沙河,在州西一里,源出侧菱山,北过福山至赤湖,东注于石濑,又东注于西涧,俗又称乌土河。”书中还有关于“乌土桥”的记载。这些记载与《大明一统志》《大清一统志》等一致。

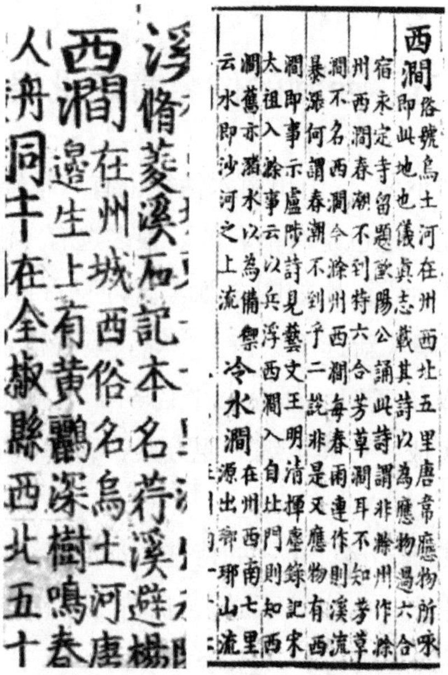
脩菱溪石記本名荇溪避楊
西澗在州城西俗名烏土河唐
邊生上有黃鸝深樹鳴春
人舟
在全椒縣西北五十

西澗俗號烏土河在州西北五里唐韋應物所咏
即此地也儀真志載其詩以爲應物過六合
宿永定寺留題歐陽公誦此詩謂非滁州作滁
州西澗春潮不到特六合芳草澗耳不知芳草
澗不名西澗今滁州西澗每春雨連作則溪流
暴漲何謂春潮不到予二說非是又應物有
澗即事示盧陟詩見藝文王明清揮麈錄記宋
太祖入滁事云以兵浮西澗入自北門則知西
澗舊亦瀦水以爲備禦 冷水澗在州西南七里
云水即沙河之上流 源出瑯琊山流

《大明一统志》和《滁阳志》中均为“乌土河”

《光绪滁州志》:“小沙河源出一都二保,分水岭与全椒县交界……又东合金家桥下,之水为乌兔河,有桥曰兔乌桥,又东入上水关,又在州之西,又名西涧。唐韦应物《滁州西涧》诗即指此。”《韦应物诗集系年校笺》在引用这段话时把“兔乌桥”改成了“乌兔桥”,不知是无心之讹还是有意校改——若是后者,也应注明。“兔”“土”音近,应为讹变。

不难看出,西涧的俗名应为“乌土河”。因为“乌(鳥)”与“马(馬)”形近,“土”与“上”形近,“乌土河”先讹为“马土河”,再讹为“马上河”,又讹为“上马河”。一讹再讹,谬之远矣。

欧阳永叔曾实地寻胜,却说滁州城西“无所谓西涧者”,何故?或许就是因为当地人都称之为“乌土河”。若问“西涧”在哪里,村人反而不知道。

六、另类解读及传说

一般认为，《滁州西涧》就是一首写景的诗。草长莺飞、鸟鸣山幽、春潮涌动、孤舟横水，美景触动诗兴，妙手偶得此诗。诗中有画，亦诗亦画，清丽之笔，足以动人，不必浮想联翩，无须再作他解。韦应物是唐代山水田园派诗人的代表人物之一，咏景状物、寄情山水也符合其一贯的风格。

但还是有人挖掘诗中的“深意”。谢叠山（1226—1289）在《唐诗绝句》的注释中说：“幽草而生于涧边，君子在野，考槃之在涧也；黄鹂而鸣于深树，小人在位，巧言之如流也。潮水本急，春潮带雨，其急可知。国家患难多也；晚来急，危国乱朝，季世末俗，如日色已晚，不复光明也。野渡无人舟自横，宽闲之野，寂寞之滨，必有济世之才，如孤舟之横野渡者，特君相之不能用耳。”谢的意思大抵是：《滁州西涧》貌似写景，实为讽喻，借景表达怀才不遇之忿。这一解释引来了很多质疑。

高棅（1350—1423）在《唐诗品汇》中说：“谢叠山云，幽草，黄鹂，此君子在野，小人在位……此诗人感时多故而作，又何必之果如是也。”王士禛《唐人万首绝句选》凡例云：“元赵章泉、涧泉选《唐诗绝句》，其评注多迂腐穿凿，如韦苏州《滁州西涧》一首：‘独怜幽草涧边生，上有黄鹂深树鸣。’以为君子在下、小人在上之象。以此论诗，岂复有风雅耶？”王尧衢《古唐诗合解》曰：“此偶赋西涧之景，不必有所在意耳。”沈德潜（1673—1769）在《唐诗别裁》中说：“下半即景好句，元人谓刺君子在下、小人在上，此辈难与言诗。”需要说明的是，赵章泉（1143—1229）和韩涧泉（1159—1224）均为南宋中期人，不是元人。《唐诗绝句》的注释者谢叠山殉宋于元朝初年，也不应算是元人。王士禛和沈德潜之谓有误，此为枝节。上述四位诗论家的意思是，谢叠山想得太多了。

李日华更是把谢叠山的讽喻之说与前两句的异文联系了起来。他在《六研斋二笔》中说：“刻集者讹‘行’作‘生’、讹‘尚’作‘上’，宋人遂附会其说，谓牧之有意托兴，以幽草比君子而沦落幽隐，以黄鹂比小人而得意高显，致唐祚垂末而无干济之才，不知‘行’与‘尚’本是随时直赋所见，无关比兴者。”李日华的意思是，宋人附会源于“生”和“上”，“行”和“尚”则不会产生歧义。“行”在涧边，身临其境，现场感更强；“尚”之所见，暗含惊喜，怎会有幽怨？

回到头来，再看谢叠山之说确实是基于“生”和“上”的——若为“行”和“尚”，就说不通了。

韦应物身出名门，年少得意，“安史之乱”之后，流落地方为官，先后担任滁州刺史、江州刺史、苏州刺史。变故转折之后，韦对经世治国逐渐淡漠，转而追求以仕为隐的生活。少食寡欲、立志读书、寄情山水、醉心诗赋，“身多疾病思田里，邑有流亡愧俸钱。”（韦应物《寄李儋元锡》句），知滁州的3年是韦应物写诗最多的时期，此后知江州和苏州也保持着旺盛的创作热情。虽然转型过程中难免有些矛盾和纠结，但也不会有强烈的怀才不遇及愤世嫉俗之感。所以，《滁州西涧》应该与其众多的山水田园诗一样超然于世外。不过，语简意丰乃诗之特性，也是诗之魅力所在。人之际遇及视角不同，对某首诗的理解不一样，也是正常的。不必偏执于一解，也没有“标准答案”。

释惠洪（1071—1128）《冷斋夜话》开篇就是一则关于诗书与鬼神的故事。这条题为《江神嗜黄鲁直书韦诗》的笔记说：“王荣老尝官于观州，欲渡观江，七日风作不得济。父老曰：‘公箧中必蓄宝物。此江神极灵，当献之得济。’荣老顾无所有，惟玉尘尾，即以献之，风如故。又以端砚献之，风愈作。又以宣包虎帐献之，皆不验。夜卧念曰，有黄鲁直草书扇，头题韦应物诗曰：‘独怜幽草涧边生，上有黄鹂深树鸣。春潮带雨晚来急，野渡无人舟自横。’即取视之，惝恍之际曰：‘我犹不识，鬼宁识之乎？’持以献之。香火未收，天水相照，如两镜展对，南风徐来，张帆一饷而济。子观江神必元祐迁客之鬼，不然，何嗜之深耶？”《诗话总龟》《渔隐丛话》《古今说海》《说郛》《笔记》等诗话笔记转载了这个故事，但关于《滁州西涧》的文献中却罕见转引。为什么？可能是因为惠洪最后把江神之嗜归于鲁直书法，因为黄庭坚曾在“元祐党争”中沦为“迁客”。《尧山堂外纪》在韦诗后摘引此记删去了最后一句，显然就是因为此句只关乎鲁直、无关于应物。黄书可以“惊天地”，韦诗也能“泣鬼神”。折扇上既有黄书也有韦诗，安知江神嗜的是书而非诗？应该是由于关系的亲疏——惠洪之于鲁直亦师亦友，惠洪心心念念都是鲁直。令人费解的是，既然惠洪心系鲁直，为何要把韦诗编排进去呢？若鲁直书自作诗，就不会产生异解。难道真有江神、果有其事吗？《古今说海》和《说郛》转录这个故事，都在最后加了一句——“书此，可发一笑。”

七、结语

《滁州西涧》,字句纷乱。异文异议中的多数无关紧要,可以忽略,但有几处,却很重要。比如“行”和“生”、“尚”和“上”、“绕”和“深”。“乌土河”和“上马河”虽然只出现在注释中,但讹误确凿,也应该改正。要知道:这是一首流传了1300多年的经典诗歌,很多古籍尚存,白纸黑字,班班可考。更要知道:这也是一首选入了教科书的诗作,学童视字字为珠玑,唯恐背错一个字,乃至终生不敢忘。因此,呈现在孩子及世人面前的应该是最正亦最佳的版本。

附:韦应物《滁州西涧》异文一览表

序	代	编撰者	文献名	诗题	异文			
01	唐	令狐楚	御览诗	西涧	幽	生	上	深
02	唐	韦庄	又玄集	西涧	幽	生	上	深
03	唐	阙	韦苏州集	滁州西涧	幽	生	上	深
04	蜀	韦縠	才调集	西涧	幽	生	上	绕
05	蜀	韦縠	才调集	滁州西涧	幽	生	上	深
06	宋	李昉	文苑英华	滁州西涧	幽	生	上	深
07	宋	赵蕃	唐诗绝句	滁州西涧	幽	生	上	深
08	宋	刘克庄	后村千家诗	溪居	幽	生	上	深
09	宋	谢枋得	千家诗	滁州西涧	幽	生	上	深
10	宋	释惠洪	冷斋夜话	阙	幽	生	上	深
11	宋	阮阅	诗话总龟	阙	幽	生	上	深
12	宋	蔡正孙	诗林广记	滁州西涧	幽	生	上	深
13	宋	周弼	三体唐诗	滁州西涧	幽	生	上	深
14	宋	洪迈	万首唐人绝句	滁州西涧	幽	生	上	深
15	宋	洪迈	万首唐人绝句	滁州西涧	幽	行	上	深
16	宋	王象之	舆地纪胜	过永定寺	幽	生	□	深
17	宋	祝穆	方舆胜览	过永定寺	幽	行	上	深
18	宋	谢维新	事类备要	阙	幽	生	上	深
19	宋	阙	锦绣万花谷	过永定寺	幽	生	上	深
20	宋	胡仔	渔隐丛话	阙	幽	行	上	绕

续表

序	代	编撰者	文献名	诗题	异文			
21	元	杨士弘	唐诗正音	滁州西涧	幽	生	上	深
22	元	杨士弘	唐音	滁州西涧	幽	生	上	深
23	元	陶宗仪	说郛	阙	幽	生	上	深
24	明	高棅	唐诗品汇	滁州西涧	幽	生	上	深
25	明	高棅	唐诗正声	滁州西涧	幽	生	上	深
26	明	李贤	大明一统志	阙	幽	生	上	深
27	明	李日华	六研斋二笔	滁州诗	幽	行	尚	深
28	明	邵天和	重选唐音大成	滁州西涧	幽	生	上	深
29	明	张震	唐诗正音辑注	滁州西涧	幽	生	上	深
30	明	何良俊	四友斋丛说	滁州西涧	幽	行	尚	深
31	明	陆楫	古今说海	阙	幽	生	上	深
32	明	陆和雍	唐诗镜	滁州西涧	幽	生	上	深
33	明	唐汝询	唐诗解	滁州西涧	幽	行	尚	深
34	明	曹学佺	石仓历代诗选	滁州西涧	幽	生	上	深
35	明	曹学佺	大明一统名胜志	滁州西涧	幽	生	上	深
36	明	戴瑞卿	滁阳志	滁州西涧	幽	生	上	深
37	明	赵廷瑞	南滁会景编	滁州西涧	幽	生	上	深
38	明	蒋一葵	尧山堂外纪	滁州题西涧	幽	生	上	深
39	明	陈继儒	笔记	阙	幽	行	上	绕
40	清	殷元勋	才调集补注	西涧	幽	生	上	绕
41	清	康熙	御选唐诗	滁州西涧	幽	生	上	深
42	清	王士禛	十种唐诗选	西涧	幽	生	上	深
43	清	王士禛	唐人万首绝句选	滁州西涧	幽	生	上	深
44	清	徐倬	全唐诗录	滁州西涧	幽	生	上	深
45	清	彭定求	全唐诗	滁州西涧	幽	生	上	深
46	清	席启寓	唐诗百名家全集	滁州西涧	幽	生	上	深
47	清	宋宗元	网师园唐诗笺	滁州西涧	幽	生	上	绕
48	清	李锳	诗法易简录	滁州西涧	幽	行	尚	深
49	清	王尧衢	古唐诗合解	滁州西涧	幽	行	尚	深
50	清	张英	御定渊鉴类函	滁州西涧	幽	生	上	深
51	清	吴景旭	历代诗话	滁州西涧	幽	行	尚	深
52	清	沈德潜	唐诗别裁	滁州西涧	幽	生	上	深
53	清	子墨客卿	唐诗三百首注释	滁州西涧	幽	生	上	深
54	清	篠崎小竹	唐诗遗	滁州西涧	幽	生	上	深
55	清	王闿运	唐诗选	滁州西涧	幽	生	上	深

续表

序	代	编撰者	文献名	诗题	异文			
56	清	潘英铨	光绪滁州志	西涧	幽	生	上	深
57	清	仇兆鳌	杜诗详注	滁州西涧	幽	生	上	深

版本信息及注释：

[01]《御览诗》[O]，明崇祯元年（1628）毛氏汲古阁刻本，第29页。四库本、中华书局本，同。

[02]《又玄集》[O]，日本享和三年（1803）官板本（江户昌平坂学问所藏），卷中第13页。

[03]《韦苏州集》[O]，宋刻本（江苏巡抚采进本），卷8第13页。小注："幽，一作芳。""生，一作行。"明弘治九年（1496）刻本、刘须溪校本、四库本、万库本，同；明铜活字本无小注。）

[04]《才调集》[O]，宋临安府陈氏书棚版，卷1第19–20页。四部丛刊述古堂影宋钞本和明内府藏本，同。

[05]《才调集》[O]，四库本，卷1第22页。题下小注："御览诗作西涧。"

[06]《文苑英华》[O]，明刻本，卷164第7页。四库本，同。

[07]《唐诗绝句》[O]，日本江户（1603—1868）初写本，第1页。

[08]《后村千家诗》[O]，扬州诗局重刊楝亭藏本，卷15第6页。

[09]《千家诗》[O]，上海：国民书局民国三十四年（1945）版，第8页。第三句为"春潮滞雨晚来急"。

[10]《冷斋夜话》[O]，元刊本，卷1第1页。明活字本、四库本，同。

[11]《诗话总龟》[O]，四部丛刊明月窗道人校刊本，卷48第8页。四库本，同。

[12]《诗林广记》[O]，明弘治十年（1497）刻本，卷4第4页。四库本，同。

[13]《三体唐诗》[O]，四库本，卷2第16页。

[14]《万首唐人绝句》[O]，明嘉靖刻本，卷4第13页。四库本，同。

[15]《万首唐人绝句》[O]，明万历三十五年（1607）刻本（赵宧光校），卷16第6页。

[16]《舆地纪胜》[O]，清影宋抄本，卷38第6页。第二句为"山上黄鹂深处鸣"。

[17]《方舆胜览》[O]，四库本，卷45第2页。卷47第2页再录此诗，题阙文同。

[18]《古今合璧事类备要》[O]，明嘉靖年间夏相刻本，续集卷14第13页。四库本，同。

[19]《锦绣万花谷》[O]，宋刻本，续集卷5第5页。第二句为"上有黄鹂深处鸣"。明弘治五年（1492）铜活字本、明嘉靖十五年（1536）锡山秦汴绣石书堂刻本、四库本，第二句为"上有黄鹂深树鸣"。另：四库本，第四句为"夜渡无人舟自横"。

[20]《渔隐丛话》[O]，明嘉靖七年（1528）抄本，前集卷48（无页码）。首句为"为怜幽草涧边行"。"绕"字旁边注有"满"字。四库本，无旁注。

[21]《唐诗正音》[O]，明本大字刻本，卷6中第2页。

[22]《唐音》[O]，明初魏氏仁实堂刻本，卷6中第3页。四库本，同。

[23]《说郛》[O]，明末刻本（国图善本书号：06345），卷34"附掌录"第10页。四库本，同。

[24]《唐诗品汇》[O]，明嘉靖己亥年（1539）刻本，卷49第7页。明汪宗尼刻本和四库本，同。

[25]《唐诗正声》[O]，明嘉靖三年（1524）刻本，卷10第10页。

[26]《大明一统志》[O]，明天顺五年（1461）内府刻本，卷18第4页。四库本，同。

[27]《六研斋二笔》[O]，明崇祯庚午年（1630）刻本，卷1第23页。四库本，同。

续表

[28]《重选唐音大成》[O]，明嘉靖五年（1526）刊本，卷6第18页。
[29]《唐诗正音辑注》[O]，朝鲜刊本，日本宽政戊午年（1798）本，卷6第16页。
[30]《四友斋丛说》[O]，明万历已卯年（1399）刻本，卷36第2页。
[31]《古今说海》[O]，四库本，卷116第14页。
[32]《唐诗镜》[O]，四库本，卷30第20页。
[33]《唐诗解》[O]，明万历年间刻本，卷28第8页。小注："行，旧本误作生。""尚，旧本误作上。"
[34]《石仓历代诗选》[O]，明崇祯年间刻本，唐卷36第49页。四库本，同。
[35]《大明一统名胜志·滁州府志胜》[O]，明崇祯三年（1630）刻本，卷9第5页。第三句为"孤村风雨晚来急"。
[36]《滁阳志》[O]，明万历四十二年（1614）刻本，卷14第56页。
[37]《南滁会景编》[O]，明嘉靖丁酉年（1537）刻本，卷12第10页。
[38]《尧山堂外纪》[O]，明万历三十四年（1606）刻本，卷28第2页。
[39]《笔记》，四库本，卷5第2页。首句为"为怜幽草涧边行"。
[40]《才调集补注》[O]，清乾隆五十八年（1719）宋思仁校刊本，卷1第38页。
[41]《御选唐诗》[O]，四库本，卷31第30页。
[42]《十种唐诗选》[O]，清康熙三十一年（1692）刻本，《才调集选》卷上第9页。
[43]《唐人万首绝句选》[O]，四库本，卷3第22页。
[44]《全唐诗录》[O]，四库本，卷36第32页。
[45]《全唐诗》[O]，四库本，卷193第13页。小注："幽，一作芳。""生，一作行。""树，一作处。"
[46]《唐诗百名家全集》[O]，清康熙四十七年（1708）刻本，卷8第17页。小注："幽，一作芳。""生，一作行。"
[47]《网师园唐诗笺》[O]，清乾隆三十二年（1767）版，卷15第14页。
[48]《诗法易简录》[O]，清乾隆丁亥年（1767）刻本，卷14第21页。小注："行，一作生。尚，一作上。树，一作处。"
[49]《古唐诗合解》[O]，清光绪壬辰年（1892）江西两仪堂刻本，卷6第3页。
[50]《御定渊鉴类函》[O]，四库本，卷34第14页。
[51]《历代诗话》[O]，四库本，卷49第4页。
[52]《唐诗别裁》[O]，清乾隆二十八年（1763）教忠堂修订本，卷20第7页。
[53]《唐诗三百首注释》[O]，石渠山房清光绪十六年（1890）刻本，卷6下第5页。
[54]《唐诗遗》[O]，日本大阪梅花书屋文化二年（1805）版，卷7第5页。
[55]《唐诗选》[O]，成都：尊经书店清光绪丙子年（1876）刻本，七绝卷第35页。
[56]《光绪滁州志》[O]，清光绪二十二年（1896）刻本，卷1之4第43页。
[57]《杜诗详注》[O]，四库本，卷13第57页。

张继“夜泊”的不是“枫桥”及“寒山寺”

月落乌啼霜满天，江村渔父对愁眠。
姑苏台下寒山寺，夜半钟声到客船。

张继（约 715—约 779）的这首诗，不仅在中国家喻户晓，甚至在日本都妇孺皆知。但此诗的异文及争议也很多，比如“月落”有作“日落”、“乌啼”有作“猿啼”、“江村”有作“江枫”“江边”、“渔火”有作“渔父”、“对愁眠”有作“对愁眼”、“台下”有作“城外”“城下”、“夜半”有作“半夜”、“到客船”有作“过客船”，诗题更是有《夜泊松江》《枫桥夜泊》《夜泊枫江》《枫桥寺》《宿枫桥》《晚泊》《枫桥》《舟》等多种（为了辨析表述的方便，下文一般语境下称《夜泊》），甚至作者也另有温庭筠之说。其中关于“江村渔父”及“半夜钟”的争议更是历经近千年、席卷诗学界，至今也没有停止。以“枫桥夜泊”为关键词在知网上搜索，相关的论文达 40 多篇。学者们不断以新的知识、从新的角度对该诗进行解读、诠释或者质疑。

时代在发展，技术在进步。互联网时代，我们有了更先进的检索手段，有了更多更大的数据库，也就可以获取更多的文献，从而对唐诗等经典篇章进行更全面的考查和研究。本次考证及辨析，笔者从北京大学古籍库、中国国家数字图书馆、哈佛燕京图书馆中文特藏等几大数据库中检索到了载有《夜泊》的古典文献 56 种，版本达 64 个。以文献成书年代划分，唐代 1 种，宋代 23 种，元代 1 种，明代 19 种，清代 12 种；以版本刊行时间划分，宋本 4 个，元本 3 个，明本 17 个，清本 37 个，民国版本 2 个，现代版本 1 个。

在阅读相关文献的过程中，笔者逐渐产生了一种感觉，那就是以前对《夜泊》的认知与大量的文献史料严重不符，而且读得越多，这种感觉越是强烈，最终颠覆了以前的认知并做出了迥异于前人的判断：这首诗所描写的地方并不是姑苏城西的“枫桥”及“寒山寺”，而是城东的松江一带。诗中的“江枫”应为“江村”，“姑苏城外”应为“姑苏台下”，原本的诗题应为《夜泊松江》，肯定不是《枫桥夜泊》。

一、版本源流概览

《夜泊》的异文争议主要集中在“江枫”和“渔火”上，而这方面的争议与诗题紧密相关。

64 个版本中，“江枫”51 处，“江村”13 处，“渔火”59 处，“渔父”5 处，即《文苑英华》的 2 个版本、《渔隐丛话》宋刻本、《全唐诗》和《古今诗话纂》。另外，有 2 个金代瓷枕上的诗文为“江边渔父”。

最早收录本诗的文献是唐人高仲武（中唐人，生卒年不详）辑编的《中兴间气集》。该书的 3 个古籍版本均为“江枫渔火”，但标题都不完全一样。涵芬楼藏明翻宋刊本为《夜泊松江》，四库本为《夜泊松江》加小注“原题《枫桥夜泊》”，中华书局版（以毛氏汲古阁影宋抄本为底本）为《夜宿松江》加小注“宿，嘉靖本、汲本作泊”。另：王士禛（1634—1711）删纂《十种唐诗选》中的《中兴间气集》为《夜泊松江》。

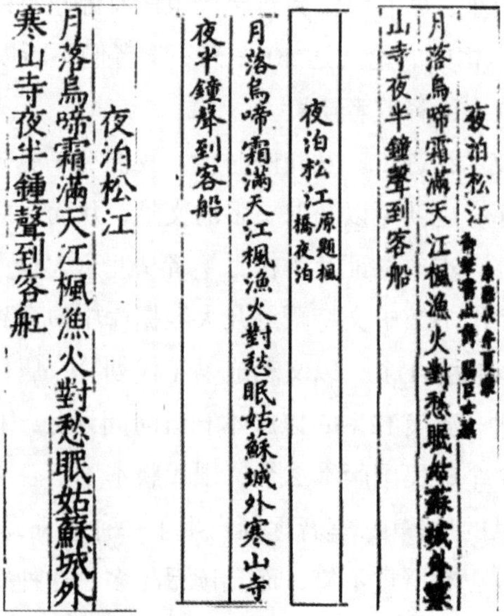
夜泊松江
月落烏啼霜滿天江楓漁火對愁眠姑蘇城外
寒山寺夜半鐘聲到客舡

夜泊松江 原題楓橋夜泊
月落烏啼霜滿天江楓漁火對愁眠姑蘇城外寒山寺
夜半鐘聲到客船

夜泊松江
月落烏啼霜滿天江楓漁火對愁眠姑蘇城外寒
山寺夜半鐘聲到客船

《中兴间气集》的明刻本（左）、四库本（中）和删纂本（右）

综合判断,《中兴间气集》的诗题应为《夜泊松江》。虽然这个诗题仅见于《中兴间气集》，但应该是本诗最初的题目，也是最贴切的诗题。《枫桥夜泊》是宋代以后才有的。由于这个诗题逐渐大行于世，导致后人误以为它是原题，所以四库本称“原题《枫桥夜泊》”。而《中兴间气集》中的“江枫渔火”应该也是窜改的结果，因为明代的时候“江枫渔火”已经流行，而明人喜欢窜改古书是公认的。或许有人要问：那凭什么说诗题没有经过窜改呢？这需要参考其他各方面的因素。笔者的总体判断是：本诗先被改了诗文，后来又被改了诗题，这是一个相当长的过程。对此，后文将有论述。

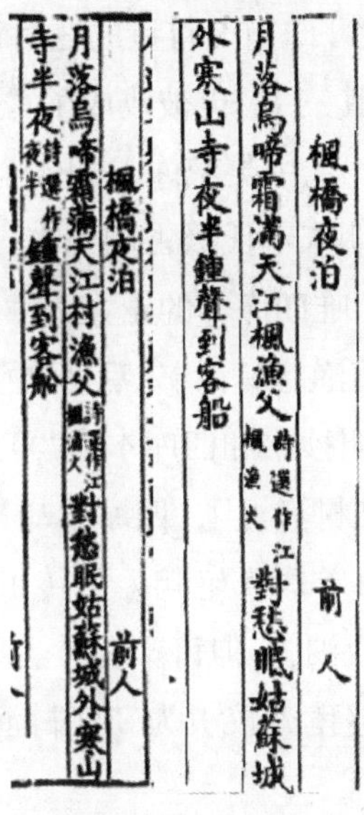
楓橋夜泊　前人
月落烏啼霜滿天江楓漁父詩選作江楓漁火對愁眠姑蘇城
外寒山寺夜半鐘聲到客船

楓橋夜泊　前人
月落烏啼霜滿天江村漁父詩選作江楓漁火對愁眠姑蘇城外寒山
寺半夜詩選作夜半鐘聲到客船

《文苑英华》的宋刊本（左）和四库本（右）

李昉（925—996）《文苑英华》是较早收录《夜泊》的文献之一。这一文献有宋本残卷传世，其中就包括收有《夜泊》的第292卷，这也是64个版本中的5个宋本之一。该本中的诗题已经成了《枫桥夜泊》，但正文为“江村渔父”加小注“诗选作江枫渔火”，这也是“江村”和“渔父”最早的出处之一。四库本中的诗题仍为《枫桥夜泊》，但正文变成了“江枫渔父”加小注“诗选作江枫渔火”。需要说明的是，《文苑英华》虽然编于北宋初期，但由于错误太多，一改再改，几易其手，拖到南宋才刊行于世。而“枫”出现在《夜泊》中，应该是始于北宋。

王安石(1021—1086)《唐百家诗选》也有宋绍兴(1131—1162)本残本传世，该本中的诗题已为《枫桥夜泊》，正文为“江枫渔火”。

另外两个宋本是祝穆（？—1255）《方舆胜览》的宋咸淳三年（1267）刻本和王象之（1163—1230）《舆地纪胜》的清影宋抄本。这两本中引用的本诗都没有诗题，正文为“江枫渔火”。

64个版本中，刘克庄（1187—1269）《分门纂类唐宋时贤千家诗选》（又名《后村千家诗》）是唯一的元本。该本中的诗题为《舟》，亦为仅见。“分门纂类”是该书的体例，为了让诗题与门类更匹配，编者修改了很多诗的题目。比如，就在“舟”这一门类之下，有8首诗的题目都叫《舟》。除张继的《夜泊》外，崔颢的《长干行四首（其三）》也被改成了《舟》。

龚明之（约1091—1182）《中吴纪闻》的4个版本，诗题均为《宿枫桥》。明弘治七年（1494）刻本、明末毛氏汲古阁刻本、清咸丰三年（1853）粤雅堂本的正文均为“江村渔火”，唯四库本的正文为“江枫渔火”。

胡仔(1110—1170)《苕溪渔隐丛话》先后两次引用本诗。后集卷2未引诗题，正文宋刻本为“江村渔父”，明抄本和四库本为“江村渔火”；后集卷15题为《枫桥夜泊》，正文明抄本为“江村渔火”，四库本却为“江枫渔火”（宋刻本阙）。

洪迈（1123—1202）《万首唐人绝句》的传世版本也有不同。该文献3个古籍版本的诗题均为《枫桥夜泊》，但诗文有异。明嘉靖刻本和四库本均为“江枫渔火”，而明万历刻本（赵宧光校）为“江村渔火”，书目文献出版社1983年版沿袭了这个版本。

王观国（1140年前后在世）《学林》的明嘉庆己巳年（1809）刻本、清光绪二十五年（1899）广雅书局重刊本、四库本均为“江枫渔火”，清抄本原本写的是“江村渔火”，但有人在“村”的旁边改作“枫”。

另外，吴曾（南宋绍兴年间人）的《能改斋漫录》亦为《枫桥夜泊》和“江村渔火”。此后，明代的《姑苏志》《唐音统签》《大明一统名胜志》和清代的《全唐诗录》《御定佩文斋咏物诗选》等文献为“江村渔火”，其他绝大多数文献均为“江枫渔火”，而诗题也基本都成了《枫桥夜泊》。唯一的例外是《全唐诗》，其取“江枫渔父”加小注“父，一作火。”

高棅（1350—1423）《唐诗品汇》的明嘉靖刻本、明汪宗尼刻本和四库本均为“江枫渔火”，但嘉靖刻本有脚注“枫作村”。同为高棅辑选的《唐诗正声》

明嘉靖刻本则为“江村渔火”。

陆容（1436—1497）《菽园杂记》的一则笔记曰：“张继《枫桥夜泊》诗二句云：‘江村渔父对愁眠’，不若旧本‘江枫渔火’为佳，此皆刻本之误也。”另有小注称：“原本‘江枫渔火’为佳，之下曰，但不知继自改定、定于他人尔。”这说明当时还有“江村渔父”的版本。

寒山寺藏有一块俞樾（1821—1907）书写的诗碑。刻石正面的诗文是通行的版本，但刻石的背面附刻了一段俞樾的注释：“唐张继《枫桥夜泊》诗脍炙人口，惟次句‘江枫渔火’四字颇有可疑。宋龚明之《中吴记闻》作‘江村渔火’，宋人旧籍可宝也。此诗宋王郇公曾写以刻石，今不可见。明文待诏所书亦漫漶，‘江’下一字不可辨。筱石中丞属余补书，姑从今本，然‘江村’古本不可没也，因作一诗附刻，以告观者。”其诗曰：“郇公旧墨久无存，待诏残碑不可扪。幸有《中吴记闻》在，千金一字是‘江村’。”显而易见，俞樾对“江村”爱不忍弃，但他只注意到《中吴纪闻》中的“江村渔火”，却不知《文苑英华》《万首唐人绝句》《能改斋漫录》等宋代文献中均有。俞樾之所以不察，可能是因为他看到的大都是四库本。四库把原本中的“江村渔火”基本上都改成了“江枫渔火”，连个异文都不注，实在是误导后人。实际上，《中吴纪闻》的四库本中也是“江枫渔火”，好在清末还有粤雅堂丛书行世，而此本中为“江村渔火”。俞樾读到的《中吴纪闻》，可能就是这个版本。如果他看到了宋本《文苑英华》等文献，想必会把“江村渔火”直接写到诗碑的正面。

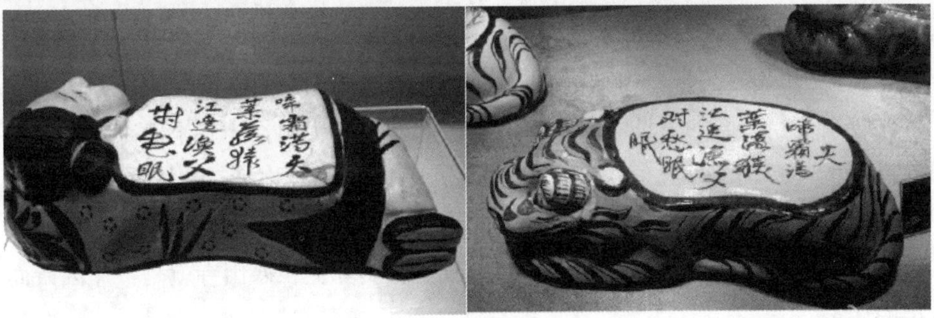

金代的两个瓷枕

值得一提的是，上海博物馆曾展出过一个宋金时期的仕女瓷枕，上写有“叶落猿啼霜满天，江边渔父对愁眠。”[①]另一个虎纹瓷枕上也写有同样的内容。这两个瓷枕上的“叶”“猿”“边”等字均为仅见，但“父”却另见于《文苑英华》《全唐诗》等。“父”与“火”形似，这肯定是造成讹误的主因。“渔火”指“渔船上的灯火”，“渔父”指“渔船上的男人”，都说得通。“渔火”有些绕，“渔父”较质朴。细玩诗意，笔者以为“渔父”为佳。

版本太多，不再详述。总的来说，《枫桥夜泊》这个诗题在宋代就已成主流，明清时期几乎一统，而“江枫渔火”也逐渐成了不二的选择。因此，就版本的数量及源流而言，诗题及正文似乎应该是《枫桥夜泊》和“江枫渔火”。但在诗意、史实等其他方面，却存在很多不合，无法自圆其说。

二、“江”“枫”“寺”全部虚无

关于《夜泊》的争议，围绕“江枫”的最多；而关于“江枫”的争议，并不在于异文，而是如何理解——即“江枫”到底是什么意思？主要有两种观点：一说是指“江边的枫树”，一说是“江桥”或“江村桥”与“枫桥”的合称。然而，寒山寺的旁边只有一条小河，既没有江，也没有枫树；而且，文献表明唐代既没有“江村桥”，也没有“枫桥”；甚至，既没有“寒山寺”，也没有“半夜钟”。

（一）寒山寺并非实指

关于寒山寺历史的记载，最权威的当属清末叶昌炽（1849—1917）所纂《寒山寺志》。在此之前，寒山寺没有编修过寺志。《寒山寺志》对寒山寺的历史作了比较系统、全面的考证和著录。但寒山寺的早期历史，一直不清不楚。当年叶昌炽的《寒山寺志》甫一问世，就有人不以为然，称：“寒山寺羌无故实，不过一荒寒之山寺耳！”[②]虽然如今的寒山寺相当繁盛，那不过是因为因诗而名、因名而兴，但“羌无故实”的窘况并未改变。实际上，寒山寺就是一座因诗而生的庙宇。

最早将诗与寺联系起来，可能源于宋代。朱长文（1039—1098）《吴郡图

① 钟离有忌撰：《江边渔父对愁眠》[N]，天津：《今晚报》1991年6月2日。
② 凌郁之著：《寒山寺诗话》[M]，南京：凤凰出版社2013年版，前言。

经续记》："普明禅院在吴县西十里枫桥。枫桥之名远矣。杜牧诗尝及之，张继有《晚泊》一绝。"[①]《舆地纪胜·平江府》之"景物"篇介绍了兴福寺、开元寺、觉报寺、报恩寺、福臻院、观音院，没有提及普明禅院或枫桥寺或寒山寺。祝穆（？—1255）《方舆胜览》："枫桥寺，在吴县西十里。唐人张继诗：'月落乌啼霜满天，江枫渔火对愁眠。姑苏台下寒山寺，半夜钟声到客船。'"[②]范成大（1126—1193）《吴郡志》也收录了张继的诗，诗题亦为《晚泊》，其文只有"普明禅院"或"枫桥寺"，而无"寒山寺"。"普明禅院，即枫桥寺也。在吴县西十里，旧枫桥妙利普明塔院也。""按《吴郡图经》，实妙利普明塔院，而不著经始之岁月。唐人张继、张祐尝即其处作诗记游，吟诵至今，而枫桥寺亦遂知名于天下。太平兴国初，节度使孙承祐重建浮屠七成，峻峙蟠固，人天鬼神所共瞻仰。至嘉祐中，始改赐普明禅院，而雄杰伟丽之观滋起矣。"这意味着，宋代的时候，张继的诗题中已经有了"枫桥"二字，所谓《晚泊》应为略语。但这些记录也说明，此时还没有"寒山寺"这个名字。但因"不著经始之岁月"，这个因诗而名的"枫桥寺"或"普明塔院"是不是后来的"寒山寺"并不确定。

李贤（1409—1467）《大明一统志》中出现了"寒山寺"这个名字："寒山寺，在府城西一十里。"[③]王鏊（1450—1524）的《姑苏志》："寒山禅寺，在阊门西十里枫桥下，旧名妙利普明塔院。宋太平兴国初，节度使孙承祐建浮图七成。嘉祐中，改普明禅院。然唐人已称寒山寺矣。相传寒山、拾得尝止此，故名，然不可考也。"[④]先是附会诗题，然后附会诗文，进而附会寒拾，然而只是"相传"，"不可考也"。

明嘉靖《吴邑志》："寒山寺，梁建。"[⑤]仅仅两个字，将寒山寺的历史提前到了南北朝时期。同治《苏州府志》则称："寒山禅寺，在县西十里枫桥，故称枫桥寺，起于梁天监间，旧名妙利普明塔院。"[⑥]此说比《苏邑志》更加具体，现在的解读也多依此说。此前的文献均称寒山寺"不详其经始岁月"，突然变

① 〔宋〕朱长文撰：《吴郡图经续记》[O]，四库本，卷中第 15 页。
② 〔宋〕祝穆撰：《方舆胜览》[O]，宋咸淳三年（1267）刻本，卷 2 第 12 页。
③ 〔明〕李贤撰：《大明一统志》[O]，明天顺五年（1461）内府刻本，卷 8 第 12 页。
④ 〔明〕王鏊等纂：《姑苏志》[O]，四库本，卷 29 第 62—63 页
⑤ 〔明〕杨循吉撰：《吴邑志》[O]，明嘉靖癸亥年（1566）刻本，卷 4 第 4 页。
⑥ 〔清〕李铭皖撰：《同治苏州府志》[O]，清刻本，卷 40 第 8 页。

得如此详细，而且没有给出任何根据，实在太突兀了。

或曰：除张继《夜泊》诗，还有多位唐人的诗中出现了“寒山寺”，怎么能说唐时姑苏之“寒山寺”“羌无故实”呢？其实，那些诗中的“寒山寺”都是虚指“寒山中的寺院”，而非实指名字就叫“寒山寺”的寺院，更与苏州的这个“寒山寺”无关，比如韦应物《寄恒璨》：“心绝去来缘，迹住人间世。独寻秋草径，夜宿寒山寺。今日郡斋闲，思问楞伽字。”刘言史《送僧归山》：“楚俗蕃花自送迎，密人来往岂知情。夜行独自寒山寺，雪径泠泠金锡声。”方干《途中言事寄居远上人》中也有“白云晓湿寒山寺，红叶夜飞明月村”之句，所谓“寒山”也不是实名，而是一种修辞——因为“霜满天”，山被寒气所笼罩，故曰“寒山”。虽然苏州城外确实有一座名叫“寒山”的小山，但此山与寒山寺没有关系。释皎然《闻钟》中有一句“古寺寒山上，远钟扬好风”。张继诗中的“寒山寺”应该也是“寒山上的古寺”之意。

至于韦应物《寄恒璨》后来被改题为《宿寒山寺》，并被作为唐代即有寒山寺的证据，也属牵强附会。的确，韦应物曾任苏州刺史，但他也当过滁州刺史。有学者认为，《寄恒璨》与韦应物另一首诗《宿永阳寄璨律师》应当作于同一时期，而永阳县在滁州治内。细审诗意，《寄恒璨》应该不是作于苏州，而更可能作于滁州[①]。程德全（1860—1930）在重修寒山寺时，把韦应物的《宿寒山寺》和释皎然的《闻钟》刻石并置于寺内，显然是生拉硬拽。

张继谢世之后才出生的张祜（约785—849）特别爱好游览，而且喜欢咏寺。他的《张承吉文集》中有《题虎丘寺》《题丘山寺》《题虎丘东寺》《题虎丘西寺》《题苏州楞伽寺》《题苏州思益寺》《题苏州灵严寺》《题普贤寺》等多首题咏苏州寺院的诗，却没有关于寒山寺的。

又或问：唐代名僧寒山与寒山寺的关系又如何解释？有道是：“因僧而有寺，因寺而有诗”，也就是说，因为寒山子而有寒山寺，有了寒山寺才有张继诗。这种说法虽然流传甚广，其实也是在宋代以后，寒山子才与寒山寺（枫桥寺）扯上关系，比如绍昙禅师《枫桥枯山讣音》诗曰：“半夜客船钟，渔火愁眠省。不见老寒山，泪湿吴云冷。幽鸟啼霜月影斜，野桥枫叶翻红锦。”此中

① 杨明撰：《张继诗中寒山寺辨》//《中华文史论丛》[J]，1987年第2、3合辑，收《汉唐文学辨思录》，上海古籍出版社2005年版。

提到了寒山，但诗题中为“枫桥”，而不是“寒山寺”，只不过二者很近而已。宋代文献均称“枫桥寺”，而非“寒山寺”，也说明“寒山寺”因寒山子而名并未得到时人的认可。如果真如传说的那样，唐代就修建了寒山寺且因寒山子而名，宋人不可能完全不提“寒山寺”。

直接把寒山寺之名与寒山子联系在一起是明永乐十一年（1413）姚广孝所作的《寒山寺重兴记》，其文曰：“唐元和中有寒山子者……寻游天台寒岩，与拾得、丰干为友，终隐入岩石而去。希迁禅师于此创建伽蓝，额曰寒山寺。”但此文的真伪颇有争议，且文中已经说明，所谓“寒岩”，在浙东的天台，而不是在苏州。

（二）唐代既无“枫桥”亦无“江桥”

《全唐诗》中，“枫桥”只出现了两次，除《枫桥夜泊》外，就只有张祜的《枫桥》，又作杜牧《怀吴中冯秀才》。“长洲苑外草萧萧，却算游程岁月遥。唯有别时今不忘，暮烟秋雨过枫桥。”这被认为唐代就有“枫桥”的主要证据，但这首诗的来历不明，非常可疑：一是收录这首诗的文献非常少。二是作者不一，有的版本归杜牧，有的版本归张祜，有的版本二人兼收。三是此诗最早出现于北宋末期的文献。北宋四大部书之一的古代诗文总集《文苑英华》中没有这首诗。《舆地纪胜·平江府》之“诗”篇收录了唐宋数十位诗人的近百篇有关苏州的诗歌，其中包括张继的《夜泊》，也包括张祜的《松江怀古》，但没有《枫桥》或《怀吴中冯秀才》。编于唐代的《樊川文集》中没有《怀吴中冯秀才》，宋人补编的《樊川外集》才收有此诗。《樊川外集》既不知何人所编，也不知成于何时。“由于北宋末刻家不辨真伪，贪多求全……故《樊川外集》中讹伪甚多。”[①] 宋蜀刻本《张承吉文集》收录张祜诗歌 516 首，其中也没有《枫桥》。巴蜀书社 2007 年出版的《张祜诗集校注》把此诗另外编入“集外诗”，注明的来源就是那些史志。笔者以为，该诗应为宋人伪作。

《吴郡志》：“枫桥，在阊门外九里道傍，自古有名，南北客经由未有不憩此桥而题咏者。”[②] 姑苏是富庶繁华、人文荟萃之地，枫桥又是“南北往来，

① 郭文镐撰：《〈樊川外集〉诗辨伪》[J]，西安：《唐都学刊》，1987 年第 2 期。
② 〔宋〕范成大撰：《吴郡志》[O]，四库本，卷 17 第 10 页。

必经于此”且“自古有名”的要道，还拥有一个充满诗情画意的名字，依照常理，它确实应该像扬州的“二十四桥”一样，成为诗人们纷纷吟咏的对象，然而事实并非如此。就拿韦应物（737—791）来说，他先后当过滁州刺史和苏州刺史，还被称为“韦苏州”。任职滁州时，城郊的一条乱草丛生的小河沟，他都写了好几首诗，包括著名的《滁州西涧》，而在守苏州期间，竟然对枫桥未留一字。《舆地纪胜·平江府》收录的近百首唐宋诗中，白居易《忆旧游》和《送李使君》分别提到了皋桥和乌鹊桥，没有任何一首诗提及“枫桥”。对此，宋人已经提出了质疑。王楙（1151—1213）在《野客丛书》中问：“白乐天、韦应物尝典吴郡，又以诗名，皮日休、陆鲁望与吴中士大夫赓咏景物，如皋桥、乌鹊桥之属，亦班班见录，顾不及‘枫桥’二字。何也？”①

笔者认为，最合理的解释是：唐代的姑苏城外，根本就没有“枫桥”。其实，不仅唐诗中鲜见“枫桥”，其他唐代文献中也难觅“枫桥”的影子。而“枫桥”的出现，可能始于北宋。

《吴郡图经续记》卷中曰：“普明禅院在吴县西十里枫桥。枫桥之名远矣……旧或误为封桥，今丞相王郇公顷居吴门，亲笔张继一绝于石，而枫字遂正。”王郇即宋仁宗时大学士王珪。这段记载称，王郇在书张继诗的时候把“封”改成了“枫”，但张继的诗中从来就没有“封”字，实在莫名其妙。另一令人不解的是，《吴郡图经续记》卷中的“桥梁”篇凡十五节，记录了20多座桥梁，既没有“封桥”，也没有“枫桥”。《江南通志》：“枫桥即枫关，旧本名封桥，因张继诗相承作枫。”②《姑苏志》之“枫桥”载：“《豹隐记谈》云，旧作封桥，后因张继诗相承作‘枫’。今天平寺藏经多唐人书，背有‘封桥常住’字。”③李日华（1565—1635）《六研斋二笔》也有与《姑苏志》几乎一样的记载④。另据王謇（1888—1969）《宋平江城坊考》：“枫桥，去阊门七里。《豹隐记谈》云：旧作封桥。王郇公居吴时书张继诗刻石作‘枫’字，相承至今。天平寺藏经多唐人书，背有‘封桥常住’四字朱印。知府吴潜至寺赋诗，云‘借问封桥桥畔人’。笔史言之，潜不肯改，信有据也。翁逢龙亦有诗，且云寺有藏经，题‘至和三

① 〔宋〕王楙撰：《野客丛书》[O]，四库本，卷23第13页。下同。
② 〔清〕黄之隽等纂：《江南通志》[O]，四库本，卷25第20页。
③ 〔明〕王鏊等纂：《姑苏志》[O]，明正德（1506—1521）刻本，卷19第13页。
④ 〔明〕李日华撰：《六研斋二笔》[O]，明崇祯年间刻本，卷2第29页。

年曹文遡写施封桥寺。’作‘枫’者非。熊尝见佛书，曹氏所写，益可信云。”[1]王謇考证以为，“封桥”乃“封家桥”之谓，“封”是姓氏，且今松江尚有“封”姓子孙。当代所编《苏州市志》说：“枫桥，曾名封桥，为古代水陆交通要道，设护粮卡，每当漕粮北运经此，就封锁河道，禁止别的船只通行，故名之为‘封’。自唐张继作《枫桥夜泊》诗后，枫桥之名遂远播四方。”这些记载都证明，在北宋的时候，“枫桥”还叫“封桥”。也就是说，唐时苏州没有名为“枫桥”的桥。

关于“封”改“枫”的说法，《姑苏志》等多种文献均谓引自周遵道（宋人，生卒年不详）的《豹隐纪谈》。但笔者查阅了哈佛燕京中文特藏和上海涵芬楼版《说郛》收录的《豹隐纪谈》，两个版本中均无关于“枫桥”的记载。

《太平寰宇记·江南东道》之“苏州”卷只介绍了“皋桥”[2]，没有提到“枫桥”或“封桥”。《舆地纪胜·平江府》之“景物”篇介绍了吴江桥、乌鹊桥、乘鱼桥、百口桥，未及其他桥梁。《方舆胜览·平江府》的“寺观”篇中有“枫桥寺”，但“桥梁”篇中却没有“枫桥”。

徐崧（清初人，生卒年不详）、张大纯（1637—1702）辑编的《百城烟水》之“吴县”卷载：“枫桥，明崇祯末僧法华募修，方上龙门大兵即过其下，名枫江。”[3]该文献没有提及更早关于“枫桥”的信息。

与“枫桥”类似，唐代也没有“江村桥”或“江桥”。现代版《江村桥重修记》说：“江村桥，始建年代不详。今桥系清康熙四十五年（公元1706年）重建。”

《全唐诗》中没有出现“江村桥”，“江桥”出现了7次，但都与寒山寺无关，比如杜甫《倚仗（盐亭县作）》中的“山县早休市，江桥春聚船。”《吴郡图经续记》列举的20多座桥梁中，既没有“封桥”或“枫桥”，也没有“江村桥”或“江桥”。南宋石刻《平江图》，寒山寺前只有枫桥，没有江村桥。明代《姑苏志》出现了“江村桥”，但释文只有四个字“枫桥西北”。另有一处提及：“自横塘北流直入运河，曰洞泾；自彩云港北折出洞泾之西，曰白莲泾；又西出江村桥，曰枫桥湾。”《寒山寺志》之“志桥”中关于“江村桥”的记录只有7个字：“江村桥，曰枫桥湾。”[4]此文出自《姑苏志》，但如此截取，委实说不通。

---

① 王謇著：《宋平江城坊考》[M]，南京：江苏古籍出版社1999年版，第249页。

② 〔宋〕乐史撰：《太平寰宇记》[O]，宋刊本，卷91第11页。

③ 〔清〕徐崧、〔清〕张大纯辑：《百城烟水》[O]，清康熙庚午年（1690）刻本，卷2第3页。

④ 叶昌炽撰：《寒山寺志》[M]，南京：江苏古籍出版社1999年版，第2页。

所以如此处理，可能是没有找到关于“江村桥”的史料，只好拿这7个字凑数。可以推断，至少在宋以前，寒山寺旁原本没有“江村桥”或“江桥”，为了附会《枫桥夜泊》，才给后来修建的桥起了这个名字。也就是说，张继作《夜泊》诗时，那个地方没有江村桥。

至于所谓“枫江”，也是查无来历。《全唐诗》中只有两首关于“枫江”的诗。刘绮庄《扬州送人》中有“桂楫木兰舟，枫江竹箭流”之句，许浑《喜远书》中有“寄怀因桂水，流泪极枫江”之句。此二诗中“枫江”与“桂楫”和“桂水”对仗，既非实指，也与姑苏无关。《御定骈字类编》中的“枫江”条云：“骆宾王《赠李八骑曹序》：山芳袭吹，坐疑兰室之中；水树含春，宛似枫江之上。又《夏初饯宋少府之丰城序》：帝里天津，槐衢分黑龙之水；巴陵地道，枫江连白马之门。”[①] 此中“枫江”也都是为工遣词，亦非实有此江。寒山寺附近的小河，也实在称不上“江”。关于本诗的古籍版本中，“枫江”仅出现在《全唐诗》，其诗题下小注“一作《夜泊枫江》”，不知其来何自。另就是《百城烟水》称“枫江”在“枫桥”之下。

（三）寒山寺也没有“枫树”和“钟声”

《夜泊》是一首有声有色的诗。所谓“声”，包括乌啼之声和夜半钟声；所谓“色”，包括霜天之白，还有枫叶之红。读者肯定都以为，寒山寺下，枫桥旁边，一定有枫树。然而，没有。

王端履（1814年进士）《重论文斋笔录》云：“江南临水多植乌桕，秋叶饱霜，鲜红可爱，诗人类指为枫，不知枫生山中，性最恶湿，不能种之江畔也。此诗‘江枫’二字，亦未免误认耳。”[②]

近代学者陈衍（1856—1937）也曾感慨地说：“天下有其名甚大，而其实平平无奇者。苏州寒山寺，以张继一诗，脍炙人口；至日本人，尤妇孺皆知。余前后曾得两绝句，一云：‘只应张继寒山句，占断枫桥几树枫。’实则并无一枫也。一云：‘算与寒山寺有缘，钟楼来上夕阳边。’实则并无钟也。桐城方贲初有绝句云：‘曾读枫桥夜泊诗，钟声入梦少年时。老来远访寒山寺，零

① 〔清〕沈宗敬等编：《御定骈字类编》[O]，四库本，卷196第51页。
② 〔清〕王瑞履撰：《重论文斋笔录》[O]，清刻本，卷9第30页。

落孤僧指断碑。’殆亦与余同其感想矣。”①

再把时间往前推移七八百年。《野客丛书》之“枫桥”称：“杜牧之诗曰：‘长洲茂苑草萧萧’，‘暮烟秋雨过枫桥’。近时孙尚书仲益、尤侍郎延之，作《枫桥修造记》与夫《枫桥植枫记》，皆引唐人张继、张祜诗为证，以谓枫桥之名著天下者，由二公之诗，而不及牧之。按牧与祜正同时也……崔信明诗‘枫落吴江冷’。江淹诗：‘吴江泛丘墟，饶桂复多枫。’又知吴中自来多枫树。”王楙一方面为《枫桥》或《怀吴中冯秀才》的作者问题为杜牧鸣不平，一方面为唐诗中鲜见“枫桥”而感到奇怪，同时也提到当时曾修造枫桥并在桥边植枫。笔者相信，这样的植枫之举在历史上绝不止一次两次，然而，枫呢？“枫生山中，性最恶湿。”宋人植枫失败，今之枫桥依然无枫，皆为自然界的规律使然。

《夜泊》之外，唐诗中确实还有“江枫”。严武（726—765）《巴岭答杜二见忆》诗中有“江头赤叶枫愁客，篱外黄花菊对谁”之句。成彦雄（五代南唐进士，生卒年不详）《江上枫》诗曰：“江枫自蓊郁，不竞松筠力。一叶落渔家，残阳带秋色。”这些诗中的“江枫”可能属于“误认”。枫叶之红，无人不知，所以一见到红色的树叶，人们就会想当然地以为是枫。比如北京西山的红叶，今人多指为枫，其实，“西山红叶是黄栌，不是枫树。”②不过，王端履认为《夜泊》中的“江枫”属于“误认”，可能是源于失考——如果他见过《夜泊松江》及“江村渔父”等无枫的版本，应该就不会这么解释了。

“唐人有云：‘姑苏台下寒山寺，半夜钟声到客船。’说者亦云，句则佳矣，其如三更不是打钟时。”③欧阳修（1007—1072）的这段话引来了无数的争议。宋人王直方、叶梦得、王观国、陈正敏、吴聿、王楙、计有功、陆游、陈岩肖、胡仔、龚明之，元人释园至，明人郎瑛、朱承爵、胡震亨、胡应麟、许学夷，清人王士禛、孙涛、马位、袁枚、吴景旭、何文焕，近人高步瀛等知名诗家都曾就“半夜钟”问题发表意见。有人认为半夜是否敲钟无关诗旨，有人认为“夜半钟声”实为“五更钟”被误以为“半夜钟”，而绝大多数人基于考证认为吴地寺院确有半夜钟。持论者大都三言两语，笼统而简略，唯扬州人张邦基（1131

① 〔清〕陈衍：《石遗室诗话》[O]，上海：商务印书馆民国十八年（1929）版，卷30第13页。

② 汪曾祺撰：《北京的秋花》//《食事》[M]，南京：江苏人民出版社2014年版，第189页。

③ 〔宋〕欧阳修撰：《六一诗话》[O]，四库本，第9页。

年前后在世）和吴人龚明之说得比较具体。张邦基在《墨庄漫录》中说："今平江城中从旧承天寺鸣钟，乃半夜后也，余寺闻承天钟罢，乃相继而鸣，迨今如是，以此知自唐而然。"据此可知，姑苏"半夜钟"始于唐代的承天寺，后来有些寺院因袭。龚明之在《中吴纪闻》中说："诗话尝辨之云：姑苏寺钟多鸣于半夜。予以其说为未尽，姑苏钟唯承天寺至夜半则鸣，其他皆五更钟也。"据此，仅承天寺有"半夜钟"，这与陈衍谓寒山寺"实则并无钟"相印证。也就是说，寺里本没有"半夜钟"，甚至连"五更钟"都没有。

实际上，明以前的文献中也没有发现寒山寺有实物"钟"的记载。《百城烟水》之"寒山寺"云："嘉靖间，僧本寂铸钟建楼。"小注曰："钟遇倭变，销为炮。"[①] 现在寺内钟楼上悬挂的大钟系清光绪三十年（1904）江苏巡抚陈夔龙重修寒山寺时铸造的。1920年，康有为（1858—1927）游览寒山寺并赋诗："钟声已渡海云东，冷尽寒山古寺枫。勿使丰干又饶舌，他人再到不空空。"在题款中又云："唐人钟已为日人取去"。但此说未见于任何文献。1948年，《申报》接连发表俞逸芬（？—1945）的文章，敦促国民政府要求日本查找并归还古钟[②]，但不了了之。其实，所谓"日人窃走古钟"只是近代才有的坊间传说。

既无"江（村）桥"也无"枫桥"，既无"枫树"也无"枫江"，那么关于"江枫"的两种解释都说不通，而诗题《枫桥夜泊》或《夜泊枫江》也都成了无源之水、无本之木。反观《夜泊松江》及"江村渔父"则顺理成章，没有任何违拗之处。

乐史（930—1007）《太平寰宇记》："吴江本名松江，又名松陵，又名笠泽。其江出太湖……至秋月多生鲈鱼，张翰思鲈脍之所也。"[③]《大明一统名胜志·松江府志胜》："晋张翰仕齐王，囧在京师，见秋风起，思松江鲈鱼脍，遂命驾东归……"[④] 也就是说，至少在晋时，就已经有了"松江"。"松江"原名"淞江"，"然讳水为灾，故淞字去水。"今人不知来由，又称"吴淞江"，还有"吴淞口"。

至于"江村"，亦非实指，就是松江边儿的村子。月落欲曙，乌臼啼叫。江村的渔父伴愁而眠，姑苏山笼罩在霜天之下，寒山之中还有一座寺院，夜半

① 〔清〕徐崧、〔清〕张大纯辑：《百城烟水》[O]，清康熙庚午年（1690）刻本，卷2第5页。
② 郁乃尧撰：《姑苏寒山寺的古钟及其悬案》[J]，苏州：《寒山寺》2005年第4期。
③ 〔宋〕乐史撰：《太平寰宇记》[O]，宋刊本，卷91第16页。
④ 〔明〕曹学佺撰：《大明一统名胜志·松江府志胜》[O]，明崇祯三年（1630）刻本，卷10第3页。

时分还有钟声传到客船……萧杀、悲凉、孤寂、愁苦，既符合舆地环境，也符合作者心境。

唐诗中鲜见“枫桥”，却有很多“松江”。比如杜牧的七绝《泊松江》(或作许浑《夜泊松江渡寄友人》)、张祜的五绝《松江怀古》、许浑的七律《宿松江驿却寄苏州一二同志》和五律《泊松江渡》(或作《南游泊船江驿》)、方干的七古《题松江驿》、吴融的五律《松江晚泊》和七律《晚泊松江》、刘长卿的七律《登松江驿楼北望故园》、羊士谔的七绝《题松江馆》、李郢的七律《晚泊松江驿》、窦巩的五律《早春松江野望》，等等。从这些诗中可以看出，唐时松江有渡口和驿站，往来客船多停泊于此。而且，窦巩《早春松江野望》首句“江村风雪霁，晓望忽惊春”中也出现了“江村”二字。

另外，与张继同时代的诗人司空曙有一首题为《江村即事》的诗：“钓罢归来不系船，江村月落正堪眠。纵然一夜风吹去，只在芦花浅水边。”其中第二句中有5个字与张继的《夜泊》相同，即“月落”和“江村……眠”。不管是谁借鉴谁，都可以印证《夜泊》中的“江枫”应该是“江村”。

陈景沂(宋人，生卒年不详)《全芳备祖》之“木部”有一节专门介绍了“枫”，其文曰：“枫，香树，似白杨，叶圆而歧分，有脂而香，其子大如鸭卵，二月花发……至霜后叶丹可爱，故骚人多称之。”文后引用了很多前代诗人咏枫的诗句，其中就包括“月落乌啼霜满天，江枫渔火对愁眠。”当然也包括杜牧的“停车坐爱枫林晚，霜叶红于二月花。”[①] 的确，霜后的红枫很美。所以有人说，如果没有“枫”字，张继此诗就会减色。当初把“村”改成“枫”的人，可能就是这么想的。但原本就是原本，后人不能因为觉得某个字美就改换到前人的诗文中。其实，“江村”也很美。除“钓罢归来不系船……只在芦花浅水边”之外，杜甫《江村》诗中也有“自来自去梁上燕，相亲相近水中鸥”等句。这种闲适之美，别有一种韵味。

“枫”固然美，但咏多了，也会让人腻味，甚至落于俗套。“枫”之美，美于表；“村”之美，蕴于内。况且，张继此时的心境是“灰暗”的，愁眼之中就不该有“鲜艳”的色彩。

---

① 〔宋〕陈景沂撰：《全芳备祖》[O]，四库本，后集卷18第1、3页。

三、“姑苏台下”远胜“姑苏城外”

收录全诗的64个版本，只有祝穆（？—1255）《古今事文类聚》和《方舆胜览》（两个版本）为“姑苏台下”，《锦绣万花谷》为“姑苏城下”，其他的版本均为“姑苏城外”，但有几种诗话的引文却为“姑苏台下”。比如欧阳修《六一诗话》中的那段关于“半夜钟”的笔记中，引用的诗句即为“姑苏台下寒山寺，半夜钟声到客船。”后来，宋魏庆之《诗人玉屑》、无名氏《锦绣万花谷》、江少虞《宋朝事实类苑》、阮阅《诗话总龟》、李颀《古今诗话》、何文焕《历代诗话》、施蛰存《唐诗百话》等在引用欧公那段话时都保留了原句，其中《诗人玉屑》的宋刻本、元刻本、明刻本，《诗话总龟》的涵芬楼景明本和四库本均未作改动。《锦绣万花谷》后集卷5引用全诗时为“姑苏城下”，续集卷3引用的本诗后两句中亦为“姑苏城下”[①]，但后集卷33引用欧阳笔记时仍为“姑苏台下”[②]，充分体现了对原作的尊重。

虽然“姑苏台下”的版本数量远远少于“姑苏城外”，但笔者以为，前者远远好于后者。

“姑苏城”无须解释。“姑苏台”是什么呢？它是吴王夫差的行宫，始建于公元前505年。《太平寰宇记》：“姑苏台，吴王夫差为西施造，以望越。”[③]《吴都文粹》载：“姑苏台，在姑苏山。旧图经云在吴县西三十里……横亘五里，崇饰土木，殚耗人力，宫妓千人。台上别立春宵宫，为长夜之饮……”[④]因耽于享乐，致国破身亡，这是历史上“奢靡亡国”的经典案例，也常常成为诗人咏叹的对象。李白就曾数次援引此典，比如《乌栖曲》诗曰：“姑苏台上乌栖时，吴王宫里醉西施。”《苏台览古》诗曰：“旧苑荒台杨柳新……曾照吴王宫里人。”曹邺《姑苏台》诗曰：“吴宫酒未消，又宴姑苏台……星散九重门，血流十二街……”白居易也在《杂兴》诗中写道：“伍员谏已死，浮尸去不回。姑苏台下草，麋鹿暗生麑。”柳永《双声子》词也以姑苏台为背景：“三吴风景，姑

① 〔宋〕不著撰者：《锦绣万花谷》[O]，宋刻本，续集卷3第3页。
② 〔宋〕不著撰者：《锦绣万花谷》[O]，四库本，后集卷33第8页。
③ 〔宋〕乐史撰：《太平寰宇记》[O]，宋刊本，卷91第13页。
④ 〔宋〕郑虎臣辑：《吴都文粹》[O]，四库本，卷2第46—47页。

苏台榭，牢落暮霭初收。夫差旧国，香径没，徒有荒丘……”在古诗词中，“姑苏台”就是一种意象，拥有非常丰富的历史内涵。该词一出现在诗中，马上就会让人联想到当年的吴王及其奢靡之害，自然生发出无限的感慨，从而达到借古讽今或警世省人的艺术效果。

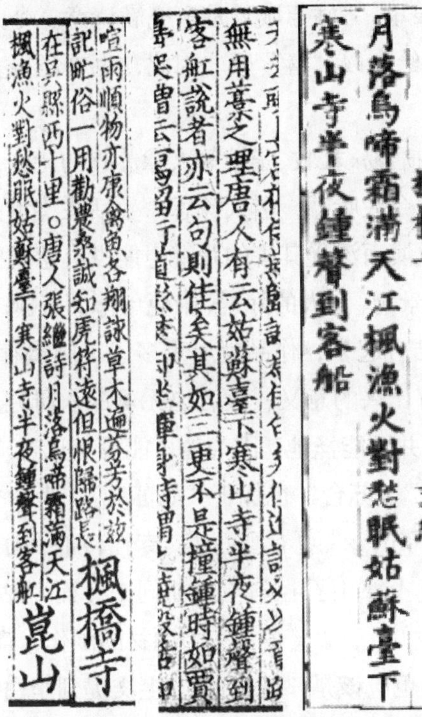

楓橋寺
月落烏啼霜滿天江楓漁火對愁眠姑蘇臺下
寒山寺半夜鐘聲到客船
張繼

無用喜之理唐人有云姑蘇臺下寒山寺半夜鐘聲到
客舡說者亦云句則佳矣其如三更不是撞鐘時如貫

喧雨順物亦康禽魚各翔詠草木遍芬芳於茲
記吡俗一用勸農桑誠知虎符遠但恨歸路長
楓橋寺
在吳縣西十里○唐人張繼詩月落烏啼霜滿天江
楓漁火對愁眠姑蘇臺下寒山寺半夜鐘聲到客舡
崑山

《方舆胜览》宋刻本（左）、《诗人玉屑》宋刻本（中）、《事文类聚》明刻本（右）

而“姑苏台”出现在《夜泊松江》中，非常符合本诗的历史背景。白居易《长恨歌》诗曰：“承欢侍宴无闲暇，春从春游夜专夜。”这与“吴王宫里醉西施”何其相似乃尔！正是由于唐玄宗李隆基重蹈吴王的覆辙，导致了“安史之乱”，使登第才两年的张继流落吴地，也才有了《夜泊》这首诗。

“愁”是本诗的“诗眼”。愁什么？愁个人前途，忧国家命运。开元十二年（753）进士及第，开元十四年（755）“安史之乱”。仕途刚刚开始，盛世突然动荡。不仅官做不成了，还不得不到处漂泊。如此巨大的落差，那么混乱的时局，怎一个“愁”字了得？！然而，众多的唐诗选本在赏析本诗时，虽然也说“愁”是诗眼，却都语焉不详。要么轻描淡写地称之为“羁旅之愁”，要么一笔带过、不加细说。《唐诗鉴赏辞典》关于《夜泊》的赏析洋洋千言，也没有说作者因何而愁[①]。为什么会这样？一方面可能是因为很多人不了解诗的背景，未领会诗的精神，另一方面恐怕也与版本的变异有关。本诗最有历史内涵、最能体现诗旨的就是“姑苏台”三字，然而通行的版本却都是“姑苏城”。“上有天堂，下有苏杭。”在世人眼里，“姑苏城”是个充满诗意、令人向往的地方。它不仅不让人“愁”，甚至给人以“喜”感。因此，也难怪很多人不解或不甚解此诗之“愁”。

纵览李白、杜甫、白居易、杜牧、张祜等人咏苏州的诗作，大都会借吴王起兴，因为那段历史确实非常令人唏嘘，引人深思。生活在盛世的李白尚且念念不忘吴王之覆，正因历史重演而深受其害的张继岂能没有感觉？吟诗作赋，重在意蕴。若仅着眼于眼前的景物、个人的际遇，未免单薄而轻飘；但若把现实和历史、个人前途和国家命运结合起来，作品就厚重多了。施蛰存说，“这首诗是一般的赋写景物的诗，没有比兴的意义，读者也无可深入研究。”[②]这委实贬低了本诗的价值。不过，这并不能怪他，因为他可能没有见过“姑苏台下”的版本。

从修辞的角度说，“姑苏台”也优于“姑苏城”。为什么？因为“姑苏台下寒山寺”比“姑苏城外寒山寺”更有画面感。寺在台下，山为背景，“诗中有画，画有有诗。”这与“远上寒山石径斜”异曲同工。而“姑苏城”与“寒山寺”甚至连同框都很难。事实上，以《夜泊》为题材的画作，都没有“城”的影子。

联系诗的上下文，也应该是“姑苏台”。上文提到李白《乌栖曲》中有“姑苏台上乌栖时”，而《夜泊》也是以“月落乌啼”开头。《乌栖曲》是李白的成名作之一，比李白小15岁左右、年龄上正好晚一辈的张继肯定读过这首诗。化用一下，情理之中。另外，刘商（唐大历年间进士）《姑苏怀古送秀才下第归江南》中也有“姑苏台枕吴江水……城乌啼尽海霞销”之句。可见“乌”与“姑苏台”如影随形。这首诗写在《乌栖曲》和《夜泊》之后，应该亦属借鉴。

或问：姑苏台在城的西南，松江在城东。如果泊船于松江，又怎能看到姑苏台呢？“姑苏台枕吴江水”，而“吴江本名松江”（语出《太平寰宇记》，前文已引）。现在，吴江和松江分别指一条江的上下两段，并不是很长。当时，

① 萧涤非等撰：《唐诗鉴赏辞典》[M]，上海：上海辞书出版社1983年版，第1403页。
② 施蛰存著：《唐诗百话》[M]，上海：上海古籍出版社1987版，第465页。

姑苏台也已不存，诗中的“姑苏台”与“寒山寺”一样，都是虚指。托物起兴，诗之常也。

四、“乌”指的是乌臼而非乌鸦

“月落乌啼”中的“乌”指的是什么？古籍文献中都没有具体的解释，现代文献一般都解释为乌鸦，比如施蛰存的《唐诗百话》①、刘逸生的《唐诗小札》②、姚奠中的《唐宋绝句名篇评析》③、张叔宁的《唐诗三百首新赏》④、管士光的《唐诗精选》⑤、刘学锴的《唐诗选注评鉴》⑥、王启兴的《千家诗新注》⑦、北京燕山版《唐诗鉴赏辞典》⑧、湖北辞书版《唐诗鉴赏辞典》⑨，等等。笔者查阅了 20 多种赏析唐诗的书籍，要么没有对“乌”作出解释，要么解释为“乌鸦”或“乌鹊”，没有把“乌”解释为其他鸟的。

上文提到，“月落乌啼”中的“乌”与李白《乌夜啼》和《乌栖曲》中的“乌”应为同指。那么李白诗中的“乌”指的是什么呢？

《乌夜啼》属于乐府旧题。郭茂倩《乐府诗集·西曲歌》中的“乌夜啼”共收有 8 曲，包括李白的诗。根据《乐府诗集》的解题，“乌夜啼”多写男女离别相思之苦。南朝乐府民歌《读曲歌》曰：“打杀长鸣鸡，弹去乌臼鸟。愿得连冥不复曙，一年都一晓。”此曲将乌臼鸟与报晓鸡相提并论。《乐府诗集》之《乌夜啼》八曲之四为：“可怜乌臼鸟，强言知天曙。无故三更啼，欢子冒闇去。”这首诗也明确地说“乌”为乌臼鸟。而《乌夜啼》的其他几曲均只言其“乌”，没有一曲明确说是“鸦”或“鹊”，更没有说是“乌鸦”。

李时珍（1518—1593）《本草纲目·伯劳》：“鵙鳩，《尔雅》名鶪鵙（音

① 施蛰存著：《唐诗百话》[M]，上海：上海古籍出版社 1987 年版，第 465 页。
② 刘逸生著：《唐诗小札》[M]，广州：广东人民出版社 1962 年版，第 183 页。
③ 姚奠中著：《唐宋绝句名篇评析》[M]，北京：商务印书馆 2017 年版，第 152 页。
④ 张叔宁等著：《唐诗三百首新赏》[M]，重庆：重庆大学出版社 1996 年版，第 577 页。
⑤ 管士光著：《唐诗精选》[M]，郑州：大象出版社 2012 年版，第 128 页。
⑥ 刘学锴著：《唐诗选注评鉴》[M]，郑州：中州古籍出版社 2016 年版，第 1242 页。
⑦ 王启兴等注：《千家诗新注》[M]，武汉：湖北人民出版社 2007 年版，第 73 页。
⑧ 孙育华主编：《唐诗鉴赏辞典》[M]，北京：北京燕山出版社 1996 年版，第 493 页。
⑨ 傅德岷主编：《唐诗鉴赏辞典》[M]，武汉：湖北辞书出版社 2005 年版，第 296 页。

批及）……江东谓之乌臼，又曰鸦。小于乌，能逐乌……五更辄鸣，曰架架格格，至曙乃止。”[①] 从中可知，乌臼是一种在五更的时候啼叫的鸟。而“月落”通常也是指欲曙之时。也就是说，“乌啼”与“月落”非常匹配。虽然乌臼“又曰鸦”，但此“鸦”显然不是指现在人们常说的乌鸦。“小于乌，能逐乌”中的“乌”应该是指乌鸦。乌臼啼叫是为了自我保护，即吓退可能的来犯者。一有风吹草动，乌臼就会鸣叫。而乌鸦是典型的留鸟，一般不去陌生的地方，也不会在夜间啼叫。也就是说，古典文献中的“鸦”也可能指的是乌臼，而不是指乌鸦，至少乐府《乌夜啼》和《乌栖曲》是这样，比如顾况《乌夜啼》“月出江林西，江林寂寂城鸦啼”中的“鸦”应该也是乌臼，而不是乌鸦。

“伯劳”是鸟纲雀形目中的一科，约有64种鸟，包括乌臼。而乌鸦则属于雀形目中的鸦科。伯劳科的鸟体型小，但性凶猛，其嘴似鹰、脚部强健、趾有利钩，能啄死比它体型大的动物，而且喜欢把撕碎的猎物挂在树枝或荆刺上，因此又名“屠夫鸟”。伯劳的嘴和眼圈大多为黑色，羽毛为灰褐色，通身多呈乌色，这可能就是它被简称“乌”的原因。乌臼的黑眼圈，看似乌黑的窠臼，这也可能是“乌臼”之名的由来。伯劳“善鸣”，其声悲，似苦鸟，悲悲切切，呜呜哑哑，这可能是它被称为“乌”或“鸦”的原因。李白《乌夜啼》曰：“黄云城边乌欲栖，归飞哑哑枝上啼”，是也。贺知章称此诗可以“泣鬼神”，大约就是被诗中的悲声及诗境所感染。关于伯劳，有很多传说，多为不幸之事，比如“世传尹吉甫信后妻之谗，杀子伯奇，后化为此鸟。故所鸣之家以为凶者，好事傅会之言也。”“俗以为，妇被其姑苦死所化，颇与伯奇之说相近。”后来，伯劳又被引申借指离别的亲友，比如“东飞伯劳西飞燕，黄姑织女时相见”（《乐府诗集·东飞伯劳歌》句）。“别我就蓬蒿，日斜飞伯劳”（贾岛《送路》句）。“东去伯劳西去燕，断肠回首各风烟”（张凤翼《灌园记·法章闻变》句）。成语“劳燕分飞”中的“劳”就是指伯劳。而伯劳最大的特点就是喜欢在夜间或者欲曙之时鸣叫，这也是乌臼有别于乌鸦等其他鸟类的地方。《本草纲目·伯劳》：“踏枝，主治小儿语迟，鞭之即速语。”罗愿（1136—1184）《尔雅翼》进一步解释说：《本草》言伯劳所踏树枝鞭小儿令速语者，以其当万物不能

① 〔明〕李明珍撰：《本草纲目》[O]，四库本，卷49第5页。

鸣时而独能鸣之故，以类求之也。”[①] 天亮之前就叫，就像公鸡一样，当然属于“早鸣”，所以有人用伯劳踏过的树枝鞭打“语迟”的小儿，希望孩子“早语”。而“万物不能鸣时而独能鸣”，则是伯劳的独特之处。总之，包括乌臼在内的伯劳，是一种含有不祥、离别、悲苦等义的意象，而且只在夜里或天快亮的时候鸣叫，这与张继《夜泊》中的“月落乌啼”和“愁”的主旨非常吻合。

国人对“乌”的态度曾经发生过大逆转。在唐代以前，“乌”被认为是神鸟、慈鸟、孝鸟，象征着祥瑞。“《拾遗记》：越王入吴，有丹乌夹王而飞，故其霸也，起‘望乌台’以表瑞。”[②] 唐代以后，“乌”变成了凶鸟、恶鸟，象征着不祥。“乌台”本是祥瑞之地，汉代始为御史台的别称，宋代之后却慢慢成了“乌鸦嘴”的象征，构陷苏轼的“乌台诗案”就是典型。唐代是“乌”的形象发生转变的时期，但主流认知依然是“祥瑞”。唐武德七年（624），把“乌伤县”改名为“义乌县”以表彰孝行[③]。姚合（779—855）诗云“连日陈天乐，芳筵叠酒钟。乌台情已洽，凤阁分弥浓”，此中的“乌台”显然亦为嘉处。“乌”文化是篇大文章，三言两语说不清楚，这里姑且略过。令人纠结的是，“乌鸦”这个双音叠词在元代才被常用，宋代以前的文献中通常只有一个“乌”字，那么它是指乌鸦还是指乌臼？今人一般都解释为乌鸦，几乎无人提到乌臼，而《乌夜啼》中的“可怜乌臼鸟”以及那些关于乌臼的传说足以证明这是错误的。自然科学研究成果也证明“夜啼”的是乌臼，而乌鸦没有这样的习性。

笔者判断，由于种种原因，古人不区分或分不清乌鸦和乌臼，所以混为一谈。但要区分起来，《乌夜啼》《乌栖曲》及“月落乌啼”中的“乌”，应该指的是乌臼。

有一种树也叫“乌臼”或“乌桕”。上文所引王端履《重论文斋笔录》那段话中曾有提及。《本草纲目》之“乌臼木”又称“鸦臼”，并释曰：“乌臼，乌喜食其子，因以名之……或云：其木老则根下黑烂成臼，故得此名。”[④] 此中所谓“乌”和“鸦”，指的显然是“乌臼”。

“乌鸦”无人不晓，“乌臼”鲜有人知。一说带“乌”的鸟，人们首先想到

① 〔明〕李明珍撰：《本草纲目》[O]，四库本，卷 49 第 6 页。
② 〔明〕胡宗宪等纂：《浙江通志》[O]，四库本，卷 45 第 22 页。
③ 〔宋〕王溥撰：《唐会要》[M]，北京：中华书局 1960 年版，（卷 71）第 1272 页。
④ 〔明〕李明珍撰：《本草纲目》[O]，四库本，卷 35 下第 45 页。明万历三十一年（1603）刻本字迹斑驳，“乌臼，乌喜食其子，因以名之”疑为“乌臼鸟喜食其子，因以名之。”果如此，更明确。

的就是乌鸦。几乎所有文献都把“月落乌啼”之“乌”解释为乌鸦，可能就是这个原因。但细究之后，笔者确信，此“乌”所指应是乌臼。

五、其他几处异文

64个版本，“半夜”出现了11个，其他均为“夜半”。其中宋本《唐百家诗选》和《舆地纪胜》为“夜半”； 宋本《方舆胜览》为“半夜”，但四库本改成了“夜半”。《文苑英华》宋本为“半夜，一作夜半”，四库本也给改成了“夜半”。欧阳修引用的诗句为“半夜”，后人引用欧阳笔记时沿袭原文，所以“半夜”多出现在诗话中。“夜半”“半夜”，几无区别。

“日落乌啼”仅见于子墨客卿（清末人，生卒年不详）的《唐诗三百首注释》[①]。此中“日”字，应为讹误。

中华书局版《中兴间气集》中有一注释：“愁眠，一作愁眼”，但笔者未在古籍文献中发现出处。虽然也说得通，但形近致误的可能性大。

“过客船”见于《大明一统名胜志》。单以字论，“过”似乎比“到”还生动一些。但仅此一现，不足取之。

《中吴纪闻》“半夜钟”小注云:“此张继诗,王氏《学林新编》误以为温庭筠。”讹误是肯定的。但,王观国《学林》四库本中明明说“唐张继诗曰月落乌啼……”这是怎么回事呢？再查其他版本,《学林》的嘉庆刻本[②]、光绪刻本[③]和民国万库本[④]均为“唐温庭筠诗曰月落乌啼……”想必是四库本把“温庭筠”改成了“张继”，后来的3个版本则坚持原本中“温庭筠”。重刻再版当尊重原作，原则上不应该修改。若发现明显的错误，可以添加注释。如果修改，也应说明。四库修改文本还不加说明，实不可取。很多异文，也就是这样产生的。

温庭筠有诗曰：“悠然旅思频回首，无复松窗半夜钟。”关于“半夜钟”的争论中多有引用。王观国或一时疏忽，张冠李戴。

---

① 〔清〕子墨客卿注：《唐诗三百首注释》[O]，石渠山房清光绪十六年刻本，卷6第5页。
② 〔宋〕王观国撰：《学林》[O]，清嘉庆已巳年（1809）刻本（湖海楼藏版），卷8第31页。
③ 〔宋〕王观国撰：《学林》[O]，广雅书局清光绪二十五年（1899）重刊，卷8第33页。
④ 〔宋〕王观国撰：《学林》[O]，上海：商务印书馆民国二十八年（1929）版，第243页。

六、结语

综上所述，张继《夜泊》大约自宋代开始异变并被移花接木。过程可能是这样的：先因为形近，诗文中"（江）村"讹为"（江）封"，又因为音近，"（江）封"变成"（江）枫"。然后，诗题中的"松江"变为"枫江"，后来又变成了"枫桥"。与之相应，"普明禅院"变为"枫桥寺"，再变为"寒山寺"，寺院附近也慢慢有了"枫桥"，尔后又有了"江村桥"。再后来，寒山子也从浙东的天台山"搬"到了姑苏的寒山寺。于是，枫桥、寒山寺、寒山子产生互动，故事越来越多，名气越来越大。寒山寺成了名胜，寒山子成了名僧，张继成了著名诗人，《夜泊》成了经典唐诗。不过，其诗已经不是原来的模样，甚至可以说是面目全非。张继若还有知，不知作何感想。

笔者以为，任何作者都不希望后人窜改自己的文字，因为无论改的好不好，那都不是自己的作品了。而作为后世的读者也应该知道诗文的原貌，因为即便窜改的作品再好，终归还是山寨版的赝品。

附：张继《夜泊》异文一览表

序	代	编撰者	文献名	诗题	异文		
01	唐	高仲武	中兴间气集	夜泊松江	江枫渔火	城外	夜半
02	唐	高仲武	中兴间气集	夜宿松江	江枫渔火	城外	夜半
03	唐	高仲武	中兴间气集	夜泊松江	江枫渔火	城外	夜半
04	宋	李昉	文苑英华	枫桥夜泊	江村渔父	城外	半夜
05	宋	李昉	文苑英华	枫桥夜泊	江枫渔父	城外	夜半
06	宋	王安石	唐百家诗选	枫桥夜泊	江枫渔火	城外	夜半
07	宋	龚明之	中吴纪闻	宿枫桥	江村渔火	城外	夜半
08	宋	龚明之	中吴纪闻	宿枫桥	江枫渔火	城外	夜半
09	宋	王观国	学林	阙	江枫渔火	城外	夜半
10	宋	王观国	学林	阙	江村渔火	城外	半夜
11	宋	不著撰者	锦绣万花谷	阙	江枫渔火	城下	夜半
12	宋	祝穆	古今事文类聚	枫桥寺	江枫渔火	台下	半夜
13	宋	祝穆	方舆胜览	阙	江枫渔火	台下	半夜
14	宋	祝穆	方舆胜览	阙	江枫渔火	城外	夜半
15	宋	张邦基	墨庄漫录	枫桥夜泊	江枫渔火	城外	夜半

续表

序	代	编撰者	文献名	诗题	异文		
16	宋	计有功	唐诗纪事	枫桥夜泊	江枫渔火	城外	夜半
17	宋	谢维新	古今合璧事类备要	阙	江枫渔火	城下	夜半
18	宋	刘克庄	后村千家诗	舟	江枫渔火	城外	夜半
19	宋	谢枋得	千家诗	枫桥夜泊	江枫渔火	城外	夜半
20	宋	周弼	三体唐诗	枫桥夜泊	江枫渔火	城外	夜半
21	宋	胡仔	渔隐丛话	阙	江村渔父	城外	半夜
22	宋	胡仔	渔隐丛话	枫桥夜泊	江村渔火	城外	夜半
23	宋	陈岩肖	庚溪诗话	阙	江枫渔火	城外	半夜
24	宋	郑虎臣	吴都文粹	枫桥夜泊	江枫渔火	城外	夜半
25	宋	蔡正孙	诗林广记	枫桥夜泊	江枫渔火	城外	半夜
26	宋	王安石	唐百家诗选	枫桥夜泊	江枫渔火	城外	夜半
27	宋	洪迈	万首唐人绝句	枫桥夜泊	江村渔火	城外	夜半
28	宋	洪迈	万首唐人绝句	枫桥夜泊	江枫渔火	城外	夜半
29	宋	王象之	舆地纪胜	阙	江枫渔火	城外	夜半
30	宋	范成大	吴郡志	晚泊	江枫渔火	城外	夜半
31	宋	吴曾	能改斋漫录	枫桥夜泊	江村渔火	城外	夜半
32	元	杨士弘	唐音	枫桥夜泊	江枫渔火	城外	夜半
33	明	王鏊	姑苏志	阙	江村渔火	城外	夜半
34	明	高棅	唐诗品汇	枫桥夜泊	江枫渔火	城外	夜半
35	明	高棅	唐诗正声	枫桥夜泊	江村渔火	城外	夜半
36	明	胡震亨	唐音统签	枫桥夜泊	江村渔火	城外	夜半
37	明	李攀龙	古今诗删	枫桥夜泊	江枫渔火	城外	夜半
38	明	李攀龙	唐诗选	枫桥夜泊	江枫渔火	城外	夜半
39	明	李本纬	古今诗话纂	阙	江枫渔父	城外	半夜
40	明	蒋一葵	唐诗选注	枫桥夜泊	江枫渔火	城外	夜半
41	明	张震	唐诗正音辑注	枫桥夜泊	江枫渔火	城外	夜半
42	明	邵天和	重选唐音大成	枫桥夜泊	江枫渔火	城外	夜半
43	明	彭大翼	山堂肆考	枫桥夜泊	江枫渔火	城外	夜半
44	明	李贤	大明一统志	枫桥夜泊	江枫渔火	城外	夜半
45	明	蒋一葵	尧山堂外纪	枫桥夜泊	江枫渔火	城外	夜半
46	明	陆时雍	唐诗镜	枫桥夜泊	江枫渔火	城外	夜半
47	明	钱谷	吴都文粹续集	枫桥	江枫渔火	城外	夜半
48	明	曹学佺	石仓历代诗选	枫桥夜泊	江枫渔火	城外	夜半
49	明	曹学佺	石仓历代诗选	枫桥夜泊	江村渔火	城外	夜半
50	明	曹学佺	大明一统名胜志	枫桥	江村渔火	城外	夜半
51	明	唐汝询	删订唐诗解	枫桥夜泊	江枫渔火	城外	夜半

续表

序	代	编撰者	文献名	诗题	异文		
52	明	凌云	唐诗绝句类选	枫桥夜泊	江枫渔火	城外	夜半
53	清	彭定求	全唐诗	枫桥夜泊	江枫渔父	城外	夜半
54	清	徐倬	全唐诗录	枫桥夜泊	江村渔火	城外	夜半
55	清	康熙	御选唐诗	枫桥夜泊	江枫渔火	城外	夜半
56	清	康熙	御定佩文斋咏物诗选	枫桥夜泊	江村渔火	城外	夜半
57	清	王士禛	唐人万首绝句选	枫桥夜泊	江枫渔火	城外	夜半
58	清	张英	御定渊鉴类函	枫桥夜泊	江枫渔火	城外	夜半
59	清	王端履	重论文斋笔录	阙	江枫渔火	城外	夜半
60	清	大典显常	唐诗解颐	枫桥夜泊	江枫渔火	城外	夜半
61	清	子墨客卿	唐诗三百首注释	枫桥夜泊	江枫渔火	城外	夜半
62	清	沈德潜	唐诗别裁	枫桥夜泊	江枫渔火	城外	夜半
63	清	王闿运	唐诗选	枫桥夜泊	江枫渔火	城外	夜半
64	清	王尧衢	古唐诗合解	枫桥夜泊	江枫渔火	城外	夜半

版本信息及注释：

[01]《中兴间气集》[O]，上海涵芬楼藏明翻宋刊本，卷下第 6 页。四库本题下有小注："原题枫桥夜泊"。

[02]《中兴间气集》[M]，北京：中华书局 2014 年版，第 503 页。小注："愁眠，一作愁眼"。"宿，嘉靖本、汲本作泊。"

[03]《中兴间气集》[O]//《十种唐诗选》，清康熙三十一年（1692）刻本，第 11 页。

[04]《文苑英华》[O]，北京：中华书局 1966 年影印宋刊本，卷 292 第 9 页。"江村渔父，诗选作江枫渔火。""半夜，诗选作夜半。"

[05]《文苑英华》[O]，四库本，卷 292 第 16 页。小注："江枫渔父，诗选作江枫渔火"。

[06]《唐百家诗选》[O]，宋绍兴（1131—1162）本（十行本），卷 9 第 7 页。四库本，同。

[07]《中吴纪闻》[O]，明弘治七年（1494）刻本，卷 1 第 4 页。明末（1621—1644）毛氏汲古阁刻本，同。清咸丰三年（1853）粤雅堂刻本为"半夜"。

[08]《中吴纪闻》[O]，四库本，卷 1 第 5 页。

[09]《学林》[O]，明嘉庆已巳年（1809）刻本（湖海楼藏版），卷 8 第 31 页。诗前称"唐温庭筠诗"。清光绪二十五年（1899）广雅书局重刊本，同。四库本，诗前称"唐张继诗"，另作"半夜"。

[10]《学林》[O]，清抄本，卷 8（无页码）。原字为"村"，被改为"枫"。

[11]《锦绣万花谷》[O]，明嘉靖十五年（1536）锡山秦汴绣石书堂刻本，后集卷 5 第 6 页。明弘治五年（1492）铜活字本、四库本，同。

[12]《古今事文类聚》[O]，明内府刻本，前集卷 35 第 50 页。四库本，同。

[13]《方舆胜览》[O]，宋咸淳三年（1267）刻本，卷 2 第 12 页。

[14]《方舆胜览》[O]，四库本，卷 2 第 10 页。

[15]《墨庄漫录》[O]，四库本，卷 9 第 15 页。

[16]《唐诗纪事》[O]，四部丛刊明刻本，卷 25 第 10 页。明汲古阁本和四库本，同。

续表

[17]《古今合璧事类备要》[O]，明嘉靖年间刻本，前集卷7第11页。四库本，“城下”为“城外”。 [18]《后村千家诗》[O]，元刊本，卷15第8页。 [19]《千家诗》[O]，上海国民书局民国三十四年（1945）版，第23页。 [20]《三体唐诗》[O]，四库本，卷1第4页。 [21]《苕溪渔隐丛话》[O]，宋刻本，后集卷2第5页。明抄本，“江村渔父”作“江枫渔火”。四库本，“江村渔父”作“江村渔火”，“半夜”作“夜半”。 [22]《苕溪渔隐丛话》[O]，明抄本，后集卷15（无页码）。四库本，“江村”作“江枫”。 [23]《庚溪诗话》[O]，四库本，卷上第16页。 [24]《吴都文粹》[O]，四库本，卷8第28页。 [25]《诗林广记》[O]，明弘治十年（1497）刻本，卷10第15页。明刻本（8行16字）、四库本，同。 [26]《唐百家诗选》[O]，宋绍兴（1131—1162）本，卷9第7页。四库本，同。 [27]《万首唐人绝句》[O]，明万历三十五年（1607）刻本（赵宧光校订），卷26第1页。 [28]《万首唐人绝句》[O]，明嘉靖刻本，卷38第4页。四库本，同。 [29]《舆地纪胜》[O]，国家图书馆藏清影宋抄本，卷5第88页。 [30]《吴郡志》[O]，明末毛氏汲古阁刻本，卷33第4页。清嘉庆戊寅年（1818）刻本（守山阁丛书）、四库本，同。 [31]《能改斋漫录》[O]，清活字本，卷3第29页。四库本，同。 [32]《唐音》[O]，日本昌平坂学问所藏明刻本，卷6中第2页。四库本，同。 [33]《姑苏志》[O]，明正德（1506—1521）刻本，卷19第13页。四库本，同。 [34]《唐诗品汇》[O]，明嘉靖己亥年（1539）刻本，卷50第6页。脚注：“枫作村”。明汪宗尼刻本和四库本，无脚注。 [35]《唐诗正声》[O]，明嘉靖三年（1524）刻本，卷10第13页。 [36]《唐音统签》[O]，明刻本，卷218第5页。 [37]《古今诗删》[O]，明隆庆及万历间刻本（汪时元校），卷22第9页。四库本，同。 [38]《唐诗选》[O]，明刻本（王稚登序），卷7第22页。 [39]《古今诗话纂》[O]，明万历年间刻本，卷5第26页。 [40]《唐诗选注》[O]，明万历癸巳年（1593）刻本（内府藏本），卷7第35页。 [41]《唐诗正音辑注》[O]，朝鲜刊本，卷6第13页。 [42]《重选唐音大成》[O]，明嘉靖五年（1526）刊本，卷6第17页。 [43]《山堂肆考》[O]，四库本，卷174第9页。 [44]《大明一统志》[O]，明天顺五年（1461）内府刻本，卷8第11页。四库本，同。 [45]《尧山堂外纪》[O]，明万历三十四年（1606）刻本，卷56第7页。 [46]《唐诗镜》[O]，四库本，卷33第13页。 [47]《吴都文粹续集》[O]，四库本，卷35第9页。 [48]《石仓历代诗选》[O]，明崇祯年间刻本，唐卷50第19页。

续表

[49]《石仓历代诗选》[O]，四库本，卷 63 第 4 页。
[50]《大明一统名胜志·苏州府志胜》[O]，明崇祯三年（1630）刻本，卷 9 第 32 页。第四句为“夜半钟声过客船”。
[51]《删订唐诗解》[O]，清康熙年间刻本，卷 14 第 23 页。
[52]《唐诗绝句类选》[O]，北京：文物出版社 2020 年影印明末凌氏三色套印本，第 160 页。
[53]《全唐诗》[O]，四库本，卷 242 第 5 页。小注：“枫桥夜泊，一作夜泊枫江”。“父，一作火。”
[54]《全唐诗录》[O]，四库本，卷 56 第 29 页。
[55]《御选唐诗》[O]，四库本，卷 29 第 27 页。
[56]《御定佩文斋咏物诗选》[O]，四库本，卷 434 第 6 页。
[57]《唐人万首绝句选》[O]，四库本，卷 4 第 7 页。
[58]《御定渊鉴类函》[O]，四库本，卷 306 第 18 页。
[59]《重论文斋笔录》[O]，清刻本，卷 9 第 30 页。
[60] 唐诗解颐》[O]，日本东京东叡王府宽政十二年（1800）版，卷 7 第 22 页。
[61]《唐诗三百首注释》[O]，石渠山房清光绪十六年（1890）刻本，卷 6 第 5 页。首句为“日落乌啼霜满天”。
[62]《唐诗别裁》[O]，清乾隆二十八年（1763）教忠堂修订本，卷 20 第 22 页。
[63]《唐诗选》[O]，成都：尊经书店清光绪丙子年（1876）刻本，卷 6 第 26 页。
[64]《古唐诗合解》[O]，上海：春明书店民国三十五年（1946）版，第 119 页。

杜牧《寄扬州韩绰判官》新考新解

青山隐隐水迢迢，秋尽江南草未凋。
二十四桥明月夜，玉人何处不吹箫。

这首《寄扬州韩绰判官》是晚唐诗人杜牧（803—约852）离开扬州回到长安或到洛阳任监察御史以后，写给昔日同僚韩绰判官的诗。感情醇厚，意境优美，清丽俊爽，趣味盎然。胡应麟（1551—1602）在《诗薮》中盛赞此诗“入盛唐亦难辨”。宋顾乐（1695—1723）《唐人万首绝句选评》称此诗“深情高调，晚唐中绝作，可以媲美盛唐名家。”千百年来，《寄扬州韩绰判官》不仅常见于历代诗选诗话，而且流布于各地市井里巷。由于入选了现行的中小学语文课本，该诗更是家喻户晓、妇孺皆知。但鲜为人知的是，该诗的异文和异解也非常之多。比如“青山”有作“云山”“灵山”，“迢迢”有作“遥遥”“摇摇”，“秋尽”有作“九月”，“草未凋”有作“草木彫”“草木凋”“岸草凋”“叶未凋”，“明月”有作“风月”，“玉人”有作“美人”，“不吹箫”有作“学吹箫”“教吹箫”“坐吹箫”。而“二十四桥”如何理解、“玉人”到底指的是谁，都存在截然不同的意见。

为了追根溯源、辨别元本，笔者遍查古籍，从北京大学图书馆古籍库、中华经典古籍库、瀚文民国图书库和国学大师古籍库等几大文献数据库中检索到了载有《寄扬州韩绰判官》全诗的46种文献、51个版本（有5种文献为两个版本）。以成书时间划分，唐代2种、宋代8种、元代3种、明代11种、清代20种、民国2种；以刊行时代划分，宋本1种、明本15种、清本27种、民国4种、现代4种。这些版本中的异文汇于一表（附后），版本信息亦缀表后，表外的文献另外注明。

一、第一句中的异文

"青山隐隐水迢迢"。首句的异文虽多，但影响不大。

"青山"和"云山""灵山"。51个版本中，"云山"只出现了3次，这3个版本是《方舆胜览》《大明一统名胜志》《(嘉庆)重修扬州府志》。虽然都不是正式的诗选，但史志如此一再坚持，却也不容忽视。"灵山"仅出现在《锦绣万花谷》的明弘治五年（1492）铜活字本中，该文献的明嘉靖十五年（1536）锡山秦汴绣石书堂刻本和四库本均为"青山"。

杜牧另有一首《自宣城赴官上京》，从诗题就能看出，也是因为从江南升迁到洛阳有感而发。"潇洒江湖十过秋，酒杯无日不迟留。谢公城畔溪惊梦，苏小门前柳拂头。千里云山何处好，几人襟韵一生休。尘冠挂却知闲事，终拟蹉跎访旧游。"纠结之中，饱含对江南风韵的眷恋。此中"云山"，亦即"山川"。看到"云山隐隐水迢迢"，很容易让人联想到成语"云山雾罩"，而这个成语恰好又能解释后面的"隐隐"二字——山在云中，当然"隐隐"。杜牧之说"三年一觉扬州梦"（此句时本讹为"十年一觉扬州梦"，详见本书第443页《杜牧〈遣怀〉的两大讹误》），韦苏州谓"浮云一别后，流水十年间。"人生如梦，恰似浮云；"云山万重，寸心千里。"应该说，"云山隐隐水迢迢"，也可称之为佳句。

相比之下，"青山"更容易理解。元稹《寒食日》诗曰："碧水青山无限思，莫将心道是涪州。"常衮《逢南中使寄岭外故人》诗称："碧水通春色，青山寄远心。"白居易《离别》也说："青山不改水长流，明月依旧星渐稀。"江湖中更是常用"青山不改，绿水长流"来告别友人。登高远眺，满目青山，往事历历，遐思无限。"青山"出现在怀念故人的诗中，非常贴切。

另据《大清一统志》载：扬州府治内有一座山名叫"青山"，"在仪征县西南十五里，南临大江。"[①]

51个版本中，"迢迢"40次，"遥遥"10次，"摇摇"1次。"迢迢"和"遥遥"，实在如同孪生兄弟，难分彼此，更无高下。"摇摇"出现在《唐诗纪事》

① 〔清〕和珅等纂：《大清一统志》[O]，四库本，卷66第10页。

的四部丛刊明刻本和四库本中，明毛氏汲古阁本为“遥遥”。

二、第二句中的异文

“秋尽江南草未凋”。这一句存在的异文最多，争议也最激烈。

“秋尽”和“九月”。51 个版本，“九月”仅出现在《景定建康志》中，其他所有的版本均为“秋尽”。农历九月，正值暮秋，也就是“秋尽”的时节，但不知所据何来。

“草未凋”与“草木凋”。这才是本诗争议最大的焦点。51 个版本中，“草木凋”37 次，“草未凋”9 次，“草木彫”2 次，“岸草凋”2 次，“叶未彫”1 次。

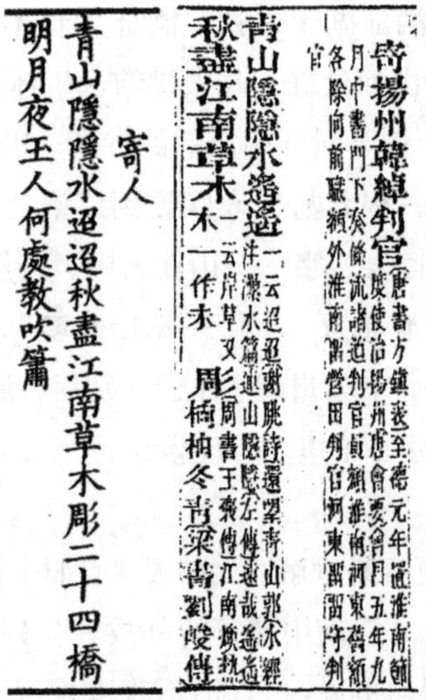
寄揚州韓綽判官（唐書方鎮表至德元年置淮南節度使治揚州 唐會要會昌五年九月中書門下奏條流諸道判官員額淮南河東留各除向前額外淮南留營田判官河東留守判官）
青山隱隱水遙遙（一云迢迢 謝朓詩還望青山郭 水經注灊水篇遠山隱隱 左傳遙遙哉遙遙）
秋盡江南草木（一云岸草 木一作未 又）彫（周書王褒傳江南燠熱橘柚冬青 梁書劉峻傳）

寄人
青山隱隱水迢迢秋盡江南草木彫二十四橋
明月夜玉人何處教吹簫

《才调集》（明刻本）和《樊川诗集》中的“草木彫”

笔者目力所及，最早挑起争议的是明代的杨慎（1488—1559）。他在《词品》中说：“贺方回作《太平时》一词，衍杜牧这诗也。其词云：‘秋尽江南叶未凋，晚云高。青山隐隐水迢迢，接亭皋。二十四桥明月夜，弭兰桡。玉人何处教吹箫，可怜宵。”按此则牧之本作‘叶未凋’。今妄改作‘草木凋’，与上下意不相接矣。幸有此可正其误。”贺方回（1052—1125）是北宋著名词人。杨慎称他看到贺方回《太平时》中写的是“叶未凋”（明刻本中“凋”作“彫”），所以有感而发，写下了这则笔记。此中的“叶”字，也可算是一处异文。笔者甚至觉得，“叶”雅于“草”，而且人们观察秋冬季节之变，关注的通常都是树叶，而不是草木——“一叶知秋”，是之谓也。

此外，杨慎还在《升庵诗话》中说：“唐诗绝句，今本多误字……《寄扬州韩绰判官》云‘秋尽江南草未凋’，俗本作‘草木凋’。秋尽而草木凋，自是常事，不必说也；况江南地暖，草本不凋乎！此诗杜牧在淮南而寄扬州者，盖厌淮南之摇落，而羡江南之繁华。若作“草木凋”，则与“青山明月”、“玉人吹箫”不是一套事矣。余戏谓此二诗（另一指《江南春》）绝妙，“十里莺啼”，俗人添一撇坏了（即变成了“千里莺啼”）；“草未凋”，俗人减一画坏了。甚矣，士俗不可医也！”的确，暮秋时节，北方已是草木凋零，但江南却依然青葱。杨慎说“此诗杜牧在淮南而寄扬州者”，多数人认为这首诗写于洛阳。若是后者，对比会更加强烈。

但俞樾（1821—1907）不同意杨慎的观点，他在《九九销夏录》中说：“杜牧之诗‘青山隐隐水迢迢，秋尽江南草木凋。二十四桥明月夜，玉人何处教吹箫。’此诗脍炙人口，不知何人改‘木’字为‘未’字，论者转以‘未’字为胜。余谓，此不知诗者也。以一句论，则‘秋尽江南草未凋’似有意味。若以全首论，则改‘未’字不通矣。此诗作意全在‘草木凋’三字。盖‘青山隐隐水迢迢’，言其地之胜也。‘秋尽江南草木凋’，言虽有胜地，而惜乎非其时也。故继之曰：‘二十四桥明月夜，玉人何处教吹箫。”无限感慨。若改作‘未凋’，则胜地自故，何处不可吹箫乎？诗意全失矣。此乃感叹之词，非赞美之语。读之令人有生不逢时之感。”

不难看出，杨慎和俞樾对本诗意旨的理解迥然不同。杨慎认为杜牧“盖厌淮南之摇落，而羡江南之繁华”，表达的是对故人及故地的怀念和艳羡；俞樾则认为该诗“言虽有胜地，而惜乎非其时也”，表达的是对良辰难再的无限感慨。谁的理解更符合作者愿意？笔者认为，应是前者。扬州三年，是杜牧人生最为放荡不羁的三年。这三年间，韩绰应该是他最大的同好知己。除了《寄扬州韩绰判官》，杜牧还有一首《哭韩绰》，感情之笃，不难想见。虽然为了仕途，杜牧肯定期待回京，但真正离开了扬州，却又难免魂牵梦绕。昔日一起出入青楼，而今相隔千山万水，故人不得相见，妙人空劳牵挂，我已远离繁华，你仍乐在其中，既然给老朋友写信致意，自然要表达艳羡之意，这既符合杜牧的性情，也符合为友之道。你在京城做官，鸿雁千里传信，却跟故人说“惜乎非其时也”，这是要讥讽朋友过得不好吗？况且，“草木凋”并不符合物候实际，因为江南地气暖，秋尽之时草木确实不会凋谢。另外，“草木凋”与起首的“青山”也矛盾，因为如果草木凋零，山就不会“青”了。

杨慎的观点，得到了多数人的认同。黄生（1622—？）在《唐诗摘钞》中说：“作‘草未凋’，本句始有意；若作‘木’字，读之索然矣……扬州本行乐之地，故以此讯韩，言外有羡之意。”

金性尧（1916—2007）《唐诗三百首新注》采信的是“草木凋”。他在《寄扬州韩绰判官》的注释中说：“段玉裁说‘作草木凋尚何意味哉。’谢枋得则以为‘厌江南之寂寞，思扬州之欢娱，情虽切而辞不露。’故作‘木’亦是。谢说未必合乎杜诗原意，但唐人选唐诗后蜀韦縠《才调集》正作‘木’，缪钺先生在他的《杜牧诗选》中也引影宋本及影明本《樊川文集》均作‘木’为证。诗人只是根据他实见的景物直写出来而已。”从这段文字中可知，段玉裁（1735—1815）认为“草木凋”不可取，而谢枋得（1226—1289）“厌江南之寂寞”之说令人费解。至于版本，不知缪钺（1904—1995）所据“影宋本”是哪个版本，笔者检索到较早的《樊川文集》版本有4个，其中日本昌平坂学问所江户（1603—1868）初写本、明正统六年（1441）日本全罗道锦山刊本、四部丛刊明刊本均为“草木凋”，而国家图书馆藏明刻本（10行18字）则为“草未凋”，并非如缪钺所说明本均作“木”。

文物出版社2020年影印出版了凌云（明末人，生卒年不详）编辑的刻本《唐诗绝句类选》，该本此诗中“未”字上边的一横明显是添加上去的①，但不知是印前所加，还是印后所添。

“未”与“木”，确实令人纠结。《唐诗别裁》《唐诗三百首》的版本都是改来改去。《唐诗别裁》的清代教忠堂本为“草未凋”，民国商务印书馆本为“草木凋”，现代中华书局本又为“草未凋”。清代石渠山房本《唐诗三百首注释》（子墨客卿）、民国世界书局本《（注释作法）唐诗三百首》（朱麟）、民国广益书局本《唐诗三百首读本》（梦花馆主）、现代中华书局本《唐诗三百首详析》

① 〔明〕凌云辑：《唐诗绝句类选》[M]，北京：文物出版社2020年影印明末凌氏三色套印本，第82页。

（喻守真）为“草未凋”，而中华书局1959年版《唐诗三百首》（陈婉俊）、上海古籍版《唐诗三百首新注》（金性尧）、陕西人民版《唐诗三百首全译》（刘首顺）等均为“草木凋”。而鄂教版九年级语文课本中则又为“草未凋”。反反复复，莫衷一是。笔者认为“草未凋”优于“草木凋”，但不管是“未”还是“木”，最初的讹误应该主要是源于形近，而不是故意窜改。

“草木彫”见于宋本及明述古堂本《才调集》和冯集梧的《樊川诗集》。明刻天都阁本《词品》中则有“叶未彫”。“彫”也有凋零、凋残之义，此义与“凋”通。但“彫”的本义为雕琢[①]，此义之“彫”与“雕”通。“彫琢”是同义复词，但二字也有细微的区别。“彫琢”的对象通常是金玉，但“金曰彫，玉曰琢。”[②]另外，“彫”有“绘饰”之意[③]，此义放在“草木”身上不仅可以，而且很美。“秋尽江南草木彫”——暮秋时间，落日熔金，江南的草木就像是披上了彩妆——这是多么唯美的画面！

至于“岸草”，仅见于《文苑英华》，还有小注“岸草，集作草木。”江南多水，水则有岸，岸边有草。“岸草”也是草，但“岸”字能让人马上联想到水，似乎也有独到之处。

三、第三句中的异文

“二十四桥明月夜”。“二十四桥”也是一个争论不休的问题，此为异解，而非异文。而“明月”与“风月”，耐人寻味，颇可咀嚼。

“二十四桥”有两种说法，一说是二十四座桥的总称，一说是一座桥的名称。而这两种说法中，又分别有不同的说法。

沈括（1031—1095）《梦溪笔谈·补笔谈》云：“扬州在唐时最为富盛。旧城南北十五里一百一十步，东西七里十三步。可纪者有二十四桥：最西浊河茶园桥，次东大明桥，入西水门有九曲桥，次东正当帅牙南门，有下马桥，又东作坊桥，桥东河转向南，有洗马桥，次南桥，又南阿师桥、周家桥、小市桥、广济桥、新桥、开明桥、顾家桥、通泗桥、太平桥、利园桥，出南水门有万岁桥、

① 王力主编：《王力古汉语字典》[M]，北京：中华书局2001年版，第293页。

② 约斋主编：《字源》[M]，上海：上海书店1986年版，第789页。

③〔清〕张玉书等纂：《康熙字典》[M]，北京：中华书局1958年版，第308页。

青园桥，自驿桥北河流东出，有参佐桥，次东水门，东出有山光桥。又自衙门下马桥直南有北三桥、中三桥、南三桥，号‘九桥’，不通船，不在二十四桥之数，皆在今州城西门之外。”[①] 连二十四座桥的名字都列出来了，可谓言之凿凿。按照沈的说法，这应该是砖石结构的桥梁。但《景定建康志》载：“《舆地志》云：六朝自石头东至运渎，总二十四渡，皆浮航，往来以税……今皆废。”按照这个说法，“二十四桥”都是浮桥。《金陵志》则谓此诗说的是“金陵二十四航”。《方舆胜览》云：“二十四桥并以城门、坊市为名。自韩令坤省筑州城，分布阡陌，别立桥梁，所谓二十四桥者，或存或废，不可得而考。”既然说“或存或废”，当然不是一座桥。

关于“二十四桥为一桥”，有多种传说。吴绮（1619—1694）《扬州鼓吹词序》曰：“出西郭二里许有小桥，朱栏碧甃，题曰‘烟花夜月’，相传二十四桥旧址，盖本一桥，会集二十四美人于此，故名。《郡志》谓在城内有廿四桥，今不可考。”[②] 最流行的说法，“二十四桥”是吴家砖桥，一名红药桥。所谓“红药”源自姜夔词《扬州慢》：“淮左名都，竹西佳处……杜郎俊赏，算而今，重到须惊。纵豆蔻词工，青楼梦好，难赋深情。二十四桥仍在，波心荡，冷月无声。念桥边红药，年年知为谁生？”词中的“念”与“廿”同音，“廿”即“二十”，不知怎么演变成“二十四”了。另有传说，骚客诗人常在这座桥上“念诗”，所以叫“念诗桥”，逐渐讹为“廿四桥”，也就成了“二十四桥”。还有传说，杜牧曾于月明之夜在此桥邂逅二十四个吹箫的美人并应邀作诗。另据《隋炀帝艳史》载，炀帝游幸扬州，携皇后、妃子等24个美人在扬州一座无名桥上歌舞作乐，兴至酣处，隋炀帝将此桥赐名为“二十四桥”，二十四个美人无不欢喜。清道光年间，两江总督陶澍认定此桥就是吴家砖桥，并榜书“二十四桥”四个大字刻于桥头。

李斗（1749—1817）《扬州画舫录》云：“廿四桥即吴家砖桥，一名红药桥，在熙春台后……《扬州鼓吹词序》云，是桥因古二十四美人吹箫于此，故名。或曰，即古之二十四桥。”这段话经常被“一桥论”者引用，好像李斗也认为“二十四桥”是一座桥。殊不知，这段话的后面，紧接着是“二说皆非”四个字，

① 〔宋〕沈括撰：《梦溪笔谈》[M]，北京：中华书局1957年版，第326页。

② 〔清〕吴绮撰：《扬州鼓吹词序》[O]，上海：商务印书馆民国二十六年（1937）据龙威秘书本排印，第7页。

然后还一一列举了沈括所说的二十四座桥的名字，并说“实有二十四名。美人之说，盖附会言之矣。”[①]李斗还说，《扬州慢》中的“念”字作“思”字解，非桥名也。不难看出，李斗其实是支持“二十四座桥”之说的。

众说纷纭，难有定论，就连史志也都兼收多说，“以俟考古者”。但，《寄扬州韩绰判官》的解读及欣赏却不能等到考证清楚之后，何况可能永远也没有确说了。那么，应该如何理解《寄扬州韩绰判官》中的“二十四桥”呢？笔者以为，就诗句来说，杜牧所说的“二十四桥”应该是二十四座桥，因为“二十四桥”的下句有“何处”二字——既问“何处”，“二十四桥”应该不是一处。历代的诗选诗论家，也大都这么认为。比如子墨客卿《唐诗三百首注释》称：“二十四桥言其游乐之处极多也，故下句曰‘何处’。”朱麟也在《（注释作法）唐诗三百首》中说：“言扬州游乐处至多，不知韩在何处清游。”

再说“明月”和“风月”。蔡正孙（1239—？）《诗林广记》：“杜牧之《扬州》诗云：二十四桥风月夜，玉人何处学吹箫。”[②]吴景旭（1611—1697）《历代诗话》：“杜牧之诗‘二十四桥风月夜’。吴旦生曰，‘扬州之盛，唐世艳称’……”[③]因为两处引用均非全诗，所以没有列入51个版本中。不得不说，“风月”二字放在“二十四桥”的旁边，放在《扬州》这首诗里，放在杜牧这个人身上，都太贴切了。

扬州是个什么地方？“扬州之盛，唐世艳称。”吴景旭所言不虚。《广陵志》序：“长淮之区，绵亘数百里，扬其都会也。迷楼九曲，凤池萤苑之名，甲于前代。而十里珠帘，二十四桥风月之景，尤为佳丽，以至春风荡城郭、满耳沸笙歌。与夫重城向夕绛纱、万户珠翠填咽于街陌者，又天下所无也。”[④]曹学佺《大明一统名胜志·杨州府志胜》：“迷楼九曲，珠帘十里，二十四桥风月，登临气槩政足以突兀今古云。”[⑤]杜牧另一同好张祜（约785—849）《到广陵》诗曰：“一年江海恣狂游，夜宿倡家晓上楼……今日更来憔悴意，不堪风月满

① 〔清〕李斗撰：《扬州画舫录》[M]，北京：中华书局1980年版，第342页。
② 〔宋〕蔡正孙撰：《诗林广记》[O]，明弘治10年张鼒刊本，后集卷1第7页。四库本，同。
③ 〔清〕吴景旭撰：《历代诗话》[O]，四库本，卷52第16页。
④ 〔宋〕祝穆撰：《方舆胜览》[O]，四库本，卷44第2页。
⑤ 〔明〕曹学佺撰：《大明一统名胜志·杨州府志胜》[O]，明崇祯三年（1630）刻本，卷16第1页。

扬州。”张岱（1597—1689）《二十四桥风月》[①]更是详细描绘了当时扬州的青楼女子如何“站关”、如何“迎客”的场景，细致入微，活色生香。可以说，唐时扬州，就是一个香艳之城、风月之都。

杜牧是个什么样的人？才华横溢，风流倜傥，绝对是风月场上的高手。一方面，忧国忧民，关心社稷。面对唐王朝的腐败衰落，他忧心如焚，并秉笔直书，《阿房宫赋》《罪言》等鸿篇政论即为明证。另一面，疏野放荡，耽于女色。偶然看到一个13岁的女孩儿清甜可人，他马上表示纳娶之意，因女年纪太小，竟订下十年婚约。他去参加同僚的堂会，看到人家的一个侍伎貌若天仙，竟当众询问能不能把这个美姬送给他。至于出入青楼、狎妓狂噱，更是不在话下。可以说，除了朝堂政务、诗书文事，他满脑子都是“风月”，而且从不掩饰这一点。“三年一觉扬州梦，赢得青楼薄倖名。”他的很多诗也都蕴含香艳之气，并在青楼乐坊广为传唱。他到扬州可谓如鱼得水，他忆扬州怎能没有风月？

实际上，“二十四桥”就是一个典型的风月之地，甚至可以说是“风月”的代名词。桥头所题“烟花夜月”，就是最好的诠释。就本诗来说，“风月”上承“二十四桥”，下启“玉人吹箫”，可谓无缝对接。

但一转念，再想想杜牧的诗风，却又感觉不太谐和。杜牧虽然风流成性，爱写香艳之诗，但却不用香艳之词。离开扬州之时，他写了两首赠别诗，一首是给一个13岁少女的：“娉娉袅袅十三馀，豆蔻梢头二月初。春风十里扬州路，卷上珠帘总不如。”一首是送一位青楼妓女的：“多情恰似总无情，惟觉樽前笑不成。蜡烛有心还惜别，替人垂泪到天明。”其情依依，其词款款；清雅而不艳俗，深沉而不轻浮；不解风情者，甚至读不出诗中的风月。这就是杜牧的高明之处，可能也正是“风流”与“下流”的区别。所以，“风月”二字应该不会出现在杜牧的诗中。

徐凝七绝《忆扬州》的后两句，有作“天下三分明月夜，二分无赖是扬州”，也有“天下三分明月夜，二分明月是扬州。”不管孰正孰讹，这两句诗的意思都是说，天下的“明月”三分之二都照到扬州了。此所谓“明月”，内涵很丰富，既有富庶繁华之意，“风月”自然也在其中。杜牧五律《扬州（其一）》中有一句：“谁

① 〔明〕张岱撰：《张岱词话》// 邓子勉编：《明词话全编》[M]，南京：凤凰出版社2012年版，第3917页。

家唱水调，明月满扬州。”具体到《送扬州韩绰判官》，“二十四桥”固然充满“风月”，但也不乏“明月”。综合各种因素，还是当选“二十四桥明月夜”。

四、第四句中的异文

“玉人何处不吹箫”。这一句也是既有异解，也有异文，而且与诗意关系较大。该句第一字，51个版本中，49个为“玉”，2个为“美”；第六字，51个版本中，“教”47处，“学”3处，“坐”1处，另有1处“不”（未列入附表）。而如何理解“玉人”，也有巨大的分歧。

“玉人”指的是谁？李昉（925—996）《文苑英华》中的第四句是“美人何处坐吹箫”。与通行版本比较，此句有两个异文，一是“美”，一是“坐”，都是仅见的。直截了当，称为“美人”。按照一般的理解，当然是指美女。古籍版本中的《寄扬州韩绰判官》，大都未对“玉人”作出解释。高棅（1350—1423）《唐诗品汇》注曰：“刘云韩之风致可想，书记薄倖自道耳。”言下之意，“玉人”指韩绰。此所谓“刘”，应为刘须溪（1232—1297）。笔者所见，把本诗中的“玉人”解释为韩绰，此为最早。明正统六年（1441）日本刊行《樊川文集》注曰：“《晋书》：裴淑则风神高迈，容仪俊美，博涉群书，特精义理，时人见谓之玉人。”清乾隆（1711—1799）《御选唐诗》进一步补充：“《晋书·裴楷传》：楷，风神高迈，容仪俊美，时人谓之玉人。又《卫玠传》：玠总角乘羊车入市，见者皆以为玉人。”（注：裴楷字叔则。）之后，子墨客卿在《唐诗三百首注释》中直称：“玉人，谓韩绰也。”朱麟《（注释作法）唐诗三百首》则谓：“美好的人，这指韩绰。”不过，金性尧《唐诗三百首新注》、朱大可《新注唐诗三百首》等注为“美人”，现行的教科书也采信了“美人”之说，比如鄂教版小学《语文》第九册。

“玉人”能不能指男人？当然可以。所谓“玉树临风”，就是形容俊男帅哥的。但韩绰是这样的人吗？没有任何根据。韩绰只是出现在杜牧的两首诗中，其他任何史料都没有关于他的记载。如果仅仅因为曾经有过把俊男喻为“玉人”的先例就把《送扬州韩绰判官》中的“玉人”解释为韩绰，难免附会之嫌。纵然杜牧《寄珉笛与宇文舍人》“寄与玉人天上去”句中的“玉人”或指宇文舍人，也不能推定其他诗中的“玉人”亦为俊男。要论先例，“玉人”指“美人”的句子不胜枚举。

《全唐诗》中，共有61首诗使用了“玉人”，其中确有指俊男的，比如卢殷《维扬郡西亭赠友人》中的“玉人此日心中事，何似乘羊入市年。”明显使用了卫玠之典。但绝大多数诗中的“玉人”是指美人，比如元稹《明月三五夜》中的“拂墙花影动，疑是玉人来”，许浑《对雪》中的“飞舞北风凉，玉人歌玉堂”，温庭筠《杨柳枝》中的“正是玉人肠断处，一渠春水赤栏桥”，等等。

《寄扬州韩绰判官》的旨归虽然是友情，但友情的载体却是风月。二人既是官场上的同僚，又是风月场上的同好。杜牧以调侃戏谑的语气与韩绰叙旧，话题的中心却是“美人”，因为这是他们共同的爱好，也是他们友情的基础。直接赞美别人是单向的，重温共同经历却是双向的——二人共同在“二十四桥”赏“玉人吹箫”的往事，能够勾起对方的回忆，从而产生共鸣。再者，“二十四桥”就是个“美人”扎堆的地方，关于该桥的传说虽有多个版本，但“美人”都是主角。在这个群芳争艳的地方，在这样的香艳语境之中，再俊的男人也会黯然失色，又怎会将男子称为“玉人”？

本句第五个字异常复杂。不仅异文达5种之多，而且古时音义相互纠缠，与现代的音义大不相同。

“美人何处坐吹箫”，《文苑英华》中的“美”字为仅见，“坐”字亦为仅见。这个“坐”字，既无风致，又嫌多余，实无可取。还好，有个小注：“坐，集作教。”这个异文，可以忽略。

51个版本中，“教”多达46处，“学”只有5处，分别是《全唐诗话》《唐诗纪事》（包括校笺本）《诗薮》《吴雯集》。在现代汉语中，“教”和“学”是一种行为的两个方面，涵义完全是相对的。但在古代，这两个字不分彼此，完全是通用的。《广韵》：“教，效也。”效而仿之，有样学样，也就是学。《集韵》：“教，或作学。”《礼记·文王世子》：“凡学世子及学士，必时。”郑玄注：“学，教也。”“教”就是“学”，“学”也是“教”，甚至“学”也可读作 jiāo。所谓“施受同词”，是也。这意味着，“玉人何处学吹箫”中的“学”在古时也读作 jiāo，而不是 xué。也就是说，“莫教胡马度阴山”中的“教”也可以换成“学”，但读音不变。随着文字的发展，“教”和“学”逐渐分化，各有其义。

但即便是“教”这一个字，也还存在声调的问题。在《广韵》系韵书中，“教”既有平声，也有去声。在现代汉语中，“教”既可读作 jiào，也可读作 jiāo。具体到“玉人何处教吹箫”，“教”如果读作 jiāo，就是传授吹箫的技艺之意；如果读作 jiào，就是“使”“令”“叫”的意思，即“使唤”别人吹箫。若读此音，前面的“玉人”就只能是韩绰了，因为妓女只能是被使唤。这也正是很多版本把“玉人”解为韩绰的原因之一。比如葛晓音在《唐诗鉴赏词典》中说：“从寄赠诗的作法及末句中的‘教’字看来，此处玉人当指韩绰。”可是，如果读作“教（jiāo）吹箫”，这个逻辑就不成立了。

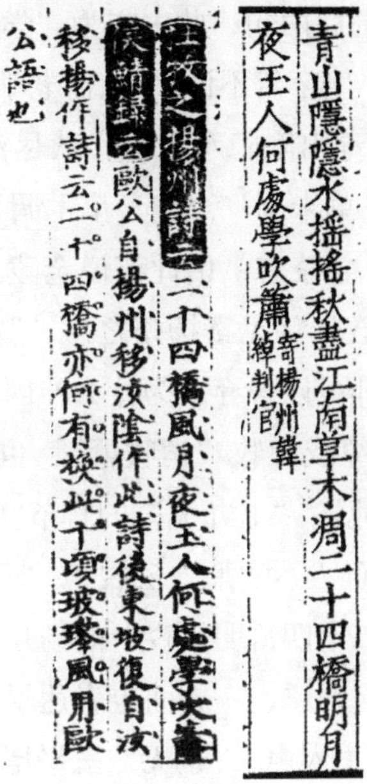
青山隱隱水搖搖秋盡江南草木凋二十四橋明月夜玉人何處學吹簫寄揚州韓綽判官

杜牧之揚州詩云二十四橋風月夜玉人何處學吹簫侯鯖錄云歐公自揚州移汝陰作此詩後東坡復自汝移揚作詩云二十四橋亦何有換此十頃玻璃風用歐公語也

《诗林广记》和《唐诗纪事》中的“学吹箫”

黄生在《唐诗摘钞》中称：“‘教’字，义平声读去声，教犹命也。”毕志飏（？—1961）《唐诗韵释》也把《寄扬州韩绰判官》中的“教”标为仄声[①]。此所谓“教”，亦即“叫”也。但高士奇（1645—1704）在《天禄识馀》中却说：“‘教’字即是‘学’字，古文通用。唐人‘二十四桥明月夜，玉人何处教吹箫。’乃学吹箫也。唐诗中凡‘教’字皆作平声用，无去声者；且‘学吹箫’煞有风致，‘教吹箫’有何意味耶？”[②] 依照此说，“莫教胡马度阴山”和“打起黄莺儿，莫教枝上啼”中的“教”均应读作 jiāo。（注：“莫教枝上啼”也有作“莫叫枝

① 毕志飏撰：《唐诗韵释》[O]，上海：大华书局民国二十三年（1934）版，第 243 页。
② 〔清〕高士奇撰：《天禄识馀》[O]，清康熙庚午年（1690）刻本（大学士英廉购进本），卷 8 第 20 页。

上啼”。）宋代以后的韵书中，“教”都是既有平声也有去声，而唐韵早已不存。高士奇说唐诗中的“教”无去声，不知何据。但若在“教”和“学”之间选择，笔者也认为“学吹箫”比“教吹箫”更有韵味儿。另外，如果“教”为平声，那么“教吹箫”就成了“三平尾”，犯了格律诗的大忌。而“学”为仄声（入声），即避免了“三平尾”。除了上述4个版本外，王十朋（1112—1171）《东坡诗集注》引用《寄扬州韩绰判官》的后两句，此中亦为“学吹箫”①。

盛如梓（宋末元初人，生卒年不详）《庶斋老学丛谈》曰：“杜牧官于金陵，《寄扬州韩绰判官》诗：‘青山隐隐水迢迢，秋尽江南草未凋。二十四桥明月夜，玉人何处教吹箫。’‘草未凋’今作‘草木凋’，不见江南草木经寒之意。‘教吹箫’作‘不吹箫’，《金陵志》谓此诗说金陵二十四航也。扬州二十四桥之名备载《梦溪笔谈》。‘教’字见寄扬州之意。”看到这段话中的“不”字，笔者觉得“学”和“教”都可以舍弃，为什么？因为不现实——乐妓都是专业演奏者，她们不可能向韩绰或杜牧“学吹箫”，也不太可能“教”客人吹箫，因为歌舞演奏均属“下九流”，“上九流”的官爷文人不屑为之。乐妓与客官，就是表演与欣赏的关系。而“不吹箫”摆脱了“学”与“教”的纠缠。“玉人何处不吹箫”的意思是“二十四桥明月夜”的扬州，处处笙歌，满城风月。这一方面呈现了扬州的繁华与奢淫，一方面也表达了作者对扬州和韩绰的怀念及艳羡。另外，“不”为仄声（入声），也无“三平尾”之病。

包何（748年进士）《同诸公寻李方直不遇》诗曰：“闻说到扬州，吹箫忆旧游。人来多不见，莫是上迷楼。”唐时的扬州，吹箫可能是最流行的音乐形式。另外，“吹箫”还常常被用来形象地喻指一种色情行为，《金瓶梅》等很多香艳小说中都有这样的用法。也就是说，“吹箫”用在杜牧这首诗和扬州这座城上均有“一语双关”之妙。从这个意义上说，“吹箫”的主体当然也是美人，而作为“风月之都”的扬州当然亦为“玉人无（何）处不吹箫”。

① 〔宋〕王十朋注：《东坡诗集注》[O]，四库本，卷11第33页。

五、诗题中的异文

本诗题目的异文也比较多。除《诗薮》《方舆胜览》《扬州府志》《白牡丹》等几种诗话、史志、小说简化或省略了诗题之外，值得关注的有三大异文。一是《才调集》中的《寄人》，二是《锦绣万花谷》中的《咏二十四桥》，三是《寄□州韩绰判官》中的“扬”与“杨”。

韦縠（五代人，生卒年不详）《才调集》是最早收录本诗的文献，而此中的诗题为《寄人》。纪晓岚（1724—1805）《删正二冯评阅才调集》保持原样。笔者相信，《寄人》应该是原题。后人之所以改为《寄□州韩绰判官》，应该是觉得“人”字太虚，不利于理解诗意，而且同题的诗太多，不便于区别。类似的情况并不鲜见。朱斌的《登鹳鹊楼（白日依山尽）》（时本中此诗作者误为王之涣，详见本书第235页《〈登鹳鹊楼〉的作者并非王之涣》）原题为《登楼》，被改为《登鹳鹊楼》可能也是这个原因。至于《咏二十四桥》，突出了描绘的对象，却淡化了诗的主题。

揚州府在南京北二百四十五里領縣七州三
即古揚州之域斗牛分野爾雅云州界多水水波
盖揚故曰揚州又云江南之氣躁勁厥性輕揚也
其曰廣陵郡者東漢及唐天寶間名相沿于西漢
之廣陵國也其曰淮海府維揚府者　國初永樂
十八年置取義于禹貢之淮海維揚州也稱揚州
自隋開皇始而　我朝成化間改曰維揚者○宋
秦少遊本州集序云三代以前所謂揚州者西北
劇淮東南距海江湖之間盡其地自漢以來旣置
刺史于是稱揚州者性性推其刺史所治而□

《大明一统名胜志·杨州府志胜》的首页

51个版本中，有36处题为《寄□州韩绰判官》，其中25个为“扬”，11个为“杨”。在古籍文献中，“扬州”和“杨州”均随处可见，称其乱成“一锅粥”绝不为过。在唐人抄写的敦煌卷子中有李白的《黄鹤楼送孟浩然下惟杨》，第二句为“烟花三月下杨州”，题和文均写作“杨”[①]，这可能是迄今所知最早且确凿的写法。在《大明一统名胜志·杨州府志胜》的首页，“扬州”（包括“维扬”）出现了9次，而“杨州”出现了2次，题目亦为“杨州府”。

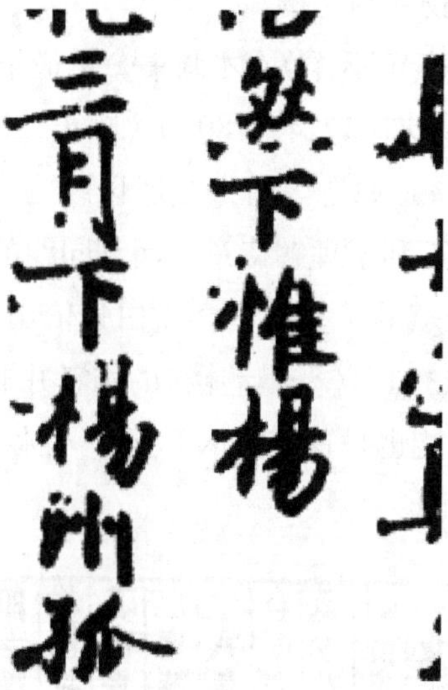

敦煌卷子中的“杨”

到底是“扬州”还是“杨州”？要厘清这个问题，首先要知道这个地名的来历。

《尔雅》云：“州界多水，水波善扬，故名扬州。”又云：“江南之气躁劲，厥性轻扬也。”《方舆胜览》：“江南之气躁劲，故曰扬州。”“土俗轻扬，故名扬州。”《太平寰宇记》：“扬州，俗轻扬淫佚，好学工文。”这些渊源中使用的都是“扬”字。但“水波善扬”“轻扬淫佚”等词语，很容易让人联想起“水性杨花”这个成语，这与“玉人何处不吹箫”的“风月之都”也很契合。“萍飒风池香满船，杨花漠漠暮春天。”这是卢殷（746—810）《维扬郡西亭赠友

① 黄永武著：《敦煌的唐诗》[M]，台北：洪范书店1987年版，第260页。

人》的前两句，所谓“杨花漠漠”可见杨树之多。“……乍如飞雪远，未似落花休。……咏吟何洁白，根本属风流。向日还轻举，因风更自由。不堪思汴岸，千里到扬州。”齐己（约863—约937）这首写扬州的诗，题目就叫《杨花》。“行人莫上广陵城，广陵杨花伤我情。行人莫过广陵路，一片杨花一回顾。忆昔广陵江水春，二十四桥多丽人。鷪篥一声塌城角，画阁珠帘皆寂寞。我来逡巡邗沟涯，沟里沟外空杨花。客遊不问蕃厘观，马走不向玉钩斜。杨花三月如白雪，日日春风吹不歇。风吹花落可奈何，只令愁人肠欲绝……”[①]靳应升（1605—1663）这首题为《广陵杨花篇》的诗中，“杨花”出现了4次！看来，这既是一个“水性”之城，也是一个“杨花”之城。

另有一层：扬州附近的长江河段，既称“扬子江”，也称“杨子江”。韦庄《陪金陵府相中堂夜宴》诗曰：“却愁宴罢青蛾散，杨（扬）子江头月半斜。”李白《横江词六首（其二）》诗曰：“横江西望阻西秦，汉水东连杨（扬）子津。”《辞源》云：“扬，《石经》初刻作杨。”《铁琴铜剑楼藏书目录》称：“《传》十年。注杨水至有命疏。唐诗《杨之水》，又，其三章云‘杨之水’。‘杨’此皆不作‘扬’，与《石经》初刻合。”[②]这意味着，古时“扬”和“杨”通用。

“扬州”“杨州”，都有来由。相比之下，喜欢“扬州”的人明显更多。《文苑英华》明刻本的诗题为《寄杨州韩绰判官》，清文渊阁四库写本（下文简称“四库本”）把“杨”改成了“扬”。《唐诗纪事》四库本的诗题为《寄杨州韩绰判官》，王仲镛（1915—1997）《唐诗纪事校笺》中华书局版也把“杨”改成了“扬”。而今，“扬州”已经通行天下。但是，如果看到了“杨州”，切不可轻言其错。

六、结束语

越是流传广泛的诗赋，越是容易出现异文。越是历史文化深厚的地方，记载及传说越是纷繁杂乱。这在《寄扬州韩绰判官》和扬州身上表现得特别明显。一首短短的七言绝句，竟然有这么多的异文，还有这么多的异解，也不啻为一个传奇。虽然洋洋万言，笔者也不能确定“二十四桥”到底是一座桥还是

① 〔清〕靳应升撰：《广陵杨花篇》//钱仲联撰：《清诗纪事》[M]，南京：凤凰出版社2004年版，第572页。

② 〔清〕瞿镛撰：《铁琴铜剑楼藏书目录》[O]，清咸丰七年（1857）刻本，卷5第14页。

二十四座桥，也不敢说“玉人”一定是指美女或者韩绰。笔者考证此诗并撰写此文，主要是把相关的文献加以汇总和梳理，然后根据个人的思考作一些辨析，供大家参考。其实，对于诗歌来说，异解众多并不是坏事儿，甚至能让诗意更加丰富，从而让诗歌更加引人入胜。

附：杜牧《寄扬州韩绰判官》异文一览表

序	代	编撰者	文献名	诗题	异文				
01	唐	裴延翰	樊川文集	寄扬州韩绰判官	青	遥遥	草未凋	玉	教
02	唐	裴延翰	樊川文集夹注	寄扬州韩绰判官	青	遥遥	草木凋	玉	教
03	蜀	韦縠	才调集	寄人	青	迢迢	草木彫	玉	教
04	蜀	韦縠	才调集	寄人	青	迢迢	草木凋	玉	教
05	宋	李昉	文苑英华	寄扬州韩绰判官	青	遥遥	岸草凋	美	坐
06	宋	李昉	文苑英华	寄扬州韩绰判官	青	遥遥	岸草凋	美	坐
07	宋	尤袤	全唐诗话	寄扬州韩绰判官	青	遥遥	草木凋	玉	学
08	宋	计有功	唐诗纪事	寄扬州韩绰判官	青	摇摇	草木凋	玉	学
09	宋	计有功	唐诗纪事校笺	寄扬州韩绰判官	青	迢迢	草木凋	玉	学
10	宋	洪迈	万首唐人绝句	寄扬州韩绰判官	青	遥遥	草木凋	玉	教
11	宋	赵蕃	唐诗绝句	寄扬州韩绰判官	青	迢迢	草木凋	玉	教
12	宋	祝穆	方舆胜览	寄韩判官	云	遥遥	草木凋	玉	教
13	宋	周应合	景定建康志	阙	青	迢迢	草未凋	玉	教
14	宋	不著撰者	锦绣万花谷	咏二十四桥	灵	遥遥	草木凋	玉	教
15	元	杨士弘	唐音	寄扬州韩绰判官	青	迢迢	草木凋	玉	教
16	元	杨士弘	唐诗正音	寄扬州韩绰判官	青	迢迢	草木凋	玉	教
17	元	盛如梓	庶斋老学丛谈	寄扬州韩绰判官	青	迢迢	草未凋	玉	教
18	明	高棅	唐诗品汇	寄扬州韩绰判官	青	迢迢	草木凋	玉	教
19	明	胡震亨	唐音统签	寄扬州韩绰判官	青	遥遥	草未凋	玉	教
20	明	陆时雍	唐诗镜	寄扬州韩绰判官	青	遥遥	草木凋	玉	教
21	明	胡应麟	诗薮	阙	青	迢迢	草木凋	玉	学
22	明	凌云	唐诗绝句类选	寄扬州韩判官	青	迢迢	草木凋	玉	教
23	明	杨慎	词品	阙	青	迢迢	叶未彫	玉	教
24	明	曹学佺	石仓历代诗选	寄扬州韩绰判官	青	遥遥	草木凋	玉	教
25	明	曹学佺	大明一统名胜志	寄韩绰判官	云	迢迢	草木凋	玉	教
26	明	邵天和	重选唐音大成	寄扬州韩绰判官	青	迢迢	草木凋	玉	教
27	明	杨洵	扬州府志	寄扬州韩绰判官	青	迢迢	草木凋	玉	教
28	明	齐东野人	隋炀帝艳史	阙	青	迢迢	草木凋	玉	教
29	清	康熙	御选唐诗	寄扬州韩绰判官	青	迢迢	草木凋	玉	教

续表

序	代	编撰者	文献名	诗题	异文				
30	清	彭定求	全唐诗	寄扬州韩绰判官	青	迢迢	草木凋	玉	教
31	清	张英	御定渊鉴类函	寄扬州韩绰判官	青	迢迢	草木凋	玉	教
32	清	查克宏	晚唐诗钞	寄扬州韩绰判官	青	遥遥	草木凋	玉	教
33	清	纪晓岚	删正评阅才调集	寄人	青	迢迢	草木凋	玉	教
34	清	宋宗元	网师园唐诗笺	寄扬州韩倬判官	青	迢迢	草木凋	玉	教
35	清	王士禛	唐人万首绝句选	寄扬州韩绰判官	青	迢迢	草木凋	玉	教
36	清	张万寿	康熙扬州府志	寄扬州韩绰判官	青	迢迢	草木凋	玉	教
37	清	沈德潜	唐诗别裁	寄扬州韩绰判官	青	迢迢	草未凋	玉	教
38	清	沈德潜	唐诗别裁	寄杨州韩绰判官	青	迢迢	草木凋	玉	教
39	清	黄生	唐诗摘钞	寄扬州韩绰判官	青	迢迢	草未凋	玉	教
40	清	龙燮	皖人戏曲选刊	阙	青	迢迢	草木凋	玉	教
41	清	姚文田	嘉庆扬州府志	阙	云	迢迢	草木凋	玉	教
42	清	杜紫纶	中晚唐诗叩弹集	寄扬州韩绰判官	青	迢迢	草木凋	玉	教
43	清	李锳	诗法易简录	寄扬州韩绰判官	青	迢迢	草未凋	玉	教
44	清	冯集梧	樊川诗集	寄扬州韩绰判官	青	遥遥	草木彫	玉	教
45	清	子墨客卿	唐诗三百首注释	寄扬州韩绰判官	青	迢迢	草未凋	玉	教
46	清	陈婉俊	唐诗三百首补注	寄扬州韩绰判官	青	迢迢	草木凋	玉	教
47	清	吴雯	吴雯集	阙	青	迢迢	草木凋	玉	学
48	清	俞樾	九九销夏录	阙	青	迢迢	草木凋	玉	教
49	清	翁山柱石	前明正德白牡丹	阙	青	迢迢	草木凋	玉	教
50	民	胡云翼	浪漫诗人杜牧	寄扬州韩绰判官	青	迢迢	草木凋	玉	教
51	民	许啸天	唐代宫廷艳史	阙	青	迢迢	草未凋	玉	教

版本信息及注释：

[01]《樊川文集》[O]，明刻本（10行18字，国家图书馆藏），卷4第8页。四部丛刊明刊本、日本江户初写本，“未”作“木”。

[02]《樊川文集夹注》[O]，明正统六年（1441）日本全罗道锦山刊，卷4第20页。

[03]《才调集》[O]，宋临安府陈氏书棚版，卷4第5页。述古堂本和四部丛刊景宋本，同。

[04]《才调集》[O]，四库本，卷4第5页。诗题下注：“集作寄扬州韩绰判官”。

[05]《文苑英华》[O]，明刻本，卷261第11页。小注：“岸草，集作草木。”“美，集作玉。”“坐，集作教。”

[06]《文苑英华》[O]，四库本，卷261第15页。小注：“岸草，集作草木。”“美，集作玉。”“坐，集作教。”

[07]《全唐诗话》[O]，明正德二年（1507）刻本，卷中第80页。明嘉靖刻本、明万历刻本，同。

[08]《唐诗纪事》[O]，四部丛刊明刻本，卷56第14页。四库本，同。明毛氏汲古阁本作“遥遥”。

[09]《唐诗纪事校笺》[O]，北京：中华书局2007年版，第1900页。

续表

[10]《万首唐人绝句》[O]，明万历三十五年（1607）刻本（赵宧光校），卷32第10页。明嘉靖刻本、四库本，同。
[11]《唐诗绝句》[O]，日本江户（1603—1868）初写本，卷3。无页码。
[12]《方舆胜览》[O]，宋咸淳三年（1267）刻本，卷44第9页。四库本，“遥遥”作“迢迢”。
[13]《景定建康志》[O]，四库本，卷16第49页。第二句为“九月江南草未凋”。
[14]《锦绣万花谷》[O]，明弘治五年（1492）铜活字本，续集卷9第2页。明嘉靖十五年（1536）锡山秦汴绣石书堂刻本、四库本，首字为“青”。
[15]《唐音》[O]，四库本，卷7第39页。
[16]《唐诗正音》[O]，明刻本（日本昌平坂学问所藏），卷6下第2页。
[17]《庶斋老学丛谈》[O]，四库本，卷中上第20页。
[18]《唐诗品汇》[O]，明嘉靖己亥年（1539）刻本，卷53第7页。明汪宗尼刻本、四库本，同。
[19]《唐音统签》[O]，清康熙丁卯年（1687）刻本，卷561第11页。
[20]《唐诗镜》[O]，四库本，卷50第4页。
[21]《诗薮》[O]，古籍刻本（新都汪道昆伯玉序），内编卷6第16页。
[22]《唐诗绝句类选》[O]，明末凌氏三色套印本，卷1第18页。
[23]《词品》[O]，上海：商务印书馆民国二十五年（1936）据明嘉靖辛亥年天都阁本影印，卷1第56页。
[24]《石仓历代诗选》[O]，明崇祯年间刻本，唐卷52第18页。四库本，同。
[25]《大明一统名胜志》[O]，明崇祯三年（1630）刻本，卷16第6页。
[26]《重选唐音大成》[O]，明嘉靖五年（1526）刊本，卷6第27页。
[27]《扬州府志》[O]，明万历三十三年（1605）刻本，卷26第12页。
[28]《隋炀帝艳史》[O]，明崇祯辛未年（1631）刻本，卷29第13页。
[29]《御选唐诗》[O]，四库本，卷31第12页。
[30]《全唐诗》[O]，四库本，卷253第8页。“迢迢，一作遥遥。”
[31]《御定渊鉴类函》[O]，四库本，卷336第32页。
[32]《晚唐诗钞》[O]，内府藏本（清康熙四十二年刻本），卷2第9页。
[33]《删正评阅才调集》[O]，清刻本，卷上第36页。诗题下注“本集作寄扬州韩绰判官”。
[34]《网师园唐诗笺》[O]，清乾隆三十二年（1767）版，卷16第13页。诗题中的“倬”为仅见，应为讹误。
[35]《唐人万首绝句选》[O]，四库本，卷6第4页。
[36]《康熙扬州府志》[O]，清两淮盐政采进本，卷35第8页。
[37]《唐诗别裁》[O]，清乾隆二十八年（1763）教忠堂修订本，卷20第20页。
[38]《唐诗别裁》[O]，上海：商务印书馆民国二十四年（1935）版，第4册第138页。
[39]《唐诗摘钞》[M]，合肥：安徽大学出版社2009年版，卷4第418页。
[40]《皖人戏曲选刊》[M]，合肥：黄山书社2009年版，第191页。
[41]《嘉庆扬州府志》[M]，南京：江苏古籍出版社1991年版，第292页。古籍版为卷17第2页。
[42]《中晚唐诗叩弹集》[O]，采山亭藏康熙甲申年（1704）刻本，卷6第11页。

续表

[43]《诗法易简录》[O]，清乾隆丁亥年（1767）刻本，卷14第19页。
[44]《樊川诗集》[O]，清嘉庆三年（1798）刻本，卷4第22页。“草木，一云岸草。木一作未。”
[45]《唐诗三百首注释》[O]，清光绪十六年（1890）石渠山房刻本，卷6第12页。朱麟注：《唐诗三百首》，上海：世界书局民国二十五年（1936）版，第135页，同。梦花馆主注释：《唐诗三百首读本》，上海：广益书局民国二十九年（1940）版，第223页，同。喻守真注：《唐诗三百首详析》，北京：中华书局1957年版，第311页，同。邱燮友注释：《新译唐诗三百首》，台北：三民书局1988年版，第378页，同。
[46]《唐诗三百首补注》[M]，北京：中华书局1959年版，卷8第11页。金性尧注：《唐诗三百首新注》，上海：上海古籍出版社1980年版，第350页，同。刘首顺译：《唐诗三百首全译》，西安：陕西人民出版社1986年版，第527页，同。
[47]《吴雯集》[M]，太原：三晋出版社2016年版，卷8第284页。
[48]《九九销夏录》[M]，北京：中华书局1995年版，卷8第84页。
[49]《前明正德白牡丹》[O]，清光绪辛卯年（1891）博古斋刻本，第40回第3页。// 上海：上海古籍出版社影印本，第507页。
[50]《浪漫诗人杜牧》[O]，上海亚细亚书局民国十七年（1928）版，第10页。
[51]《唐代宫廷艳史》[M]，济南：大众文艺出版社2000年版，第77页。

杜牧《山行》中的异文和异读

远上寒山石径斜，白云生处有人家。
停车坐爱枫林晚，霜叶红于二月花。

这是杜牧的《山行》。寒山、石径，白云、红叶，此诗描述出了一幅景色幽邃、怀高兴逸的山林秋色图。瞿佑（1347—1433）在《归田诗话》中说："予为童子时，十月朝从诸长上拜南山先垅，行石磴间，红叶交坠，先伯元范诵杜牧之'停车坐爱枫林晚，霜叶红于二月花'之句……至今每见红叶……辄思之。"[①] 相信很多人都感同身受。由于入选现行的中小学教科书，国人大都对《山行》烂熟于心。

不过，这首经典唐诗也存在不少争议。比如"远上寒山石径斜"中的"斜"字，有说读作 xiá，有说读作 xié；再如"白云□处有人家"句中的第三字，有的写作"生"，有的写作"深"。尤其是"斜"的读音，由于教科书的版本不一，而且改来改去，时常引发质疑，媒体也曾多次报道关于此字的争议。对此，教材编写机构无所适从，教育主管部门闪烁其词。由于学界没有给出专业系统且令人信服的解释，几年前就开始公开征求意见的《普通话异读词审音表》迟迟没有正式发布。

一、"xiá"与"xié"

关于"斜"的读音，虽然七嘴八舌、众声喧哗，但真正从专业的角度进行全面考证及分析的论文并不多，而且大都浅尝辄止。骆守中在回答小学语文教

① 〔明〕瞿佑撰：《归田诗话》[O]，明洪熙乙巳年（1425）刻本，第 16 页。

师疑问时认为，从近体诗押韵的规矩和唐代诗人写作绝句的实践看，“斜”字在古诗中不应读 xié，而应读 xiá[①]。尹喜清认为，“斜”的古音未必是“xiá”，“读古诗是不可能且不必要用古音的，因此古诗中的“斜”字应读 xié 这一现代标准读音。读古诗时要摆脱叶音说的影响。”[②] 孟蓬生认为，“作为一种文化传统，把‘远上寒山石径斜，白云生处有人家’中的‘斜’读作 xiá 以与‘家’押韵……是应该得到允许的。”但他把“斜”读作 xiá 归于“叶韵”之列，并认为“面向中小学生的工具书和教材绝对不应该标注此类读音”[③]。此后，何茂活也认为，“斜”读作 xiá 属于“叶韵”，并称“这是一个似是而非的古音”[④]。

所谓“叶韵”，亦称“协韵”或“叶音”，是指诗歌或韵文中为了押韵和上口而临时改变字的读音。这打破了字音的规定性，带有很大的随意性，当然是不可取的。那么，“斜”字到底应该怎么读？读作 xiá 是不是“叶韵”呢？

（一）辞书之说及研究结论

在现代出版的《汉语大字典》中，“斜”有 3 个读音[⑤]：1. xié（旧读 xiá）。2.chá。此音专用于古代的人名，如匈奴单于伊稚斜。3. yé。此音专用于古代的地名，如梁州的褒斜。《古代汉语词典》中，“斜”有两种读音[⑥]：1. xié（旧读 xiá）。2. yé。《辞源》则是三音两注：1. xiá、xié。2. yé。新读和旧读排在一起，差别很大的两种读音算是一种读法[⑦]。而在新版《现代汉语词典》中，“斜”只有一个读音，即“xié”[⑧]。按照国家语委的规定，语言文字规范以最新版的《现代汉语词典》为准。这也正是教科书《山行》中的“斜”被注为“xié”的依据。

《说文》：“斜，杼也。从斗，余声。读若荼。似嗟切。”《广韵》：“斜，

① 骆守中撰：《“斜”字的读音与近体诗的押韵》[J]，西安：《陕西教育》1997 年第 7、8 期。
② 尹喜清撰：《也谈“斜”字在古诗中的读音》[J]，铜仁：《铜仁学院学报》2016 年第 5 期。
③ 孟蓬生撰：《新版〈审音表〉公布后：我们如何读古诗文》[N]，北京：《光明日报》2016 年 10 月 30 日。
④ 何茂活撰：《也说“衰”“斜”“骑”读音的“改变”》[N]，上海：《语言文字周报》2019 年 3 月 13 日。
⑤ 编委会：《汉语大字典》[M]，成都：四川辞书出版社 // 武汉：崇文书局，2010 年版，第 2415—2416 页。
⑥ 编写组：《古代汉语词典》[M]，北京：商务印务馆 2002 年版，第 1731 页。
⑦ 编委会：《辞源》[M]，北京：商务印书馆 1990 年版，第 1369 页。
⑧ 编辑室：《现代汉语词典》[M]，北京：商务印书馆 2016 年版，第 1450 页。

不正也。似嗟切。”在《集韵》《韵会》等韵书中，还有“徐嗟切，并音邪”和“于遮切，并音耶”等音注。“于遮切”的拟音应为“yé”，“似嗟切”应该怎么读呢？反切属于辗转取音，经常互切，比如，“嗟，子邪切。”又说，“邪，似嗟切。”对此，古人都很难拿捏准确，今人更加难以把握。

语音不断流变，加之方音杂乱，今人研究古音只能是“拟测”，谁也不敢肯定地说某字在古代读什么。由于研究方法及注音方式不同，汉字古音的研究形成了多个体系，比如高本汉系统、王力系统、董同龢系统、周法高系统、李荣系统、邵荣芬系统、蒲立本系统、郑张尚芳系统、潘悟云系统等。很多汉字的古音在这几个系统中的“拟音”是不一样的。不过，“斜”在这几个系统中的中古拟音却有一个共同点，那就是韵母均为“ɑ”[①]。要在现代汉语拼音的“xié”和“xiá”中选择一个与那些拟音对应，当然应该是“xiá”，而不可能是“xié”。

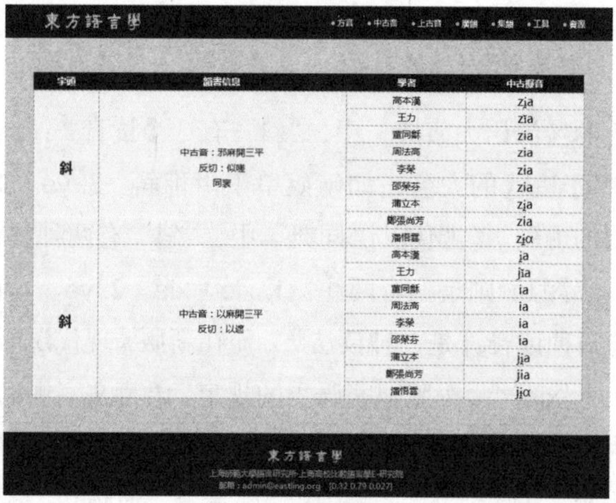

字頭	韻書信息	學者	中古擬音
斜	中古音：邪麻開三平 反切：似嗟 同家	高本漢	zi̯a
		王力	zĭa
		董同龢	zia
		周法高	zia
		李榮	zia
		邵榮芬	zia
		蒲立本	zi̯a
		鄭張尚芳	zia
		潘悟雲	zi̯ɑ
斜	中古音：以麻開三平 反切：以遮	高本漢	i̯a
		王力	jĭa
		董同龢	ia
		周法高	ia
		李榮	ia
		邵榮芬	ia
		蒲立本	ji̯a
		鄭張尚芳	jia
		潘悟雲	ji̯ɑ

或许有人要问：《集韵》明确地说“音邪”，而“邪”读作 xié，这不正是“斜”字的今音吗？其实，在中古音中，“邪”与“斜”的读音是一样的，二字还可以通用——陈子展（1898—1990）《唐代文学史》中，《山行》首句径为“远上寒山石径邪”[②]。况且，现在很多地方的方音中，“斜”仍然读作 xiá 或者韵母为“ɑ”，比如上海、四川蒲江、湖南益阳等地。也就是说，这些地方基本沿袭了“斜”的古音。

---

① 上海师范大学语言研究所东方语言学中古音数据库 [DB/OL]: http://www.eastling.org/zgycx.php，2020 年 8 月 18 日查询。

② 陈子展著：《唐代文学史》[O]，上海：作家书屋民国三十三年（1944）版，第 89 页。

因此，说“xiá”是“斜”的古音大体不差，把“远上寒山石径斜”中的“斜”读作 xiá 不应算是“叶韵”。

（二）唐代近体诗中入韵的“斜”字

在《唐韵》及《广韵》等官定韵书中，“斜”属麻韵，《山行》中的韵脚字“斜”“家”“花”都属于麻韵。通过考查唐诗的用韵，也能推断韵字的读音。《唐诗三百首》中共有 7 首“斜”字入韵的近体诗，兹列如下——

故人具鸡黍，邀我至田家。绿树村边合，青山郭外斜。开筵面场圃，把酒话桑麻。待到重阳日，还来就菊花。——孟浩然《过故人庄》

移家虽带郭，野径入桑麻。近种篱边菊，秋来未著花。扣门无犬吠，欲去问西家。报道山中去，归时每日斜。——皎然《寻陆鸿渐不遇》

渭水自萦秦塞曲，黄山旧绕汉宫斜。銮舆迥出千门柳，阁道回看上苑花。云里帝城双凤阙，雨中春树万人家。为乘阳气行时令，不是宸游玩物华。——王维《奉和圣制从蓬莱向兴庆阁道中留春雨中春望之作应制》

春城无处不飞花，寒食东风御柳斜。日暮汉宫传蜡烛，轻烟散入五侯家。——韩翃《寒食》

更深月色半人家，北斗阑干南斗斜。今夜偏知春气暖，虫声新透绿窗纱。——刘方平《月夜》

朱雀桥边野草花，乌衣巷口夕阳斜。旧时王谢堂前燕，飞入寻常百姓家。——刘禹锡《乌衣巷》

别梦依依到谢家，小廊回合曲阑斜。多情只有春庭月，犹为离人照落花。——张泌《寄人》

在这 7 首唐诗中，“斜”与“麻”“家”“花”“华”“纱”等字押韵。其中的 6 首诗，都有“斜”“家”“花”。很显然，这 7 首诗中的“斜”都应该读作 xiá。如果读作 xié，就都不押韵了。

《唐诗三百首》的范围很小。《全唐诗》的情况如何呢？全文检索的结果显示，《全唐诗》收录的 48900 多首唐诗中，约[1]有 476 首“斜”字入韵的近体诗，

① 之所以说“约”而不是确定的数字，是因为判断是否近体诗有时因人而异，比如崔颢的《黄鹤楼》，有人认为是近体诗（七律），有人认为是古体诗。这样的诗不太多，不会影响总体判断。

其中“斜”与“麻”“花”“霞”“茶”“家”“华”“沙”“牙”“芽”“瑕”“涯”“巴”“差”等字押韵的有272首，韵脚字中含有“赊”“车”“蛇”“邪”“遮”“奢”“耶”等字的有204首。毫无疑问，“斜”与“麻”“家”“霞”“花”等字押韵的诗中读作xiá。在与“车”“蛇”“遮”等字押韵的诗中，按照现行的普通话，“斜”无论读xié还是xiá都不押韵。这种状况都是音变造成的。按照音韵学研究的成果，麻韵所有字的韵母均为“ɑ”。

值得注意的是，《全唐诗》中与《山行》一样，“斜”“家”“花”三字相押的绝句就多达42首，其中“斜”为偶句韵脚字（必须入韵）的为21首。

也就是说，唐代近体诗中入韵的“斜”普遍应该读作xiá，这显然不是“叶韵”所能解释的，因为“叶韵”只是一种临时变通的手段，不具普遍性。

（三）历代近体诗入韵之“斜”

实际上，非仅唐韵如此，前后数代的诗韵中，“斜”都读作“xiá”。试举几例——

三雅来何迟？耳热眼中花。盘案互交错，坐席咸喧哗。簪珥或堕落，冠冕皆倾斜。酣饮终日夜，明灯继朝霞。——（西晋）张华《轻薄篇》

岩间度月华，流彩映山斜。晕逐连城璧，轮随出塞车。唐蓂遥合影，秦桂远分花。欲验盈虚理，方知道路赊。——（南北朝）张正见《关山月》

虽度芳春节，物色尚馀华。出帘飞小燕，映户落残花。舞衫飘细縠，歌扇掩轻纱。兰房本宜夜，不畏日光斜。——（隋）魏澹《初夏应诏诗》

在唐代以前的这3首诗中，“斜”也是与“花”“哗”“霞”“纱”“车”“赊”等字押韵，当读作xiá。

日出冰澌散水花，野梅官柳渐攲斜。西郊欲就诗人饮，黄四娘东子美家。——（宋）苏轼《次韵杨公济奉议梅花十首》

地古村墟迥，川回县郭斜。蒲池馀老节，菊水引新芽。卜筑欣成趣，归耕觉有涯。迎门顾儿女，今日是山家。——（金）元好问《长寿新居》

研光帽子舞山花，吹落曾城万仞斜。安得飙轮为我驾，一时飞到列仙家。——（元）杨载《次韵雪》

楼外春帘近酒家，莺声巷陌夕阳斜。东风暗地随春去，防日无人唤卖花。——（明）杨光溥《春去》

高峰突兀散流霞，天外钟声一径斜。认道前朝功德寺，老僧还著旧袈裟。——（清）丁澎《望天寿山》

唐代之后，自宋至清，入韵的“斜”一直读作 xiá。

当代出版的唐诗选本也常注此音。比如，《唐宋绝句选注析》在杜牧《山行》的诗后注释“斜（音峡）”[①]。《千家诗选讲》把刘禹锡《乌衣巷》诗“乌衣巷口夕阳斜”中的“斜”注音为“xiá”[②]。《唐诗三百首鉴赏大全集》把元稹《菊花》诗“遍绕篱边日渐斜”中的“斜”注音为“xiá”[③]。

《（标准注音彩绘版）唐诗三百首》中《山行》《乌衣巷》《过故人庄》等诗正文中的“斜”均注音为 xié，唯独孟浩然《过故人庄》有注释：“斜，古音读 xiá。”[④] 如此处理，莫名其妙。

（四）古诗该不该读古音？

无论是根据音韵学研究成果，还是从唐诗的实际应用来看，《山行》中的“斜”都应该读作 xiá。实际上，主张读 xié 的人中，也有很多人认同这一点。之所以明知中古之“斜”当读 xiá 却还主张读 xié，主要是出于语音“规范”的考虑。他们认为，今人读古音会造成语音的混乱。对此，笔者不敢苟同。

首先，完全用今音读古诗，会导致大量唐诗的韵味大减甚至韵味全无。绝句的首句可以入韵也可不入韵，但第二、四句必须押韵。《山行》中的“斜”出现在首句，不管怎么读都不算出韵，对诗韵的影响还不算很大。但若“斜”作为韵脚字出现在第二、四句而不读古音，对诗韵的损害就是毁灭性的，比如《乌衣巷》《寒食》等，而这样的近体诗非常之多。

而且，读古诗不用古音，还会带来不必要的误会和纷乱。比如贺知章的《回乡偶书》：“少小离家老大回，乡音未改鬓毛衰。儿童相见不相识，笑问客从何处来。”其中“衰”的读音以及是否出韵也是争议不绝。有人认为应该读作 shuāi（摔），有人认为应该读作 cuī（崔），甚至“衰”被改成了“摧”或“催”。

---

① 姚奠中注：《唐宋绝句选注析》[M]，太原：山西人民出版社 1980 年版，第 257 页。
② 陈延、世一注：《千家诗选讲》[M]，长春：吉林人民出版社 1984 年版，第 52 页。
③ 雅瑟等撰：《唐诗三百首鉴赏大全集》[M]，北京：新世界出版社 2011 年版，第 328 页。
④ 冯慧娟注：《（标准注音彩绘版）唐诗三百首》[M]，长春：吉林美术出版社 2014 年版，第 20 页。

在中古音中，“回”读作 huái（怀），与“衰（shuāi）”“来（lái）”一韵到底，非常谐和。虽然此字音韵问题并非如此简单，但今人如果知道“回”在唐诗中读作 huái（怀），就不会纠结不休了（详见本书第 43 页《近体诗中的“回”应读作 huái》）。

再者，既学古诗，当知古音。包括唐诗在内的古代文学，是中华优秀传统文化的精华，应当呵护、珍惜和传承。与古字、古义及古代汉语语法等一样，古音也是古代汉语知识的一个重要组成部分。学习古诗，既当知道一些格律、韵律等知识，也应该了解一些古音方面的常识。虽然很多汉字的古音说不清楚，但像“斜”“回”这些切音比较清晰、学界已有共识而且在近体诗中非常常用的字，还是可以告诉学生，至少让他们知道字音是有流变的。至于影响语音规范的担心，完全是多余的。古代汉语和现代汉语，是完全不同的语境。我们只需告诉学生和读者，古音属于古代，在古诗文中可以读古音，但在日常的生活和写作中还是要遵循现代汉语的规范，即可。实际上，古代汉语中有很多汉字的古义已然不存，比如《山行》中的“坐”字。《论语》中的很多句子不合现在的语法，《诗经》等典籍中的很多汉字甚至已经废弃。——如果说把“斜”读作“xiá”影响语音的规范，那把“坐”解释为“因为”难道不会吗？既然“伊稚斜”中的“斜”仍然读作 chá，“褒斜”中的“斜”仍然读作 yé，古诗词中的“斜”为什么不能读作 xiá 呢？

“我们并不要大家用古音来读《诗经》，那是不可能的，也是不必要的。其所以不可能，因为如果按古音来读，那就应该全书的字都按古音，不能只把韵脚读成古音，其他多数的字仍读今音。如果全书的字都读古音，那就太难了。其所以不必要，是因为我们读《诗经》主要是了解它的诗意，不是学习它的用韵，所以仍旧可以用今音去读，不过要心知其意，不要误以为无韵就好了。”王力先生在其著作《诗经韵读》中的这段话，经常被主张“古音今读”的人所引用。殊不知，王力在他的《诗词格律》中讲解诗韵的时候，恰恰举《山行》作为例子，他在把诗中的“斜”字注音为“xié”后却解释说：“唐代‘斜’字读 siá（s 读浊音），和现代上海‘斜’字的读音一样。”他还说：“语言发展了，语音起了变化，我们拿现代的语音去读它们，自然不能完全适合了。”① 况且，

① 王力著：《诗词格律》[M]，北京：中华书局 1979 年版，第 4—5 页。

王力那番话是针对《诗经》而言的，并不适用于格律诗。读《诗经》主要不是学习它的用韵，读唐诗却不能不讲求韵律，因为韵是近体诗的灵魂，押韵是格律诗的根本特征。

2019 年 11 月，教育部、国家语言文字工作委员会在发布试行《中华通韵》时提出了“知古倡今，双轨并行”的原则。按照这个原则，首先应该知道古音与今音有所不同，然后就是在古诗词的学习和朗读中尽量读古音。

言之无文，行而不远；诗之无韵，不知其可。

二、“生”与“深”

刘永济（1887—1966）在《唐人绝句精华》中评价《山行》说：“一经诗人道出，便留诵千口矣。”[①] 这句话并不符合实际。包括《樊川文集》在内，流传下来的所有唐代文献中均没有此诗的踪影，就连北宋的诗文总集《文苑英华》都没有收录此诗。笔者检索到的文献中，最早收录此诗的文献为大约成书于北宋中期的《樊川文集（外集）》。刘克庄（1187—1269）《分门别类唐宋时贤千家诗选》（又名《后村千家诗》）卷十四有 6 首题为《山行》的诗，竟也没有杜牧的这一首。元明清代，收录或评价《山行》的诗选或诗论也不多，谢枋得（1226—1289）《千家诗》和孙洙（1711—？）《唐诗三百首》都没有收录此诗。也就是说，在长达数百年的时间里，《山行》基本上无人问津。只是到了现代，《山行》才受到热烈的追捧，成为各种唐诗选本乃至教科书的“保留”篇目。

笔者遍搜北京大学图书馆古籍库、中国国家数字图书馆、中华经典古籍库等几大古籍数据库，共找到了 30 多种文献、约 40 个版本。具体说来，《樊川文集（外集）》《樊川诗集》[②]《古今事文类聚》《唐音》[③]《笺注唐贤三体诗法》[④]

① 刘永济撰：《唐人绝句精华》[M]，北京：人民文学出版社 1981 年版，第 211 页。
② 〔清〕冯集梧注：《樊川诗集》[O]，清嘉庆三年（1798）刻本，外集第 10 页。
③ 〔元〕杨士弘辑：《唐音》[O]，四库本，卷 13 第 26 页。
④ 〔宋〕周弼编、〔元〕释圆至注：《笺注唐贤三体诗法》[O]，明火钱刻本，卷 1 第 17 页。

《唐音统签》[①]《重选唐音大成》[②]《唐诗归》[③]《全唐诗》[④]《全唐诗录》[⑤]《唐诗百名家全集》[⑥]《唐人万首绝句选》[⑦]《唐诗别裁》[⑧]等文献为“白云生处有人家”，其中《樊川文集（外集）》的四部丛刊明刊本[⑨]、夹注本[⑩]、日本江户初写本[⑪]均为“生”。而《三体唐诗》[⑫]《唐诗镜》[⑬]《山堂肆考》[⑭]《唐诗绝句类选》[⑮]《御选唐诗》[⑯]《诗法易简录》[⑰]《唐诗三百首续编》[⑱]《白雪遗音》[⑲]《花木鸟兽集》[⑳]《江南通志》[㉑]《御定分类字锦》[㉒]《唐诗摘钞》[㉓]等文献为“白云深处有人家”。另有一些文献，有“生”的版本，也有“深”的版本。比如《万首唐人绝句》的明嘉靖刻本[㉔]和四库本[㉕]为“生”，但明万历刻本（赵宧光校）

① 〔明〕胡震亨编：《唐音统签》[O]，清康熙丁卯年（1687）刻本，卷562第4页。
② 〔明〕邵天和编：《重选唐音大成》[O]，明嘉靖五年（1526）刊本，卷8第7页。
③ 〔明〕锺惺、〔明〕谭元春辑编：《唐诗归》[O]，明万历四十五年（1617）刻本影印，卷33第3页。
④ 〔清〕彭定求等辑：《全唐诗》[O]，四库本，卷254第13页。
⑤ 〔清〕徐倬等辑：《全唐诗录》[O]，四库本，卷74第15页。
⑥ 〔清〕席启寓辑：《唐诗百名家全集》[O]，清康熙四十七年（1708）刻本，卷5第12页。
⑦ 〔清〕王士禛编：《唐人万首绝句选》[O]，四库本，卷6第5页。
⑧ 〔清〕沈德潜选注：《唐诗别裁》[O]，清乾隆二十八年（1763）教忠堂修订本，卷20第21页。
⑨ 〔唐〕裴延瀚辑：《樊川文集》[O]，四部丛刊明刊本，外集第12页。
⑩ 〔唐〕裴延瀚辑：《樊川文集（夹注）》[O]，明正统五年（1440）日全罗道锦山开刊，外集第26页。
⑪ 〔唐〕裴延瀚辑：《樊川文集》[O]，日本江户（1603—1868）初写本，外集（无页码）。
⑫ 〔宋〕周弼辑：《三体唐诗》[O]，四库本（高士奇序），卷1第16页。
⑬ 〔明〕陆时雍辑：《唐诗镜》[O]，四库本，卷50第6页。
⑭ 〔明〕彭大翼撰：《山堂肆考》[O]，四库本，卷210第2页。
⑮ 〔明〕凌云辑：《唐诗绝句类选》[M]，北京：文物出版社2020年影印明末凌氏三色套印本，第161页。
⑯ 〔清〕康熙选：《御选唐诗》[O]，四库本，卷30第13页。
⑰ 〔清〕李锳撰：《诗法易简录》[O]，清乾隆丁亥年（1767）刻本，卷14第31页。
⑱ 〔清〕于复斋编：《唐诗三百首续编》[O]，石渠山房清道光十七年（1837）刻本，第70页。
⑲ 〔清〕华广生辑：《白雪遗音》[O]，清嘉庆已未年（1799）刻本，卷3第48页。
⑳ 〔清〕吴宝芝撰：《花木鸟兽集》[O]，四库本，卷上第73页。
㉑ 〔清〕赵宏恩等纂：《江南通志》[O]，四库本，卷44第45页。
㉒ 〔清〕康熙等辑：《御定分类字锦》[O]，四库本，卷51第38页。
㉓ 〔清〕黄生撰：《唐诗摘钞》[M]，北京：中华书局2009年版，第416页。
㉔ 〔宋〕洪迈辑：《万首唐人绝句》[O]，明嘉靖刻本，卷26第3页。
㉕ 〔宋〕洪迈辑：《万首唐人绝句》[O]，四库本，卷26第3页。

则为“深”[1]，这也是“深”字出现最早的版本。《古今事文类聚》的元刻本[2]和明内府刻本[3]为“生”，四库本[4]则为“深”。《古今合璧事类备要》的明嘉靖刻本为“生”[5]，四库本为“深”[6]。《全芳备祖》的清抄本为“生”[7]，四库本则为“深”[8]。《唐诗品汇》的明嘉靖刻本[9]和明汪宗尼本[10]为“生”，而四库本为“深”[11]。《石仓历代诗选》的明崇祯刻本为“生”[12]，四库本则为“深”[13]。甚至一书之内两次引用也不相同，比如《御定骈字类编》卷 18 为“白云深处有人家”[14]，卷 26 却是“白云生处有人家”[15]。总的来说，“生”的版本数量比“深”略多一些，也更早一些。

虽然版本很乱，却没有“生，一作深”或“深，一作生”之类的异文注释。不知是诗选家们都没有注意到这个异文，还是都觉得没有必要注明。与杜牧另一首诗《寄扬州韩绰判官》中的“草未凋”与“草木凋”之争多有辩论不同，诗论或笔记中提及《山行》中的“生”与“深”之异的文字也难得一见。唯何良俊（1506—1573）在《四友斋丛说》中说了一句：“杜牧之诗‘远上寒山石径斜，白云生处有人家’，亦有亲笔刻在甲秀堂帖中。今刻本作‘深’，不逮‘生’字远甚。”[16]

何良俊之所以说“亦有”，是因为在考证“生”与“深”之前刚刚辨析过韦应物的《滁州西涧》。他说：“韦苏州《滁州西涧》诗，有手书刻在太清楼帖中。

---

① ［宋］洪迈辑：《万首唐人绝句》[O]，明万历三十五年（1607）刻本（赵宧光校），卷 32 第 18 页。
② ［宋］祝穆辑：《古今事文类聚》[O]，元泰定三年武溪书院刊本，后集卷 23（页码看不清）。
③ ［宋］祝穆辑：《古今事文类聚》[O]，明内府刻本，后集卷 23 第 34 页。
④ ［宋］祝穆辑：《古今事文类聚》[O]，四库本，后集卷 23 第 37 页。
⑤ ［宋］谢维新辑：《古今合璧事类备要》[O]，明嘉靖年间夏相刻本，别集卷 52 第 6 页。
⑥ ［宋］谢维新辑：《古今合璧事类备要》[O]，四库本，别集卷 52 第 6 页。
⑦ ［宋］陈景沂撰：《全芳备祖》[O]，清抄本（9 行 18 字），后集卷 18（无页码）。
⑧ ［宋］陈景沂撰：《全芳备祖》[O]，四库本，后集卷 18 第 4 页。
⑨ ［明］高棅辑：《唐诗品汇》[O]，明嘉靖己亥年（1539）刻本，卷 53 第 7 页。
⑩ ［明］高棅辑：《唐诗品汇》[O]，明汪宗尼刻本，卷 53 第 7 页。
⑪ ［明］高棅辑：《唐诗品汇》[O]，四库本，卷 53 第 8 页。
⑫ ［明］曹学佺辑：《石仓历代诗选》[O]，明崇祯年间刻本，唐卷 62 第 20 页。
⑬ ［明］曹学佺辑：《石仓历代诗选》[O]，四库本，卷 75 第 19 页。
⑭ ［清］沈宗敬等辑：《御定骈字类编》[O]，四库本，卷 18 第 24 页。
⑮ ［清］沈宗敬等辑：《御定骈字类编》[O]，四库本，卷 26 第 43 页。
⑯ ［明］何良俊撰：《四友斋丛说》[O]，明万历己卯年（1579）刻本，卷 36 第 3 页。

本作‘独怜幽草涧边行，尚有黄鹂深树鸣。春潮带雨晚来急，野渡无人舟自横’，盖怜幽草而行于涧边，当春深之时黄鹂尚鸣，始于情性有关。今集本与选诗中，‘行’作‘生’，‘尚’作‘上’，则于我了无与矣，其为传刻之讹无疑。”①李日华（1565—1635）也在《六研斋二笔》中提到了杜牧的手迹。他说正版肯定是“独怜幽草涧边行，尚有黄鹂深树鸣。”并称“有甲秀堂刻牧之行草真迹可据”②。结合二人的说法，“太清楼帖”中的“手书”可能就是“甲秀堂刻”，即杜牧之手书韦苏州的《滁州西涧》。杜牧既是一位杰出的诗人，也是一位优秀的书法家。他自书的《张好好诗》流传至今，历代视为珍宝。只不过因为他的诗名太盛，而唐代杰出的书法家太多，所以他的书名不显或被掩而已。而且，李日华也是一位著名的书法家和书论家。他所说的“甲秀堂刻”和何良俊所说的“甲秀堂帖”，可信度很高。也就是说，原作应该是“白云生处有人家”。

唐代以前的文献中，笔者没有发现“白云生处”和“白云深处”。

《全唐诗》中，“白云生处”仅见于杜牧的《山行》，“白云深处”却多达10处：灵一《僧院》中有“无限青山行欲尽，白云深处老僧多。”司空图《歌者十二首（其九）》中有“白云深处寄生涯，岁暮生情赖此花。”吕洞宾《崔中举进士游岳阳遇真人》中有“无端措大刚饶舌，却入白云深处行。”熊皎《九华望庐山》中有“只待丹霄酬志了，白云深处是归程。”可止《送僧》中有“白云深处去，知宿在何峰。”陈羽《山中秋夜喜周士闲见过》中有“青山高处上不易，白云深处行亦难。”李涉《山居送僧》中有“失意因休便买山，白云深处寄柴关。”刘沧《题桃源处士山居留寄》中有“白云深处葺茅庐，退隐衡门与俗疏。”刘兼《中春登楼》中有“归去莲花归未得，白云深处有茅堂。”杜牧另一首诗《赠朱道灵》中也有“朱渚矶南谢山北，白云深处有岩居”之句。与《山行》一样，这些诗句都与“山”有关。幽邃，静雅，闲适，脱俗，“白云深处”也是一种引人入胜、令人神往的意象。

那么，杜牧为什么要在《山行》中用“生”呢？何焯（1661—1722）在《唐三体诗评》中说，《山行》中的“白云”是炊烟③。这个说法可以用来解释《山行》和《赠朱道灵》中的“生”和“深”，因为“人家”的炊烟可以飘上天空，

① 〔明〕何良俊撰：《四友斋丛说》[O]，明万历已卯年（1579）刻本，卷36第2页。
② 〔明〕李日华撰：《六研斋二笔》[O]，明崇祯庚午年（1630）刻本，卷1第23页。
③ 陈伯海主编：《唐诗汇评》[M]，杭州：浙江教育出版社1995年版，第2375页。

远观像是白云，而“岩居”则不会有这样的效果。不过，笔者并不认同“白云即炊烟”之说。白云就是白云，应为自然景观。寒山之上，白云缭绕，仿佛是从山居人家里“生”出来的。如果是一幅画，“白云深处有人家”与“白云生处有人家”看不出区别，但作为一首诗，“生”比“深”更加生动，意境更美。

《锦绣万花谷》有“云根”之词条，其释曰：“唐人多使云根为石，以云触石而生。白乐天《天竺石》诗云‘下担拂云根’。东坡亦有诗云‘东麓云根露芽角’。”文后注明，引自《诗注》[①]。依照此解，云生于石，石在山上，山上有居者，故云“白云生处有人家”。

王双启在《山行》赏析中说：“陶渊明有‘云无心以出岫’之句，古人往往以为白云系从山峦中生出，故此处云然。一个‘生’字，既有飘浮缭绕之动态，又有滋长不息之生机，为山岭增色不少——作‘深’，不逮此‘生’远甚。”[②]

张九龄《望月怀远》中有“海上生明月”之句，马戴《楚江怀古》中有“广泽生明月”之句。明月不可能“生”于大海或广泽，但“生”字却充满了想象力，给人以超然于物外之感。

“白云深处”固然也很精彩，但用得多了，未免流俗，而“白云生处”却匠心独运，别具一格。

三、作者存疑

上文提到，《山行》最早见于《樊川文集（外集）》，但《外集》既不知编者为何人，也不知具体成书于何时，而书中的讹伪之作甚多。比如《清明》《怀吴中冯秀才》（一说是张祜的《枫桥》，详见本书第383页《张继“夜泊”的不是“枫桥”及“寒山寺”》）都很有可能是伪作，即假托杜牧之名，实为他人作品。笔者以为，《山行》也有这样的嫌疑。

古籍文献中，《山行》的作者基本上都是杜牧，但也有不同的说法。

---

① 〔宋〕不著撰者：《锦绣万花谷》[O]，宋刻本，前集卷5第4页。引文中，白乐天诗句“下担拂云根”之所出，诗题多作《洛下卜居》。东坡诗句“东麓云根露芽角”出自《佛日山荣老方丈五绝（其三）》，句中“芽角”应为“角芽（牙）”之讹。

② 王双启撰：《霜叶红于二月花——杜牧〈山行〉赏析》//《唐诗鉴赏集》[M]，北京：人民文学出版社1981年版，第308页。

在祝穆（？—1255）《古今事文类聚》中，本诗的题目为《枫林》，这是30种文献中唯一不是《山行》的诗题。而在谢维新（宋末人）《古今合璧事类备要》中，有一组关于“枫树”的诗集，收录了十几首描写枫的诗或句，其中包括“枫林晚”。所引诗句，作者都署在后面。奇怪的是，阮籍、李白、严武等人的署名都是全名，而“枫林晚”等几首诗或句署的却是一个“杜”字。姓杜的诗人很多，除杜牧外，还有杜甫、杜荀鹤等。那么此“杜”，所指何人？在“枫林晚”的前面，署名“杜”的“云帆枫树林”之句出自杜甫的《南征》，同样署为“杜”的“赤叶枫林百舌呼（鸣）”之句出自杜甫的《寄柏学士林居》；而在“枫林晚”之后，署名为“杜”的“玉露凋伤枫树林”出自杜甫的《秋兴八首（其一）》。按体例推断，夹在中间的“枫林晚”，作者也应该是杜甫。一般语境下，“杜诗”就是指杜甫的诗。

彭大翼（1552—1654）《山堂肆考》：“杜荀鹤诗：‘远上寒山石径斜，白云深处有人家，停车坐爱枫林晚，霜叶红于二月花。’”此本明确地说，这首诗的作者是杜荀鹤。这可能就是受到了谢维新语焉不详的误导。

四、结语

作者虽有异说，但不足以颠覆。在没有发现更加确凿的证据之前，《山行》还是应该归于杜牧。

当代出版的各种唐诗选本中，一般都是“白云生处有人家”。笔者赞成选择“生”，但也不能说“深”就是错的。毕竟在古籍文献中，“深”的版本也不少。

至于“斜”的读音，应该早作决断。可以肯定的是，“斜”的中古音应该读作“xiá”，近体诗中入韵的“斜”若读作“xié”就都不押韵。必须认识到，这不仅仅是“斜”的问题，也不仅仅是麻韵的问题，而是涉及很多诗、很多韵。笔者以为，现代语言文字需要规范，优秀传统文化也要尊重。“一刀切”地要求用今音读古诗，有僵化教条之嫌。

杜牧《遣怀》的两大讹误

落拓江南载酒行，楚腰肠断掌中轻。
三年一觉扬州梦，赢得青楼薄倖名。

这是杜牧的《题扬州》，或题为《遣怀》。品忆往事，幡然梦醒；语似轻佻，意却沉重。刘永济（1887—1966）评此诗曰："才人不得见重于时之意，发为此诗，读来但见其傲兀不平之态。世称杜牧诗情豪迈，又谓其不为龊龊小谨，即此等诗可见其概。"尤其"三年一觉扬州梦，赢得青楼薄倖名"二句，流布甚广。但鲜为人知的是，此诗存在很多异文，更有很多异解。"落拓"有作"落托""落魄"，"江南"有作"江湖"，"肠断"有作"纤细"，"掌中轻"有作"掌中情""掌中擎""个中情"，"三年"有作"十年"，"扬州"有作"杨州"，"赢得"有作"占得""唯有"，"薄倖"有作"薄幸""薄行"。甚至，诗的主旨都存在严重的分歧：有人认为这是一首自嘲自责的悔过之诗，有人认为这是一首轻薄浮滑的艳淫之作。实际上，关于此诗的异解与异文直接有关。因此，还原本诗的原貌，就显得格外重要。

一、版本源流及接受史

流传至今的文献中，《遣怀》最早见于孟棨（875年进士）的笔记小说《本事诗》。该书在讲述了杜牧主动要求参加李司徒的艳筵、当众索妓被婉拒并当场赋诗的故事后，引用了杜牧的两首诗，其中包括《遣怀》。这段绘声绘色的绯闻被后来的很多诗话笔记类文献引用，比如《太平广记》《渔隐丛话》《事类备要》《诗林广记》《锦绣万花谷》，这也成为该诗流传的主要载体。与之形成鲜明对照的是，正式的诗选却很少选收此诗。虽然五代后蜀人韦縠（生卒年不详）辑编的《才调集》收录了此诗，但宋、元、明三代的大多数影响较大的诗选，比如《文苑英华》《唐百家诗选》《唐诗鼓吹》《古今诗删》《删订唐诗解》《唐诗归》《唐诗所》等，均未收录《遣怀》。甚至连杜牧外甥裴延瀚编辑的《樊川文集》都没有选收此诗，宋人辑编的《樊川文集（外集）》才补收进去。到了清代，这种情况才开始改观，《全唐诗》《全唐诗录》《唐人万首绝句选》等均选收了此诗，尤其是入选《唐诗三百首》，极大地扩大了《遣怀》的影响。

为什么很多诗选家不待见《遣怀》呢？可能是因为此诗被指艳俗淫靡、不登大雅有关。《升庵诗话》曰："杜牧尝讥元白云：'淫词媟语，入人肌肤，吾恨不在位，不得以法治之。'而牧之诗淫媟者，与元白等耳，岂所谓睫在眼前犹不见乎？"[①] 虽然杜牧对元稹、白居易等人的"淫词媟语"深恶痛绝，但杨慎（1488—1559）认为杜牧亦有此病而不自知，就像是每个人都看不见自己的睫毛一样。游国恩（1899—1978）也在《中国文学史》中说："《遣怀》、《赠别》、《叹花》等诗，更是专写征歌狎妓的颓放糜烂生活。饮酒狎妓是唐代文人中流行的风气，杜牧的这类作品更为后代无行的文人们所称道。这些作品无疑是他诗中的糟粕。"[②] 唐代文人确实狎妓成风，《赠别》等诗也确实出自青楼，但与温庭筠等人的"香艳"诗不同，杜牧此类诗作用词清丽、艳而不俗，诗里字间也不乏真情，比如"蜡烛有心还惜别，替人垂泪到天明"。而《遣怀》不仅不是在描写"颓放糜烂"，反而是对自己"放浪不羁"的反思，正如陆时雍（1633年中举）在《唐诗镜》中所说："情至，语自耿耿。"

49个版本中，《遣怀》不仅异文很多，而且混乱不堪。比如李昉（925—996）《太平广记》的明沈氏野竹斋刻本和另一明刻本（国图善本书号：A01516）为"三年一觉扬州梦"，而清乾隆十八年刻本和四库本却为"十年一觉扬州梦"。洪迈《万首唐人绝句》的明嘉靖刻本为"落魄江南载酒行，楚腰肠断掌中轻。十年一觉杨州梦，占得青楼薄倖名。"明万历三十五年（赵宧光校）刻本为"落魄江湖载酒行，楚腰纤细掌中情。十年一觉扬州梦，赢得青楼薄倖名。"一种文献的两种版本竟有6字不同。祝穆（？—1255）《古今事文类聚》四库本前集卷27中是"落魄江湖载酒行，楚腰纤细个中情。十年一觉扬州梦，赢得青楼薄倖名。"后集卷17却为"落拓江湖载酒行，楚腰纤细掌中情。三

① 〔明〕杨慎撰：《升庵诗话》[O]，无锡丁氏民国时期校刊本，卷9第10页。

② 游国恩著：《中国文学史》[M]，北京：人民文学出版社1963年版，第200页。

年一觉杨州梦，赢得青楼薄倖名。”也有4个字不同。张玉书（1642—1711）《佩文韵府》四库本先后三次引用《遗怀》的全诗或前两句，卷17（4）为“落拓江湖载酒行，楚腰纤细掌中轻。”卷23（6）为“落魄江湖载酒行，楚腰纤细掌中情。”卷99（10）为“落拓江湖载酒行，楚腰纤细掌中情。”三次三样。胡云翼（1906—1965）《诗人杜牧》第6页引用的是“落魄江湖载酒行，楚腰纤细掌中情。十年一觉扬州梦，赢得青楼薄倖名。”第22页又成了“落魄江南载酒行，楚腰肠断掌中轻。十年一觉扬州梦，占得青楼薄倖名。”一本书两次引用，不同的字多达5个。此外，第7页还出现了“十年一觉扬州梦，唯有青楼薄倖名”之句——简直乱成了“一锅粥”！之所以如此，是因为3次引文源自3种文献：第6页引用的文字出自《古今诗话》，第7页的引文出自《唐诗纪事》，第22页未写明出处，依前后文判断，应该出自《樊川文集（外集）》。

二、“落拓”与“落魄”

49个载有全诗的版本中，“魄”37个，“拓”10个，“托”2个，其中《全唐诗》注有“魄，一作托。”哪个字是正本呢？让我们先弄清楚“落魄”、“落拓”和“落托”分别是什么意思。

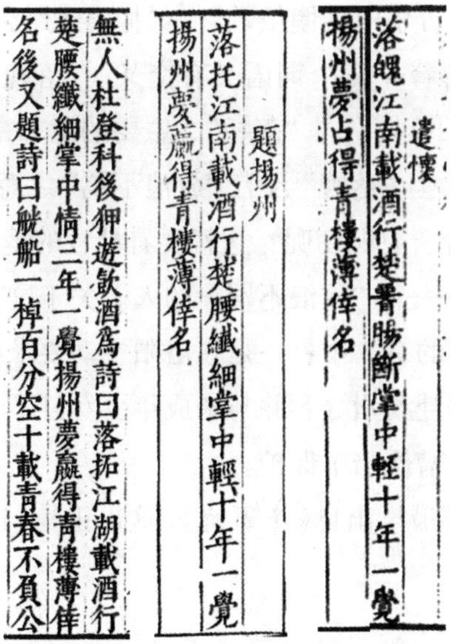
遺懷
落魄江南載酒行楚腰腸斷掌中輕十年一覺
揚州夢占得青樓薄倖名

題揚州
落托江南載酒行楚腰纖細掌中輕十年一覺
揚州夢贏得青樓薄倖名

無人杜登科後狎遊飲酒爲詩曰落拓江湖載酒行
楚腰纖細掌中情三年一覺揚州夢贏得青樓薄倖
名後又題詩曰觥船一棹百分空十載青春不負公

《本事诗》明刻本（左）、《才调集》宋刻本（中）、《樊川文集》明刻本（右）

《辞源》。对"落魄"的解释是:"穷困失意。《史记·郦生传》:'好读书,家贫落魄,无以为衣食业。'集解:'应劭曰:落魄,志行衰恶之貌也。'晋灼曰:'落薄,落托,义同也。'"对"落拓"的解释是:"①放浪不羁。《抱朴子·疾谬》:'夫君子之居室,犹不掩家人之不备,故入门则扬声,升堂则下视,而唐突他家,将何理乎?然落拓之子,无骨骾而好随俗者,以通此者为亲密,距此者为不恭。'《隋书·杨素传》:'素少落拓,有大志,不拘小节。'②穷困失意,景况零落。唐白居易《长庆集》五效陶潜体诗之十四:'问君何落拓,云仆生草莱。地寒命且薄,徒抱王佐才。'"对"落托"的解释是:"①寂寞冷落。同'落莫'。《乐府诗集》四六晋懊侬歌之十:'揽裳未结带,落托行人断。'《唐宋诸贤绝妙词选》五宋李元膺《鹧鸪天·春情》:'燕惊午梦周遮语,蝶困春游落托飞。'②放浪不羁。同'落拓'①。"[①]。

《辞海》。对"落魄"的解释是:"(魄 pò,又读 tuò),同'落泊'。穷困失意。《史记·郦生陆贾列传》:'[郦食其]家贫落魄,无以为衣食业。'"对"落拓"的解释是:"亦作'落托'。①放浪不羁。《北史·杨素传》:'少落拓有大志,不拘小节。'②犹'落泊',穷困失意。《聊斋志异·娇娜》:'生往,令适卒,落拓不得归。'"对"落托"的解释是:"同'落拓'。①形容性情放浪,小拘小节。马令《南唐书·蕃㞜传》:'常游江淮间,自称野客,落托有大志。'②犹落寞。寂寞,冷落。古乐府《懊侬歌》:'揽裳未结带,落托行人断。'"[②]

综合两大辞书的解释,三个词语义有交叉。"落魄"同"落泊",主要的意思是"穷困失意";"落拓"同"落托",主要的意思是"放浪不羁"。"落拓"也有"穷困失意"之意,但"落魄"没有"放浪不羁"之意。那么,"落魄"和"落拓(托)",哪个更适合、更贴切呢?这就要看杜牧的境况和诗的语境。

毫无疑问,杜牧是一个"放浪不羁"的人。关于这方面的记载很多,而且流传很广。其中最经典的有3个:一是在洛阳主动要求参加李司徒的华筵并当众讨要美妓,二是专程赴湖州寻春并与未成年少女订了十年婚约,三是在扬州经常寻花问柳并得到牛僧孺暗中保护。

"当众讨妓"的故事最早出自《本事诗》,这也正是《遣怀》已知最早的出处。

① 编委会:《辞源》[M],北京:商务印书馆1979年版,第2675—2676页。
② 编委会:《辞海》[M],北京:中华书局1989年版,第1585—1586页。

作为御史，即监督官员的官员，他本不应该参加官员的筵席。李司徒也觉得“以杜持宪，不敢邀置。”但杜牧听说李司徒美妓众多，让人捎话，希望参加。华筵之上，他色目神迷，竟当众向李司徒讨要最美最有名的“紫云”。这不仅有“公然索贿”之嫌，而且索要的是“性贿赂”。李司徒以低头微笑婉拒，诸妓也都看着他笑。但杜牧自饮三杯，随即口占一绝：“华堂今日绮筵开，谁唤分司御史来？忽发狂言惊满座，两行红粉一时回。”虽然自知“狂言”惊人，却“意气闲逸，傍若无人。”

“湖州寻春”的故事最早见于高彦休（854—？）的《唐阙史》。据载，杜牧听说“吴兴郡有长眉纤腰貌类神仙者”，就“专往观焉”。吴郡的使君让他遍览全郡的官妓，杜牧都不满意。最后，使君专门组织了一次“彩舟”活动，把全城的人都吸引到河边。杜牧乘彩舟物色，终于发现了一个“奇色”的幼女。杜牧“遂赠罗缬一箧”，要求母女等他十年，若十年后他不来湖州为官，可以嫁人。十四年后，杜牧真当上了湖州刺史，但那个女子已于三年前嫁人，并已生了两个孩子。杜牧非常遗憾，就写了那首著名的《叹花》：“自是寻春去较迟，不须惆怅怨芳时。狂风落尽深红色，绿树成阴子满枝。”[①]（《樊川文集（外集）》中的《叹花》为：“自恨寻芳到已迟，往年曾见未开时。如今风摆花狼藉，绿叶成阴子满枝。”）

“护卫嫖妓”的故事最早出自丁用晦（唐末五代人）的《芝田录》。话说杜牧在扬州掌书记期间经常出入青楼，爱才的淮南节度使牛僧孺不想点破，又担心杜牧的安全，就派人暗中保护。杜牧要回京做御史了，临别之时，牛僧孺善意提醒他注意行止，杜牧还嘴硬不承认，于是，牛拿出了记录杜牧“纵逸”的“街子报帖”，杜牧“乃大感服”[②]。

《本事诗》《唐阙史》《芝田录》均非正史，其中记载未可全信，但杜牧的“风流”还有很多佐证，比如诗友写杜牧的诗作。张祜《江上旅泊呈池州杜员外》曰：“江郡风流今绝世，杜陵才子旧为郎。”赵嘏更以妓女的口吻写道：“郎作东台御史时，妾身西望敛双眉。一从诏下人皆羡，岂料思哀不自知。高阙如天萦晓梦，华筵似水隔秋期。坐来情态犹无限，更向楼前舞柘枝。”

① 〔唐〕高彦休撰：《唐阙史》[O]，四库本，卷上第 21 页。

② 〔唐〕丁用晦：《芝田录》//《五朝小说大观》[O]，上海：扫叶山房民国十四年（1925）版，第 140 页。

杜牧的“放浪不羁”在他自己的诗中也有反映，比如家喻户晓的《赠别（二首）》。其一曰：“娉娉袅袅十三余，豆蔻梢头二月初。春风十里扬州路，卷上珠帘总不如。”其二曰：“多情却似总无情，唯觉尊前笑不成。蜡烛有心还惜别，替人垂泪到天明。”这两首诗就是杜牧离开扬州时写给两个妓女的。此外，他与乐妓张好好的故事，也是其“处处留情”的表现。巧的是，《张好好诗》中也有“落拓”一词。

田雯《古欢堂集》在引用《遣怀》诗后曰：“又：才子风流咏晓霞，倚楼吟住日初斜。惊杀东邻绣床女，错将黄晕压檀花。此二诗乃牧在扬州为牛僧孺书记时作也。牧负才不羁，日为放浪狎邪之行……”

唐代文人以“风流”为尚，杜牧无疑是其中的“翘楚”。论“放浪不羁”，在整个中国文学史上，也无人敢出其右。

要说“穷困”，却与杜牧沾不上边儿。杜牧出身名门望族，弱冠成名。在洪州、扬州、池州、湖州等地做地方官期间，虽然职位不高，也不可能为穷所困。尤其是在扬州时，掌书记是一个很有实权并且实惠的官职。他经常出入烟花柳巷，甚至当场“赠罗缬一篋”，都说明他财力雄厚。

“漂泊”之说，也太牵强。杜牧在南方十几年，虽然换了几个地方，但都是在做官或当幕僚。易地为官，非常正常。这与一般意义上的“漂泊”，完全不是一码事儿。

至于“失意”，杜牧倒是有一些。他年少成名，胸怀大志，却不得朝廷重用，只有委身于地方的幕府。《遣怀》在自嘲自责之中，应该也有“怀才不遇”之慨。但这是字后的寓意，是政治方面的。字面上，从“载酒行”和“掌中轻”，到“扬州梦”和“薄倖名”，《遣怀》通篇描写的都是酒色，呈现的都是放荡。这样的语境中，当然应该是“放浪不羁”，而不是“贫困失意”。

古籍版本一般不释字词。现代的版本中，《遣怀》的前两个字一般都是“落魄”，而解释无外乎贫困、潦倒、失意、漂泊等义，如：抱恨轩主《（白话句解）唐诗三百首》和梦花馆主《唐诗三百首读本》都解释为“家贫”，毕志飏《唐诗韵释》的解释是“失业无依”，何年《唐诗三百首全译》的解释是“潦倒”[①]，

① 何年译：《唐诗三百首全译》[M]，贵阳：贵州人民出版社 1990 年版，第 448 页。

韩兆琦《唐诗精讲》解释为“潦倒失意”[①]，喻守真《唐诗三百首详析》[②]和邱燮友《(新译)唐诗三百首》释为“失意无聊”[③]，金性尧《唐诗三百首新注》[④]和傅德岷《唐诗鉴赏辞典》[⑤]解释为“漂泊”。黄永武《唐诗三百首鉴赏》兼收并蓄：“失意无聊之意。一说，漂泊之意。”[⑥]这些解释都符合“落魄”之义，但却都与语境和诗意不合。也许是意识到这个问题，子墨客卿《唐诗三百首注释》曰：“言流落江湖也”。朱大可《新注唐诗三百首》也把“落魄”解释为“流落”[⑦]，“流落”与“江湖”非常搭配，但“落魄”并无“流落”之义，而且依然不符合杜牧的实际情况。解诗者之所以都找不到贴切的解释，问题出在“落魄”这个词语本身——他们不知道这个词原本是“落拓（托）”。

《订讹杂录》中专门有一段关于“落魄”及《遣怀》的辨析。“落魄，音托，又音薄。史汉《郦食其传》：‘好读书，家贫落魄。’应劭曰：‘志行衰恶之貌。’师古曰：‘失业无次也。’晋灼曰：‘落魄，落托，义同。’唐高骈诗：‘未出尘埃真落魄，不趋权势正因循。’此以‘落魄’对‘因循’。元遗山诗：‘落魄宜多病，艰危更百忧。’此以‘落魄’对‘艰危’。宋处士杨朴被召，其妻送诗曰：‘更休落魄贪杯酒，亦莫猖狂爱咏诗。今日捉将官里去，这回断送老头皮。’此以‘落魄’对‘猖狂’。历观数则，其义自明。若杜牧之‘落魄江湖载酒行’一绝，尤为豪放，乃知‘落魄’为放荡失检之意，非沦落不堪也。”[⑧]胡鸣玉（1736年荐举博学鸿词）引经据典，既拗且绕地说了一大通，就是为了说明《遣怀》中“落魄”的意思是“放荡失俭”（义近“放浪不羁”），而不是“沦落不堪”（义近“贫困潦倒”）。身为语言学家的胡鸣玉，是从训诂学的角度进行辨析的。他显然未从版本学的角度进行考证，应该也不知道《遣怀》的版本源流。

① 韩兆琦著：《唐诗精讲》[M]，北京：中国青年出版社2016年版，第324页。
② 喻守真注：《唐诗三百首详析》[M]，北京：中华书局1982年版，第313页。
③ 邱燮友注：《（新译）唐诗三百首》[M]，台北：三民书局1988年版，第378页。
④ 金性尧注：《唐诗三百首新注》[M]，上海：上海古籍出版社1980年版，第351页。
⑤ 傅德岷、户晋主编：《唐诗鉴赏辞典》[M]，武汉：湖北辞书出版社2005年版，第397页。
⑥ 黄永武、张高著：《唐诗三百首鉴赏》[M]，台北：黎明文化事业有限公司1986年版，第858页。
⑦ 朱大可注：《新注唐诗三百首》[M]，上海：上海文化出版社1957年版，第160页。
⑧ 〔清〕胡鸣玉撰：《订讹杂录》[O]，清嘉庆癸酉年（1813）萧山陈氏湖海楼刊本，卷1第12页。

《遣怀》最早的出处《本事诗》，从明清到现当代，几个版本均为“落拓”。最早收录《遣怀》的诗选《才调集》，宋本和明清的版本也都是“落托”。“落拓”同“落托”，均为“放浪不羁”之意。可以肯定，原本应该是“落拓（托）”，现行的“落魄”是讹误。

可喜的是，现在依然能够见到“落拓”的版本，比如徐北文评注的《唐诗观止》[①]。

三、“三年”与“十年”

收录全诗的49个版本中，“十”有40处，包括《才调集》、《樊川文集（外集）》、《万首唐人绝句》等；“三”为9处，包括《本事诗》、《太平广记》（明刻本）、《吟窗杂录》、《事类备要》等；“十年，一作三年”有1处，为《樊川文集（外集）》夹注本。只引用《遣怀》后两句的文献中，《全唐诗话》[②]和《唐诗纪事》[③]为“十年一觉扬州梦”，《山谷外集诗注》[④]和《山谷内集诗注》卷6[⑤]为“三年一觉扬州梦”，而《山谷内集诗注》卷20引用的第三句又为“十年一觉扬州梦”[⑥]。另：《古今诗话纂》引用的后两句中为“十年一觉杨州梦”。

“十年”还是“三年”？要判断这个问题，首先要搞清楚这个时间指的是什么？按照一般的理解，这当然指的是杜牧在扬州度过的时间。在作详考之前，笔者看到的版本都是“十年一觉扬州梦”，也一直以为杜牧在扬州待了十年。《才调集》中的诗题为《题扬州》，也意味着此诗写的是扬州之事。

《渔隐丛话》：“余尝疑此诗必有谓焉，因阅《芝田录》云：牛奇章帅维扬，牧之在幕中，多微服逸游。公闻之，以街子数辈，潜随牧之，以防不虞。后牧之以拾遗召，临别公以纵逸为戒，牧之始犹讳之，公命取一篋，皆是街子辈报帖，

① 徐北文著：《唐诗观止》[M]，济南：济南出版社1995年版，第543页。
② 〔宋〕尤袤撰：《全唐诗话》[O]，明正德二年（1507）刻本，卷中第80页。明嘉靖刻本、明万历刻本，同。
③ 〔宋〕计有功撰：《唐诗纪事》[O]，四部丛刊明嘉靖间钱塘洪氏刊本，卷56第9页。四库本，同。
④ 〔宋〕史容注：《山谷外集诗注》[O]，四库本，卷16第24页。
⑤ 〔宋〕任渊注：《山谷内集诗注》[O]，四库本，卷6第6页。
⑥ 〔宋〕任渊注：《山谷内集诗注》[O]，四库本，卷20第11页。

云杜书记平善，乃大感服。方知牧之此诗言当日逸游之事耳。”胡仔（1110—1170）也认为《遣怀》写的是扬州之事。

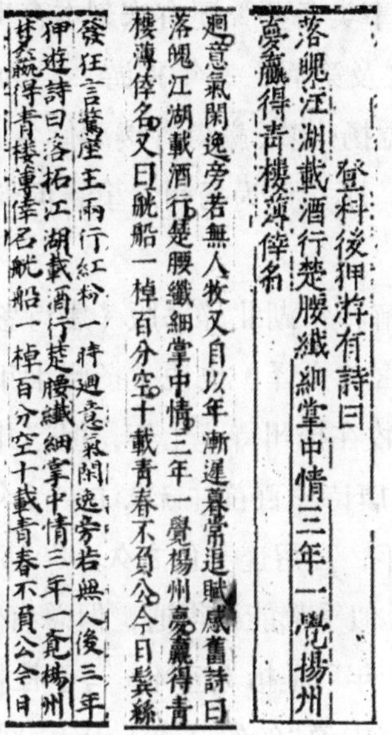
登科後狎遊有詩曰
落魄江湖載酒行楚腰纖細掌中情三年一覺揚州
夢贏得青樓薄倖名

迴意氣閑逸傍若無人牧又自以年漸遲暮常追賦感舊詩曰
落魄江湖載酒行楚腰纖細掌中情三年一覺揚州夢贏得青
樓薄倖名又曰觥船一棹百分空十載青春不負公今日鬢絲

發狂言驚座主兩行紅粉一時迴意氣閑逸傍若無人後三年
狎遊詩曰落拓江湖載酒行楚腰纖細掌中情三年一覺揚州
夢贏得青樓薄倖名觥船一棹百分空十載青春不負公今日

《事类备要》宋刻本（左）、《太平广记》明刻本（中）、《吟窗杂录》明嘉靖本（右）

黄文旸（1736—？）《曲海总目提要》也说：“《遣怀》诗……盖追忆僧孺幕中事而作。”

那么，杜牧在扬州待了多长时间呢？据缪钺（1904—1995）《杜牧年谱》载：“大和七年（833）四月，宣歙观察使沈传师升迁长安任吏部侍郎，在沈府做了四年多幕僚的杜牧从宣州到扬州，在淮南节度使牛僧孺幕中做推官，后来转为掌书记。大和九年（835），杜牧被任命为监察御史，七月分司东都洛阳。”[①] 也就是说，杜牧在扬州待了两年多。按年头计算，也就是三年。

吴在庆在《杜牧集系年校注》中也说：“又如《樊川外集》中的《遣怀》诗，诸本其第三句均作‘十年一觉扬州梦’，而夹注本于‘十年’下注‘一作三年’；又引《太平广记》中有关杜牧为牛僧孺扬州幕掌书记时游扬州的记载，其中杜牧所作本诗亦作‘三年一觉扬州梦’。考之于杜牧生平行踪，以及此诗文本出

① 缪钺著：《杜牧年谱》[M]，石家庄：河北教育出版社 1999 年版，第 34—35 页。

现的先后，‘三年’当较‘十年’准确。”①吴只注意到《樊川外集》和《太平广记》中为“三年”，却没注意到更早的《本事诗》，还有《事类备要》、《事文类聚》等文献，其中《事类备要》还有宋刻本存世。

《绀珠集》：“杜牧之及第后，三年狎游，尝为诗曰：‘落魄江湖载酒行，楚腰纤细掌中轻。十年一觉扬州梦，赢得青楼薄倖名。’盖谓此。”朱胜非（1082—1144）所谓“三年狎游”，所指显为扬州之事，但他随后引用的诗却又是“十年一觉扬州梦”。

若为“十年”，如何解释？湖北辞书版《唐诗鉴赏辞典》中说“悠悠十年扬州往事……”《唐诗三百首全译》也说“扬州十年的时光，生涯正如同大梦一场。”②显然都认为杜牧在扬州待了十年，但这并不符合事实。

章燮（1783—1852）《唐诗三百首注疏》注：“十年，言久也。”③喻守真《唐诗三百首详析》称：“十年，言留连美色之久。”韩兆琦在《唐诗精讲》中说：“十年，表示时间长。”④似乎都能说得通，但总有牵强附会之感。

有一种观点认为，“十年”是指《遣怀》写于杜牧离开扬州之后。比如《唐诗三百首新赏》在鉴赏文字中说“匆匆过去了十年，回首往事，恍如一场大梦。”⑤还有多篇论文持这样的观点，比如刘刚等人的《杜牧〈遣怀〉诗意旨发微》（发表于《鞍山师范学院学报》1999年第3期）、王跃骢等人的《“赢得青楼薄幸名”新解》（发表于《石河子大学学报》社会科学版2006年第6期）。过常宝在《梦里依稀见扬州——读杜牧〈遣怀〉诗》中说：“杜牧……在扬州前后不超过三年。诗云‘十年一觉扬州梦’，从常理上说，此‘十年’当非指在扬州的日子，可能的解释是距扬州的日子已经十年，则此诗实为对扬州的回忆。”⑥之所以把“十年”解释为“离开扬州十年”，是因为知道杜牧在扬州不过三年，不能把“十年”解释为待在扬州的时间，只好另找答案——强作解人，难免牵强。

---

① 吴在庆著：《杜牧集系年校注》[M]，北京：中华书局2008年10月版，前言第13页。
② 何年译：《唐诗三百首全译》[M]，贵阳：贵州人民出版社1989年版，第448页。
③〔清〕章燮注：《唐诗三百首注疏》[O]，上海：扫叶山房民国十九年（1930）版，卷6下第19页。
④ 韩兆琦著：《唐诗精讲》[O]，北京：中国青年出版社2016年版，第324页。
⑤ 张叔宁著：《唐诗三百首新赏》[M]，重庆：重庆大学出版社1996年版，第606页。
⑥ 过常宝撰：《梦里依稀是扬州——读杜牧〈遣怀〉诗》[J]，北京：《文史知识》2007年第7期。

"牛僧孺于大和六年任淮南节度使，至开成二年五月，上表请休，在扬州实止五年。杜牧诗云："十年一觉扬州梦"，如果不是夸张，必是在此前后还住过四五年。"[①] 杜牧之于扬州，是牛僧孺请去的，也是他送走的。牛在扬州任职才五年，杜牧怎么会有十年呢？施蛰存（1903—2003）也曾为此疑惑。他显然也没有注意到"三年"的版本——如果看到，一定恍然大悟。

那么，"三年"何以讹为"十年"呢？《本事诗》关于杜牧的章节在引用《遣怀》诗后，紧接着又引用了杜牧的另一首诗："觥船一棹百分空，十岁青春不负公。今日鬓丝禅榻畔，茶烟轻飏落花风。"这首《题禅院》中的"十岁"，可能让人产生了误会。但此所谓"十岁"应该是指他在黄州、扬州、池州、湖州等地总共度过的十几年，并非专指扬州。

四、其他几处异文

（一）"江南"与"江湖"

49 个版本中，37 个"江湖"，12 个"江南"。有一个明显的特点，那就是明代（包括）以前，诗选中基本都是"江南"，比如《才调集》《樊川文集（外集）》《万首唐人绝句》《唐诗镜》《石仓历代诗选》，而诗话笔记中基本都是"江湖"，比如《本事诗》《太平广记》《类说》《渔隐丛话》《诗话总龟》《诗林广记》等等。为什么会出现这种情况呢？因为诗选以《才调集》为源，诗话以《本事诗》为源。井水河水，泾渭分明。

与"十年"类似，"江湖"不符合事实。因为杜牧一直在庙堂之上，从未混入江湖。虽然他在仕途上很不得意，没有得到皇上的重用，但却受到了沈传师、牛僧孺等大员的欣赏和优待。在黄州、扬州、池州、湖州等地的十多年，虽然官位不高，但与"江湖"有质的区别。自嘲也不宜采取这种方式。

"江南"最大的问题是，扬州并不在长江以南。不过，在北方人的心目中和印象里，紧邻江南的扬州似乎也在江南。"春风十里扬州路""烟花三月下扬州"，扬州留给世人的印象与江南无异。杜牧诗中也多次出现"江南"，比

① 施蛰存著：《唐诗百话》[M]，上海：上海古籍出版社 1987 年版，第 615 页。

如《寄扬州韩绰判官》中的"秋尽江南草未凋"，甚至诗题就作《江南春》。因此，"江南"出现在《遣怀》中完全说得过去。

（二）"纤细"和"肠断"

两个词的功能一样，都是补充说明"楚腰"之细。但"楚腰"本身就含有"细"的意思——"楚王好细腰，宫人多饿死。"此之谓也。不要"纤细"或"肠断"，完全不影响意思的表达。甚至可以说，"纤细"或"肠断"完全是多余的。如果非要选一个，"肠断"似乎比"纤细"活泼生动一些。

有一种说法：七绝是五绝衍字产生的。意思是说，五绝的每句加两个字就成了七绝，七绝的每句去两个字也可为五绝。这种说法放在《遣怀》身上就很适用。"落拓载酒行，楚腰掌中轻。三年扬州梦，赢得薄幸名。"亦可成诗。当然，七绝的《遣怀》，意蕴更丰富一些，节奏感也更强。尤其是第三句，"三年"与"一觉"形成强烈的反差，具有很好的艺术效果。但"楚腰"后面的两个字确实价值不大，应该就是为了凑字数。

（三）"轻""情""擎"

49个版本中，"轻"28个，"情"19个，"擎"仅见于《类说》的两个版本。笔者以为，"掌中情"很难理解，似乎说不通。《类说》中关于《遣怀》的内容转自《本事诗》，但"情"变成了"擎"。窜改的可能性很大。但就诗论字，"擎"字确实非常生动。"赵飞燕体轻，能为掌上舞。"果如此，不就像是把"燕瘦"美女"擎（举）"在掌中吗？

随便提一下：四库本《事文类聚》卷27引用的本诗第二句为"楚腰纤细个中情"。不知此"个"，所从何来。"个中"即"此中"，放在此句中，倒也说得通。个中味道，各自咀嚼。

（四）"赢得""占得""唯有"

49个版本中，"赢得"41次，"占得"8次。"唯有"仅出现在《唐诗纪事》和《古今诗话纂》引用的后两句中。

官场上"输"了，情场上"赢"了，充满了自嘲之意。"稚子牵衣问，归来何太迟？共谁争岁月，赢得鬓边丝。”杜牧《归家》中的“赢得”亦为自嘲。别人“占”的是好处，我“占”的却是污名。回顾扬州的几年，纵情于声色，得到了什么？“唯有”青楼薄倖之名。“赢得”“占得”“唯有”均含自嘲之意，但“唯有”出现次数少，且出处不明，应当舍弃。

（五）“倖”“幸”“行”

49个版本中，“倖”43处，“幸”1处，“行”5处。

“倖”与“幸”是通用的。其实，此字原本为“幸”，“倖”是后起字。在古籍版本中，“薄倖”后来居上，远远多于“薄幸”。现代汉语的规范，“倖”字又被淘汰了。但在现在的出版物中，一般都还写作“赢得青楼薄倖名”，应该是习惯性的沿袭。

“薄行”出现在万库本《本事诗》、日本全罗道锦山刻本《樊川文集夹注（外集）》、明刻本《类说》中。而这三部文献都有“薄倖”的版本，且居多。此外，《山谷外集诗注》引用的本诗后两句中，亦为“薄行”。

“薄行”中的“行”，显然指的是“品行”。现代汉语中，此义之“行”读作xíng，此音应属平声。本诗尾句第二、四、六字为“仄平仄”，“倖”和“幸”均为仄字，合辙。“行”若读作xíng（平声），就不合格律了。所以，需要提醒的是，“行”在中古音中有去声，读作xìng（性）。《集韵》“去声”：“行，下孟切，言迹也。”“品行”即“品性”，“赢得青楼薄行名”中的“行”应当读作xìng（性）。也就是说，“薄行名”和“薄倖（幸）名”的读音相同。这可能也是出现异文的原因之一。

本诗首句中有“行”字，尾句再次出现“行”，有“重叠”之嫌。因此，“薄行”之“行”应为讹字。

（六）“觉”字怎么读

现代汉语中，“觉”有两个读音，即jué和jiào。觉（jué）为觉醒、觉悟等义。《说文》：“觉，寤也。”《增韵》：“梦醒曰觉。”觉（jiào）的意思是睡眠。

那么，“三年一觉扬州梦”中的“觉”该怎么读？邓启铜、傅英毅点校的

《唐诗三百首》中，此“觉”注音为 jiào[①]。平时听人吟诵此诗，一般也都读作 jiào。笔者以为，应该读作 jué，因为本诗既为反省之作，当然是在“醒悟”之后。在扬州的三年就像是一场梦，但梦醒之后才发现，自己只得到了一个薄情的恶名。如果读作 jiào，就没有“醒”的意思。

子墨客卿在《唐诗三百首注释》中说：“觉犹言醒也，盖色之迷人，古今被其害者岂浅鲜哉。观杜公流落扬州，若不蒙吴公一荐，则丧名失节，文章淹没，千古之遗憾焉，此当思深戒耳。”章燮《唐诗三百首注疏》也引用了这段话。既然“言醒”，当读作 jué。

（七）“扬”和“杨”

与杜牧另一首诗《寄扬州韩绰判官》一样，《遣怀》诗中也有很多“杨州”的版本，比如《樊川文集夹注（外集）》的日本全罗道锦山刻本和日本江户初写本，《万首唐人绝句》的明嘉靖刻本，等等。宋刻本《艺文类聚》《锦绣万花谷》《事类备要》《类说》中，写的全部是“杨州”。在古籍版本中，“扬州”和“杨州”都非常常见。这一点，在《杜牧〈寄扬州韩绰判官〉新考新解》（详见本书第 410 页）的文章中已作辨析。

（八）“名”与“各”

“各”字仅见于《樊川文集（外集）》日本江户初写本。显然是笔误，未列入附表。

有一趣联：“若不撇开终是苦，各自捺住即成名。”横批：“撇捺人生”。字面的意思是：“若”字的撇，如果不撇出去，就是“苦”字；“各”字的捺笔，只有收得住，才是“名”字；一撇一捺即“人”字。江户初写本中的这个“各”字，就是缘于没有把“名”字的一捺收住——失之毫厘，谬之千里。

五、结语

字讹而义乖，文正则意顺。纵观现行的版本以及关于“落魄”“十年”等

① 邓启铜、傅英毅注：《唐诗三百首》[M]，北京：北京师范大学出版社 2019 年版，第 357 页。

字词的解释，始终存在辞不达意或不合事实的问题。虽然有人意识到这个问题，却总也不能自圆其说，因为不知道“落魄”“十年”原本为“落拓（托）”“三年”。追根溯源，还其本真，所有问题，迎刃而解。而关于“觉”的读音，看似细枝末节，其实关乎诗意。姑且提出，愿付众议。

附：杜牧《遣怀》异文一览表

序	代	编撰者	文献名	诗题	异文						
01	唐	孟棨	本事诗	阙	拓	湖	纤细	情	三	赢	倖
02	唐	孟棨	本事诗	阙	拓	湖	纤细	情	三	赢	行
03	蜀	韦縠	才调集	题扬州	托	南	纤细	轻	十	赢	倖
04	蜀	韦縠	才调集	遣怀	托	南	纤细	轻	十	赢	倖
05	宋	不著撰者	樊川文集夹注	遣怀	魄	南	肠断	轻	十	占	行
06	宋	不著撰者	樊川文集（外集）	遣怀	魄	南	肠断	轻	十	占	倖
07	宋	李昉	太平广记	阙	魄	湖	纤细	情	三	赢	行
08	宋	李昉	太平广记	阙	魄	湖	纤细	情	十	赢	倖
09	宋	陈应行	吟窗杂录	阙	魄	湖	纤细	情	三	赢	倖
10	宋	洪迈	万首唐人绝句	遣怀	魄	南	肠断	轻	十	占	倖
11	宋	洪迈	万首唐人绝句	遣怀	魄	湖	纤细	情	十	赢	倖
12	宋	曾慥	类说	阙	拓	湖	纤细	擎	十	赢	行
13	宋	曾慥	类说	阙	拓	湖	纤细	擎	十	赢	倖
14	宋	胡仔	苕溪渔隐丛话	遣怀	魄	湖	肠断	轻	十	赢	倖
15	宋	胡仔	苕溪渔隐丛话	遣怀	魄	湖	肠断	轻	十	占	倖
16	宋	魏庆之	诗人玉屑	遣怀	魄	湖	肠断	轻	十	占	倖
17	宋	魏庆之	诗人玉屑	遣怀	魄	湖	纤细	轻	十	占	倖
18	宋	阮阅	诗话总龟	阙	魄	湖	纤细	情	十	赢	倖
19	宋	谢维新	事类备要	阙	拓	湖	纤细	情	三	赢	倖
20	宋	祝穆	古今事文类聚	阙	魄	湖	纤细	情	十	赢	倖
21	宋	祝穆	古今事文类聚	阙	拓	湖	纤细	情	三	赢	倖
22	宋	蔡正孙	诗林广记	遣怀	魄	湖	肠断	轻	十	赢	倖
23	宋	朱胜非	绀珠集	阙	魄	湖	纤细	轻	十	赢	行
24	宋	朱胜非	绀珠集	阙	魄	湖	纤细	轻	十	赢	倖
25	宋	不著撰者	锦绣万花谷	阙	魄	湖	纤细	情	十	赢	倖
26	宋	不著撰者	唐宋分门名贤诗话	阙	魄	湖	纤细	轻	三	赢	倖
27	元	不著撰者	氏族大全	阙	魄	湖	纤细	轻	十	赢	倖
28	明	胡震亨	唐音统签	遣怀	魄	湖	纤细	情	十	赢	倖
29	明	陆时雍	唐诗镜	遣怀	魄	南	肠断	轻	十	占	倖

续表

序	代	编撰者	文献名	诗题	异文						
30	明	曹学佺	石仓历代诗选	遣怀	魄	南	肠断	轻	十	赢	倖
31	明	蒋一葵	尧山堂外纪	阙	魄	湖	纤细	情	十	赢	倖
32	明	陶宗仪	说郛	阙	拓	湖	纤细	情	三	赢	倖
33	清	彭定求	全唐诗	遣怀	魄	南	肠断	轻	十	赢	倖
34	清	徐倬	全唐诗录	遣怀	魄	湖	纤细	情	十	赢	倖
35	清	王士禛	唐人万首绝句选	遣怀	魄	湖	肠断	情	十	赢	倖
36	清	杜紫纶	中晚唐诗叩弹集	遣怀	魄	湖	纤细	情	十	赢	倖
37	清	席启寓	唐诗百名家全集	遣怀	魄	南	肠断	轻	十	赢	倖
38	清	子墨客卿	唐诗三百首注释	遣怀	魄	湖	纤细	轻	十	赢	倖
39	清	田雯	古欢堂集	遣怀	魄	南	肠断	轻	十	占	倖
40	清	黄文旸	曲海总目提要	遣怀	拓	湖	纤细	轻	十	赢	倖
41	清	柱石琮	前明正德白牡丹	阙	魄	湖	纤细	轻	十	赢	幸
42	清	张玉书	佩文韵府	阙	拓	湖	纤细	情	十	赢	倖
43	民	胡云翼	浪漫诗人杜牧	阙	魄	湖	纤细	情	十	赢	倖
44	民	胡云翼	浪漫诗人杜牧	遣怀	魄	南	肠断	轻	十	占	倖
45	民	毕志飏	唐诗韵释	遣怀	魄	湖	纤细	轻	十	赢	倖
46	民	抱恨轩主	唐诗三百首	遣怀	魄	湖	纤细	轻	十	赢	倖
47	民	朱麟	唐诗三百首	遣怀	魄	湖	纤细	轻	十	赢	倖
48	民	梦花馆主	唐诗三百首读本	遣怀	魄	湖	纤细	轻	十	赢	倖
49	民	陈子展	唐代文学史	遣怀	魄	南	纤细	轻	十	赢	倖

版本信息及注释：

[01]《本事诗》[O]，景明刻本（吴琯校），第 15 页。四库本、民国广益书局本，同。

[02]《本事诗》[O]，上海：商务印书馆民国二十八年（1929）版（万有文库），第 11 页。古典文学出版社 1957 年版有注：“此绝句全唐诗拓作魄，湖作南，纤细作肠断，情作轻，三作十。”

[03]《才调集》[O]，宋临安府陈氏书棚版，卷 4 第 6 页。四部丛刊述古堂明刻本和内府藏本（二冯评点），同。

[04]《才调集》[O]，四库本。题为“遣怀（或刻题扬州）”。

[05]《樊川文集夹注（外集）》[O]，明正统五年（1440）日全罗道锦山刻本，第 23 页。小注：“十年，一作三年。”“占，一作赢”。

[06]《樊川文集（外集）》[O]，四部丛刊明刻本，第 11–12 页。江户（1603—1868）初写本，“扬“作“杨”、“名”作“各”。

[07]《太平广记》[O]，明沈氏野竹斋刻本，卷 273 第 3 页。明刻本（国图善本书号：A01516），“行”作“倖”。二本中均作“杨州”。

[08]《太平广记》[O]，清乾隆十八年（1753）刻本，卷 273 第 13 页。四库本，同。

续表

[09]《吟窗杂录》[O]，明嘉靖戊申年（1548）崇文书堂家藏宋本重刊，卷23第37页。明抄本，句中为“杨州”。
[10]《万首唐人绝句》[O]，明嘉靖年间刻本，卷26第2页。四库本，“杨”作“扬”。
[11]《万首唐人绝句》[O]，明万历三十五年（1607）刻本（赵宧光校），卷32第17页。
[12]《类说》[O]，明天启六年（1626）刻本，卷51第22页。
[13]《类说》[O]，四库本，卷51第24页。
[14]《苕溪渔隐丛话》[O]，明嘉靖七年（1528）抄本，后集卷15（无页码）。句中为“杨州”。四库本，句中为“扬州”。
[15]《苕溪渔隐丛话》[O]，明抄本（9行17字），后集卷15（无页码）。句中为“杨州”。
[16]《诗人玉屑》[O]，朝鲜正统四年（1439）刊本，卷16第13-14页。句中为“杨州”。
[17]《诗人玉屑》[O]，四库本，卷16第17页。
[18]《诗话总龟》[O]，明嘉靖甲辰年（1544）月窗道人校刊本，卷3第7页。四库本，“杨”作“扬”。
[19]《古今合璧事类备要》[O]，宋刻本，前集卷53第3页。明嘉靖年间夏相刻本、四库本，同。
[20]《古今事文类聚》[O]，明内府刻本，卷27第24页。四库本，“掌”作“个”。
[21]《古今事文类聚》[O]，明内府刻本，后集卷17第3页。四库本，同。
[22]《诗林广记》[O]，明弘治十年（1497）刻本，卷6第16页。句中为“杨州”。四库本，句中为“扬州”。
[23]《绀珠集》[O]，明天顺（1457-1464）刻本，卷9第15页。句中为“杨州”。
[24]《绀珠集》[O]，四库本，卷9第24页。句中为“扬州”。
[25]《锦绣万花谷》[O]，明弘治五年（1492）铜活字本，后集卷15第11页。句中为“杨州”。明嘉靖十五年（1536）锡山秦汴绣石书堂刻本、四库本，句中为“扬州”。
[26]《唐宋分门名贤诗话》// 张伯伟校：《稀见本宋人诗话四种》[M]，南京：江苏古籍出版社2002年版，第356页。
[27]《氏族大全》[O]，四库本，卷14第27页。
[28]《唐音统签》[O]，清康熙丁卯年（1687）刻本，卷562第13页。
[29]《唐诗镜》[O]，四库本，卷50第5页。
[30]《石仓历代诗选》[O]，明崇祯年间刻本，唐卷52第24页。四库本，同。
[31]《尧山堂外纪》[O]，明万历丙午年（1606）刻本，卷34第7页。句中为“杨州”。
[32]《说郛》[O]，明末刻本（国图善本书号：06345），卷80第16页。句中为“杨州”。四库本，句中为“扬州”。（收录《本事诗》）
[33]《全唐诗》[O]，四库本，卷524第12页。小注：“魄，一作托”，“南，一作湖”，“肠断，一作纤细”，“赢，一作占”。
[34]《全唐诗录》[O]，四库本，卷74第18页。
[35]《唐人万首绝句选》[O]，四库本，卷6第5页。
[36]《中晚唐诗叩弹集》[O]，采山亭藏清康熙甲申年（1704）刻本，卷6第13页。

续表

[37]《唐诗百名家全集》[O]，（第 3 函）卷 5 第 12 页。小注："魄，一作托。""肠断，才调集作纤细。""羸，一作占。"
[38]《唐诗三百首注释》[O]，石渠山房清光绪十六年（1890）刻本，卷 6 下第 12 页。
[39]《古欢堂集》[O]，四库本，卷 18 第 11 页。
[40]《曲海总目提要》[O]，上海：大东书局 1930 年版，卷 3 第 8 页。
[41]《前明正德白牡丹》[O]，清光绪辛卯年（1891）博古斋刻本，第 40 回第 3 页。// 上海：上海古籍出版社影印本，第 507 页。
[42]《佩文韵府》[O]，四库本，卷 99（10）第 24 页。
[43]《浪漫诗人杜牧》[O]，上海：亚细亚书局 1929 年版，第 6 页。
[44]《浪漫诗人杜牧》[O]，上海：亚细亚书局 1929 年版，第 22 页。
[45]《唐诗韵释》[O]，上海：大华书局民国二十三年（1934）版，第 144 页。
[46]《（白话句解）唐诗三百首》[O]，上海：新文化书社民国二十四年（1935）版，第 134 页。
[47]《（注释作法）唐诗三百首》[O]，上海：商务印书馆民国二十五年（1936）版，第 135 页。
[48]《唐诗三百首读本》[O]，上海：广益书局民国三十八年（1949）版，第 224 页。
[49]《唐代文学史》[O]，重庆：联营书店民国三十三年（1944）版，第 89 页。

《江南春》和《别董大》的“千里”与“十里”之争

千里莺啼绿映红，水村山郭酒旗风。
南朝四百八十寺，多少楼台烟雨中。

这是杜牧的《江南春》。草长莺飞，柳绿桃红，村郭酒旗，烟雨蒙蒙，寺亭楼台，同沐春风。描写江南春色，此诗可谓绝唱。

十里黄云白日曛，北风吹雁雪纷纷。
莫愁前路无知己，天下谁人不识君。

这是高适的《别董大》。黄沙漫卷，愁云黪澹，北风朔朔，寒雪纷纷，大雁南飞，故人西去。比兴离愁别绪，此诗可以压卷。

一则明丽，一则灰暗。同为佳构，大异其趣。有心人可能注意到了第二首诗中的第一个字——“十”。这个字不是“千”吗？是不是写错了？的确，在时下通行的版本中，《别董大》与《江南春》一样，都是以“千里”起头的。但古籍文献中，“千里”有作“十里”——《别董大》如此，《江南春》也是如此。

笔者检索到了20种收录或引用《江南春》的古籍版本，其中18种为“千里莺啼”，有2种为“十里莺啼”，《樊川诗集》则注明“千，一作十。”虽然版本数量相差悬殊，但“千里”与“十里”却曾引起激烈的争论。

著名诗论家、文学家杨慎（1488—1559）在《升庵集》中有一大段文字专门论述这个问题，兹录如下——

唐诗绝句今本多误字，试举一二：如杜牧之《江南春》云“十里莺啼绿映红”，今本误作“千里”。若依俗本，“千里莺啼”谁人听得千里？“绿映红”谁人见得？若作“十里”，则莺啼绿红之景，村郭楼台、僧寺酒旗皆在其中矣。又《寄扬州韩绰判官》云“秋尽江南草未凋”，俗本作“草木凋”。秋尽而草木凋自是常事，不必说也。况江南地暖，草本不凋乎。此诗杜牧在淮南而寄扬州人者，盖厌淮南之摇落而羡江南之繁华。若作“草木凋”，则与青山明月、玉人吹箫不是一套事矣。余戏谓此二诗绝妙，“十里莺啼”俗人添一撇坏了，“草未凋”俗人减一画坏了。甚矣，士俗不可医也。①

这段笔记提到了两首诗。花开两朵，只表一枝。杨升庵认为“千里莺啼”应为“十里莺啼”，因为“千里”太远，既看不见遥处之景、也听不到莺啼之声，而“十里”才合情合理。

诗论家何文焕（清乾隆年间人）把前人的很多诗论或笔记编在一起，称为《历代诗话》，并索隐考据、发表己见，辑为《历代诗话考索》。针对杨慎的“十里”之论，他就发表了完全相反的意见——

“千里莺啼绿映红，水村山郭酒旗风。南朝四百八十寺，多少楼台烟雨中。”此杜牧《江南春》诗也。升庵谓：“千应作十。盖千里已听不着、看不见矣，何所云‘莺啼绿映红’邪？”余谓即作“十里”，亦未必尽听得着、看得见。题云“江南春”，江南方广千里，千里之中，莺啼而绿映焉。水村山郭，无处无酒旗；四百八十寺，楼台多在烟雨中也。此诗之意既广，不得专指一处，故总而命曰《江南春》，诗家善立题者也。升庵恃其渊博，逞诙诡之论，万一不无错误。前明陈火耀之《正杨》，胡应麟之《艺林学山》，直与前辈为雠，肆厥訾议，过矣。②

何文焕不仅反驳了杨慎的说法，甚至认为用修恃才横议，言语中都有点儿火药味儿了。何氏之意显在持公，但最后的指责也有些“过”了——如果说发表与前人不同的意见就是“直与前辈为雠”，那你这样非议不也是“肆厥訾议”吗？就事论事可矣，不必臆测诛心。笔者觉得，虽然语含机敏或讥诮，杨慎之论还是严肃的。在何文焕的驳论中，诗题是主要的论据之一，但这首诗的标题也不统一。在《后村千家诗》中，该诗题为《寺》，而非《江南春》。

张燧（明末人，生卒年不详）所著《千百年眼》（成书于1614年）曾风行一时。乾隆将其列为禁书，自己却偷偷“御览”。该书中说：“古书无讹字，转刻转讹，莫可考证。略举数条……又牧之《江南春》云‘十里莺啼绿映红’，今本误作

① 〔明〕杨慎撰：《升庵集》[O]，四库本，卷57第33页。
② 〔清〕何文焕撰：《历代诗话考索》[O]，清乾隆三十五年（1770）自序刊本，第22页。

‘千里’。”[1]有人考证，《千百年眼》中有很多内容因袭《升庵集》，其中就包括这一则笔记[2]。即使如此，这至少说明张燧非常赞同杨慎关于“千里”与“十里”的观点，甚至到了忍不住“剽窃”的程度。

事实上，在张燧之前，已有多位学人认同杨慎的观点。比如稍晚于杨慎的蒋一葵（生卒年不详，1594 年举人）在《尧山堂偶隽》中引用用修之论时，文中就有“杜牧咏江南春，十里莺啼而映绿”之句[3]。谢肇淛（1567—1624）撰《五杂组》[4]和徐应秋（生卒年不详，1616 年进士）撰《玉芝堂谈荟》[5]，在引用《江南春》诗句时，均为“十里莺啼”。冯梦龙（1574—1646）撰《精忠旗》中引用的诗句也是“十里莺啼绿映红”。不过，当时及以后的诗选都继续沿用“千里莺啼绿映红”，也是事实。

值得注意的是，直到民国时期，谢枋得（1226—1289）《千家诗》还一直坚持“十里莺啼”，比如江忍庵注解的《千家诗》[6]、余姚等注释的《(白话注释)千家诗》[7]、王晋升选注的《(言文对照)千家诗》[8]。要知道，刘克庄的《后村千家村》和谢枋得的《千家诗》虽然存在承继关系，但在体例、内容等方面都有很大的区别，杜牧的这首诗在两种版本中的题目都不一样——《后村千家诗》为《寺》，谢氏《千家诗》则为《江南春》。尽管变化很大，但“十里莺啼”却保持了近千年。后人在重新编排《千家诗》的时候，肯定也知道其他的版本大都是“千里莺啼”，但他们依然坚持原版。而当代出版的《千家诗》却都把“十里莺啼”改成了“千里莺啼”，甚至连注释都没有，这至少是对原版的不尊重。

《别董大》的情况与《江南春》正好相反。在检索到的 17 种古籍文献中，与时本相同的“千里黄云”只有 3 个版本，而“十里黄云”的版本却多达 14 个。

---

① 〔明〕张燧撰：《千百年眼》[O]，明万历四十二年（1614）刻本，卷 8 第 12 页。

② 朱志先撰：《张燧〈千百年眼〉因袭杨慎〈升庵集〉考论》[J]，北京：《古籍整理研究学刊》2011 年第 1 期。

③ 〔明〕蒋一葵撰：《尧山堂偶隽》[O]，清碧琳琅馆刻本，卷 3 第 21 页。

④ 〔明〕谢肇淛撰：《五杂组》[O]，明刻本（国图善本书号：03115），卷 16 第 35 页。

⑤ 〔明〕徐应秋撰：《玉芝堂谈荟》[O]，四库本，卷 31 第 16 页。

⑥ 江忍庵注解：《千家诗》[O]，上海：广益书局民国二十二年（1933）年，卷 3 第 21 页。

⑦ 余姚等注释：《（白话注释）千家诗》[O]，上海：大达图书供应社民国二十五年（1936）版，卷 3 第 15 页。

⑧ 王晋升选注：《（言文对照）千家诗》[O]，上海：开明书店民国三十五年（1946）版，卷上第 9 页。

3个“千里黄云”版本，包括敦煌残卷。黄永武在《敦煌的唐诗》中说：“‘千里黄云’，四部丛刊本《高常侍集》作‘十里黄云’。但《万首唐人绝句》及东壁图书本等仍作‘千里黄云’。考江淹杂体诗《古离别》有‘黄云蔽千里’句，知此二卷敦煌本并作‘千里黄云’不误。”[①]笔者没有检索到东壁图书本，但查到了《万首唐人绝句》的3个古籍版本，其中明嘉靖刻本和清四库写本均为“十里黄云”，明万历刻本（赵宧光校）为“千里黄云”。书目文献出版社1983年以赵宧光校本为底本出版了简体字重排本，亦为“千里黄云”。黄永武先生看到的应该是赵宧光本，考证不全，失于偏颇。

施淑婷则在《敦煌的唐诗续编》中说：“‘千里黄云白日曛’，‘千’字今本多作‘十’，唯明正德间刊本卷八、汪应皋刊本卷下作与敦煌本同。考江淹杂体诗古离别有‘黄云蔽千里’句，且适诗中用‘千里’者达三十多处，知适极常用‘千里’词，故宜从敦煌本为是。”[②]施文所说“明正德间刊本卷八、汪应皋刊本卷下”指的应该是《高常侍集》。该文献的古籍版本很多，笔者没有检索到明正德间本和汪应皋刊本，但查到了四部丛刊明活字本、清初的四库写本、明万历癸卯许自昌本、清末的畿辅丛书本，其中前两种为“十里”，后两种为“千里”。

为了证明“千里黄云”为正宗，黄永武和施淑婷都举了江淹（444—505）“黄云蔽千里”的诗句，其实类似的诗句还有很多，比如吴则礼《送公桓行》中有“千里黄云太行路”、王恽《山行杂诗》中有“千里黄云际两河”、李惠《石门夕照》中有“千里黄云白雁来”、吴雯《蔡州道中》有“千里黄云漫秋草”。虽然这些都是后世的诗句，也有参考价值。

要说可资参照的诗句，“十里莺啼”也有不少。“娉娉袅袅十三余，荳蔻梢头二月初。春风十里扬州路，卷上珠帘总不如。”这首《赠别》也是杜牧的诗作，诗中的“十里”也是用来描写江南春色的，而且“春风十里”与“十里莺啼”的意境非常相似。另外，李群玉《题王侍御宅》有“绿阴十里滩声里”，薛逢《定山寺》中有“十里松萝映碧苔”。不过，“千里”也经常与春景搭配。《宋玉·招魂》：“目极千里兮伤春心。”刘长卿《听笛歌留别郑协律》：“又吹杨柳激

① 黄永武着：《敦煌的唐诗》[M]，台北：洪范书店1987年版，第179页。
② 黄永武、施淑婷著：《敦煌的唐诗续编》[M]，台北：文史哲出版社1989年版，第201页。

繁音，千里春色伤人心。”而元结《欸乃曲》中的“千里枫林烟雨深”与“千里莺啼绿映红”最为相似。

《古唐诗合解》中的《别董大》为“十里黄云白日曛”，诗后的小注曰：“云黄则将下雪，十里言其远也。”按照“言其远”的思路，“千里黄云”岂不是比“十里黄云”更合适？江为《塞上》中还有“万里黄云冻不飞”之句。

王维《榆林郡歌》曰：“千里万里春草色，黄河东流流不息。”刘长卿《谪仙怨》道：“白云千里万里，明月前溪后溪。”“千里”也好，“万里”也罢，无非都是极言春色之多、白云之长。这两句中的“千里万里”换成“十里百里”似乎亦无不可。“千里”与“十里”之别，实在不可以道里计。

有意思的是，上文所举元结《欸乃曲》中的“千里枫林烟雨深”也有异文。在绝大多数版本中，前四个字为“千里枫林”，但在《御选唐诗》中却为“十里枫林”[①]。不知康熙大帝有何依据，总不会是御笔一挥，把“千”上的一撇给抹掉了吧？或许也有版本依据。

“十里”着眼于写实，“千里”往往是夸张。具体到某一首诗中的景物描写，应该写实还是写意，有时也说不清楚。虚虚实实，真真假假，诗家创作时所思，后人欣赏时所想，往往都在一念之间。面对这样的困境，最好的办法就是忠于原作。而元本到底为何，有时又无从查考，这也是没有办法的事儿。

笔者以为，《江南春》的景色是明丽的，情绪是飞扬的，比较适合夸张，所以当取“千里”；《别董大》的景色是灰暗的，情绪是沉郁的，比较适合写实，所以当取“十里”。

附：《别董大》和《江南春》异文一览表

序	代	编著者	文献名	别董大	江南春
01	唐	阙	敦煌写本	千里黄云	
02	唐	韦縠	才调集		千里莺啼
03	宋	洪迈	万首唐人绝句	十里黄云	千里莺啼
04	宋	周弼	三体唐诗		千里莺啼
05	宋	刘克庄	后村千家诗		十里莺啼
06	宋	阙	樊川文集		千里莺啼

① 〔清〕康熙选定：《御选唐诗》[O]，四库本，卷31第44页。

续表

序	代	编著者	文献名	别董大	江南春
07	元	杨士弘	唐音		千里莺啼
08	明	高棅	唐诗品汇	十里黄云	千里莺啼
09	明	陆深	俨山集	十里黄云	
10	明	李攀龙	唐诗广选	十里黄云	
11	明	黄德水	唐诗纪	十里黄云	
12	明	臧懋循	唐诗所	千里黄云	
13	明	胡震亨	唐音统签	十里黄云	千里莺啼
14	明	曹学佺	石仓历代诗选		千里莺啼
15	明	唐汝询	唐诗解	十里黄云	
16	明	陆明雍	唐诗镜	十里黄云	
17	明	冯梦龙	精忠旗		十里莺啼
18	明	不著撰者	高常侍集	十里黄云	
19	清	查克宏	晚唐诗钞		千里莺啼
20	清	王士禛	唐人万首绝句选	十里黄云	千里莺啼
21	清	徐倬	全唐诗录	十里黄云	千里莺啼
22	清	彭定求	全唐诗	十里黄云	千里莺啼
23	清	康熙	御选唐诗		千里莺啼
24	清	王尧衢	古唐诗合解	十里黄云	
25	清	张英	御定渊鉴类函	千里黄云	
26	清	沈宗敬	御定骈字类编		千里莺啼
27	清	沈德潜	唐诗别裁	千里黄云	千里莺啼
28	清	筱崎小竹	唐诗遗		千里莺啼
29	清	王闿运	唐诗选		千里莺啼
30	清	冯集梧	樊川诗集		千里莺啼

版本信息及注释：

[01]《敦煌的唐诗》[M]，台北：洪范书店 1987 年版，第 178 页。

[02]《才调集》[O]，南宋临安府陈氏书棚版，卷 4 第 4–5 页。四部丛刊明述古堂影宋本、明内府藏本，同。

[03]《万首唐人绝句》[O]：《别董大》，明嘉靖刻本，卷 4 第 8 页；四库本，同。明万历刻本（赵宧光校）为“千里黄云”。《江南春》，明嘉靖刻本，卷 25 第 4 页；明万历刻本（赵宧光校）和四库本，同。

[04]《三体唐诗》[O]，四库本，卷 1 第 3 页。

[05]《后村千家诗》[O]，扬州诗局重刊楝亭藏本，卷 16 第 11 页。谢枋得编《千家诗》中亦为“十里”。

[06]《樊川文集》[O]，四部丛刊明刻本，卷 3 第 3 页。日本江户（1603—1868）初写本，同。

[07]《唐音》[O]，四库本，卷 7 第 40 页。

续表

[08]《唐诗品汇》[O]:《别董大》，明嘉靖己亥年（1539）刻本，卷48第12页；四库本，同。《江南春》，明嘉靖己亥年（1539）刻本，卷53第6页；四库本，同。
[09]《俨山集》[O]，四库本，卷25第10页。
[10]《唐诗广选》[O]，明凌蒙初朱墨套印本，卷7第18页。
[11]《唐诗纪》[O]，明万历十三年（1585）刻本，盛唐卷30第14页。
[12]《唐诗所》[O]，通行版（明万历丙午年序），前集卷46第13页。
[13]《唐音统签》[O]:《别董大》，清康熙丁卯年（1687）刻本，卷120第14页；《江南春》，明刻本，卷561第3页。
[14]《石仓历代诗选》[O]，明崇祯年间刻本，唐卷52第15页。四库本，同。
[15]《唐诗解》[O]，明万历年间刻本，卷27第18页。
[16]《唐诗镜》[O]，四库本，卷13第21页。
[17]《精忠旗》[O]，明墨憨斋刊本，第十折《奸相忿捷》，第27页。
[18]《高常侍集》[O]，四部丛刊明活字本，卷8第5页。四库本亦为“十里”，明万历癸卯年（1603）许自昌本（哈佛燕京中文特藏）和清畿辅丛书谦德堂刻本为“千里”。
[19]《晚唐诗钞》[O]，内府藏本（清康熙四十二年刻本），卷1第7页。
[20]《唐人万首绝句选》[O]:《别董大》，四库本，卷4第10页；《江南春》，四库本，卷6第2页。
[21]《全唐诗录》[O]:《别董大》，四库本，卷15第20页；《江南春》，四库本，卷74第9页。
[22]《全唐诗》[O]:《别董大》，四库本，卷214第24页；《江南春》，四库本，卷522，第2页。
[23]《御选唐诗》[O]，四库本，卷30第10页。
[24]《古唐诗合解》[O]，日本京都向荣堂明和元年（1764）版，卷5第24页。
[25]《御定渊鉴类函》[O]，四库本，卷301第53页。
[26]《御定骈字类编》[O]，四库本，卷43第32页，卷172第24页。
[27]《唐诗别裁》[O]:《别董大》：上海：商务印书馆民国二十四年（1935）版，第4册第113页；《江南春》[O]：上海：商务印书馆民国二十四年（1935）版，第4册第137页。
[28]《唐诗遗》[O]，日本大阪梅花书屋文化二年（1805）版，卷7第13页。
[29]《唐诗选》[O]，成都：尊经书店清光绪丙子年（1876）刻本，七绝卷第65页。
[30]《樊川诗集》[O]，清嘉庆三年（1798）刻本，卷3第11页。小注：“千，一作十。”

后　记

2019年初，我来到北京大学工作。对我来说，这是一次巨大的挑战，因为我只有本科学历，而且从未做过学术研究。面对国内最好的科研环境、最丰的文献资源，我感觉到，如果不学着做一点儿学问，既对不起北大，也对不起自己。

我在北大新媒体研究院参与的是一个关于中国互联网史的国家社科基金重大项目。课题组实验室里有很多互联网及新媒体方面的书刊资料，也有一些文史方面的书籍。有一天，我随手翻阅一本泛黄残破、貌似古籍的《古文观止》，偶然发现耳熟能详的陶渊明《桃花源记》中有一句与记忆中的此句不一样——“闻之，欣然亲往，未果，寻病终。”——不是“欣然规往”吗？怎么会是“欣然亲往”呢？这引起了我的强烈兴趣。于是，就去图书馆查阅古籍资料，再到网上检索相关的文献，发现明清的版本中大都是“欣然亲往”，而且早从明代开始就有关于“亲”与“规”的争议。弄清版本源流及前人研究成果之后，我就把自己的考证和辨析写了下来，最终形成了一篇1.2万字的论文，并发表在武汉大学主办的《长江学术》（2019年第4期）上，这是我撰写并发表的第一篇学术论文。

迈出了第一步，就想多走几步。2019年2月，一篇《注意，这些字词的拼音被改了！》的帖子在网上热传。这篇网文说贺知章《回乡偶书》“乡音无改鬓毛衰”中的“衰”、杜牧《山行》“远上寒山石径斜”中的“斜”等字的读音又被修改了。很多媒体跟进报道了此事，又引起了网友的热烈讨论。之所以说“又”，是因为这些字的读音曾多次引发热议，连中小学教科书上的注音都不一样。这到底是怎么回事儿呢？平时就喜欢咬文嚼字和刨根问底的我决定探个究竟。经过全面检索和深入研究，我发现前人，包括顶级的专家，关于“衰”的说法基本上都是错误的。有了颠覆性的发现，当然要写下来。原本只准备写一篇万字左右的论文，但写着写着，发现一两万字完全不能容纳我关于此字的发现与思考。因为当初想在期刊上发表，而期刊上发表论文不可能太长，所以只好拆分论题，先是改写为两篇，后来增加到三篇，最后竟然写了五篇——为了一个字，写了5万字！我觉得，既然要说，就争取完全彻底说清楚。

在考证研究《回乡偶书》的过程中，我又发现古籍中的很多经典唐诗与现在通行的版本不同，比如李白《将进酒》中的"请君为我倾耳听"原为"请君为我倾"，常建《题破山寺后禅院》中的"初日照高林"原为"初日朗高林"，崔颢《黄鹤楼》中的"昔人已乘黄鹤去"原为"昔人已乘白云去"，王之涣《凉州词》中的"黄河远上白云间"原为"黄沙直上白云间"，张继《枫桥夜泊》中的"江枫渔火对愁眠"原为"江村渔父对愁眠"，有的唐诗甚至作者都搞错了，比如《登鹳鹊楼》的作者应为朱斌而非王之涣，这都让我忍不住深入探究并付诸文字。我真的觉得，字字珠玑的经典唐诗容不得半点杂质，必须正本清源，还其本来面目——这既是对古人负责，也是对今人负责。

这30篇论文，大都在学术期刊上发表过。但在收入本书时，摘要和关键词及其英译均被删去，较早写作和发表的几篇论文也作了较大幅度的修改，这是因为随着考证研究的深入，发现此前的有些说法不太准确，甚至存在严重错误，比如关于《黄鹤楼》诗"白云"被改成"黄鹤"的源头，学术界普通认为王安石是始作俑者，《唐百家诗选》的近代版本中也确实为"黄鹤"，我在发表过的论文中也采信了这一说法，但后来又发现《唐百家诗选》的两个宋本中均为"白云"，这说明王安石并没有窜改，这就不能不对《崔颢〈黄鹤楼〉的"白云""黄鹤"之争》一文进行修正。另外，关于同一首诗的多篇论文，为了每篇文章的完整性，会有一些重复的地方，结集后需要做些删节和整合，比如关于贺知章《回乡偶书》的5篇论文，包括关于崔颢《黄鹤楼》的3篇论文。需要说明的是，之所以选择这23首唐诗作为考辨的对象，主要是因为这些诗均为世人所熟悉，而且异文、异读、异解比较多。

我要感谢互联网。因为网上的各种数据库及其先进的检索手段为我的考证提供了极大的方便，也让我得以率先使用大数据对唐诗进行全面的分析。我能在完成本职科研任务之余，用一年的时间写出30篇共40多万字的论文，很大程度上得益于互联网。如果放在二三十年前，依靠传统的检索手段，这是不可想象的。我一边考证互联网的历史，一边利用互联网考证唐诗，更加深切地感受到了互联网的伟大。

也要感谢湖北长江出版传媒集团崇文书局的社长韩敏先生、编辑部主任李艳丽女士和责任编辑李少华先生，是他们的垂青支持和辛勤劳动，使本书得以顺利正式出版。在我写作及出版过程中，武汉大学党委副书记、“长江学者”沈壮海教授给予了很多学术上的指导,还有很多师友曾给予热情的鼓励和支持，在此一并谨表谢忱。

古籍文献浩如烟海，唐诗典籍也非常多。本书所谓“大数据”，虽然远远多于前人，但也只能是相关文献中的一小部分。由于引用的文献很多，查检核对非常繁杂，稍有不慎就会出错。而辨析本身具有主观性，加之时间仓促，阅历水平有限，未尽、不当、偏颇甚至讹误之处在所难免，还望方家不吝赐教。

盛大林

2020 年 12 月 9 日于燕园

图书在版编目(CIP)数据

唐诗正本：大数据视域下的唐诗新考 / 盛大林著
. -- 武汉：崇文书局，2021.10
ISBN 978-7-5403-6433-5

Ⅰ. ①唐… Ⅱ. ①盛… Ⅲ. ①唐诗－诗歌研究－文集
Ⅳ. ① I207.227.42-56

中国版本图书馆 CIP 数据核字（2021）第 173512 号

责任编辑　李少华
封面设计　甘淑媛
责任校对　董　颖
责任印制　李佳超

唐诗正本：大数据视域下的唐诗新考
TANGSHI ZHENGBEN:DA SHUJU SHIYU XIA DE TANGSHI XINKAO

出版发行　长江出版传媒｜崇文书局
地　　址　武汉市雄楚大街 268 号 C 座 11 层
电　　话　(027)87680797　邮政编码　430070
印　　刷　武汉市首壹印务有限公司
开　　本　710mm×1000mm　1/16
印　　张　30
字　　数　473 千
版　　次　2021 年10月第 1 版
印　　次　2021 年10月第 1 次印刷
定　　价　78.00 元
（如发现印装质量问题，影响阅读，由本社负责调换）